THE LEMON TREE: An Arab, A Jew, and the Heart of the Middle East
by Sandy Tolan
copyright © Sandy Tolan 2006
published by arrangement with Sandy Tolan, c/o Black Inc., the David Black
Literary Agency through Bardon-Chinese Media Agency
Simplified Chinese translation copyright © 2023
by SDX Joint Publishing Company Ltd.
ALL RIGHTS RESERVED

THE LEMON TREE

*An Arab, A Jew,
and the Heart of the Middle East*

柠檬树

一个阿拉伯人,一个犹太人和
一个中东心底的故事

[美]桑迪·托兰(Sandy Tolan)著

杨扬 译

生活·讀書·新知 三联书店

Simplified Chinese Copyright © 2023 by SDX Joint Publishing Company.
All Rights Reserved.
本作品简体中文版权由生活·读书·新知三联书店所有。
未经许可,不得翻印。

图书在版编目(CIP)数据

柠檬树:一个阿拉伯人,一个犹太人和一个中东心底的故事 /(美)桑迪·托兰(Sandy Tolan)著;杨扬译. —北京:生活·读书·新知三联书店,2023.9 (2024.12重印)
ISBN 978-7-108-07650-2

Ⅰ.①柠… Ⅱ.①桑… ②杨… Ⅲ.①纪实文学-美国-现代 Ⅳ.① I712.55

中国国家版本馆CIP数据核字(2023)第079826号

责任编辑	李静韬
装帧设计	康　健
责任校对	曹秋月　张国荣
责任印制	卢　岳
出版发行	生活·讀書·新知 三联书店
	(北京市东城区美术馆东街22号 100010)
网　　址	www.sdxjpc.com
图　　字	01-2018-7163
经　　销	新华书店
制　　作	北京金舵手世纪图文设计有限公司
印　　刷	河北品睿印刷有限公司
版　　次	2023年9月北京第1版
	2024年12月北京第2次印刷
开　　本	880毫米×1230毫米　1/32　印张16
字　　数	311千字
印　　数	10,001-13,000册
定　　价	78.00元

(印装查询:01064002715;邮购查询:01084010542)

目　录

写在前面　　　　　　　　1

作者手记　　　　　　　　2

序言　　　　　　　　　　7

第一章　门　铃　　　　　11

第二章　房　子　　　　　22

第三章　营　救　　　　　44

第四章　驱　逐　　　　　70

第五章　移　民　　　　　104

第六章　避难所　　　　　125

第七章　抵　达　　　　　147

第八章　战　争　　　　　171

第九章　相　逢　　　　　196

第十章　爆　炸　　　　　221

第十一章　驱　逐　　　　257

第十二章　希　望　　　　297

第十三章　家　园　　　　330

第十四章　柠檬树　　　　349

后　记	352
致　谢	360
参考书目	366
资料来源	391
关于作者	508

写在前面

本书中描写的房子是真实存在的,房子后院里的那棵柠檬树也是真的。如果想亲眼看到这座房子,你可以搭乘一辆公共汽车,从西耶路撒冷的起点站出发,一路往西,爬上面朝地中海的山,再冲下来,然后沿着一条两车道的路往坡上开,你会来到一座繁华的工业化城镇,这里曾经属于巴勒斯坦,现在是以色列的地盘。你下车之后,沿着一条名叫赫兹尔大道(Herzl Boulevard)的繁忙主干道步行,经过果汁摊、烤肉架、兜售小饰品和廉价服装的老店面,到一条叫克劳斯纳(Klausner)的街往左转。在那里,在下一个转角的地方,你会看到一个破破烂烂的加油站,加油站的街对面有一座不起眼的房子,前面有带着柱子的栅栏,还有一棵高耸的棕榈树,房子是用奶油色的石头盖的。

这个时候,你就可以告诉自己"就是这里"。这就是那座有两段历史的房子,有柠檬树的房子。

作者手记

关于叙事的说明

本书植根于非虚构叙事的坚实土壤之中。书中描述的许多事发生在 50 年、60 年，甚或是 70 年前，尽管如此，对这些故事的复述，与本书中其他的东西一样，完全依赖于报道和研究的工具，比如访谈、档案文件、出版和未出版的回忆录、私人日记、新闻剪报，以及第一手和第二手的历史记录。为了写《柠檬树》这本书，在七年的时间里（主要是在 2002 年之后），我在以色列、西岸①、约旦、黎巴嫩和保加利亚进行了数百次采访，访问了耶路撒冷、拉马拉、贝鲁特、索非亚、伦敦、纽约和得克萨斯州奥斯汀市的档案馆，查阅了数以百计的一手和二手信息源，许多信息来自全世界最大的研究中心之一——美国加州大学伯克利分校图书馆。

我没有对历史进行粉饰或扭曲——无论程度多么轻微。我从未想

---

① 本文中的西岸指约旦河西岸地区，总面积 5879 平方公里，人口 200 多万。这片土地有主权争议，目前大部分由以色列管辖，另外一些地方由巴勒斯坦进行有限度的管理。本书页下注均为译注，后文不再标明。

象"可能发生了什么",比如说,假想一个1936年的家庭事件中发生了什么,并宣称它是事实。在任何时刻,我都不会描述某人在想什么,除非这些想法基于回忆录或访谈中具体明确的叙述。本书中所叙述的场景和章节,都是通过整合现有的不同信息源而构建的。

举例来说吧,对埃什肯纳兹家族相关往事的描述,来源于对耶路撒冷和索非亚的家族成员的访谈、现在生活在以色列的其他保加利亚犹太人的访谈,以及在保加利亚国家档案馆、美国纽约皇后区的"美犹联合救济委员会"[①]档案馆和位于耶路撒冷的中央犹太复国主义者档案馆[②]中发现的文档和新闻剪报,其他来自索非亚国家图书馆翻译的历史回忆录。同样,1948年拉姆拉的哈伊里家族的肖像有许多来源:对家庭成员的个人采访,从阿拉伯语翻译过来的回忆录和其他记录;以色列的军情报告;来自国家和以色列集体农庄(基布兹[③])的文件;伊扎克·拉宾[④]和阿拉伯军团指挥官约翰·贝加特·格鲁布[⑤]的回忆录;美国国务院当天的电报;中东学者的二手历史记录;我多年来对西岸、加沙和黎巴嫩难民营中的巴勒斯坦人的个人访谈。欲知详细信息和其他的历史背景,请参阅本书"资料来源"部分。

---

① "美犹联合救济委员会"(the American Jewish Joint Distribution Committee,简称JDC),成立于1914年,总部在纽约,最初的目的是向住在奥斯曼帝国统治下的巴勒斯坦的犹太人提供援助。
② 中央犹太复国主义者档案馆(Central Zionist Archives),位于西耶路撒冷的犹太复国主义运动机构的官方档案馆。
③ 基布兹(kibbutz),集体农庄。以色列的一种常见的集体社区体制,是一种混合乌托邦主义、共产主义和锡安主义而建立的社区形态,以色列的重要特色。第一个基布兹建于1909年,传统上的基布兹以务农为主,历经转型之后,也有工业和高科技产业。
④ 伊扎克·拉宾(Yitzhak Rabin,1922—1995),以色列政治家、军事家。1974年至1977年任以色列总理;1992年起再次出任总理,1995年被刺身亡。
⑤ 约翰·贝加特·格鲁布(John Bagot Glubb,1897—1986),英国军人、学者和作家,曾在1939年至1956年作为统帅领导过约旦的阿拉伯军团。

饶是如此,即便一个作者拒绝采用诗意的虚构手法,并不能确保描述的每一个事件都展现"客观的"真相,当他手边的主题蕴含着两种具有高度主观性的历史时,尤其如此。毕竟,面对同一个事件,一个民族认为是"独立战争",另外一个民族却描述成"浩劫"或者"灾难",这事儿不是那么常见。在这种情况下,特别是当本书描述的动荡历史为读者所不熟悉时,我强化了自己的基础研究方法,努力从不同角度收集更多的信息,从而确保文中呈现的叙述不仅仅主要依靠尘封已久的个人记忆。

当然,如上种种,并不意味着《柠檬树》一书展现了1948年以来——或者,如果你愿意的话,自1936年,或1929年,或1921年,或1917年,或1897年,或1858年以来——阿拉伯人和犹太人之间冲突的完整可靠的历史。通过把两个家庭的历史并列和联合起来,并将它们置于更大的时代背景中,我希望能够建立起人们对同处一片土地上的两个民族的现实和历史的理解。

关于拼写和发音的说明

在中东一带,单单一个字母的使用——比如说,用"e"来代替"a"——可能就是一个政治宣言,最起码,也会被视为对身份认同的宣言。我们用 Ramla[①](也可以是"al-Ramla",或者是"Ramle",或者是"Ramleh"以及"Ramlah")来举例,现在的以色列人说"Ramla",路标用英文是这么读的。在古典阿拉伯语中,它是"al-Ramla"。在阿拉伯口语中,以及从公元8世纪往后的历史中(包括

---

① Ramla,本书故事的主要发生地之一,拉姆拉市。

1917年至1948年的英国托管期间），它都是"Ramle"。以色列历史学家在提及1948年以前的时代时，通常使用"Ramle"——一些以色列人现在仍然把它叫成"Ramle"——而不是希伯来语发音的"Ramla"。因为，和犹太人在古代生活过的其他城市不同，Ramle一直是一个阿拉伯城镇，由穆斯林在715年建成。

对于一个想要传达两种历史的作家来说，怎么去破解这种困境呢？经过多次尝试，我做出决定，在这本书里，通过阿拉伯人的眼睛看这座城市的时候，用古典阿拉伯语"al-Ramla"；通过以色列人的经验描述这个地方时，用"Ramla"。这样一来，很明显，不管是用"al-Ramla"还是"Ramla"，我指的是同一个地方[①]——顺便说一句，我说的不是拉马拉（Ramallah），一个位于约旦河西岸以东约20英里[②]的巴勒斯坦城镇。

在单个的地方，我倾向于使用在那一特定时刻，读者正通过其眼睛观看、感知人们喜欢用的发音。这样一来，巴希尔看着的山顶就在"Qastal"（盖斯泰勒），而不是许多以色列人知道的"Castel"或者"Kastel"；同样，达莉娅观察到的犹地亚[③]和撒玛利亚[④]的丘陵，在阿拉伯语里，这些山叫纳布卢斯山脉和希伯伦山脉（Jabal Nablus and Jalal al Khalil，也就是Nablus and Hebron Mountains）。

[①] 在英文版中，即便是同一个城镇名，阿拉伯人说成"al-Ramla"，以色列人说成"Ramla"，为统一起见，中文版全部译为"拉姆拉"。

[②] 1英里约合1.6公里。下同。

[③] 犹地亚（Judea），古代以色列的南部山区地带从《圣经》记载到罗马帝国时期，直至现今的通称，自1948年起以约旦王国之"西岸"而闻名。该山地又叫中央山脉，位于巴勒斯坦地区中部，宽约15公里、长约50公里，主要城市有北部的耶路撒冷和南部的希伯伦。

[④] 撒玛利亚（Samaria），建于公元前9世纪，是北国以色列的首都。以色列王国经过大卫和所罗门的全盛时期，公元前931年所罗门死后，部族发生分裂，北部十个支派形成北国以色列，南部两个支派形成犹太国，首都继续建在原统一王国的首都耶路撒冷。与犹太国不同，北国以色列人及撒玛利亚人不再受宗教的约束。

对于阿拉伯语单词，我决定放弃绝大多数读者不熟悉的重音符号；相反，我使用英语中最接近阿拉伯语实际发音的词，同样的原则也适用于希伯来语。举例来说，希伯来文字中的"kaff"和"khet"被一些作家称为"ch"，发音类似于"h"，但是以更接近喉音的方式发出，我一般写成"kh"，这样更接近希伯来语发音——也有例外，当人们普遍接受"ch"的拼写，比如 Chanukah（光明节）时，我保留原样。这个喉音的"kh"也可以用阿拉伯字母 kha 表示，并且发音类似：巴希尔的姓是"哈伊里"（Khairi），巴希尔姐姐的名字是"卡农"（Khanom）。顺便说一下，巴希尔的名字应该发"bah-SHEER"的音。

达莉娅的姓是"埃什肯纳兹"（Eshkenazi），而不是"阿什肯纳兹"（Askhenazi），尽管在很多犹太读者看来，这个拼写挺怪的，但保加利亚人觉得很平常。达莉娅对我确认，她爸爸在英文中总是这样拼写他的姓。达莉娅出生时候的名字是"黛西"（Daizy），一直到11岁之前她都叫这个名字，11岁的时候她改名叫达莉娅。为了避免使读者摸不着头脑，咨询过达莉娅的意见之后，我决定在本书中自始至终都叫她"达莉娅"。

序　言

　　1998年上半年，我动身去以色列和约旦河西岸，想去找寻一个令人难忘的、意味深长的故事。尽管无数的报刊故事和几公里那么长的录像带记录了以色列人和巴勒斯坦人之间棘手的冲突，但很少有人关注故事中"人"的方面，很少有人说到敌对方共同的立足点，以及双方共存真正的希望。我的任务开始于第一次阿以战争50周年前夕——这场战争对于以色列人来说是"独立战争"，对于巴勒斯坦人来说，却是"浩劫"[①]或者"灾难"。我想探索普通的阿拉伯人和以色列的犹太人怎么理解这场战争及随后的历史。我需要找到两个家庭，他们通过一种有形的方式被历史联结起来。

　　为了搞清楚这个冲突的根源，我花了好几个星期阅读以色列军事历史、巴勒斯坦口述史和学术论文。我从耶路撒冷旅行到特拉维夫，从拉马拉到希伯伦，再到加沙，挖掘着人们的故事——可以超越从这一地区传递出来的、种种令人心碎的图景的故事。

　　我遇到了许多死胡同，还有各种断了的线索。但后来，我发现了一些真实的东西：一栋房子、两个家庭和一段共同的历史，在特拉维

[①] 也称为"Nakba"，即第一次阿以战争导致的1948年巴勒斯坦人大流亡。

夫和雅法以东的沿海平原上,从耶路撒冷石墙上发散出来的共同历史。这是哈伊里一家和埃什肯纳兹一家的历史,两种历史从同一栋房子和它后院里的柠檬树开始,一路之上,也曾分割断裂,也曾交织扭结,最终,走向了同一片土地上的两个民族的大历史。这段历史注定不仅仅是对数十年痛苦和报复的叙述。当我开始采访拉马拉的巴希尔·哈伊里(Bashir Khairi)和耶路撒冷的达莉娅·埃什肯纳兹·兰道(Dalia Eshkenazi Landau)时,很快发现自己穿越不曾见过的景观,抵达了这个故事的双重核心。

像许多美国人一样,我是伴随着历史的一部分成长起来的,那就是以色列从纳粹大屠杀之后壮烈诞生的历史。我的一个校友的母亲曾住在安妮·弗兰克[①]家附近,她及时地踏上了一段悲惨的旅途,离开了阿姆斯特丹。我知道以色列是许多犹太人的避风港,但对阿拉伯人一无所知。对于几百万美国人来说,犹太人和非犹太人没什么分别。他们了解的中东历史的版本,来自莱昂·乌里斯[②]的超级畅销书《出埃及记》(Exodus)。这本书于1958年首次出版,然后被拍成电影,由保罗·纽曼[③]主演。在乌里斯那引人入胜的小说中,阿拉伯人有时候很可悲,有时候又着实可恶,或者比这还糟。书中,阿拉伯人对自己的土地几乎没有什么真正的主张:"如果巴勒斯坦的阿拉伯人爱他们的土地,他们就不可能'被迫离开'——更不可能无缘无故地跑掉。"但是,正如几代历史学家此后记录的那样,也正如达莉娅和巴希尔用自己的

---

① 安妮·弗兰克(Anne Frank, 1929—1945),全名安内莉斯·玛丽·安妮·弗兰克,生于德国法兰克福,犹太人,"二战"纳粹大屠杀最著名的受害者之一,逝年15岁。《安妮日记》记录了她在逃亡期间的遭遇,"二战"后被整理出版,影响极大。
② 莱昂·乌里斯(Leon Uris, 1924—2003),美国历史小说家,代表作之一是出版于1958年的《出埃及记》。
③ 保罗·纽曼(Paul Newman, 1925—2008),生于美国俄亥俄州,犹太人,获得过奥斯卡奖、金球奖以及欧洲三大影展最佳男主角奖。

话对我讲述的那样,这两个民族的人民及他们关系的真实历史,其实要复杂得多,丰富得多,有趣得多。

最初,达莉娅和巴希尔的故事是为美国国家公共广播电台[①]的《新鲜空气》(Fresh Air)栏目特别制作的一部43分钟长的广播纪录片,播出之后,引发了极大的轰动。在此前的25年里,我从30多个国家报道过许多故事,但是,单单这么一个节目收到的听众反馈之多,就超过我之前讲述的故事所收到的反馈总和。显而易见的是,这个故事唤醒了人们对更深层叙事的渴望,这种叙事能够穿透头条新闻标题和无休无止的历史循环,它将告诉人们,我们何以落入今天的困境。

七年过去了,我在以色列、西岸、约旦、黎巴嫩和保加利亚的档案馆和土地上度过了无数个小时之后,那粒广播纪录片的种子成长为这本《柠檬树》。这本书收到的反馈,以及对接下来的几个月里我所做的一系列公开演讲和朗读活动的回应,仍然令人惊讶。我从旧金山到密尔沃基,从底特律到洛杉矶,到纽约、波士顿,再到西雅图,看到一处家园和两个家庭的故事如何打开了一个窗口,让人们可以就"过去和未来"进行更深层次的、有时是更痛苦的交流,我深深为之感动。

并不是所有的人都喜欢听"他者"的故事。一个脱口秀主播在阿拉伯电台说,他听到这个犹太人爱以色列的故事,倍感不适;一位身处洛杉矶的女士谴责我,说我讲了一个"不存在的'巴勒斯坦'"的阿拉伯人的故事。

不过,大多数人都以激情和勇气回应了这个"他者"的故事。在西雅图,随着美国有线电视台摄像机镜头的转动,一名阿拉伯男子站

[①] 美国国家公共广播电台(National Public Radio,简称NPR),以美国本土民众为对象的综合性广播电台,独立运作,内容涵盖新闻、文化,听众数以千万计,其中不乏知识分子、政界和商界人士。

起来讲述他家人的故事,观众中的犹太人专注地聆听。在密尔沃基,一位犹太人母亲站起来说,她的儿子正在前往以色列的路上,他看完这本书,决定去拜访达莉娅。在马萨诸塞州的格洛斯特(Gloucester),一名以色列的长期支持者说,这是第一次,在一个关于以色列和巴勒斯坦问题的谈话开始之后,他没有愤怒地离开。在旧金山的一个犹太书展上,一位土生土长的拉姆拉阿拉伯人发表讲话,她说《柠檬树》反映了她自己家庭的历史,她说,理解只能来自对彼此历史的承认。

我认为,这种开放性的关键在于交织的叙述:当有人看到他或她自己的历史被公允地展现出来之后,就会打开探索对手历史的胸襟和心灵。本书出版以来,我收到了无数的电子邮件。每个星期,我都会收到人们发来的消息,基本上,他们会说,"现在我知道,这场斗争究竟是关于什么的了";或者是,他们在达莉娅和巴希尔的故事中看到了自己的经历;或者,他们第一次认识到另一边的人性所在。

从美国各地传来消息,人们告诉我,读友俱乐部和新成立的读书小组在讨论《柠檬树》。我希望,在巴以冲突这个"棘手"的问题之下,这一段人的故事能够告诉大家,也许事情并非真的无法解决。就像达莉娅说的那样:"我们的敌人,是我们唯一的伙伴。"

桑迪·托兰(Sandy Tolan)
2006 年 12 月

第一章 门 铃

一

以色列，西耶路撒冷汽车站的洗手间。年轻的阿拉伯人巴希尔·哈伊里独自站在一排陶瓷洗手盆前，向前倾身，看着镜子里的自己。他微微转头，从左看到右，再从右看到左。他抚平自己的头发，整整领带，又掐了掐刮得干干净净的脸。他想确认，眼前的这一切都是真实的。

有20年了——从六岁开始，巴希尔就一直在为这场旅行做准备。这场旅行是生命中的呼吸，是不可缺少的金钱，是全家人赖以生存的面包——他认识的每个家庭都这样认为。所有的人无时无刻不在谈论这个话题：回归。在流亡途中，没有什么比这个更值得梦想了。巴希尔凝视着镜中的影子。你准备好踏上这段旅程了吗？他问自己。你配得上这些吗？他注定要回到这片只曾耳闻，却不曾拥有记忆的地方。巴希尔觉得自己像是被隐藏着的魔法带回了这里，他感觉自己正要去见一个失散多年的秘密情人。他想要自己看起来好好的。

"巴希尔！"他的堂兄①亚西尔（Yasser）喊。亚西尔的出现让巴希尔回过神来。"走啦！快点！车要开了！"

两个年轻人一起出了洗手间，走入西耶路撒冷汽车站的候车大厅，在那里，他们的堂兄弟吉亚斯（Ghiath）正在焦急地等候着他们。

这是在1967年7月，炎热的一天，快到中午时分了。陌生人在巴希尔、亚西尔和吉亚斯周围步履匆匆：以色列妇女穿着白色长衫和长长的黑裙子，白胡子的男人戴着宽边的黑帽子，孩子们留着侧分卷发。堂兄弟们匆匆赶往他们要搭乘的公共汽车。

那天早上，他们从拉马拉赶来。拉马拉是一个巴勒斯坦的小小山城，在耶路撒冷往北半小时车程的地方，在那里，他们是难民。出发之前，堂兄弟们曾向朋友和邻居们一一询问，在陌生的以色列土地上，他们该如何行动：我们要乘坐哪趟公共汽车？一张票多少钱？我们怎么买票？上车后会有人检查我们的证件吗？如果他们发现我们是巴勒斯坦人，他们会怎么做？巴希尔和他的堂兄弟是半上午的时候离开拉马拉的，他们乘着出租车往南，一直来到东耶路撒冷，到达旧城的城墙边，这是他们第一段旅程的目的地。几个星期之前，城墙边发生过激烈的战斗，阿拉伯人大败，以色列人就此占领了东耶路撒冷。下了出租车之后，堂兄弟们可以看到大马士革门②那儿驻扎的士兵，那里是进入旧城的北口。三个人从那里转向西方，从古城墙走开，又穿过了一条无形的线。

---

① 本书中的此类称呼英文原文是cousin，既可以指堂兄弟姐妹，也可以指表兄弟姐妹。因为英文中的区分没有汉语中那么详细，为统一起见，本书中人物关系有详细说明的，按照汉语的意思翻译，没有说明的，翻译成表兄弟姐妹。吉亚斯与巴希尔同姓，推测应为他的堂兄。而亚西尔和他们关系紧密，也暂译为堂兄。

② 大马士革门（Damascus Gate），耶路撒冷旧城北侧的城门，是旧城的入口，历史可以追溯到公元2世纪。

堂兄弟们从旧城一直向西走，远离古老的神庙，越过两国之间的旧界。几个星期之前，这条线还把一片地方分为两部分，一边是西耶路撒冷和以色列，一边是阿拉伯人的东耶路撒冷和约旦河西岸。现在，以色列军队在"六日战争"①中击败了阿拉伯人，占领了约旦河西岸、西奈半岛②和戈兰高地③，在那里，他们重新部署，以保卫新的边界。因为这个空当，巴希尔和他的堂兄弟们很容易地穿过破败的无人区，进入一个新旧并存的地界。他们在炎热的天气里跋涉了几英里，穿过拥挤狭窄的小巷，走过看起来熟悉得近乎奇怪的石屋。最后，狭窄的街道消失了，面前是繁忙的现代化的大道，西耶路撒冷汽车站已经在望。

巴希尔和他的堂兄弟们匆匆地穿过混凝土建成的出发大厅，穿过

---

① 即1967年6月初的第三次中东战争。交战双方是以色列和毗邻的埃及、叙利亚及约旦等阿拉伯国家，尽管以色列获胜，但双方的伤亡和损失都很惨重。以色列阵亡900人，伤4500人，损失战机26架、坦克60辆。3个阿拉伯国家阵亡2万人，伤4万人，被俘6500人，400多架飞机和500多辆坦克被毁。战后，以色列占领了当时由埃及控制的加沙地带和西奈半岛、约旦控制的约旦河西岸和耶路撒冷旧城、叙利亚的戈兰高地，一共6.5万平方公里的土地。战后，数十万阿拉伯平民沦为难民，成为中东局势至今仍不可收拾的根源，也是中东战争中最具历史影响力的转折点之一。本次战争是20世纪军事史上极为典型的具有压倒性结局的战争之一。

② 西奈半岛（Sinai Peninsula），通常被认为地属亚洲，它本身位于埃及的东北端，与东边的以色列和加沙地带相连，西接苏伊士湾和苏伊士运河，东接亚喀巴湾和内盖夫沙漠，北临地中海，南濒红海，是连接非洲及亚洲的三角形半岛。它面积有6.1万平方公里，东西最宽约210公里，南北最长约385公里。半岛上广大的干燥地区称为西奈沙漠。1967年第三次中东战争期间，西奈半岛曾被以色列军队占领，但在1982年，依据1979年的和平条约归还给埃及。

③ 戈兰高地（Golan Heights），位于叙利亚西南部，约旦河谷地东侧。南部为农耕区，北部是牧场，周边河湖众多，具有丰富的水资源。这里有一万余名居民，大多是德鲁兹派穆斯林，大部分人拒绝加入以色列国籍，而保留叙利亚国籍。戈兰高地西部与以色列接壤，高地上公路交通网密布，有公路直通叙利亚首都大马士革（只有60公里路程），又居高临下，可以俯瞰以色列加利利谷地，是叙利亚西南边陲的战略要地。1967年第三次中东战争期间被以色列占领至今，联合国在边界设置缓冲区。2020年6月14日，以色列总理内塔尼亚胡宣布，以色列将开始在戈兰高地上建设一个以美国总统特朗普名字命名的犹太人定居点。

售票处,售票员正在把车票从金属栏杆里推给乘客。他们走过一个售卖糖果、口香糖和报纸的售货亭,报纸上的文字他们不认得。车站远端的候车平台之外,停靠着公共汽车,那些车将开往他们只听闻别人说过的土地:北方的森林、南部的沙漠和沿海的平原。三个人拿着前往拉姆拉的车票,匆匆走向十号站台,那里,身上喷涂着浅绿色和白色波浪线的公共汽车将把他们带回故土。

二

阳光从石屋子朝南的窗户泻入,一个清新的早晨,年轻的达莉娅·埃什肯纳兹独自一人坐在厨房的桌子旁。达莉娅记得周边非常安静,她啜饮着一杯热气腾腾的茶,嘎吱嘎吱地咬着涂着厚厚的保加利亚奶酪的黑面包,这点细微的声音才稍稍地打破宁静。

最近几天,达莉娅的家和她家乡拉姆拉[①]的生活恢复了正常,至少,在1967年的以色列,恢复到了人们能想到的那种正常状态。空袭警报终于沉默了,达莉娅的父母又回去工作了。达莉娅在特拉维夫大学读书,那天是在暑假里,她有时间梳理自己过去几个月中的情绪。

"六日战争"之前,大家已经感受到令人无法忍受的紧张和痛苦。来自开罗电台的声音冷漠怪异,那声音命令她的族人们回到他们原来的地方,要不然,他们的结局就是葬身大海。一些以色列人认为这些威胁很有趣,但对达莉娅来说并非如此。达莉娅是在沉默中长大的——对骇人听闻的暴行的沉默。她觉得电台的威胁唤起了自己深深

[①] 如作者手记所说,虽然是同一座城市,达莉娅称为"拉姆拉"(Ramla),而巴希尔称为"阿拉姆拉"(al-Ramla),本书全部统一翻译成"拉姆拉"。

的恐惧，那恐惧之深邃，已经无法用语言充分地表达。战争爆发之前的一个月，达莉娅就觉得结局即将来临。"国家会解体，我们作为一个民族也将消亡吧。"达莉娅记得自己有这种感觉。除了恐惧之外，她还有一种决心，那是走过纳粹大屠杀的人会萌生的决心，"再也不要像羊一样任人宰杀"。

战争爆发的第一个晚上，达莉娅得知以色列摧毁了敌人的空军。在那一刻，她知道战局已定。达莉娅相信是上帝帮助以色列生存下来的。她感受到自己内心的敬畏和赞叹，并把这种感受和祖先们做了比较，她想象着祖先们目睹红海分离①时是什么想法。

达莉娅的父母不是教徒，他们在保加利亚长大，1940年结婚，在亲纳粹政府的统治下幸存了下来，并在"二战"后移居以色列。他们一家到达以色列的时候，达莉娅11个月大。

因为基督徒的善行，达莉娅的家人在保加利亚的纳粹暴行中幸免于难，在成长的过程中，父母一直教育她要敬慕和铭记那些善行。现在，她相信自己的族人在以色列这片土地上是有未来的。这部分是因为达莉娅相信人们告诉自己的话——曾经住在她家里的，以及拉姆拉数以百计的石屋里的阿拉伯人逃跑了。

三

公共汽车冲下耶路撒冷以西的山丘，1965年的利兰"皇家猛虎"

---

① 在《圣经·出埃及记》中，摩西率领以色列人逃离古埃及，在红海前面以手杖分开海水，红海一分为二之后，他们得以从海底的陆地通过，躲过埃及人的追兵，经过数十年漂泊，最终抵达迦南地。

车①发出低沉的隆隆声,然后,迸发出一阵排气声。车上坐着的三兄弟正前往自己的故园。他们事先已经商量好,在车里不坐在一起。这样的话,首先,他们彼此交谈的冲动就会减少,就不大会让其他乘客对他们的身份产生怀疑。其次,因为分开,他们每个人都能有靠窗的座位,可以把回家的每一寸道路都铭记心底。兄弟三人坐成一列,凝神看窗外的景色。

巴希尔不确定,自己是希望旅行加快一点,还是放慢一点。如果旅行变快,他能早点到达拉姆拉,但如果时间放慢,他可以更充分地感受每一个弯道,每一处地标,每一段他自己的历史。

公共汽车在弯弯曲曲的公路上吼叫着,开始攀爬盖斯泰勒山②那著名的山顶。在这里,19年前,一位伟大的阿拉伯指挥官在战斗中倒下了,他的死对阿拉伯军队来说犹如釜底抽薪,为敌人敞开了通往圣城之路。车子爬过山顶,巴希尔可以看到阿布戈什(Abu Ghosh)清真寺的石头尖塔,耶路撒冷和大海之间还遗存着少数几个阿拉伯村庄,阿布戈什就是其中之一。在这里,因为领导者与敌人合作,他们的村庄得以幸免于炮火。巴希尔心情复杂地看着阿布戈什的那些尖塔。

"皇家猛虎"加足马力从山坡上冲下来,两侧峭壁向内收拢,车子慢了下来。山势很快变得开阔,前面下方是宽阔的山谷。八个世纪之前,巴希尔的阿拉伯祖先与基督徒入侵者进行过肉搏战,曾一度击退他们。在窗外的路边,巴希尔看到车辆残骸,那是在19年前的战争

---

① "皇家猛虎"(Royal Tiger)车,英国汽车和火车制造商利兰公司(Leyland)制造的公共汽车。
② 盖斯泰勒山(Qastal Hill),1947—1948年巴勒斯坦托管区内战中,有一支由巴勒斯坦阿拉伯人组成的民兵队,名叫"圣战军",主要领导人是阿卜杜·卡迪尼·侯赛尼和哈桑·萨拉梅。这支武装和阿拉伯联盟的"阿拉伯救世军"进行对抗。1948年4月,侯赛尼在争夺特拉维夫和耶路撒冷之间的盖斯泰勒山一役中阵亡,他的死对于"圣战军"的士气打击很大。

中①被烧毁的车辆，车的框架旁放着花圈和褪色的花朵。将花圈放在这里的以色列人是要纪念他们的"独立战争"，不过，对于巴希尔而言，同一场战争，他们视为浩劫和灾难。

公共汽车开进了山谷，车速慢了下来，右转进入一条狭窄的公路，公路把一排排浇灌过的麦田分成两半。然后，车子又爬上一个小坡。当他们路过拉特伦（Latrun）②附近时，巴希尔突然想起了20年前那次匆忙又恐怖的旅程。细节已经记不清。他试图记住六岁之后发生的事，记住在过去的19年里，每天沉溺其间的各种事件。

巴希尔瞥了一眼坐在他旁边的人——一个专注地读着书的以色列人。巴希尔想，"看窗外"对这个男人毫无意义，也许是因为他看过很多次了。几十年后，巴希尔仍然能够记得自己对那个男人的嫉妒，他竟然可以忽视窗外的景色！

公共汽车驶过路面上的一个小鼓包——铁路道口到了。三个堂兄弟同时产生了一种熟悉的感觉，20年前也发生过同样的事，那重复的经验唤醒了他们的记忆。

巴希尔和他的堂兄弟们知道，他们到拉姆拉了。

四

达莉娅洗干净早餐用过的碗碟，用毛巾擦了擦手，走到通向花园

---

① 即发生在1948年5月15日至1949年3月10日的第一次中东战争，为争夺巴勒斯坦，以色列和阿拉伯国家之间发生大规模的战争。战争之后，以色列成为独立的国家，巴勒斯坦英帝国托管地的剩余地区分别由埃及和约旦控制。战争中，96万巴勒斯坦人逃离家园，沦为难民，也激化了阿拉伯国家和以色列，以及阿拉伯国家和美、英复杂的国际矛盾。
② 位于约旦河西岸的峡谷中，距耶路撒冷以西25公里，拉姆拉东南14公里。这里可以俯瞰特拉维夫和耶路撒冷之间的公路。1948年战争期间，此地曾经发生激烈的战斗。

的厨房过道。战争结束之后，最近几天，她一直在与上帝进行无声的对话，这种对话她从很小的时候就开始了。达莉娅想，上帝啊，为什么你让以色列在"六日战争"中得以存续，但在纳粹大屠杀期间你却不阻止种族灭绝的暴行？你赋予以色列战士战胜敌人的力量，但在我的父辈被打上印记[①]并遭受杀戮的时候，却袖手旁观？

  一个孩子是很难理解周围人的痛苦的，只有在探索之后，达莉娅才能开始理解。她问过母亲：这些人是如何被打上印记的？他们排队了吗？痛吗？为什么有人会做这些事情？多年来，达莉娅的好奇心激发了她的同情心。这让达莉娅了解了她的小伙伴们的沉默。放学后，她会邀请那些孩子一起回家，试着用她精心制作的短剧和花园里的独奏表演逗他们开心。

  穿过过道，达莉娅望着她父亲在花坛中种的一株蓝花楹树。作为一个女孩，达莉娅喜欢浇灌深红色的、发出馥郁香气的"伊丽莎白女王"玫瑰。靠近蓝花楹的是一棵柠檬树，那是另一个家庭种的。将近19年前，达莉娅和她父母到达这里时，它已经结果。达莉娅知道自己是在阿拉伯人盖的房子里长大的，有时候她也好奇以前住在这里的人是什么样子。有孩子们在这里住过吗？几个孩子？他们多大年纪？达莉娅在学校里得知，阿拉伯人像懦夫一样逃走了，走的时候，他们的汤还在桌子上冒着热气。年纪幼小的时候，她没有质疑过这个故事，但是，随着年龄增长，这个故事显得越来越不合情理：为什么会有人自愿离开这么一栋漂亮的房子？

五

  巴希尔、亚西尔和吉亚斯从公共汽车上下来，立刻踏入一个又离

[①] 在纳粹集中营，纳粹在犹太人的左前臂刺下一个编号，取代其姓名和其他个人信息。

奇又熟悉的热辣辣的耀眼世界。他们可以看到旧的市政府大楼、镇子里的电影院以及他们小时候住过的街区边缘。

但是，没有一条街道是熟悉的，至少一开始的时候显得不熟悉，它们都有了新名字。大多数旧建筑都加上了色彩鲜艳的标志，上面是一块块的、让人难以辨认的希伯来字体。一些建筑拱门上还能看到原来的流动的阿拉伯花体字。

突然，三兄弟中最大的亚西尔发现了一些他熟悉的东西：老的社区肉铺。他快步走进肉铺，后面跟着两个堂弟。亚西尔紧紧地抱住了屠夫，用阿拉伯人习惯的方式亲吻他的双颊。"阿布·穆罕默德！"亚西尔高兴地喊，"你不认识我了吗？哈比比①，亲爱的朋友，我认出你了！我们又见面了！"

犹太屠夫吃惊得不得了。阿布·穆罕默德很多年前就离开了。"你是对的，哈比比，"那个男人面对亚西尔，用这几个不速之客的语言结结巴巴地告诉他，"以前，是阿布·穆罕默德，现在，没有阿布·穆罕默德，现在，是莫迪凯！"屠夫邀请客人留下吃烤肉串，但堂兄弟们被这个男人的真实身份惊到了，因为他们别有目的，兄弟们没有留下享用食物，而是张皇失措地走了出去。

"你假装自己对这里什么都知道！"离开肉铺之后，吉亚斯戏谑地对堂兄说，"其实你什么也不知道！"

三个人转过街角，发现自己到了一片更加安静的街区，这里，曾是他们幼年时玩耍的地方。他们感到安心和快乐，忘掉了早先"不要交谈"的告诫，开始用母语公然地谈起话来。

---

① 哈比比（Habibi），阿拉伯语，"爱"，多为男性之间的亲热称呼，可以理解为"我亲爱的""我的爱"，女性之间互称 habibti。

19

他们看到亚西尔从前的房子，走到门前。亚西尔直接上前去敲门，一个四十多岁的女人走了出来，疑惑地看着他们。"劳驾，"亚西尔说，"我们只想看看自己以前住过的房子。"

女人变得焦躁不安起来。"如果你们不离开这里，我就报警！"她尖叫。堂兄弟们试图解释自己的目的，安抚她。女人继续喊叫，还向前迈了一步，把男人们往外推。邻居们陆陆续续地开门看究竟。最后，堂兄弟们意识到再这样下去，自己可能很快就会被抓起来，所以匆忙跑掉了。

亚西尔摇摇晃晃地走着，沉默而呆滞。"就好像他失掉了灵魂，"巴希尔回忆道，"像行尸走肉，空空如也。"

"我受不了这种感觉，"亚西尔最后说，"我真的受不了这些。"

很快，他们到了吉亚斯成长的房子那儿。房子外面有一个大大的标志，他们看不懂那是什么意思，那儿还站着一个拿有机枪的警卫。这座两层楼的石屋现在是一所学校了。警卫进去了，让他们在外面等着，片刻之后，校长出来邀请他们进去喝茶。校长介绍了自己，她叫舒拉米特。她告诉他们，教学时间结束之后，他们可以去房间看看，然后，她让他们留在办公室等着。

他们坐着，安安静静地喝着茶。吉亚斯摘下眼镜擦了擦眼睛，又把眼镜戴了回去，努力使自己看起来高兴点儿。"我差点儿控制不了情绪了。"他悄悄说。

"我知道，"巴希尔安静地回答，"我懂。"

校长回来之后，邀请他们在房子里转转，他们跟着去了。吉亚斯全程都在流泪。

访问结束后，他们离开了学校，朝巴希尔旧居的方向走过去。没人能准确地记起它究竟在哪儿，巴希尔回忆说，房子有前门也有后门，门对着一条侧街。前门上有一个门铃，前院里有一株开花的缅栀花树，也叫鸡蛋花树①，后院有一棵柠檬树。在热气蒸腾的地方转了一圈又一圈后，巴希尔意识到自己找到了这所房子。他从内心深处听到了一个声音：这里是你的家。

巴希尔和他的堂兄弟们走近房子。巴希尔告诉自己，一切都取决于他们和什么人狭路相逢。你无法知道结果会是什么，尤其是在亚西尔的事儿发生之后。"这取决于，"他说，"谁在门的另一边。"

六

达莉娅坐在一把样式简朴的木椅子上，椅子在后阳台上，这房子是她所知道的唯一的家。她今天没有特别的计划。她可以赶赶大学里的暑期阅读——她是英文系的学生，也可以满足地观赏蓝花楹树枝叶的幽深之处，正如她之前无数次做过的那样。

七

巴希尔站在铁门外看着门铃。他想，有多少次，自己的妈妈扎吉雅（Zakia）在这个门下进进出出；有多少次，自己的爸爸艾哈迈德（Ahmad）从工作中疲惫地回到家，穿过大门，伸出手，用独特的那种方式去敲门。

巴希尔朝门铃伸出手去，摁响了它。

---

① 缅栀花，夹竹桃科，热带落叶木本小乔木，花瓣洁白，花蕊淡黄，看起来好像蛋白包着蛋黄，因此得名，是一种极具观赏价值的花木。

第二章 房　子

　　艾哈迈德张开双手，掌心里躺着的石头凉凉的、沉沉的。石头斑斑点点的，很粗糙，奶油一样的颜色，是从一英尺①那么厚的石板上切割下来的。石匠的凿子把它凿成了钝钝的直角。石头表面上，那些小小的凹陷和凸起看起来像一个微缩景观，就像它的老家——巴勒斯坦的山丘和河谷一样。

　　艾哈迈德穿着外套，打着领带，戴着一顶土耳其毡帽②，站在一块空地上。他低头蹲下身，把第一块石头放在地基上。他的身边高高地堆着其他好几百块凿下来的石板，轮廓分明的白色耶路撒冷石③。第一块石头到位之后，艾哈迈德看向身边的表兄弟们、朋友们和雇工们。人们开始垒房子，一层石头，一层砂浆，再一层石头……

　　那是1936年，艾哈迈德·哈伊里正在为家人建造一所房子。房子

---

① 1英尺等于30.48厘米。
② 土耳其毡帽，又音译为菲斯帽（Fez），名称来源于其起源地摩洛哥城市菲斯。这是一种直身圆筒形或者削去尖顶的圆锥形帽子，一般有吊穗作为装饰。20世纪初奥斯曼帝国解体之前，土耳其毡帽一直被西方人视为东方穆斯林的象征。
③ 耶路撒冷石，耶路撒冷及其周边地区常见的各种类型的浅色石灰石、白云石和白云质石灰岩，自古以来就被用作建筑材料。耶路撒冷的许多著名建筑（包括西墙）都是用它建成的。

将建在拉姆拉的东部边缘，拉姆拉是一个有 11000 个居民的阿拉伯镇子，位于耶路撒冷和地中海之间的沿海平原上。拉姆拉的北边是加利利①和黎巴嫩南部地区，南边是贝都因人的地盘——巴勒斯坦和西奈的沙漠。

有些人认为，"拉姆拉"的名字来自阿拉伯语单词"沙子"（Raml）。这里的土壤大都很肥沃，生长着柑橘、橄榄、香蕉、扁豆和芝麻。艾哈迈德·哈伊里盖房子的那一年，巴勒斯坦的阿拉伯农民能种出数十万吨大麦、小麦、卷心菜、黄瓜、番茄、无花果、葡萄和甜瓜。哈伊里一家照看着橙子、橄榄和扁桃，这些东西都生长在宗教公产②上，宗教公产是由大家族的族人共同拥有的园地，依照伊斯兰法律进行管理。

哈伊里家族的历史和财富可以追溯到 16 世纪，他们的祖先是宗教学者哈伊尔丁·拉姆拉维（Khair al-Din al-Ramlawi）。哈伊尔丁是摩洛哥人，在奥斯曼帝国担任法官。奥斯曼帝国的首都在伊斯坦布尔，他们统治了巴勒斯坦达 400 年之久。鼎盛时期，奥斯曼帝国的疆域从维也纳外围地区一直延伸到巴尔干半岛、中亚、北非和中东一带。帝国的苏丹从伊斯坦布尔发令，把那片出产肥沃的宗教公产赐给了哈伊尔丁，在此后的几个世纪，这些公产养育了哈伊里家族的子孙。

1936 年，巴勒斯坦来了新的统治者，英国人。第一次世界大战结束，奥斯曼帝国解体了，英国人来了。这个时候，拉姆拉城的哈伊里

---

① 加利利（Galilee），以色列北部地区，1948 年由以色列管理至今。传统上分为上加利利、下加利利和西加利利，面积约占以色列的三分之一。北面到黑门山下，南到迦密山，东面到约旦裂谷，西到地中海海滨。
② 宗教公产（waqf），音译是"瓦合甫"，字面含义是"收押"，指伊斯兰法律中不可剥夺的宗教捐献。一般来说，指穆斯林为了宗教或公益而捐献的建筑物或田地，这些财产由慈善信托机构管理。

家族有了自己的宅院，在这个地段，空地和房屋之间通过石门和拱道相连。人们不用离开这片宅院，就可以从一家走到另外一家。女眷们很少抛头露面，采购是女佣和用人们的活儿。

哈伊里家族拥有镇子上的电影院，星期二的时候，电影院专门划给族人使用。那一天，好几十个亲友会到电影院观赏来自埃及的新片。在私家影院的隐秘保护下，哈伊里家的女性不必暴露在陌生人尤其是陌生男性的眼光之中。哈伊里家的成员很少向外通婚，但在七年前的婚礼上，22岁的艾哈迈德是个例外：他19岁的新娘扎吉雅来自拉姆拉的里亚德（Riad）家族。扎吉雅安静、谨慎、忠诚，人们认为她是一位好主妇，哈伊里家的人都非常喜欢她。

艾哈迈德的叔叔谢赫·穆斯塔法·哈伊里（Sheikh Mustafa Khairi）是族长，也长期在拉姆拉担任市长。穆斯塔法对于艾哈迈德来说，就像父亲一样。艾哈迈德七岁的时候父母去世了，穆斯塔法的家人抚养了这个男孩，视如己出。尽管局势日趋紧张，穆斯塔法仍然既受市民的欢迎，也被英国殖民官所喜爱。

英国人是1917年来到这里的，同年，历史性的《贝尔福宣言》①发表，在那份宣言中，英国承诺会帮助在巴勒斯坦建立"犹太人的民族国家"。这是由西奥多·赫兹尔②发起的欧洲犹太人的政治运动——犹太复国主义③的胜利。英国人授权"一个合适的犹太事务局"来帮助他

---

① 《贝尔福宣言》，1917年11月2日，英国外交大臣阿瑟·詹姆斯·贝尔福（Arthur James Balfour）发表了一封公开信，信中说，英国政府支持在巴勒斯坦为犹太民族建立民族家园，并将竭尽全力促成这一目标的实现，不过，此举不能伤害当地已有的非犹太团体的公民权益和宗教权。《贝尔福宣言》在1931年12月11日被英国议会通过，即《威斯敏斯特法案》，为1948年5月以色列建国开辟了道路。
② 西奥多·赫兹尔（Theodor Herzl，1860—1904），奥匈帝国的一名犹太裔记者，犹太复国主义的创始人，现代以色列的国父。
③ 犹太复国主义，犹太人是源自古代近东地区的民族，其居住地迦南（以色列）（转下页）

们发展公共工程、公用事业和自然资源——实际上，这就是巴勒斯坦犹太政府的起源。近年来，巴勒斯坦的犹太移民使得阿拉伯人和英国人渐行渐远，身负市长和族长双重使命的谢赫·穆斯塔法不得不在殖民官和自己躁动不安的阿拉伯同胞之间进行调停。

艾哈迈德眼看着他的墙在拉姆拉镇东郊的肥沃土壤上节节攀升：从地基到屋顶，一共铺设了十四层耶路撒冷石。他决定搬出自己生长的家族院落及其上面的世界，这是不同寻常的。艾哈迈德想要自立门户，他和谢赫·穆斯塔法就此事进行商讨，达成了一致：他继承的遗产、哈伊里家宗教公产里的收入份额和他在拉姆拉镇家具店的收入，这些钱集中起来给他盖房子。是时候了，现在，26岁的扎吉雅正怀着她的第四个孩子，艾哈迈德希望这个孩子最终能是一个男孩儿。

这对年轻夫妇设想了一座开放式的房子。艾哈迈德与他的一位英国朋友和建造商本森·索里（Benson Solli）一起审查了总体规划，本森·索里是住在拉姆拉的不多的犹太人之一。艾哈迈德的孩子们记得，自己一家和许多阿拉伯人一样，都觉得索里先生这样的犹太人就是"巴勒斯坦"风景的一部分。在拉姆拉星期三的市场上，来自集体农庄的犹太人以货易货，换取小麦、大麦和甜瓜回家。阿拉伯劳工在附近犹太人的田地里工作，他们推着集体农庄制造的手犁，犹太农民将他们的马带到拉姆拉去打掌。阿拉伯人回忆犹太工程师和工地指挥

（接上页）在历史上一直断断续续地存在过犹太王国及其自治领。根据犹太教、基督教和伊斯兰教教义，以色列地本为犹太人的"应许之地"。从公元1世纪开始，犹太人遭受到来自罗马天主教会的歧视和迫害，原因是当时的天主教认为犹太人对耶稣受难负有责任。犹太复国主义是犹太人发起的一种民族主义政治运动、犹太文化模式和意识形态，旨在支持或认同在以色列地重建"犹太家园"的行为。复国运动发展初期是世俗化的，经过一连串的进展和挫折，特别是"二战"中纳粹大屠杀之后，犹太复国主义的民粹运动于1948年达到了高潮。犹太人全国委员会于1948年5月14日发布了《以色列独立宣言》，现代以色列正式建国。

为穿城过镇的巴勒斯坦铁路工作。一些人记得，蓄着络腮胡子、说阿拉伯语的犹太人骑着驴子，到当地的工厂购买一袋袋水泥。大多数情况下，阿拉伯人和犹太人生活和工作在不同的世界中，但他们沟通交流的程度是不可否认的。富裕的拉姆拉人去特拉维夫拿犹太裁缝裁剪的西装、犹太干洗店清洁过的土耳其毡帽和犹太摄影师拍摄的肖像照。哈伊里家的女人们回忆起去特拉维夫的犹太女裁缝那儿做衣服。哈伊里家的一名家庭医生，利特瓦克（Litvak），是犹太人，艾哈迈德和扎吉雅的女儿们在耶路撒冷的施密特女子学院（Schmidt Girls' College）读书，她们的许多同学都是犹太人。几十年后，哈伊里家的一个女儿还记得，"她们都说阿拉伯语，和我们一样是巴勒斯坦人，她们在那儿——和我们一样，是巴勒斯坦的一部分"。索里先生是一位建筑师和建造商，一个谦逊而安静的男人。他的女儿叫罗莎莉（Rosalie）和爱芙莉（Eively）。索里先生讲阿拉伯语，哈伊里家的后人记得，他和镇子上的穆斯林以及信仰基督教的阿拉伯人相处甚睦。

艾哈迈德和索里先生设计了一个大的客厅和卧室区，它们被房子中央的双扇木门区隔开来。工人们在角落里围了一间小卧室出来，铺了瓷砖，拉上电灯的吊线，铺设了室内给排水的管道。扎吉雅将拥有一个配备现代化炉灶的私家厨房。传统的家庭里，人们会在露天的、用木头做燃料的泥炉里烤制阿拉伯面包，现在，扎吉雅可以把面团送到拉姆拉城里的公用烤箱那儿，然后，把温热的、可以直接端上餐桌的面包带回家。

对于老城来说，这些都是新的奢侈品。拉姆拉镇创立于1200年前，也就是公元715年，它的建造者是穆斯林哈里发[①]苏莱曼·伊本·阿卜杜勒-马利克（Suleiman Ibn Abdel-Malek）。人们传说，苏

[①] 哈里发（caliph），伊斯兰阿拉伯政权元首的称谓，伊斯兰政治、宗教领袖。

莱曼把此地命名为拉姆拉（Ramla），并不是因为这里有沙子，他是以一个名叫拉姆拉的女人的名字命名的，苏莱曼当初在这片地区旅行的时候，这个叫拉姆拉的女人对他仁慈慷慨。苏莱曼把拉姆拉变成了巴勒斯坦的政治中心，有一段时间，它甚至比耶路撒冷还重要。拉姆拉位于大马士革和开罗之间，很快，它就成了骆驼大篷车的中途停留地，大篷车上托载着皮革、刀剑、水桶、核桃、大麦和布匹。

苏莱曼的工匠们建造了"白清真寺"①，人们认为这是阿拉伯世界中最美丽的寺庙之一。他们建造了一条六英里长的水渠，给城镇的居民带来了新鲜的水，并灌溉了周边的土地。拉姆拉周边平缓的坡地是巴勒斯坦最肥沃的地区之一。10世纪的时候，一位穆斯林旅人这样描写拉姆拉：

> 这是一座美丽的城池，建造精良。这里的水甜美又充裕，这里的瓜果很丰足。这里有诸多好处：周边有美丽的村庄，气派的城镇，它靠近圣地，还有令人愉悦的小村。这里商业发达，谋生容易……这里的面包雪白，香甜可口；这里的土壤肥沃，远胜别处；这里的瓜果之甘美，世间少有。拉姆拉啊，它四周有硕果累累的田园、带围墙的城镇和舒适的驿站。这里有堂皇的旅社、宜人的浴室、可口的食物、丰富的调料、宽敞的房屋、漂亮的清真寺和宽阔的道路。

在接下来的一千年里，拉姆拉先是被十字军占领，再被穆斯林英

---

① "白清真寺"（White Mosque），位于以色列拉姆拉市的古老的伍麦叶（倭马亚）王朝的清真寺，目前只有尖塔留存。

雄萨拉丁①解放,接着,又被来自伊斯坦布尔的土耳其苏丹所统治。20世纪30年代的时候,这里有一处要塞,驻扎着英国的部队,有一个殖民办公室供来自伦敦的副专员使用。英国军官们喜欢带着来自镇子里狗场的猎犬,穿过橄榄园,跳过仙人掌树篱和石墙玩猎狐游戏。一名英国的副专员向伦敦的英国政府呈递定期简报,他用蓝色的自来水笔写草书,注明庄稼的情况和收成的吨数。到1936年,当艾哈迈德·哈伊里的房子开始建造的时候,拉姆拉的公共秩序日益瓦解,这些也被他写入了简报。

1933年,阿道夫·希特勒在德国掌了权,整个欧洲的犹太人命运急剧恶化。不过短短几年时间,申请移民到巴勒斯坦的犹太人数量不断增加。地下犹太复国主义组织开始偷渡一船又一船的犹太人,从欧洲城市的港口出发,沿着巴勒斯坦的地中海北岸开往海法②,人数越来越多。英国统治者左支右绌地想控制人流,但是,从1922年到1936年,巴勒斯坦的犹太人从84000人变成了352000人,增长了4倍之多。同一时期,阿拉伯的人口数增长了大约36%,达到了90万人。14年间,因为巴勒斯坦的犹太社区变得越来越强,巴勒斯坦的阿拉伯人中开始出现了民族主义躁动情绪。数十年间,阿拉伯人不断地把土地卖给来自欧洲的犹太人。渐渐地,随着土地出售数量的增加,以及犹太领导者们呼吁创立自己的国家,许多阿拉伯人开始担心犹太人的优势地位。因为土地被出售给犹太人,大约有3万阿拉伯农户(约1/4的农村人口)被不在当地的阿拉伯地主驱逐,陷入流离失所的境地。

---

① 萨拉丁(Saladin,1138—1193),埃及阿尤布王朝的第一位苏丹及叙利亚的第一位苏丹,1174—1193年在位。萨拉丁在阿拉伯人对抗十字军东征的过程中表现出卓越的领袖作为、骑士风度和军事才能,闻名于基督教和伊斯兰世界。
② 海法(Haifa),以色列北部港口城市,西濒地中海,背倚迦密山,是以色列第三大城市,仅次于耶路撒冷和特拉维夫。

农户们流入巴勒斯坦城市，穷困潦倒，很多时候不得不靠着为新来的犹太移民建房为生。20世纪30年代中期，阿拉伯领导人宣布，售卖土地给犹太人是一种叛国行为。他们抵制独立的犹太国家，渐渐地，他们希望英国人也退出巴勒斯坦。

艾哈迈德和雇工们把木头百叶窗挂在了窗户上。为了建造外面的围栏，他们在石灰石柱子上把铁条固定好。他们还铺上瓷砖，造了一个小小的车库——艾哈迈德现在还没有车，他希望自己将来能有一辆。

不久，艾哈迈德把他的注意力转移到了花园里。他在房子后面的庭院一角选了个地方，想种一棵柠檬树。艾哈迈德知道，树被种到土里之后，要等上七年甚至更长的时间，那巴勒斯坦的艳阳，还有拉姆拉地下清甜的水，才会滋养这棵树，让它成熟起来。种植，就是一件关乎信仰和耐心的事儿。

1936年下半年，哈伊里家的石头房子竣工了。为了庆祝新居落成，这家人宰杀了一只羔羊，准备了一场盛宴：填塞了米的鸡、大堆大堆的羊肉，都是此类仪式上常见的东西；还有手工制作的蒸粗麦粉，用柔软的黄油面团烤成的新鲜饼干；还有库纳法（kanafe），这是一种热热的、盖着开心果的甜点，形状像比萨饼，又像小麦麦片。表亲们、姐妹们、兄弟们，还有谢赫·穆斯塔法，都从哈伊里家的宅院那儿过来，参观这个用白色耶路撒冷石盖成的、拔地而起的新房子。艾哈迈德穿着外套，打着领带，戴着土耳其毡帽站在那里，旁边是怀孕的扎吉雅，还有他们的三个女儿，六岁大的希亚姆（Hiam）、四岁大的巴斯玛（Basima）和三岁大的法蒂玛（Fatima）。艾哈迈德一直在等一个儿子，他来自一个有地产的体面人家，想和祖先一样，把家业传给子孙。扎吉雅对此了然于胸。

艾哈迈德和索里先生把房子设计得能够承受三层楼的重量，艾哈迈德和扎吉雅希望，将来，随着家庭的扩大和收入的增加，他们能够把房子加盖上去。

但是，1936年下半年，在这片祖祖辈辈生活了几个世纪的土地上，哈伊里一家期盼过的新家带来的安定感，被巴勒斯坦日常生活的现实撼动了。那个时候，全面叛乱烽烟四起，包围了他们的家园。

1935年秋天，"阿拉伯大起义"（Great Arab Rebellion）爆发。当时，一个名叫谢赫·伊扎丁·卡萨姆[①]的阿拉伯民族主义者带着一小群起义者，占领了巴勒斯坦北部杰宁[②]附近的山头。长期以来，阿拉伯的民族主义者一直怀疑英国人在巴勒斯坦偏袒犹太人，而不是阿拉伯人。《贝尔福宣言》帮犹太人启动了建立犹太国家的机制，提到了工会、银行、大学，甚至一支犹太民兵（即哈加纳，Haganah）。至于阿拉伯人，贝尔福只是简单地说，犹太国家不会对"巴勒斯坦现存非犹社区的公民权利和宗教权利"产生不利影响。1935年秋天，英国当局破获了一起犹太复国主义者的武器走私行动，但是，他们没有找到并起诉组织者，阿拉伯人对英国的不信任加深了，谢赫·卡萨姆借此发动了起义。卡萨姆确信，只有武装起义才能给阿拉伯人带来民族解放。

英国人怀疑卡萨姆的团伙是一个集体农庄的两起燃烧弹致死事件的元凶，甚至觉得这些人还牵涉别的杀戮事件。英国人称谢赫是一个"亡命之徒"，犹太复国主义领导人说他是"黑帮匪徒"，两边都认为他是一名恐怖分子。1935年11月，宣称自己"服从于上帝和先知，而非英国高级专员"的卡萨姆遭到追捕，被射杀在他藏身的山洞附近。

[①] 谢赫·伊扎丁·卡萨姆（Sheikh Izzadin al-Qassam，1882—1935），叙利亚穆斯林传教士，1930年创立了巴勒斯坦阿拉伯武装组织"黑手党"（Black Hand），一直领导到1935年他去世。
[②] 杰宁（Jenin），巴勒斯坦北部城市，由巴勒斯坦民族权力机构管辖，为周边地区的农业中心。

英国的一份报告说,"该帮派被警方的行动清除了"。整个冬季,巴勒斯坦的阿拉伯人都在哀悼第一位巴勒斯坦烈士之死,还在组织未来的长期战斗。

1936年4月15日,一个星期三的晚上。艾哈迈德·哈伊里和他的朋友本森·索里计划在拉姆拉破土动工时,麻烦开始了。离拉姆拉城以北25英里远的一条公路上,两名驾车穿越巴勒斯坦北部的犹太人被拦住了。后来,英国当局说拦截者是"阿拉伯劫匪"。阿拉伯人抢劫了犹太人,然后开枪打死了他们。第二天晚上,特拉维夫附近的两名阿拉伯人被犹太凶手杀害。在接下来的几天里,犹太人向阿拉伯人的货运卡车扔石头,抢劫阿拉伯人开的商店。明显不真实的谣言迅速传播,说在和特拉维夫相邻的雅法,有两名阿拉伯人被谋杀了。阿拉伯人以暴力回应谣言。袭击、报复和反报复开始了。

英国向雅法和特拉维夫派遣了增援部队,并宣布进入紧急状态。殖民当局实行了严格的宵禁令,既逮捕犹太人,又逮捕阿拉伯人,在没有逮捕证的情况下搜查他们的房屋,审查他们的信件、电报和报纸。与此同时,阿拉伯游击队在巴勒斯坦各处的城镇和村庄设立了民族委员会,作为起义的基地。身处巴勒斯坦的阿拉伯政党的领导人组成了"阿拉伯高等委员会"(Arab Higher Committee),由耶路撒冷的穆夫提[①]、哈吉[②]阿明·侯赛尼[③]领导,侯赛尼号召进行总罢工,抵制犹太

[①] 穆夫提(Mufti),伊斯兰领导者,精通伊斯兰教法,有权颁布伊斯兰教令,因此也有政治影响力。

[②] 哈吉(Hajj),伊斯兰教称谓,凡到圣地麦加朝觐过的穆斯林,均被视为信仰虔诚者,因他们亲身完成了神圣的天命功课,瞻仰了圣地,缅怀了先知圣迹,从而坚定了信念,净化了心灵,并同世界各国穆斯林会聚,增进了团结和友谊,受到人们的尊敬,故在其名前冠以"哈吉"的尊称。

[③] 阿明·侯赛尼(Amin al-Husseini, 1895—1974),巴勒斯坦民族主义者和宗教领袖。生于耶路撒冷的名门望族,曾在耶路撒冷、开罗艾资哈尔大学和伊斯坦布尔求学。(转下页)

货品。穆夫提是由英国人任命来代表巴勒斯坦的穆斯林社区的,现在转而开始反对他的殖民主子。穆夫提治下的阿拉伯高等委员会要求终止犹太移民,不再向犹太人出售土地,终止英国委任,以利于建设一个单一国家。

戴着方格头巾的阿拉伯战士在山上开火,向英军和犹太集体农庄射击。起义者(被称为"敢死队员"①)切断电话和电报线,破坏输水管道,炸毁桥梁,烧掉森林,让火车脱轨,还袭击犹太人定居点和英军的小分队。一份递交给英国政府的报告中称,"武装恐怖主义团伙的谋杀和其他暴行十分普遍"。英国军队以警棍、实弹和新的战术做出回应,并拆除涉嫌"叛乱"的人及其亲属的石屋。一份英国的新闻公报说,"拆除的初步工作将因频繁的爆炸和砖石坠落而中断……听到这些噪声时,居民们无须惊讶、误解或恐慌"。

1936年夏天,整个哈伊里家族和拉姆拉的其他人一起,为纳比塞雷村②的年度佳节做准备。尽管发生了反抗和英国的镇压,数千名阿拉伯人还是会从巴勒斯坦全境集聚过来,纪念这位展示了神迹的古代先知:他预言了先知穆罕默德的到来。来自巴勒斯坦每个城市的代表团会前往纳比塞雷村的古清真寺,竖起自己城市的旗帜。"妇女们去拉姆拉的先知墓地,祈求多子多福,健康长寿,"艾哈迈德和扎吉雅的女儿卡农记得,"有唱歌,有跳舞,还有祈祷和野餐。这项活动是一年的亮点。"

冲突的消息零零星星地传入这个家庭。起义者正在予取予求:许

(接上页)1913年,随母亲去麦加完成朝觐而获得敬称"哈吉"。于1921年被任命为耶路撒冷大穆夫提,他利用自己的地位宣传阿拉伯民族主义,反对犹太复国主义。

① 敢死队员(Fedayeen),来自阿拉伯语,指"为了更远大的目标而牺牲自己的人",常用来指20世纪50年代攻击以色列的阿拉伯"自由战士"。

② 纳比塞雷村(Nabi Saleh),约旦河西岸的一个巴勒斯坦小村庄,位于拉马拉西北20公里处。

多犹太农民没办法将自己的谷物或家畜带到市场上去，胆敢尝试的人会遭到袭击，他们的动物也会被杀死。由于调查人员遭到袭击，水务项目暂停了。农村的游击队员掌握了"游击战"的方法，他们向英国巡逻队开火，有时候再跑到左近的村庄里，把自己伪装成女性。一份英国报道强调了遭受的挫败：殖民军队"一直四面受敌"，却发现"这个敌对地区里，看起来只有手无寸铁的和平牧羊人和农业专家"。有一次，"8月12日，一小队英军在北山（Beisan）附近沐浴，却被一股阿拉伯武装力量奇袭。不幸的是，他们的刘易斯机枪①'卡住了'，暴徒杀死放哨的士兵们之后，成功缴获了刘易斯机枪和一些来复枪"。对犹太复国主义者来说，"叛乱"同样令他们震惊。哈伊姆·魏茨曼②说，"一方面，破坏和背弃的力量已经升起，另一方面，文明和建设的力量仍然屹立。这是背弃和文明之间的旧战争，我们不会被阻止"。

　　夜晚，敢死队员们从一处房子转移到另外一处房子，在农民或市民家里，穿着脏污不堪的靴子睡觉。家庭口述历史显示，哈伊里家的一些人也在庇护反抗者。地方委员会的组织者建立了走私武器和收集"税金"（有的时候通过恐吓）的网络，来为反抗活动提供资金。反抗组织的领导人向城市中的阿拉伯人施加压力，要他们脱下土耳其毡帽，戴上方格头巾，这样，来自乡村的反抗者就不会那么显眼。艾哈迈德的家具作坊是否是这种"征税"的目标，尚不清楚。但他的叔叔，穆斯塔法·哈伊里市长正越来越多地面临来自起义者的威胁——他们认为他和英国人走得太近了。尽管有来自各方的压力，哈伊里一家仍然

---

① 刘易斯机枪（Lewis gun），美国陆军上校艾萨克·牛顿·刘易斯发明的机枪，特色是独特的枪管冷却罩和由顶部进弹的圆形弹鼓，在英国被发扬光大。其陆军型较早退出现役，空用机枪型一直用到"二战"结束。
② 哈伊姆·魏茨曼（Chaim Weizmann，1874—1952），犹太裔化学家、政治家，曾任世界犹太复国主义组织会长，第一任以色列总统（1948—1952）。

勉力维持着正常的生活。

婴儿卡农诞生之后，扎吉雅和艾哈迈德有了四个女儿。艾哈迈德仍然在等他的儿子，甚至开始怀疑妻子能不能生育男孩。"我们没有任何伯伯和叔叔，"卡农说，"所以，有一个男婴更重要。"关于母亲，卡农说，"毫无疑问，我们认为她是世界上最美丽的女人"。扎吉雅在家里总是穿着连衣裙，只有自家人在的时候，她穿家常裙服，有客来访的时候，她穿更漂亮的裙子和深色的袜子。扎吉雅身上散发着孟买香水的味道，她用一个特别的香水瓶子，瓶子的造型是一个印度女人。当时，拉姆拉的大多数人都使用公共浴池，但哈伊里家有他们自己的。有的时候，女孩子们学校里的老师也会过来洗澡，这让孩子们感到震惊。"我们小的时候认为老师就像天使一样，不需要洗澡、吃饭或睡觉。"卡农回忆说。

扎吉雅一般差遣仆人们去买食物，但有时候她自己也去买东西。扎吉雅离家去"星期三市场"的时候，会穿上一件外套，一件深色斗篷，还会在脸上蒙上面纱。她偶尔会带女儿们一起去。

在市场上，女孩子们观察各种摊位：有的出售茄子和辣椒，有的卖西红柿、黄瓜和欧芹，有的兜售调料和香草，还有人卖活鸡和乳鸽。平板卡车上堆着大袋大袋的橄榄，橄榄袋子上方是榨油机，乡下男人就骑坐在榨油机上。马拉车也咿咿呀呀地来了，上面的东西装得快要溢出来了。村妇们带着鸡和鸡蛋（困难时期，她们带银手镯和旧的奥斯曼硬币），来到这里交换叙利亚丝绸、埃及亚麻和来自加沙的棉花。妇女为自己的绣品选择染料：靛蓝来自约旦河谷，红色染料来自巴勒斯坦田野中生长的野生漆树，黄色染料（*muchra*）来自靠近埃及边境一带的土壤。

哈伊里家的女孩们发现，每个村民的衣服都讲述着一个故事。有人衣服上绣着芝麻枝条的图案，有人衣服上绣着向日葵或田野里的郁金香。拉姆拉的一片海边柑橘种植区里，人们把柑橘树枝的图案织到刺绣的紧身胸衣上，周围绣着绿色的三角形，代表在橘林旁当防风林的柏树。在那些图案的下面，起起伏伏的靛蓝线代表着附近地中海里的波涛。

在家里，扎吉雅和仆人们经常煮女孩们最喜欢吃的"菜肉饭"①，这种食物的字面意思是"颠倒"，是一道羊肉和茄子砂锅菜，把食物从烤箱里拿出来之后，立刻翻转过来，撒上松子。母亲在厨房里往库纳法上撒糖和开心果的时候，女孩们围在她周围。中午时分，人们在餐厅吃正餐，扎吉雅把女孩们叫到桌子边，艾哈迈德从他的家具作坊里回家，和她们一起吃饭。一家人吃饭的时候，坐在一张叫"tablieh"的短腿桌子周围。有客来访的时候，父母到客厅去，坐在盖着深蓝色天鹅绒的雕花木头长椅上，那些椅子，女孩们是不准坐上去的。

吃完饭，艾哈迈德会回去工作：他是一个颇有声名的家具巧匠。艾哈迈德的视力不好，阅读对他来说很困难，所以，他没有上大学，而是去了耶路撒冷的舒纳勒学校②，那所学校出来的年轻人大多成了各行各业的行家里手。十年过去了，现在，艾哈迈德有足够的订单，让他可以雇用帮手。尽管发生了阿拉伯大起义，但他的生意一直是兴隆的。艾哈迈德的这份产业，还有来自哈伊里家宗教公产的收入，足以让家人过上舒适的生活。

艾哈迈德很少呼朋唤友到家里，相反，他会到家族聚居地的社交场去，和哈伊里家的亲友们打牌、啜饮阿拉伯咖啡、从水烟筒里吸烟。在这些地方，人们总是没完没了地谈论政治话题。

---

① Makloubeh，中东一带的传统阿拉伯食物，由肉、米饭和炸蔬菜组成，食材放在锅中，倒出锅的时候会翻转，因此名称为 makluba（字面意思是"上下颠倒"）。
② 舒纳勒学校（Schneller's School），最初是一所德国新教的孤儿院，从1860年到1940年在耶路撒冷办学，为来自巴勒斯坦、叙利亚、埃及等国的孤儿提供学术和职业培训。1903年开办盲人学校，提供各种职业培训服务。

1936年年底，巴勒斯坦的局势相对平静。因为英国许诺会彻查冲突的根源，阿拉伯高等委员会暂停了大罢工和反抗活动。印度前殖民大臣佩尔勋爵（Lord Peel）戴着高礼帽、穿着燕尾服从伦敦来到这里。这个英国爵爷的任务是指导议会的调查委员会，但有时他似乎很困惑。"我以前没有意识到，阿拉伯人对犹太人的霸权和统治的恐惧是多么深刻，"他写信给伦敦的一位同事说，"至于两个种族之间的和解，没有人为此做过什么努力。"越来越多的欧洲犹太人"通过合法或者非法手段像'潮水一样'涌入巴勒斯坦"。佩尔勋爵在信中批评了那种"令人不快的怀疑气氛"，他担心即便提出"建设性的建议"，可能也会徒劳无功。

1937年7月，巴勒斯坦皇家委员会[1]向英国议会提交了一份长达418页的报告。佩尔和同侪们宣称"半个面包也比没有面包更好"，他们建议把巴勒斯坦分为两个国家，一个给犹太人，一个给阿拉伯人。"分治提供了一个前景，"佩尔委员会总结说，"一个获得无价的和平福音的前景。"数百个阿拉伯村庄，至少225000名巴勒斯坦阿拉伯人，都在拟议的新犹太国家的边界内；约有1250名犹太人生活在分区线的阿拉伯一侧。佩尔委员会宣称，"土地和人口的转移，不管是否自愿"，必须做出"安排"……"如果想让安置定居方案清晰明确，那么，少数派的问题必须大胆面对，果断处理"。

尽管内部存在分歧，犹太复国主义运动的领导层还是接受了佩尔勋爵的建议。许多犹太复国主义领导人仍然不想放弃把整个巴勒斯坦变为一个犹太国家的想法，一些领导人甚至考虑，让约旦河对岸的沙漠王国外约旦[2]也成为最终的犹太国家的一部分。对他们来说，接受佩

---

[1] 巴勒斯坦皇家委员会（Palestine Royal Commission），亦名佩尔委员会，负责调查巴勒斯坦动乱的原因。

[2] 外约旦（Transjordan），指今日约旦河西岸的约旦地区的合称。外约旦原来单指"约旦河东岸"，也有"约旦河以外地区"的意思。1917年11月6日，英国军队入侵（转下页）

尔委员会的报告是一个重大的妥协,他们的不同意见反映了思想上的分歧,这种分歧后来持续了数十年之久。以色列地工人党①的领袖、巴勒斯坦最具影响力的犹太复国主义者大卫‑本‑古里安②对该计划表示赞同。佩尔委员会计划的核心是转移阿拉伯人的理念,这是一个被犹太复国主义者推行了几十年的理念。1895年,犹太复国主义政治理念的创始人西奥多·赫兹尔写道,通过从原住民阿拉伯人那里购买土地,建造一个犹太人的家园。"我们应该努力在过境国为他们寻找工作,以此鼓励身无分文的人跨越边境……同时,不让他们在我们自己的国家就业。无论是征地还是移走穷人,两种过程都必须慎之又慎。"

40年后,在佩尔勋爵的调查期间,本‑古里安指示与委员会碰面的犹太人向他们鼓吹"转移计划"。委员会报告发布后,这位犹太复国主义领导人写道:"我们必须从心底摒弃'不可能'的假设。事实上,这是可能的……我们可能会失去转瞬即逝的历史时机。在我看来,和我们想要的所有额外领土相比,转移事业更为重要……阿拉伯人从谷地撤离之后,在历史上,我们将首次成为一个真正的犹太国家。"一年之后,本‑古里安宣称,"我支持强制转移"。一些犹太复国主义事业的同情者反对这些措施。例如,阿尔伯特·爱因斯坦和马

(接上页)巴勒斯坦并随后占领全境。1920年,国际联盟给予英国以管辖巴勒斯坦的"委任统治权",次年,英国政府以执行《贝尔福宣言》为由,采取分而治之的政策,以约旦河为界,将巴勒斯坦分为东西两部分:东部称外约旦,承认阿卜杜拉为统治者,扶植了一个傀儡政权;西部仍为巴勒斯坦,由英国委任总督直接统治。经过一系列操作,英国对外约旦的统治合法化,完全控制了外约旦的政治和经济。"二战"后,外约旦独立,1950年改国名为约旦。

① 以色列地工人党(Mapai),成立于1930年的左翼政党,在以色列立国初期执政,1968年合并为现在的以色列工党。执政期间对以色列进行了广泛的进步改革,如建立国家福利制度,提供最低收入、住房补贴和医疗以及社会服务,等等。
② 大卫·本‑古里安(David Ben-Gurion,1886—1973),以色列政治家,出生在波兰,十几岁的时候成为犹太复国主义者,凭借敏锐的直觉和务实的精神,在长达30年的时间里一直是犹太民族的领袖。他领导创立了以色列,并担任以色列第一任总理。

丁·布伯①。他们二人一直主张爱因斯坦所谓的"两个伟大的闪米特民族"之间的"同情的合作",这两个民族"可能有一个共同的美好未来"。

佩尔委员会的提案让本-古里安感到振奋,却让阿拉伯人感到震惊错愕。耶路撒冷的穆夫提领导下的阿拉伯高等委员会立刻拒绝了这个提案:不仅因为转移计划,还因为分区这个提议本身。阿拉伯人想要争取一个单一的、独立的、以阿拉伯人为主体的国家。

1937年9月,阿拉伯刺客在拿撒勒②的一条蜿蜒的窄路上击毙了一名英国专员,阿拉伯起义再次爆发。英国的反应非常迅速,军方从当局手里拿到了控制权,军事法庭加紧处决可疑的起义者。英国军队占领了包括拉姆拉在内的巴勒斯坦各城市,数千人被捕入狱。英国枪手从空中搜捕起义者,一度在拉姆拉以西动用了16架飞机,杀死了150多名起义者。"恐怖主义呼吁采取严厉的对抗措施,"10月,拉姆拉地区的英国专员报告道,"这些不可避免地进一步加剧了对抗的情绪。现在,温和派的意见失去了最后一点影响力。在拉姆拉,温和派一度聚集在市长谢赫·穆斯塔法·哈伊里的领导下。他们有过约束力,但现在,他们向枪手屈服了。"

艾哈迈德的叔叔谢赫·穆斯塔法有麻烦了,他卡在了英国占领军势力和阿拉伯起义者的敢死队之间。作为拉姆拉的市长和此地望族之一的族长,15年来,谢赫·穆斯塔法广受尊重。后人说,这是因为谢赫·穆斯塔法为贫苦农民说话,捍卫他们减免税收的权利。卡农·哈伊里记得:"谢赫·穆斯塔法进入一个房间时,大家都会站起来;他走

---

① 马丁·布伯(Martin Buber,1878—1965),奥地利-以色列-犹太哲学家、翻译家、教育家,文化犹太复国主义者,研究宗教有神论、人际关系和团体,活跃于德国和以色列的犹太人团体和教育团体中。
② 拿撒勒(Nazareth),以色列北部城市,位于历史上的加利利地区。

过骑马人的时候，骑手们会从马上下来；他路过劳作的人，人们会停下手里的工作。没人要求他们这样做，他们是出于尊重才这样做的。"谢赫身材高大，相貌堂堂，他的眼睛是浅褐色的，唇上留着胡须，总是穿着黑色斗篷，裹着宗教学者的白头巾。他自己包好头巾，然后再戴上深红色的土耳其毡帽。

这位富有魅力的市长在英军和起义武装之间左右平衡，他反对过佩尔委员会的计划，也曾与阿拉伯"知名人士"做斗争，因为他觉得那些人与英国人和犹太复国主义者过于接近。根据哈伊里家后人的说法，市长甚至秘密地让儿子将英军行动的信息告诉起义者，还用汽车后备厢运送过武器。如果这是真的，他们就冒了送命的风险。

穆斯塔法·哈伊里仍然是外国占领下的这片土地的市长，根据规定，他需要与英国当局合作。尽管他自命为民族主义者，但人们都知道他反对阿拉伯高等委员会的起义领导人哈吉阿明·侯赛尼。谢赫·穆斯塔法曾是国民防卫党[①]的成员，国民防卫党曾经与侯赛尼的竞争对手结盟，人们认为它是犹太复国主义者的"合作者"。

起义重又愈演愈烈的时候，谣言开始扩散。谣言说，一些阿拉伯精英和英国人以及犹太复国主义者媾和，甚至把起义的行动计划告诉了后者。同样具有煽动力的说法是，许多此类的阿拉伯"知名人士"将土地卖给了新来的犹太人，这加快了阿拉伯人中被驱逐和愤怒的无地农民阶层的涌现。在拉姆拉，市民被告知，一名从特拉维夫来的犹太人正在四处打探，想购买更多的土地。据说，艾哈迈德的另一位叔叔，医生拉塞姆·哈伊里（Rasem Khairi），愤怒地把那个男人赶走了。舒可瑞·塔吉（Shukri Taji）是谢赫·穆斯塔法的表兄，也是该

---

① 国民防卫党（National Defense Party），成立于1934年12月，地点在英国的巴勒斯坦托管地。其纲领要求建立一个阿拉伯人占多数的独立巴勒斯坦，并反对《贝尔福宣言》。

镇名流之一,据说他在拉姆拉挨家挨户地拜访,警告人们不要出售自己的土地。但是,据后来的记录显示,即使是舒可瑞·塔吉本人,也曾经把土地卖给犹太人。随着关于线人、合作者和土地卖家的报告越来越多,起义者杀死了好几百个"自己人"。被害者中有两名市议员来自附近的利达市①,死于1938年年末。

根据英国的说法,敢死队要求用税款为阿拉伯起义提供资金,但市长拒绝了他们。英国副专员的一份报告说,1938年10月,"能力超强的拉姆拉市长"谢赫·穆斯塔法"离开祖国"去了开罗,"因为害怕被暗杀……大家敏锐地感觉到了市长的失落"。与此同时,民众对起义军征税的要求感到愤怒,英国人利用这种愤怒,从反对者中招募了更多的线人。

不到一个月,谢赫·穆斯塔法回到了拉姆拉。他承诺远离民族主义政治,在雅法—耶路撒冷公路(Jaffa-Jerusalem highway)边的那座石头大楼里面专注于市政事务。

1939年5月,在一些阿拉伯人看来,为起义做出的牺牲带来了政治上的胜利。英国军队仍然深陷于和起义军的周旋之中,欧洲局势日紧,造就了数万犹太难民,英国政府发表了白皮书,接受了阿拉伯起义方的许多要求。英方同意严格限制犹太移民,加强对巴勒斯坦境内土地买卖的限制。最重要的是,白皮书呼吁建立一个单一的独立国家。许多巴勒斯坦的阿拉伯人认为,白皮书提出了一个解决自己问题的实际方案。但哈吉阿明·侯赛尼代表阿拉伯高等委员会拒绝了白皮书。差不多两年前,在阿拉伯起义的白热化阶段,因为被英国人通缉,这位前穆夫提逃离了巴勒斯坦。尽管侯赛尼是在流亡中发表的意见,但

---

① 利达(Lydda),也叫卢德(Lod),以色列中部城市,在特拉维夫东南15公里处,历史悠久,在《新约》中被提及。

他的话在巴勒斯坦阿拉伯人中获得了支持。也有许多巴勒斯坦阿拉伯人不同意这位前穆夫提的决定,认为自己错失了一次机会。

和两年前佩尔委员会提出的计划相比,英国的新政策标志了一个陡转。白皮书对阿拉伯人做出了重大让步,而对于巴勒斯坦的犹太人来说,这是一种放弃——在欧洲犹太人的处境越来越险恶的时候,英国曾在《贝尔福宣言》中承诺支持建立犹太民族国家,现在他们放弃了这种支持。几周之内,犹太的准军事小队攻击了英国军队,在耶路撒冷的邮政总局放了炸药,对阿拉伯露天市场的平民进行了袭击。很明显,白皮书动摇了巴勒斯坦的犹太人和英国之间的关系。"即便是撒旦本人,恐怕也不能创造一个令人更加痛苦和恐惧的噩梦了。"大卫·本‐古里安在他的日记中写道。

1940 年,英国当局终于通过他们所谓的"严厉对策"击败了阿拉伯大起义:数万人被判入狱,数千人被杀害,数百人被处决,无数房屋被拆除,包括穆夫提在内的关键头领人物流亡。城市中,阿拉伯男人脱掉了头巾,重新戴上了土耳其毡帽。巴勒斯坦民族运动被深深地分裂了,再无力对抗未来的任何冲突。

* * *

两年之后,1942 年 2 月 16 日,报纸头条宣布,英国在缅甸和新加坡败在了日本人手下。在利比亚和埃及的沙漠里,面对纳粹上将埃尔文·隆美尔[①]的新一轮进攻,英国军队撤退了 300 英里。纳粹暴行开

[①] 埃尔文·隆美尔(Erwin Rommel,1891—1944),第二次世界大战中著名的德国陆军元帅,号称"沙漠之狐",也是德国极少数非贵族出身、未进过参谋学校而晋升至元帅的军人。英国首相温斯顿·丘吉尔曾经评价他是"一位大胆而熟练的对手,一位伟大的将军"。

始从波兰和德国流传出来。巴勒斯坦的犹太人害怕，如果隆美尔军队占领了苏伊士运河，他将会继续向东推进，开向特拉维夫。

和几年前相比，此刻，这片圣地非常安静。英国高级专员每个月向内阁大臣发送殖民地情况通报，称犹太人在"政治方面没有真正的发展"，"从表面上看，阿拉伯人也没有政治活动"。专员表达了自己对可能存在的阿拉伯人招募活动的忧虑，他认为，这些招募意在战后冲突。专员也对哈吉阿明·侯赛尼的流亡进行了分析：这位前穆夫提正在柏林，通过和大英帝国的死敌纳粹德国结盟，重新开始了反对英国和犹太复国主义的民族主义斗争。

在 2 月关于巴勒斯坦的国情报告中，这位高级专员担心，一个犹太人的"伪政治恐怖主义团伙，即'斯特恩帮'①"已经开始暗杀活动。不过，专员对伦敦报告的更多的是，"阿拉伯人和犹太人一样，公共利益的关注点再次投注到生活成本和供应状况上"——食品配给、纱线价格和鞋子供应，还有每星期吃不上肉的日子。

在拉姆拉，哈伊里市长又开始行使自己的行政职责，处理黑市商贩非法囤积食物以绕开战时配给的问题，处理问题水井以及随之而来的城镇缺水问题。地区专员写道："因为断水缺食而获利的人成了市长的敌人，他们发动了反对市长的运动。"

换句话说，在为巴勒斯坦的未来而战的过程中，此刻正处在平静期。最起码，1942 年 2 月 16 日，谢赫·穆斯塔法·哈伊里可能正为一件乐事分神，这种愉快压过了水务纠纷、政治攻击，以及巴勒斯坦新近爆发的暴力事件，他的侄子艾哈迈德将第七次成为父亲，扎吉雅

---

① "斯特恩帮"（Stern group, Stern Gang），1940 年 8 月在巴勒斯坦成立的犹太复国主义的准军事恐怖组织，由亚伯拉罕·斯特恩领导，数百名帮众针对阿拉伯人采取激进行动，目的是把阿拉伯人从巴勒斯坦赶出去，并建立犹太国家。

第一次要生下一个男孩。在助产士的帮助下，男婴出生在家中，扎吉雅很高兴，也松了一口气。

艾哈迈德说："真不敢相信——我太太只生女儿。"他的女儿卡农后来回忆说："他派了家人中的一个男青年进了房间，解开我弟弟的衣服，查看他是不是真的是一个男孩。"

艾哈迈德杀了很多羊当作献牲。亲友们从加沙赶来，整个哈伊里家族载歌载舞地欢庆。

"真是个盛会呀，"卡农回忆说，"我们终于有了一个弟弟。"

那个男孩儿，他们取名叫巴希尔。

第三章 营 救

　　寒冷中，年轻的犹太推销员快步走过一条鹅卵石街道。摩西·埃什肯纳兹（Moshe Eshkenazi）提着他的黑皮箱，箱子里装满了精美的袜子、法兰绒内衣，还有别的工厂成货样品。在保加利亚的首都索非亚，摩西兜着圈子，从一家商店到另一家商店。突然，他停了下来：他的脚下，一眼就能看到的地方，躺着一个钱包。钱包看起来好好的，没有被动过，就好像刚刚被主人遗失。摩西弯腰捡起了钱包。钱包里装满了钱——对于在1943年年初的保加利亚，一个苦苦奋斗着养家糊口的犹太小贩来说，不失为一小笔财富。战争期间，对摩西这样的男人来说，要确保家人衣食无忧非常困难。对于一些男人来说，这笔飞来横财是很难抗拒的。

　　摩西没有犹豫。他做了自己唯一能做的选择。把钱包交给警察，对他来说是最自然不过的事了。

　　警察局里，值班警官震惊地看着这个佩戴着黄色星星标志[①]的推

[①] 黄色星星，即"犹太星"，正三角叠加倒三角的六角星。纳粹德国统治期间，在纳粹影响下的欧洲国家内，犹太人被迫戴上的识别标记。黄星上的文字为"JUDE"，德语，意指"犹太人"。

销员，他送来的皮夹中，钱完好无损。警官和同事商量了一下，很快，摩西被带到另一间办公室，在那里，他被介绍给一位高级警官。这位警官好奇地看着这位不同寻常的访客：摩西矮矮胖胖的，长着卷曲的黑发和浓密的眉毛，目光清澈稳定。很快，小贩和老警察开始了深入的交谈，在接下来的日子里，他们成了朋友。摩西的女儿达莉娅是听着这个故事长大的，1943年的时候，她还没有出生。达莉娅不知道父亲和警察谈话的细节——两个人是否谈到了战争，是否谈到了保加利亚与纳粹的联盟，或者，是否谈到了保加利亚怎么对待自己的犹太公民——但在某一时刻，警察决定泄露一个国家机密。

"有一个把犹太人驱逐出境的计划——很快，"他告诉摩西，"把自己的事儿处理好，带着家人离开，远走高飞吧。"尽管没有说细节，但警官的消息来自保加利亚当局更高层。摩西已经不需要被进一步警告，他的兄弟雅克已经离开这座城市，在山里加入了共产党的抵抗组织。摩西不想这样做，不过，几天之内，他和妻子索利娅（Solia）收拾了东西，往东去投奔索利娅的娘家，保加利亚黑海沿岸的斯利文市[①]。他们希望在那里能够安全一些。

1943年年初的时候，保加利亚还是君主制国家，与"轴心国"[②]结了盟。当时，希特勒的势力扩张到了欧洲东南部，延伸到巴尔干半岛的边缘，甚至更远的地区。彼时，国王鲍里斯三世统治着保加利亚王国，它的东边是黑海，南边是土耳其和希腊，保加利亚嵌在这三者之间。在鲍里斯的统治下，之前两年内，摩西、雅克和索利娅的表弟伊扎克·伊扎基（Yitzhak Yitzhaki）这样身强体壮的犹太男人，还有共

---

① 斯利文（Sliven），保加利亚东南部的一个城市，在保加利亚首都以东300公里处。
② 轴心国，名称源于1936年11月1日，指在第二次世界大战中结成的法西斯国家联盟，领导者是纳粹德国、意大利、日本及与它们合作的一些国家和占领国。

产党人和其他的持不同政见者，在劳动营里度过了暖和的月份。他们修建公路和铁路，为轴心国的战争机器提供燃料。

1943年年初，发生在欧洲其他国家的可怕故事传过边界，保加利亚的犹太人越来越不安。保加利亚有47000名犹太人，他们的权利被基于德国"纽伦堡法案"①的各类规定剥夺了。

年轻夫妇朝东穿越保加利亚的玫瑰谷②，进入斯利文山区的时候，一场决定保加利亚犹太人命运的大剧正在展开，不过在那个时候，摩西、索利娅和他们的家人对此一无所知。1943年3月初，一些普通公民、若干政治和宗教领袖的行为将改变保加利亚的历史进程。这场大剧的中心是像埃什肯纳兹这样的家庭，此类家庭形成一个又一个小的犹太社区，遍布保加利亚各地。这场大剧的"主角们"来自丘斯滕迪尔（Kyustendil），一个边陲铁路城镇，靠近和马其顿相交的西部边境，与保加利亚的第二大城市普罗夫迪夫相距不远。在普罗夫迪夫，3月的一个寒冷的早晨，围捕犹太人的行动开始了。

* * *

1943年3月9日，午夜过后一点点，普罗夫迪夫市拉比③的女儿正坐在家中书房里读着杰克·伦敦。她的父母已经睡下，房子里非常安静。

---

① "纽伦堡法案"，1935年，纳粹德国的国会通过并颁布了两项法律（"德意志血统及荣誉保护法"和"帝国公民权法"，合称"纽伦堡法案"，这是一套反犹太的法律。
② 玫瑰谷（Valley of the Roses），保加利亚盛产玫瑰，玫瑰谷位于首都索非亚东南约40公里处，它不是地理名称，而是一个地区概念，指保加利亚含油玫瑰的种植地区，总面积近3000公顷，集中了保加利亚四分之三以上的玫瑰产量。
③ 拉比（Rabbi），犹太人中的一个特别阶层，接受过正规犹太教育，系统学习过《塔纳赫》《塔木德》等犹太教经典，担任犹太人社团或犹太教教会精神领袖，或在犹太经学院中传授犹太教教义。

门铃响了,苏珊娜·萨缪尔·比哈尔(Susannah Shemuel Behar)从书本中抬起头来。

高中的时候,苏珊娜曾经计划进大学研习天文学。那是保加利亚犹太人命运改变之前的事了。那时候,苏珊娜的父亲也还没有被判入狱,有一天晚上,主持一场葬礼之后,他急匆匆地想在宵禁开始之前赶回家,却因为超时十分钟而被短暂监禁。

现在,苏珊娜是保加利亚地下反法西斯运动的一员。她加入地下的青年工人联盟(Union of Young Workers),并在游击队的抵抗组织里交了不少朋友。抵抗组织成员是共产党人,身揣五发式奥地利步枪在寒冷的罗多彼山脉①中出没。苏珊娜和她的女友们喜欢针对法西斯从事各种破坏活动:当她的同志们去焚烧皮革工厂,或破坏给德国提供罐装蔬菜的装配线的时候,苏珊娜会去望风。晚上,她绕着城镇张贴反法西斯传单——"停止战争!""德国佬滚开!""我们要工作!"这项工作通常男女搭配着进行,这样的话,如果一名警察经过,合作者们可以相互拥抱亲吻,掩藏自己的任务。在家里,苏珊娜给她的传单找到了一个完美的藏身之处:她父亲的《圣经》里。

门口是托特卡(Totka),一个在附近卖面包的丰满女人。苏珊娜警觉了起来:托特卡是普罗夫迪夫一名警察的妻子。"去叫醒你父亲。"女人说。

不一会儿工夫,胡子拉碴、面貌柔和的拉比穿着睡衣出现了。"他们马上就要来抓捕你们一家了,"警察的妻子说,"把你家的金子交给我吧,我帮你们保管,将来还给你们。"

拉比回答:"如果我们藏着金子的话,它会和我们一起被烧掉的。"

---

① 罗多彼山脉(Rhodope Mountains),地处欧洲东南,其面积的83%以上在保加利亚南部,其余部分在希腊。

苏珊娜知道父亲的话是什么意思。他一直对自己讲纳粹德国的故事。

托特卡离开了。一个小时之后，凌晨2点刚过，门铃又响了。苏珊娜打开门，看到一个脚蹬黑靴、蓝色外套上钉着闪亮银扣的警察。他给了比哈尔一家30分钟的时间，让他们收拾一点财物，然后步行去犹太学校的操场。他们会在那里等候更进一步的指示。

苏珊娜的妈妈陷入震惊，她什么也收拾不了，只带了几件外套和一点面包。

犹太城市普罗夫迪夫的市中心，苏珊娜、她的兄弟和父母沿着一条狭窄的道路慢慢前进。他们经过苏珊娜的朋友埃斯特雷拉（Estrella）的家，又经过本韦尼斯蒂（Benvenisti）的家。比哈尔一家被这名制服警察和一个便衣军官夹在中间。周遭一片安静，只有他们的脚步声在碎石路上作响。苏珊娜抬起头看大熊和小熊——大熊座和小熊座，它们悬浮在凌晨晴朗的天空中。她的妈妈担心地说起苏珊娜在首都的两个姐妹，她没法告诉她们家里正在发生什么事。苏珊娜几乎没听见母亲在说什么。她满脑子想着父亲在他们离家之前对她说过的话。"一旦你发现机会，"拉比告诉女儿，"逃跑。"

比哈尔一家走到了一条鹅卵石路上，这条路的名字是"俄罗斯大道"。在那儿，他们碰巧遇到了普罗夫迪夫东正教主教的仆人，当时，他正赶着去教堂生炉火。那是快到凌晨3点的时候。"这个点儿，您带着一家人奔哪儿去呀？"仆人问拉比。

"请赶快去把基里尔主教叫醒！"本雅明·比哈尔急匆匆地回答，"告诉他，普罗夫迪夫的拉比和他全家都被抓起来了，他们要被关在犹太学校里。我估计，很快就会有更多的犹太家庭到这里来！"

仆人飞也似的跑了，他外套的衣襟在身后飘着。苏珊娜觉得仆人看起来好像在飞。

同一天，在普罗夫迪夫东边几个小时路程的山城斯利文，摩西和索利娅·埃什肯纳兹正在安静和恐惧中等待着。摩西曾经希望，他在索非亚的警察朋友发出的警告能帮他在索利娅娘家找到安全的避风港。可是，一家人收到保加利亚当局的一封信之后，摩西的希望破灭了。索利娅的家人要打包20公斤的食物和衣服，然后踏上旅程。去哪里？不知道。索利娅听说了欧洲其他地方发生的暴行，她已经不抱任何幻想。多年之后，跟女儿达莉娅回忆这些事的时候，索利娅还能清晰地回想起那种感觉：末日到了。

斯利文、普罗夫迪夫，还有其他的保加利亚城市里，数百个犹太家庭接到同样的命令。1943年3月9日，看起来，埃什肯纳兹一家、比哈尔一家，还有保加利亚所有的犹太家庭，他们的命运将会和欧洲其他国家的犹太人相同了。实际上，最起码在过去的两年中，因为反犹太法的实施以及保加利亚与希特勒结盟，这条路径看起来已经很清晰。

1941年，在第二次世界大战中努力保持中立的保加利亚国王鲍里斯，最终加入了轴心国。这让保加利亚得以避免被德国占领，却导致一个亲法西斯政府的诞生。一些最仇视犹太人的保加利亚人直接被赋予左右犹太人命运的权力，其中的关键人物是亚历山大·贝勒夫①，他曾经是"保加利亚民族精神进步的法西斯卫士"[Fascist Guardians of the Advancement of the Bulgarian National Spirit，又叫"拉特尼特斯"（Ratnitsi）]这个法西斯组织的重要成员。在保加利亚，贝勒夫是处理"犹太人问题"的主要权威。贝勒夫曾经亲往柏林，学习1935年颁布的"德意志血统及荣誉保护法"②以及其他纽伦堡种族法。凡此

---

① 亚历山大·贝勒夫（Aleksander Belev，1900—1944），"二战"期间在保加利亚负责犹太人事务，以反犹主义和强烈的民族主义观点而闻名，是保加利亚极右翼民族主义组织"拉特尼特斯"的创始人之一。
② "德意志血统及荣誉保护法"（Law for the Protection of German Blood and German Honor），1935年10月，为了防止基因混合，纳粹政府颁布"德意志血统及荣誉保护法"，禁止犹太人与有德意志血统的公民结婚，或者与雅利安后代发生性关系。

种种，都导致保加利亚在1941年出台了"捍卫国家法"("Law of the Defense of the Nation")。

根据这项法律和其他类似法律，保加利亚正式开始迫害犹太人，犹太人的法定权利已经被减少到和德国犹太人不相上下的程度。每个犹太人家都要放上"犹太居民"标志。犹太人受到严格的宵禁限制，不再被允许加入政党或专业协会。犹太人不能和非犹太人通婚，不能进入防空洞，不能拥有汽车、电话或收音机。他们被要求佩戴黄色星星标志。

索利娅·埃什肯纳兹的表弟伊扎克·伊扎基是一个健壮英俊的二十岁青年，他被送到塞尔维亚边境的一个劳动营。伊扎基每天只能吃到豆子汤，偶尔能吃到香肠、面包和保加利亚黄奶酪，那是探望他的家人偷偷带进去的，也有时候是当地村民给的，他们带去这些东西，来换取被囚禁的犹太医生给他们看病。伊扎基回忆说，囚犯、村民和卫兵一起分享食物。囚犯们白天砸石头，晚上，借着汽灯的光写家信。在寒冷的日子里，他们几乎没有御寒的衣物。因为条件简陋，缺医少药，劳动营里疾病传播得很快。有一次，在疟疾暴发期间，囚犯们试了一个民间偏方：他们喝下在营地附近捕获的海龟的血，然后，把海龟在火上给烤了。"在那种情况下，烤海龟可是美味！"伊扎基评论说。春天，囚犯们举行了一场演出：奥芬巴赫①的轻歌剧《美丽的海伦娜》。资深的保加利亚指挥官为营员的才能深感自豪，他邀请了很多其他的军官来看演出。伊扎基回忆说："和欧洲其他国家发生的情况相比，我们确实非常幸运。"

有时候，劳动营里人们也会受到苛待——曾经有一次，伊扎基遭到射击队的威胁，就是因为他的"同犯"无意中把帐篷烧着了——但

---

① 奥芬巴赫（Jacques Offenbach，1819—1880），出生于德国的法国作曲家。

实际上，保加利亚与欧洲其他地方不大一样。尽管有的力量想把保加利亚犹太人推向毁灭，还有些与之抗衡的东西。对保加利亚各地的许多爱国者来说，亲法西斯的法律需要强有力的回应：这些法律与保加利亚的历史和身份并不相符。

1492年，当犹太人被驱逐出西班牙①时，奥斯曼帝国的苏丹，身处伊斯坦布尔的巴耶塞特二世②向西班牙的加的斯港③派遣船只，欢迎数千名犹太人进入他的帝国。"人家说西班牙的斐迪南是一个聪明人，但其实他是个傻瓜，"巴耶塞特二世说，"他拿出宝藏，还把它全部给了我。"犹太人很快在整个奥斯曼帝国境内（包括保加利亚）散布开来。在有着马拉车和安静的村庄广场的温和社区里，他们很少遭遇反犹主义，即便有，和欧洲其他地方相比，形式也比较温和。保加利亚在19世纪70年代为独立而奋斗时，犹太人与他们的同胞并肩作战，以摆脱奥斯曼帝国的"枷锁"，普罗夫迪夫的犹太人庇护了保加利亚革命的英雄瓦西尔·列夫斯基④。列夫斯基可以算是保加利亚的乔治·华盛顿，他描述了自己对于民主的保加利亚的愿景："所有民族之间都有着兄弟情谊，绝对平等。保加利亚人、土耳其人、犹太人等等，在各方面都是平等的……"这些话后来被载入保加利亚1879年的宪法中，这部宪法在当时被认为是欧洲最进步的宪法之一。

---

① 1492年，西班牙国王斐迪南二世延续收复失地运动以来的宗教迫害政策，下令驱逐境内的所有犹太人、摩尔人和吉卜赛人，要求他们限期离境，并限制他们带走财产。
② 巴耶塞特二世（Bayezid II，1447—1512），奥斯曼帝国的苏丹，对东西方文化持包容态度。他接收了被西班牙驱逐的犹太人，使得新的思想和技术进入奥斯曼帝国，增强了奥斯曼帝国的国力。
③ 加的斯（Cadiz），西班牙西南部的一座滨海城市，属于安达卢西亚加的斯省，是该省的省会。
④ 瓦西尔·列夫斯基（Vasil Levski，1837—1873），保加利亚革命家，19世纪末领导反土耳其统治的武装斗争，被视为保加利亚的民族英雄。

距离1879年的宪法过去了60年，在亚历山大·贝勒夫为鲍里斯国王的亲法西斯政府起草反犹法律的时候，保加利亚社会中，几乎每个阶层和部门都出现了潮水般的抗议和警告的声明。信件和电报从医生、政治家、知识分子、裁缝、技术工人、皮匠、烟草工人、街头小贩和保加利亚东正教会发出，涌向国王、国民议会和总理办公室。

> 我们是普罗夫迪夫的食品工人，我们为这种反动法律的存在感到震惊，这只会分裂国家……
>
> 我们是纺织工人，我们和犹太工人并肩工作，一起为保加利亚人民制造产品。我们正在经历生活的不公正，我们发声抗议《捍卫国家法》，这条法律违背了"保加利亚工人协会"的利益和理想……
>
> 我们无法理解，执行《捍卫国家法》会让什么人得利。可以肯定的是，获利者不是保加利亚手工业工人。我们抗议这种对传统的践踏……
>
> 我们是来自普罗夫迪夫的糕点工人，特此表达我们的深切愤慨……这项法案与所有关于民主的理解背道而驰，而民主——一直是保加利亚人民灵魂的一部分。

保加利亚共产党通过其秘密报纸和地下电台也一再发出谴责。一份地下的共产主义传单说："5万名犹太人的命运，与我们保加利亚人民的命运密不可分。"

前政府部长们也写信给议会：

> 可怜的保加利亚！我们有700万国民，却如此害怕在国家层面上没有发言权的45000名犹太人会有异心，乃至于需要

通过特殊法律来保护自己吗?然后会发生什么?先生们,现在做出决定吧!你会站出来支持宪法、支持保加利亚人民捍卫自由,还是会与政治雇佣军同流合污,破坏保加利亚的当下和未来,让自身蒙羞?在城市,在乡村,他们都在说同样的话:"如果列夫斯基……还活着的话……(他)会追着鞭打我们,让我们了解(他的)想法。他会告诉我们,自己为保加利亚以身相殉的自由意味着什么……"

凡此种种对于《捍卫国家法》的抗议,都是对保加利亚当局的警告,从国王到负责"犹太人问题"的亲法西斯者都明白了,国民不会无视对保加利亚犹太人的迫害。因此,纳粹理念在保加利亚的忠仆贝勒夫,尽可能迅速和低调地进行着自己的工作。

1942年10月,柏林的纳粹当局向自己在索非亚的办公室发出一则信息:"请接近保加利亚政府,并与他们讨论依照保加利亚新法规疏散犹太人的问题……我们做好了接收这些犹太人的准备。"

作为处理犹太人问题的委员会主席[①],贝勒夫现在有权监督"将犹太人驱逐到各省或国外"的事务了。这个委员会的资金主要来自被冻结的犹太人资产。

1943年1月,帝国[②]在巴黎处理犹太人问题的西奥多·丹内克(Theodor Dannecker)抵达索非亚。在那里,他将与贝勒夫合作,把20000名犹太人从保加利亚境内"疏散"出去。这将是保加利亚几次大规模驱逐的第一次。2月,两人签署了《丹内克-贝勒夫协议》("Danne-

---

[①] 贝勒夫当时是"犹太事务委员会"的主席,这是保加利亚内政部的一个部门,成立于1942年2月。
[②] 帝国,指"德意志第三帝国"或者"纳粹德国",指1933年至1945年的德国。

cker-Belev Agreement"），确定了火车站（"在斯科普里①，5000人，乘坐五趟火车……在杜普尼察②，3000人，乘坐三趟火车……"）、目标日期（"集中在斯科普里和比托拉市③的犹太人将在1943年4月15日之后被驱逐出境……"）、例外情况（"不包括患有传染病的犹太人……"）、安全问题、款项支付、时间表和一份无悔承诺书（"在任何情况下，保加利亚政府都不要求召回被驱逐出境的犹太人"）。

协议规定，全部的20000名犹太人都来自马其顿和色雷斯④境内的"新解放的土地"，这些土地是德国新近转交给保加利亚占有的。然而，贝勒夫和丹内克发现，在被占领的地区里，犹太人统共加起来也没有这么多，所以，必须有至少7500名犹太人来自"老保加利亚"，就像埃什肯纳兹一家、比哈尔一家，还有不久之后等候当局指示的其他犹太人。

2月22日，就在贝勒夫与德国签署协议的同一天，他的办公室向犹太事务委员会的21名地区代表发送了一份备忘录。开头就是："秘密。高度机密。"

"收到本信息24小时之内，请向委员会递交一份贵镇富裕的、知名的或者被认为是'公众人物'的犹太人名录。在这份名录里，请纳入在本社区担任领导的犹太人，当地犹太社区中犹太精神的支持者，或者曾表达任何反国家的想法或感受的人……"

次日，贝勒夫去了"新疆域"。显然，他有信心，从"老保加利亚"把犹太人驱逐出境的工作已经在轨道上。贝勒夫相信，这项工作想要顺利进行，关键点在于保密。他在给内政部部长佩图尔·加布罗夫斯

---

① 斯科普里（Skopje），北马其顿共和国首都，也是北马其顿最大的都市。
② 杜普尼察（Dupnitsa），保加利亚西部丘斯滕迪尔州的小镇，位于索非亚以南约65公里处。
③ 比托拉（Bitola），马其顿共和国的主要城市，位于该国西南部。
④ 色雷斯（Thrace），东欧的历史学和地理学上的概念。今天的色雷斯包括保加利亚南部、希腊北部和土耳其的欧洲部分。

基[①]的备忘录中强调,"驱逐出境一事应该严格保密"。

但是,就在贝勒夫到南方去监督驱逐马其顿和色雷斯的犹太人的工作时,在后方,他无懈可击的计划突然被泄露了出去。

2月下旬,大约在那名索非亚警察向摩西·埃什肯纳兹透露驱逐传言的时候,一名年轻的保加利亚公务员决定,她再也不能保守一个令人不安的秘密了。莉莉安娜·帕尼沙(Liliana Panitsa)联系了一位犹太朋友,并在密会中把驱逐马其顿犹太人的计划告诉了他。帕尼沙的信息很可靠,她是冒着巨大的风险披露信息的,帕尼沙小姐是亚历山大·贝勒夫的秘书,有些人相信她其实还是贝勒夫的情人。

大约在同一时间,一个索非亚的配镜师在街上偶遇了自己的犹太熟人,配镜师说,如果后者付钱,他就会透露另外一条重要信息。收到贿赂之后,配镜师迅速地把政府驱逐保加利亚犹太人的计划透露了出去。配镜师知道秘密是有原因的,他是内政部部长、保加利亚法西斯组织"拉特尼特斯"的前成员佩图尔·加布罗夫斯基的姐夫[②]。

配镜师是在丘斯滕迪尔长大的。那是一个宁静的山城,四周环绕着果园和麦田,离马其顿的山区边境很近。丘斯滕迪尔是保加利亚的"水果篮",有着可爱的绿荫笼罩的街道,街头摊贩售卖穿在枝子上的糖衣苹果和樱桃,家庭餐馆供应羊肉汤和保加利亚葡萄酒,在接下来的几天里,这里成了决定保加利亚犹太人命运的战场。

大难即将临头——这恐惧笼罩着丘斯滕迪尔。一家当地玻璃厂的老板传递了关于驱逐的风声,这个老板经常和德国人一起工作,所以,他的信息显得颇为可靠。一个马其顿的领导人也知道了这个秘密,显然,他是在亚历山大·贝勒夫家的派对上了解到情况的。这个领导人

---

① 佩图尔·加布罗夫斯基(Petur Gabrovski,1898—1947),保加利亚政治家、律师。"二战"期间短暂担任过总理。
② 原文是 brother-in-law,可以译为姐夫、妹夫等等,此处权且译为姐夫。

迅速地警告了他的犹太朋友们。丘斯滕迪尔的地方长官尽管身有公职，又有贪腐的名声，但也没有噤声。他从贝勒夫的办公室直接了解到这些计划之后，警告了一位著名的犹太药剂师——塞缪尔·巴鲁（Samuel Barouh）。

很快，几乎所有丘斯滕迪尔的犹太人都知道了贝勒夫的秘密计划。可怕的谣言开始流传：他们正在清空费尔南德烟草仓库，为的是在火车站附近关押犹太人；贝勒夫的办公室拟好了一份犹太人名单（人们开始猜测名单上有谁）；附近的镇子里组装好了许多长列的闷罐车。

3月初，居民们看到丘斯滕迪尔附近驶过从色雷斯来的列车。车上挤满犹太人，他们大声呼喊，乞求食物。被震骇的居民和被拘在附近劳动营的犹太人追着轨道跑，车轮向前滚动的时候，人们把面包扔进车厢。类似的场景被保加利亚最高宗教首领、东正教的都主教[①]斯特凡（Stefan）记录了下来。"我所看到的情景，超过了我关于'恐怖'和'不人道'的概念，"主教写道，"货车车厢里，有老有少，有病人也有健康人，有母亲和她们嗷嗷待哺的婴儿，也有孕妇，他们挤得像沙丁鱼一样，虚弱得站不起来。他们绝望地呼喊，恳求帮助，恳求怜悯，恳求水，恳求空气，恳求一点点人性。"斯特凡给总理发了一封电报，恳求他不要把那些犹太人送到波兰："这个名字上带着一个阴险的光环，即便对纯洁无瑕的婴儿耳朵来说，也是如此。"

在丘斯滕迪尔，当马其顿和色雷斯犹太人命运的故事在传播，而新的驱逐传言又浮出水面的时候，犹太人开始恐慌起来。一个名叫马蒂（Mati）的年轻女子把她的家庭相册带到了一位亲密的非犹太人朋友维拉（Vela）家里。维拉是一名反法西斯运动的支持者，和普罗夫

[①] 都主教（Metropolitan），天主教会、东正教会和英国圣公会中教省的首脑。受到罗马帝国的行省制度影响，各行省的行政中心都会（Metropolis）的教区主教往往会成为当地教会的领袖。由于是都会"Metropolis"的主教，因此被称为都主教"Metropolitan"。

迪夫拉比的女儿苏珊娜·比哈尔一样,马蒂和维拉做着秘密的地下工作,支持游击队在靠近希腊的南部山区里的战斗。马蒂的脖子上绕着一个黑色的小丝袋,里面的小盒子里放着她母亲、父亲和姐妹的头发,如果家人离散了,这就是她家庭的象征。

马蒂流着眼泪。"维拉,"她说,"如果我有幸能回来,我会拿回我的相册。如果我回不来了,就把它留着当作对我的纪念吧。"她表情奇怪地看着朋友说:"如果你拿到从波兰来的肥皂,就用它洗脸吧。也许这肥皂是用我做成的,这样,我就能再次触摸到你的脸了。"

3月6日,丘斯滕迪尔的犹太人动员起来了。那一天,药剂师塞缪尔·巴鲁把驱逐的消息告诉了他在索非亚的兄弟雅克(Yako)。雅克在首都的政界人脉广泛,他在各部和议会的熟人间开始了活动。经历过一系列的警告和徒劳无功的会面之后,雅克拜访了一位高中老同学——国民议会副议长迪米特尔·佩舍夫[①]。佩舍夫是在丘斯滕迪尔长大的,尽管对《捍卫国家法》投了赞成票,但他和犹太人私交甚好。佩舍夫和雅克的兄弟、药剂师塞缪尔是朋友,他们在丘斯滕迪尔一起度过了许多时光,在当地的馆子里喝茴香酒、吃果仁蜜饼,在镇里公共浴池的矿泉水中一起放松身心。佩舍夫的姐妹和雅克的姐妹也是好闺蜜,她们给对方的孩子哺乳过。现在,雅克觉得自己必须去找佩舍夫,他已经别无选择。雅克想与佩舍夫合作是有策略性原因的,他了解,法律规定,只有来自"新解放的领土"的犹太人会成为第一轮被驱逐的目标。尽管看起来很糟糕,但法律似乎存在漏洞,可能能拯救"老保加利亚"的犹太人。

[①] 迪米特尔·佩舍夫(Dimitur Peshev, 1894—1973),第二次世界大战前,保加利亚国民议会副议长和司法部部长。他反叛了亲纳粹的内阁,阻止了保加利亚的48000名犹太人被驱逐出境的命运。

同一天，马其顿的那位领导人弗拉基米尔·库尔特夫（Vladimir Kurtev）抵达丘斯滕迪尔。他带来了在索非亚的谈话中了解的令人毛骨悚然的细节。他告诉他的犹太朋友们说，火车要来了，所有丘斯滕迪尔的犹太人都将被驱逐到波兰。

镇上的犹太人开始凑钱。也许区长柳本·米尔滕诺夫（Liuben Miltenov）能指派一个代表团前往索非亚。没有特别文件的话，犹太人不允许旅行，可是，代表团需要前往首都，以便与佩舍夫和国民议会的其他人见面。这很棘手，尽管米尔滕诺夫对犹太药剂师塞缪尔·巴鲁发出关于驱逐计划的警告，但他在民间颇有贪声。必须有人去"说服"区长，让他给代表团颁发旅行许可。

镇子上的犹太人倾囊相授。大家的集资被带到了市中心的一个犹太人家中，那里成立了一个特别小组。小组选中了维奥莱塔·康弗蒂（Violeta Conforty），去给米尔滕诺夫送钱。维奥莱塔是一个年轻女人，最近刚带着三岁大的女儿从索非亚过来。人们留下了一些钱以备其他的贿赂所用，还留下了代表团的路费。

这么些钞票，展开的、平滑的，扎在一起，放在一个大布袋子里。维奥莱塔没见过这么多现金，更别说把它们放在购物袋里了。那个寒冷晴朗的早晨，她走了一小段路，去米尔滕诺夫的办公室。维奥莱塔想到自己的丈夫，他在一个遥远的劳动营里。维奥莱塔回忆说，自己到了米尔滕诺夫的办公室，"我把袋子给了他，人们告诉我，他应该给我旅行文件。我说：'文件在哪儿？'"

"我不能把文件给你。"米尔滕诺夫说。

"那你把我的钱还给我。"维奥莱塔对区长说。

"不，我也不会把钱还给你，"他回答，"请离开房间。"

佩戴着黄色星星标志的年轻女人站了起来，离开了办公室。她浑身发抖地回到了那个房子里，既没有钱，也没有旅行文件。不会有犹太代表团去首都了。维奥莱塔回忆说,就在那一刻,丘斯滕迪尔的许多犹太人开始绝望了,也就在那一刻,丘斯滕迪尔的其他居民密谋了自己的计划。

亚森·苏梅佐夫(Asen Suichmezov)是和犹太人一起长大的。他是个身高大约两米的大块头,胃口极佳。苏梅佐夫在丘斯滕迪尔开了一家皮革和制衣店,喜欢到店铺对面的一家犹太餐厅吃烤肉串和羊肉汤。他甚至还能讲塞法迪犹太人[①]说的拉迪诺语[②]。塞法迪犹太人来自西班牙,拉迪诺语是"犹太-西班牙"的文化遗产,450年后,仍然是许多巴尔干犹太人的母语。

战争初期,苏梅佐夫到马其顿出差,在斯科普里,他亲眼看到犹太人的房产被卖掉,房主被驱逐到波兰,心下觉得骇然。3月初,苏梅佐夫听到烟草仓库的事情——它将被用来关押丘斯滕迪尔的犹太人。每天,没有二十次,也有十五次,苏梅佐夫那些忧心忡忡的犹太朋友会问他谣言的事,谣言说,镇子上会运来巨大的汤锅,被关押的犹太人在登上火车之前,会吃汤锅里的食物。苏梅佐夫什么准信儿也没法告诉他们。

犹太朋友们经过苏梅佐夫的商店时,会大声地对他喊话:"再见了,亚森!我们再也见不到你了!"另外一些犹太人拒绝认命,他们想促使这个同情他们的商人前往索非亚,代表他们去议会见迪米特尔·佩舍夫。苏梅佐夫同意了。"我答应了犹太人说我会保护他们,"

---

① 塞法迪犹太人(Sephardic Jews),塞法迪一词意思为"西班牙的",这些犹太人指15世纪被驱逐前的祖籍伊比利亚半岛、遵守西班牙裔犹太生活习惯的犹太人,占犹太人总数的约20%,生活习惯与其他分支颇为不同。
② 拉迪诺语(Ladino),又称作"犹太-西班牙语",源于中世纪西班牙语,融合了希伯来语、亚拉姆语,也受到阿拉伯语、土耳其语和希腊语的影响,使用者很少,多为老年的犹太人后裔,现在是濒危语言。

多年之后,这个店主写道,"我不会退缩的。"

3月8日傍晚,苏梅佐夫和三个同伴踏上了前往索非亚的旅途。最初,人们计划派一个有40个人的代表团,现在,这个团缩水成了四个人,这就是来自丘斯滕迪尔特别代表团的全部人选,他们要去议会见副议长迪米特尔·佩舍夫。

丘斯滕迪尔火车站是一栋黄色的砖石建筑,有宽阔的鹅卵石月台。四个人抵达火车站的时候,看到那里停靠着一长列一长列的货车,已经准备好驱逐犹太人。后来他们才知道,这些列车的终点是特雷布林卡灭绝营[①]。

代表团成员们靠近月台的时候,他们注意到警察正在来回检视。显然,有人已经向当局告发了他们要去议会,所以,他们可能没法登上开往索非亚的火车。代表团成员们迅速爬上了一辆马车,去铁路线的下一站科佩洛夫斯基(Kopelovsky)。在那里,四个人登上了火车,向北方前进,向着首都方向前进,向着和迪米特尔·佩舍夫的会面前进。

* * *

差不多在同一时刻,也许是在1943年3月的同一个晚上,在斯利文市山中的家里,摩西、索利娅和索利娅的父母在一同静坐等待。没人知道该打包什么,该说些什么,也不知道该如何去等待,甚至不知道自己该考虑去向何方。摩西和索利娅是三年前结的婚,他们在索非

---

① 特雷布林卡灭绝营(Treblinka death camp),"二战"时期纳粹德国的灭绝营,位于当时德占区波兰境内,今天的马佐夫舍省的一处森林中。灭绝营有6个毒气室,一共杀害了大约70万到90万俘虏,其中包括超过80万犹太人和一些数量被低估的罗姆人。

亚的一座巴尔干犹太教堂举行了简朴的婚礼。婚礼上,索利娅站着,乌黑的头发披散在肩膀上,摩西又紧张又严肃,穿着西装站得笔挺,肩上负着责任的重担。这对年轻夫妇面对着拉比和圣约柜[①]而站。婚礼举办之后的几周,反犹措施生效了,摩西被送去了劳动营。现在,1943年3月的那个晚上,就在玫瑰谷之外的斯利文市,一家人默默地坐着。

斯利文西南60英里之外,临近凌晨3点的时候,比哈尔拉比带领着他的家人,穿过"俄罗斯大道",向着普罗夫迪夫的犹太学校走去。街道空无一人。过了一会儿,学校和围绕着一个空旷庭院的黑铁栅栏进入了视野。比哈尔拉比和妻子走进大门,苏珊娜、她的兄弟和两个警察跟在后面。这家人在院子里独自度过了寒冷的一个小时,然后,如拉比预测的那样,别的犹太家庭也拖儿带女地来了,拿着衣物、毯子、黄奶酪和一条条圆形的保加利亚黑面包。

太阳刚升起的时候,基里尔主教的仆人回来了。他告诉拉比说,主教正在采取行动。基里尔给鲍里斯国王拍了一封电报,"以上帝的名义,祈求他怜悯这些不幸的人"。主教也给警察局局长送了一个信息,"我此前一直忠于政府,可现在,我要保留在此问题上自由行动的权利,只遵从自己良知的指示"。

基里尔估计说,现在,"大概有1500名到1600名犹太人"集合在普罗夫迪夫犹太学校的操场上。普罗夫迪夫的其他市民也知道了这件事,他们开始在学校外面聚集抗议,围栏两侧挤满了人。"大家群情激愤。"基里尔说。

一位亲历者记得,那天早上,基里尔自己也去了犹太学校。"我的孩子们,我不会让这件事发生在你们身上。我要躺到铁轨上,不让你

[①] 圣约柜(Holy ark),又叫妥拉柜,是犹太会堂内的宗教圣物,用来放置宗教卷轴。

们被带走。"

苏珊娜不记得这些事,但是她记得,自己从学校院子外屋①后面的一块松散的木板下偷偷钻到了外面,和一个朋友一起制订了一个应急计划:时机到来时,她就要偷偷溜走,和游击队员们一起到罗多彼山里去。苏珊娜从外屋溜回庭院,把这个计划告诉了父亲。拉比和女儿达成一致意见,如果驱逐迫在眉睫,苏珊娜就逃走,加入反对亲法西斯君主政权的武装斗争。摩西的兄弟雅克已经在那里。

此刻,在丘斯滕迪尔,镇子上的犹太人正在焦急地等待着代表团的消息。代表团出发去了首都,他们要去见国民议会的副议长迪米特尔·佩舍夫。

迪米特尔·佩舍夫身姿英挺,喜欢穿剪裁合体的精致西服,胸前的口袋里总有一方干净的白手帕折成三角形伸出来。他戴着袖扣,头发细心地用油梳到后面。

佩舍夫独自住在三楼的一个房间里,在他姐姐位于索非亚的公寓上方。他喜欢双陆棋和伏尔泰②,常常戴着浅顶软呢帽,穿着扣严实的西装外套,到楼下找两个小外甥女。女孩子们穿着蕾丝镶边的连衣裙和参加派对的鞋子站在门口,拉着舅舅的手,和他一起走去附近的糖果店。

迪米特尔·佩舍夫花了很多时间梦想"民族理想和人类对于纯洁神圣之物的普遍渴望"。他相信议会民主,认为保加利亚的纳粹模仿者们"喷着借来的口号",穿着棕色制服昂首阔步,就像"一出怪诞可悲的杂耍剧"的演员。

---

① 外屋,带有厕所的附属建筑。
② 伏尔泰(Voltaire,1694—1778),法国启蒙时代思想家、哲学家、文学家,启蒙运动公认的领袖和导师,被称为"法兰西思想之父"。他在哲学上卓有成就,也以捍卫公民自由特别是信仰自由和司法公正而闻名。

尽管佩舍夫在鲍里斯三世指定的亲法西斯政府里担任副议长,这位年轻的律师目睹了一个农民政权的严厉统治后感到幻灭。他认为自己对法西斯主义者的接纳是欧洲地缘政治现实的一部分。佩舍夫把自己与国王的未来绑到一起,也与保加利亚和纳粹的联盟绑到一起,力求维护保加利亚的国家主权。保加利亚和德国的关系并不稳定,不知何故,它竟然设法避免了被占领,甚至还收复了祖国的一些旧地。

像鲍里斯三世一样,佩舍夫似乎相信,在这种危险的平衡中,国家的外交政策需要向希特勒屈服。多年以后,他回忆自己投票赞成《捍卫国家法》的时候写道:"尽管痛苦,但对犹太人的限制都是权宜之计,不会走向极端。认识到这一点,牺牲就可以接受了。"保加利亚犹太人的命运此刻正是掌握在佩舍夫,而不是其他人的手里。

3月9日早晨,亚森·苏梅佐夫站在索非亚街头的一家帽子店前面,打电话给在家的迪米特尔·佩舍夫。苏梅佐夫和他的三个同伴是前一天晚上从丘斯滕迪尔来的。佩舍夫把男人们请进了自己的房子,在那里,苏梅佐夫把发生在丘斯滕迪尔的事情告诉了他,并噙着泪水,说到了火车站里那长长的货车。

在过去的几周内,在几次会议上,保加利亚国民议会副议长花了相当多的时间和精力,向人们解释,并没有什么驱逐犹太人的计划。迪米特尔·佩舍夫对他忧心忡忡的访客保证,如果有的话,他肯定会知道这件事。3月9日早晨,当苏梅佐夫和其他人出现在他面前时,佩舍夫开始调查此事。他曾经从丘斯滕迪尔的一个犹太密友那里听到关于驱逐的谣言,也听过一位议员描述来自马其顿的恐怖故事:"老人、男人、女人和孩子,带着财物,垂头丧气地、绝望地、无能为力地祈求着帮助,跟跟跄跄地朝着不可知的命运走去……唯一能被推测的是,那是一种会唤起每个人最黑暗的恐惧的命运。"

在苏梅佐夫和他的同伴们到来之前的几天,佩舍夫意识到自己听到的传言是真的。在那一刻，迪米特尔·佩舍夫——国民议会的亲保皇党成员，支持与纳粹结盟的议会领导人，一个投票支持对本国犹太人采取严厉措施的人——面临着一个选择。这可能是这个复杂而脆弱的故事中最重要的时刻，标志着保加利亚的历史与欧洲其他国家的历史自此截然不同。

"我不能保持被动，"迪米特尔·佩舍夫决定，"驱逐犹太人将对牵涉其中的人及国家造成严重后果，我的良知和我对后果的理解，都不允许我对此听之任之。就在那一刻，我做了决定，我要尽自己所能去阻止一个计划的执行。这个计划会让保加利亚在世人眼中的声誉遭到破坏，被打上它本不该承受的耻辱烙印。"

佩舍夫让这些人当天下午3点去他在议会的办公室会面。面见总理势在必行。

当天下午，男人们又在议会大厦里会面了。可是，总理拒绝接见佩舍夫和丘斯滕迪尔的代表团。驱逐令仍然有效。现在是3月9日迟暮时分，犹太人被驱逐的时刻越来越近。别无选择的佩舍夫打出了手中的最后一张王牌，他要求与内政部部长佩图尔·加布罗夫斯基会面。

几分钟之内，佩舍夫、苏梅佐夫和其他八个人——包括议会议员和（据记录）索非亚的一些犹太领导人——大步走入加布罗夫斯基的办公室。这些人把丘斯滕迪尔的情况摆到了部长面前。尽管他们知道自己说的是实情，但加布罗夫斯基不承认自己知道这些。佩舍夫回忆说，内政部部长看起来紧张又焦虑。男人们逼问他，加布罗夫斯基再次否认他知道关于驱逐的情况。在那一刻，代表团的一个成员问起了《丹内克-贝勒夫协议》——这份德国和保加利亚联合签署的文件列出了秘密计划的详情，详细到火车车厢和驱逐中心。人们想知道，内政部部长怎么可能不知道这些呢？

加布罗夫斯基真是作茧自缚。要么，他不知道发生在自己眼皮子底下的事，更可能的是，他在撒谎。或者，佩舍夫大度地回忆："他不过是在说一些陈词滥调，人们有时候会这样做来让自己摆脱尴尬的境地……"

现在是薄暮时分了。一个多小时之后，议会将召开一个晚间会议。佩舍夫和他的议员同僚们明确表示，他们准备利用这次会议谴责秘密驱逐计划。如果发生这种情况，一场国家级的丑闻就会爆发。这就是被纳粹占领的欧洲其他国家和准主权轴心国保加利亚之间的重要区别：保加利亚内部仍有回旋余地。保加利亚的异议人士不会被格杀勿论。

佩舍夫和其他人等待着内政部部长的回应。最后，加布罗夫斯基起身离开了房间——也许是为了和总理通话。加布罗夫斯基回来之后宣布，驱逐令不会被撤销，但其执行可能会被暂停——临时性的。佩舍夫给丘斯滕迪尔的长官米尔滕诺夫打电话，告诉他计划暂停的消息。在敦促加布罗夫斯基自己发出官方通告的同时，其他代表也开始给自己家乡的区里打电话，把这个消息告诉他们。内政部部长给秘书发了指令，让秘书给每一个执行驱逐令的保加利亚城市拍电报。

后来，有证据显示，鲍里斯国王同意了暂缓驱逐的决定。一份索非亚的盖世太保官员发给柏林德国当局的文件显示，保加利亚暂停驱逐令的决定级别为"最高"。但是，加布罗夫斯基——也许，还有鲍里斯国王——坚持说，暂停只是暂时的。鲍里斯坚持说，对马其顿和色雷斯"新解放的土地"上11300名犹太人的驱逐令不会受此决定影响，他们将继续被驱逐。不过，国王显然也同意，哪怕是暂时的——给保加利亚的47000名犹太人一个活下去的机会，而让来自马其顿和色雷斯的犹太人在他的监视下被消灭。

与加布罗夫斯基会面后不久，在内政部外面的走廊里，佩舍尔转向来自丘斯滕迪尔的皮革店老板和制衣商。"苏梅佐夫，和我握手吧，"

佩舍尔说,"对犹太人的驱逐被叫停了。你马上给丘斯滕迪尔那边打电话,告诉他们这个消息。"

苏梅佐夫和丘斯滕迪尔代表团的其他成员一起离开了议会大楼。在后门口,他们遇到了一群挤在入口处的犹太人。"上帝保佑你,亚森!"一名来自丘斯滕迪尔的年轻人大声喊。片刻之后,当他们走向一家卖酒的商店给丘斯滕迪尔打电话时,一名男子走近了他们。他的名字叫奥弗伦·塔格(Avram Tadger),是一名参加过两次保加利亚战争的犹太老兵,因为"捍卫国家法",塔格上校被迫退出了后备军官联盟(Union of Reserve Officers)。"你们中的哪一位是亚森·苏梅佐夫?"上校问。苏梅佐夫开口说话,塔格上校抓着制衣商的手开始流泪。"我是来跟你握手的,"老兵说,"勇气万岁!"

普罗夫迪夫犹太学校的庭院里,还有附近那高墙环绕的体育馆内,挤着好几百个犹太人。他们周围堆放着单薄的手提箱,还有塞满衣服的布袋子。这是3月10日半上午的时间,暂停驱逐的命令仍未送达当局。一大群人站在篱笆外大声呼叫,发誓绝不让犹太人被送走。

警察要求大家安静下来,因为有事要宣布,苏珊娜·比哈尔记得当时的恐惧感。警察命令所有的犹太人排好队,苏珊娜认为,现在差不多应该是逃走并加入游击队的时候了,驱逐行动就要开始了。

相反,警察让大家回家。

即使是60年之后,那一刻如释重负的身体感受——身处学校院子里的比哈尔一家、丘斯滕迪尔的巴鲁一家和康弗蒂一家,还有在斯利文等消息的埃什肯纳兹一家——仍然很难用言语描述清楚。

下午,普罗夫迪夫的犹太人回家了。很多人发现,当初因为仓皇离开而没有上锁的家里,财产完好无损——为他们担心的邻居们在帮他们看守着家。

傍晚,基里尔主教去了拉比的家。苏珊娜记得他戴着主教的帽子,拿着顶端镶银的手杖。主教拥抱了家里的每一个人，然后，到她父亲的书房里和拉比进行了一次私人会谈。当他走向书房的时候，主教停下脚步，凝视着拉比的孩子们。"整个保加利亚东正教教会，"他承诺，"会支持犹太人。"

在接下来的几个月内，事情的确如此。保加利亚最高宗教领袖、都主教斯特凡对鲍里斯施加了道德压力，他恳请国王"通过捍卫保加利亚人民因为传统和民族性而一直坚持的追求自由和人格尊严的权利"，来显示他的立场所应有的"同情和清醒"……"这些被剥夺了权利的，有着犹太血统的保加利亚公民的悲号和泪水，"斯特凡主教坚持说，"是对他们所受的不公正待遇的合法抗议。"

迪米特尔·佩舍夫意识到当局仍有执行驱逐计划的打算，他推断，也许让此事大白于天下会令政府感到羞耻。3月17日，佩舍夫收集了43个签名，给总理提交了一封抗议该计划的信。"我们无法相信，如一些用心险恶的谣言所说的那样，把犹太人驱逐出保加利亚的计划，是由保加利亚政府策划的，"信中宣布，"这种措施是不可接受的，不仅因为保加利亚公民不能被驱逐到国境之外，还因为这将是灾难性的，会给国家带来不祥的后果。它会给保加利亚的国家荣誉蒙上不应有的污点……"

佩舍夫公开对自己政府的计划提出责难，这种事是前所未有的。他曾经是亲法西斯主义的多数派的一员，是国王和总理的支持者，可是，在战争期间他为少数者辩护，反对政府驱逐犹太人的计划。佩舍夫为自己的行为付出了代价：几天之内，总理把他从副议长职位上撤掉了。迪米特尔·佩舍夫再也不能担任公职。

整个1943年春末，当纳粹对鲍里斯国王施压的时候，贝勒夫制订了新的驱逐计划——这一次，犹太人将被安置到驳船上，沿着北部边境的多瑙河运走。然而，最后，鲍里斯国王看到德国的力量因为在斯大林格勒战败①而被削弱，推测苏联或者西方同盟国可能会到达保加利亚，因此对驱逐一事摇摆不定。取而代之的是，5月下旬，他把索非亚的犹太人全都驱逐了，让他们分散到保加利亚全国，并加紧了劳动营的工作。如果这一策略是要安抚纳粹，那它的确奏效了。很快，第三帝国就左支右绌、四面楚歌，再也无力去考虑47000名保加利亚犹太人的事儿了。

1943年6月7日，保加利亚在学校院子、火车站、议会和街道上演出大戏的几个月之后，驻索非亚的德国大使向柏林的外交部发送了一份报告。"我坚信，保加利亚的总理和政府都希望，并努力争取，想要给犹太人问题一个最终的、彻底的解决方案，"阿道夫·贝克尔（Adolf Beckerle）写道，"然而，他们受到保加利亚国民心态的阻碍，这些国民缺乏我们拥有的意识形态启蒙。"

事实上，因为鲍里斯国王对这种"意识形态启蒙"的投降，超过11300名犹太人失去了生命。这些犹太人来自保加利亚吞并的马其顿和色雷斯的"新解放的土地"。来自这里的犹太人，几乎毫无例外地被灭绝了。

然而，同样真实的是，在危急存亡之际，普通的人们——在丘斯滕迪尔，在普罗夫迪夫，在索非亚，在全国各地——站在了保加利亚犹太人一边。其结果是，保加利亚的犹太人没有全都死在特雷布林卡灭绝营的毒气室里。

也因此，战争终告结束之后，摩西和索利娅·埃什肯纳兹开始重建生活。结婚七年之后，索利娅怀孕了。1947年12月2日，一个

---

① 1942年7月到1943年2月，德国及其盟国为争夺苏联南部城市斯大林格勒而进行了一场战役，这场战役是近代历史上伤亡最为惨重的战役之一，双方阵亡人数超过70万。这是德国在战略范围内最严重的失败，它终结了德国自1941年以来的进攻局面，使苏联与德国的总体力量对比发生了根本变化，也是"二战"的转折点。

叫"黛西"的女婴出生在保加利亚首都（后来，她的名字改成了"达莉娅"）。

然而，正如保加利亚裔的法国知识分子茨维坦·托多洛夫[①]所说，没有那些"善良的脆弱"——人类行为和历史事件彼此交织，复杂微妙、不可预见——这一切都不会发生。如果莉莉安娜·帕尼沙和其他人没有把驱逐计划泄露给自己的犹太朋友，如果亚森·苏梅佐夫和丘斯滕迪尔代表团在3月8日晚没有登上开往索非亚的火车，如果都主教斯特凡和主教基里尔听从欧洲天主教会的旨意，拒绝为犹太人发声，如果有一百件事，或者没有发生，或者以不同的方式发生，那么，驱逐计划就有可能加快势头，包括摩西和索利娅·埃什肯纳兹在内的47000名保加利亚犹太人，将会死在特雷布林卡灭绝营，那么，达莉娅将不会来到这个世界上。

但是，在索非亚寒冷的12月的一个夜晚，达莉娅出生了。就像数万名后来登船去往巴勒斯坦，然后去了以色列的保加利亚犹太人一样，达莉娅带着她来自祖先的非凡遗产，来到了这个世界上。

---

① 茨维坦·托多洛夫（Tzvetan Todorov, 1939—2017），法籍保加利亚裔哲学家，出生于索非亚，1963年起定居法国，写作了大量关于文学理论、思想史和文化理论的文章。

第四章　驱　逐

　　1942年2月下旬的一天，围绕着摩西、索利娅·埃什肯纳兹和保加利亚犹太人的大剧正在进行的时候，近1000英里之外的北方，哈伊里的一大家人穿越了巴勒斯坦的山脉，向希伯伦①方向前进。艾哈迈德和扎吉雅的第一个男孩出生十天了，该是到先知墓去举办"阿奇卡"献祭仪式②的时间了。先知墓是以先知亚伯拉罕③的名字命名的，这家人管它叫"易卜拉欣清真寺"④。

　　这个婴孩和他的父母、六个姐姐、叔祖谢赫·穆斯塔法，还有好几十个表兄弟、表姐妹、姑姑姨姨、叔叔伯伯，大家挤进往东南方向开的公共汽车，车子在巴勒斯坦狭窄的道路上前进。他们经过拉姆拉

---

① 希伯伦（Hebron），巴勒斯坦西岸地区城市，位于耶路撒冷以南30公里处，世界文化遗产，犹太教中仅次于耶路撒冷的圣城。
② 阿奇卡（Aqiqa），孩子出生之后举办的传统的伊斯兰献祭仪式。把羊献给真主，向他祷告，仪式之后把肉和穷人分享，为孩子祈福。
③ 亚伯拉罕（Prophet Abraham），犹太教、基督教和伊斯兰教的先知，也是传说中希伯来和阿拉伯等民族的共同祖先。
④ 易卜拉欣清真寺（Ibrahimi Mosque），又名"列祖之洞"，是希伯伦旧城中心的一系列地下室。《圣经》和《古兰经》都提到这一带是亚伯拉罕购买的墓地，犹太人相信亚伯拉罕等最重要的犹太祖先都葬在这里。

南边奈阿尼村①的西瓜田，经过阿布舒沙村②，村里的房子挨挨挤挤地立在加扎尔山上，经过伊姆瓦斯③凉爽而甜蜜的泉水，经过德尔阿班④的石头尖塔，那里生长着整个巴勒斯坦最好的小麦，经过橄榄林和苏里弗⑤那倾斜而下的、雨水丰沛的田地，最终，他们到了哈利勒⑥——也就是希伯伦，伊玛目⑦在清真寺那里等着。

"应该给孩子取一个名字，"先知穆罕默德说，"他的头发要被剃掉，所有污物要被洗掉，应该以他的名义敬献牺牲。"在三教先知亚伯拉罕的清真寺里的仪式上，伊玛目说出了婴儿的名字，"巴希尔"，阿拉伯语意为"好消息"或者"报喜者"。

婴儿的头发被剃掉并称了重，家人会把和头发等重的金子所值的钱送给穷苦人。家人宰杀绵羊，三分之二的羊肉分给穷人。然后，整个家族分享剩下的羊肉。

"真是一件盛事啊，"巴希尔的姐姐卡农回忆道，那一年，她将要满六岁，"真是隆重极了。"

回到拉姆拉之后，学校里的教师们祝贺了哈伊里家的女孩子们，祝贺她们有了一个小弟弟。在家里，大家非常宠溺巴希尔。还是幼童的时候，巴希尔就会穿着白色的长裤和白鞋子，站在桌子上，对着疼

---

① 奈阿尼村（Na'ani），拉姆拉南边6公里处的一个阿拉伯村庄。
② 阿布舒沙村（Abu Shusha），拉姆拉东边8公里处的一个阿拉伯村庄。
③ 伊姆瓦斯（Imwas），一个巴勒斯坦阿拉伯村庄，位于西岸拉特伦东南12公里处，距耶路撒冷26公里。
④ 德尔阿班（Deir Aban），耶路撒冷分区的一个巴勒斯坦阿拉伯村庄，距离耶路撒冷约21公里。
⑤ 苏里弗（Surif），希伯伦省的一个巴勒斯坦城市，位于希伯伦市西北25公里处。
⑥ 哈利勒（al-Khalil），阿拉伯语中对希伯伦的称呼。
⑦ 伊玛目（Imam），也叫领拜人，是对穆斯林祈祷主持人的尊称，履行包括领拜祈祷在内的各种职责。因为渊博的学识、崇高的威望、突出的功勋和良好的道德修养而广受尊重。

爱他的姐姐们作即兴演讲。"他很好看,"姐姐努哈回忆说,"像法鲁克国王①一样。"法鲁克国王是埃及的统治者。扎吉雅准备甜点的时候,女孩子们唱着歌,"牙齿变甜了,巴希尔,哦,巴希尔,愿真主为母亲来庇佑你"。

巴希尔的叔祖谢赫·穆斯塔法·哈伊里当市长20多年了,对他来说,民族主义政治的紧张,已经让位于英国战时统治下的配给问题,以及物价上涨带来的头痛。战时经济实际上帮助了巴勒斯坦:英国人把这片土地用作处理北非冲突的大规模集结区。为此,光滑的沥青道路开始取代旧巴勒斯坦那车辙纵横的土路,工作机会很多,艾哈迈德的家具业务蒸蒸日上。

在非洲和欧洲,第二次世界大战的局面已转向有利于盟军。苏联军队在严寒中坚持不懈,在斯大林格勒战役中打败了纳粹分子。英国军队离巴勒斯坦更近,在许多犹太新兵的帮助下,把隆美尔赶出了北非,粉碎了纳粹向特拉维夫和耶路撒冷进军的可能性。

1945年,战争即将结束的时候,巴希尔三岁了。决定巴勒斯坦未来的战争重新打响。25万犹太难民挤满了欧洲的盟军流民安置营地②,在"摩萨德"的帮助下,数万名犹太人从安置营偷渡到了巴勒斯坦。巴勒斯坦在英国的统治下,大多数移民都是非法的。当局开始拦截欧洲犹太人的船只,并把他们拘留在黎巴嫩海岸之外的塞浦路斯。根据六年前出台的"白皮书",面对巴勒斯坦阿拉伯人的恐惧、吁求以及反

---

① 法鲁克国王(Farouk),全名穆罕默德·法鲁克,埃及国王,1936年至1952年在位,是穆罕默德·阿里土朝的第十任统治者。
② 第二次世界大战后,盟军将数以百万计的流离失所者遣返回他们的祖国。但是,包括20多万犹太难民在内的数十万人却不能或不愿回去。大多数犹太难民更希望离开欧洲,前往巴勒斯坦或美国。联合国善后救济总署(UNRRA)把他们暂时安置到盟军占领的德国和奥地利营地中,为最终移民到巴勒斯坦做准备。

抗，英国人实行了严格的移民限制①。

随着纳粹欧洲暴行的细节开始为世人所知，塞浦路斯拘留营中那些没有国籍、流离失所的纳粹大屠杀幸存者的形象，深深地烙入了西方公众的脑海中，英国也被迫放松了移民限制政策。美国总统哈里·杜鲁门②敦促英国允许流民安置营里的10万移民尽快进入巴勒斯坦，并且废除向犹太人出售土地的限制措施——这些做法肯定会加剧与巴勒斯坦阿拉伯人的紧张关系。阿拉伯人争辩说，大屠杀幸存者可以在包括美国在内的其他地方定居，可是，美国自己也对欧洲犹太人的定居施加了限制。犹太复国主义者有意在巴勒斯坦，而非其他地方安置难民。1947年2月，"出埃及记"号船③抵达巴勒斯坦的海法港的时候，英国当局拒绝减少他们的移民限制，不同意让4500名犹太难民登陆，还强令他们登上其他船只，返回德国。一家法国报纸称这些船为"漂流的奥斯威辛集中营"。这一事件震惊了西方世界，强化了人们对犹太复国主义运动的支持。

英帝国和犹太复国主义者之间的早期合作几乎消失了，就像20世纪30年代阿拉伯起义的领导人一样，巴勒斯坦的犹太领导人希望英国人退出。英国曾授权犹太事务局建立一个"犹太人的民族国家"。现在，近30年后，巴勒斯坦的犹太人在阿拉伯邻居和英国监管者的

---

① 如前所述，那个时候，巴勒斯坦正在被英国托管。英国担心如果任由犹太人大量进入，会影响自己和阿拉伯人的关系，从而影响自己在中东的利益，所以出台了"1939年白皮书"，限制犹太人进入巴勒斯坦。
② 哈里·杜鲁门（Harry Truman，1884—1972），美国民主党政治家，第33任美国总统。
③ 这本来是一艘船龄20年的美国船，标准乘客量只有300人。1946年，犹太复国主义组织哈加纳（以色列国防军前身）通过在华盛顿的代理人，用8000美元买下了它，将它改名为"出埃及记"。1947年，从纳粹集中营幸存的犹太人乘坐着它驶向巴勒斯坦。英国拒绝接纳这艘船，引发了轩然大波，改变了很多国家对于在巴勒斯坦建立犹太国家的立场，加快了以色列的建国速度。1947年11月底，联合国投票，结束了英国对巴勒斯坦地区的托管。有人说，"出埃及记"号是推动了一个国家诞生的命运之船。

夹缝之间，成长为一支强有力的经济和政治力量。它甚至发展出了自己的民兵组织"哈加纳"①，哈加纳和极端主义的民兵组织"伊尔贡"②与"斯特恩帮"并肩作战，要驱逐英国监管者。耶路撒冷的大卫王酒店（King David Hotel）是英国的军事和情报总部所在地，1946年7月，伊尔贡的特工在这里安放炸弹，爆炸造成80多人死亡。由大卫·本-古里安和以色列地工人党控制的哈加纳，与未来的以色列总理梅纳赫姆·贝京③、伊扎克·沙米尔④领导的伊尔贡和斯特恩帮之间的紧张关系，加剧了意识形态和战术方面的差异，这种差异持续了数十年之久。在这个时期，数千名犹太移民无视紧张局势，继续涌入巴勒斯坦。

1945年元旦，索利娅的表弟伊扎克·伊扎基从保加利亚出发，到了耶路撒冷。他通过陆路旅行，乘坐东方快车⑤从伊斯坦布尔出发，经过大马士革。在大马士革，伊扎基看到了许多奇异的橙子和香蕉，他在那里得了一套新衣服和新鞋子，这些是由他的赞助者巴勒斯坦犹太事务局付的钱。在家信中，伊扎基写下了自己在大马士革市场的一次

---

① 哈加纳成立于1920年，是英属巴勒斯坦托管地时期的一个犹太人准军事组织，起源于动荡的奥斯曼帝国分裂时期，在20世纪初的巴以冲突中逐渐发展，成为今日以色列国防军的核心。
② 伊尔贡（Irgun），意为"以色列地的国家军事组织"，是一个秘密的犹太复国主义军事恐怖组织，1931年至1948年活跃于巴勒斯坦地区，曾策划一系列恐怖袭击，如大卫王酒店爆炸案和代尔亚辛村大屠杀等。后改组为以色列右翼政党赫鲁特党，后来演变为现在的利库德党。
③ 梅纳赫姆·贝京（Menachem Begin，1913—1992），波兰籍犹太人，以色列第6任总理。他出生于布列斯特，青年时投身犹太复国运动，1942年前往巴勒斯坦，1943年起担任伊尔贡的领导人，曾领导伊尔贡与英国政府和阿拉伯人进行武装斗争。
④ 伊扎克·沙米尔（Yitzhak Shamir，1915—2012），曾于1983年10月至1984年9月、1986年10月至1992年7月两度担任以色列总理，以色列鹰派政治人物之一。
⑤ 东方快车（Orient Express），横贯欧洲大陆，主要行驶线为巴黎至伊斯坦布尔，最初由国际卧铺车公司营运。历史上，东方快车路线曾有不同，但大致不离最初东西向的起止点。

令人不安的遭遇，一名阿拉伯人用刀子指着他的胸膛说："这就是他们在巴勒斯坦会对你做的事情。"伊扎基踏着教堂的钟声抵达了耶路撒冷，看到醉醺醺的英国士兵在圣城的街道上四处游荡。伊扎基在鞣革厂和建筑工地工作过，还曾经赶着一对骡子耕种犹太人的田地。最后，他加入了哈加纳，接受了基本的军事训练。

到1947年，根据英国殖民地部的一份报告，英国在巴勒斯坦有84000人的军队，但"没有得到犹太社区的合作"。尽管人数众多，但是，"面对配备全套现代步兵武器、高度组织化的犹太军队发动的恐怖主义行动，英军想要维持法律和秩序，力量仍嫌不足。巴勒斯坦全国的通信都遭受到攻击。政府大楼、军用火车和英国人经常光顾的娱乐场所被炸毁。若干英国人、阿拉伯人和温和派犹太人被绑架或谋杀。这种大规模恐怖主义一直在持续"。

在本国，英国政府面临着改造工厂和振兴战后国内经济的压力。这个国家正处于一个殖民时代的末期。它即将退出印度，2月，英国官方宣布，他们将把巴勒斯坦问题移交给新成立的联合国来处理。一个联合国事实调查小组抵达巴勒斯坦，调查冲突的根源。这是1919年以来第十一个到该地区的此类调查组织了。

同月，巴希尔五岁了。他是一个害羞的男孩，害怕狗，害怕陌生人。巴希尔不像哈伊里家新近增加的成员、他那个淘气的弟弟巴贾特（Bhajat），巴贾特好像总在不停地惹麻烦，巴希尔更安静、更内敛。他喜欢和比自己大一岁的姐姐努哈一起坐在房子里。有一段时间，他们几小时、几小时地从窗户里往外看铁轨，等着从雅法开往耶路撒冷的火车。努哈回忆，很多次，一家人会带着三明治，到拉姆拉一个公园的花园里野餐。

在上学的路上，孩子们会注意到英国士兵，那些士兵穿着卡其色短裤，戴着柔软的棕色帽子，一身制服让他们看起来干脆利落。年龄大一点的女孩子们，比如十一岁的卡农，已经开始理解巴勒斯坦驻有英军的政治背景。"我记得我的一位老师，"卡农回忆说，"她经常给我们读民族主义诗歌，她告诉我们——也许她本不应该这样做——这个国家正在发生的事。"

1947年秋季，在巴勒斯坦，几乎人人都在担心联合国调查，担心他们的建议会如何决定自己的未来。有一种说法，要把巴勒斯坦分成不同的国家，分别由阿拉伯人和犹太人控制。大部分巴勒斯坦的阿拉伯人认为这种安排是一种潜在的灾难。没有人能够预测，处在犹太分区里的阿拉伯人身上会发生什么事情。更重要的是，人们想要一个完整的巴勒斯坦。艾哈迈德喝着咖啡，抽着阿拉伯水烟，越来越多地在哈伊里家族大院的社交场讨论政治，每一次，谈话都会不可避免地转向巴勒斯坦阿拉伯人的糟糕状态。

巴勒斯坦的阿拉伯人比以往任何时候都更弱，更支离破碎。在阿拉伯大起义期间，数千人被杀或受伤，数万人被监禁。起义军首领，曾经的耶路撒冷大穆夫提哈吉阿明·侯赛尼流亡了，他在西方留下了永久的负面形象。这位前穆夫提和柏林的纳粹交往，试图动员阿拉伯人支持轴心国。可对于巴勒斯坦的许多阿拉伯人来说，这位前穆夫提仍然是反对英国和犹太复国主义的民族英雄，他们希望他在整个巴勒斯坦建立一个独立的国家，在战争爆发时保卫他们。对于侯赛尼来说，这是一个极其困难的任务，在流亡状态下尤其如此。

因为前穆夫提缺席，巴勒斯坦的阿拉伯人开始争夺权力，但是，理念上的分歧、个人间的对抗以及彼此间深深的不信任，使得统一的领导并未出现。大部分摩擦都根源于阿拉伯大起义。与前穆夫提看法一致的民族主义者认为，精英或"显贵阶层"太急于将巴勒斯坦卖给犹太人。而对于显贵们来说，有点获益总比什么都捞不到要强。阿拉伯人必须接受犹太复国主义者存在这一现实。

周边的阿拉伯国家刚刚脱离殖民统治，成为新兴的独立国家，它们也有自己的打算。在公开场合，阿拉伯政府宣布他们支持前穆夫提的目标，在巴勒斯坦建立单一的独立国家，他们承诺在必要时派遣军队，保卫巴勒斯坦阿拉伯人。然而私下里，一些阿拉伯领导人对参与任何未来的冲突都持有深深的保留意见，同时，他们彼此还警惕对方对巴勒斯坦的领土怀有野心。11月，外约旦的国王阿卜杜拉在约旦河沿岸与犹太复国主义领导人秘密会晤，双方达成了一项从根本上分割巴勒斯坦的协议：犹太人将拥有自己的国家（如联合国正在讨论的计划所述的那样），阿卜杜拉将扩大他的沙漠王国，将西岸以及联合国正在考虑设为一个独立的阿拉伯国家疆域的土地纳为己有。

公开的泛阿拉伯团结与单个领导人隐藏的利益之间存在着鸿沟，这个鸿沟在接下来的几个月乃至数年中都非常显著。

1947年11月30日凌晨，来自纽约联合国的消息抵达了。时值美国的傍晚，但已经是巴勒斯坦的午夜之后。艾哈迈德当时可能正坐在他家族大院里的社交场上，抽着水烟玩双陆棋游戏。全家人也许留在家中，围在他们的大木制收音机周围，一动不动，紧张地听着拉吉·萨约（Raji Sahyoun）的播报，他是耶路撒冷的阿拉伯广播电台的一名声音好听的评论员。巴希尔和其他年幼的孩子们可能已经进入梦乡。

不管环境如何，新闻本身是令人难忘的：根据联合国巴勒斯坦特别委员会的建议，联合国大会进行了投票。最终，以33个国家支持，13个国家反对，10个国家弃权的票数，将巴勒斯坦划分为两个单独的国家——一个给阿拉伯人，一个给犹太人。一份联合国少数派的报告建议，成立一个由阿拉伯人和犹太人组成的单一国家，其宪法尊重"人权和基本自由，不分种族、性别、语言或宗教"，这个报告未获通过。

巴勒斯坦要面临分裂了。经历了 30 多年的殖民统治之后，英国人将在 1948 年 5 月 15 日撤离。如果一切按照计划进行，阿拉伯国家和犹太国家将在同一天诞生。

哈伊里一家感到震惊。根据联合国的分区计划，他们的家乡拉姆拉、邻近的利达和沿海城市雅法，将成为阿拉伯巴勒斯坦国的一部分。该计划规定，54.5% 的巴勒斯坦领土、80% 以上的柑橘和谷物种植园区将划归巴勒斯坦国所有。犹太人大约占人口数的三分之一，拥有 7% 的土地。大多数阿拉伯人不接受这种分割。

如果执行分区计划，那么，拉姆拉离新成立的犹太国家只有几公里之遥。巴希尔的父母觉得，情况原本可能会更糟，在联合国分区计划下，一家人最起码不会在自己的土地上成为外来人口吧。现在，在那些被划入犹太国疆域里的阿拉伯人身上会发生什么呢？分区计划将把超过 40 万阿拉伯人划到新成立的犹太国家里，那里有 50 万犹太人，这些阿拉伯人因此成为占人口 45% 的"少数民族"。

对联合国投票的反应非常迅速：在其他阿拉伯领导人的支持下，巴勒斯坦人立即拒绝了这个分区计划，并发誓要抵抗它。他们问，为什么自己的家园要被拿来当成欧洲犹太人问题的解决方案？巴勒斯坦和世界各地的犹太人却欢欣鼓舞。在耶路撒冷，索利娅的表弟伊扎克·伊扎基加入一伙在乔治王街犹太事务局的同胞中间，和他们一起终夜跳舞。在从此地往北 1000 多英里的保加利亚，摩西和索利娅·埃什肯纳兹兴高采烈。终于，纳粹大屠杀之后，犹太复国主义事业的正义已经为世人所知。

此前一年，犹太复国主义领导人就接受了分区概念，而放弃了早先在整个巴勒斯坦打造"犹太联邦"的立场。尽管如此，在联合国投票支持分区之后，大卫·本－古里安仍然担心为这片犹太人留出的土地上的那些人数可观的阿拉伯少数民族。"这种人口构成无法为一个犹太国家提供稳定的基础，"联合国投票后不久，本-古里安告诉犹太复国主义的工党领袖，"这种构成无法绝对保证控制权留在占多数的犹太人手中。必须清晰而敏锐地看清楚这一事实……只要犹太人仅占总人口的60%（实际上是55%），就无法建立一个稳定而强大的犹太国家。"

联合国投票结果一宣布，伊扎基就听到消息："阿拉伯人不接受这种分区计划，可能会加剧对耶路撒冷的袭击。我接到通知，第二天去斯科普斯山①，保卫医院和大学。"11月30日，伊扎基乘坐一辆带装甲的犹太公共汽车，前往斯科普斯山。当车队驶近犹太区西蒙·哈-扎迪克②时，"爆炸发生了"。伊扎基扑到了公共汽车的木地板上，身边是一个辫子又粗又黑的漂亮姑娘。他们听到了更多的爆炸声。"别担心，会没事的。"他抱着希望告诉那个姑娘。他们的公共汽车经过了一个埋在路上的地雷，不过，汽车通过之后地雷才爆炸，车上的乘客，包括伊扎基和他旁边地板上的年轻姑娘因此得以活命。后来，公共汽车重新发动，朝着斯科普斯山前进，伊扎基知道了这个姑娘的名字：维尔达·卡蒙（Varda Carmon），她后来成了他的妻子。

同一天，阿拉伯人在雅法—耶路撒冷公路上袭击了拉姆拉附近的一辆犹太公共汽车。为了抗议联合国投票，一场为期3天的阿拉伯人罢工最终导致耶路撒冷的暴力冲突，14人丢掉了性命，这里面既有阿拉伯人，也有犹太人。这仅仅是一个开始。

阿拉伯国家，还有前穆夫提，正计划在巴勒斯坦动员军队。人们挤满了阿拉伯首都的公共广场，高呼着支持他们。埃及的战争部部长

---

① 斯科普斯（Scopus）山，耶路撒冷东北部的一座山，海拔826米，山上有希伯来大学和哈达萨医院。
② 西蒙·哈-扎迪克（Shimon Ha-Zadik），东耶路撒冷的犹太区。

吹嘘说:"埃及军队光靠自己,就有能力在 15 天内占领犹太人的首都特拉维夫……"看起来,犹太国家在建立之前,阿拉伯军队就能消灭它。另一方面,犹太复国主义势力也已准备数月之久,他们动员起来,准备武器,招募年轻的犹太人,其中,许多人是刚刚从欧洲流民安置营出来的纳粹大屠杀的幸存者。这些遭受重创的难民变成的士兵,非常积极地捍卫自己的新家园,他们加入了一个有组织的基层团队,该组织几十年来一直在发展自己。哈加纳很快制订了详细的战斗计划,包括控制联合国分区线以外的犹太地区,那本来是划为阿拉伯国家所有的。巴勒斯坦未来的版图越来越明显,实际上,一切都取决于实地事实,而不是联合国的纸上谈兵。"国家的边界,"本-古里安写道,"不是由联合国决议决定的,而是由武力决定的。"

1948 年年初,阿拉伯和犹太民兵埋置的一系列炸弹袭击了耶路撒冷的塞米勒米斯酒店(Semiramis Hotel)、巴勒斯坦邮政局和西耶路撒冷的本耶胡达街(Ben Yehuda Street),炸死了好几十个人。同一时间,哈加纳袭击了阿拉伯的城镇和村庄,驱逐了数千人,难民们开始逃向城市去寻求避难所。阿拉伯战士袭击了犹太人定居点,封锁了内盖夫①的道路,并持续在耶路撒冷和地中海海岸之间的两个通衢之地袭击犹太人的交通线。一条是巴布瓦迪(Bab al-Wad)的山口(也叫"山谷之门"②),另一条是拉姆拉的雅法—耶路撒冷公路,艾哈迈德和他的家人对此越来越紧张。

1948 年 4 月初的一个晚上,哈伊里家的房子被一系列爆炸震得轰

---

① 内盖夫(Negev),位于巴勒斯坦南部的沙漠地区,在《圣经》年代的希伯来语的意思就是"南部"。整个内盖夫差不多占了以色列南部的大部分地域,也就是以色列国土面积一半以上,现在为著名旅游区。
② 山谷之门,特拉维夫—耶路撒冷高速公路上的一个点,距耶路撒冷 23 公里,这条路刚开始是深谷,后来往上延伸,两侧是陡峭的岩石坡。

轰响,爆炸来自镇子的边缘地区。很快,消息来了:拉姆拉城外不远处,穆夫提的前指挥官哈桑·萨拉梅①的总部遭到了破坏。哈加纳的新兵发射了一枚火箭,火箭穿过总部周围的围栏,然后,士兵们将爆炸物扔进大楼,一连串剧烈的爆炸之后,大楼被炸毁了。至少有17名穆夫提的人被炸死了。

志愿者们从拉姆拉和利达赶往爆炸现场。目击者们看到人的断肢残骸挂在树上。哈伊里一家和拉姆拉的人们越发忧虑了:如果穆夫提的指挥官连自己的总部都保卫不了,又何谈保护城中居民呢?

几天之后,哈伊里一家又听闻了另外一起可怕的爆炸事件:巴勒斯坦的阿拉伯人失去了他们最受尊敬的指挥官,前穆夫提的侄子阿卜杜·卡迪尔·侯赛尼②在盖斯泰勒的战斗中丧生了。控制盖斯泰勒山意味着取得了公路的控制权,也就意味着控制了从耶路撒冷直至西边40英里之外的地中海港口之间的供应线。失去了这座山,对阿拉伯人的事业是一个毁灭性打击。但即便是这种失败,也没有艾哈迈德同时听到的另外一个消息令人感到恐惧:在耶路撒冷西边的阿拉伯村庄代尔亚辛村(Deir Yassin),犹太民兵屠杀了数百名妇女、儿童和手无寸铁的男子。细节还未得知,但哈伊里一家听说,伊尔贡和斯特恩帮的民兵让无辜的人排成队,然后把他们射杀在家里。也有关于强奸的传言。艾哈迈德和扎吉雅吓坏了,他们有九个孩子,七个是女孩。

---

① 哈桑·萨拉梅(Hassan Salameh,1913—1948),巴勒斯坦"圣战军"(Palestinian Holy War Army)的指挥官。他的儿子阿里·哈桑·萨拉梅(Ali Hassan Salameh)是"黑色九月"组织的首领,也是1972年慕尼黑奥运会屠杀事件的负责人。
② 阿卜杜·卡迪尔·侯赛尼(Abd al Qader al-Husseini,1904—1948),巴勒斯坦阿拉伯民族主义者和斗士,于1933年年底成立了一个名为"神圣斗争组织"的秘密武装组织,1936年至1939年的阿拉伯大起义期间和1948年"圣战"期间担任指挥官。

一天之内，巴勒斯坦的阿拉伯人失掉了自己最伟大的指挥官，输掉了最重要的战役，牺牲了代尔亚辛村的数十名无辜村民。令哈伊里一家感到不安的是，哈桑·萨拉梅总部遇袭之后，拉姆拉显得更脆弱了。拉姆拉本是战略要地，现在，它已成为控制耶路撒冷与沿海之间供给线的持续斗争的火药桶。艾哈迈德和扎吉雅觉得他们孩子的生命可能处于危险之中。

伊扎克·伊扎基也有同样的担心。在发往保加利亚的家信中，他描述了自己在斯科普斯山上和哈加纳一起保卫大学和医院的情况。摩西和索利娅在索非亚一直关注着伊扎基的活动，他们从伊扎基的来信中得知，阿拉伯军队在巴布瓦迪的山口切断了犹太人的供给线，所以，饥饿正在耶路撒冷的犹太人中间滋长。"不过，我们在斯科普斯山上有食物，"伊扎基回忆道，"我们在夜里接收空投的食物。"1948年4月初的逾越节①，伊扎基和他的哈加纳新兵伙伴成功地镇守住了耶路撒冷和斯科普斯山之间的公路。"接下来我们可以去耶路撒冷度一个二十四小时的短假。"伊扎基从耶路撒冷寄了一封信回保加利亚，告诉家人，他第二天就回斯科普斯山。

"第二天下午，我到了指定的地点，准备随三辆犹太汽车组成的队伍回斯科普斯山。"伊扎基说。维尔达想让他在耶路撒冷多留一晚上。"但是，我必须得回去了。"伊扎基抗议说。维尔达在哈加纳里面有关系，她成功地获准让男朋友多了一天假。不过，指挥官警告伊扎基："明天的车队可就没有今天的这么安全了。"

4月13日晚上，伊扎基和维尔达到西耶路撒冷的爱迪生电影院

---

① 逾越节（Passover），犹太人最重要的节日之一。源于摩西带领以色列人离开埃及，脱离被奴役身份，前往神应许的迦南美地之际，上帝杀死埃及一切头胎生物并埃及人的长子时，越过以色列人的长子而去。在这个节日里，犹太人吃不发酵的食物、羔羊，喝葡萄酒，举行一系列活动，纪念离开埃及为奴之地，得到解放。

（Cinema Edison）看电影。伊扎基心神不宁。"我有一种不好的预感，觉得很不安。突然，我们听到了射击和爆炸声。'是我们的车队，肯定的！'我对维尔达说。我跑出电影院，去了总部。在那里，人们告诉我，武装的阿拉伯人截停了车队。"阿拉伯士兵在车队前往哈达萨医院的途中袭击了它。袭击者烧毁了公共汽车，杀死了车上的全部乘客。78个人死了，大部分是医生和护士。

"在斯科普斯山上，人们把我计入死者名单，"伊扎基说，"其实，我感觉我自己就在那里，就在那些车上。带着这些想法生活下去真是太可怕、太可怕了。我的家人听到噩耗之后，他们确信我已经死于非命。大部分尸体都面目全非，只能通过戒指之类的私人物品来辨认，这让我的家人更加痛苦。"在保加利亚的斯利文和布尔加斯[①]，摩西、索利娅和伊扎基的至亲开始哀悼。

即便在战斗中，拉姆拉和邻近的利达市的一些阿拉伯领导人仍然试图与他们的犹太邻居保持联系。两个月前，利达市市长接见了犹太领导者——西格弗里德·利曼[②]。利曼是一名医生，出生于柏林，现在是附近的犹太人定居点本谢门的领导人。市长同意利曼医生"保持社区之间道路畅通"的要求。在一些地方，仍然存在着和平定居的希望。

5月初，贝都因[③]战士奉外约旦国王阿卜杜拉之命，从东边来到了

---

① 布尔加斯（Burgas），位于黑海西岸、保加利亚东南部，是该国第四大城市。
② 西格弗里德·利曼（Ziegfried Lehman，1892—1958），以色列教育家，出生于德国。本谢门（Ben Shemen）青年村的创始人和领导者。本谢门青年村在以色列中部，位于特拉维夫东南20多公里处，是一个青年村和农业寄宿学校，其目的是赋予儿童犹太复国主义的道德观。
③ 贝都因人，以氏族部落为单位，在沙漠和旷野过游牧生活的阿拉伯人，"贝都因"在阿拉伯语中是"居住在沙漠里的人"之意。贝都因人养驼、养羊、狩猎，住帐篷，大多数人逐水草而居。

拉姆拉。"为了欢迎他们，我们宰了许多羔羊，把他们当解放者招待"，卡农记得，"他们给了我们保证，还带来阿卜杜拉国王本人的意思，国王说，我们会平安无事的，我们能留在拉姆拉。"许多贝都因人打赤脚，在接下来的日子里，他们用步枪猎杀鸽子当食物。人们记得他们喜怒无常、贪财好利又勇敢。贝都因战士人数很少，武器简陋，看起来似乎没有足够的装备来保卫城镇免受侵略，一些当地人把他们贬称为"赤脚旅"。然而，阿卜杜拉国王已经承诺，"有足够的兵力来保卫阿拉伯人"。拉姆拉的居民希望贝都因人只是一支更强大军队的先头部队。人们的担心是有道理的。在其他地方，阿拉伯人内部的摩擦已经造成后勤问题：在巴勒斯坦北部沿海，阿拉伯人和犹太人混居的城市海法，本来要补给一支阿拉伯民兵的武器被另一支民兵拦截。在拉姆拉西边10英里的阿拉伯城市雅法，两名军事协调员各自为政，有时会发出相互矛盾的指令。巴勒斯坦国内和国外的阿拉伯人之间存在着分歧，这分歧正在削弱他们。5月13日，雅法沦陷，难民开始填满拉姆拉的街道。

没过多久，许多来自南边的家庭开始流浪到拉姆拉。他们是从几英里之外的奈阿尼村逃出来的，那里有橘子林，还有西瓜田。不久前，一名犹太农民骑着马闯进村子，对着人们大喊："犹太军队要来了！你们必须离开，否则会被杀死！"奈阿尼的人认识这个人，他叫哈瓦贾·什洛莫（Khawaja Shlomo）——"陌生人什洛莫"。他是从隔壁的集体农庄纳安[①]来的。人们从未见过什洛莫这么激动。刚开始，奈阿尼人没把他的警告当回事，但是，他们和这个犹太邻居一直关系很好，什洛莫坚持不懈地在马背上叫喊："不，不，不！如果你们留下来，他们会杀了你们！"村民们很清楚发生在代尔亚辛村的恐怖事件——那

---

① 纳安（Na'an），以色列雷霍沃特市附近的一个集体农庄。

已经在巴勒斯坦全境引发了恐慌和村民的逃亡。村民们觉得自己别无选择，只能相信什洛莫。他们两手空空地去了拉姆拉，觉得一旦危险过去，自己就可以回奈阿尼村。

这个时候，艾哈迈德·哈伊里觉得自己的家乡已经面目全非。难民们睡在哈伊里家果园里的树下，在咖啡店和市场里挤挤挨挨，艾哈迈德家具铺子附近的街道也挤满了难民。

对于让扎吉雅和孩子们留在拉姆拉这件事，艾哈迈德感到越来越焦虑。他开始考虑为妻小找一处临时的避风港。还有不到两天的时间，英国人就要永远地离开巴勒斯坦了，因为他们的存在而使拉姆拉勉强保持的一点秩序也将荡然无存。在殖民军收兵拔寨，准备北回英格兰时，当地的阿拉伯商人正急急忙忙地从英国军队那里收购多余的裤子、制服和鞋子。

5月14日，在附近的海滨城市特拉维夫，大卫·本-古里安在犹太临时议会（Jewish Provisional Council）的讲话中宣布，以色列独立。他宣布："和所有其他的民族一样，在自己的主权国家中当家做主，是犹太民族不言自明的权利。"第二天，本-古里安通过现场广播，向美国播发了以色列成立的消息。听众可以在背景声里听到埃及飞机轰炸特拉维夫的隆隆声和爆炸声。这位犹太领导人将这场冲突形容为"70万犹太人对抗2700万阿拉伯人的斗争，1对40"。与此对应的是地面的实战部队。事实上，战斗正式打响的时候，犹太人和阿拉伯人是势均力敌的。就在几天前，美国外交官们怀疑阿拉伯人不过是要打一场"象征性"的战争而已。哈里·杜鲁门总统写信给犹太复国主义领导人哈伊姆·魏茨曼（他将成为以色列的第一任总统）说："我真诚地希望巴勒斯坦局势能够在公正而和平的基础上发展下去。"

杜鲁门没有在信上签名。当时，埃及的地面部队正在袭击内盖夫的以色列定居点,并正在向特拉维夫和耶路撒冷进军。叙利亚和伊拉克部队正在从东部进入巴勒斯坦。阿卜杜拉国王的阿拉伯军团的士兵正在穿越约旦河,向西进军,军团占领了耶路撒冷北边的拉马拉和纳布卢斯,这是阿卜杜拉想要作为他沙漠王国"西岸"的土地。

同一天,5月15日,当阿拉伯军队在新犹太国家的地界上聚集的时候,伊尔贡部队正在开向拉姆拉。

拉姆拉的男子们趴在浅壕里的沙袋后面,这战壕是他们用牛和手持工具挖出来的。他们粗陋的防卫岗位于城镇的西部和南部边缘。谢赫·穆斯塔法的儿子扎菲尔·哈伊里(Zafer Khairi)负责西线防御的部分工作。现在,志愿军士兵和穆夫提的士兵以及贝都因"赤脚旅"一起,将接受最严峻的考验。

哈伊里家不远处的铁道附近回荡着机枪扫射的声音。然后,人们听到震耳欲聋的爆炸声,弹片落到了附近。外围,有200名犹太士兵试图从西边进入拉姆拉。伊尔贡部队正在奋战,想要争取雅法—耶路撒冷公路的控制权,以确保物流通畅,并阻止阿拉伯人袭击犹太人的车队。战斗非常激烈。在这个城市的某些地方,阿拉伯人和犹太人正在进行拼刺刀的殊死肉搏。一份以色列方的记录说,"整个城市"成了"一个大战场。阿拉伯人拥有大量武器,正在顽强地战斗。数以百计的弹片落在城市各处的房顶上,阿拉伯人伤亡惨重。一拨又一拨的犹太人加入街头巷战"。人们不清楚谁占据了上风,也不清楚拉姆拉的防守者能坚持多久。

代尔亚辛村大屠杀之后,伊尔贡这支民兵的幽灵飘荡在拉姆拉,让城镇领导人处于近乎恐慌的状态。他们害怕再次发生屠杀事件,所以向阿卜杜拉国王和他的阿拉伯军团指挥官约翰·贝加特·格鲁布发送了紧急电报,请求对方立即提供援助。一个声音在喊:"我们的受伤者已经奄奄一息,我们帮不了他们。"

然而，阿卜杜拉从耶路撒冷的阿拉伯人那里也收到了类似的请求，阿拉伯人求他"救救我们"，他们警告阿卜杜拉说，犹太军队正在攀登旧城的城墙。国王给格鲁布写信说："耶路撒冷人因为犹太人而遭受的任何灾难，无论是被杀还是被赶出家园，都会给我们带来最深远的影响。"

阿卜杜拉国王命令他的指挥官前往耶路撒冷。5月19日，格鲁布带着300名士兵、四件反坦克武器和一个装甲车中队进入圣城，对抗以色列军队。耶路撒冷的阿拉伯广播电台里，评论员拉吉·萨约承诺，"我们即将通过外约旦之手获取救赎"，以及"哈加纳小儿们"即将"仓皇崩溃"。

阿卜杜拉与犹太人的秘密协议中没有预想到这场战斗：协议本来的目的是在联合国分区的边界范围内，接受一个犹太国家，然后，阿卜杜拉接管西岸和大部分划归阿拉伯的区域（包括拉姆拉和利达在内）。现在，地面战斗使这一切变得前景不明。不过，阿拉伯军团部队没有踏上联合国分区决议中划分给犹太国家的那一部分领土。

但是，对一些以色列领导人来说，阿卜杜拉在耶路撒冷的举动使他的真实意图昭然若揭：这是战争宣言，阿卜杜拉要和企图摧毁犹太国家的其他阿拉伯势力合作。阿卜杜拉的举动加深了犹太领导人"四面楚歌"的感觉。几天前，根据耶路撒冷南边的犹太人定居点卡法伊特森①的记录，犹太平民在试图向阿拉伯军团部队投降时，被阿拉伯村民屠杀了。随着国王的军队在东耶路撒冷的犹太区聚集，人们觉得，阿卜杜拉不值得信任。

双方都有平民受到攻击。阿卜杜拉的阿拉伯军团抵达时，耶路撒

---

① 卡法伊特森（Kfar Etzion），以色列定居点，位于约旦河西岸耶路撒冷和希伯伦之间的朱迪亚山，建于1927年。

冷老城内绝望的阿拉伯人（是他们的迫切要求促使国王采取行动的）松了一口气；犹太区的居民则感到害怕，他们不久就宣告投降。在城市的西部，阿拉伯居民感到迫击炮把他们的房子都震摇晃了，每过一个小时，迫击炮就距离他们更近一些。许多人向东逃往外约旦。犹太居民记得，阿拉伯军队围城期间，他们忍受着口渴、饥饿、武器和弹药的逐渐短缺。

格鲁布不大想进入耶路撒冷。他更想控制耶路撒冷和海岸之间的交通运输线，特别是拉特伦，这是耶路撒冷和拉姆拉之间的一处关键路口。格鲁布对阿卜杜拉说，因为军队的重点放在拉特伦和耶路撒冷，他没有多余的兵力可以去增援利达和拉姆拉这两个阿拉伯城镇。这些城镇只能依靠现有的力量保卫自己了。

5月19日，当格鲁布的阿拉伯军团进入耶路撒冷老城，耶路撒冷的广播电台播放阿拉伯爱国歌曲时，伊尔贡的部队在连日内第四次攻击拉姆拉，从西部冲击城市。伊尔贡的士兵穿着英国和美国的战服，用装甲卡车、机枪和迫击炮向前推进。

大约在这个时候，一枚炸弹在周三市场爆炸，艾哈迈德当时正在那里。他的妹妹冲到那里，发现他没有受伤，但这件事让家人感到不安。艾哈迈德让扎吉雅和孩子们搬出房子，搬到大家庭的住宅区，和他们的亲戚在一起，依着谢赫·穆斯塔法生活。巴希尔当时六岁，他记得住在叔祖拉塞姆·哈伊里医生家里，在谢赫·穆斯塔法家附近避难。拉塞姆已经把家变成紧急医疗诊所，正在照顾受伤的士兵。"我习惯性地把它称为避难所，"巴希尔记得，"有好多爆炸和射击声，我不知道这些声音从哪里来。我很害怕。我试着去理解。你不在自己的家里，自己的房间里，自己的床上。不能自由行动。我记得有好多尸体，多得都收殓不过来。"谢赫·穆斯塔法开始召集城镇领导人到附近的他家去开会，呼吁拉姆拉的人们别放弃这座城镇。

5月19日早晨，拉姆拉的士兵们击退了伊尔贡。犹太民兵有30人死亡，20人失踪。几天后发表的一份以色列情报报告称，"由于损失惨重和缺乏胜利，民众的情绪非常低落"。

这座城市的保卫者占了上风。对于前穆夫提的部队、"赤脚旅"和拉姆拉的市民志愿兵来说，这是一次明明白白的胜利。可是，艾哈迈德受够了，让扎吉雅和孩子们留在这个城市里太危险了。尽管谢赫·穆斯塔法呼吁大家别放弃拉姆拉，艾哈迈德还是决定不再冒险。他雇了两辆车将家人带到东边，穿过巴勒斯坦的山脉，去了拉马拉。艾哈迈德知道这次旅行本身就很危险，虽然拉马拉只有20英里远，可是路况糟糕，不知道什么地方就会爆发一场战斗。但是，留在拉姆拉城比离开更危险，拉马拉好歹相对平静。战斗结束之前，一家人可以留在那里。

巴希尔、努哈、卡农和兄弟姐妹们一起，坐着两辆大轿车，往东北方向前进。"第一次听到我们要去拉马拉时，我们很开心，"卡农说，"对我来说，拉马拉是一个美丽的地方。它安静，小，绿意盎然，天气好，食物美味，居民友好。我们以为自己会去那里度过一段愉快的时光。后来我们才明白是怎么一回事。"

人们击退伊尔贡一周之后，哈桑·萨拉梅，保卫拉姆拉的唯一一支正规军的指挥官，在城市北部的一场战斗中，因为迫击炮攻击，受伤严重。几天之后，萨拉梅在当地一家医院去世。他的死给这座城市和邻近的利达蒙上了阴影。对于卡农·哈伊里的远房表姐福尔多斯·塔吉（Firdaws Taji）来说，萨拉梅的死是一个不祥的前兆。"他是个英雄，"她回忆说，"显然这是一个坏兆头。"

由于犹太军队和阿拉伯军队在巴勒斯坦的几条战线上作战，联合国增加了外交压力，希望他们能够停火。联合国调解人福尔克·伯纳多特①伯爵抵达外约旦首府安曼,会见阿卜杜拉国王,提出停战的问题。伯纳多特仍然希望,交战各方能够尽量实施联合国在前一年11月通过的分区计划。随着外交努力的继续和停战似乎更加迫在眉睫,以色列和阿拉伯部队战斗得更加猛烈了,为的是在休战期间物资供应和局势停滞之前,获得战略优势。

与此同时,格鲁布向拉姆拉派遣了一支小分队。他再次向阿卜杜拉强调,这支小分队不足以守住这个城镇,但也许能在休战到来之前,阻止敌人进一步的袭击。不过,格鲁布提出了另外一个有助于保证拉姆拉安全的措施:在停战到来之前的最后几个小时,阿拉伯军团的部队可以轻易地攻下本谢门,这个村子是附近犹太人的前哨,可以被哈加纳用来发动攻击。"但是,利达的市长恳求我们不要这样做。"格鲁布后来写道。利达和本谢门之间的距离只有一英里,距离拉姆拉只有几英里。利达的市长"声称他与犹太人保持着良好的关系,他建议通过外交途径来保卫这个城镇"。格鲁布的英国副手——T. N. 布洛米奇(T. N. Bromage)上尉也想要攻占本谢门。"如果还有一丝希望,想要去捍卫利达不受以色列人侵犯,"布洛米奇写道,"首先必须占据本谢门那个属地。我有足够的兵力,可以势如破竹地攻下它……"布洛米奇的请求被拒绝了,他们没有去攻打本谢门。

6月11日,停火协议生效了,所有物资和供应都冻结在当地。表面上,联合国严格的武器禁运令对各方都有限制。但是,其间的几个星期中,以色列人设法运送了步枪、机关枪、装甲车、大炮、坦克、梅塞-施米特飞机,以及数百万发来自捷克斯洛伐克的弹药,打破了

---

① 福尔克·伯纳多特(Folke Bernadotte, 1895—1948),瑞典外交官,生于瑞典王室家族,红十字会会长,"二战"中从纳粹集中营解救了31000人(包括约6000名犹太人)。战后作为联合国巴勒斯坦专员,致力于调解阿拉伯人和犹太人之间的纠纷,结果遭到恐怖分子暗杀,他的死造成了瑞典和以色列长期的不和。

禁运令。英国对外约旦施加压力，让他们遵守禁运令。因此，假如战争再次爆发，阿拉伯军团的武器和弹药将严重缺乏。阿卜杜拉国王向驻安曼的英国代表抱怨说，"让我们卷入战争，又切断必需物资供应的盟友，不是我们想要的朋友"。7月初，格鲁布开始敦促他们延长休战时间。

现在，阿卜杜拉国王拥有西岸的大部分地区。他似乎对现状颇为满足，正在悄悄游说与以色列停战。联合国调解人伯纳多特表示赞同，并提出了在以色列和外约旦之间瓜分巴勒斯坦的动议。根据这一计划，拉姆拉和利达的人不会成为一个独立的阿拉伯国家的公民，而是会成为阿卜杜拉的外约旦王国的臣民。

以色列拒绝了伯纳多特伯爵的提议。6月下旬，以色列人内部差点爆发了一场内战。本-古里安命令哈加纳部队炸毁一艘伊尔贡的船，即"阿尔特勒那"号①，当时，那艘船在梅纳赫姆·贝京的治下。这艘船本来是为伊尔贡民兵运载武器用的，但本-古里安坚持要让所有的军事行动都归哈加纳及其继任者以色列国防军（Israel Defense Forces，简称IDF）指挥。随着军事力量的不断巩固和新运输的武器在手，以色列在休战期间变得更加强大。

阿拉伯联盟的成员国不愿看到巴勒斯坦被以色列和阿卜杜拉国王瓜分，所以，他们在7月6日投票，决定为一个单一而独立的、以阿拉伯人为主体的国家而重启战争。讽刺的是，阿卜杜拉国王被阿拉伯国家的元首们选为在巴勒斯坦的阿拉伯军队的最高统帅，这些军队从表面上来说，是为独立的巴勒斯坦国而战的。考虑到国王自己的领土

---

① 1948年6月，发生了新成立的以色列国防军对抗伊尔贡的暴力事件，也就是"阿尔特勒那（Altalena）号事件"。以色列国防军有3人死亡，伊尔贡有16人死亡，200人被俘，国防军方获胜。

野心,这所谓的最高统帅,充其量是一个颇具讽刺意味的傀儡角色。因为其他的阿拉伯国家投票决定继续战斗,阿卜杜拉别无选择,只能同意,并和这些国家站在一起。战争又要开始了。

"没有弹药,我们怎么打仗呢?"格鲁布问阿卜杜拉的首相陶菲克·阿布·胡达(Tawfiq Abul Huda)。

"不要开枪,"格鲁布回忆胡达的回答,"除非犹太人先开枪。"

几天后,1948 年 7 月 11 日午后,伊斯雷尔·戈芬中尉开着吉普车缓缓前进。他的车是一长列车队的最后一辆,这是以色列国防军第 8 旅 89 特战营。车队沿着仙人掌树篱之间的柏油路缓缓驶过时,戈芬可以看到他所在营的装甲卡车、美国造的半履带式的部队运输车和前一天刚从阿拉伯军团缴获的装甲车,还有 20 多辆吉普车。吉普车上装着担架,还有捷克斯洛伐克和德国制造的机关枪,每支枪每分钟至少可以发射 800 发子弹。这支部队大约有 150 人,他们在利达的边缘,距离拉姆拉和哈伊里家仅数英里之遥。

26 岁的戈芬中尉已经是中东冲突的十年老兵。1941 年,他在利比亚港口城市托布鲁克(Tobruk)遭到围困时,与英国军队一起对抗过隆美尔。更早些时候,他在阿拉伯大起义期间,曾在巴勒斯坦为哈加纳而战。戈芬中尉的职业生涯始于集体农庄。在英国人的鼻子底下,戈芬和其他年轻的犹太复国主义者宣誓保密后,协助一位农业指导员在钣金车间里测试他发明的武器。现在,戈芬中尉可以在自己前面的长车队中看到其中的一个发明:装甲的"三明治卡车"——两层钢,中间放入一英寸厚的硬木加固。

这支队伍来自北部的犹太人定居点本谢门。数周以来,这个可以与利达的阿拉伯邻区通行的开放社区,已经变成一个被铁丝网和混凝土碉堡包围的堡垒。早些时候,本谢门的领导人西格弗里德·利曼博士反对将他的社区军事化。就在 5 月,本谢门的居民从阿拉伯邻居那里购买了牛，甚至子弹。利曼的反对是徒劳的，他沮丧地离开了本谢门。

戈芬中尉的指挥官摩西·达扬①中校坐在从前面数第三辆吉普车中。达扬的营是"达尼行动"（Operation Dani）北翼的一部分，这个计划的目的是保卫特拉维夫至耶路撒冷的道路，并防止阿拉伯军团从东边袭击以色列军队。89特战营的单列运输车队靠近了通往利达的主路。他们的主要任务是以压倒性的火力击溃敌人。达扬的计划依靠"机动性与火力"（mobility and fire）的战略，强调军事进攻中的冲击战术②。戈芬中尉觉得达扬的行动计划就像"一枚火箭穿过太空"。在目击者看来，他们会射击一切移动的东西。

傍晚时分，车队向左转，朝着利达和拉姆拉轰鸣着前进。

在利达的边缘地区，街道很安静。然后，戈芬回忆说，从警察局大楼的方向传来巨大的开火声。戈芬的一些战友被打中了，他后来回忆说，死了19个或20个人。89特战营每辆吉普车上都装配着机枪，他们也开火了。最多不过几分钟时间，他们打出了数万发子弹。《芝加哥太阳时报》（*Chicago Sun Times*）的通讯员在一篇标题为"闪电战攻下利达"（Blitz Tactics Won Lydda）的报道中写道："实际上，一切挡路的都被灭掉了。"《纽约时报》（*New York Times*）的记者从特拉维夫发来报道："装甲车横扫了城镇，机枪四处扫射。他们遇到了强

---

① 摩西·达扬（Moshe Dayan，1915—1981），以色列政治家和军事家。在"二战"中失去了左眼，故有"独眼达扬"之称。曾任以色列国防军总参谋长、第5任国防部部长和第4任外交部部长。
② 冲击战术（Shock Statics），也叫闪击战，进攻性策略，试图通过迅速而全力以赴的前进将敌人置于心理压力之下，使他们的战斗人员撤退。接受更高的风险以获得决定性结果，是冲击战术的内在原因。

烈的抵抗，但是［阿拉伯］士兵是在没有准备的情况下被突袭的，无法迅速到达掩护点。"纽约《先驱论坛报》(*Herald Tribune*)的记者观察到："在无情的、令人目瞪口呆的猛攻下，阿拉伯男人、女人，甚至是儿童的尸体散落在附近。"许多死者是难民，他们从附近的阿拉伯村庄和最近沦陷的雅法市涌入利达和拉姆拉。纽约《先驱论坛报》的记者描述道："黄昏时分，一支犹太队伍冲过（利达的）主要街区，他们带着机枪扫射……显然，利达的平民被来自本谢门村的犹太人的胆大妄为震骇了。天黑之后，步兵部队在装甲先头部队的掩护下冲进城区的时候，利达的民众没有抵抗。"

以色列正规军［当时被称为"帕尔马赫"(Palmach)］的步兵跟着突击营，迅速进入利达。以色列军队在狭窄的街道上轰隆隆地前进，从吉普车里往外开火。戈芬中尉和89特战营继续朝着拉姆拉前进。在拉姆拉的边缘地带，戈芬看到一家又一家的人步行着向东进发，人们手提着包袱，驴子背上驮着财物。多数记录表明，89特战营没有向拉姆拉发动猛烈进攻，而是掉转头，几个小时之内，离开这个地区，向南进入内盖夫沙漠，去面对埃及人。

那天早上，在拉姆拉，拉塞姆·哈伊里医生穿过石头拱门，快步向伤者走去。犹太部队一直在空袭这个城镇，飞机在居民区上空徘徊，把炸弹和传单从拉姆拉和利达的上空扔下，要求阿拉伯人"投降"，"到阿卜杜拉那里去"。一张传单上画着阿拉伯的领导人在一艘即将沉没的船上，另一张传单要求居民放弃抵抗。几天以来，这座城市既没有电，也没有自来水，街道和小巷里垃圾充塞，食物和医疗用品即将告罄。巴希尔的叔祖拉塞姆被迫在日益恶劣的条件下迅速工作。

谢赫·穆斯塔法最近刚从对外约旦的一次急访中回来。他是肩负着居民们的使命去的，大家倾囊凑了黄金去买子弹。穆斯塔法把小心翼翼地叠放在匣子里的弹药带了回来，但是，从当前的袭击来看，黄金可能是被浪费了。

16岁那年,卡农·哈伊里的远房表姐福尔多斯·塔吉是女童子军①。在战争中,福尔多斯变得更像护士,成为镇守军支持网络的一部分。她已经学会从射击声辨别各种各样的武器,它们来自阿拉伯战士或者他们的犹太敌人。"这是一支汤普森冲锋枪②,"她低声对自己说,"这是司登冲锋枪③。"她看着镇子的守卫者在树枝上安装土制火箭炮,在发射之前用细绳调节弹道。

有好些天,福尔多斯和阿拉伯志愿军战士一起,身处靠近前线的地方。她给他们送去食物,为他们编织粗线毛衣。随着战事的升级,她大部分时间都在把床单撕成长条,然后将它们卷成绷带,这是让拉塞姆·哈伊里医生带到他的诊所里去用的。

6月初,哈桑·萨拉梅在战斗中身亡之后,他的部队群龙无首,到处溃散。六个星期后,由于拉姆拉和利达岌岌可危,有传言称,格鲁布的阿拉伯军团将全面撤军,去捍卫其他地方。如果这样的话,福尔多斯真的不知道谁能保护拉姆拉了。仅存的战士只有城镇居民和贝都因"赤脚旅",他们却要去对抗一支全装备的军队。

谢赫·穆斯塔法始终希望拉姆拉的居民留在原地。福尔多斯回想起那些时日他的镇静:他戴着栗色的土耳其毡帽,周围裹着白色的长

---

① 原文中,福尔多斯·塔吉隶属的组织是"女童子军"(Girl Guide),在美国,这种组织一般被称为 Girl Scouts(女童子军),所以作者解释说,这是阿拉伯版的 Girl Scouts。因为两者都可以被翻译成"女童子军",所以,译者在此做了简便处理。
② 汤普森冲锋枪(Tommy gun,正式名称是 Thompson submachine gun),美军"二战"中最著名的冲锋枪,由约翰·T. 汤普森设计于20世纪初,并由美国的自动军械公司生产。
③ 司登冲锋枪(Sten gun),英国在"二战"时期大量制造及装备的9毫米×19毫米冲锋枪,是一种低成本、易于生产的武器,20世纪40年代共制造了超过400万支,英军一直用至60年代。

头巾①，这是宗教学者的标志。谢赫·穆斯塔法已经当了29年的镇长，最近，他结束了自己的长期领导，该镇现在由另一个著名家族的族长管理，但在整个拉姆拉地区，谢赫·穆斯塔法的影响仍在。整个星期，谢赫都在他别墅的户外大阳台上会见忧心忡忡的城镇居民。他坐在花园旁边的藤摇椅上，有些会议规模很小，另一些时候，20来个本城的知名人士坐下来讨论战略问题。谢赫·穆斯塔法的意见始终如一：留在家里；别离开；我们一家人会留下来。但是，一些城镇居民，包括穆斯塔法的侄子艾哈迈德，把他们的家人送走了。

拉塞姆·哈伊里一直在他的诊所救治伤员。整个早晨，人们不断从庇护所门口进来。有些人刚从利达来，想在拉姆拉寻求保护。另外一些人则要离开拉姆拉，到利达去寻找安全之所。城镇之间的道路上都是尸体。利达的领导人向阿拉伯军团指挥官发送紧急电报，要求帮助和增援，军团当时正在6英里之外，东北方向的拜特·纳巴拉②。回复来了，"保持士气"，"大量黄金很快就会到达你身边"。

援军从未到来，两个城镇都落入以色列人的控制。有消息说，阿卜杜拉国王的阿拉伯军团将把稀疏分布的部队撤出，只留下不多的民防战士、寥寥无几的武器，以及谢赫·穆斯塔法从外约旦带回的子弹。这些根本不是以色列军队的对手。

不久，越来越多的人到达收容所，带来了利达方面的消息。犹太士兵将人们从家里拉出来，让他们列队去清真寺或圣乔治教堂。其他人离开镇子，漫无目的地向东行去。少数几名抵抗者在警察局的堡垒

---

① 原文是 imami cloth，疑为 imamah cloth 之误。这是一种白色棉布，质地疏朗，长条状，可以裹在帽子外面。
② 拜特·纳巴拉（Beit Nabala），巴勒斯坦阿拉伯村庄，1945年战争前的人口为2310人，1947年联合国分区计划把它分配给阿拉伯方。1948年5月13日被以色列军队占领，9月13日被完全摧毁。

那边抵抗，但没人觉得他们能坚持长久。所有准备都做了之后——挖了壕沟、开了一家医疗所、买了一辆救护车、储存了几个月的食物，甚至抢劫了一趟给哈加纳专供食物的火车——人们的心沉到了一个没人敢说出来的词上：投降。

7月11日晚上，贝多芬的《第一交响曲》在耶路撒冷电台播放后不久，贝都因战士悄悄地从城中撤到南部，消失在平原上。

哈伊里家的大院里，留守的族人们关门闭户。他们想尽可能长时间地隔绝自己，推迟不可避免的事情发生。他们的世界正在分崩离析，但也许他们可以抵抗得更久一点。库房里有面粉，他们能靠着面包再多撑几天。

随着时间的流逝，即使对谢赫·穆斯塔法来说，越来越明晰的也是，失败已经近在眼前。

同时，谢赫·穆斯塔法派自己的儿子胡萨姆和拉姆拉的新镇长去给犹太人送白旗。两个人乘汽车去了纳安，这是一处集体农庄，靠近一座已经被遗弃的阿拉伯村庄奈阿尼。纳安是哈瓦贾·什洛莫的家，两个月前，他驱马疾驰到奈阿尼，疯狂地警告过村民。

阿拉伯代表团到了之后，以色列士兵叫醒了该地区的民事安全局局长，一个叫伊斯雷尔·加利利·B.的人（这个"B."把他和另外一个叫伊斯雷尔·加利利的人区分开来，后者长期在哈加纳担任幕僚长）。加利利·B.问候了代表团，然后，和帕尔马赫的军人一起去了集体农庄的一间小会议室。在那里，他们谈妥了投降的条件：阿拉伯人交出所有武器，并接受以色列的主权；"外国人"（来自巴勒斯坦以外的阿拉伯战斗人员）被移交给以色列人；"如果愿意的话"，非入伍年龄的，以及无法使用武器的居民可以离开拉姆拉。该协议暗示，如果居民愿意的话，他们也可以选择留下。

加利利·B. 很快就得知，对拉姆拉的居民另有计划。"军政长官告诉我，"加利利·B. 写道，"本－古里安对他发出了不同的命令：肃清拉姆拉。"7月12日午后不久，驱逐拉姆拉和利达居民的命令发出。在发给利达的命令中说："利达的居民，无论其年龄，必须被迅速驱逐出去。"命令是下午1点30分发出的，撰写者是伊扎克·拉宾中校。

福尔多斯听到以色列士兵在外面用扩音器大声喊叫："到阿卜杜拉那里去！到阿卜杜拉国王那里去，到拉马去！"士兵们挨家挨户巡察，有时甚至用枪托砸门，吼叫着要人们离开。福尔多斯听到士兵们说，公共汽车要来了，会把拉姆拉的居民们带到阿拉伯军团的前线去。无论投降的条约是什么，或者谢赫·穆斯塔法说了什么，看起来，人们别无选择了。拉姆拉的阿拉伯居民们被迫离开家园。

7月12日下午，以色列的少数民族事务大臣贝乔·沙洛姆·施瑞特[1]到达拉姆拉和利达之间的一个交叉路口，在那里，他看到了一大批向东走的人。施瑞特感到愤怒。作为新以色列国负责阿拉伯事务的人，他在与以色列外长摩西·夏里特[2]的一次谈话中，对驱逐政策提出了抗议。和伊斯雷尔·加利利·B., 以及签署了投降协议的拉姆拉人一样，贝乔·沙洛姆·施瑞特曾经以为，在新占领的城镇里，阿拉伯人是被允许留下的。

施瑞特试图终止驱逐令。但他不知道本－古里安、伊扎克·拉宾少校[3]和帕尔马赫指挥官伊加尔·艾伦（Yigal Allon）早些时候会晤过

---

[1] 贝乔·沙洛姆·施瑞特（Bechor Shalom Shitrit, 1895—1967），以色列政治家，《以色列独立宣言》的签署人。

[2] 摩西·夏里特（Moshe Sharett, 1894—1965），以色列第二任总理。出生在乌克兰，1908年移居到巴勒斯坦，他的家庭参与了特拉维夫的创建。1948—1956年任以色列外长，1954—1955年任以色列总理。

[3] 上文说拉宾是中校，此处又写成少校，原文如此。

了。未来的以色列总理拉宾后来回忆说,当艾伦问本-古里安应该如何处理拉姆拉和利达平民时,本-古里安"挥了挥手,他的意思是,'把他们赶走'"。

显然,施瑞特不知道这些会议和命令,他也不知道,艾伦考虑过驱逐阿拉伯人的军事利益。艾伦相信,把拉姆拉和利达的平民驱逐出去,有助于减轻来自武装敌对人群的压力。被驱逐的平民将阻塞通往阿拉伯军团前线的道路,重挫阿拉伯方夺回城镇的一切努力。并且,数千名贫困难民突然抵达西岸和外约旦,将给阿卜杜拉国王带来沉重的财政负担——以色列军方确信,阿卜杜拉国王目前是以色列公开的敌人。

"遗憾的是,我们的部队犯下了罪,这可能会污染犹太复国主义运动的好名声,"施瑞特后来说,"我们的精英给大众树立了一个坏榜样。"

获胜的以色列部队在一些美国记者的陪同下抵达拉姆拉。来自纽约《先驱论坛报》的比尔贝(Bilby)记录说:"露天牢笼里挤满了年轻的阿拉伯人,他们无精打采,显示出失去了战斗意志。"《纽约时报》的记者吉恩·库里维安(Gene Currivan)说:"看起来绝大多数人都是从军年龄,但显然,他们并不想为拉姆拉或者巴勒斯坦而战。"

过了一会儿,库里维安记录道:"当高举双手表示投降的阿拉伯军队(民防战士)开进来时,人们开始激动起来。固若金汤的警察局前,几百名囚犯蹲在那安着倒刺的铁丝围栏后面。"一些正值入伍年龄的人设法逃脱了审查,他们戴着墨镜,穿着长外套,斜挂着手杖,忍着热浪蹒跚而行。家庭成员们隔着铁丝网彼此凝望,当妇女或老人试图接近围栏时,犹太士兵就对着他们头顶开火。当天晚些时候,来了九辆或者十辆公共汽车,车停之后,士兵命令囚犯们上车。公共汽车一辆接一辆地开走了。车上的男人回忆,当时他们彼此之间窃窃私语:"他们要把我们送去哪里？"这些人的目的地是战俘营，以色列士兵把其他的城镇居民带到一辆辆公共汽车上，离开城镇，向东驶去。

7月14日上午，万里无云，天气极热。那是7月的中旬，斋月[①]的第7天，数千人乘坐公共汽车和卡车被赶出了拉姆拉。还有一些人，像巴希尔和他的兄弟姐妹一样，在犹太士兵到达之前，早已经离开家园，去拉马拉寻求暂时的栖身之所。哈伊里家族的其他人仍留在拉姆拉。

福尔多斯和她的表兄弟姐妹、姑姑姨姨和叔叔伯伯在拉姆拉的公共汽车总站坐着候车。哈伊里一家和他们的亲戚塔吉一家，大概一共有35个人。谢赫·穆斯塔法也在其中。

人们随身带着几个手提箱、几捆衣服，身上绑着金子。身为"女童子军"的福尔多斯还带了她自己的制服，并带上了刀和哨子。他们对接下来数英里和数天内的短暂旅行做了规划，大家确信，当阿拉伯军队重新占领拉姆拉时，自己很快会回来。

哈伊里一家、塔吉一家，还有其余的拉姆拉居民，在家里留下了沙发、桌子、地毯、藏书、镶框的家庭照片，以及毯子、碗碟和杯子。他们留下了土耳其毡帽、阿拉伯长袍[②]、灯笼裤、备用的包头巾、腰带和皮带。他们留下了做菜肉饭的香料，葡萄叶子浸泡在盐水中，他们留下了日常做糕点面团的面粉。他们离开了田地，那土地上生长着野豌豆、茉莉花、西番莲和干燥的猩红色银莲花，高山百合点缀在大麦和小麦之间。他们留下了橄榄和柑橘，柠檬和杏子，菠菜、秋葵和胡椒。他们留下了丝绸、亚麻、银手镯和项链、琥珀、珊瑚和奥地利银币项链。他们留下了陶器、肥皂、皮革和油，瑞典烤箱、铜锅、来自

---

① 斋月，伊斯兰历9月，除病人、孕妇、喂奶的妇女、幼儿以及在日出前踏上旅途的人之外，全体穆斯林均应全月斋戒。封斋从黎明至日落，戒饮食，戒房事，戒绝丑行和秽语，以提升精神上的灵性。
② Galabiyas，阿拉伯国家农民穿的无领对襟束带长袍。

波希米亚的高脚酒杯。他们留下的银托盘上堆满糖衣杏仁和甜的干鹰嘴豆。他们留下了木片粘合成的洋娃娃,他们的漆树,还有他们的靛蓝染料。

车来了,哈伊里一家和塔吉一家上了车,村里一个傻头傻脑的人也上了车,他随身带了两个西瓜。福尔多斯看到她的姨妈给了她妈妈两个袋子,一个里面装着给婴儿吃的维生素,另外一个里面装着一管玻璃水烟枪和烟草。福尔多斯觉得挺纳闷儿的:把所有的东西都丢弃了,为什么有人还想要带一杆水烟枪?

公共汽车驶出拉姆拉,朝着阿拉伯军团的前线拉特伦开去。在那儿,人们接到命令下了车,然后被告知向北走,朝着萨尔比特[1]进发。路程只有4公里远,但现在气温是100华氏度[2]。没有树荫,连路都没有,只有一条狭窄的上坡路,两旁是仙人掌,还有那曾让基督受苦的荆棘。这就是人们后来称为"驴之路"的地方——如果驴子可以走过去,也许,人也行。

大地被炙烤得铁硬。福尔多斯往前看,热浪滚滚中,一队人在缓慢地往山上爬。拉姆拉的许多人第一次见到哈伊里家的女眷,此前,她们几乎从不离开家庭大院。一些女人是孕妇,高温下,一个女人的羊水破了,她在地上产下了婴儿。

这些家庭爬出了拉特伦,重新朝着萨尔比特前进。有传言说,阿拉伯军团会在那里用卡车将人们送往拉马拉。烈日下,难民们佝偻着腰,绊倒在岩石、荆棘和锋利的麦秸秆上,在最近的收获季里,这些麦秸秆被切得很短。

福尔多斯看见村里的傻子还端着他的两个西瓜。她什么话也没说,

---

[1] 萨尔比特(Salbit),位于拉姆拉东南12公里处的一个巴勒斯坦阿拉伯村庄。
[2] 100华氏度,接近38摄氏度。

从他那里拿过来一个,用她的"女童子军"刀切入红色的瓜瓤,哈伊里一家和邻居们急不可耐地聚到了一起。瓜很快就消失了,福尔多斯只给自己留了一小块。但那个时候,一位年轻的母亲来到她身边,为自己的儿子向福尔多斯乞求那最后一块瓜。

每个人的嘴周围都起了白色的硬皮。萨尔比特还有多远?他们还在朝着正确的方向前进吗?人们一直在寻找阴影和水源。他们穿过玉米田,把成熟的玉米棒子掰下来,从玉米粒中吸吮水分。福尔多斯看到一个男孩尿到罐子里,然后看着他的祖母从罐子里把尿喝掉。一个男人像扛一袋土豆一样把父亲扛在肩膀上。有一段时间,福尔多斯的臂弯里抱着别人的婴儿。

接近黄昏的时候,他们已经在高低不平的地面上行走了几个小时,仍然不清楚如何找到萨尔比特的村庄。他们跋涉的路程后来被证实远远超过4公里,有人说是12公里,有人笃定地说是20公里。

哈伊里和塔吉家的人开始丢弃他们的财物。旅途开始的时候,有些人带着手提箱,这些东西早就被丢弃了。过了一段时间,有人发现了一口井,但井绳是断的。妇女们脱下长裙,将它们放到下面那一潭死水中,再把它们拉起来,把衣服放在孩子的嘴唇上,这样他们就可以从湿布上吮到水。

那一天,大约有30000从拉姆拉和利达来的人,跟跟跄跄地翻越了那座山。

约翰·贝加特·格鲁布听取了报道。这位阿拉伯军团的英国指挥官知道,这是"沿海平原上酷热的一天,树荫下的温度也达到了约100华氏度"。他知道难民们穿越了"荆棘丛覆盖着的石头荒野",并且,最终,"没人知道有多少孩子夭折了"。不过,一直到去世,格鲁布始终坚持说,自己没有足够的兵力去捍卫拉姆拉和利达,而且,想要捍卫这两座城镇的话,需要将部队从拉特伦的前线撤回,这样有可能导致失去一切：拉马拉、纳布卢斯①、图尔卡姆②、东耶路撒冷、阿卜杜拉在西岸的全部领土——不啻一种"疯狂的"举动。

7月15日，在始于拉姆拉和利达的迁徙结束之前，大卫·本－古里安在他的日记里写道："阿拉伯军团发电报说，有30000名难民在利达和拉姆拉之间沿路流离，他们对军团的所作所为感到愤怒。他们讨要面包。他们应该被带过约旦河"——到阿卜杜拉的王国中去，远离新的以色列国。

晚上，塔吉一家和哈伊里一家到达萨尔比特村的一片无花果林。这个村庄差不多算是被遗弃了，只有几百家难民在果园里歇脚。

福尔多斯和她的家人歇在树下。有人取来了水。福尔多斯发现，她妈妈还带着当初那两个布包袱中的一个——她猜想那包里是维生素，可结果，包里装着水烟枪。

那天夜里，一家人坐在无花果树下静静地抽烟，气泡在玻璃烟罐子里咕咕作响。

第二天早上，阿拉伯军团派来的卡车把哈伊里一家和塔吉一家送到拉马拉。他们到达城西一座山的山顶。在他们下面，躺着一个"大碗"：拉马拉山谷。长久以来，对于从黎凡特（Levant）到波斯湾的阿拉伯人来说，这个城市一直是基督教的山城和凉爽的夏日避暑地。

现在，数万名难民四处游荡，他们失魂落魄，倍感屈辱，四处寻找着食物，并决心返回家园。

---

① 纳布卢斯（Nablus），约旦河西岸地区的一个主要城市，纳布卢斯省的首府，在耶路撒冷以北63公里处。
② 图尔卡姆（Tulkarm）：约旦河西岸的巴勒斯坦城市，图尔卡姆省的首府。西面是以色列城市内坦亚，东面是巴勒斯坦的纳布卢斯和杰宁。

第五章 移 民

　　阳光从索非亚中央火车站那狭窄的窗格中照射进来,给挤在候车厅里的数百名犹太乘客身上洒上了曚昽的光。这是1948年10月,以色列军队进入拉姆拉的3个月之后。当哈伊里一家在往南1000英里之外的拉马拉等待着,关注着变动的巴勒斯坦战局消息的时候,摩西和索利娅·埃什肯纳兹在火车站那长长的一队保加利亚犹太人中间,一寸一寸地往前挪。索利娅穿着一条长裙,一件量身定做的般配外套,深色的头发从宽檐帽下面披到了肩膀上。许多乘客穿着深色外套和沉重的鞋子,站在箱子和行李箱中间。摩西拿着一家人的身份证件。他矮小敦实,有着深橄榄色的皮肤、高高的颧骨,还和许多西班牙裔犹太人一样,有深邃的黑眼睛。他们旁边躺着婴儿达莉娅,她在自己的草编摇篮中熟睡。

　　摩西和索利娅是八年之前相遇的,那时,正是保加利亚与纳粹结盟前夕。摩西喜欢告诉索利娅(后来又告诉达莉娅),当他在一个聚会上第一次见到自己未来的新娘时,她穿着舞衣,正准备跳舞,充满活力,让人迷醉。他想,这个姑娘适合我的朋友——医生梅拉梅德。摩西接近了这位年轻的美人儿,但交谈几分钟之后,他改了主意:我怎么样呢?没过几天,他们就第一次约会了,摩西一点儿也没有浪费时间,他告诉索利娅自己想娶她,她大笑着拒绝了,但摩西不屈不挠。"不管花多长时间,"他发誓说,"我终归是要娶到你。"

一列列队伍前面的长桌子后面,坐着身穿制服的保加利亚移民警察。一个接一个地,3694名犹太人出示文件,打开手提箱让警察检查是否藏有现金或黄金。他们不能携带任何贵重物品,但有些旅客把珠宝缝到内衣里,或将法国金币(即"拿破仑金币"①)缠在身上。他们不打算返回了:走到移民办公桌前的时候,他们将签署文件声明,从今日起,他们将不再是保加利亚人民共和国的公民。当天晚些时候,他们将登上两列长长的火车,前往南斯拉夫海岸,在那里,一艘名为"泛约克"(Pan York)的船正在等候,这艘船将把他们带到新的以色列国。

摩西和索利娅是历史的一部分,这段历史和欧洲其他国家的不一样。他们知道,自己和火车站里几乎所有的其他人一样,能活着便很幸运了。索利娅相信,如果不是保加利亚这么多非犹太人——尤其是在1943年年初采取行动的一些人——的善举,她和摩西也许会登上一辆开往特雷布林卡的火车,而不是和自己初生的女儿一起,等待着登上一艘船,开往犹太国家的新生活。

"泛约克"号将于1948年10月28日起航——旅程持续3天。年复一年的谋划和努力,最终把他们带到了启程的那一刻。

1943年3月的那一夜,摩西和索利娅在斯利文等待着从未到达的驱逐令,此事过去五年多了。1943年晚些时候,鲍里斯国王去世了。1944年夏天,随着苏联红军的到来,保加利亚与纳粹的同盟瓦解了。保加利亚的游击队战士,包括摩西的兄弟雅克和苏珊娜·比哈尔的许多朋友,都从罗多彼山脉和巴尔干山脉中撤出了。不久,保加利亚的

---

① 法国旧金币名,在拿破仑一世统治期间发行,含金量高过90%,可以保值。

反法西斯党派组建了左翼的民主执政联盟"祖国阵线"(Fatherland Front)。摩西和索利娅回到索非亚,开始了自己的新生活。一些犹太人畅想着新的保加利亚,法西斯统治结束之后,他们将参与它的建设,但其他人已经开始考虑去巴勒斯坦。

犹太复国主义是致力于把欧洲犹太人移到"圣地"的政治运动,早在19世纪80年代初就已经盛行于保加利亚。当时,保加利亚刚刚摆脱奥斯曼帝国的桎梏。1895年,一篇关于犹太复国主义的早期论文在普罗夫迪夫出版,该文提出一个想法,即犹太人可以"在叙利亚和巴勒斯坦定居,靠农业劳作来谋生"。第二年,保加利亚犹太人在巴勒斯坦建造了哈图夫(Har Tuv),这是巴勒斯坦最早的犹太复国主义者定居点之一。同年6月,犹太复国主义领袖西奥多·赫兹尔乘坐东方快车,在前往伊斯坦布尔的途中于索非亚停留,他在火车站受到人们的热烈欢迎。赫兹尔的著作《犹太国家》(*The Jewish State*)展现了一幅"应许之地"的愿景,在那儿,"我们可以在自己的土地上过着自由人的生活",赫兹尔因此成为保加利亚犹太人的英雄。"我被夸张地称为'领袖''以色列之心'等等,"赫兹尔在日记中写道,"我站在那儿,惊得目瞪口呆,东方快车的乘客们也惊愕地看着这非同寻常的奇观。"

赫兹尔认为欧洲不欢迎犹太人,因此,他主张建立一个犹太国家。"在那里,有鹰钩鼻子也好,有黑胡子或红胡子也好,打绑腿也好,都不会遭人歧视……在那里,我们可以宁静地死去,在那里,我们可以与全世界和平相处……被嘲讽地叫着的'犹太人'会变成像'德国人''英国人''法国人'样尊贵的称号——一言以蔽之,就像所有的文明民族一样。"在欧洲的许多地方,包括犹太知识分子,甚至在一些拉比中间,赫兹尔的理念被斥为"乌托邦思想",甚至是危险的,他本人也被称为"犹太版的儒勒·凡尔纳①"和"一个疯狂的野心家"。然而,在保加利亚,赫兹尔被誉为"新犹太民族主义的新使徒"。

在伊斯坦布尔,赫兹尔向奥斯曼帝国寻求帮助,建立犹太国家。从伊斯坦布尔返回的途中,他再次在索非亚停留。"整个城市轰动一时,"他写道,"带檐儿的礼帽、不带檐儿的便帽,全扔在空中。我不得不要求取消一次游行……后来我不得不去犹太教堂,那儿有好几百个人在等我……我站在圣约柜之前的讲坛上,犹豫了一会儿,怎么做才能既面对会众,又不会失礼地背对圣约柜。有人大叫:'你可以背对着圣约柜!你比律法还要圣洁!'几个人想吻我的手。"惊讶的赫兹尔警告大家不要游行,"并建议人们保持镇定,以免激起大众反对犹太人的狂热情绪"。

战前,在保加利亚的犹太复国主义报纸上,关于"重返锡安②"的讨论已经持续数十年。讨论中,在这片土地上生活着的阿拉伯人并没有被考虑在内。一些保加利亚犹太人回忆说,自己读到过"为失地之人准备着的无主之地"的话语。报纸上的议题集中在犹太人是否应该学习希伯来语,以便为移民巴勒斯坦做准备,还是应该继续说拉迪诺语。因为一个叫作哈什默尔·哈扎伊尔(Hashomer Hatza'ir,"青年卫士"之意)的社会主义-犹太复国主义组织,摩西的希伯来语说得很流利,而索利娅满足于自己在壁炉旁和厨房里学到的拉迪诺语及其谚语。

1941年,反犹的"捍卫国家法"颁布后,犹太复国主义报纸被关闭了。不过,1944年10月,从亲法西斯政权的统治下解放不到一个

---

① 儒勒·凡尔纳(Jules Verne,1828—1905),法国小说家、剧作家、诗人,现代科幻小说的重要开创者之一,被誉为"科幻小说之父"。
② 锡安(Zion),耶和华居住之地,一般是指耶路撒冷,有时也用来泛指以色列地。一直以来,国破家亡的犹太人都期盼着上帝带领他们前往锡安,重建家园。

月,保加利亚的犹太复国主义者就又开始重新集结。地方委员会的组织者们向"祖国阵线"发出了官方问候,然后,他们建立了"巴勒斯坦委员会"(保加利亚语是 Palestinski Komitet),提倡"犹太回归"[①],也就是让犹太人移民到巴勒斯坦。他们的目标是使"犹太回归"成为保加利亚犹太人中的群众运动。

刚开始,对于摩西、索利娅,还有他们的许多邻居来说,移民的前景显得非常渺茫。他们的家人生活在这里,他们的工作在这里,即便1943年的事情发生之后,他们仍然是保加利亚人。对于许多包括犹太人在内的保加利亚人来说,纳粹的失败意味着,游击队在罗多彼山脉和巴尔干山脉中的牺牲没有白费。摩西的兄弟雅克相信,随着共产主义者第一次在保加利亚掌权,一个平等的社会最终将建立起来。摩西对此不是很确定,毕竟,保加利亚仍在遭受着最近的战争带来的痛楚。

保加利亚满目疮痍。1943年年末和1944年年初,美国的炸弹夷平了索非亚的许多地方,议会大厦也遭此厄运。残酷的闪电战杀死了许多人,把居民驱赶到乡间。村庄里到处都是难民,农作物歉收导致粮食短缺和饥荒蔓延,通货膨胀的失控加剧了这场危机。1944年秋末,新成立的政府捉襟见肘,开始向外界寻求帮助。

12月2日,保加利亚解放后不到三个月,大卫·本-古里安抵达了保加利亚首都。保加利亚总理,外交、内政和宣传部部长,以及在战争中冒着巨大的个人风险,为保加利亚犹太人挺身而出的保加利亚东正教都主教斯特凡,接待了这位巴勒斯坦的犹太复国主义运动领导人。本-古里安参加会晤的主要目的是想赢得上述人士的同意,允许

[①] 犹太回归(aliyah),又称"阿利亚运动",指流亡的犹太人迁移到以色列地,也被称为向耶路撒冷"上升"。相反,离开以色列地移民,在希伯来语中被称为"下降"。"回归"是犹太复国主义最基本的原则之一。

犹太人移居到巴勒斯坦。本-古里安告诉官员们,想让保加利亚的犹太人恢复昔日的状态是不可能的,他们必须被允许离开。在索非亚的巴尔干剧院,本-古里安对济济一堂的犹太人和政要们说,建立一个犹太国家是"当下的任务"。"犹太回归!"观众们大声呼喊。到当年年底,有1300多名犹太人离开保加利亚,前往巴勒斯坦,其中一位是索利娅的表弟伊扎克·伊扎基,他是这个家庭中第一个离开的人。

伊扎基是在苏联红军解放保加利亚后从劳动营返回的。返回十天后,他应征入伍,被派往土耳其边境,驻扎在自己的家乡斯利文。伊扎基回忆说:"每个星期开来一百辆满载食物的货车,我骑着马,负责把它们安全送抵土耳其边境。"在等待下一批货车的时候,他会拜访表亲的家,那里挤满了热情的苏联军官,还有跟随他们进入保加利亚的音乐家、合唱团成员和演员。冬天到来的时候,货车被困在雪中,日子变得更加艰难。1944年12月,当新的保加利亚军队加入红军,在奥地利和匈牙利作战时,伊扎基的父亲担心儿子会被派到前线,死在严寒之中。"我父亲带着一个计划到了斯利文,"伊扎基说,"早在30年代,他就梦想着去以色列。现在,父亲把我推到了最后一步:'你将成为我们的先锋,我们会跟着你。'"伊扎基的父亲和负责斯利文总部的军官有关系,很快,伊扎基就退伍了。1944年年末,他悄悄离开了保加利亚,乘坐东方快车沿着陆路旅行。半个世纪之前,西奥多·赫兹尔乘坐同一趟火车,穿过伊斯坦布尔和叙利亚,到了巴勒斯坦。

对于本-古里安来说,伊扎基这样的年轻人是大规模移民的先驱。这位犹太复国主义领袖仍未建立国家,但他有一个计划。他知道,保加利亚急需现金和基础物资。索非亚的破败和周边村庄的贫穷让本-古里安感到震惊,他给保加利亚的犹太人送去了临时援助,但长期的目标是带领他们建立一个新的犹太国。本-古里安返回巴勒斯坦后,下令运5000双鞋子到保加利亚，给那些犹太人使用，不过，他补充说："如果我们试着把脚带到鞋子这边来，可能是更好的主意。"

不久之后，巴勒斯坦的犹太事务局与保加利亚的新政府建立了贸易关系。"尊敬的阁下，"特拉维夫犹太事务局的贸易部负责人给保加利亚商务部部长写信说，"借此机会，我向您保证，我们非常希望与保加利亚建立商贸关系，我方将尽一切努力，尽快开始交易。"虽然在巴勒斯坦仍受英国统治，在许多方面，这个犹太事务局已经成为事实上的主权政府。

最初，保加利亚人和巴勒斯坦的犹太人讨论物物交换：用保加利亚的松木、山毛榉和玫瑰油换犹太人的药品和鞋。保加利亚的一份回文要求："所有交易的鞋子都必须有双层鞋底。"文中提议，1公斤玫瑰油价值160双鞋子。一位犹太事务局的部长承诺，将很快找到"现金支付的方式和手段"。他们选择了英镑作为交易货币。不久，双方开始讨论保加利亚干果、草莓酱、蜂巢、毛毯、背包、地毯、铁保险箱和煤炭交易。在以色列正式建国之前，他们早就签好了一份贸易协定。

美犹联合救济委员会（更加广为人知的名字是JDC或者"联合会"）也给战后的保加利亚犹太人送去了资金。在保加利亚的早期工作中，联合会的官员们运去了衣服、毯子、主食和医疗用品，并资助犹太艺术家、作家和手工合作社。更重要的是，联合会与犹太事务局和摩萨德有着紧密的联系，后者正在冲破英国的封锁，将犹太人偷运到巴勒斯坦。联合会的终极目标是资助犹太人回归"圣地"。

谈论到另外一片土地，过上截然不同的生活，对于摩西这样的保加利亚犹太人极具诱惑力——这些年轻的男女学着希伯来语，听着巴勒斯坦之梦长大。但是，并不是所有的犹太人都支持移民到巴勒斯坦。

许多保加利亚犹太人，特别是"祖国阵线"的支持者，更愿意在保加利亚本地重建犹太人社区。因此，犹太共产主义者将犹太复国主义者视为一个威胁。政治分歧常常走向个人化，在家庭内部造成分裂。摩西，一个还不成熟的犹太复国主义者，内心的某些东西被本-古里安的话语搅动了。可他的兄弟雅克，一个坚定的共产主义者和"祖国阵线"成员，对这番话颇以为然。

很多时候，摩西会去雅克位于索非亚的律师事务所访问他，两个人在那里讨论政治。对彼此间的分歧，兄弟俩都没有外泄，但考虑到他们相反的政治观点，很有可能的是，雅克会重复其他犹太共产主义者向他们的犹太复国主义弟兄们的告诫：犹太人应该和其他保加利亚人一起，从战争废墟中重建国家。这是保加利亚犹太人要面临的挑战；离开祖国，是逃避整个保加利亚面临的艰苦而必要的工作。巴勒斯坦是"假的犹太复国主义的幻象"，这里才是家。雅克认为，新的保加利亚政权认同抵制反犹主义的斗争，红军曾为了解救保加利亚的犹太人而战斗。的确，保加利亚人民为拯救犹太人，使他们免遭屠杀而奋斗过，仅此一点，就足以让一个犹太人在新的共产党执政的共和国中，作为一名爱国的保加利亚人走上街头。雅克的侄女达莉娅后来回忆说，叔叔坚定地追随他在山里当游击队员时就怀有的梦想。

现在，犹太共产主义者谴责犹太复国主义者是"不相信'祖国阵线'"的"反动派"。摩西不可能欢迎这些责难。不只摩西这样认为，不久，反对犹太复国主义的保加利亚犹太人将不得不承认自己成了少数派。

1945年4月，"祖国阵线"的犹太领导人们在索非亚会面。他们担心犹太复国主义者会大规模移民到巴勒斯坦，尤其担心本-古里安关于"犹太回归"的号召。后来成为保加利亚国家元首的党派活动家托多尔·日夫科夫①警告他的同事说,因为从国外获得支持,犹太复国主义组织在经济和政治上具有强大的影响力。1945年夏天,保加利亚犹太复国主义者前往伦敦,参加"世界犹太复国主义组织"(World Zionist Organization)大会。本-古里安在那儿再次呼吁建立一个犹太国家。他在大会上说,接下来的5年中,需要有300万犹太人回归以色列。雅克·埃什肯纳兹在想,他的兄弟和索利娅会在保加利亚再待多久?

对于摩西和索利娅来说,留下还是离开,是一个艰难的抉择。他们需要权衡在巴勒斯坦的未来,以及在保加利亚与朋友和家人重建生活的前景。摩西和索利娅知道,保加利亚新政府正在采取措施,归还犹太人的财产,惩罚制定亲法西斯政策的责任人。摩西和索利娅密切关注着局势。

此时,保加利亚第七人民法院审判了前犹太事务委员会的负责人——该国最臭名昭著的反犹太主义者亚历山大·贝勒夫,并在其缺席的情况下将他判处死刑。战争临近结束时,亚历山大·贝勒夫从保加利亚逃走了。法院审判并处决了鲍里斯政府的总理菲洛夫(Filov),以及内政部部长加布罗夫斯基。

迪米特尔·佩舍夫获得了自由。为了拯救保加利亚的47000名犹太人,这位战时国民议会的前副议长可能做得比任何人都多。他曾向加布罗夫斯基施压,要其撤销驱逐令,后来又在议会的一封公开信中谴责该计划。然而,在战争期间,佩舍夫也曾敦促鲍里斯政府肃清山区的游击队。这位沉默寡言的单身汉被判15年苦役,不过,3年后他就被释放了。

---

① 托多尔·日夫科夫(Todor Zhivkov,1911—1998),保加利亚政治人物。1954年至1989年担任保加利亚共产党中央委员会第一书记。

其他的几百人没有那么幸运。当摩西重拾他高档服装销售员的工作，和索利娅开始计划生儿育女的时候，他们清楚地知道，几个街区之外，人民法院的诉讼正在紧锣密鼓地进行。法院开始成百成百地处决亲法西斯的内阁成员、议员、合作者和所谓的合作者。到1945年春天，已有超过2100人被处决。还有更多人因与亲法西斯政府有联系而遭受酷刑或被判服劳役。

1945年11月，格奥尔基·季米特洛夫[①]回到保加利亚。过去的近20年里，这位共产主义者和反法西斯英雄一直在苏联。经过议会选举，季米特洛夫成为保加利亚总统。不久，他开始了一系列财产扣押运动。拥护集体所有权的"祖国阵线"领导层不愿将全部的犹太财产物归原主，共产党的领导想要消灭资产阶级，而非恢复他们的地位。随着季米特洛夫的归来，集体组织和合作社开始取代杂货商、手工业者和商人。摩西、索利娅和其他做着私营小商业的犹太家庭，现在又多了一个因素促使他们向以色列移民。但是，一个核心问题仍没有得到解决：保加利亚是否允许他们离开？几个月后，一个答案来了。

1947年5月，苏联驻联合国大使安德烈·葛罗米柯[②]在联合国大会的讲话中暗示，苏联将支持在巴勒斯坦建立一个犹太国家，这番话使得犹太复国主义者、美国和英国都感到震惊。一周后，兴奋的索非亚犹太人给斯大林拍了一封电报，对葛罗米柯的讲话表示感谢。1947年11月30日，传来消息说，苏联和美国意见一致，支持联合国将巴勒斯坦分为阿拉伯国家和犹太国家的计划，保加利亚各城

[①] 格奥尔基·季米特洛夫（Georgi Dimitrov, 1882—1949），保加利亚共产党领袖，国际共产主义活动家，曾经主持共产国际8年。
[②] 安德烈·葛罗米柯（Andrei Gromyko, 1909—1989），苏联外交官，曾任外交部部长长达28年，后出任苏联最高苏维埃主席团主席，1943年时任苏联驻美大使。

市都举行了庆祝活动。同样一个消息，让在拉姆拉的哈伊里一家感到震惊和难以置信。在索非亚，欢乐的犹太人走上街头，挥舞旗帜，高唱以色列歌曲，并摇动写着当代英雄姓名的标语牌：西奥多·赫兹尔、格奥尔基·季米特洛夫、大卫·本-古里安，还有约瑟夫·斯大林。

1947年12月2日，联合国举行了投票。3天之后，索利娅·埃什肯纳兹在索非亚的一家医院里生下了达莉娅（当时她还叫黛西）。摩西和索利娅把婴儿从医院带回家不久，雅克和他的妻子维吉妮娅去看望了他们。维吉妮娅记得那是一个长得非常漂亮、安静宁和的女婴，不像她的爸爸——摩西按捺不住自己的喜悦之情，他也不想那么做："是一个女孩，她叫黛西！"摩西兴奋地在疲惫的母亲和草编摇篮里的婴孩之间来回穿梭的时候说，"是一个女孩，她叫黛西！"这对夫妇想要孩子已经想了7年，他们希望有一个女孩。现在，他们得决定，这孩子将在哪里长大。

苏联对一个犹太国家发出新的支持，意味着保加利亚政府允许想移民的犹太人离开。格奥尔基·季米特洛夫刚从克里姆林宫的一次会议上回来，斯大林在那里提醒他："帮助犹太人移居巴勒斯坦是联合国的决定。"季米特洛夫立即将此信息传达给那些不认可联合国分区投票的犹太共产主义者。"犹太人民有史以来第一次，像男子汉一样为自己的权利而战，"1948年3月的政治局会议上，季米特洛夫对他的犹太同志们说，"我们必须敬佩这一斗争……我们曾经反对移民，我们实际上成了一个障碍，这让我们脱离群众。"

几周之后，5月3日，犹太共产主义者公开宣布："伟大的苏联为解决犹太问题和实现独立、自由、民主的犹太共和国（以色列地）做了巨大贡献，对此我们抱以深切的、难以言表的感激之情……保加利亚人民共和国万岁！保加利亚人民领袖、与法西斯主义和反犹主义进行不懈斗争的战士格奥尔基·季米特洛夫同志万岁！被奴役和被压迫国家及民族的保护人约瑟夫·维萨里奥诺维奇·斯大林大元帅万岁！"

保加利亚的许多犹太人即将离开，犹太共产主义者"对保加利亚人民共和国政府提供充分的机会，许可那些希望定居在巴勒斯坦的犹太人自由移民"感到满意。这也是雅克·埃什肯纳兹的立场，他对此的感受、他对摩西说了什么，没人知道。它们随着两兄弟的去世湮没在历史中。

现在，"祖国阵线"全权负责想离开保加利亚的犹太移民的相关工作。保加利亚的犹太复国主义团体不再能够独立工作，只留下一份犹太报纸，还是被政府管控的。犹太复国主义者和共产主义者有了一个相同的目标——帮助那些想移民到新以色列国的犹太人顺利离开。

一些人回忆说，这是连锁反应，一些人说，这是深思熟虑的、迈向古老故土的欢乐的一步，另一些人则认为这是一场高烧。多年以来，"移民"的决定似乎只存在于理论中，即便在它有成了现实的可能之后，许多人也说他们决定留下。可事情很快起了变化。一个邻居，理发师伊斯雷尔，决定带他的家人搭乘早班航船离开。然后，街对面的家庭主妇拉赫尔宣布她们一家也要走。一位堂兄，电工萨米也选择了"犹太回归"。接着，裁缝马蒂尔达离开了。然后是鞋匠里昂、警官海姆、司机伊萨克和摄影师布科。现在是拉比、杂货商、水果小贩和面包师。保加利亚犹太合唱团——有100人——乘同一艘船一起去了以色列。突然之间，一半家庭离开了，社区变得空空荡荡。"就像一场精神病，"一位前共产主义者，选择留在保加利亚的犹太人回忆说，"晚上，他们相信一些东西。第二天早上，他们改信其他东西。"

1948年春天的时候，对于摩西和索利娅而言，再也没有争论的必要了。艰难的时局没有好转的迹象，工厂被国有化，财产归了国家，摩西未来的生计尚不明晰。虽然从表面上看，新政府对犹太人和其他保加利亚人一视同仁，但在摩西看来，他们在酷刑和处决中表现得过分残暴。况且，1943年的绝处逢生，并不能保证他们在保加利亚未知的未来中安全生活。

然而，对于摩西来说，他不想留下来，并不仅仅是因为在保加利亚要过艰难的生活，而是因为他想到一个新的地方去。摩西花了生命中的大部分时间去听一个在远方的新生活的故事。他为挑战感到兴奋，他相信自己的直觉——在这种时候，应该出发。

索利娅对是否移民不太确定。离开挚爱的国家对她来说有点沉重。但是，作为摩西的妻子，索利娅会跟随他：摩西、索利娅和达莉娅·埃什肯纳兹会尽快搬去以色列。

5月14日，在本-古里安宣布以色列独立，而阿拉伯人与犹太人之间的战争正式打响之际，犹太事务局和保加利亚政府为按部就班地移民制订了详细计划。首先，将有五艘小船，每艘乘载150人——首批登船的人，要么是他们的孩子像伊扎克·伊扎基一样，在执行任务期间去了巴勒斯坦，要么是他们去以色列能够率先拉动移民链条。这些旅行的费用将由美犹联合救济委员会支付，每人约40美元，船的拥有者和航运者是保加利亚商船队。保加利亚饱受摧残，为贫困所扰，重建国家急需硬通货，只要美犹联合救济委员会和其他国际犹太复国主义组织持续提供急需的硬通货，保加利亚就会准许它们参与。

保加利亚政府决定，第一次大规模运输将安排在南斯拉夫的巴卡尔港①。3694名保加利亚犹太人，有大约三个星期的时间来安排相关事务。他们要在动身之前接受体检，以证明自己没有结核病、心脏病、伤寒、霍乱和梅毒。然后，他们会关上自己的家门，跟亲友告别，于10月25日到索非亚的中央火车站集合，在那里，会有两列长长的火

---

① 巴卡尔（Bakar），克罗地亚西部的一个小城。

车等着他们。

索非亚车站的月台上,摩西和索利娅在挨挨挤挤的乘客中前进。雅克和他的妻子维吉妮娅来告别。他们帮摩西和索利娅拿着箱子和手提箱,有人提着达莉娅,她平静地躺在草编摇篮里。气氛是沉重中混合着悲伤,轻快中夹杂着希望,兄弟们,父亲们,祖母们和叔伯们,人们知道这可能是他们的最后一次拥抱了。

空气肃杀而明亮。月台的南方,维托沙山①的顶尖耸起,山峦锯齿状的峰顶偏向一侧,像一个皱巴巴的帽子尖儿。在那儿,索利娅经常与一群年轻的朋友结伴而行,他们唱着歌爬上陡峭的石径,穿过洒满午后阳光的松树和枫树。远远的东边是索利娅的故乡斯利文,就在玫瑰谷之外。索利娅忆起家乡那长着杏树的老院子。斯利文的山脉之下深深埋藏着煤炭。那里土壤肥沃,适合生长果树和可以酿红酒的葡萄。索利娅记得风呼啸着吹过峡谷,在她的家乡扬起尘土。

下午,火车离开了索非亚,先是试探一样地缓慢移动,然后,向西边喷着气,"咔嗒咔嗒"地加快了速度,呼啸着离开了首都,向着南斯拉夫的边界前进,那里有一艘即将开往以色列的船。

从索非亚出发的火车上有1800名保加利亚犹太人,对于他们中的许多人来说,或者对于1948年秋天移民的几万名匈牙利、罗马尼亚或波兰的犹太人来说,前往以色列的这趟旅程,代表了两千年流亡之后的一种回归,是实现《塔木德》②诺言的一次机会:"在以色列的土地上迈出四步的人,所有的罪孽都将得到宽恕。"

---

① 维托沙(Vitosha)山,保加利亚首都索非亚郊外的一处山地,是索非亚的象征之一,也是热门的远足、登山和滑雪场地。
② 《塔木德》,犹太教口传律法的典籍汇编,主体部分成书于公元前2世纪至公元5世纪,记录了犹太教的律法、条例和传统。其内容分三部分,分别是《密西拿》(口传律法)、《革马拉》(口传律法注释)和《米德拉什》(《圣经》注释)。地位崇高,长期以来被犹太人持续研读。

1948年10月25日黄昏时分,火车穿越南斯拉夫边境,这也代表了一场运动的胜利,曾经被批评家们视为蠢行的一场运动的胜利。政治犹太复国主义之父西奥多·赫兹尔知道,建立一个犹太民族国家即意味着与帝国势力结盟。这些势力需要确信,无论是在巴勒斯坦还是在其他地方,建立犹太国家符合它们的利益。"摩西[①]需要四十年,"赫兹尔说,"我们可能需要二十年或三十年。"

赫兹尔向奥斯曼帝国苏丹示好,苏丹摇摇欲坠的帝国仍然控制着巴勒斯坦。犹太复国主义领袖答应,用"我在欧洲所有证券交易所的朋友"的财政支持,帮助消除奥斯曼帝国的债务,并为他们建造一座新桥,"桥高得足以让最大的军舰通过,并进入金角湾[②]"。苏丹对此做了积极的回应,宣布自己是"犹太人的朋友"。从伊斯坦布尔回来时,赫兹尔在索非亚做了停留,他告诉一个保加利亚熟人说:"苏丹需要钱,我们需要家园。我要去维也纳、伦敦和巴黎,去募集必要的钱。"

赫兹尔还向英国寻求支持。他敦促英国殖民大臣约瑟夫·张伯伦(Joseph Chamberlain)支持"英国治下的犹太殖民地",为此,英国将"获得权力的扩张和1000万犹太人的感激之情"。据赫兹尔说,张伯伦"喜欢犹太复国主义的想法。如果我能向他展示一个为英国所控,却又没有白人定居者居住的地点,我们就有商谈的余地"。英国彼时尚未控制巴勒斯坦,因此,这两个人讨论了在塞浦路斯、西奈半岛,甚至在乌干达建立一个犹太国家的可能性。张伯伦对这位犹太复国主义领袖

---

① 摩西,《旧约》的《出埃及记》等章节中记载的公元前13世纪犹太民族领袖。他曾经在旷野里漂流40年,最终带领以色列人走出了埃及。
② 金角湾(Golden Horn),土耳其城市伊斯坦布尔的一个天然峡湾,从马尔马拉海伸入欧洲大陆的细长水域,是伊斯坦布尔的一个天然屏障,对昔日君士坦丁堡的防卫意义重大,现在是著名景点。

说:"沿海一带很热,但内陆的气候对欧洲人来说是极好的。那里可以种植糖和棉花。"

在乌干达定居的想法遭到赫兹尔的犹太复国主义同道们的反对。1904年赫兹尔去世后,犹太复国主义运动开始将巴勒斯坦作为目标,并加紧了与奥斯曼帝国苏丹的讨论。1914年,哈伊姆·魏茨曼在法国犹太复国主义者会议上说:"有一个国家(巴勒斯坦)是无主之地,而犹太人民无土可依。"这个后来成为以色列第一任总统的男人问:"那么,还有什么比把这枚珍宝嵌入指环、使这些人民与这片土地重建联结更为必要的呢?我们必须说服这个国家(奥斯曼帝国)的主人们,让他们确信,这桩联姻不仅对(犹太)人民和这个国家有好处,对他们自己也有利。"

然而,后来,第一次世界大战导致了奥斯曼帝国的瓦解、英国进入巴勒斯坦,以及1917年的《贝尔福宣言》,这个宣言承诺帮助建立一个"犹太民族家园"。30多年后,1948年5月,随着大卫·本-古里安宣布新的以色列国独立,"犹太版儒勒·凡尔纳"的梦想成了现实。

1948年10月27日黄昏时分,火车到了达尔马提亚[①]海岸的山崖。西边,在亚得里亚海的地平线上,天空闪耀着色彩。索利娅和摩西身后,天色向晚的东方,是萨格勒布[②]、卢布尔雅那[③]、贝尔格莱德和索非亚。在保加利亚的某个地方,这个家庭的贵重物品——有大约440磅[④],每个成年人有100公斤的额度——放在板条箱里。索利娅装满

[①] 达尔马提亚,位于克罗地亚南部、亚得里亚海东岸的地区,东接波斯尼亚和黑塞哥维那。它和克罗地亚本部、斯拉沃尼亚及伊斯特拉半岛一同被称为"克罗地亚的四个历史地区"。
[②] 萨格勒布(Zagreb),克罗地亚的首都。
[③] 卢布尔雅那(Lubljana),斯洛文尼亚的首都。
[④] 1磅约合0.45公斤。

了一个用稻草制成的嫁妆箱子。羊毛毯子，保加利亚的编织地毯，来自捷克斯洛伐克的婚庆特制瓷器是奶油色的，边缘装饰着小小的红色花朵；盛汤的盖盅、碗；品尝保加利亚白兰地的蚀刻紫水晶杯；枕头套、桌布和其他编织的手工艺品；一套粉红色的卧室家具：两个衣柜、床头板和床框。索利娅和摩西不是唯一与财物分隔两地的犹太人。很快，4000吨板条箱堆放在了索非亚的犹太教堂——摩西和索利娅结婚的地方——工人们争先恐后地寻找外国货轮，想把这些货物运到以色列。火车哐哐作响着在巴卡尔港附近停了下来。车厢里面，等待下去的索利娅和摩西准备好他们的包，把达莉娅在摇篮里安置好。透过窗户，在300米之外的地方，他们能看到一艘巨大的桅船停靠在码头旁边，船上的灯光在夜晚的天空下闪闪发亮。

"泛约克"号有一个足球场那么长[①]，三根桅杆高耸在甲板上，桅杆下面是货舱，能够容纳1100万磅的货物，本来是运输香蕉和磷酸盐的，现在经过改造，用以运载3694名保加利亚犹太人：42个人姓阿尔卡莱（Alcalay），68个人姓阿拉德杰姆（Aledjem），68个人姓巴胡（Barouh），124个人姓科恩（Cohen），20个人姓达尼尔（Daniel），7个人姓达农（Danon），4个人姓吉弗瑞（Djivri），1个人姓埃里亚斯（Elias），1个人姓埃德尔（Elder），1个人姓以法莲（Ephraim），54个人姓埃什肯纳兹。索利娅、摩西和达莉娅跟着移民的队伍走上了踏板。他们踏入船舱时，被强烈的消毒剂气味呛到了。在他们前面，影影绰绰的，是一个巨大的、被漆成海绿色的金属货舱。他们目力可及之处，全是叠成三层高的木制上下铺。接下来的8天里，这里将是他们的家。

在船上的仓库中，船员们堆放了好几千罐食物，这都是由美犹联

[①] 国际标准足球场的长度一般是100—110米。

合救济委员会付的钱。在接下来的一周里，摩西、索利娅和其他"泛约克"号上的乘客将依靠肉罐头、鱼罐头、罐装牛奶、果汁、面包、人造黄油、葡萄柚果酱和小块黑巧克力生存。美犹联合救济委员会还提供了肥皂和紧急医疗用品。乘客们后来回忆说，没有人患大病，不过，在旅途剩下的时间里，许多保加利亚人在船栏上弯着腰，呕吐到公海里。摩西和索利娅在后来的日子里回忆说，达莉娅是唯一没有晕船的人，因为她几乎全程都在睡觉。

慢慢地，南斯拉夫海岸从人们的视野中消失了。"泛约克"号以最高 14 节[①]的时速，向南穿越了亚得里亚海。从船头望出去，只能看见天空、海平面和 10 月下旬的海洋。摩西只能向前看。他不知道家人会在哪里生活，也不清楚他们抵达海法后有什么在等待着自己。他知道战争仍在继续，尽管以色列有优势，新的休战谈判建议双方尽快达成和解。对摩西来说，显而易见的是，某种形式的犹太国家将存活下来。

尽管双方有冲突，但巴勒斯坦的许多犹太知识分子认为，以色列能否长期生存，取决于能否找到一个与阿拉伯人共存的方式。摩西是一个犹太复国主义组织的成员，该组织倡导为所有的巴勒斯坦人建立一个双民族共存的民主国家。"双民族共存"的思想随着"布里特沙罗姆"[②]（或称"和平同盟"）的形成植根于 20 世纪 20 年代，这个组织提倡"在两个文化自治的民族绝对的政治平等的基础上……犹太人和阿拉伯人之间相互理解……"，这个哲学的一部分是基于维护"犹太复国主义努力的道德完整性"的愿望，另外一部分是实用主义的。布里

---

① "节"是一种速度单位，定义为每小时 1 海里（1.852 公里），14 节就是大约每小时 26 公里。
② 布里特沙罗姆（Brit Shalom），成立于 1925 年的政治组织，谋求犹太人和阿拉伯人之间的和平共处。

特沙罗姆的创始人之一亚瑟·鲁平①宣称:"毫无疑问,如果犹太复国主义无法找到与阿拉伯人的共同点,它将走向一场灾难。"并存理念的精神之父是马丁·布伯,维也纳的伟大宗教哲学家,长期以来,他一直主张建立一个两个民族并存的国家,部分原因是"两族人民共有的对自己家园的热爱"。

20世纪40年代,犹太方倡导的"双民族国家"理念形成于左翼政党"以色列统一工人党"(Mapam)中。1947年,以色列统一工人党的领导者试图说服苏联驻联合国代表安德烈·葛罗米柯,希望后者支持他们打造单一国家的努力,但未成功。他们说,两个分立的国家会在未来引发更紧张的形势。葛罗米柯告诉他们,单一国家是一个好主意,但不切实际。苏联投票支持巴勒斯坦分治之后,一位以色列统一工人党的领导维克托·谢姆托夫(Victor Shemtov)——保加利亚人,比摩西早15年移民到巴勒斯坦——心中暗忖,"这是一场长期战争的开始"。尽管如此,谢姆托夫还是与其他以色列统一工人党党员一起在海法街头跳舞,庆祝以色列的诞生。摩西很快加入了以色列统一工人党的竞争对手——以色列地工人党,这是本-古里安领导的主流中间派政党。

第八天黎明到来之前,远方出现了灯光。乘客们骚动起来,爬上甲板。陆地越来越近,他们看到有些灯光好像位于别的灯光之上。悬在空中的零散亮光实际上是山坡上不同高度的房屋里发出的光。这就是迦密山②,耸立在海法市一侧的山脉。他们快到了。11月4日黎明

---

① 亚瑟·鲁平(Arthur Ruppin,1876—1943),犹太复国主义思想家和领袖,特拉维夫市的创始人之一。他从1908年起担任雅法犹太复国主义组织巴勒斯坦办事处主任。1926年加入耶路撒冷希伯来大学,并成立了社会学系。
② 迦密(Carmel)山,以色列北部的一个山脉,在《圣经》中有记载。它濒临地中海,得名于希伯来语,意思是"上帝的葡萄园"。

破晓时分，当船只快速驶入海法港口的时候，乘客们向船头挤过去。有人哭了。他们开始唱《希望》(*Hatikva*)，这是 60 年来犹太复国主义者的国歌，现在是新以色列的国歌。"一个犹太灵魂在渴望。"他们唱道：

> 朝着东方
> 一只眼睛望向锡安
> 我们的希望未有死亡
> 两千年的希望
> 成为自由人，在我故乡
> 锡安之地，耶路撒冷。

对于许多人来说，他们的感受是，经过那么多的努力，他们终于回家了。

岸上，犹太事务局的官员们坐在一条分隔绳后面的桌子旁边，一家一家地登记乘客。他们登记姓名和出生年，达莉娅的出生年份被错误地写成了 1948 年。埃什肯纳兹一家领取了一个身份证，被告知到正前方的金属大楼里面去，那里有带着喷雾器的工人，他们对这些保加利亚人喷洒一种物质，让人的头发变得又硬又白。孩子们跑来跑去，笑着，互相指着对方的"滴滴涕[①]发型"。

接下来，人们拿到了三明治。一些家庭被安排上了公共汽车，另一些则乘坐黄色的窄轨火车，沿着海岸"轰隆隆"地向南行驶。埃什肯纳兹一家去帕代斯汉拿（Pardes Hannah）[②]，这是大约 30 英里外的

[①] 滴滴涕（DDT），曾经是最著名的合成农药和杀虫剂，可以喷洒使用。后来人们发现它不易降解，破坏生态平衡，在世界大部分地区已经停止使用。
[②] 以色列海法区的一个小镇。

一处古老的英国军营。一列营房外，立着一排排帐篷，庇护着一拨拨新来的人。

就这样，埃什肯纳兹一家开始了在以色列的生活。摩西和索利娅在帐篷里住了大概10天的样子，他们的旁边是上千个来自不同国家的人——来自摩洛哥的移民皮肤黝黑，长着深色卷发，讲阿拉伯语；来自罗马尼亚、匈牙利和波兰的人皮肤苍白，怅然若失，讲着意第绪语①。那里人很多，臭烘烘的，对于11月初来说，天气太热了，因为下雨，满地泥泞。很快，摩西和索利娅变得焦躁不安起来。像其他的许多人一样，他们急于在某个地方定居。特拉维夫几乎没地方了，而耶路撒冷仍然太危险了。10天后，摩西注意到人们坐在一张桌子旁，登记搬到这个移民营和耶路撒冷之间的某个城镇去。

摩西从未听过这个镇子。但为什么不去呢？他想。让我们试试这个叫作拉姆拉的地方吧。

---

① 一种日耳曼语，属于西日耳曼语支，源自中古德语，通常由希伯来字母书写，约有300万人在使用，大部分的使用者为犹太人。

第六章　避难所

平板卡车在靠近拉马拉镇中心的地方停了下来。

7月中旬的炎热中，阿卜杜拉国王的阿拉伯军团的货车停步不前，放下了车上载着的难民。这些人来自拉姆拉，经过阿拉伯村庄萨尔比特到了这里。

谢赫·穆斯塔法·哈伊里身着黑色的长袍斗篷，戴着裹有白头巾的土耳其毡帽，从卡车的铺位上爬起来，站到了夏日的强光之下。十几岁的女童子军福尔多斯·塔吉带着哨子和刀，与哈伊里和塔吉家族的其他人站在一起。他们几乎不相信自己眼前的一切。一整家、一整家的人在地上扎营。人们围挤在金属的大餐盘旁边，把一点点蚕豆和小扁豆裹着面包屑放进嘴里。难民在树下、门口过道和马路边或坐或躺。一家人四下流散，许多家庭的成员离开拉姆拉的时间不同，现在，他们不知道亲人在何方。

谢赫·穆斯塔法穿过市中心，直奔大饭店（Grand Hotel）而去，在那里，他设法住进了一个小房间，然后开始寻找侄子和家人。早些时候，艾哈迈德和扎吉雅带着巴希尔和其他孩子一起到了这里，在贵格会①学校附近租了一个房间。在过去的两个月中，艾哈迈德在此地和

---

① 贵格会（Quaker），又称公谊会或者教友派，是基督教新教的一个派别。

拉姆拉之间来回奔波,从家里把食物、一点衣服和其他的生活用品带给拉马拉的家人。

"拉马拉"在阿拉伯语中的意思是"上帝之山",1948年7月中旬,这里已经从巴勒斯坦北部的一个安静的基督教山城,变成了一个充满苦难和创伤的地方。约10万难民涌入学校操场、体育馆、修道院、军营,以及城镇和周围村庄中可以找到的一切地方。有钱一点的人和亲戚们一起分享居处,住宅的每间房子里住着10到15个人。新近无家可归的人们大多睡在露天,橄榄林、山洞、畜栏、谷仓以及路边的空地上都睡着人。

"情况令人震惊。"8月12日,美国驻耶路撒冷领事馆的一封电报如此警告。此时,距离以色列军队占领利达和拉姆拉,并下令驱逐平民已经过去一个月。"大部分穷人除了身上的衣服,别无长物……全靠现有的微薄救援……难民完全依赖泉水作为水源,他们排几个小时的队才能接一次水……8月底之前,水供应是绝对有可能断绝的……有大约三周的时间,人们每天只能吃到约莫600卡路里的饮食,这不足以维持很长时间……到处都是营养不良的人……一些家庭不向卫生官员报告,就把亲人的尸体埋在营地中……地方当局不堪重负,承认自己无力应对这种情况。"

据联合国调查人员说,短缺的水供应"缺乏保护和组织,水源受污染,对健康构成威胁……伤寒的流行几乎不可避免"。红十字会的护士们努力地为难民接种疫苗,防止此类流行病的发生,但据美国领事馆说,"目前只有一万剂疫苗"。官员们警告可能会暴发霍乱、白喉和脑膜炎。难民们好几个星期没洗过澡,有些人开始抱怨眼睛和皮肤生了病。

谢赫·穆斯塔法到了贵格会学校附近的房子里,发现艾哈迈德、扎吉雅和他们的十个孩子①住在一个房间里。在拉姆拉的家中，巴希尔有自己的房间和床，现在，他与父母和兄弟姐妹一起睡在两张床垫上。哈伊里家族的其他人睡在别的房间里。现在，不再有拉姆拉城中的深墙大院，在那里，家族成员可以穿越果园和开阔地，从一所房子走到另一所房子。而在这里，哈伊里家的几十口人挤在一所房子里，而且是因为家族的人脉关系和资源才有了栖身的房子，在这种情况下，这算是相当舒适的了。

巴希尔目睹了母亲为使家人免于饥饿，变卖自己的珠宝，换取面包、橄榄、食用油和蔬菜。长久以来，黄金一直是巴勒斯坦阿拉伯妇女的应急物资，许多妇女听到以色列占领军搜查和没收财物的事之后，把黄金缠在身上，离开了拉姆拉和利达。扎吉雅的黄金让家人免受最糟糕的饥饿，巴希尔知道，眼下，母亲已经成为"家庭银行"和家人赖以生存的必需品的主要来源。扎吉雅这样的女性很多，走投无路之下，许多妇女走上了拉马拉混乱的街道。巴希尔看着妇女们头上顶着水罐从泉水边返回，或在一个临时的街市上兜售亲手做的甜食。

一些人在当地村民那里找到了采摘橄榄的工作：男人用棍棒敲打橄榄枝，女人们蹲在地上收集橄榄。一些走投无路的人挨家挨户乞讨。"我们无家可归了，"他们说，"你能给我们一些油、小扁豆、面粉和蚕豆吗？"他们的家人沦落到只能用旧烟罐子喝茶，用毯子和粗麻布袋做裤子穿。有时，乞讨的人会受到当地居民的辱骂，这些人因为接连的灾难而不堪重负，所以愤怒日增。"你们把土地卖给了犹太人，又跑到这儿来！"他们嘲讽说，"你们怎么就不能保护自己呀？"危机引发了一些人内心最深的恶。一个难民回忆起一个阔太太，拉马拉的一位显赫的市民，站在自家阳台上扔出一把把糖衣坚果，然后带着溢于言

---

① 前文中，1948年4月（约4个月之前）时，这对夫妻还只有"九个孩子"，无法证实是否为作者笔误。

表的愉快,观看着新来的难民们争抢。

流离失所的人中,男人因为震惊而特别沉默,他们在犹太人那里遭遇失败和屈辱,又遭到了许多当地人的歧视。巴希尔记得眼神呆滞的农民坐在橄榄树荫下的粗麻布袋上。在家乡,已经是芝麻、甜瓜、葡萄、仙人掌果和夏季蔬菜的收获季节了。这是男人们的分内之事,他们知道该怎么做。可是,突然之间流落到拉马拉,男人们无所事事,他们的家人在挨饿。在食品分发中心,女人们忍受着无穷无尽的等待。从东边 50 英里之外的安曼来的卡车沿着狭窄的道路隆隆地驶过来,运来大块的素饼干、无酵面包,偶尔还有一袋西红柿或茄子——红十字会和外约旦的阿卜杜拉国王送来的。微不足道的配给旨在防止人们饿死。大部分难民被迫竭尽全力地去讨活命。他们向当地人讨饭,偷他们的食物,把果树摘得精光。有时候,人们还从军方垃圾桶里搜寻阿卜杜拉的阿拉伯军团的士兵们留下的残羹剩饭。

哈伊里一家还没有遭遇到这种程度的饥饿,部分原因是扎吉雅在售卖她的黄金,但是,巴希尔开始理解了难民的屈辱。对于一个六岁的男孩来说,一种看似简单的剥夺有着深切的含义:有一天,巴希尔的父亲沮丧地告诉扎吉雅,他连给朋友买一杯阿拉伯咖啡的钱都没了。巴希尔知道,对于一个阿拉伯男人来说,邀请朋友们喝咖啡是最起码不过的待客之道了——这是"在自己家里自足自在"的基本表现——做不到这一点则代表了深切的屈辱。终此一生,巴希尔都忘不掉这种耻辱。

8 月 16 日,联合国调解员福尔克·伯纳多特伯爵向 53 个国家和地区发送了电报,呼吁"把已经在公海上的肉类、蔬菜、谷物或者黄油一类的东西在贝鲁特①转给我"。联合国认为巴勒斯坦局势是一

---

① 贝鲁特(Beirut),黎巴嫩首都,历史可追溯至公元前 15 世纪,与叙利亚的大马士革并列为中东最古老城市,位于贝鲁特省的地中海沿岸,也是该国最大的海港。

场"大规模的人类灾难"。据他们估计,在那个时候,有超过25万阿拉伯人"从被犹太人占据的巴勒斯坦领土上或逃离,或被强制驱离"(后来的实际数字是联合国早期估计的3倍)。"在拉马拉,我看到了从未见过的恐怖景象,"9月,伯纳多特这样记录,"车子被群情激愤的大众裹挟着,人们疯狂地喊叫着要食物、要回家。受苦受难的人海中沉浮着许多令人望之心惊的脸。我记得有好几伙满面虬须、伤痕累累又绝望无助的老人,他们把羸弱的脸伸挤到车子里,讨要一点面包屑。一般人会觉得那面包屑实在难以下咽,但那却是他们唯一的食物。"

难民们从震惊中回过神来,愤怒之情开始积聚。哈伊里一家到达拉马拉几天之后,阿拉伯军团的英国司令官约翰·贝加特·格鲁布率部队开进拉马拉,愤怒的难民用石头迎接他们。格鲁布的部队被人称为"叛徒","比犹太人更坏"。格鲁布从安曼穿越巴勒斯坦的阿拉伯区域前来此地的旅程中,汽车反复遭人吐口水。拉马拉以北的纳布卢斯,约旦河以东的安曼和萨尔特[①]爆发了针对格鲁布、阿拉伯军团和英国的示威。格鲁布的许多阿拉伯士兵受不了难民扶老携幼穿过军团阵地的景象,愤怒地要求对犹太部队进行报复。

难民对自己的愤怒使格鲁布感到震惊。他始终认为,自己的部队比其他阿拉伯部队都做得更多:他们为东耶路撒冷而战,把它给阿拉伯人保住了,他们守住了拉特伦一线,"抵抗了人数五倍于己的敌军……我知道他们会战斗到最后一息——为拯救那个现在的国民把他们称为'叛徒'的国家"。

然而,格鲁布也会想起在前线度过的一个不眠之夜,得知数千名

---

① 萨尔特(Salt),约旦中西部的一个古老的农业小镇和行政中心,位于从安曼通往耶路撒冷的旧路上,距离安曼约半小时车程。

难民涌向拉马拉的消息之后,他躺在床上辗转反侧。"诚然,我没有预料到在利达和拉姆拉的行动会导致如此大规模的人类浩劫,"格鲁布回忆,"但是,即便我能知道,我还能怎么办呢?如果我指挥部队向利达冲锋陷阵,敌军会一路势如破竹,杀到拉马拉。"格鲁布知道,如果重新部署拉姆拉和利达的兵力,就会削弱阿拉伯军团在拉特伦的力量,而拉特伦是阻止以色列军前进的战线。"那样的话,困境将不仅仅局限于利达和拉姆拉,而是会蔓延到整个巴勒斯坦地区,情况要严重20倍。我觉得自己别无选择。"

然而,哈伊里家的许多人,和来自两个城镇的其他难民一起,回忆了阿卜杜拉国王通过贝都因兵团和其他部队发出的保护承诺。他们感到格鲁布和阿卜杜拉背叛了他们。甚至与阿卜杜拉一直关系良好的谢赫·穆斯塔法也对国王感到愤怒。"阿卜杜拉国王在祖父离开拉姆拉之前曾告诉他说,允许我们回去,"巴希尔的堂妹、谢赫·穆斯塔法的孙女萨米拉·哈伊里说,"所以,我们曾经有一种印象,有那么一份幕后协议,让我们能够返回。"

即使没有那么一份协议,哈伊里一家的人脉也能把他们从拉马拉的灾难中解救出来——如果他们不回家乡,至少能去阿卜杜拉的王国。哈伊里家口口相传的故事,说阿卜杜拉给了谢赫·穆斯塔法一个私人的邀约。"兄弟,"国王念及他们长达几个世纪的渊源,对穆罕默德·谢赫说,"我不会让你们成为悲惨的难民。把家人带来吧,我在安曼给你一座宫殿,你们住在那里。"

穆斯塔法一直在当拉姆拉的市长,他不想忽略其他的几千名难民。"我并不是只有家里人,"谢赫·穆斯塔法提醒国王,"我要照顾拉姆拉的所有人。我能带他们一起去吗?"

"那你就原地待着吧。"这是国王的回答。

在安曼,阿卜杜拉国王被包围了。这片外约旦的沙漠绿洲,最近刚被格鲁布视为"世界上最幸福的小国家之一",如今被成千上万来自拉姆拉和利达的难民包围。难民们被赶出家园,如今要求展开问责。阿拉伯军团的士兵们愤怒的妻子和父母甚至试图闯入阿卜杜拉在安曼的皇宫。

7月18日,谢赫·穆斯塔法抵达拉马拉的几天后,国王愤怒地和外约旦的示威者摊了牌。当"悲惨的人潮"到达外约旦首都的时候,英国驻安曼的外交官员亚历克斯·科克布里德(Alec Kirkbride)爵士带着无法掩饰的蔑视看着他们。科克布里德想知道,这些难民"哪怕当初再多一点点勇气的话",他们本来是否可以留在家乡。这个英国人回忆了针对国王的同一场"丑陋的大规模抗议活动":约有2000名男子"咆哮着辱骂国王,并要求立刻收复陷落的城镇"。国王在皇家卫士的护卫下出现在台阶上,卫士们正在飞速地把弹匣推入步枪。"在我看来,一场大屠杀已经箭在弦上。"科克布里德回忆说。但事实并非如此,阿卜杜拉走入人群之中,对准一个喊叫着的难民的头掴了一掌。阿卜杜拉要求示威者,要么拿起武器"与犹太人作战",要么"滚下山去"。科克布里德赞叹地记录,绝大多数示威者"滚下了山"。

尽管阿卜杜拉国王在虚张声势,但就像以色列军方希望和预料的那样,他还是动摇了。阿卜杜拉召格鲁布到皇宫中开会,他怒视着这位阿拉伯军团的指挥官,指责他身为助手,没有为保卫巴勒斯坦而全力战斗。实际上,格鲁布在伦敦的上级更应该受到指责。和格鲁布相比,英国为执行"联合国武器禁运"而采取的举措——特别是拒绝给阿拉伯军团补给武器和弹药的行径——在拉姆拉和利达的沦陷以及阿拉伯军团无法夺回城镇的问题上,更加难辞其咎。从格鲁布的角度来看,最重要的是,阿拉伯军团只有4500名士兵,不足以既在耶路撒冷和拉特伦发动战斗,又同时保护利达和拉姆拉。

* * *

在西边 50 英里之外的拉马拉，哈伊里一家，还有其他的几千名难民仍然以为自己会很快回家——不是在阿拉伯军团的支持下，就是一种政治协议的结果。

"回归，"巴希尔说，"从第一天开始，就是问题所在。"

然而，种种强有力的迹象表明，以色列决定不交出原属于阿拉伯人的利达和拉姆拉，以及其他的数十个村庄。美国驻开罗大使馆在发给华盛顿的国务卿乔治·马歇尔的机密航空电报中说："巴勒斯坦的数十万阿拉伯难民返回他们以色列故居的可能性很小。"该电报引述了"已报道出来的犹太方制定的措施，旨在防止阿拉伯难民返回，并接管他们的财产……那些以难民身份离开的人失去了财产，将无处可返。此外，他们的大部分财产都在以色列政府的控制之下，以色列政府……不会心甘情愿将它们还给阿拉伯人"。

实际上，以色列官员们拒绝讨论难民回归问题，他们说，这是因为他们的新国家和几支阿拉伯部队仍然在作战。以色列的官员们显然已经下定决心，不允许阿拉伯难民返回。1948 年 6 月 16 日，在与阿拉伯国家休战 4 周期间，大卫·本－古里安在以色列内阁会议上宣布："我不希望逃亡者返回……战后我也不希望他们回来。"在同一会议上，本－古里安的外交部部长摩西·夏里特补充说："这是我们的政策，他们不会回来。"

两个月后，在征服了拉姆拉和利达之后，以色列官员不承认发生了强迫驱逐事件。在 1948 年 8 月向斯德哥尔摩的国际红十字会会议提交的一份报告中，以色列代表宣布："约 30 万阿拉伯人离开了他们在以色列军占领区内的居处，但没有一个人是被驱逐或被要求离开住所的。相反，大多数情况下，阿拉伯居民被告知，没有必要逃离……"

但越来越明显的是，拉姆拉的居民是被驱逐出境的。"根据去过特拉维夫的红十字会代表的说法，"美国国务院的一份机密航空电报说，"犹太人占领（拉姆拉）时，迫使所有的阿拉伯居民撤离该镇，除了信奉基督教的阿拉伯人——他们允许这些人留下。该信息在一份含'受控的来自美国的情报'的最近报告中得到了部分确认。"

夏天结束的时候，在拉姆拉，仍然有几百名阿拉伯人被锁在铁丝网围栏后面。绝大多数家庭是基督徒，以色列方面认为，这些人对新以色列国的威胁要比拉姆拉的穆斯林小。留下的家庭被控制在旧城的几块街区中，现在人们叫作"萨克纳"[①]或"阿拉伯贫民窟"的地方。这地方在哈伊里家的旧街附近，艾哈迈德曾经沿着这条街走去他的家具作坊。

艾哈迈德的房子静静地矗立着，成为空荡荡街区的一部分。掠夺者洗劫了物品后，房子门户大开，物品散落一地。商店的货品腐烂了，摊在大街上。军用卡车满载着床、床垫、橱柜、沙发和窗帘，来回运输。

摩西·达扬率领的89特战营的士兵们很少巡逻，却参与了搜刮抢劫。"89特战营士兵驻扎在我们附近的本谢门，对路障岗哨造成了严重的破坏，在本谢门路障那里，他们把武器对准哨兵，然后，开着满载各式从拉姆拉和利达（卢德）缴获的战利品的卡车冲破路障，"一名以色列军事战地官员在一份书面报告中说，"89特战营用子弹威胁我们的检查员，让他们在自己四处抢掠的时候离开该地，这时候，他们的暴行可谓达到顶峰。"

1948年夏末和初秋，阿拉伯男人们试图从流亡地拉马拉和其他地方返回自己的村庄。晚上，许多人越过满目疮痍的前线——巴希尔相

[①] 萨克纳（Sakne），拉脱维亚语，"根"。

信自己的父亲也在其中——进入自己的村庄和田地，收拾财物，或者采摘能够找到的东西。以色列政府认为他们是"渗透者"，一些人被当场射杀。另外一些人返回的时候，发现自己的庄稼已被付之一炬。对于以色列领导人来说，阿拉伯人在他们已经占领的土地上劳作，这前景值得警惕。一份以色列情报分析报告警告说，如果允许饥饿的村民返回收割庄稼，下一步可能是"他们在村庄重新定居下来，这可能会严重危害我们在战争的头六个月中取得的许多成就"。于是，8天后，以色列国防军参谋长呼吁犹太人耕种阿拉伯人的田地。他说："在我们完全掌控的地方，我们必须收获每一片敌人的田地。我们无法收割的地方，必须毁掉。无论如何，不允许阿拉伯人到这些土地上收割。"相关的控制权被移交给了当地的集体农庄。

一些以色列人也大声疾呼。"我们仍然没有充分地意识到，在国境之外，我们正在培育着什么样的敌人，"农业部部长阿哈隆·奇兹林（Aharon Cizling）在一次内阁会议上警告说，"我们的敌人，也就是阿拉伯国家，与数十万阿拉伯人（即巴勒斯坦难民）相比，简直什么都不是。这些难民不管可能达成的任何协议，他们被仇恨、绝望和无限的敌意所驱使，会向我们宣战……"

9月中旬，巴希尔和他的家人还滞留在贵格会学校附近的那个单间屋子里。很快回家的前景正在日渐黯淡，巴希尔听到父母商量要离开拉马拉，到别的地方去。在他们搬回拉姆拉之前，一家人能到那儿生活得更舒适一些。自被驱逐以来的两个月中，拉马拉的难民危机仅略有一点改善。每天，外约旦给难民们派发2.2万份半磅装的面包，但这还不够。红十字会的官员认为，只要面粉和糖供应充足，给儿童牛奶，难民就可以长久地生存下去。

9月16日，因为救援人员对营养不良的儿童表达了越来越强烈的忧虑，联合国调解员伯纳多特伯爵在报告中说，他要求将紧急物资转给巴勒斯坦阿拉伯人的工作取得了进展。澳大利亚送出了 1000 吨小麦；法国，150 吨水果；爱尔兰，200 吨土豆；意大利，20 吨橄榄油；荷兰，豌豆和豆角各 50 吨；印度尼西亚，600 吨大米和糖；挪威，50 吨鱼；南非，50 吨肉。美国正在最后确定运输大量小麦、肉类、奶酪、黄油和 20 吨滴滴涕的计划。美国红十字会已派出两辆救护车和价值 25 万美元的医疗用品；基督教慈善机构捐赠了 500 包衣物、175 磅维生素和 25000 美元——用于在埃及购买面粉。阿拉伯美国石油公司（Aramco）捐赠了 20 万美元，用于购买婴儿食品；比奇特尔公司[①]赠送了 10 万美元。其他机构则运送了急救箱、注射器、伤寒和霍乱疫苗、两火车皮小麦和满满一棚车牛奶。伦敦的英国政府在离开巴勒斯坦 4 个月后，发放了 10 万美元，用来购买帐篷。

伯纳多特伯爵一直倡导说，"鉴于外约旦与巴勒斯坦的历史联系和共同利益"，应该在以色列和外约旦之间划分旧巴勒斯坦。根据这一计划，哈伊里一家和其他难民将返回拉姆拉和利达——但是，不是像许多巴勒斯坦阿拉伯人争取的那样，成为一个独立国家，而是一个被阿卜杜拉及其约旦王国统治的阿拉伯国家。（战争结束后，"外约旦"的"外"字被去除，阿卜杜拉的王国被简单地称为"约旦"。）内盖夫的大部分地区将归还阿拉伯人，而犹太人将保留加利利和海法。利达机场将成为所有人的"自由机场"；而耶路撒冷，如 1947 年 11 月联合国决议描述的那样，"应该被另行处理，使其置于联合国的有效控制之下"。至于拉姆拉和利达，在伯纳多特的蓝图上，他宣称这些城镇"应在阿拉伯领土内"。

调解员的建议是基于他认为的当时的政治现实之上的。"巴勒斯坦之内存在着一个名为'以色列'的犹太国家，"他写道，"没有合适的

---

① 比奇特尔公司（Bechtel），美国建筑和工程公司，目前在美国私营公司中排名第五。

理由假设，它在未来会发生什么改变。"伯纳多特还强调了另一点，艾哈迈德、扎吉雅，以及成千上万睡在拉马拉土地上的难民会对此非常感兴趣："因为现行的恐怖手段和战争肆虐而被迫流离失所的无辜人民，其回归家园的权利需要得以确认并使之生效。选择不回归的人们，应当保证就其损失的财产给予充分的补偿。"

第二天，福尔克·伯纳多特伯爵在耶路撒冷的卡塔蒙区①被枪杀了。一名刺客走近伯纳多特的带联合国标志的车辆，把一支自动手枪伸入窗户，向他近距离射击。六枚子弹射中了他，其中一枚穿透了他的心脏。极端主义犹太民兵组织斯特恩帮在一则声明中，声称自己对这起刺杀事件负责，他们把联合国观察员们称为"外国占领军成员"。以色列总理大卫·本－古里安拘捕了200名斯特恩帮成员，包括它的一名领导者，即未来的以色列总理伊扎克·沙米尔。本－古里安命令另一个极端主义犹太民兵组织伊尔贡（当时由另一位未来的以色列总理梅纳赫姆·贝京领导）解散，并将武器移交给以色列军队。伊尔贡不再作为一个独立的军事单位行使职能，现在，本－古里安巩固民兵的战斗在事实上已经结束。贝京不再指挥自己的民兵力量，他开始将伊尔贡转变为一个政党，即赫鲁特（Herut）党——20年后，它成为利库德党②的根基。

伯纳多特遇刺之后，国际社会对以色列施加压力，要求其接受调解员的遗愿。这就要求以色列归还在内盖夫、拉姆拉和利达占领的土地。然而，不久之后，内盖夫又重新爆发了战争，以色列和埃及互相指责对方违反休战条款。随着沙漠中战斗的继续，伯纳多特伯爵的提

---

① 卡塔蒙区（Katamon），耶路撒冷中南部的一个犹太社区。
② 利库德党（Likud Party），右翼以色列政党，成立于1973年9月，主要由自由党派组成，素以强硬著称，主张吞并包括耶路撒冷在内的全部巴勒斯坦领土，反对建立独立的巴勒斯坦国，主张"以安全换和平"。

议就像随后的无数其他"和平计划"一样,消失在历史之中。

1948年下半年,谢赫·穆斯塔法远离拉马拉的寒冷和混乱,去了杰里科[①]。他身体不好,家人觉得约旦河谷的温暖空气会让他感觉好些。大约在同一时间,救援官员们呼吁搭建一万顶帐篷,提供十万条毯子,并在杰里科建立一个庞大的帐篷营地,这样的话,许多难民不必在拉马拉过冬。难民家庭在那里四处搜罗柴火,他们砍光了拉马拉山上的橄榄树、杏树和梨树,把它们烧掉取暖。一些尚不习惯营火和帐篷的难民决定从里面给自己的临时房屋供暖。不久之后,帐篷里烟雾弥漫,伸手不见五指,邻居们听到他们在咳嗽,大声喊叫着寻求帮助。

将近1948年年末的时候,因为找不到体面的工作,受不了周围的苦难,艾哈迈德和扎吉雅决定举家搬去加沙。地中海沿岸会温暖得多,艾哈迈德在那儿有更好的工作前景,他们的亲戚有资产,可以帮助他们找到一所适宜的房子,还不用付房租。

1948年12月,哈伊里一家到了加沙,搬进了一处只有一间屋子的房子,住处有裸露的墙壁、混凝土地面,还有带着瓦楞的锡板屋顶。艾哈迈德和扎吉雅找了几个床垫,借了锅碗瓢盆和野营用的炉灶,从一些远房表亲那里找到一个旧冰柜,然后开始找工作。

1948年,短短几个月内,20万难民涌入地中海沿岸这片有着沙丘和柑橘树林的狭窄地段,难民比本地人口多3倍还不止。这个地带,每平方英里挤着超过2000人,周围被以色列、埃及和大海包围。所有的物资必须运输300英里,穿越埃及沙漠,以及加沙与阿拉伯世界唯一的边界——西奈半岛,才能到达西南地带。联合国的一份报告称:"因此,情况迅速恶化,全在意料之中。"工资缩水将近

---

① 杰里科(Jericho),今称埃里哈(Arīḥā),巴勒斯坦约旦河西岸的一座城市。

三分之二。难民四处搜寻,收集"所有可以挪动又可以燃烧的物体"当燃料。在加沙的沙地中,数千名难民在一长排、一长排的帐篷中居住。

在战乱和政治动荡中,哈伊里一家来到加沙。当以色列和埃及在加沙城附近和内盖夫东部发生冲突时,巴希尔和他的家人能听到不间断的隆隆炮击。尽管埃及控制了加沙地带,但双方常有越线侵袭的事情。埃及当时在法鲁克国王的治下,不只和以色列争夺领土;法鲁克还在担心他的对手约旦国王阿卜杜拉,以及阿卜杜拉对领土的追逐。与此同时,巴勒斯坦的民族主义者仍然渴望在整个巴勒斯坦建立一个独立的、以阿拉伯人为主导的国家。1948年秋天,埃及允许一个小的巴勒斯坦独立组织在加沙建立流亡政府。这与其说是埃及人对巴勒斯坦主权的支持,不如说是法鲁克国王挫败阿卜杜拉野心的尝试。1948年12月,阿卜杜拉的回应是,自封为"巴勒斯坦合众国国王",这个"合众国"不仅包括巴勒斯坦的全部领土,还包括他王国的所谓"西岸"部分。

阿拉伯政府在努力和斡旋,难民们从未放弃对回家的渴望。1948年12月,联合国正式采纳了由伯纳多特伯爵最初倡导的回归权。联合国第194号决议宣布:"应该允许希望返回家园、与邻居和平相处的难民在第一时间回到故土,对于不想回归的难民,应当对其损失的财产给予补偿。"这项决议被简称为"194",给哈伊里一家和整个巴勒斯坦的阿拉伯难民带来巨大希望。但很明显的是,以色列无意执行第194号决议,而联合国又无权强制它执行。

第二年,也就是1949年,影响力变弱的联合国承认现实,成立了联合国救济和工程处(the United Nations Relief and Works Agency,简称UNRWA),为约旦、黎巴嫩、叙利亚、西岸和加沙的数十万巴勒斯坦难民创造就业机会,提供住房。很快,在帐篷和随意挖出的厕所之间，粗糙的煤渣块建筑在加沙的沙漠中建造了起来。旁边是土砖垒的房屋，屋顶是芦苇、空的沥青桶和牛奶纸箱做的。难民营的"街道"——那些分隔着一长排、一长排低矮房屋的狭窄土路——沿用了难民们旧居之地的名字，例如雅法、阿卡[①]、海法、迈季代勒[②]、利达和拉姆拉。

加沙最贫穷的难民靠救济和工程处每天提供的含1600卡路里热量的饮食生存，食物标准包括每月22磅面粉，糖、米和小扁豆各约1磅，给儿童和孕妇提供的牛奶。没有肉或蔬菜，但饮食中含的营养和卡路里够让难民免于饥饿。

艾哈迈德利用他的木工技能在加沙找到了工作：为其他难民制作柳条家具。联合国救济和工程处不是给他现金，而是给他更多份额的面粉、大米、糖和脂肪。对于哈伊里一家人来说，巴勒斯坦镑的每一分钱（也被称为"密尔"）都有用。扎吉雅一直在谨慎而富有策略性地出售自己的黄金，收益仅用于购买生活必需品。尽管艾哈迈德一直在保护自己的女儿们，极端情况导致了人们以前无法想象的事情发生：一家人寻求并得到谢赫·穆斯塔法的允许，让妇女们出门工作。巴希尔不记得他的母亲和姐姐们有哪一天不在工作。通过做巴勒斯坦桌布和枕套刺绣，或者编织毛衣和围巾，扎吉雅和年长的女儿们赚了额外的钱。一家人搬到加沙时，努哈只有七岁，她记得自己穿着粗针毛衣，衣服口袋太低，以至于胳膊都够不到。扎吉雅离开了仆人、香水和私人浴室的生活才几个月，对家庭的生存已经至关重要。她揭去了自己

[①] 阿卡（Acca），疑为 Acre 之误，希伯来语是 Akko，阿拉伯语是 Akka，是现在以色列北部沿海平原地区的一座城市，距离耶路撒冷约152公里。它建于公元前3000年，是持续有人类居住的最古老的城市之一。
[②] 迈季代勒（Majdal），位于戈兰高地北部，大部分居民是叙利亚德鲁兹人，自1967年"六日战争"以来一直由以色列控制。

的面纱。

对于难民来说——无论是难民营中的穷人，还是像哈伊里一家这样的富裕人士——主要的创伤不是卖掉黄金，也不是找不到足够的食物来吃，而在于家园的失去，或者反过来说，在于尊严的被剥夺。无论贫富，正常家庭生活的中断对于儿童都有深远的影响。

巴希尔和他的兄弟姐妹在屈辱和挫败的气氛中呼吸，对于艾哈迈德的长子来说，即使在游戏中，为巴勒斯坦的损失复仇也成了单一的目标。巴希尔的兄弟姐妹和邻居的孩子们找到一块块碎木头，做成枪支的样子，在肮脏的街道上玩"阿拉伯人和犹太人"的游戏，就好像是在玩"牛仔和印第安人"的游戏一样。"他坚持要一直扮演阿拉伯人，"卡农回忆说，"如果有人试图让他扮演犹太人，他会大为光火。"

1949年春天，从杰里科传来消息：谢赫·穆斯塔法死了。他一直在约旦河谷的亲戚家居住。当时，他正站在达哈尼家房子的前台阶上，忽感头晕目眩。达哈尼夫人为他准备柠檬水时，他走进屋子坐了下来。达哈尼夫人还没来得及把柠檬水端给他，他就去世了。

如果哈伊里家族还在拉姆拉的话，谢赫·穆斯塔法的尸体会被洗净，裹上白布，运到清真寺去祈祷，然后，一切按照穆斯林的习俗，尽快被送入墓地，入土为安。在目前的情况下，一家人把遗体放入密闭的木棺材里，运到他们位于拉姆拉的家庭墓地之中，在那里，以色列人允许他安息。

"他死于心脏病发作，"巴希尔说，"但实际上，他是因为伤心欲绝而死的。"

1949年夏天，约旦、埃及、叙利亚和伊拉克与以色列签署了停战协定，战争正式结束了。由于占领了联合国分界线以外的领土，以色列此时控制了巴勒斯坦78%的领土。第二年4月，阿卜杜拉国王吞并了西岸，这激怒了巴勒斯坦民族主义者。一年之后，他为这"奖赏"付出了生命的代价：一名与耶路撒冷前穆夫提哈吉阿明·侯赛尼有关系的民族主义者在老城射杀了他。当时，国王才十几岁的孙子侯赛因①满心恐惧地目睹了这一切。阿拉伯失掉巴勒斯坦之后，埃及和叙利亚的领导人也遭遇了刺客的子弹。在加沙，埃及人回应的方式是，禁止一切形式的政治表达，巴勒斯坦民族主义者被迫转战地下。

此时，加沙基本上已经建立两个政府：一个是埃及政府，他们对失去国家的巴勒斯坦人施行近似戒严令的法令；另外一个是联合国，他们通过联合国救济和工程处展开工作，这个组织现在负责养活、培训和教育数十万难民。

1951年的一份联合国报告说："流亡三年之后，人们衣不蔽体。在工程处的道路建设项目中，大多数男人都没有鞋子。毯子和帐篷帘子本来是发放来做额外的保护措施用的，现在经常被挪为他用，被裁成衣服。最幸运的是学校里的孩子（他们的数量不到在册儿童总数的一半），他们一般都发放了衣服和鞋子。"对于以前的富人来说，过去和现在是并存的：一位哈伊里家的表兄回忆自己戴着眼镜，赤着脚，在加沙四处奔跑。

在加沙市，巴希尔、努哈和他们的弟弟巴贾特在救济和工程处的一所学校内，共用同一个单间教室上课。最开始，他们在救济和工程处狭窄逼仄的帐篷里，坐在泥巴地上，后来，他们去了一所旧砖房里，坐在救济和工程处提供的桌子边。教学轮番进行：当地孩子早上上课，

---

① 侯赛因（Hussein Ibn Talal，1935—1999），阿卜杜拉国王遇刺时他也在场，因为子弹击中了祖父亲手别在他胸口上的一枚勋章而幸免于难，侯赛因于1953年即位，即约旦哈希姆王国国王。

下午1点之后是难民的孩子。救济和工程处的老师们大多自己也是难民，他们给学生们分发救济和工程处提供的铅笔、衣服、鱼油、维生素和牛奶。上课之前，学生们先向埃及国旗致敬。巴希尔记得学习过"1948年巴勒斯坦人大流亡"的浩劫历史，他个人、他的同学们和他的巴勒斯坦老师们都对这段历史有切身的体验，他们深信：犹太人驱逐了我们，我们有权返回。

"巴勒斯坦是我们的国家。"每一个上学的日子里，难民儿童在上课前都会背诵这些。

> 我们的目标是回家，
> 死亡不会让我们害怕。
> 巴勒斯坦是我们的，
> 我们永远不会忘记她。
> 我们永远不接受另一个家园！
> 上帝与历史见证着我们的巴勒斯坦，
> 我们承诺为您抛洒鲜血！

巴希尔是个好学生，老师们认为他特别专心。

1952年，巴希尔十岁了。这个时候，"立即返回"的梦想已经变成"长期斗争"的现实。巴勒斯坦人开始认识到，通过外交压力是无法让他们返回家园的。尽管在街头、露天市场和咖啡馆的大部分谈话中，巴勒斯坦人的"回归权"仍然是中心话题，但显然，世界上没有任何一个政府准备强迫以色列接受"保证回归权"的决议条款。

"这种不公正、受挫和失望的感觉使难民变得暴躁和不稳定，"联合国的一份报告承认,"无论是什么阶层的人,回家的渴望是普遍的。在所有的聚会和有组织的示威活动上,人们口口相传。这种渴望也诉诸文字——在所有写给工程处的信里面,给地区官员递交的意见书里。许多难民已经不相信能够返回,但这并没有阻止他们坚持这一点。因为他们认为,同意考虑任何其他的解决方案会暴露自身的弱点,并放弃自身的基本权利"。

对于以色列人来说,让阿拉伯人返回的想法是空谈。以色列外交部部长在给联合国巴勒斯坦和解委员会(Palestine Conciliation Commission)的一封信中写道:"让他们坚信如果自己返回家乡,会发现自己的房屋、商铺或田地完好无损,这对难民是一种伤害。总的来说吧,在战火中幸存下来的任何一所阿拉伯人的房屋……现在都庇护着一个犹太家庭。"

巴勒斯坦人不仅对以色列拒绝接受联合国提倡他们返回的决议感到沮丧,也因为埃及拒绝让他们有政治组织而感到愤怒。被禁止的政治团体(包括共产党和以埃及为基地的穆斯林兄弟会)开始在难民营里举行秘密会议,提倡武装斗争,促进回归(*al-Awda*)的实现。"偶尔会有罢工、示威和小规模暴动,"联合国报告说,"发生过针对普查行动的示威游行、针对医疗和福利服务的罢工、谋求现金支付而不是提供救济的罢工、反对在难民营(对诸如学校之类的建筑)进行改进性工作的罢工……以防止这意味着'永久安置'。他们认为如果实现永久安置,此地将变成一片充满吸引力的沃土,就会吸引一些别的人来开发,那些人的目标可不是难民福利。"

难民们的田园生活被肮脏和营养不良取代,他们成了"返回一个解放的巴勒斯坦"言论的忠实听众。因为加沙地带根深蒂固、无休无止的罢工和报复行动,一些人自愿跨越以色列的停战线发动袭击。

1953年夏天，巴勒斯坦游击队越过停战线，袭击了阿什凯隆①的一个家庭。阿什凯隆是一座新的以色列城市，建在一个巴勒斯坦村庄的废墟之上。这次袭击杀死了一家餐馆的老板和他的女儿。两个星期后，一名叫阿里埃勒·沙龙②的以色列国防军军官带领他的部队在夜间进行了一次复仇，造成阿尔－布雷支难民营③的19人死亡。

巴希尔还记得1954年发生在他们学校附近的一次白天的袭击。当时，他和一个朋友害怕地从学校里逃了出去。片刻之后，两个男孩朝着不同的方向逃跑，巴希尔的朋友遇袭身亡。第二天在学校里，巴希尔凝视着他同学的空椅子。

后来，巴希尔失去了他最喜欢的老师，萨拉赫·阿巴比迪（Salah al-Ababidi），他和妻子一起被杀害了。阿巴比迪是一位来自雅法的难民，他教授体操，每天带领孩子们唱爱国歌曲。这位老师时常谈到他对雅法的热爱，谈到有一天会回到家乡，谈到巴勒斯坦的自由战士们。

1955年，巴希尔13岁，有着超出实际年龄的严肃和成熟。他的姐姐们仰视着他。"我们从来没觉得巴希尔是我们的弟弟，"卡农说，"尽管我们年长，我们总觉得他更像我们的父亲。他是一个领导型人物，他是照顾我们的人。"巴希尔比以往任何时候都更专注于"回归"。回归，将一雪巴勒斯坦的失败之耻；回归，将重塑家人的尊严；回归，将弥补他父亲、母亲和兄弟姐妹遭受的损失；回归，将洗掉被剥夺权利的耻辱。多年来，对于巴希尔和其他的几十万难民来说，回归的希

---

① 阿什凯隆（Ashkelon），海滨城市，位于以色列南部地区的地中海沿岸。距离加沙地带北部边境13公里，距离特拉维夫南部50公里。
② 阿里埃勒·沙龙（Ariel Sharon，1928—2014），第11任以色列总理。1948年以色列陆军建军时，沙龙即为其指挥官之一，经历了多次战役。
③ 阿尔－布雷支（el-Bureij）难民营，位于加沙地带中部的难民营，数十年来不断遭到袭击。

望变成了绝望,然后变成了愤怒。然而,到20世纪50年代中期的时候,回归的前景突然又重新变得真实起来。一个激发阿拉伯人想象力的人,让回归又恢复了生命力。

他的名字叫贾迈勒·阿卜杜勒·纳赛尔[①],一个邮政工人的儿子,他曾被英国驱逐,被法鲁克国王流放,然后于1952年在埃及掌了权。当法鲁克乘着皇家游艇远去时[②],纳赛尔开始实施一项阿拉伯团结计划,其中包括"巴勒斯坦解放"和难民返回。他的"革命哲学"和以前阿拉伯领导人表达过的都不一样。巴希尔认为,这位埃及总统是可以联合整个阿拉伯世界的人(纳赛尔有时会把"整个阿拉伯世界"称为"伟大的阿拉伯国家"),认为他能在1948年令人屈辱的惨败后,恢复巴勒斯坦的尊严。对于某些人来说,他甚至是像萨拉丁一样的英雄,萨拉丁是八个世纪之前在耶路撒冷击败十字军的伟大战士。

纳赛尔的出现震动了从华盛顿到伦敦,到巴黎,再到特拉维夫的政坛。不久,他开始利用巴勒斯坦民族主义的力量,将一群敢死队员改造成一支埃及的军队。在接下来的几年里,埃及和以色列之间的紧张局势加剧,导致了苏伊士运河冲突,这是以色列方的军事胜利。具有讽刺意味的是,以色列的军事胜利反而巩固了纳赛尔作为日益发展的泛阿拉伯运动无可争议的领袖的地位。

在加沙度过了将近九年的时间之后,艾哈迈德和扎吉雅·哈伊里决定将全家迁回拉马拉。他们继承了一份家族遗产,可以在西岸购买

---

① 贾迈勒·阿卜杜勒·纳赛尔(Gamal Abdel Nasser,1918—1970),阿拉伯民族主义的倡导者,埃及共和国第二任总统,被认为是历史上最重要的阿拉伯领导人之一。
② 法鲁克一世暴饮暴食,荒淫无度,受到各方批评。1952年,纳赛尔领导的自由军官组织在无预警的情况下包围蒂恩角宫(冬宫),法鲁克一世被迫签字退位,然后乘坐皇家游艇"马赫鲁萨"号流亡希腊及意大利。法鲁克流亡之后,埃及军事政变当局正式宣布废除君主制,建立共和制。

一处体面的住宅,他们在考虑让孩子们接受更高等级的教育。那是1957年。

艾哈迈德带领第一梯队,卡农、巴希尔和小妹妹瑞玛(Reema,十个孩子中年龄最小的),出发前往埃及,在那里,他们将直飞西岸的卡兰迪亚机场,机场就在拉马拉南边。

"我父亲在飞机上晕倒了,"卡农回忆,孩子们张皇失措,但空姐正和一个同事调情,不怎么理睬他们,"我们着陆时,他仍然处于一种看起来像昏迷的状态。大家都下了飞机,我们试着唤醒他,试着把他从椅子上推出来。我们拍打他的脸想唤醒他。他没有醒来。机长来了,说:'看来他是死了。'"

巴希尔时年15岁。他把脸贴近父亲的脸,握住了父亲的手。"爸爸,醒醒!"

艾哈迈德睁开了眼睛。"嗯,我的儿子,"他说,"怎么了?"一家人多年来一直在讲这个故事,艾哈迈德只会回应他长子的声音。"这是巴希尔奇迹般的触碰。"卡农回忆说。

父子俩从飞机上下来,走入卡兰迪亚凉爽的空气中。这里是拉马拉南部,约旦王国的西岸。

第七章 抵 达

1948年11月14日,一辆汽车满载着移民,沿着伸向北部和西部的公路驶近拉姆拉镇。到达城镇边缘的一处军事封锁点时,汽车的速度慢了下来。车里坐着第一批进入这座被征服的城市的以色列平民,他们是一大批移民中的一部分,那些移民有300名之多,大部分是保加利亚人、罗马尼亚人、匈牙利人和波兰人,当天,他们是从靠近地中海海岸的海法中转营过来的。

汽车驶过检查点,摩西和索利娅·埃什肯纳兹看着车窗外的一座鬼城。绵羊、狗、鸡和猫在街道上游荡。士兵们看守着一排排空房子。石头房屋大门洞开,里面的东西被扔到了院子里。一个抵达的移民记得有一头驴子拴在一栋房子里的柱子上,房子的门不见了。冒着烟的床垫乱七八糟地扔在街面上。

汽车经过了仙人掌树篱、一排排橄榄树和橘子树,然后停了下来,所有的人都下了车。一名犹太事务局的代表迎接了他们。摩西和索利娅在他的身后看到的街道,两旁是阿拉伯房屋。移民们记得程序很简单,他们可以自由进入任何一栋房屋,检查它,然后占为己有。文书手续是日后的事儿。

摩西和索利娅发现了一栋他们喜欢的房子。它不是全新的,但外观良好，几乎是空的。显然，那里以前是有人住的。这是一幢石头房子，有着开放式布局，空间宽敞。有一个车棚——也许一家人以后用得上，后院里有一棵柠檬树。

摩西和索利娅躺在新家的床上，但他们知道，自己还没有到达当初寻求的安全的避风港。以色列和埃及的部队正在拉姆拉以南作战，战线离他们的新家很近，可谓危机四伏。在拉姆拉待了两个星期之后，摩西和索利娅庆祝了达莉娅的一岁生日，那是1948年12月2日，联合国分区投票和旧巴勒斯坦领土争端之战开始后的一年零三天。

埃什肯纳兹一家领到了一张钢架床、毯子、一盏煤油灯、一个露营炉、四根大蜡烛，以及一张糖、油、蛋粉和牛奶的定量配给卡。另一个三口之家搬进了隔壁的一个房间。索利娅的母亲、兄弟、两个姐妹和一个姐夫在制订离开保加利亚的最终计划，所以，这所房子很快将住进11个人。最终，这些家庭将与以色列国签署协议，以色列把一些房子视为"弃置财产"，并宣布自己为"托管者"。埃什肯纳兹一家居住在"K.B.街"，这是一个临时的名字。一个市政委员会很快准备名单，上面有犹太历史人物以及最近去世的战斗英雄的名字，以取代路牌上的阿拉伯名字。

埃什肯纳兹一家来到一个军事管制下的小镇，小镇属于一个仍然处于战争中的新兴国家。在这里，征服的战利品和人们仓促逃离的遗留物品正在被运走。士兵们把沙发、梳妆台、灯和其他的沉重物品堆放在军车的后面。以色列的国家档案后来记载，许多"不在地主[①]的货品、家具和财产"被"收在仓库中"，并"通过销售清算"。一些男

[①] 不在地主（absentee owner），虽然拥有房地产，但没有实际占用或积极管理的人。这个词也可以指房东和出租物业的所有人，但更多情况下，指的是那些让自己的物业空置的人。

人找到临时工作,他们清扫阿拉伯人的房屋,为更多车新移民的到来做准备,他们的孩子们把船上带来的香烟卖给守卫的士兵。对于孩子们来说,这完全是一次冒险。下午,他们在陌生的街道上游荡,感觉自己像探险家,占据一所空房子,然后建立一个秘密俱乐部。他们在房间里寻找着弹珠或者其他遗珍。常有的事是,他们下次返回时,会发现这里住进了移民。新来的人许多是欧洲纳粹集中营的幸存者,他们几乎什么问题也不问,大多数人先找到空房子安顿下来,然后去找工作。

头几个月里,工作很少,而且是季节性的。一些人被雇去建房和铺路。其他人则步行、搭便车和骑自行车去雷霍沃斯①附近的犹太柑橘园工作。几十年后,当年的移民孩子还记得,自己的父亲和叔叔一只手扶在车把上,另一只手抓着梯子,骑着车去果园。一些移民习惯了把手伸到树枝之间,或者插入土壤进行劳作,但另一些移民穿着深色的欧洲产鞋子和磨损了的西装外套,在陌生的土地上劳作,筋疲力尽。其结果就是,1948年,依靠廉价阿拉伯劳动力(详见后文)的犹太农民好不容易才获得了收成。

刚开始,摩西·埃什肯纳兹为犹太事务局工作,给移民家庭运送铁床架。当他从一家走到另外一家时,他会询问这些家庭的福利状况,在可能的情况下,摩西讲希伯来语;同来自东欧及中欧的犹太人交谈时,用他在高中学的德语来讲意第绪语;与来自土耳其和巴尔干的犹太人交谈时,讲拉迪诺语;和同胞们交谈的时候,用保加利亚语。后来,和来自摩洛哥的犹太人说话时,摩西说法语。

第一批来的人在欧洲当过机械师、电工、水管工和店主,随着他们的傍身之技找到了用武之处,拉姆拉移民的工作前景开始有了些微

---

① 雷霍沃斯(Rehovoth),以色列中央区的一座城市,在特拉维夫以南20公里处。

改善。1949年7月，即第一批以色列移民抵达的七个月后，在该市登记的2093个家庭中，有697家找到了工作。这里有25个犹太鞋匠、15个木匠、10个裁缝、7个窗框工人、7个面包师、7个屠夫、4个钟表匠、4个香肠制造商，还有标牌制造商和室内装修工人。这里开了17家咖啡馆和37家小杂货店，一个小冰淇淋厂和两个制造苏打水的小厂。亨利·帕多（Henry Pardo）在拉姆拉开了第一家犹太药房，大卫·阿布特布尔（David Abutbul）给他的律师事务所挂上了一块招牌，舍洛莫·舍弗勒（Shlomo Scheffler）卖起了报纸。

索利娅·埃什肯纳兹在旧的阿拉伯贫民窟开了一家童装店，后来她去了新成立的国家税务部门工作。达莉娅的姨妈[①]斯特拉当了勤杂工，在医院清扫地板，后来，她在拉姆拉房子的卧室里开了一家简易的美容院。达莉娅坐在那儿，看着保加利亚的女士们来房子里理发和聊天。索利娅下班后也会来聊天，交流来自保加利亚的零碎消息：在格奥尔基·季米特洛夫的统治下，情况越来越糟了吗？您对邻居有什么了解吗？不久，斯特拉的姐姐朵拉在一个古老的阿拉伯店面里开设了自己的美发沙龙，斯特拉也加入了她的生意。她们的顾客经常一坐几个小时，如果有人刚从保加利亚来，他们带来的消息中会夹杂着许多关于新政权的冷笑话。

沙龙开业后不久，一天，斯特拉和朵拉接待了一个不速之客，她们的表兄弟伊扎克·伊扎基。姐妹俩大吃一惊，原来，伊扎基并没有丧命在1948年的斯科普斯山大屠杀之中。伊扎基告诉姐妹俩说，袭击事件发生后，他继续服兵役，但几个月后就退伍了，到耶路撒冷的旧阿拉伯居民区从事安顿保加利亚移民的工作。当时，附近仍然有零星

[①] 原文中是aunt，可以译为"姑妈"或"姨妈"。根据前后文的意思，朵拉和斯特拉应该是索利娅一方的亲属，姑且译为姨妈。

的战斗，一些保加利亚新移民告诉伊扎基说，他们逃脱欧洲的纳粹大屠杀，不是为了到耶路撒冷来丧命的。许多人搬去了雅法和特拉维夫，伊扎基和他的表姐夫摩西一样，负责安置来自土耳其、匈牙利、波兰和罗马尼亚的移民。不久，他为犹太事务局服务，在整个以色列范围内从事"吸收"的工作。一天，他遇到了莉莉姨妈，当时他正在为事务局的工作从耶路撒冷到雅法的出差途中。莉莉姨妈告诉他，他从小就认识的阿罗约（Arroyo）家的女孩们都在拉姆拉。"我就去拉姆拉露天市场，找著名的朵拉和斯特拉的沙龙，"伊扎基回忆道，"果不其然找到了，真是喜出望外！"

斯特拉和朵拉把伊扎基带到了她们在 K.B. 街的房子里。"我惊讶地看到了拉姆拉的这个家。"伊扎基回忆。对于伊扎基来说，这幢朴实的石屋简直是"城堡"，他认为这是"拉姆拉最漂亮的房子"。表兄妹们走进家门，伊扎基看到了索利娅和她的女儿——达莉娅。正如维吉妮娅婶婶在 1947 年年末看到的那样，达莉娅是一个非常漂亮的孩子。伊扎基离开之前，表姐妹们给了他一份礼物——从后院树上摘的一大袋柠檬。他把它们带回去给了在耶路撒冷的家人。

这个时候，摩西的工作已经从运送床铺变成"弃置财产托管委员会"（Custodian of Abandoned Properties）的全职工作。他的工作是回应新移民的需求，那些移民像他自己的家人一样，已经搬进阿拉伯人的房屋。必要时，摩西帮他们修缮房屋，安排诸如修复漏水、加固墙壁之类的工作。至于从前的住户，以色列政府把他们划成"缺席者"。摩西和索利娅被告知，那些人逃走了，留下的汤碗还在桌子上冒着热气。埃什肯纳兹一家和其他住在阿拉伯人房子中的人一样，没太考虑过旧主人的事儿，他们专注于建设一个新的社会。

以色列议会［希伯来语是"克奈塞特"（Knesset）］成立于 1949 年，在第一次会议上，立法者成立了几十个部委，包括农业部、国防部、移民部、司法部、宗教部、社会福利部和战争受害者部。以色列第一次议会通过了一系列法律：成立一支军队和确立义务兵役制，税收、海关、义务教育和法院系统，独立日，官方休息日，"赫兹尔遗体的转移"①。也许，最闻名遐迩的是《回归法》（"Law of Return"）。根据这项法律，以色列"将给每个表达了在以色列定居意愿的犹太人授予国籍"。在接下来的半个世纪甚至更长的时间里，这项法律成为以色列与阿拉伯世界之间苦难的无尽源头。对于流亡的巴勒斯坦阿拉伯人来说，这项法律，以及每一拨被新以色列国接收的犹太人，都在否认自己回归的梦想；对于以色列人来说，这项法律直抵他们身份的核心，为每个希望回归以色列的犹太移民提供避风港。

1949年7月，大卫·本-古里安宣布了一个四年计划：为15万新移民建造500个定居点。"今天，犹太人民再一次处在了创世时期，"总理宣布，"必须让抛荒的土地重新变得肥沃，让流亡者重新聚回。"这个时候，有42000名保加利亚犹太人居住在以色列，绝大多数是在过去的9个月中移民过去的。逃过纳粹大屠杀的保加利亚犹太人中，最多只有5000人留在了祖国。

移民潮增加了拉姆拉创造工作机会的压力。1949年年初，数百名拉姆拉移民在特拉维夫游行，要求获得工作和面包。随着失业率的上升，小偷小摸行为也在增加。到了7月，也就是阿拉伯人治下的拉姆拉投降后的一年，以色列人治下的拉姆拉成立了第一个刑事法庭。《巴勒斯坦邮报》（*Palestine Post*）报道了这一历史性时刻：第一起案件涉及一名叫哈达德（Haddad）的阿拉伯男人，他被控殴打妻子。然后，是一位姓阿哈隆（Aharon）的先生，他是犹太人，被控对当地一家银

---

① 赫兹尔于1904年病逝在奥匈帝国，以色列建国后，1949年，把他的遗体移葬到了耶路撒冷最高的山顶上，即今天的赫兹尔山。

行的经理挥舞刀子。犯罪率的增加和移民持续的困境是直接相关的。"警方面临着严重的问题",警务部说,袭击事件增加了150%,"违反道德罪"增加了两倍,"这是人口迅速增多的后果……"到1949年年底,达莉娅两岁的时候,她的"先驱"父母在拉姆拉度过了整一年,拉姆拉的居民超过了1万人。

这个时候,市命名委员会完成了它的工作,拉姆拉的街道有了新的标志。旧的"雅法—耶路撒冷公路"(Jaffa-Jerusalem highway)改称"赫兹尔街"(Herzl Street),贝尔科特·艾尔·贾木斯(Birket El Jamusi)被命名为"哈加纳街"(Haganah Street),"贾博汀斯基"(Jabotinsky)现在叫"奥马尔·伊本·哈塔布"(Omar Ibn Khattab),是以修正犹太复国主义组织(Revisionist Zionism)的创始人、以色列的激进右翼分子的名字命名的。埃什肯纳兹一家居住的街道以前叫"谢赫·拉德万"(Sheikh Radwan),现在叫"克劳斯纳"(Klausner),以一位修正犹太复国主义者、文学评论家和早期基督教学者的名字命名。

1949年7月,以色列拉姆拉市议会第一次会议召开。"我们的工作很不容易,"拉姆拉市市长、一个叫梅尔·梅拉梅德(Meir Melamed)的保加利亚人说,"但是,通过团结一心,我们必将克服所有的困难。"这些困难不仅包括水资源匮乏、失业、躁动不安的犹太人,也包括怎么处理拉姆拉的阿拉伯人。大部分拉姆拉的阿拉伯人一年前已经被驱逐,但是,拉姆拉还住着1300名阿拉伯人。因为以色列的军事长官计划几周后离开拉姆拉,市议员们担心"开放阿拉伯人所在的封闭区域……城市的安全问题会随之而来"。

1948年7月12日,拉姆拉被攻克后,未被驱逐出境的阿拉伯人被当成战俘关押。在监禁期间,他们不能耕种自己的土地。在整个以色列境内,阿拉伯人的橄榄园和柑橘园基本上都抛荒了,在某些情况下,以色列人还在树下犁了一遍,以防止"渗透者"返回。在拉姆拉和卢德(在希伯来方言中的名字是"利达"),军事长官用卡车从拿撒勒(现在是以色列的一个阿拉伯基督教社区)运来工人,让他们在这两座城市附近的橄榄园里劳作。被囚禁的拉姆拉和卢德的阿拉伯男人们被要求编织茅草篮,以备收获时使用,战俘们帮着其他人收割自己不久前还耕种过的土地。

当地的以色列官员们开始担心,他们对以色列阿拉伯人的政策会造成什么后果。"他们仍然没有接受现实,开始对未来变得麻木,"一位名叫 S. 萨米尔的官员在拉姆拉阿拉伯社区的状况报告中这样记录,"除非我们通过实际行动来证明,否则,以色列政府宣称的'平等与自由'就如同海市蜃楼。他们的经济状况非常糟糕。他们的食物暂时还够,但很快这个问题就会出现:'我们吃什么?'"

从战俘营被放出来之后,拉姆拉的阿拉伯男人和当时以色列的其他阿拉伯人一样,仍然和家人在一起,被限制在几个封闭的街区内。巴希尔的叔祖拉塞姆也身在其中,被驱逐之后,这个医生留了下来。几年来,以色列的阿拉伯人在戒严令下生活,任何阿拉伯居民想要离开所居住的街区或村庄,必须向军事当局申请特别许可证。出于安全考虑,他们的行动受到限制。新以色列国的一些领导人一直在讨论,让剩下的阿拉伯人跨过约旦河,"转移"到阿卜杜拉的王国去。

拉姆拉和卢德"贫民窟"里生活着的阿拉伯人发现,他们从前的房子被犹太家庭占领,他们的耕地被集体农庄控制了。他们"不在家",但又没有"流亡",以色列政府将他们定义为"现时的缺席者"(present absentees)。许多人诉诸法律,想要搬回故居,或者恢复耕种自己的土地。

"尽管尚姆斯基先生和军事长官会面之后,有好几次答应我会归还门和百叶窗,并重新修缮我的房屋," 1949 年 12 月,利达的一位阿拉伯居民这样写道,"但到现在为止,他们还是什么都没做。雪上加霜的是,由于没有门窗,不明人士对我的房屋造成了更大的破坏……如果您能下发指示,命人尽快归还我的门和百叶窗的话,我将非常感激……"

"我谨提出以下情况,供您参考,"拉姆拉的一位土地主人,一个阿拉伯人从1949年3月就开始这样提请,"我是以下地块的注册所有人:拉姆拉第4374区第69号地块,面积为5032平方米……尽管我不是缺席者,但所有这些地块,包括我自己的份额,都被'弃置财产托管委员会'视为'主人缺席的财产'……"

"我是'13号地块'一半土地的注册所有人,"在拉姆拉东南5英里处,名为"盖泽尔"(Gezer)的集体农庄,一个阿拉伯人对当地议会这样上诉,"我准备基于自己在地块中所占的份额向地方议会缴税……我有权利知道谁在耕种我的土地,他是在谁的授权下耕种的。"

在拉姆拉这幢石房子的后院里拍摄的一张黑白照片中,达莉娅站在一棵柠檬树旁边,眼含泪水望着照相机镜头。照片是在夏天拍摄的,时间大概是1950年,那时候达莉娅两岁半。她刚刚哭了一小会儿,因为麻雀们飞走了,没有留下来从她手里叼面包屑吃,达莉娅被激怒了。"它们为什么飞走?"她哭着问姨妈,"为什么呀?我爱它们。"这是她最早的记忆。

另外一张照片中,达莉娅的父亲站在她旁边。他深色的波浪状头发向后梳,卷边裤子快提拉到腰部以上,索利娅按下快门,及时抓到了他的笑容。照片的背景里,在柠檬树后面,摩西种了香蕉和番石榴。照片的右边,靠近边框的地方,有一个鸡舍,埃什肯纳兹一家在那里养自家的鸡。那是困难、匮乏时期,每个人都理应做出贡献。

在困难时期,供应和配给部成了以色列公共生活的中心。这个部的工作是调节有限的食物供应,保证百姓不挨饿。以色列人口的快速增长使得其85%的粮食依靠进口。尽管在1948年之前，犹太事务局与其他国家建立了直接（如果不是官方的）的贸易关系，以色列突然加入世界经济体系还是令人震动。以色列减少了与大英帝国市场的贸易，阿拉伯国家对它实行了经济和政治上的抵制。尽管联合国决议要求重要的水路实行自由通行，埃及仍然封锁了通过苏伊士运河往返以色列的货物运送通道。以色列不得不依靠小麦和加工面粉，从美国、加拿大和澳大利亚进口的肉类、季节性打折的鱼，甚至是橄榄油。大量阿拉伯橄榄林消失，以色列自产的橄榄油只能满足自身需求量的8%。

1950年，官员向新移民分发了70万只活鸡。牛奶被存储在全国数十个收集站里。供应和配给部成立了一个面粉委员会和一个面包委员会，直接监管数万个圆面包、面包卷和葡萄干牛奶蛋糕的日常生产。定量配给卡将每个家庭的地址和一个指定零售商的序列号连接到一起。粮本提供小麦、酵母和无酵饼①的补贴，并为孕妇提供额外的肉。为了发挥市民的作用，他们也敦促市民发挥创造力。

像20世纪50年代初期的许多以色列人一样，埃什肯纳兹一家人也创造性地用自己的方式来应对短缺。一头邻居的母牛大大咧咧地在大街上游荡，母牛受到大家的尊敬，活像这个街区是在印度，而不是在以色列似的。索利娅以自家鸡舍出产的鸡蛋，从母牛的主人那里换取牛奶和黄油。这头母牛养育了达莉娅和所有的邻居们。

和1948年7月之前一样，拉姆拉的集市也是每周三开放。达莉娅和爸爸一起逛集市，他们走过售卖黄瓜、橄榄和西瓜的摊子，走过柑橘和香蕉的小山。新鲜的仙人掌果放在一桶桶冰上面，小贩在前面

---

① 无酵饼（matzo，犹太逾越节薄饼），不加入酵母制成的薄饼，是纪念以色列人脱离埃及奴役的一种食品，对犹太教和基督教来说具有特殊的宗教意义。

叫:"萨布拉①!萨布拉!"他们还会到干货店里看布匹和鞋子。每一次,摩西都能买到价廉物美的货品,而达莉娅在一旁观看。"来,"他用手指摩挲着一条裤子,感受它的布料,"这一条。"他又拿起另外一条裤子:"和这一条比比看。"他好像总能发现一点瑕疵,然后把价格讲下来一点。

晚上,摩西和索利娅邀请保加利亚的朋友们到后院聚会。他们摆开一盘盘黑橄榄、西瓜、保加利亚奶酪,倒上一杯杯凉凉的博萨②,这是一种用小麦做的巴尔干甜饮料。人们讨论从保加利亚传来的消息,达莉娅能听到他们用拉迪诺语讲低俗笑话,拉迪诺语是老辈人说的一种快要消亡的语言,达莉娅只能听懂一点点。

大人们聚会的时候,达莉娅经常会走到房子一边,有一耳朵没一耳朵地听他们说话,然后呼吸月见草的香气,这是一种日落之后才开放的花。她把月见草和斯特拉姨妈的雏菊进行了对比,雏菊有黄白相间的花朵,月见草开放的晚上,它们会合上花瓣。索利娅常常在留声机上放一张唱片,热辣躁郁的西班牙音乐就会从房子里飘出来,那是埃什肯纳兹一家西班牙裔犹太文化根源的传承。达莉娅看着母亲和客人们流连优游过艾哈迈德·哈伊里修建的游廊,怀想她在索非亚初遇摩西的舞会厅时光。夜晚快结束的时候,摩西会到花园里的灌木丛中采摘玫瑰,给每一位即将离去的女客赠送一朵。这是一个保加利亚的传统,索利娅对它尤其熟悉,她是在玫瑰谷谷畔长大的。

1955年,达莉娅八岁,摩西升职了,他担任了当地"弃置财产托管委员会"办公室的领导。学校放假的时候,达莉娅会去看他,想帮

---

① 萨布拉(Sabra),这个词在20世纪30年代广泛使用,指"在以色列土地上出生的犹太人"。
② 博萨(boza),一种饮料,10世纪时发明于中亚,之后普及至高加索和巴尔干地区,使用麦芽发酵,酒精含量很低(约1%)。

他干活,接电话或者把客户领到他的办公室。客户一般是女性,她们常常很沮丧:她们的住处漏水,好几个月之前就该维修了,有的人在城镇边缘的帐篷里住了好几年——尽管她们得到过保证,会有更好的住房。摩西真心实意地为她们的困境感到痛苦。他会说,"我能体会您的处境",然后给对方解释,他的预算如何少到不忍卒闻。他承诺向有关部门发文呼吁,并坚持说:"我向您保证,即使世界变得底朝天,我也会解决这个问题……"达莉娅惊讶地看到客户们被这个真诚的、不堪重负的官员安抚平静,带着最好的希望离开了办公室。在大街上,人们不断地走近摩西,跟他握手,感谢他的帮助。在其他时候,他们会带着礼物来他家。"我理解您的感激之情,"他告诉他们说,"我很感谢您的礼物,但作为公务员我不能收礼。"

在其他的下午,达莉娅会到斯特拉和朵拉姨妈的美发沙龙里去,沙龙开在一家阿拉伯老店的狭窄店面里。斯特拉老是让她的外甥女坐在椅子上,对着她修修剪剪,直到达莉娅觉得自己都快没有头发了。"稍微修剪一下……那里,再多剪一点。你喜欢这样,对吧?"有一次,斯特拉在家里小睡时,达莉娅报了仇,她趁姨妈睡着的时候把她的头发剪了,她"咕咕"窃笑着说:"那里,再多剪一点。你喜欢那样,不是吗?"斯特拉醒来后照镜子,她看起来就像被人打过一样。几天后是斯特拉的兄弟丹尼尔结婚的日子,她戴着一顶帽子参加了婚礼。

沙龙原先主要为保加利亚人服务,不过,两姐妹的名声越来越大,不久,波兰、罗马尼亚和摩洛哥女人也来了。人们说的语言从保加利亚语到支离破碎的法语,或者结结巴巴的希伯来语。达莉娅永远记得一个波兰常客,她忘不了她奶油色的皮肤,大大的蓝绿色眼睛,那眼神极其忧伤,打动了达莉娅。对于达莉娅来说,这个女人的每一寸、每一分都像伊丽莎白·泰勒①一样美丽。她总是坐在椅子上凝视着虚空,从来也不笑。斯特拉和朵拉给这个女人梳头剪发,细细碎碎地打理的时候,达莉娅总是在一边目不转睛地看这个女人,想逗她说话。

达莉娅开始注意到她的一些邻居是怎么与别人不一样。她的家人公开谈论保加利亚的救援行动,可那些邻居对过去保持沉默。达莉娅在学校里有一位老师,人们私下传说,他的妻子和孩子死在了波兰的死亡集中营里。大家喊他海姆(Haim)老师,他是战后来到以色列的。海姆是达莉娅最喜欢的老师:一个矮个子男人,有着深色的浓眉,还有一个快占据大部分脸的额头。海姆有榛子一样的淡褐色眼睛,充满活力,眼神锐利。他走路的时候昂首阔步,很少减速,总是向前看。在课堂上,他总是叫她,叫所有的孩子:"来这里,来吧,我的珍宝,到黑板前面来,告诉我们你知道的知识。"

"他给我们一种感觉,就是他相信我们的未来,"达莉娅回忆说,"他严守纪律,但非常积极。他给了我们生活的方法。"

然而,达莉娅的许多同学似乎让人永远无法捉摸。这些波兰人、罗马尼亚人和匈牙利人的孩子像达莉娅一样,在以色列建国之初便来到这里。在这些孩子的眼中,达莉娅看到了某种空洞感。

一个波兰同学住在达莉娅的隔壁。达莉娅记得那孩子的父亲,他的眼珠从眼眶里凸出来,好像"永远在怀疑着什么","一成不变地带着忧惧和恐怖"。晚上,有好几个小时,透过墙壁,达莉娅能听到这个男人在另外一栋阿拉伯房子里对着儿子吼叫,无休无止。她真想尖叫回去:"别喊了!停下来!你想从他那里得到什么?"有时候,她确实

---

① 伊丽莎白·泰勒(Elizabeth Taylor, 1932—2011),女爵士,英国及美国著名电影演员,造型美艳,演过《玉女神驹》《热铁皮屋顶上的猫》和《埃及艳后》等片,在电影生涯中获奖无数。

发了声去抗议，但她的声音总被淹没在喧嚣中。在学校里，这个年轻的波兰朋友沉默着，偶尔突然爆发出尖叫、哭泣和拳打脚踢。好像没有一个老师知道该拿他怎么办。

达莉娅发现，这种创伤是对自己信仰的一个直接挑战。摩西和索利娅从不信教——他们很少去犹太教堂，充分体现了"世俗的犹太复国主义"的本质——达莉娅觉得，对上帝的信仰一直是自身的一部分。在拉姆拉，看起来很少有人愿意谈论战争期间在欧洲发生的事，但是，达莉娅见过胳膊上文了数字的人。随着年龄的增长，她了解了发生在德国、波兰、罗马尼亚和匈牙利的暴行。她觉得自己接受不了这种现实。她记得自己当时想，上帝允许这种情况发生是完全不合情理的。她很生气。"您创造了人类！"她对造物主大喊，"您必须为自己创造的东西负责！您必须更加积极地去阻止那种事情发生！"

达莉娅开始理解，这些恐惧是她同胞的历史遗产。在学校里，她了解到其他的暴行。乌克兰的一次大屠杀往事让她刻骨铭心：耶稣受难节弥撒之后，犹太人遭到持剑基督徒的屠杀。她知道了在纳粹大屠杀期间，欧洲的基督徒保持沉默，尤其是教宗庇护十二世[1]的沉默，他没有表现出保加利亚东正教教会那样的勇气。

在拉姆拉的圣约瑟夫天主教修道院上钢琴课时，达莉娅对基督教产生了强烈的矛盾情绪。那大概是1956年的时候，达莉娅快九岁了。修道院大门上沉重的十字架使她想起了一把剑，并引发了一阵短暂的恐惧感。然而，进入修道院后，她又被静谧、被一个基座上彩绘的圣约瑟夫雕像、被铺着黑白瓷砖的昏暗走廊、被另一位教宗约翰二十三

---

[1] 庇护十二世（Pope Pius XII，1876—1958），意大利籍教皇（1939—1958年在位），天主教会第260任教皇。原名尤金尼奥·玛丽亚·朱塞佩·乔瓦尼·派契利（Eugenio Maria Giuseppe Giovanni Pacelli），生于罗马。任罗马教廷国务卿时，1933年代表教廷和德国希特勒政权签订条约。2009年12月19日被列为"可敬者"。

世那表情仁慈的肖像吸引住了。她开始理解一些根本的东西。几十年后,她把这一刻铭记为自己具有辨别力的生活的开始:能够看到整体,而非仅仅根据一次简单的观察或教导就去判断人或事。

达莉娅长大了,她经常向父母和老师们发问:"我们生活的房子是怎么回事?"

"这些是阿拉伯人的房子。"人们告诉她。

"大家都在谈论的阿拉伯人的房子,是怎么回事呢?"她又问。

达莉娅的学校在一栋阿拉伯房子里面,她在那里学习以色列历史。达莉娅了解到,以色列国是作为犹太人的避风港建立的。她学习了独立战争,一个以少敌多的故事。达莉娅读到,阿拉伯人入侵,为的是要摧毁新的以色列国,并把犹太人抛入海中。如此的大敌当前,大多数国家都会陷于瘫痪,但小小的以色列却抵御了五支阿拉伯军队。小大卫击败了歌利亚[①]。至于阿拉伯人,达莉娅的教科书说,他们逃跑了,抛掉了土地,放弃了家园,在征服的以色列军队到来之前就逃走了。当时的一本教科书上说,一旦犹太人占领了他们的城镇,阿拉伯人便"愿意离开"。达莉娅接受了教给她的历史。可她还是感到困惑。她想知道,为什么会有人这么乐意离开?

大约七八岁的时候,一天下午,达莉娅爬上了艾哈迈德·哈伊里安放在前院石路尽头的橄榄绿色金属大门。大门的顶部有一颗星星和新月形的精美锻铁:伊斯兰教的象征。这让达莉娅很烦躁。"这不是一所阿拉伯人的房子。"她对自己说。她抓住精致的月牙来回地扭,直到月牙在她的手里断掉。她爬下了铁门,把那枚新月扔掉了。

[①]《圣经》中以弱胜强的经典故事。据《圣经》记载,歌利亚是腓力士人的首席战士,带兵进攻以色列军队,他拥有无穷的力量,所有人看到他都退避三舍。牧童大卫用投石弹弓打中歌利亚的脑袋,并割下他的首级。大卫日后统一了以色列,成为著名的大卫王。

1956年春天，达莉娅上三年级。她开始把自己在学校里学到的阿拉伯故事和父母在家里谈到的阿拉伯故事联系起来。以色列报纸上连篇累牍地报道来自加沙的"渗透者"突袭的故事，他们背后都有埃及新总统贾迈勒·阿卜杜勒·纳赛尔的支持。摩西从他的《晚报》[①]中读到，埃及和巴勒斯坦的敢死队入侵以色列的土地，一心想要消灭这个犹太国家，以及以色列对此做出的迅速反应。

　　随着苏伊士运河危机的消息传出，摩西和索利娅意识到，他们的国家将因此陷入战争。长期以来，埃及在英国的监管下，拥有控制苏伊士运河的独家权力，纳赛尔在捍卫这项权力，并威胁要关闭蒂朗海峡[②]，这是以色列通往中非和南非的唯一海路。埃及总统还开始谈论"阿拉伯国家"，捍卫巴勒斯坦人的"回归权"。这些事对以色列来说都不是好兆头。

　　1956年10月底，以色列突击队和步兵营越过西南边境，袭击了西奈半岛的埃及军队，然后越过西奈向苏伊士运河进发，战争突然爆发。英法军队加入以色列方进行战斗。纳赛尔，这位第三世界阿拉伯民族主义领袖展示出越来越大的威胁，欧洲大国被惊动了，他们像以色列人一样，希望纳赛尔停下脚步。不过，他们没有与美国和苏联通气。超级大国在该地区有各自的利益，他们极少见地达成一致意见，要求英法和以色列撤军。以色列仍然可算取得了军事方面的胜利，因为它打破了蒂朗海峡的封锁。但是，英法两国撤军之后，纳赛尔控制了他的奖品——苏伊士运河。由于美国和苏联的干预，纳赛尔有效地击退了欧洲的进攻者，并确立了埃及对运河的主权。埃及总统的声望

[①]《晚报》(*Ma'ariv*)，创刊于1948年，总部在特拉维夫，是以色列的希伯来语国家日报。
[②] 蒂朗海峡（Straits of Tiran），位于埃及西奈半岛与沙特阿拉伯之间的狭窄海峡，因海峡中的蒂朗岛而得名，宽约13公里，北连亚喀巴湾，南通红海，是约旦唯一的出海通道，也是以色列在红海上的唯一出海通道，地理位置十分重要。

在整个阿拉伯世界激增，他开始对着阿拉伯世界谈论巴勒斯坦的重要性。

1957年春季的一天，放学后，达莉娅和她的女孩朋友们一起玩。她们在拉姆拉的一个混凝土掩体里，那是一个会让人犯幽闭恐惧症的掩体，不久之前的苏伊士运河危机期间，达莉娅和同学们在这里练过空袭演习。达莉娅的大多数朋友都是来自欧洲的肤色较浅的女孩。但最近，一些新的犹太儿童来到了以色列，他们有着橄榄色和褐色的皮肤，来自阿拉伯国家，许多来自伊拉克、埃及和也门。报纸说，这些"东方犹太人"（也被称为"塞法迪犹太人"或"米兹拉希犹太人"[①]）在阿拉伯世界中不受欢迎，所以他们移民到以色列，以色列为他们提供避风港，就像它提供给每个犹太人的一样。然而，达莉娅的许多同学有一种感觉，肤色黝黑的同学正在"把课堂变得低等"。人们觉得新移民脏，身上有虱子。达莉娅身上也发现了虱子，这让整个家庭蒙羞：斯特拉姨妈用汽油洗她的头发，把她的头皮擦成了鲜红色。有好几天的时间，达莉娅的身上散发着汽油味，她羞愧地走来走去。

尽管如此，达莉娅后来回忆说，当她的波兰朋友站在混凝土掩体的顶上，双手叉腰，宣布她要把皮肤较黑的"东方犹太人"赶出她们的游戏团队时，她还是惊呆了。现在，女孩子们分成两个互相竞争的群体：一个"黑人组"[切尔尼蒂族（cherniti）、施瓦茨族（schwarzes）]和一个"白人组"。其他欧洲女孩低声表示同意。"白人组"由肤色较浅的阿什肯纳兹犹太人[②]、达莉娅和其他保加利亚人组

[①] 米兹拉希犹太人（Mizrahi Jews），居于中东、中亚和高加索地区的犹太人的后裔。现有人口约175万，其中超过130万居于以色列。
[②] 阿什肯纳兹（Ashkenazi）犹太人，源于中世纪德国莱茵兰一带的犹太人后裔。其中很多人自10世纪至19世纪，向东欧迁移。从中世纪到20世纪中叶，他们普遍采用意第绪语或者斯拉夫语作为通用语，其文化和宗教习俗受到周边其他国家的影响。

成。(这种分法连达莉娅也感到困惑:她的肤色比较浅,比父亲的肤色要淡,她姓埃什肯纳兹,但实际上,像大多数保加利亚人一样,她是塞法迪犹太人,源于西班牙。)

波兰女孩捡起了一块石头,把它扔向一个深色皮肤的同学,其他肤色较浅的女孩有样学样。达莉娅上前走了一步。"你们说自己从哪里来?"她问那些阿什肯纳兹女孩们。"那里的犹太人身上发生过什么事?那提醒了我,"她停顿了一下说,"人们本该知道更多的东西。""人们应该知道,不要只因为别人和自己不一样,就恶劣地对待他们。如果要分一个'黑人组'和一个'白人组',"达莉娅宣布,"那么,我去'黑人组'。"她的同学中再也没有发生类似的问题。

1950年之后,好几万名犹太人从阿拉伯国家去了以色列。1958年,以色列国家劳工联合会拉姆拉办公室的主任阿夫拉罕·希米尔(Avraham Shmil)组织了一场大规模的游行示威,反对他自己所属执政党的劳工部。拉姆拉的许多米兹拉希犹太人仍然生活在城郊那粗陋的帐篷营地和窝棚里,他们迫切希望找到工作,有好一点的生活条件。希米尔希望通过他的抗议对以色列劳工部部长施加压力,给这个举步维艰的小镇带来收入体面的工厂工作。希米尔记得,米兹拉希犹太人到达时,大多数的"好工作"已经被东欧来的阿什肯纳兹精英占了,在新的以色列国,这些人显然成了内部人士。有时,肤色黝黑的新移民在就业办公室站着排队等候时会生气,因为两个欧洲人没完没了地用意第绪语讲话。他们不明白,有时候,这些阿什肯纳兹人只是试图确定某些亲戚或朋友是否还活着。

另一方面,来自阿拉伯国家的犹太人讲阿拉伯语,或听他们钟爱的古典阿拉伯音乐是不受鼓励的,纳赛尔兴起之后,情况尤其如此。这些人的希伯来语经常很糟糕,他们中的许多人唯一能找到的工作就是每个月12天打扫街道、维护道路和为犹太国民基金会①"建造"森林。

森林项目是犹太国民基金会所谓的"为整个犹太民族彻底地赎回以色列地"行动的一部分,"砾石覆盖的山坡、死水沉积的沼泽、坚硬干旱的土壤和一无所有的沙丘,它们已经被人忽视两千年,必须被拿回"。森林是这些遗产的一部分。很多情况下,森林被种植在不久前还存在的阿拉伯村庄的土地上。从1948年到20世纪60年代中期,数百个村庄被推土机、接受过军事训练的拆卸人员和空中轰炸毁掉了,新城市、扩张的集体农庄或者犹太国民基金会的森林取代了它们。米兹拉希犹太人和其他移民使犹太国民基金会的工作具有了几重目的:消除试图穿越停战线"渗透回来"的村民们回到从前居所的可能;巩固以色列反对联合国授权巴勒斯坦难民返回决议的立场;保证来自阿拉伯国家和其他地区的数千贫穷的犹太移民有低薪工作。

然而,对米兹拉希犹太人而言,问题不仅仅是工作那么简单。和许多早期的移民一样,他们想要在以色列寻找归属感。在拉姆拉,阿夫拉罕·希米尔致力于帮助移民从他们不同的国家、民族和十几种语言中,锻造出一个新的以色列身份。希米尔组织移民去加利利和内盖夫进行实地考察,让他们了解以色列的国土,并开始相互了解。在拉姆拉,他组织了希伯来语的课程、演出和音乐会,组织了保加利亚、摩洛哥和也门的民间传说之夜,还组织了社区文化和远足俱乐部。

萨布拉被树为所有移民,特别是男人的榜样。萨布拉出生于以色列,他的乐观、力量和神话般的英雄主义是所有人都向往的。"萨布拉"这个名字来自希伯来语词*tzabar*:一种外表有刺但内心甜美的

---

① 犹太国民基金会(Jewish National Fund),成立于1901年的非营利性组织,目的是购买和开发奥斯曼(Ottoman)巴勒斯坦的土地,供犹太人定居。自成立以来,已在以色列种植超过2.4亿棵树。

仙人掌果实。在20世纪50年代的以色列,萨布拉代表着新的以色列人:英俊,坚韧,身强体壮,热情的犹太复国主义者,乐观向上,无所畏惧,不受祖先软弱基因的影响。萨布拉从定义上讲就是阿什肯纳兹犹太人,是在纳粹大屠杀之前就来到巴勒斯坦的那一代人衍化来的,已经摆脱这片古老土地的耻辱包袱。从本质上讲,他已成为莱昂·乌里斯在《出埃及记》中描述的英雄阿里·本·迦南的以色列化身。用一位以色列作家的话说,萨布拉是"天选之子的宠儿"。

社会工程师们有意识地培养这种形象,替代散居各处的犹太人。1949年,左翼以色列统一工人党的一份保加利亚语报纸连载了一部小说,作者是摩西·沙米尔[①]。在这部小说中,"新犹太人"是一个巨人,在了不起的"犹太回归"中,他从海里升起,开疆造地。报纸编辑、前以色列议会成员维克托·谢姆托夫回忆说,作者如此创造,是想"洗掉陈旧的犹太人形象",消除"蠕蠕蠢动的贫民窟犹太人"的形象,专注于"第一次高高屹立"的"新犹太人",他把双手埋进土壤,去创建一个新国家。

对于许多新以色列人来说,这个强有力的标志是他们要争取的东西。他们穿着萨布拉"制服"——卡其色短裤、卡其色或褪色的蓝色工装衬衫,还有"《圣经》中提到的凉鞋"。拉姆拉的第一位以色列市长和许多移民一样,穿着这种制服。有些人甚至举行了萨布拉风格的卡其色调婚礼。对于许多孩子来说,萨布拉的理念启发了他们给自己取"以色列"名字。

对于老一代移民来说,萨布拉的形象通常有点高不可攀。而对于纳粹大屠杀幸存者来说,这简直荒谬绝伦。对于萨布拉来说,纳粹大屠杀幸存者常常代表犹太人的耻辱,他们像绵羊一样走向屠夫。因此,

---

[①] 摩西·沙米尔(Moshe Shamir, 1921—2004),以色列作家、剧作家和公众人物。

达莉娅多年后回想起,"永不重现"这个短语不仅是犹太人对于不重蹈覆辙的承诺,它还表达了一种植根于耻辱的愿望:把自己同受害者的形象区隔开来。

以色列的一个早期过境安置营的观察员称,纳粹大屠杀幸存者是"难以解决的人类问题",他说:"这些人领教过地狱的模样,现在,没有什么其他的东西可以打动他们了。他们的感官已经变得迟钝。"大卫·本-古里安把大屠杀幸存者称为"人类的微尘",这个说法广为人知。他还说"将这些尘土一样的人变成一个有文化的、有远见的独立国家,不是一个容易的任务"。一位负责将纳粹大屠杀幸存者转化为生产性农民的农业工作者建议同事说:"我们必须知道自己在和谁一起工作……是一群被排斥的、可怜可悲的、无助的人组成的团队。我们必须接近他们最深层的感觉,动荡不安的、不可预测的、充满恐惧的感觉……害怕地面从他们的脚底往下陷落……(他)惧怕工作,单单是想到要进行任何个人的行动,要被迫面对不熟悉的条件,都会让他惊慌……他对自己孩子们的未来有着无法控制的恐惧……"

对于来自阿拉伯国家的移民来说,追求萨布拉的理想同样不现实。他们经常奋力地与希伯来语做斗争,而且,他们在摩洛哥、也门、埃及或伊拉克的经历,与本地出生的阿什肯纳兹犹太人萨布拉那奔放勇敢的战士形象没什么关系。此外,在本-古里安对北非犹太人的描述中,许多阿什肯纳兹犹太人,包括一些制定了早期移民政策的以色列领导人,都将米兹拉希犹太人视为"野蛮人"和"原始人"。在实际的政策讨论的时候,其他人说他们"精神退缩""脾气暴躁"或"一贯懒惰"。

和以色列的其他地方一样,在拉姆拉,每一个移民群体都迅速地得到了自己独特的标签,有的是贬义的,有的是亲切的,有时候两者兼具。摩洛哥人因暴力的名声而被称为"*sakin*"(希伯来语,"刀");

伊拉克人因为他们的服装被称为"睡衣";德国人被叫作"*yeke*"①,这是根据他们在田地里穿的外套命名的,或者是"*putzes*"②(一种高阶的白痴);罗马尼亚人是"小偷";保加利亚人是"便宜货";波兰人被称为"*dripke*",在意第绪语中,这是"抹布"的意思。

不管被打上何种标签,保加利亚人在以色列广受尊重。他们没有所谓的"大屠杀综合征"。随着以色列的壮大,保加利亚人获得了公正和勤奋的名声,并对欧洲的精英文化充满热情。索利娅·埃什肯纳兹体现了这一点。整个保加利亚犹太合唱团一起登了船,保加利亚人在新的以色列爱乐乐团中演奏,都让她赞赏有加。她喜欢读托尔斯泰和契诃夫、维克多·雨果、托马斯·曼和杰克·伦敦的作品。最重要的是,她崇拜奥地利作家斯蒂芬·茨威格(Stefan Zweig),她心爱的善良灵魂,她认为茨威格的作品有深邃的敏感。在战争中,茨威格失去了对人性的信心,割开了自己的血管③。

文化可以被引进,但是,许多索利娅热爱的东西被留在了保加利亚的土地上。当达莉娅长大一些的时候,她注意到妈妈经常说起从斯利文那狭窄的走廊地带翻滚而过的风,或者她和她的朋友们曾经在维托沙山上的远足。

作为十几岁的少女,达莉娅开始将她的母亲视为一棵连根拔起的树,无法栽入新的土壤。摩西带着一身技能去建设一个新国家。他是一个行动派,对多愁善感感到恼火。他会大声说道:"为什么会优柔寡断?我不明白!如果什么东西不适合你,那就像切腌黄瓜一样把它切掉!"到了拉姆拉之后,索利娅衰老得很迅速。她在税务局的工作不

---

① *yeke*,本词的来源说法不一,最广泛的说法是,较为西化的犹太人穿的夹克比较短,而东欧犹太人穿的夹克比较长,这种服装的差异导致本词的指代意义。
② *putz*,俚语,意思是傻瓜,卑鄙或者愚蠢的人。
③ 茨威格是服药自尽的,此处可能是作者弄错了。

适合她的个性、与生俱来的热情和对活动的喜爱。索利娅不擅长做饭和缝纫，尽管她和摩西偶尔会与朋友们一起沿着特拉维夫的海滩散步，但索利娅的世界变窄了。她的姐妹们认为她是一个了不起的女人，就像保加利亚谚语所说的那样，"如果看到有人挨饿，她会从自己的嘴里拿出食物"。但是，随着她年复一年地去国家税务局上班，索利娅的光芒渐渐暗淡了下来，她变得越来越安静。

1963年，达莉娅上高中时，市领导们纪念了1948年从阿拉伯人手里"解放拉姆拉"15周年。一部宣传片显示，人们系着窄长的领带，划着划艇，穿过城镇古老的地下蓄水池。一个深沉的声音说："在这座古老的丰碑附近，新的建筑和工厂正在涌现。市政当局自豪地看到，拉姆拉从一个纯粹的阿拉伯城市，转变成一个居住着25000名市民的地方，其中大多数是新移民。"

三年之后，1966年，达莉娅·埃什肯纳兹高中毕业，开始计划去特拉维夫大学学习英国文学。她在雅法（Jaffa，希伯来语是Yafo）的一所国际高中上了特殊的英语课程，雅法在特拉维夫以南，现在混居着阿拉伯人和犹太人（阿拉伯人仍称其为Yaffa镇）。稍后，以色列军队把达莉娅招募到他们的军官训练团中，这是一项针对有天赋学生的特别项目，允许他们在服兵役之前上大学。

20世纪60年代中期，拉姆拉的郊区遍布混凝土烟囱，失业的米兹拉希犹太人很多，还有阿拉伯人的贫民窟，以上种种，都让拉姆拉在以色列因"粗野而坚韧"声名远播。有人将拉姆拉称为"以色列的利物浦"，部分原因是在贫民窟古老的阿拉伯房屋中，摇滚乐的场景不断增加——周末，特拉维夫和耶路撒冷的乐队会来这里演出。对于达莉娅和她的同胞们来说，生活终于达到某种常态。在达莉娅上高中的大部分时间里，犹太人与阿拉伯人的冲突一直不大，因此，她从不想太多。然而，高中毕业的第一个暑假，达莉娅注意到一个变化。

以色列早就清楚而断然地向外界表明，它永远不会允许巴勒斯坦难民返回。前一年，以色列土地管理局在一场名为"平整村庄"（Leveling Villages）的运动中，摧毁了一些仅存的阿拉伯村庄，总理列维·艾希科尔[①]在回应一名阿拉伯议会成员的批评时说："不摧毁被遗弃的村庄，就与开发和振兴荒地的政策相悖，这个政策是每个国家都必须执行的。"独立战争18年后，对于以色列来说，很明显的是，这些土地永远不会被归还。在以色列以外，越来越清楚的是，只有通过"武装斗争"，土地才能被归还给阿拉伯人。随着泛阿拉伯民族主义的兴起，纳赛尔的实力越来越强，阿拉伯民族主义运动以及一个名为"巴勒斯坦解放组织"（PLO）的新团体使得威胁也随之而来——以色列与阿拉伯世界之间的相对安宁似乎要终结了。

1967年春天，当达莉娅听到阿拉伯广播员用蹩脚的希伯来语在广播中散布令人恐惧的威胁的时候，她周围的世界暗了下来。达莉娅能感觉到，战争，似乎已不可避免。

[①] 列维·艾希科尔（Levi Eshkol, 1895—1969），以色列第三任总理。

第八章 战　争

1967年6月5日，星期一的早晨，巴希尔·哈伊里站在民事法院的一名法官面前，代表他的委托人，一位叫阿拜德的先生进行辩护。巴希尔25岁了，刚从开罗大学法学院毕业，专长于劳动纠纷案件。民事法院设在拉马拉，这个地方在约旦控制的西岸。17年前，阿卜杜拉国王把这块地方吞入他的王国。现在，他的孙子侯赛因是约旦的国王和国家元首。

1948年下半年，艾哈迈德和扎吉雅把巴希尔和其他孩子带去了加沙，从那之后，拉马拉彻底地变了。难民睡在树下的绝境一去不复返；同样离去的，是数千名富裕的拉马拉人（大多数是基督徒），在1948年巴勒斯坦人大流亡①之后的几年里，他们从西岸远赴美国。城镇的边缘矗立着混凝土住宅，还有联合国救济和工程处难民营那狭窄而垃圾遍地的通道。每一年，联合国难民组织都被要求提交更新过的资金预算。接受长期资金，或建造看起来更结实的住房，意味着联合国承认难民不会回家，这种情况是"东道国"政府（"host" governments，

---

① 巴勒斯坦人大流亡，1948年巴勒斯坦战争期间，超过70万巴勒斯坦阿拉伯人（约占战前巴勒斯坦阿拉伯人口的一半）逃离家园或被驱逐出家门。其间，有400至600个巴勒斯坦村庄被洗劫一空，而巴勒斯坦市区几乎被完全毁掉。

扎根难民营的基层政治派系）和大部分难民不接受的。对于巴勒斯坦人来说，无论以色列的立场多么坚定，抵抗意味着在回归权上不做妥协。像大多数巴勒斯坦人一样，巴希尔相信只能通过一种途径，土地才能回归到他同胞的手里。他认为，武力将他们赶出自己的土地，只有武力才能将其收回。

巴希尔面对着法官，为阿拜德先生辩护。巴希尔在开场白里说，拉马拉一家修车行的技工阿拜德遭到不公正的解雇，最起码应该把欠薪补给他。巴希尔坐了下来，修车行的律师开始发言。正在这个时候，一个年轻人冲进法庭大门，快步走到巴希尔身边，开始在他耳边低语。那是快到中午的时候。

19年来，巴勒斯坦难民一直在等待他们重返家园的一刻。起初，他们以为就是几个星期的事儿，当以色列禁止他们回去的时候，人们把希望转移到倡导回归权的联合国决议上。几年后，仍然流亡的难民们开始相信"武装斗争"。他们越来越多地转向埃及的纳赛尔。十几年来，这位埃及总统以他的反殖民言论及建立一个伟大的阿拉伯国家的抱负，振奋了阿拉伯世界。

巴希尔还在开罗学法律的时候，就被纳赛尔的阿拉伯统一梦激励着。现在，他专注的回归事业有了载体，他把所有其他的个人愿望都放在一边。"他从来没买过任何昂贵的东西。衬衫、鞋子，都没给自己买过，"卡农回忆说，"我们的父亲会问他：'你想要钱吗？'巴希尔会说：'不，我不缺钱。'"巴贾特是比巴希尔小一岁的弟弟，和他截然不同。"他的花销是巴希尔的三四倍，"卡农说，"巴希尔从来不在鞋子上花钱，也从不给自己买西装。我们以前老喊他是'乞丐的儿子'，喊巴贾特是'老爷的儿子'。人们简直都不相信他们是亲兄弟。"巴希尔相信通过英雄的纳赛尔，自己的自律会有回报，自己的同胞会达成目标。

纳赛尔把苏伊士运河国有化了，这激怒了美国、英国、法国和以色列,却让巴希尔和数百万阿拉伯人深感自豪。纳赛尔与印度的尼赫鲁、南斯拉夫的铁托一起,成为"不结盟运动"的领导人,该运动在超级大国之间寻求独立的第三条道路。对于巴勒斯坦人而言,最重要的是,纳赛尔最近对他们的回归事业的捍卫,又激起了流亡者们的希望,一个伟大的阿拉伯世界的重生,可以一雪1948年的失败之耻。巴希尔认为,与联合国以及它纸上谈兵的决议不同,纳赛尔可以通过武力结束巴勒斯坦人的长期流亡。

20世纪60年代初,巴希尔深入参与开罗的学生政治活动,特别是阿拉伯民族主义运动。阿拉伯民族主义运动由乔治·哈巴什[1]领导,哈巴什是来自利达的难民,他的姐妹在1948年7月被以色列士兵杀死,而他冒着酷热穿过山丘,到了拉马拉。像哈巴什一样的巴勒斯坦政治领袖,以及新成立的巴勒斯坦解放组织的领导人聚集在纳赛尔周围,敦促他为战争做准备。巴勒斯坦解放组织和隶属于它的一小支巴勒斯坦解放军愿意在纳赛尔的指挥下前进。可是,埃及总统反复声明,他没有解放巴勒斯坦的意图:时机不对,阿拉伯国家发动对以色列的攻击尤其不是时候。但对许多巴勒斯坦人来说,60年代中期,紧迫感加深了。内盖夫到处都是犹太新移民,谣言四起,说以色列在发展一个核武器项目。

巴希尔和他在开罗的学生活动家朋友认为,阿拉伯团结是回归的关键,他们密切关注着这些动态。一些学生在埃及和其他地方的秘密"特种部队"营地开始接受游击队训练。他们学习如何埋地雷,如何发射反坦克武器。他们从飞机上跳伞,在沼泽中跋涉,睡在坚硬的地面上,吃蛇,然后挨过几天断粮的时光。

---

[1] 乔治·哈巴什(George Habash,1926—2008),巴勒斯坦政治家、医生,解放巴勒斯坦人民阵线创始人,曾任该组织总书记。

在不断发展的游击运动中,两名年轻人——亚西尔·阿拉法特[①]和哈利勒·瓦齐尔[②]——异军突起,后者被称为"阿布·杰哈德"[③]。阿拉法特和阿布·杰哈德相信,只有在一个致力于武装斗争的、独立的巴勒斯坦政治和军事组织的领导下,回归才会实现。阿布·杰哈德是在1948年从拉姆拉被驱逐出去的,他和阿拉法特都不信任来自阿拉伯国家的拯救,他们认为正是阿拉伯国家在1948年出卖了巴勒斯坦。苏伊士运河冲突后,这两个人共同创立了游击队组织"法塔赫"(Fatah)。

苏伊士运河危机之后,以色列和阿拉伯世界之间有差不多九年的相对和平时光。1965年元旦,法塔赫对以色列领土发动了第一次袭击。游击队越过黎巴嫩边界,在加利利海附近的输水管道旁放置了炸药,那里是以色列的主要水源。水源控制权是以色列和阿拉伯国家之间紧张关系的主要根源。以色列从约旦河引流,转走了不少上游的水,使它们不流向下游的阿拉伯土地。以色列的喷气式飞机轰炸了加利利对面戈兰高地的叙利亚水厂,这样,叙利亚就无法从同样的水域引流了。以色列拖拉机闯入戈兰高地的非军事区,到有争议的土地上进行耕作的时候,引发叙利亚的攻击,反过来又使以色列迅速做出反应。以色列在内盖夫沙漠里铺设了一条管道,希望支持更多移民的计划不受干扰。法塔赫的这一小队游击队员,试图挫败以色列的管道计划。毕竟,内盖夫曾经是旧巴勒斯坦的一部分,反抗军及其追随者是打算回归那里的。他们对管道的袭击没有成功,行动还没有开始,就受到黎巴嫩

---

① 亚西尔·阿拉法特(Yasser Arafat,1929—2004),巴勒斯坦解放运动领袖,巴勒斯坦领导人,巴勒斯坦解放组织(简称"巴解组织")主席及其最大派别法塔赫的领导人,1994年巴勒斯坦民族权力机构成立后任主席。他是1994年诺贝尔和平奖的获得者之一。
② 哈利勒·瓦齐尔(Khalil Ibrahim al-Wazir,1935—1988),法塔赫的领导人和共同创始人,阿拉法特的最高助手,在法塔赫的军事活动中产生了相当大的影响,最终成为法塔赫武装派别"阿西法"的指挥官,被巴勒斯坦人民誉为"圣战之鹰"。
③ "杰哈德"(Jihad)为"圣战"之意。

安全部门的阻挠。但是,法塔赫发布了一则军事公报,称"我方打击部队的分队"取得了成功,并对以色列发出未来的行动警告。

1965年和1966年间,法塔赫以及一个名为"回归英雄"(Abtal al-Awda)的新组织从西岸和黎巴嫩向以色列发动了数十起袭击,袭击的多为以色列境内孤立的目标。这些袭击极大地加剧了这个犹太国家内部的焦虑感,并且,如法塔赫计划的那样,造成以色列与其阿拉伯邻国之间关系紧张。到1966年年末,这些袭击以及以色列的报复行动,使得侯赛因国王不情不愿地被拖入冲突,让事态接近无可挽回的地步。

1966年11月13日拂晓前,以色列的飞机、坦克和部队袭击了西岸的萨木村(Samu),他们炸毁了数十所房屋,并杀死了21名约旦士兵。这次入侵规模之大,连一些以色列的支持者也感到震惊。美国官方立即谴责了这次袭击。在华盛顿,美国国家安全委员会的负责人沃尔特·罗斯托[①]在给约翰逊总统的备忘录中称,"3000人参与的用坦克和飞机发动的袭击,绝不是简单的挑衅"——11月11日,法塔赫埋的一枚地雷杀死了三名以色列士兵。罗斯托谈到以色列时说:"他们削弱了侯赛因的力量。我们在花费5亿美元来支撑他成为一个稳定因子……甚至连温和的阿拉伯人都感到绝望,他们觉得无论自己怎么努力,都无法与以色列人相处。这将给侯赛因国王的政权带来沉重的国内外政治压力……"

罗斯托认为,以色列袭击约旦,而不是苏联支持的叙利亚(叙利亚正在支持巴勒斯坦游击队),是找错了目标。艾希科尔在写给约翰逊总统的和解说明中,要求对方在这个"我们的艰难时刻"支持自己,

---

① 沃尔特·罗斯托(Walt Rostow, 1916—2003),美国经济学家、教授和政治理论家,曾于1966年至1969年担任美国总统林登·约翰逊(Lyndon B. Johnson)的国家安全事务特别助理。

约翰逊没有回应。相反，袭击发生一周后，约翰逊写信给侯赛因国王，表达了自己"悲伤和忧虑的感觉……对于那些生活已被毫无必要地摧毁的人来说，安慰之词实属微不足道"。总统向国王保证说："我对这项行动的反对，已通过最强硬的措辞告知以色列政府。"袭击发生之后，侯赛因国王表达了自己的忧虑，约翰逊也对此做了回应。"关于陛下担心的'以色列的政策已经改变，他们现在打算占领约旦河西岸领土'的问题，"总统对国王保证说，"我们有充分的理由相信，您担心的事实际上不太可能发生。如果以色列采取您担心的政策，他们将会面临最严重的后果。我认为，毫无疑问的是，以色列人充分意识并了解了我们的立场。"

其实，侯赛因国王对以色列占领西岸的担心，还比不上他对国内情况的担忧。在安曼的美国官员警告了华盛顿："君主制处于危险之中。"中情局在给总统的一份特别备忘录中写道：萨木村袭击事件"极大地动摇了侯赛因在国内的地位。这使他容易受到国内反对者的攻击，这些人说，他与以色列和平共处的政策是受美国指使的，而且已经被证明是失败的"。根据美国的评估，在约旦内部变得更加躁动不安的当下，巨大的压力促使侯赛因国王对以色列表现得更好战。

在安曼，萨木村的袭击激起了针对国王政权的一波波暴力抗议。巴勒斯坦人指责军队软弱、准备不足，要求军队与以色列开战。开罗的一个巴解组织的广播呼吁约旦军队推翻国王。约旦河西岸爆发了骚乱，约旦军队向耶路撒冷的巴勒斯坦示威者开火，数百人被捕，国王解散了议会，实施了戒严令，并从美国那里获得了额外的军事援助。

此时，阿拉伯世界的分裂比以往任何时候都更加明显：埃及和它的盟友叙利亚支持"泛阿拉伯联盟"，而侯赛因国王被贴上亲西方的"帝国主义代理人"和"犹太复国主义盟友"的标签。1967年春天，叙利亚呼吁推翻侯赛因国王，纳赛尔宣布，侯赛因国王"准备踏着阿卜杜拉（国王已故的祖父）在1948年的足迹，再次出卖阿拉伯国家"。时年二十五岁的巴希尔坚定地站在纳赛尔和泛阿拉伯运动一边。

阿拉伯领导人互相攻击的时候，叙利亚戈兰高地非军事区[①]的紧张局势不断加剧。这块区域是一条狭窄的土地，位于加利利海和戈兰高地最西端的领土之间。叙利亚与以色列部队一直因为农业活动和叙利亚水厂改道等问题有零星的交火，叙利亚迫击炮弹曾经落到以色列的集体农庄上。1967年4月7日，以色列空军飞行员在戈兰高地上空的混战中击落了六架叙利亚战斗机，其中一架以色列飞机在大马士革上空咆哮，公开羞辱叙利亚人及其盟友纳赛尔。以色列军队的总参谋长伊扎克·拉宾不久之后威胁说，要摧毁叙利亚政权。叙利亚以巴勒斯坦游击队为后盾，在戈兰高地与以色列对抗，也与纳赛尔抗衡。

以色列的举动给泛阿拉伯运动的领导者纳赛尔造成了一个尴尬的局面，侯赛因国王抓住这一时机，摆脱了自己"西方走狗"的形象。约旦广播电台质疑说，如果埃及总统真的想为阿拉伯人站出来，他应该对以色列发出毫不含糊的信息：在蒂朗海峡封锁以色列船只。毕竟，广播定调子说，其中的一些船只不可避免地要被用来运载武器，在任何将来的冲突中，这些武器都会被拿来对付阿拉伯人。侯赛因国王已是四面楚歌，来自约旦的挑战可能只是为了把侯赛因背负的批评转移给纳赛尔。但是，像法塔赫的袭击和以色列对萨木村的报复性攻击一样，此类批评只会把该地区推向战争。封闭蒂朗海峡会切断以色列进入红海、远至非洲的通道，但以色列还是能通过它的地中海港口自由航行，那里的通行量占其海上贸易的90%以上，但不管怎么说，封闭蒂朗海峡是使事态严重的一步。实际上，纳赛尔上一次关闭海峡是在

[①] 非军事区（英语为demilitarized zone），也叫"非武装区""非军事化区"等，指在接近停战线的地方，对有领土纠纷的地带设立的缓冲区，其目的是降低或避免冲突再爆发，这片地区多被视为中立领土，往往会形成两个国家间的事实边界。

1956年苏伊士运河危机期间，此举引发了以色列的一次进攻。

纳赛尔私下向支持者和外交官发出了信号，说他不想和以色列开战。可是，到5月的时候，他承受着来自阿拉伯世界数百万人不断增加的压力，他们希望他采取行动。5月15日，埃及总统派遣了数千名军人进入西奈，向以色列边界前进。5月18日，他命令联合国维和部队撤出西奈。第二天，以色列开始在西奈的边境集结数千名士兵。

三天后，1967年5月22日，贾迈勒·阿卜杜勒·纳赛尔宣布蒂朗海峡关闭。他说："犹太人用战争威胁我们，我们对他们说，*ahlan wa sahlan*（阿拉伯语，欢迎）。我们准备好了！"

对以色列领导人而言，这就是宣战。5月22日，以色列政府向美军发出支援2万个防毒面具的请求，内阁进行了危机审议。对以色列人来说，被称为"等待期"的僵持时段开始了。

达莉娅·埃什肯纳兹展开了黑色美术纸做的最后一个方块，把它粘在窗户上，和其他的黑色方块贴在一起。现在，光线透不出去了。外面，前门附近的车棚里，一家人的双缸雪铁龙汽车也同样变黑了。一两天前，警察站在赫兹尔大街上，带着刷子和一罐罐蓝黑色涂料，拦住在特拉维夫和耶路撒冷之间往返的汽车，把它们的车灯涂黑。变黑的前灯仍然可以把光投射到昏暗的道路上，但这些光不足以被敌人的飞机察觉。没人知道飞机是否会来，也没人知道是否会交火。以色列人在全国各地动员起来：学校变成了庇护所，居民和士兵们挖战壕，加大献血力度，准备医院的病床，制订将孩子们送到欧洲的计划，还挖掘了一万座坟墓。

达莉娅当时十九岁。在"等待期"中，她老觉得自己就像在毯子下爬行。她从来没有过这样的感觉，但她知道，对于其他人来说，一些可怕而熟悉的东西正在被重新唤醒，后来她回忆说，就像是"对灭绝的集体恐惧"。母亲脸上永远是担忧的表情。随着"等待期"的延续,全家人坐在令人难以忍受的寂静中听着警笛声。在拉姆拉的商店里,人们很容易地展开交谈,互相寻找肯定。其他时候,在大街上,他们会偷偷摸摸又迅速地互相瞥一眼,一张紧张的脸如镜子一般,映照着另一张紧张的脸。

收音机收到了一条埃及广播,一个平和的声音说:"为什么你们不回老家去?你们没机会赢的。"达莉娅躺在父母床上的蓝丝绸床罩上,听着阿拉伯人带口音的希伯来语的威胁。达莉娅在报纸上读到,阿拉伯人赌咒发誓,要把犹太人推入大海。有时,她认为她应该听她西方朋友们的话,他们坚持认为,来自开罗的嘲讽声不过是虚张声势和"东方式的夸张"。从她现在正在进行的军官训练团项目中,达莉娅知道以色列军队很强大。但在一个人们胳膊上仍然带着烙上的数字走动的环境中,达莉娅相信"一个人必须认真对待病态的幻想"。达莉娅被吓呆了,她的父母也是如此,斯特拉姨妈和朵拉姨妈也一样。每个人都急切地想知道,会发生什么。

5月23日,纳赛尔关闭蒂朗海峡并嘲讽以色列公众的第二天,以色列内阁派外交部部长阿巴·埃班[①]开始了前往巴黎、伦敦和华盛顿的外交访问。

约翰逊政府的官员试图阻止以色列进攻埃及,同时,他们在评估纳赛尔是否真正想要战争,以及如果他这样做的话,结果是什么。5月26日,美国中央情报局的一份半是政治评论、半是心理分析的评估推测,纳赛尔对以色列的威胁,部分是为了回应以色列对埃及的盟友叙利亚的威胁:"他可能觉得必须认同自己的阿拉伯民族主义者的利益,而他的某些行动将刷新他在阿拉伯世界的形象。"中央情报局的备

---

① 阿巴·埃班(Abba Eban,1915—2002),以色列外交官和政治家,学者。曾担任以色列外交部、教育部部长,副总理以及驻美国和联合国大使,联合国大会副主席。

忘录还说，苏联鼓励纳赛尔，部分是因为他们和美国在越南问题上的敌意。纳赛尔也许相信他的军事实力已经足够强大，可以抵挡得住以色列的进攻。此外，中央情报局的报告总结说："纳赛尔的态度可能有些绝望，源于……也许是一个宿命的结论：既然迟早得和以色列摊牌，最好赶在以色列拥有核武器之前。"

在此之前的一天，美国副国务卿、新任驻埃及大使卢修斯·巴特尔（Lucius Battle）向总统表示，埃及采取行动的另一个可能原因是纳赛尔"变得有点疯狂"。美国官员很清楚，在西奈的埃及部队，"其目标是防守"，而不是准备入侵以色列。美国和英国的情报机构先后做出同样的估计，认为在西奈半岛约有 5 万名埃及军人。后来的历史学家经常引用以色列的估数，认为埃及军队有 10 万人。美国国家安全委员会的沃尔特·罗斯托说，这些数字"让人非常不安"。美国中央情报局得出的结论是，这些估数是一种"意图影响美国的政治赌博"，为的是让美国"（a）提供军事物资，（b）对以色列做出更多的公开承诺，（c）批准以色列的军事行动，以及（d）对纳赛尔施加更大的压力……"。通过自己的军事分析，以及与英国高层会面之后，美国认为，无论与阿拉伯敌人们有何种冲突，以色列都能在一周多的时间内取胜。美国对该地区力量平衡的明确评估包含中央情报局的一条结论：以色列"可以维护内部安全，成功抵御阿拉伯方同时发动的全线进攻，并且，能在全线范围内发起有限的反攻。或者，它能够在任意三条战线同时作战的情况下，在第四条战线上成功发动大规模进攻"。中央情报局的另一项评估说，以色列的能力有所加强，是因为"阿拉伯国家因缺乏团结、领导人之间有摩擦而受到掣肘"。美国情报机构考虑的另外一个因素是：在也门内战中，纳赛尔承诺支持左派政府，他派出了 35000 人的军队，此举消耗了埃及的军事力量。

5 月 26 日，在华盛顿与约翰逊总统、国防部部长罗伯特·麦克纳马拉（Robert McNamara）和罗斯托的一次会晤中，阿巴·埃班说，以色列的气氛已经像"世界末日"一样，需要美国表示支持。麦克纳马拉对埃班保证说，最近几天，有三个不同的情报组织已经确定，埃及在西奈的部署是防御性的。总统告诉埃班说，美国军事专家一致得出结论，埃及人不会发动进攻，如果他们这样做，"你们会把他们打得片甲不留"。正如美国副国务卿尼古拉斯·卡岑巴赫（Nicholas Katzenbach）后来回忆的那样："情报部门确信一个事实：以色列人……可以在瞬息之间把阿拉伯人扫荡一空。"

当天，美国驻安曼大使馆给华盛顿发了一封紧急电报，电报中附有侯赛因国王的私人消息。"因为在蒂朗海峡和相关问题上认同以色列，并展现此立场，美国政府正在冒着激起整个阿拉伯世界极大的敌意，并完全而永久地丧失在这一地区影响力的风险，"消息声明，"在这场危机中，美国政府认同以色列，会迫使美国的阿拉伯老朋友反对它，以平息阿拉伯民众的愤怒。实际上，无论美国的盟友现在选择的立场如何，他们过去与美国政府的关系是否没有让他们落到岌岌可危的地步，这一点值得怀疑……"

现在，以色列发出了紧急消息。同样在5月26日，国务卿迪安·腊斯克（Dean Rusk）向总统转达了一条信息：以色列情报部门"表示，一次来自埃及和叙利亚的袭击迫在眉睫。因此，他们要求美国发表公开声明，保证并支持以色列抵制这种侵略行径"。腊斯克说："我们的情报部门没有证实以色列的这个估计。"

事情的发展正在脱离华盛顿的控制。第二天，5月27日，约翰逊总统通过美国驻特拉维夫大使馆的官员向以色列总理列维·艾希科尔发了一封紧急电报。"今天下午，我刚刚收到了一条来自苏联的极为重要的私人信息，"总统写道，"苏联人告诉我，他们得到情报，您准备对您的阿拉伯邻国采取军事行动，开启一场会有严重后果的冲突。他们强调说，他们正致力于限制各方力量。苏联认为必须在不发生军事冲突的前提下寻找解决方案。他们告诉我们，他们知道阿拉伯人不希望发生军事冲突。"同一天，开罗的凌晨3点半，苏联驻埃及大使亲自致电纳赛尔，叫醒总统，劝告他不要卷入战争。

然而，在安曼，人们越来越感到战争是不可避免的。5月28日，侯赛因国王告诉埃及驻约旦大使，他相信以色列将对埃及发动一场突袭。两天后，国王飞抵开罗，与纳赛尔签署了一份防御公约，让旁观者目瞪口呆。就在几天前，两位领导人还在彼此攻击，争夺阿拉伯公众的人心所向，国王还暗中恳求美国缓和它在该地区的姿态。现在，侯赛因国王和纳赛尔结盟，走上了不归路。

侯赛因的假设是，如果不与纳赛尔结盟，约旦会变得更加脆弱。不结盟的话，一方面，约旦扛不住来自以色列的进攻，另一方面，约旦境内的巴勒斯坦人会反抗——他们将任何"不作为"都等同于"背叛阿拉伯事业"。现在，战争前夕，侯赛因在锻造一个泛阿拉伯联盟。他甚至同意将他的阿拉伯军团与伊拉克、叙利亚和沙特军队一起，派往东线，接受埃及将军阿卜杜勒·穆尼姆·里亚德（Abdul Munim Riad）的指挥。里亚德将从安曼的指挥所发布指令。侯赛因国王回国后，受到了一群群兴高采烈的巴勒斯坦人的欢迎。人群抬起国王的汽车，沿街游行。

总理艾希科尔的内阁气氛紧张，导致以色列的分裂，迫使艾希科尔与更强硬的反对派批评者组成了一个联合政府。摩西·达扬，这个1948年在拉姆拉和卢德的89特战营指挥官，被任命为国防部部长。新内阁派遣以色列情报局局长、摩萨德的头目梅尔·阿米特[①]再次前往

[①] 梅尔·阿米特（Meir Amit, 1921—2009），以色列政治家，曾任以色列内阁部长。1963年到1968年担任摩萨德领导人。

华盛顿。梅尔·阿米特会见了麦克纳马拉,后者正越来越多地关注越南事务。美国国防部部长听到以色列情报局局长说:"我,梅尔·阿米特,将建议我们的政府开战。"在很大程度上,阿米特此行是为了评估美国对此声明的反应。"没有解决之道。"他回忆自己这样告诉麦克纳马拉。麦克纳马拉问阿米特,战争会持续多久,以色列人回答:"七天。"

美国官员一直在考虑展示自己的武力:一支由美国和英国领导的西方舰队将穿越蒂朗海峡,向纳赛尔发出信号说,包括以色列在内的所有国家,都应享有在海上自由通行的权利。然而,该计划遭到了一些美国将军的抵制,他们认为,如果由一艘美军船只首先发难,结果将是战争——而这次,美国将被直接卷入。在一个由两个核大国主导的世界中,没有人知道此举会导致什么后果。因为缺乏国际支持,船队计划无疾而终。

所有的迹象都持续地指向战争,只有纳赛尔私下里不断地表达对战争的厌恶。5月31日,他对自己的老相识、美国财政部前部长罗伯特·安德森(Robert Anderson)表示,他不会"挑起任何战争"。两人讨论了美国副总统休伯特·汉弗莱(Hubert Humphrey)可能对开罗进行的访问,安德森铺平了埃及副总统扎卡里亚·莫希丁(Zakariya Mohieddine)访问华盛顿之路。两天后,6月2日,纳赛尔告诉英国国会议员克里斯托弗·梅休(Christopher Mayhew)说,埃及"无意进攻以色列"。与此同时,纳赛尔明确表示,在蒂朗海峡的问题上他不会退缩。在纳赛尔向梅休承诺"不首先开火"的同一天,他给约翰逊总统发送了一封情真意切的电报。纳赛尔向总统保证,在这个危急存亡时刻,捍卫"巴勒斯坦人民的权利"比蒂朗海峡或者联合国撤军更为重要:

> 一支侵略军能够把人民从自己的国家里驱逐出去,在祖国

的边界上沦为难民。今天,这股侵略势力妨害阿拉伯人民回归并生活在祖国的既定权利……我想问一问,有没有哪一个政府,能够在某种程度上控制 100 多万巴勒斯坦人的感受。国际社会具有无可推卸的责任,在过去的 20 年中,他们未能确保难民返回家园。联合国大会只不过在每届会议上确认一下这项权利。

纳赛尔重申他的立场:"我们的部队没有发起任何侵略行动。"但他补充说:"毫无疑问,我们将抵制针对我们,或者针对阿拉伯国家发动的任何侵略。"

6月3日,中央情报局的一个新备忘录指出,战争几乎已成定局。"所有的报告都表明,以色列仍然对胜利充满信心。"报告说。但它接着引用说:"以色列国内越来越多的信念是,时间不多了,如果以色列不想遭受致命的失败,要不它就尽快发动进攻,要不,它就从西方获得绝对、铁定的安全保证……以色列的战略是以获得制空权作为战役的首要步骤。"报告还说,在西奈半岛,埃及人只建立了"一套防空系统的雏形",但是,"阿拉伯人嗅到了血的气息。到目前为止,纳赛尔的战车似乎开始滚动……"

尽管如此,当以色列向西奈边境派遣军队时,许多分析人士仍然认为,纳赛尔的好战行为不过是一种虚张声势,以安抚阿拉伯人。纳赛尔的密友穆罕默德·海卡尔[①]写道:"他们的本意是想要人们把其举动解读为强烈的警告,而不是宣战。"一些以色列人也在怀疑纳赛尔是否正计划出击。"在战争爆发的时候,最初集结在西奈的部队不可能保卫该地区。"在一份以色列国防部出版的战争评论中,一名以色列军情

[①] 穆罕默德·海卡尔(Mohamed Heikal, 1923—2016),著名的新闻记者及时事评论员,1957—1974 年担任开罗《金字塔报》主编,参与了纳赛尔时代一系列重大问题的决策,并一度在政府内任总统新闻顾问。

分析师写道,"我不相信纳赛尔想打仗。"后来,拉宾也这么说。在6月2日给约翰逊的电报中,纳赛尔欢迎美国副总统休伯特·汉弗莱对开罗进行访问,并讨论该危机。而且,就像两天前与罗伯特·安德森讨论的那样,纳赛尔正准备派遣副总统莫希丁前往华盛顿。莫希丁将在纽约对联合国进行一次"例行的"访问,然后,在6月7日左右,与约翰逊总统和其他政府官员秘密会面。官员们讨论是否要将这次秘密访问告知以色列。纳赛尔对这次访问寄予很高的期望,安德森报告说,尽管纳赛尔"超级自信",但埃及总统"热诚地希望与美国建立友谊"。

然而,尽管纳赛尔私下表示想寻求和平解决方案,对于世界各国来说,从开罗发出的声音似乎对战争和胜利充满信心。5月28日,纳赛尔本人在新闻发布会上宣布:"我们准备好了,我们的子弟准备好了,我们的军队准备好了,整个阿拉伯国家都准备好了。""开罗之声"(Voice of Cairo)的广播挑动以色列开战:"我们向你挑战,艾希科尔,有什么武器尽管来吧。试试你的武器,它们将拼出以色列的死亡和毁灭。"

对于巴希尔和他的家人来说,诸如此类的话意味着敌人将被击败,家人将返回故园。对于达莉娅和她的家人来说,这些词意味着他们所说的话——"灭绝"。无论他们的意图是什么,纳赛尔的遣词造句都是一场巨大的赌博。以色列将军马蒂亚胡·佩莱德[①]称其为"闻所未闻的愚蠢"。尽管侯赛因国王警告说,以色列会先发制人,但真发生的时候,纳赛尔还是感到前所未有的震惊。

1967年6月5日,星期一,早晨7点45分,法国制造的以色列轰炸机从基地轰鸣而起,冲入埃及领空。飞机在雷达的指引下,朝着西奈、尼罗河三角洲和开罗的埃及基地飞去。15分钟后,以色列第七装甲旅的坦克和步兵向西进入加沙,朝着西奈边境前进。以色列对埃及的战

[①] 马蒂亚胡·佩莱德(Matitiahu Peled, 1923—1995),以色列著名的公众人物、学者和军人。

争开始了。在那个时刻，以色列还没有对约旦、伊拉克或叙利亚采取任何行动。上午9点，艾希科尔总理通过联合国首席观察员向侯赛因国王发送了一条信息："我们不会对约旦采取任何行动。但是，如果约旦打算与以色列为敌，我们将全力迎战，国王将对一切后果承担全部责任。"

几个小时后，巴希尔在拉马拉法庭的原告桌后面站了起来。那是6月5日的半上午，那名年轻人不久之前来到法庭，在巴希尔耳边窃窃私语了一些要事。

"法官大人！"巴希尔喊叫了起来，他惊讶地听到自己的声音多么响亮。另一位律师说了一半的话停了下来，法庭上的所有人都盯着巴希尔看。"我刚刚得到消息，战争在埃及和约旦的前线打响了。"

"休庭！"法官喊，"来人！拿一台收音机来！"

巴希尔兴奋地离开法庭，跑回了家。大街上，人们正在商店里跑进跑出，囤积罐头食品、蜡烛、煤油和封窗户用的胶带，其他人在面粉厂外排着长队。人行道上，男人们挤在高音喇叭下面的桌子周围，从水烟管里抽着烟，凝神听着广播。这座城市不仅对战争充满期待，对胜利之后涌到这里的年度夏季游客也充满期待。1948年的巴勒斯坦人大流亡改造了拉马拉，19年之后，这座城市再次成为阿拉伯世界的夏季避暑地，这里有21家酒店，一年一度的音乐节，从利比亚到科威特，许多家庭都来参加。在旺季，餐厅直到凌晨2点才打烊，歇两小时之后又重新开门。节日的准备工作已接近尾声，现在，狂欢者们似乎要见证一个更加意义深远的庆祝：巴勒斯坦将再次回到阿拉伯人手中。

到了家，巴希尔看到艾哈迈德、扎吉雅、努哈和其他兄弟姐妹在收音机前一动不动。"阿拉伯之声"从开罗报道说，埃及的防空武器击落了四分之三以色列来袭的喷气式飞机。这深沉而诚挚可信的声音来自艾哈迈德·赛义德（Ahmad Said），他向专注的听众们保证说，埃及空军已经对以色列发动反击。以色列军队入侵了西奈，但埃及部队出动迎敌,并发动了反攻。"阿拉伯之声"宣布,约旦占领了斯科普斯山,这是位于耶路撒冷的具有战略意义的山脉。

阿拉伯人要赢了,巴希尔想。阿拉伯人要赢了。尽管听起来令人难以置信,但一家人要回家了。不久之后,阿拉伯世界最受人喜爱的歌手乌姆·库勒苏姆[①],仅次于纳赛尔的,"阿拉伯团结"最大、最鲜活的象征,将在特拉维夫放声歌唱。

"我们认为胜利在望,"37年后,巴希尔说,"我们会获胜,我们会回家。19年过去了,我们真的有种非常强烈的感觉,那就是我们要回到自己的土地、房屋、街道、学校中去——回到我们的生活中去。我们将重获自由,我们将获得解放,我们将重回家园。抱歉地说,事实并非如此,不过是一场幻梦。"

当巴希尔和他的家人在听取有关埃及进展的报道时,贾迈勒·阿卜杜勒·纳赛尔的整个空军部队都在开罗、西奈和尼罗河三角洲的停机坪上冒着烟。以色列发动了500架次突袭,几乎摧毁了埃及的所有苏联造战斗机。现在,西奈的领空全部被以色列控制了。袭击发生的时候,埃及空军指挥官正在吃完早餐开车上班的路上,埃及武装部队的这位首长给他在约旦的同僚发送了密电,描述了埃及取得的先期胜利。因此,约旦的雷达分析员看到飞机飞向特拉维夫时,认为埃及的说法是准确的:他们以为,密集的雷达信号表明埃及飞机正在进攻,而不是以色列战斗机在返回基地加油。埃及国防军总司令援引"共同防御条约",批准了计划的下一步:约旦对以色列发动进攻。

在这个时候,侯赛因国王已经收到艾希科尔总理的信息,艾希科尔信誓旦旦地说,以色列不会首先攻击约旦,他还警告了约旦先开火

---

① 乌姆·库勒苏姆(Umm Kulthum,1898—1975),埃及女歌手、音乐家和演员,阿拉伯世界最知名的歌手之一,她的专辑销量至今仍然居高不下。

的后果。然而,国王已与埃及达成协议,他相信艾希科尔发的信息是一条缓兵之计,旨在帮助以色列先除掉埃及。侯赛因担心,以色列打败埃及之后,会将全部的军事注意力转移到约旦和西岸。

中午11点,约旦军队开始向特拉维夫附近的郊区和位于拉马特·大卫①的一个机场发射远程火炮。15分钟后,约旦榴弹炮开始向耶路撒冷的犹太居民区和军事目标发射数千枚炮弹。不到一个小时,约旦、叙利亚和伊拉克战机切入以色列领空,约旦步兵也朝着以色列阵地挺进。

"世界各地的阿拉伯兄弟,"一条约旦广播承诺,"今天早上,敌人对我们阿拉伯的土地和领空发动了侵略。"艾哈迈德·赛义德在开罗宣布:"巴勒斯坦的犹太复国主义军营将要被摧毁。"此类捷报让巴希尔一家人万分激动,却让达莉娅一家人感到恐惧。埃及声称其部队已经越过以色列边界,并向内盖夫沙漠进发,这促使一些以色列人在门外挂上了白旗,表示投降。

事实并非如此。到6月5日半下午的时候,约旦、叙利亚、伊拉克和埃及的空军已经全部被摧毁。现在,以色列飞行员在整个地区巡逻,如入无人之境。他们可以自由地进攻西奈的埃及地面部队,或者打击正向耶路撒冷进军的约旦步兵。从这个时候开始,战争的结局已经注定。"六日战争"基本上在六个小时内就大局已定。

巴希尔能听到爆炸声。拉马拉的约旦军队总部在以色列的炮火之下正濒临坍塌。然后,是一连串的轰隆声:拉马拉的无线电发射主塔倒下的声音。又是两声爆炸,沿路的贵格会学校的足球场报销了。巴希尔和他的家人认为这些袭击很快会引起反应,增援——来自伊拉克或约旦的更多的部队——将来加固这座城市。毫无疑问,阿拉伯的军队理解拉马

---

① 拉马特·大卫(Ramat David),以色列空军的三个主要基地之一,位于海法东南部。

拉的战略重要性，这里是西岸的交通枢纽和通信中心。据说，军官们接到命令，要不惜一切代价保卫拉马拉。然而，不久，消息来了：约旦军队试图从杰里科开往耶路撒冷时，被歼灭了。以色列的照明弹照亮了道路，战斗机歼灭了整个步兵营。有消息说，双方军队在耶路撒冷进行了殊死战斗。一些报道说，以色列人完全包围了旧城。目前尚不清楚拉马拉的增援部队将从何方而来。整整一夜以及第二天，巴希尔都能听到爆炸声，这声音震撼了整座城市，也动摇了人们的信心。

6月6日，星期二，中午时分，负责东线部队的埃及将军里亚德从安曼向开罗的同僚发出紧急消息。"西岸的局势正在迅速恶化，"里亚德警告说，"无论白天还是黑夜，集中攻击正在全线展开，火力很猛。位于H3号阵地的约旦、叙利亚和伊拉克空军几乎已经被全部歼灭。"里亚德一直在与侯赛因国王磋商，将军给开罗的指挥总部提出了一系列可怕的选择：停火、撤退，或在西岸再打一天，后者会"导致约旦军队被孤立，最后全军覆没"。里亚德要求对方立即回复。

半小时后，开罗给出了一个答案，建议约旦军队撤出西岸，并武装普通民众。收到答复后，国王给纳赛尔拍了一封电报，强调了约旦前线不断出现的灾难，并征求埃及总统的建议。纳赛尔当晚做了回复，他重申了军方的建议。纳赛尔敦促约旦军队撤离西岸，而阿拉伯领导人则要求停火。

与此同时，薄暮的微光中，巴希尔站在拉马拉一栋公寓大楼的屋顶上，面朝南方。那是一个温暖而清朗的时刻，可是，深色的烟柱正从耶路撒冷的方向升起，烟霾弥漫在东部的橄榄山[①]周围。巴希尔眯着眼睛，视线穿过浓烟，穿过1948年以后造起来的阿玛里难民营，望向

---

① 橄榄山（Mount of Olives），耶路撒冷老城东部的一座山，得名于满山的油橄榄树。山脚有客西马尼园和万国教堂，据说耶稣经常和门徒们在此聚会，耶稣最后也在此被罗马人抓捕，是老城外最著名的教堂之一。《圣经》上许多重要事件都发生在橄榄山。

卡兰迪亚飞机场的塔楼。10年前，他与父亲从加沙过来，降落在这个机场。在塔楼那边，巴希尔可以看到一排坦克和吉普车正在向北移动。部队开进的消息传到下面的街道时，一些巴勒斯坦人高兴地开始准备迎接他们。他们认为这是伊拉克的增援部队。巴希尔留在屋顶上，左手像平常一样放在口袋里，目光定在向南的路上。慢慢地，坦克开得更近些的时候，巴希尔推测，他们不是伊拉克人。

6月6日晚，以色列地面部队从南部和西部进城，拉马拉陷落。以色列军队一路通行无碍：目击者后来说，许多约旦部队在以色列人到达之前就已撤离。有时候，撤离的阿拉伯士兵忘记留下武器仓库的钥匙，据称仓库里有英式步枪，拉马拉人民可以拿它们抗击入侵的以色列人。巴希尔苦笑着回忆，约旦军队在拉马拉的主要成就是敦促人们离开交火线。"约旦军队要求人们进屋，"巴希尔说，"这就是他们的贡献。我们不觉得他们真的战斗了。"

实际上，从西岸北部的杰宁到拉马拉、耶路撒冷和更南端的希伯伦，约旦军队没有空中掩护、没有雷达，也无力抵抗以色列的法国造战斗机对地面部队的重复轰炸。约旦人遭受了毁灭性的损失，而且，由于持续的空袭，他们无法向前线运送补给物资或增援。6月6日晚些时候，当以色列军队深入西岸，在耶路撒冷旧城的城墙下站稳脚跟时，侯赛因国王的部队正在穿越约旦河撤退，回到兵火劫后的祖国。

当晚，达莉娅知道以色列赢了。她很平静地经历着这一切——一点也不兴奋，毕竟战斗还没有结束——她只是有一种感觉，以色列正在发生一个奇迹。这是怎么发生的？她一遍又一遍地想。上帝救了我们吗？怎么会这样？

前一天的消息说，以色列摧毁了埃及、叙利亚和约旦的空军，达莉娅感到前所未有的、深切的解脱感，就像战争之前，她感到前所未有的恐惧一样。对于摩西和索利娅来说，这感觉唤醒了24年前，当他们得知保加利亚当局暂停对犹太人的驱逐令,所以,他们不会登上火车去波兰的那一刻。

6月7日,星期三,早晨。巴希尔和他的家人醒过来,拉马拉已在以色列的军事占领之下。吉普车里的以色列士兵通过大喇叭喊叫,要求人们在房屋、商店和公寓楼外悬挂白旗。阳台和窗户上已经在翻飞着T恤和手帕。

巴希尔为这种超现实却又熟悉的事感到震惊。又一支撤退的约旦军队,被又一支以色列占领军取代。1948年,巴希尔想,我们损失了78%的土地,现在,巴勒斯坦全境都被占领了。这滋味很苦涩,很可耻。以色列不仅攻占了西岸和加沙地带,还占去埃及的西奈半岛。也许,最令人震惊的是,东耶路撒冷和拥有各种圣地的旧城,也落入以色列人手里。

6月10日晚上,索利娅正在与朵拉和斯特拉闲谈,原有的房子上面被这两个姨妈加盖了房间。女人们正坐在厨房的餐桌旁,吃着有大蒜和保加利亚奶酪的传统晚餐,这时候,达莉娅冲进了房间。

"起来,起来啊!"她对自己的母亲和姨妈喊道,"战争结束了!"摩西听到骚动,也加入她们。在战争的最后阶段,以色列从叙利亚手中夺取戈兰高地。那天晚上6点半,联合国强制停火。射击和炮轰已经停止。大家开始疯狂地跳起来,大笑着,互相拥抱和亲吻。

晚上,达莉娅把家人聚在一起,大家开始跳舞:刚开始是慢舞,双臂伸展,脖子倾斜,头向后仰,眼睛半张着,宽松的裙摆在身体周围轻轻摆动。她在耶路撒冷石砌成的墙之间缓慢地转圈儿。慢慢地,家里的其他妇女也加入了,她们围成一个圆圈,手放在彼此的肩上,开始跳以色列的民族舞霍拉舞[①]。索利娅、朵拉、斯特拉和达莉娅

[①] 霍拉舞,起源于巴尔干地区的圆圈舞,流行于东欧国家,也是犹太人的传统舞蹈之一。

摇摆着穿过开放式房屋，走到院子里，经过蓝花楹树和柠檬树，又笑又哭。

她们在院子里旋转而过的时候，达莉娅抬头看着夜空唱歌："以色列王大卫还活着。他活着，他存在。大卫还活着……"她永远忘不了那一晚，那久久不散的神奇感和解脱感。

不到一周，拉特伦附近村庄的难民陆续抵达拉马拉。来自拜特努巴①、伊姆瓦斯和雅鲁②的所有村民都被命令离开家，被往北送往拉马拉。试图返回的人被一排坦克和对空放枪的士兵挡住了。19年前，当拉姆拉的居民在炎炎烈日下开始朝着萨尔比特村行进的时候，以色列士兵征用的公共汽车将他们抛在了这些村庄的边缘。现在，这些村庄也被清空了，10000名居民中，好几千人去了拉马拉避难，这是在1967年的战争中，流离失所的20万巴勒斯坦人中的一小部分。

在拉马拉，生活发生了改变。夏日戏剧节和无数其他的计划被骤然取消。以色列士兵取代约旦警察，监狱里开始挤满巴勒斯坦的年轻人。数周之内，当局宣布了一套新的司法系统，由坐镇在约旦河西岸的职业法官来主持。但是，以色列人遇到了一个问题：几乎没有阿拉伯律师会出庭。一场律师大罢工使新的以色列法院几乎空空荡荡，无声无息。很快，以色列当局得知，罢工是西岸的一个年轻律师组织的，他的名字叫巴希尔·哈伊里。

巴希尔和其他的几十名拉马拉律师开始在私人住宅中与客户秘密会面。占领当局威胁他和其他组织者，说要把他们抓起来，并以给他们已入狱客户减刑的方式诱惑他们。"法庭上，只要在法官后面有一面

---

① 拜特努巴（Bayt Nuba），巴勒斯坦的阿拉伯村庄，位于耶路撒冷和拉姆拉之间。
② 雅鲁（Yalo），巴勒斯坦的阿拉伯村庄，位于拉姆拉东南13公里处。

以色列国旗,"巴希尔告诉一名以色列上校说,"我就不会去为我的同胞代理官司。"一位以色列法官告诉巴希尔,只要他出庭代理,他会释放15名被指控犯有非法游行罪的巴勒斯坦人。和其他的几乎所有与自己处境相同的律师一样,巴希尔拒绝了这项提议。后来,巴希尔回忆说,在拉马拉的80名律师中,只有5名律师加入新体系。现在,无论什么时候审判新案子,法庭都是空荡荡的,只有原告和被告在场。民事事务完全进入地下状态,人们开始把争端私了,在面对集体敌人的情况下,他们创造了一个替代系统。

随着占领的继续,巴希尔渐渐地有了一种平静和洞察的感觉。损失是毁灭性的,但也清楚地表明了一件事:巴勒斯坦人只能依靠自身来实现自己的正义。显然,联合国也好,国际社会也好,永远也不能实现联合国第194号决议保证的回归权。阿拉伯国家后来对回归做出过承诺,但是,他们的武装力量不仅没有实现回归,反遭碾压和羞辱。阿拉伯国家仍然摆出一个口惠而实不至的战线——在战争结束后,他们公开宣称对以色列"不和解、不谈判、不承认"——但巴勒斯坦人越来越把这些当作空谈。

奇怪的是,在被以色列占领,阿拉伯政权彻底失败之际,一种自由感浮现出来:突然,巴勒斯坦人自由地为自己思考和行动。占领之后的几周里,巴希尔开始相信,只有通过巴勒斯坦武装斗争的汗水和鲜血,他的同胞们才能回到自己的家园。他并不是唯一这么思考的人。

1967年6月的战争和以色列占领巴勒斯坦之后,泛阿拉伯运动陷入四分五裂,但巴勒斯坦民族解放斗争的精神却汹涌澎湃了起来。几千名年轻人报名成了"敢死队员"(Fedayeen)——意为"自由战士",或者从字面上说,"牺牲者"。他们的目标是"解放巴勒斯坦",并不惜一切代价保证回归权。在阿拉法特和阿布·杰哈德的领导下,法塔赫迅速扩张,不久之后,一个新的组织,即"解放巴勒斯坦人民阵线"

(PFLP)①，从一个亲纳赛尔的阿拉伯民族主义运动的联盟中诞生。它的领导人是来自利达的难民乔治·哈巴什医生。

在西岸，流亡的年轻人反抗着父母的人生规划。父亲们要求儿子们去开罗或伦敦，接受高等教育，一个儿子，一个名叫巴萨姆·阿布·沙里夫②的年轻人问他的父亲："连国家都沦丧了，博士学位又有什么用？"他不想当一个"永远的外国人，一个没有土地、没有家园、没有国籍，含羞忍辱，被人瞧不起的巴勒斯坦难民"。加入解放巴勒斯坦人民阵线之后，巴萨姆回忆自己对愤怒的父亲说："我宁愿在自己的国家蹲监狱，也不愿意当一个流亡的自由人。与其受辱，不如死去。"

* * *

不过，就目前而言，巴勒斯坦人发现自己并不能一帆风顺地返回家园，不过是请求人允许自己往里面窥探一二罢了。

占领的一个巨大矛盾是，突然之间，和1948年以来的任何时候相比，老巴勒斯坦都更触手可及。在以色列占领和吞并东耶路撒冷后的几天内，将侯赛因的哈希姆王国与以色列和西耶路撒冷分隔开的边界几乎消失。同时，沿着旧的西岸——以色列边境（也被称为"绿线"）一带，以色列士兵被重新部署到其他战线上，以便在大大扩张的新占领区进行巡逻。因此，"绿线"沿线的以色列士兵减少了许多。到6月下旬的时候，对于巴勒斯坦家庭来说，越线进入他们的故乡，触碰旧时的土地和石头，就变得容易了一些。

---

① 解放巴勒斯坦人民阵线（Popular Front for the Liberation of Palestine，简称PFLP），创立于1967年12月，是巴解组织的八个成员之一，在巴解组织内部地位仅次于法塔赫。
② 巴萨姆·阿布·沙里夫（Bassam Abu Sharif, 1946—   ），阿拉法特的前高级顾问，也是巴解组织的领导人。

这就是1967年夏天，巴希尔和他的堂兄弟出现在西耶路撒冷汽车站的原因。在那里，他们爬上1965年产的"皇家猛虎"向西驶去，经过老阿拉伯村庄的废墟，经过盖满花束的以色列吉普车的焦骸，从山上下来，到拉特伦山谷，经过水泥厂，穿过铁轨，进入拉姆拉。在那里，一个名叫达莉娅的年轻女子坐在他家的院子里，凝视着一棵蓝花楹树的叶子。

第九章 相 逢

门铃响了,达莉娅从沉思中回过神来,从阳台起身,穿过房子走向前门。她拿起了一把大钥匙,轻快地沿着小径走向绿色金属大门。"*rak rega*①——马上来!"达莉娅喊,她双手拿起沉重的钥匙,抬到锁前面。达莉娅把门打开了一半,从门和门柱之间往外看。

以色列夏季令人窒息的闷热之中,三名男子穿着外套,打着领带,僵硬地站在那里。这是1967年7月,"六日战争"结束没几周。这些人看起来都是20多岁。

达莉娅立刻就知道了,对方是阿拉伯人。

"ken②?"达莉娅说,"什么事?"

男人们看起来有点不自在,就好像达莉娅询问他们的来意,而他们不知道怎么回答似的。他们有一阵儿没说话,但是,达莉娅知道他们为什么来。

"我一看到他们啊,"达莉娅回忆说,"我感觉,哇哦,是他们。就好像我一直在等着他们似的。"

---

① 希伯来语,"马上"的意思。
② ken,希伯来语,"yes""so"之意,可以作为表示疑问的语气词。

现在,最年轻的一位,长着一张瘦瘦的脸,还有大大的褐色眼睛的人,开口说话了。

"这里以前是我父亲的房子,"年轻人用英语一顿一顿地说,"我也在这里生活过。"

达莉娅对接下来的话做好了准备。

"有没有可能,"年轻人问,"让我们进去看看这座房子?"

达莉娅·埃什肯纳兹知道,自己没有多少时间来考虑这个问题,并且做出回应。从理性上来说,她应该告诉这些男人,等她父母在家的时候再来。如果她让他们进门,她请进家的会是什么?

巴希尔注视着这个女人。她没有回应自己的问题。他的脑海中还想着仅仅一小时之前,亚西尔在他童年旧居前的可怕遭遇。最起码,他的另外一个堂兄吉亚斯看过自己的旧居了——那里现在变成了一所给以色列孩子上课的学校。这个年轻女人,不管她是什么人,看起来不急不忙的。

达莉娅看着这三个年轻男人。他们很安静,带着一丝忧虑。她知道,如果她让他们以后再来,她可能永远也不会再看到他们了。但是,如果她打开门,可能无法再关上它。很多想法涌到她的脑海中。她需要迅速理清它们,并做出一个回应。

"好的,"最后,达莉娅·埃什肯纳兹对门口的三个阿拉伯人说,她绽开大大的微笑,"请进来吧。"

巴希尔看着这个引人注目的、一头短黑发的年轻女子。她正在对他微笑,手撑着他父亲的金属门。

"请进来吧。"巴希尔觉得自己听到这个女人这样说。她转身,沿着石头小径朝房子走去,他看着她。

这可能吗?巴希尔看着自己的堂兄们。这个以色列女人真的说了让他们跟着她吗?他站在门口一动不动,怀疑着一切。当这个女人消失在房子里的时候,男人们呆呆站着。巴希尔看着亚西尔。"我确定她说了'欢迎你们'。"他告诉堂兄说。过了一会儿,女人的头再次出现在门口。她正在好奇地看着他们。

"你确定我们能进去吗?"巴希尔费力地说着生硬的英语。

"是的,"女人笑起来,"请,沿着路进来吧。"

巴希尔记得自己小心翼翼地抬脚,踩上一块石头,又一块石头,当心地不踩到石头缝里长出的青草上。他转身看他的堂兄们——他们还在大门口站着没动。"跟着我。"他对亚西尔和吉亚斯说。"来吧,"他说,"到我的房子里来。"

达莉娅站在门口,男人们沿路走来的时候,她一直在微笑。她知道,战争之后,一个年轻的以色列女人邀请三个阿拉伯男人进家是不明智的。但是,最起码,这种可能性并没有让她感到不安。达莉娅感受到这些年轻人的脆弱,她确定他们无意伤害她。她觉得安全。

"请给我五分钟时间,"达莉娅对男人们说,"五分钟就行。"她想让房子里面看起来好一些,这样的话,她的访客会对这座房子,以及房子里生活着的人有一个好印象。

巴希尔差不多没在听达莉娅的话。他被花园吸引住了:像蜡烛一样的紫色和黄色的花,白天的时候闭上花瓣;母亲和他讲过的那棵开花的缅栀花树,树枝上爆开明亮的白色和黄色的花;茂盛的灌木丛中长着肥厚的深红色玫瑰花。屋子后面有一棵棕榈树,它灰色的簇绒往上长,变成宽阔的绿色叶片,高高地悬在屋顶之上。巴希尔希望柠檬树仍然站在后院里。

巴希尔定定地看着木头前门,1948年7月之前,父亲下班回家的时候总是敲这个门,宣布自己到家了。巴希尔冲向他的时候,父亲会快步穿过大门。

她做什么事花了这么长时间?感觉比五分钟长得多。她在干什么？她是不是在报警？堂兄弟们变得越来越警惕了。

巴希尔能看到 31 年之前，他父亲亲手放下的白色耶路撒冷石。如果他站得近一点的话，巴希尔可以让指尖滑过石头那坑坑洼洼的表面，那些微小的凸起和凹陷，就像巴勒斯坦的风景一样。

"现在你们可以进来了，"那个年轻女人说，她又出现在门口，"欢迎你们。进来吧，像在自己家一样。"这是一句全世界通行的客套话——就像在自己家一样别拘束；*Mi casa es su casa*（西班牙语）；*Ahlan wa-sahlan*（阿拉伯语）；*Baruch habah*（豪萨语）——可是，当他走近前门的时候，这话让巴希尔感到格外奇怪，"像在自己家一样"。

堂兄弟们迈过门槛，巴希尔在前，亚西尔和吉亚斯跟着。巴希尔小心地走了几步，环顾四周，默默站着，在宽敞而开放式的房间里呼吸，呼气，再吸进去。房子就像他想象的那样，宽敞而洁净。他回忆说，自己感觉就像身处在一座清真寺里，好像他自己，巴希尔，是一个圣洁的人。

达莉娅记得自己带领堂兄弟们走过每一个房间，想要他们感到被欢迎，感到放松。粗粗领他们转了一圈之后，她告诉他们说，他们可以不急不忙地按照自己的意愿看看房子。她退了出去，着了迷一样地看着他们。

巴希尔看起来像是痴傻了。他在走廊上，在门口进来又出去，摸着瓷砖、玻璃、木头、粉刷的石膏墙，吸收着每一种表面的触感。

"我有一种感觉，他们正沉默地走在一座庙宇中，"多年之后，达莉娅回忆说，"所以，每一步都至关重要。"

巴希尔停在了一间小卧室打开的门前，卧室在房子的一角，靠近后院。他听到达莉娅的声音从身后传来："这是我的卧室"。

"是的，"巴希尔说，"以前是我的卧室。"

达莉娅抬头看着床上方的墙壁。在墙上，她用大头钉钉上了一张喜气洋洋的、蓝眼睛的以色列士兵的图片，图片原来是《生活》(Life)杂志的封面——以色列萨布拉的原型。"六日战争"结束的时候，这名士兵正昂首挺胸地站在苏伊士运河上，他的乌兹冲锋枪举到了头顶。对于达莉娅来说，这个形象代表着解放、抵御威胁和生存。与巴希尔一起站在卧室门口的时候，达莉娅突然第一次意识到，巴希尔可能会以不同的视角看那张海报。

巴希尔记得达莉娅说："我想，你在很小的时候就离开这个房子了。也许是在同一年，我们来了。"

巴希尔想要爆发，想要大喊，我们没有"离开"房子！是你们把我们赶走的！但他没有这样做，相反，他说："我们还没有正式介绍呢。我是巴希尔·哈伊里。那边是我的堂兄吉亚斯和亚西尔。"

达莉娅也做了自我介绍，她告诉他们说，自己正在特拉维夫大学的暑假中。她很小心地没有对他们说，自己参加了以色列国防军的军官训练团。这部分是因为，他们是阿拉伯人，而她是一个犹太人；另外一个原因是，她感觉到一股从心底激增而起的责任，或者从字面意义上来理解，一种呼应对方的能力。童年时代的问题又回来了：阿拉伯人的房子是怎么回事？以前谁住在这里？他们为什么离开？她意识到这些男人有答案。她想，终于，我打开了一扇被关闭了太久的门。达莉娅把这一刻视为自己寻求理解的开端。

"现在，"达莉娅说，"你们愿意让我来把你们当客人招待吗？你们想喝点什么？"

当客人，巴希尔想，一个人应该在自己的房子里被当成一个客人吗？"我不介意，"他飞快地对达莉娅说，"好的，谢谢你。"

"我们坐到花园里去吧，"达莉娅说，她指着后院，"那里非常好看。你们想喝什么？柠檬汽水？土耳其咖啡？"

三个堂兄弟坐在花园的阳光下。巴希尔的眼睛就像是一台相机的镜头,把外墙、窗框、屋顶都记录其中。他记下了土壤、沙子、枝条、树叶和果实。他甚至还记录了房子上石头层之间长出的草叶。现在,他的目光落在了花园角落里的柠檬树上。

"我觉得他们没对房子做什么改动。"亚西尔说。

"——除了家具。"巴希尔回答。

达莉娅端着饮料回来了。巴希尔记得是小杯的土耳其咖啡,可达莉娅确信自己给了他们柠檬汽水。"我希望这次拜访能让你们感到一点安心。"她一边在每个人面前摆放小的瓷杯和茶托——也许是几杯柠檬汽水——一边说。

"当然,当然。"巴希尔说。

他们低声交谈了几句,听着对方啜饮的声音。过了几分钟,亚西尔站了起来。"我觉得我们该走了。"他说。可是,巴希尔还没准备好。

"你能让我再看看房子吗?"他问达莉娅。

她微笑着回答:"当然可以,就像在自己家里一样。"

巴希尔看着亚西尔。"我只去一分钟就好。"他说。

几分钟之后,达莉娅和巴希尔又一次在门口面对面了。"希望我们还能见面。"达莉娅说。

"好的,当然,达莉娅,"巴希尔说,"我也希望再见到你。以后请一定到拉马拉来看我们。"

"我怎么知道在哪里能找到你?"

"你到了拉马拉的话,随便问哪一个人,"巴希尔说,"他们会带你到我家。"

堂兄弟们爬上了以色列汽车,像来时一样,一个在另外一个后面坐好。他们沉默地、精疲力竭地往东去了。他们看了自己的房子,现在又能怎么样呢?在回家的路上,没什么惊喜了,每一样东西都显得更加熟悉。巴希尔凝视着窗外的虚空,他感受到新的负担,那负担像石头一样压在他的胸口。

巴希尔爬上混凝土楼梯,回到了拉马拉的房子里。他打开门,看到他的姐妹、兄弟、艾哈迈德和扎吉雅,全都在等候着归来的旅人。艾哈迈德在中间,坐在餐桌旁的椅子上。巴希尔快受不了了。"我太累了,"他说,"路很长,故事更长。让我先休息,明天我把一切都告诉你们。"那时才是下午6点。

"睡吧,我的儿子,"艾哈迈德说,他的眼中都是泪水,"睡吧,我的爱,我亲爱的儿子。"

早上,全家人都在等待。巴希尔不慌不忙地把自己和堂兄们这次旅程的每一刻都讲了一遍。每个人都有很多问题要问巴希尔——每个人,除了艾哈迈德,其他人要求巴希尔重现旅程的每一步,他对石头的每一次触摸,艾哈迈德一直没有说话。下午的时候,光线是否仍从南窗照入?大门上的柱子还挺立着吗?前门是不是还漆成橄榄绿色?油漆剥落了吗?"如果什么也没变的话,"扎吉雅说,"巴希尔,你回去的时候带一罐油漆,把它刷新一下;你可以带一把大剪刀,剪掉沿着石头路长出来的草。柠檬树怎么样,看起来好吗?你把柠檬带回来了吗?……你没有?你有没有捻捻叶子,闻闻它的气味,你的手指闻起来是不是像鲜切的柠檬?房子的石头怎么样,它们摸起来是不是还是又凉又粗硬?……还有什么,巴希尔,还有什么?请别漏掉任何东西。"

在整个问东问西的过程中,艾哈迈德静得像一座山,他的眼睛满含泪水。突然,他站了起来,把椅子往后一推。艾哈迈德离开厨房,走过走廊的时候,泪水顺着他的脸颊流下来。所有的眼睛都在看着他,但没人敢叫他回来。艾哈迈德关上了卧室的门。

"真主原谅你,我的儿子,"扎吉雅说,"你又一次撕开了我们的伤口。"

1967年夏天,哈伊里家这样的谈话在西岸和加沙地带并不罕见。数百名,也许数千名巴勒斯坦人跨过"绿线",到童年的家去"朝圣"。他们回来时,背负着苦乐参半的记忆,一座开满着花的花园,一个抹去了阿拉伯文字的石拱门,一架走了音的钢琴,一把仍然能够开锁的钥匙,打开的木头门,猛关的铁门。对于一个难民来说,他的年纪是否大到足够记住旧居,这不重要。家园的风景和回归的梦已经随着母乳潜入人心。所以,即便孩子没有真实的记忆,他也仍然好像能记得。

那些在1948年还没有出生的人,他们讲述着自己出生之前就被摧毁的那些村子中邻里的细节。对于这些家庭来说,只有土地本身,偶尔还有一块古老地基的断壁残垣可以去访问、去记录。在雅法、海法、西耶路撒冷、利达和拉姆拉,那些阿拉伯老房子还在的地方,巴勒斯坦人仍可以用触觉找回记忆:橄榄树的一根小枝,花园里的一块石头,一把无花果……那个夏天的晚些时候,巴希尔和他的弟弟卡迈尔第二次访问了达莉娅和拉姆拉的房子。尽管1948年的时候卡迈尔只有一岁,但他发誓自己记得那所房子。弟弟接受了达莉娅给他的礼物:四个柠檬。他把柠檬交到了父亲的手上,艾哈迈德将一个柠檬放进客厅的一个玻璃柜里。

这种真真切切的关于损失的证明只不过加深了人们的渴望,使人们更加热切地希望回家。"六日战争"也许使难民返回的可能性比以前都小,但对于巴希尔、他的家人、西岸和加沙难民营中的数十万难民来说,突然接近失落的乐园,让流亡更加难以忍受。1967年夏天,回归的梦想一如既往地残酷。

1967年6月下旬,亚西尔·阿拉法特和一小群自称为"革命者"的伙伴悄悄穿越约旦河,进入以色列占领的西岸。巴勒斯坦的激进分子和骨干们(也就是被称为战士的那些人)身穿黑衣,在晚上穿越约旦河谷,躲过低空飞行的飞机和以色列巡逻直升机的探照灯。那个夏天，数百名战士穿越约旦河，很多人是在叙利亚受训的。他们扔掉了肩膀上的旧步枪、瑞典造机枪和俄国造的卡拉什尼科夫步枪①，在他们的75磅背包中塞满地雷、手榴弹、子弹和炸药。

1965年元旦以来，来自法塔赫的阿拉法特、阿布·杰哈德和其他战士一直在向以色列发动小型突袭，主要针对的是军事和工业目标。在大多数情况下，这些攻击没有什么实效，然而，突袭在心理层面上影响很大。对于以色列而言，袭击使民众不安，而安全和保障对他们来说是至为重要的。对巴勒斯坦人和全世界而言，用革命者巴萨姆·阿布·沙里夫的话来说，袭击事件表明"巴勒斯坦精神并未被压垮……表明巴勒斯坦人民永远不会放弃，表明为了恢复自身的尊严，夺回失去的土地，争取正义，他们将尽一切可能、用一切形式进行战斗"。

不过，阿拉法特也知道，少数几个年轻人用土制炸药和旧步枪发动跨界突袭，实际上并不能改变现状，他想在巴勒斯坦内部发动起义。阿拉法特率领自己的战士们开展行动，从约旦河西岸重新发动针对以色列的武装斗争。

1967年7月，与巴希尔和堂兄们坐车去拉姆拉差不多同时，阿拉法特在西岸乔装打扮，从一个村镇到另外一个村镇，组织秘密小队跨越"绿线"进行袭击。阿拉法特和他的手下藏身在拉马拉北部的洞穴网络中，就像20世纪30年代，谢赫·伊扎丁·卡萨姆在阿拉伯大起义中做的那样。阿拉法特很快就意识到他需要多快地转移。以色列国家安全局②建立起强大的巴勒斯坦线人网络，他们的眼睛和耳朵监视着

---

① 卡拉什尼科夫步枪，由俄国的将军、发明家和军事工程师米哈伊尔·卡拉什尼科夫（Mikhail Kalashnikov）设计的自动步枪，是世界上使用最广泛的枪支之一。
② 以色列国家安全局（Shin Bet），也称为"以色列国内安全局"，侧重以色列国内的安全事务。

反抗者的一举一动。作为回报，这些合作者能收到钱、旅行证件，或者让身处监狱的兄弟和父亲被宽大处理。因此，阿拉法特的每一个举动都要谨慎筹划，以免被捕。"阿布·阿马尔"（Abu Amar，阿拉法特的化名）的传奇，很大程度上来自他好几次绝处逢生的故事：有一次，士兵们从前门进去，他从后窗爬出去逃走；还有一次，他扮成老妇人，躲过了抓捕；或者，当以色列士兵到达阿拉法特藏身的岩洞的时候，发现人去洞空，咖啡还在炉子上冒着热气。

阿拉法特敏锐地意识到象征的力量。在照片中，这位年轻的革命者总是穿着军装，戴着墨镜，他的阿拉伯头巾被不辞辛苦地包成旧巴勒斯坦的形状[①]。阿拉法特，他的同伴、法塔赫领导人阿布·杰哈德，以及其他战士的肖像和行为，都鼓舞了因为第二次毁灭性的失败和随后的占领而感到灰心失望的人们。他们强化了巴希尔和成千上万其他人的信念：通往解放之路，只能由巴勒斯坦人自己决定。在以色列人将埃及和叙利亚的空军设施轰炸成浓烟弥漫的废墟之后，苏联重新武装了埃及和叙利亚，叙利亚继续支持法塔赫。但对于巴勒斯坦人而言，越来越清楚的是，阿拉伯国家再也不会组成联军与以色列作战了。即使他们愿意，阿拉伯领导者的花言巧语也会被巴勒斯坦人视为空话，巴勒斯坦人认为，自己过去被此类关于"解放"的诺言愚弄了。现在，巴勒斯坦人明白，他们对家园的痛苦渴望必须从内部得到回应。阿拉法特本能地洞察了这一点，他以"革命，直到胜利"、"我们为巴勒斯坦牺牲灵魂和鲜血"和"我们要返回"为口号，抓住了民众的想象力。

[①] 阿拉法特的头上总缠着黑白或红白相间的方格头巾，头巾包扎的形状颇似不规则的巴勒斯坦地图。阿拉法特曾经解释说："白色代表城里的居民，红白方格代表沙漠中的贝都因人，黑白方格代表农民。"

* * *

　　9月到来的时候，拉马拉律师的罢工没有减弱的迹象。巴希尔和他的同伴们坚守阵地，利用罢工来抗议以色列占领西岸及最近吞并了东耶路撒冷。对于以色列人而言，吞并能够把耶路撒冷的两边连起来，并为犹太人提供进入圣地，包括圣殿山的永久通道；对于东耶路撒冷的阿拉伯人来说，他们的梦想是在本地拥有一个未来巴勒斯坦国的首都，而"统一"是一个占领国好战黩武的行为。不久，他们看到以色列建筑工人在东耶路撒冷的土地上开建大规模的"郊区"。

　　对于在东耶路撒冷工作的阿拉伯律师来说，以色列的吞并给他们带来了职业和经济方面的巨大影响，有可能会让他们永久失业，或者最起码的是，需要学习希伯来语，通过以色列的律师资格考试，巴希尔和其他律师不想这样做。因为这样意味着他们接受对东耶路撒冷的占领和吞并。不过那时候巴希尔认为，以色列对西岸剩余地区的占领只是暂时的，很快，他和同行们将全部恢复工作。可是，一些迹象表明，事实并非如此：一些由民族宗教党①领导的以色列人开始在西岸建造定居点，他们认为这里是"以色列地"的一部分。不久，以色列军事长官发布了一项法令，表示占领可能持续更长时间。"145号军令"授权以色列律师取代罢工的巴勒斯坦律师。在法令实施之前，以色列人已经开始逮捕行动。

　　1967年9月17日深夜，巴希尔被男人们的叫喊和拳头砸门的声音惊醒。"以色列士兵包围了房子！"有人在尖叫。巴希尔走出自己的房间，踏入泛光灯透过窗户向室内射入的强光之中。"开门！开门！"

---

① 民族宗教党（National Religious Party），以色列的一个宗教性的犹太复国主义运动的政党，成立于1956年，解散于2008年。

巴希尔听到士兵们大喊大叫。他照做了。十名全副武装的士兵站在门口。巴希尔想起了他们的脸,头盔下那黑色的脸,他们的乌兹冲锋枪指着他的胸口。

"所有的人,带上身份证。"负责人对着空气喊。巴希尔带了他的身份证,士兵检查了他。"你是巴希尔,"他说,"穿好衣服,跟我来。"

巴希尔回房换睡衣的时候,扎吉雅跟着跑了进来。"穿上暖和的衣服,儿子,"她说,"现在是夏末了。"

巴希尔在一座拉马拉的监狱里蹲了一百天。大部分的时间里,他被关押在以色列军事总部,那里的军官们对他的行动进行了讯问。"你是领头的。"他们告诉巴希尔。他们一直在跟踪他和罢工律师的活动,认为他知道更多的事。"把抵抗活动的细节告诉我们。"每一次,他的回答都是相同的:"我相信一件事:巴勒斯坦。我痛恨一件事:占领。如果你们想惩罚我,就惩罚吧。"

巴希尔被捕是更大范围的"平叛"活动的一部分,这项活动意在铲除持不同政见者、游击队员和其他涉嫌在以色列国土上策划袭击的人。8月下旬,法塔赫发动了针对以色列的作战行动。一些人被组织成秘密的武装小队,另外一些人成了一队队四处活动的游击队员,或者"机动的巡逻队"。阿拉法特和他的战士们试图抓住巴勒斯坦民族主义的风头,并适时采取行动,向阿拉伯国家施加压力,让他们不要就回归权的问题对以色列做出任何妥协。8月下旬在喀土穆举办的首脑会议上,阿拉伯的领导人们确实宣布说:"不会和以色列和解。"

然而,阿拉伯国家出现了与以色列和解的迹象。1967年10月中旬,巴希尔还在坐牢时,埃及总统纳赛尔的一位亲密伙伴写了一系列极富影响力的文章,提倡在西岸和加沙地带建立一个巴勒斯坦国——这暗示重返旧巴勒斯坦已不会发生。第二个月,联合国安理会通过了第242号决议,呼吁"以色列武装部队从最近冲突中占领的领土上撤出",以换取"终止所有交战的主张或者状态,尊重和承认该地区每个国家的主权、领土完整和政治独立性,以及他们在安全和公认的边界内,免受威胁或武力,和平生活的权利"。

该决议呼吁阿拉伯国家承认以色列,换取以色列从西奈、戈兰高地、约旦河西岸和加沙撤军。一些人希望,通过以色列从约旦河西岸和加沙的撤军,能够诞生一个独立的巴勒斯坦国,另外一些人认为那些土地会归还给约旦控制。无论哪种情况,现在的边界都会与1947年联合国分治方案所描述的边界大不相同。以色列将保留对旧巴勒斯坦78%领土的控制权,其中包括拉姆拉和利达。

包括纳赛尔和约旦国王侯赛因在内的一些阿拉伯领导人,释放出自己可能会支持第242号决议的信号——这样的话,纳赛尔能把西奈拿回来,而侯赛因希望全面和平可以使他动荡的王国安定下来。但是,对于1967年的大多数巴勒斯坦人来说,第242号决议远远不够,他们的梦想仍然是通过战争返回巴勒斯坦。然而,到了1967年12月的时候,显而易见的是,阿拉法特"一场大规模起义"的目标已经不能在被占领区引发波动。以色列把1000多人投入监狱,从而削弱了法塔赫的势力。很快,阿拉法特、阿布·杰哈德和其他领导人开始讨论转变战术的必要性。

12月11日,巴勒斯坦起义军袭击了以色列国家机场,机场距拉姆拉那栋房子只有几英里。从战术上说,这次行动是失败的,但它标志着一个新的派系加入未来的独立运动:解放巴勒斯坦人民阵线。它的领导人是来自利达的难民乔治·哈巴什,1948年7月,他曾在酷暑中翻山越岭。哈巴什很快成为以色列头号敌人名单上的常驻人物,多年来,达莉娅一直非常厌恶他。当时,对许多巴勒斯坦人来说,哈巴什是一个勇敢的起义者,愿意以一切必要的手段为他同胞的基本权利而战。

1967年年底,巴希尔出狱了。他回忆被审讯的日子,在那段时间里,并没有正式的起诉。后来他回忆说,重获自由的时候,"我比以前更爱巴勒斯坦,比以往任何时候都更厌憎占领"。

1968年1月,一个湿冷的灰色早晨,达莉娅在拉姆拉醒来,脑子里想着巴希尔和他的家人。几个月来,她一直在想着巴希尔请她去拉马拉的邀请,她希望今天就是那一天。达莉娅没有巴希尔的地址或电话号码,因此,她别无选择,只能通过亲自出现来接受他的邀请。她记得巴希尔对她说:"你到了拉马拉之后,只要问巴希尔·哈伊里的家,每个人都知道。"

现在,她得想办法去拉马拉。她家的双缸雪铁龙汽车无法胜任这项工作,即使它可以,摩西也绝不会允许女儿去西岸。达莉娅决定给一个叫理查德的英国熟人打电话,理查德一直想和这位长得像美国影星纳塔莉·伍德[①]的年轻女子约会。达莉娅对理查德不感兴趣,但他有车。在这种情况下,他愿意开车载着达莉娅穿过"绿线",进入被占领的巴勒斯坦领土。

他们在半上午的时候出发了,当他们向东开的时候,犹太丘陵[②]——如达莉娅所知——变得更加清晰了。山峦是深深浅浅的紫色,阴影被细细的光柱点缀着。达莉娅回想起自己五岁那年与母亲在家时,她指着这些小山说:"依玛[③],我们去那些山上吧。"当索利娅告诉她那些山很远的时候,达莉娅拉着母亲的手说,"不,不,你要是真想去,我们可以去那儿。有一天,我会去那儿"。当她和这个安静而紧张的英国人

---

① 纳塔莉·伍德(Natalie Wood, 1938—1981),美国知名电视、电影演员,曾获金球奖最佳女主角奖及两次奥斯卡最佳女主角奖,代表作是歌舞片《西区故事》。
② 犹太丘陵(Judean Hills),以色列和约旦河西岸的山脉,高度约为1026米,最早的犹太人定居于此,耶路撒冷和其他几个《圣经》城市也在此。
③ 依玛(Ima),希伯来语,意为"妈妈"。

一起朝着新领地前行,驶近西岸的这些山脉的时候,达莉娅感受到一丝归属感。

冬季,英国人的汽车在西岸土路上的坑坑洼洼中颠得快要散架了。达莉娅知道,以色列的坦克和吉普车正在这些路上的某个地方巡逻,但她和理查德看到的大部分景色都是石头山、橄榄树,还有与景色融为一体的古老村落。他们从拉特伦和伊姆瓦斯那人去房空的阿拉伯村庄往东北方向开,靠近了拉马拉。在拜特西拉①以北迷宫一样的道路中,他们迷路了。附近一个村庄的孩子们围住了汽车。达莉娅听到孩子们飞快地说阿拉伯语,感到忧虑不安。

他们继续往前开,沿着西岸以色列占领区那陌生而荒凉的道路行驶,内心对自己的方向仍然七上八下的。

六个月之前,只花了六天时间,以色列人就在全世界范围内让自己的形象有了一个令人惊叹的逆转:从受害者到胜利者,同时也是占领者。然而,在以色列和国际社会,胜利的狂喜和公众的喜悦情绪,在某些方面已经让位于对战争残酷性和占领的道德的反思。一位年轻的以色列作家阿摩司·奥兹②呼吁以色列基于道德考量,从所占领土上全面撤出。奥兹是在集体农庄长大的年轻人之一,这些人力求记录萨布拉(土生土长的阿什肯纳兹以色列人)的复杂情感,这些人"对他们的巨大胜利感到迷茫,同时,又对战争的真相带来的启示感到震惊"。

他们都是达莉娅在以色列军队中的同辈人,他们对奥兹和其他的时代记录者讲述自己道德上的矛盾心理。一方面,几乎每个士兵都将

---

① 拜特西拉(Beit Sira),约旦河西岸中部的一个巴勒斯坦村庄,位于拉马拉以西22公里处。
② 阿摩司·奥兹(Amos Oz,1939—2018),以色列作家、小说家、记者和学者,本-古里安大学希伯来文学系终身教授。他著作颇丰,富有国际影响力。1967年之后,倡导巴以冲突的双边解决方案。

这场战争视为对"'世界末日'的抵御……多年前我们还是孩子的时候谈到的事——关于爱我们的国家,关于犹太人在我们的天父之地上继续生活的问题"。另一方面,很多士兵回到集体农庄之后,用一位萨布拉的话说,他们被一种感觉所烦扰:自己已经成为"杀人机器。每个人的脸都在扭曲,你的腹中发出一阵低沉的咆哮。你想杀人,再杀人。你必须了解那些事对我们造成的影响。我们仇恨,再仇恨"。

这是英雄的萨布拉的一个新的自我形象,曾几何时,它的作用是为整个以色列社会展现韧性和力量。如今,"六日战争"之后,以色列人有了一个新角色——占领者——这并不是集体农庄长大的士兵们想要的。"身处占领军之中的感觉太糟糕了,"一名士兵对奥兹说,"这是一份可怕的工作,真的很可怕。我是集体农庄的人,这不适合我们。没人教过我们这么做,我们没有受过这种训练。"

以色列人越来越将以色列视为一个受害者的国家,1963年在耶路撒冷对阿道夫·艾希曼[①]进行审判,纳粹大屠杀从阴影中曝光于天下之后,尤其如此。现在,萨布拉们(许多人是大屠杀幸存者的后代)发现自己正面对着被占领国的平民:母亲们恳求士兵们释放她们的儿子,妻子们请求释放自己的丈夫,老人们弯腰拄拐,困惑地看着一个营队的士兵经过,并用自己听不懂的语言大声喊叫。

在拉马拉,正如巴希尔所说,达莉娅和理查德在城中心的马纳拉广场(Manara Square)停车之后,向一个街上的男人打听巴希尔·哈伊里的家在哪儿。这个男人知道巴希尔是谁,他住在哪里。几分钟之后,达莉娅和理查德就站在混凝土台阶下了。一个邻居上楼去通知巴

[①] 阿道夫·艾希曼(Adolf Eichmann, 1906—1962),纳粹战犯,前党卫军少校,"二战"时犹太人大屠杀的主要责任人和组织者之一,被犹太人称为"纳粹刽子手"。"二战"后定居阿根廷,后来遭以色列情报部门逮捕,1962年公开审判后被绞死。作者说1963年被审判很可能是失误。——译者注

希尔说,他有客人来访。

巴希尔刚从一座以色列监狱里出来没几个星期,弟弟卡迈尔冲进去的时候,他正在自己的房间里。"猜猜谁来了?"卡迈尔激动地喊。巴希尔立刻就知道了答案。他跳下台阶,跑到街上。达莉娅在那里,看起来有点紧张,站在一个高高的、敦实而苍白的家伙旁边。她的男伴看起来比她还不舒服。

那天很冷,阴暗的天色预示着可能会下更多的雨,可是巴希尔没有邀请他的客人们上楼。"我不知道你来这里拜访安不安全,"他告诉她,"因为我刚出狱。"

"你为什么进监狱?"达莉娅问。

"因为我爱自己的国家。"巴希尔回答。

真有意思,达莉娅想。我也爱我的国家,但没有被关起来。然而,她意识到,巴希尔说自己被监禁,并不是要表现自己的巴勒斯坦民族主义立场,相反,他只是想保护她。巴希尔正在受监控,如果达莉娅上楼,她也将面临被监控的危险。具有讽刺意味的是,巴希尔正试图在达莉娅一方军队的眼皮子底下保护她,而她现在其实也是其中一员。达莉娅面临选择,她很快就做出一个决定:她不允许任何人告诉自己,她能见谁,或者不能见谁。她看着巴希尔瘦而光洁的脸庞,还有棕色的大眼睛。"求你,"她说,"让我们去看看吧。"

楼上,巴希尔领着达莉娅和理查德进了一个又冷又暗的客厅,把他们安置在一个堆满东西的沙发上。周围是一片安静中的忙碌。有人推进来一台煤油取暖器,另外一个人打开了灯。巴希尔的姐妹们在客厅里忙碌,为这对不速之客收拾客厅。这是达莉娅第一次见到西岸的女性,和她猜想的一样,她们也是第一次看到一个不穿制服的以色列人。

巴希尔把母亲扎吉雅介绍给达莉娅,扎吉雅热情地问候了达莉娅,达莉娅记得,没过多长时间,"好多东西一下子出现在桌子上:茶,蛋糕，新鲜的点心，阿拉伯甜点，土耳其咖啡……"这是达莉娅第一次体会到阿拉伯人的好客。桌子上的托盘和碗碟越来越多，达莉娅被主人的慷慨大方深深打动了。

尽管一家人热情好客，达莉娅仍然为他们家的临时凑合风格感到震惊。她环顾四周，看着沙发、地板砖、墙上框子里的照片。有些至关重要的东西不在。达莉娅不能准确地辨别出是什么，但她感觉这一家人好像都坐在行李箱上面，随时准备动身离开。

"所以，"巴希尔用不熟练的英文说，"你好吗，达莉娅？你家人好吗？你在学校里怎么样？"

"我很好，"达莉娅说，"很好。"

接下来是一阵沉默。

巴希尔注视着达莉娅。他很乐意让达莉娅决定他们谈话的走向。毕竟，她是他的客人。"欢迎你到这里，达莉娅，"他说，"我希望你能和我们一起度过美好的一天。你很慷慨，对我们很好。"

达莉娅注意到巴希尔的姐妹们在门口那儿窃窃私语，并盯着她看。她们的脸上有着达莉娅见过的最美丽的眼睛。达莉娅觉得，巴希尔的姐妹们，她们的眼睛像小鹿的眼睛，在希伯来语中是"*enei ayala*"，美丽的有力象征。最后，全家人都出来问候达莉娅，除了巴希尔的父亲艾哈迈德，显然，他不在家。

达莉娅又深呼吸了一下，她在开口前犹豫过，要不要问这个问题，但她提醒自己，她到拉马拉，是为了有一个机会去了解他们的故事。"巴希尔……"达莉娅说，她身体前倾，"我知道这是一个敏感话题，"她犹豫了一下，"现在有人生活在你的房子里，这种事对你来说一定很艰难。"

本来，巴希尔乐意让对话保持在"你好吗？"的层次。他对于"阿拉伯式热情"的理解让他不会挑战一位访客。但这次非同寻常。达莉娅需要也值得被认真对待。

"听我说,达莉娅,"巴希尔慢慢地说,"离开家,抛下所有的财产,把全部的灵魂丢在一个地方,你会有什么感受?你不会不顾一切地抗争,去拿回一切吗?"

巴希尔本可以讲述更多的细节。他可以告诉达莉娅,巴勒斯坦人的集体叙述教会了他什么:1948年7月12日,以色列军队袭击了利达,并占领了拉姆拉,第二天,士兵们的枪托砸在门上;好几万拉姆拉和利达的人被迫流亡,19年来人们对家园固执的渴念,想要不计一切去战斗、去回家。但他只是突然站了起来。

"来,达莉娅,"巴希尔记得自己说,"我给你看一样东西。"达莉娅本来想让理查德也加入谈话,但这个英国人看起来百无聊赖,当巴希尔走向餐厅中的一个玻璃柜子的时候,他深深地叹了口气。达莉娅跟着巴希尔,两个人站着,透过玻璃往里看。

"看看这个柜子,告诉我你看到了什么?"巴希尔说。

"这是个测试吗?"

"这是一个测试。请告诉我,你在这个柜子里看到了什么?"

"书,花瓶,一张阿卜杜勒·纳赛尔的图片。也许后面还有什么。还有一颗柠檬。"

"你赢了,"巴希尔说,"你记得这个柠檬吗?"

"柠檬怎么啦?有什么故事吗?"

"你记得我和我弟弟去看你们的时候吗?……记得?你记得我们离开的时候,卡迈尔问你要什么吗?你给了他什么当礼物?"

巴希尔记得达莉娅沉默了一会儿。"哦,我的上帝啊。这是那次拜访你们带回来的柠檬中的一个。但是,你们为什么保留着它?快四个月了吧?"

他们从柜子前走开,在客厅里坐了下来。

"对我们来说,这颗柠檬的意义远胜于一个水果,达莉娅,"巴希尔慢慢地说,"它是土地,是历史。这是一扇窗,我们打开它,能照见自己的历史。我们把柠檬带回家之后,过了几天,一个晚上,我听到房子里有动静。当时我正在睡觉。所以我起身,仔细聆听。以色列占领之后,我们总是杯弓蛇影的。就算是树的摇曳也会把我们惊醒,让我们担惊受怕。我听到响动,所以起了床。声音正是从这个房间传过去的。你知道我看到了什么吗?我的父亲,双眼几乎全瞎了的父亲。"

"嗯……"达莉娅说。她专注地听。

"达莉娅,我看到他双手捧着这个柠檬。他在这个房间里,慢慢地走过来,走过去,两颊上流淌着泪水。"

"那你怎么办呢?"

"我回到自己的房间,坐在床上开始想事儿。然后,我开始自言自语,一直说到天明。我理解了,为什么我爱他爱得那么深。"

达莉娅的泪水也在打转转。她看着她的英国朋友,又一次想让他也参与谈话。理查德开始用脚拍打地面,看手表。看来,这将是他们唯一的一次约会了。

"如果你的父亲到拉姆拉的房子里来,会怎么样?"她问巴希尔。

"他可能会崩溃的。他总是说,他还没走到门,心脏病就会犯了。"

"你妈妈呢?"

"我妈妈也一样。你知道,对于一个妻子来说,一幢房子意味着什么。她到这个房子里的时候,还是一个新娘。她在这个房子里面生儿育女。"差不多26年之前,巴希尔自己就是在那个房子里出生的。

"从你的故事里,我们看到了自己,巴希尔,"达莉娅说,"我们记得自己几千年的流亡历史。我能理解你对于家园的渴望,因为我们自己也有流浪的经历。"达莉娅开始把自己对"以色列地"的主张和巴希尔对"巴勒斯坦地"（Arde Falastin）的爱一起考虑。

"我开始说自己对他们流亡感受的理解，"达莉娅回忆，"我理解他们对家园的渴望。通过自己对'以色列地'和以色列的渴望，我理解了他们对'巴勒斯坦地'的渴望。从我们自身的流亡经验，我理解了他们的流亡。我自己的集体经验里面有些东西，通过它们，我理解了这些人近些年的经历。"

她告诉巴希尔，"你们经历过的，肯定是很可怕的体验"。达莉娅被深深地打动了，她相信自己正在和新朋友建立联结。

巴希尔从来都理解不了另一群人古老的渴望——他们希望从几千年的流亡中回家——怎么能够和一代代巴勒斯坦人的实际生活相提并论。这些巴勒斯坦人在这片土地上繁衍生息，春耕冬藏，他们在这片土地上安葬祖先。他非常怀疑以色列人对故国的渴望和他们建国有什么关系。"以色列第一次进入西方占领势力的设想中，原因有二。"他告诉达莉娅。

"是什么呢？"她问，感到自己的怀疑也在增长。

"首先，把你们赶出欧洲。其次，通过这个政府统治东方，压制整个阿拉伯世界。于是，领导者们开始想起《妥拉》[1]这回事了，所以他们开始讨论流着奶与蜜的土地，还有'应许之地'的事儿。"

"但这样做是有充分理由的，"达莉娅抗议道，"原因是为了保护我们不被其他国家迫害，为了保护我们免遭冷血屠杀——仅仅因为我们是犹太人。我知道真相，巴希尔。"现在，达莉娅不再试图让她的英国朋友参与对话了。"我知道我的同胞被屠戮，被宰杀，被赶到毒气室

---

[1]《妥拉》(Torah)，广义指上帝启示给以色列人的真义，狭义指《旧约》的前五卷（犹太人不称旧约），犹太教称为"摩西律法"或"摩西五经"，即《创世记》《出埃及记》《利未记》《民数记》和《申命记》。

里。对我们来说，以色列是唯一安全的地方。在这个地方，犹太人最终能感觉到，当犹太人不是一个耻辱！"

"你说全世界都对你们这样做，达莉娅。这不是真的。纳粹杀死犹太人。我们也恨他们。但是，为什么该由我们来为他们的恶行付出代价？在奥斯曼帝国时期，我们欢迎犹太人。他们从欧洲人那里逃到我们这里，我们竭尽所能地欢迎他们。我们照顾他们。但是现在，因为你们想生活在一个安全的地方，其他人却因此要生活在痛苦中。我们拿你的家庭来举例子吧，你们从别的地方跑来。你们应该待在哪里呢？待在一所属于别人的房子里吗？你会把房子从他们的手里夺走吗？房子的主人——我们——应该离开房子，到别的地方去吗？我们被人从自己的城市、自己的村庄、自己的街道赶走，这公平吗？我们在这里有历史——利达、海法、雅法和拉姆拉。很多来这里的犹太人相信，他们是一群无地的人，正在去往无主之地。那是在忽视这片土地上的原住居民，以及他们的文明、他们的历史、他们的遗产和他们的文化。现在我们是陌生人，散落到各地的陌生人。为什么会这样，达莉娅？犹太复国主义不仅让巴勒斯坦人背井离乡，也让你们背井离乡。"

达莉娅觉得自己没办法用三言两语向巴勒斯坦朋友解释清楚她对"以色列地"的爱。"两千多年来，我们每天祈祷三回，祈祷能够回到这片土地上，"她告诉巴希尔，"我们也试过去其他地方。但我们意识到，那些地方不想接纳我们。我们必须得回家。"

两个年轻人沉默地彼此对视。

"好吧，巴希尔，我生活在你的家里，"达莉娅最后说，"这也是我的家。这是我知道的唯一住处。所以，我们该怎么办呢？"

"你可以回到你来的地方去。"巴希尔平静地说。

达莉娅觉得巴希尔扔了个炸弹。她想要尖叫，不过，作为巴希尔的客人,她知道自己不能这么做。她强迫自己聆听。

"我们认为,只有1917年之前——1917年是《贝尔福宣言》发表那一年,也是英国在巴勒斯坦委任统治的开始——来这里的人有权留在这里。1917年以后来的任何人,"巴希尔说,"都不能留下。"

达莉娅为巴希尔解决方案的大胆感到震惊。"好吧,因为我是1917年之后出生并且来到这里的,我不接受这个解决办法!"她说,发出一声难以置信的笑。她为自己极端矛盾的处境而感到震惊:在一个很有安全感的、受到欢迎的房子中,因为共同的历史建立纽带、产生联结,却在一个看似无法逾越的鸿沟之上有彻底的分歧。从根本上来说,因为在拉姆拉,自己为他们打开了进家的门,达莉娅感到哈伊里一家对自己的深切谢意。"这是一种令人惊讶的场景,"她回忆道,"每个人都能感受到我们会面的温暖和真实感,见到另外一方,这是真实的,正在发生的,可以这么说——我们欣赏彼此的存在。这是显而易见的。可另一方面,我们交流着似乎完全互斥的话题。我在这里的生活是以他们的牺牲为代价的,如果他们想实现自己的梦想,我就要付出代价。"

达莉娅直视巴希尔。"我没有别的地方去,巴希尔。"她说。"我要留在这里。最好是让你们生活下去,同时也让我们生活下去,"她说,"我们必须共处。必须互相接受。"

巴希尔平静地看着他的新朋友。"你们生活在一个不属于自己的地方,达莉娅。你记得十字军在这里待了将近两百年吗?最后他们还是不得不离开了。这是我的国家。我们被赶出来了。"

"嗯,你得知道,这也是我的国家。"达莉娅坚持道。

"不,这不是。这不是你的国家,达莉娅。你们从我们手中偷走了它。"

"偷"字在达莉娅听起来像一记耳光。因为巴希尔超级平静的风度,不知何故,这感觉变得雪上加霜。达莉娅坐在沙发上一言不发,感到被冒犯,生起气来。

"你们要让我们葬身大海,"最后,达莉娅说,"你对我们有什么建议?我们该到哪里去?"

"非常抱歉,但这跟我没关系,"巴希尔静静地说,"你们从我们手里偷走了土地。解决方案,达莉娅,非常残酷。你种下一棵树,却没有种在正确的地方,它是长不大的。我们在讨论几百万人的未来。"然后,巴希尔重申了他的想法。这也是"六日战争"之后,许多巴勒斯坦人普遍抱有的想法:1917年之后出生的犹太人,或者是出生在现在以色列领土之外的犹太人,应该回到他们的原籍国去。

达莉娅简直不相信这是个认真的主意。"不,巴希尔,不,我们没什么地方能回去。"

"不,你能,你们能,这是可以做到的。他们会欢迎你们回去的。"

"巴希尔,"达莉娅身体前倾,恳求道,"别想用一个错误去修正另外一个错误!你想让我们再次成为难民吗?"我在这里做什么呀?她想,继续这场谈话的意义是什么呢?

不过,她注意到一些事情:巴希尔从未重复巴勒斯坦民族主义者的威胁——有一天,要用武力夺回整个巴勒斯坦。他从来没有说过,我们会从你那里夺走你的房子——达莉娅避免去询问巴希尔的意图或政治背景。双方都选择留在矛盾体之内,他们既是敌人,又是朋友。因此,达莉娅相信,他们有理由继续讲话,对话本身是值得保护的。达莉娅站了起来,理查德伸手去拿外套时,似乎大松了一口气。"我想我在这里待了足够长的时间,"她对巴希尔说,"我父亲该担心了。我得走了。"

达莉娅握住了巴希尔的手。"真的,我很喜欢和你在一起。我觉得,每次见面,我都比以前了解得更多。"

巴希尔的母亲和姐妹们来了，达莉娅谢了她们，大家都向他们道别。"在这座房子里你不是客人，达莉娅，"巴希尔说，"你得多来几次，我们也会这样做的。"

走到门边时，达莉娅转过身来。"我只是一个寻找真相的人，"她说，"我已经发现了线索，它会带我找到答案。"

第十章 爆　炸

1969年2月21日早晨,耶路撒冷干燥而寒冷。一阵微风吹过本耶胡达街的鹅卵石人行道,向南穿过光秃秃的树木和棕褐色草丛,又沿着艾格伦街吹过去,在那里,它绕着乔治国王大道拐角的街灯盘旋。参加过"二战"和三次阿以战争的老兵伊斯雷尔·戈芬正在为他的妻子,一名加拿大记者办事。上午10点半刚过,戈芬走进艾格伦街和乔治国王大道交叉口的"超级索"市场①,在他大步走过收银台,朝后面的冷藏柜走去的时候,戈芬注意到两个年轻人说着带有南非口音的英语。那是他在爆炸之前记得的最后一件事。

戈芬对爆炸很有经验。20世纪30年代后期,他在一个集体农庄加入了秘密的犹太抵抗组织,在阿拉伯大起义期间制造实验武器。1941年,他参加了英国军队,在利比亚的沙漠中对抗隆美尔。作为以色列士兵,他在近期的"六日战争"、苏伊士运河冲突和以色列人所谓的"独立战争"中都服过役。当时,戈芬隶属摩西·达扬的89特战营,他们在1948年7月攻陷了拉姆拉和利达。

---

① 超级索市场,原文是Supersol,西班牙语的sol为太阳之意。根据发音,译为"超级索"。

就在戈芬刚刚经过南非人,去拿一罐冰柠檬汁的途中,爆炸发生了。当他被抛向上方,爆炸的冲击力使他背朝上冲破人造天花板,并撞向头顶的灯具的时候,戈芬心里明白,爆炸来自一枚炸弹。

戈芬重重地落到超级索市场的地板上,他抬头看到那两个南非人——后来证实,其中一个实际上是乌拉圭人——毫无生气地躺在地上。他们旁边躺着一个垂死的女人,戈芬对着她大睁的双眼和张开的嘴看了一会儿。第四名受害者躺在地板上,一只眼球从眼眶中掉了出来。戈芬以为她也死了,后来,他得知这名女子幸存下来。

戈芬低头看着自己的左腿,看到鲜血从脚踝的一处动脉涌出来。一片渗血的斑块——又一处伤口的迹象——正在从裤子上渗出来,而且越变越大。他挣扎着站起来,低头瞥了一下胳膊和胸部,发现自己的外套——他记得是浅棕色麂皮外套——被撕得粉碎。戈芬又看了一眼自己的脚踝,看到鲜血汩汩流淌,像从喷泉里流出来的一样。他将手指按在腹股沟内,使劲按压左腿顶部的股动脉,以阻断血流。他移开了手,血又开始喷。他盯着自己的脚踝,发现脚几乎被切断了。

"在那个当口,我决定,我不要活下去了,"几十年之后,戈芬回忆,"我感觉自己的脚踝被切掉了,经历了一场又一场战争,我不想再回医院了。我就是不想去了。"

老兵环顾四周。烟雾和尘埃正在落定,人造天花板在头顶疯狂地晃来晃去,灯具、金属罐子和破碎的塑料瓶散落在地板上那一片片混乱的血泊之中。以色列平民的尖叫声充斥着整个市场,戈芬注意到熟悉的战时的火药气味——不协调地混合着清晰的辣椒粉香气。

伊斯雷尔·戈芬重新考虑了一下,他又不想死了。他一只手按入左胯,用右脚跳着挪向出口。两个男人从烟雾中冒出来,急急忙忙地把他弄到外面,安置在隔壁的理发椅上。他们叫他等一会儿。大约两三分钟后——感觉时间比这个长得多——其中的一个人又出现了,帮助戈芬坐入他皮卡车的驾驶室。

"和我说说话。"车子在西耶路撒冷的街道上飞驰的时候,伊斯雷尔·戈芬对吓坏了的司机说。司机不停地按喇叭,卡车冲过红灯,躲避着公共汽车、小汽车和行人。戈芬要那个男人通过谈话让自己保持清醒,如果他晕过去了,他的手会从腹股沟滑开,失血可能会让他丧命。两个男人闲聊了一会儿。几分钟之后,他们到达了耶路撒冷"正义之门"(Sha'are Tzedek)医院的大门口。医务人员迅速围住戈芬,把他往急诊室推去。真奇怪呀,戈芬在昏过去之前想:他已经有45年没进过这家医院——从1922年初夏那周以来就没来过,那一次是他在此出生。

1969年2月底,一天,摩西·埃什肯纳兹下班之后,走进拉姆拉那座房子的后院,达莉娅正在那里浇花。摩西的手里拿着《晚报》。"看报纸上说了什么,"摩西告诉女儿,"他们在调查耶路撒冷的超级索市场爆炸案。报纸说你的朋友巴希尔被指控参与了这件事。"他扬起了眉毛。

"巴希尔?"达莉娅难以置信地问,"拉马拉的巴希尔·哈伊里?"她缓缓走向父亲,父亲静静地注视着她。36年后,达莉娅仍然能够生动地回忆起那一刻。报纸上的文章说,这次行动是解放巴勒斯坦人民阵线策划的,该组织致力于"武装斗争",以色列人认为这是"恐怖主义"的另一个名字。解放巴勒斯坦人民阵线及其领导人,来自利达的难民乔治·哈巴什吹嘘说,他们的袭击是为了剥夺以色列人的"安心感和安全感"。

巴希尔·哈伊里是解放巴勒斯坦人民阵线的人?达莉娅站在那里,手里仍然拿着浇水壶。她为巴希尔和他的家人敞开了大门,无论他们什么时候到来,她都欢迎他们来看看房子、花园和柠檬树。作为回报,她也感受到温暖,和她从未体验的阿拉伯人的善意。这家人对自己开门的感激之情发自他们的心灵深处——她刚刚才开始了解的地方。随着拜访的持续，达莉娅了解了更多巴希尔家族的历史，特别是从拉姆拉和卢德被驱逐的历史，巴希尔也开始理解，并非每个以色列人都是敌人。达莉娅曾经认为，一种基于共同历史和共同利益的对话，并非那么遥不可及。

现在，达莉娅从父亲的肩膀上方看着报纸。巴希尔·哈伊里被指控参与超级索市场爆炸案，并被指控隶属于一个西岸非法组织：人民阵线。1968年7月，解放巴勒斯坦人民阵线的游击队员劫持了从罗马飞往特拉维夫的以色列航空公司的航班，让它迫降在阿尔及尔，把大部分以色列乘客当人质扣押了将近六周，迫使以色列最终屈服，并释放了16名巴勒斯坦囚犯。六个月后，即1968年12月，解放巴勒斯坦人民阵线的特工在雅典袭击了另一架以色列航空公司的客机，杀死了一名乘客。超级索市场爆炸事件发生仅两天后，在苏黎世机场，解放巴勒斯坦人民阵线的一次行动将一架以色列航空公司的飞机作为目标，造成一人死亡，四人受伤。达莉娅怒火中烧地关注着这些。她曾听说解放巴勒斯坦人民阵线声称要解放巴勒斯坦，这对达莉娅来说，只是意味着摧毁以色列和她知道的唯一家园。

巴希尔·哈伊里在解放巴勒斯坦人民阵线里？这是真的吗？文章说，巴希尔会接受一个以色列军事法庭的审判，也许那时候会真相大白。达莉娅打算在庭审之前保留自己的判断。但是，她开始考虑一个令人心烦意乱的问题：她是和一个恐怖分子做了朋友吗？

巴希尔·哈伊里坐在一个三英尺宽、五英尺长的牢房①里，牢房有石头墙、铁栏杆，一个昏暗的灯泡从天花板上挂下来。巴希尔睡在混凝土地上，在黑暗中躺了六个晚上，因为没有被子盖，他冻得瑟瑟发抖。自从被关押进萨拉法德（Sarafand）监狱——一座靠近拉姆拉的

---

① 1英尺＝30.48厘米，所以，牢房尺寸大约是152厘米长，91厘米宽。

英国老监狱——巴希尔就开始发高烧和打摆子,几十年后,巴希尔记得,第七天,以色列看守们给了他一条毯子。

"萨拉法德的审讯室里,"巴希尔回忆说,"有一把椅子和一张桌子,桌子上有一个黑色的头罩(shabbah)。""当把头罩盖在你头上,他们就开始打你。他们打我的手,在我戴着头罩的时候扼我的喉咙。有时候,他们把我的手和腿捆起来,蒙上我的眼睛然后放狗。狗跳到我的身上,把我摁到墙上。我能感觉到自己的脖子上有它们的呼吸。"巴希尔相信审讯是由以色列安全局(也就是"辛贝特")的特工实施的。他能精确而貌似平静地回忆这些人,好像一个人在回想头一天去商店一样。"他们的脸,"巴希尔平静地说,"直到今天我仍然清清楚楚地记得。"

审讯之后是心理突破。"在我的牢房里,"他说,"我能听到枪响,然后有人尖叫。然后守卫来了,把我带到外面,给我看一个洞穴,对我说:'不合作的话,这就是你的下场。'然后我被带回牢房,听到枪声和尖叫。你会想:他们正在杀害那些不招认的人。"以色列审讯者希望巴希尔承认参与了超级索市场爆炸案,透露解放巴勒斯坦人民阵线内部的运作情况,这样的话,他们就能把以色列航空劫机事件结案。年轻的律师什么也没承认。他拒绝承认自己与人民阵线有任何联系。所以,殴打、放狗袭击和心理突破一直在持续。

这种遭遇并不鲜见。1969 年,也就是巴希尔被捕的那一年,以色列安全局之外,很少有人知道以色列是怎么对待巴勒斯坦囚犯的。1974 年,以色列人权律师费利西娅·兰格①出版了一本回忆录,《用我自己的眼睛》(*With My Own Eyes*),详述了她对遭受"殴打和屈辱等磨难的囚犯"的采访。她描述了因犯们的头、手和腿遭殴打的证据:他

---

① 费利西娅·兰格(Felicia Langer, 1930—2018),律师和人权活动家,以捍卫约旦河西岸和加沙地带的巴勒斯坦政治犯而闻名,1990 年后住在德国,并于 2008 年获得德国国籍。

们告诉她,自己的眼睛被蒙上之后,脸上遭拳打;穿着血迹斑斑的衬衫在监狱接受采访;手被铐在铁栏杆上,人被吊在墙上;在审讯中受电击和棍打;脚和手被绑起来,直到流血。

兰格写道,有一个案例是,一名患有呼吸道疾病的五十二岁男子,浑身赤裸着接受审讯,"他的双手被反绑在身后,一根绳子又绑住他的手,他就这样被吊在半空"。审讯者殴打他,每次打完他们就命令他说话,由于他无话可说,他们就继续殴打。她还描述了一名囚犯"被打得浑身青紫",他死了,当局声称这是因为"他被绊倒之后,跌下了楼梯"。

可能是在1969年春天,在一次在监狱访问的时候,费利西娅·兰格遇见了巴希尔。她记得他是一个眼睛很大、面色苍白的男人,"差不多快死了"。"他们狠狠地打我,"兰格记得巴希尔这样告诉自己,"打得我几乎站不起来。"

兰格关于虐待和酷刑的记录得到了以色列"人权与民权联盟"(League for Human and Civil Rights)的支持,该组织的负责人,以色列人沙哈克(Shahak)在《用我自己的眼睛》一书的前言中写道:"无论他的政治或哲学观点如何,没人能够否认,本书所描述的迫害、压迫和酷刑不仅本身是真实的,也是以色列在占领地统治的特征。"

三年后,1972年,伦敦的《星期日泰晤士报》(*Sunday Times*)发表了一份详细的调查报告,内容是"以色列对阿拉伯囚犯施行系统酷刑的指控"。《星期日泰晤士报》总结说:"酷刑组织得如此有条不紊,不能简单地将其视为少数'流氓警察'的违令之举。它是系统性的。在某种程度上,它似乎是被批准的蓄意的政策。"《星期日泰晤士报》的调查对象之一是瑞斯米·奥德(Rasmiah Odeh),她和巴希尔因为牵涉超级索市场爆炸案而一同被捕。爆炸案发生大约三周后,奥德的父亲约瑟夫的房子被拆毁了。约瑟夫描述自己被带到监狱,见证女儿的审讯:

他们把我带回来时……瑞斯米站不起来了。她躺在地板上，衣服上有血迹。她的脸是青紫色的，一只眼睛黑了……他们打我，也打她，我们一起惨叫。瑞斯米一直说："我什么都不知道。"他们分开她的双腿，把棍子插到她的身体内。她的嘴、脸和下身都在流血。然后我就昏过去了。

以色列否认了《星期日泰晤士报》的指控。但是，该报为期五个月的调查总结说，审讯技术包括"长时间殴打"，"电击酷刑，以及关押在特制的牢房里"，这种方法"让以色列的行径已不仅是'残酷'，而确凿无疑地可以归为暴行"。《星期日泰晤士报》指控说，酷刑是由以色列安全部门监管的，这些部门包括以色列安全局、军事情报局（Military Intelligence）和以色列特别行动局（Department of Special Missions）。

《星期日泰晤士报》说，以色列施暴的原因有三个：获取信息；"诱使人们承认自己可能犯下，或者根本没犯的'危害安全'罪"，以便官员可以使用那些供词定罪；"让被占领地区的阿拉伯人明白，不抵抗的话就少受罪……"

报纸发现，很多酷刑发生在"一个特殊的军事情报中心，这个地方的位置目前还不知道，但有证据表明，它位于'萨拉法德'那庞大的军事补给基地之内……"

巴希尔就在萨拉法德，他家人一个星期都没有收到他的消息。36年后，巴希尔的姐姐努哈仍然清楚地记得他离开的那一天。晚上6点，努哈刚刚打扫完房子，正在整理头发的时候，听到门上传来巨大的敲击声。一个以色列上尉要求见巴希尔。她告诉他巴希尔不在家。上尉要求巴希尔回来后，必须到拉马拉的以色列军事基地总部去报到。巴希尔按照命令做了，自那以后，家人再也没有收到他的消息。他们努力打探,但一无所获。

一星期之后,门又被敲响了。又是那名上尉,这一次还带着巴希尔。他看起来既苍白又虚弱。扎吉雅从客厅出来,她正在招待客人们。上尉告诉巴希尔,不准对任何人说一个字。"他的衣服脏了。"扎吉雅告诉上尉。她很快去了儿子房间,拿了干净衣服出来,衣服塞在一个袋子里。

士兵们让努哈和他们一起走。努哈上了吉普车,和巴希尔在一起,一路向南。努哈不确定对方想要什么。

"你看起来很累,"在去耶路撒冷的路上,努哈对巴希尔说,"他们打你了吗?"

"住口!"上尉对努哈吼叫,"你不能跟他说话!"

他们到了莫斯科比亚(Muscobia),这是一个俄式大院,被用来当作以色列在耶路撒冷的军事审讯中心。士兵们把努哈带进了一个小房间,把巴希尔带到隔壁房间。努哈回忆,不久,她听到了巴希尔的惨叫。她听了一段时间——那段时间显得特别漫长、无穷无尽,她再也忍受不了,昏了过去。

三个小时之后,看守们给她拿来了一杯水。他们让她到隔壁房间,然后开了门。努哈看到了巴希尔,他的头低垂着,只穿着一条内裤。两个男人站在他的两边,手里挥舞着棍子。

"弟弟,"努哈说,"哦,我的弟弟。"然后,审讯者把巴希尔拖走了,并告诉努哈,让她自己想办法回拉马拉。

据巴希尔自己的说法,他从未承认自己和超级索市场爆炸案有什么瓜葛。"我忍受了殴打,面罩蒙头,还有狗。但他们没有把我打垮。"他否认自己是解放巴勒斯坦人民阵线的一员,也不承认自己了解这个组织的运作。

时至今日,全世界都知道了解放巴勒斯坦人民阵线,以及他们占据新闻头条的行动，这些行动使以色列人感到恐惧。许多仍然为"六日战争"的失败和其后的占领感到震惊的巴勒斯坦人开始意识到，仅靠小规模的游击行动无法实现他们渴念已久的目标：解放巴勒斯坦。他们开始接受解放巴勒斯坦人民阵线"大规模行动"的战略，以扭转多年来的屈辱和失败，并将全世界的注意力集中到巴勒斯坦的困境上。这些袭击，再加上法塔赫和其他团体的行动，在阿拉伯人中极受欢迎，他们仍然认为以色列在非法占领巴勒斯坦。

"1968年，一个巴勒斯坦的敢死队员可以在整个阿拉伯世界旅行，只要带着自己的组织卡，在各处都会受到欢迎，"当时的解放巴勒斯坦人民阵线的成员巴萨姆·阿布·沙里夫在他的回忆录中这样写道，"不用护照——有卡就行。在那个时候，阿拉伯世界里没有人，没有一个，敢对一名敢死队员提高一点声音……""六日战争"之后，"敢死队员就是神"。许多针对以色列的游击战是从约旦发动的，这大大加剧了侯赛因国王和以色列领导人之间的紧张关系，国王与游击队团体之间的关系也变得紧张。

1968年3月，为报复游击队的入侵，以色列的步兵、坦克、伞兵和装甲旅越过约旦河，袭击了约旦卡拉麦①镇的法塔赫阵地。以色列部队有15000人，约旦人和法塔赫炮兵对他们猛烈开火。28名以色列士兵死亡。约旦人缴获了几辆以色列坦克，这些坦克不久被开去安曼街头列队游行。以色列造成了对手更多的伤亡，也实现了大部分军事目标，但是，对于渴望力量迹象的阿拉伯世界来说，游击队的勇气表明，巴勒斯坦人的抵抗是真实的。在大多数人的描述中，亚西尔·阿拉法特在卡拉麦冒着战火指挥战士，他的英雄形象变得更加高大。尽管从

---

① 卡拉麦（Al-Karameh，或简称Karameh），约旦中部的一个城镇，是巴勒斯坦民族运动历史上的重要战场。

许多方面来说,卡拉麦之战是一次军事上的失败,但是,在巴勒斯坦抵抗运动史上,它成为最伟大的象征性胜利之一,进一步提升了法塔赫在约旦的形象。现在,侯赛因国王发现向游击队施压更困难了。相反,卡拉麦之战后,侯赛因宣布:"我们都是敢死队员。"

从开罗到巴格达,到大马士革,再到安曼,数千名阿拉伯人涌向抵抗军办公室,志愿参加反抗以色列的新一轮战斗。法塔赫甚至在埃及电台有了自己的频道,阿拉法特被邀请到开罗作为纳赛尔的国宾,法塔赫的队伍扩大了。

与此同时,解放巴勒斯坦人民阵线的"大规模行动"开始吸引大批欧洲的年轻人,他们把劫机看成一种甘冒一切风险去实现解放的意愿。人们被大规模的全球性反越战街头抗议所鼓舞,在某些情况下,还有越共的支持,导致这段时间不仅是"冷战"的时代,也是革命的时代。在第三世界,越共经常被视为自由战士,而美国被视为他们的压迫者。同样,巴勒斯坦的起义军通过劫机和其他高调的行动,同时因为反对占领势力、争取革命正义的斗争而被迅速定位为左派。在美国,即使在大部分左派中间,特别是在那些即将移居圣地的理想主义的年轻犹太人中间,以色列仍然被认为在最近的战争中是正义的胜利者。但是,欧洲的激进运动风起云涌,斗志昂扬的反帝国主义者们开始为巴勒斯坦的民族主义者输入力量:那些意大利、法国、西班牙、希腊和德国的对资本主义制度及其领导人感到失望的年轻人。

欧洲左派受到切·格瓦拉[①]、胡志明[②]的指导,要成为"革命的汪

[①] 切·格瓦拉(Che Guevara,1928—1967),出生于阿根廷,古巴革命的核心人物之一,社会主义古巴、古巴革命武装力量和古巴共产党的主要缔造者及领导人,著名的国际共产主义革命家、军事理论家、政治家、医生、作家、游击队领袖。

[②] 胡志明(Ho Chi Minh,1890—1969),越南前总理,越南民主共和国的缔造者,越南劳动党(今越南共产党)第一任主席,越南劳动党中央委员会主席。

洋大海里的鱼",他们去了伊拉克、约旦、埃及、黎巴嫩、阿尔及利亚和也门的巴解组织以及解放巴勒斯坦人民阵线训练营。通过这些联系,"团结委员会"在欧洲四面开花,他们分发财政援助和医疗用品,并派遣志愿者到占领区。

很快,遍布西方的革命团体和逃亡者与巴勒斯坦的斗争融为一体。这些人包括委内瑞拉共产党人伊里奇·拉米雷斯·桑切斯(即"胡狼卡洛斯")[1],安德烈亚斯·巴德[2]和乌尔丽克·梅因霍夫("巴德-梅因霍夫帮"的领导人)[3],以及红色旅的各个派别:西班牙的"埃塔"[4],意大利的"红色旅"[5],法国的"行动指挥"[6],还有日本"赤军"。"敌人唯一能理解的语言是革命暴力的语言,"乔治·哈巴什宣布,"将被占领土变成一座地狱,让大火吞噬掠夺者。"他的口号是,

---

[1] 伊里奇·拉米雷斯·桑切斯(Ilich Ramírez Sánchez, 1949—),出生于委内瑞拉,20世纪七八十年代在西方制造多起恐怖袭击,致1500多人丧生,受到多国通缉。他1994年在苏丹遭逮捕,后被引渡至法国接受审判,被判终身监禁。

[2] 安德烈亚斯·巴德(Andreas Baader, 1943—1977),出生于慕尼黑,父亲为历史学家,苏德战争时被苏联俘获后未返回德国,巴德由其母亲和祖母养大。联邦德国恐怖分子、德国左翼军事及恐怖组织"红军旅"的最初领导人。

[3] 乌尔丽克·梅因霍夫(Ulrike Meinhof, 1934—1976),德国左翼恐怖分子、记者。1970年建立了左翼恐怖组织"红军旅",1972年被捕,被控谋杀罪和与犯罪组织有关的罪名,定罪前在狱中上吊自杀。

[4] "埃塔"(ETA),成立于1959年,"巴斯克祖国与自由"(Euskadi Ta Askatasuna)的缩写,原为佛朗哥时代巴斯克地区的地下组织,佛朗哥统治结束后,逐渐发展成为分裂主义恐怖组织。1968年后,"埃塔"制造了一系列的恐怖活动,造成大量伤亡。2011年宣布永久停火,2018年彻底解散。

[5] 红色旅(Red Brigade),意大利的极左翼军事组织,成立于1970年,主要创建者为特伦托大学的社会学学生雷纳托·库乔,最初的成员是左翼激进的工人和学生。该组织的标志为一挺机关枪和一颗五角星,声称它的宗旨是对抗资产阶级,最著名的行动之一是在1978年绑架并处决了意大利前总理阿尔多·莫罗。

[6] "行动指挥"(Action Directe),法国极左翼恐怖组织,1979年至1987年间在法国实施了一系列暗杀和暴力袭击。行动党成员认为自己是自由意志者,他们组成了"城市游击队组织",存在期间谋杀了12人,炸伤了26人。

"团结,自由,复仇"。

对于成千上万的巴勒斯坦人来说,"大规模行动"带来了一种脱胎于失败的权力感,也让巴勒斯坦的事业获得了前所未有的关注。许多巴勒斯坦人认为,他们的袭击不是针对以色列平民,而是针对"殖民定居者政权"中"穿着平民服装的士兵",这些人能够在接到通知之后,迅速动员起来和自己作战。巴勒斯坦起义军相信这是战争,他们只能通过袭击来引起人们对他们事业的关注。"我们劫持一架飞机,比在战斗中杀死一百名以色列人更有效,"哈巴什说,"几十年来,全球舆论既不赞成也不反对巴勒斯坦人。它只是无视我们。现在,全世界最起码在谈论我们。"不过,在世界上的许多地方,解放巴勒斯坦人民阵线的策略已经使人们开始反对巴勒斯坦人及其解放运动。

解放巴勒斯坦人民阵线的活动激起了以色列的大规模镇压。数千名巴勒斯坦人被抓入狱,有些人对游击行动压根儿就一无所知。他们没受到指控,却被无休无止地关押着。因此,在巴勒斯坦民族主义运动中,解放巴勒斯坦人民阵线的战术日益成为紧张的源头。1969年2月,巴希尔被捕的同月,解放巴勒斯坦人民阵线分裂出一个新的派系,不久它就被称为"解放巴勒斯坦民主阵线"[①]。解放巴勒斯坦民主阵线的创始人之一阿布·莱拉(Abu Laila)认为,解放巴勒斯坦人民阵线针对以色列以外平民的"疯狂行动""抹杀了抵抗力量的合法性"。解放巴勒斯坦民主阵线的领导人还反对"把犹太人赶入海中"的言论,他们认为,自己的斗争对象并不是犹太人,而是犹太复国主义者。他们主张阿拉伯人与犹太人在一个单一国家内共存,没有人被迫离开。

[①] 解放巴勒斯坦民主阵线(Democratic Front for the Liberation of Palestine),简称"民阵",是巴勒斯坦的一个主张马克思列宁主义的世俗政党和武装组织,也是巴勒斯坦解放组织的成员之一。

解放巴勒斯坦民主阵线内部的一些人甚至开始谈论阿拉伯和犹太国家并存。即使在巴勒斯坦抵抗运动的一些激进派系中，共存的想法也开始普及。

然而，到了1970年的时候，与巴勒斯坦人和约旦国王侯赛因之间的敌对气氛相比，在巴勒斯坦运动的内部，意识形态的紧张反而显得轻微了。卡拉麦战役之后，法塔赫和巴勒斯坦解放运动中的其他派系不断壮大，强大到他们在约旦王国里成了一个虚拟的"国内之国"，把约旦首都安曼变成了"阿拉伯的河内"。起义军认为，国王有条件地支持对联合国进行妥协，是在与西方媾和，他们担心这会破坏他们的回归权。一些起义军领导给侯赛因国王贴上"纸老虎"的标签，并威胁要推翻他。9月1日，约旦军队炮击了巴勒斯坦难民营之后，国王在车队躲过了一次袭击，约旦人认为那是一次暗杀企图。

几天后，巴希尔仍在监狱中等待他久拖不决的审判的时候，解放巴勒斯坦人民阵线的战士们上演了也许是巴勒斯坦抵抗史上最壮观的行动。他们的计划是同时劫持三架从欧洲飞往纽约的客机，从而最大限度地增加美国旅客人数，并引发国际社会的最强烈关注。然后，客机降落在约旦沙漠里一个古老的英国机场，乘客被扣押在那里，直到以色列释放巴勒斯坦政治犯。

解放巴勒斯坦人民阵线的特工劫持了其中的两个航班，指引他们飞往约旦。第三个尝试被挫败。巴勒斯坦的"自由战士女王"莱拉·哈立德[①]接受了整容手术以掩藏自己的身份。她和另一名解放巴勒斯坦人民阵线的特工扮成一对墨西哥新娘和新郎。在一趟从阿姆斯特

[①] 莱拉·哈立德（Leila Khaled，1944— ），解放巴勒斯坦人民阵线的成员，首位劫持飞机的妇女，后来在囚犯交换中被释放。

丹出发的以色列航空公司的班机上,当他们企图劫机时,飞行员将飞机猛地拉降,让这对"新婚夫妇"失去了平衡,行动出错。"新郎"被机上的以色列安全主管射杀,哈立德被带入伦敦的一座监狱。但是,三天后,一名在巴林①工作的巴勒斯坦人听说他的英雄女王被捕入狱,单枪匹马地劫持了一架英国客机,并命令飞行员加入已经在约旦地面上的另外两架飞机。巴勒斯坦人逐渐把侯赛因王国中安曼东边的这片沙漠称为"革命机场"。

"非常抱歉,"巴萨姆·阿布·沙里夫通过扩音器向几百名乘客喊话,他们站在阳光下,周围是一片不毛之地,"我们刚刚将你们劫持到约旦的沙漠。约旦是一个中东国家,在以色列和叙利亚旁边。我们正在进行一场正义战争,一场把我国从以色列占领中解放出来的战争。你们被牵扯其中,是因为我们希望用你们来交换被以色列和其他国家俘虏的囚犯。"

巴勒斯坦的囚犯名单中有哈立德,这个"墨西哥新娘"的劫机行动被粉碎,正被关在伦敦监狱。哈立德将在"囚犯人质"的交换中被释放,这是她的仰慕者行动的直接结果。(两年后,巴希尔的名字出现在另一份囚犯交换名单上,那次劫机发生在特拉维夫附近的机场,以色列突击队射杀了劫机者,行动没有成功,巴希尔仍在监狱中。)

六天后,"革命机场"的危机结束,所有的人质被安全释放,停机坪上,三架巨型喷气式飞机成了烧焦的碎片,解放巴勒斯坦人民阵线的战士炸掉了它们,以此向全世界展示他们的严肃态度。然而,几天

---

① 巴林(Bahrain),位于西亚、邻近波斯湾西岸的岛国,首都麦纳麦。巴林的总面积约767平方公里,人口有150万,其中55%为外籍。巴林西部是沙特阿拉伯,北部是伊朗,东南方是卡塔尔半岛。

之内,侯赛因国王以解放巴勒斯坦人民阵线的行迹作为理由,迅速采取措施,向约旦王国内所有的巴勒斯坦派系开战。

1970年9月,约旦爆发内战,时长两个星期。在1948年后建立的巴勒斯坦难民营以及约旦的各大城市里,国王的军队和巴勒斯坦解放组织、解放巴勒斯坦人民阵线、解放巴勒斯坦民主阵线,以及其他的巴勒斯坦派别之间爆发了激烈的战斗。约旦军队的人数是巴勒斯坦游击队的3倍还多,他们还有900多辆坦克和装甲车,而巴勒斯坦方面什么都没有。当叙利亚越过约旦边界,和巴勒斯坦并肩作战的时候,侯赛因国王暗中联系了以色列,要求空中支援以对抗叙利亚人:一个阿拉伯领导人请以色列帮忙打击别的阿拉伯人,这是非常罕见的个人请求。在地面上,尤其是在难民营中,也是阿拉伯人攻打阿拉伯人:约旦出动了拳头部队,在11天的时间里杀死了好几千名巴勒斯坦人。巴勒斯坦人永远铭记这一个月,他们把它称为"黑色九月"。

9月26日,在贾迈勒·阿卜杜勒·纳赛尔的敦促下,侯赛因国王和亚西尔·阿拉法特分别飞往埃及,并在那里签署了停火协议,这是纳赛尔最后一次重要的政治活动。两天之后,这位埃及领导人死于心脏病发作。尽管在一次最具灾难性的失败之中发挥了核心作用,纳赛尔仍然在阿拉伯世界享有崇高声誉。数百万人走上阿拉伯都城的街道,穿着黑色衣服,在一幕又一幕群情悲痛的场面中公开哭泣。一个孤胆英雄承诺带领人民战胜压迫者的泛阿拉伯民族主义的时代结束了。

达莉娅对解放巴勒斯坦人民阵线的所作所为感到厌恶。后来,解放巴勒斯坦人民阵线组织了一次对卢德机场的袭击,她回忆了自己感受到的恐怖。当时,3个日本"赤军"成员用卡拉什尼科夫步枪开火,杀死了25个人,包括来自波多黎各的基督教朝圣者。袭击平民突破了道德准则,"在我心底击中了一个很坚硬的地方"。在这样的时刻,面对这种袭击,达莉娅明白了一个人可以感受到怎样的杀气腾腾。

在特拉维夫大学的学业间隙,或者在家里过周末的时候,达莉娅琢磨着这些人是谁,以及他们为什么觉得能通过那种极端的策略达到自己的目标?她也在琢磨巴希尔,他究竟是什么人?

巴希尔在监狱里,以色列当局认为他是解放巴勒斯坦人民阵线的一员。很难相信同一个年轻人——他来到达莉娅的门前,他的家人在这所房子里得到过如此温暖的招待——是人民阵线的一分子。达莉娅很震惊,不仅仅因为她把巴希尔当朋友,还因为她觉得,在某些方面,他们之间的联系比友谊更深远。"这超出了友谊,因为这不是你选择的,"达莉娅说,"以色列人没有选择巴勒斯坦人的存在,巴勒斯坦人没有选择以色列人的存在。这是一个既定事实,最关键的一点是,一个人如何处理既定的境遇。"

通过她与哈伊里一家人的相遇,21岁的达莉娅开始质疑她形成的刻板印象:不信任、怀疑和仇恨的故事。"人们普遍相信一个阿拉伯人可以和你当朋友,但如果他们的民族利益另有所在,他们会用一把刀从背后刺中你,"她说,"这是非常普遍的事情。一个人必须与之抗争,证明那是不正确的。"现在,达莉娅担心,巴希尔对自身民族利益的想法,与自己的理念是完全冲突的。

达莉娅信念的核心是,坚信个人间的对话是变革的关键。如果巴希尔实际上是解放巴勒斯坦人民阵线的一员,如果他与超级索市场爆炸案有关,则表明"面对集体力量的时候,个人间的关系一钱不值。如果民族利益优先于我们共同的人性,"达莉娅说,"那就没有救赎的希望,没有修复的希望,没有变革的希望,一切都没有希望!"

当预审准备工作还在拖拖拉拉进行的时候,一天早晨,艾哈迈德、扎吉雅和努哈·哈伊里决定去探望坐牢的巴希尔。监狱的官员给他转了好几个地方，现在，他在拉姆拉的一个监室里坐等着家人。艾哈迈德的视力一直不好，现在开始妨碍他——经过漫长而缓慢的视力减退，他最终失明了——但是，当哈伊里家的三个人穿过大门，进入探视区的时候，他意识到自己在哪里。"巴希尔，"当儿子终于坐在他面前时，艾哈迈德说，"你注意到这所监狱在哪里吗？这是我们的橄榄树林以前在的地方。"

艾哈迈德说，16世纪的时候，这片土地由奥斯曼帝国的苏丹赠给哈伊尔丁·拉姆拉维。1948年之前，这片宗教公产在家族中至少传承了12代。巴希尔意识到象征和字面的双重含义：他被囚禁在自己的土地上。

努哈一直在担心她的弟弟。"我们不知道他会被关押多久，我们不知道巴希尔身上会发生什么，"她说，"那么多的问题，那么多的不确定。他28岁了，还没有结婚。现在，他还要在监狱里待不知道多长时间，这对他的未来会有什么影响？"

1970年，巴希尔的审判在卢德的一个军事法院开庭，那地方离他在拉姆拉的老房子只有几英里。巴希尔的另一个姐姐卡农住在科威特，巴希尔被捕以来，她从未见过他。卡农去看巴希尔，但庭审期间没安排家人探望时段。巴希尔的律师对卡农说，她可以假扮成自己的助手。"这样的话我就能看到他。律师告诉我，我不允许和巴希尔说话，如果我这样做了，会有严重后果。"可是，看守把巴希尔从法庭拘留室带出来的时候，卡农失去了控制。"我一看见他的时候就叫了起来。我大喊大叫，'哈比比巴希尔！我亲爱的巴希尔！'我被人从法庭赶了出来。但至少我看到了他。"

审判休庭期间的一个下午，艾哈迈德觉得，自己再也不能远离他在拉姆拉的房子了。三年多来，他拒绝拜访达莉娅和她的家人，他告诉孩子们："还没有走到前门，我就会心脏病发作。"现在，从军事法庭和监狱——他的儿子在里面度过了日日夜夜——走几分钟之后，艾哈迈德、扎吉雅和努哈站在了他 1936 年建造的房子门口。艾哈迈德几乎瞎了，但他可以辨认出一个五十多岁的犹太男人的身形：摩西·埃什肯纳兹，来自保加利亚。这两个人隔着门槛站着，面对着彼此，艾哈迈德和摩西，同一处房屋的两位父亲。

他们又一次在房子内外走了一遍，还去了后面的花园。艾哈迈德慢慢地往前走，摸着房子的石头，努哈和扎吉雅一路扶着他。摩西请客人落座。达莉娅和索利娅出门办事了，很快就会回来。她们回家之后，努哈记得，达莉娅问了关于巴希尔的一切事情。离开之前，艾哈迈德问达莉娅，他可不可以从缅栀花树上摘一朵花，达莉娅对艾哈迈德说，"你可以从树上摘"。

30 年过去，达莉娅记不得这些事了，她不认为哈伊里一家来访的那天自己在家，她也不觉得自己见过艾哈迈德·哈伊里。但是，她确实记得父亲跟她说过这次拜访，特别是巴希尔的父亲对摩西说过的话。在这个问题上，她的记忆与努哈是一样的。

"那里有一棵柠檬树，"艾哈迈德对摩西说，"是我种的。它还在那儿吗？它还活着吗？"

努哈和摩西站了起来，一个人站在艾哈迈德的一边。他们把他慢慢地领到花园的角落。艾哈迈德伸出胳膊，手指沿着光滑坚硬的树皮向上摸，他的手指摸过树干上柔软的树结，沿着细长的枝条往上，直到双手之间感觉到叶片柔软的绒毛，还有它们之间的一粒小小的、凉凉的球体：一颗柠檬，长在他 34 年前种下的树上。扎吉雅坐在桌子边沉默地看着，眼中含着泪水。

艾哈迈德的头在低垂的树枝中间，他在默默地流泪。摩西摘了几颗柠檬，把它们放在了艾哈迈德的手中。男人们回到桌边坐下。摩西又站起来,拿来了一壶柠檬水,一言不发地倒入空杯子中。

"那很好,"努哈回忆说,"非常好。毫无疑问很好!我们亲手种下了那棵树。达莉娅的家人——他们都很友善。但那有什么用呢?他们是占了我们房子的人。"21世纪的时候,她已经是一个60多岁的女人,仍然在拉马拉流亡。

艾哈迈德把四个柠檬带回了拉马拉。"作为一份礼物,"达莉娅说,"也是一份记忆吧。"

1972年,巴希尔·哈伊里被判处15年徒刑,罪名是参与1969年2月西耶路撒冷艾格伦街的超级索市场爆炸案,以及是非法组织解放巴勒斯坦人民阵线的成员。以色列的证人和巴勒斯坦的线人做证说,巴希尔当过炸弹制造者,当过解放巴勒斯坦人民阵线的两名成员之间的联络人,这两个人把炸药藏到市场的香料架子上。

法官宣布判决的时候,卡农·哈伊里开始尖叫:"巴希尔!巴希尔!"当她的弟弟看着她的时候,她喊了起来。努哈感到震惊,她后来说,自己开始精神崩溃了。法庭上一片骚动,卡农愤怒的喊声刺破了喧嚣。

巴希尔一直等待着被定罪。他站起来,面对法官。"我不承认这个法庭,"他说,"我是无辜的。"巴希尔不承认自己在爆炸案中起过任何作用,也不承认自己是解放巴勒斯坦人民阵线的成员。他认为整个军事审判就是一个非法政府的"装腔作势"。"我没有认罪,"1998年,被定罪26年后,巴希尔回忆说,"他们不能从我这里拿到供词。那是诬告。因为,如果他们真能证明自己的判词,我会被判无期徒刑,而不是15年。但我是巴勒斯坦人。我一直憎恶占领。我认为,自己有权通过力所能及的方式反对它。是的,在某一阶段,方式是暴力的。但我理解他们。我理解巴勒斯坦战士们的行动,他们准备杀身成仁。我至今仍然理解他们。"

巴希尔的同案被告接到了更严厉的判决：哈利勒·阿布·哈迪耶（Khalil Abu Khadijeh）被判20年徒刑，阿卜杜勒·哈迪·奥德（Abdul Hadi Odeh）被判无期徒刑。在另一项审判中，瑞斯米和艾莎·奥德姐妹俩也被判处无期徒刑。"判决宣布的时候，"卡农回忆说，"阿卜杜勒·哈迪的母亲晕倒了。我们都向她跑去，给她端水，有人在她身上喷了些香水来唤醒她。"

巴希尔的姑母①拉斯米耶（Rasmieh）离开法庭，把自己关在家里的房间里。在那儿，她诵读着《古兰经》中关于雅辛的一章："对他们来说，一个迹象是夜晚。我们使白昼脱离黑夜，他们便跌入黑暗。"

她把这句诗文重复了40次。

"我们说这与信仰和命运有关，"卡农说，"我们相信，最终是这一点救了他。"

一些被告的量刑，部分取决于以色列老兵伊斯雷尔·戈芬的证词。香料架子上的爆炸力量很大，辣椒粉末被强力嵌入戈芬的皮肤中，有好几个星期，他身上一直散发着辣椒粉的气味。爆炸之后的三年，他每次泡澡都还能在浴缸底找到来自香料瓶的银色小塑料片。至于他的脚，"正义之门"医院的医生想办法把它缝回了脚踝上，但即便做了好几次手术，它永远也没法彻底复原了。终其余生，特别是在寒冷或炎热的日子里，或者当戈芬感到特别疲倦时，他的脚踝里仍然能够再次感受到爆炸的热量。

巴希尔被定罪后，达莉娅立刻切断了与哈伊里一家的一切联系。"我感到被深深地背叛了。"她回忆。达莉娅对与巴希尔展开持续对话

---

① 原文为aunt，姑且译为姑母。

有过最深切的信念。现在,那信念破灭了。达莉娅相信"人与人之间关系"的力量能"触及更深层次的人性,这人性能超越所有民族的和政治的差异,这人性能创造变革性的奇迹",现在,这信念也一同破灭了。达莉娅"天然而与生俱来的信念"曾经认为,"我们可以一起找到解决办法。有一个核心成分,我之存在的核心,就是个人关系是转变的关键"。达莉娅认为,巴希尔对自身事业的忠诚意味着他"坚信我们应该'回到我们原来的地方',这意味着这里不想要我们,我们不会被接受"。达莉娅后来说,除了这层悲楚,还有一种深层的、出于情感而非理性的感觉,巴希尔证实了许多以色列人固有的偏见:阿拉伯人杀犹太人,仅仅因为他们是犹太人。

"是的,一切都停止了,"巴希尔被定罪的 26 年后,达莉娅说,"没有联系。我承受得太多了。"她打开的门又关上了。

达莉娅对阿拉伯人和犹太人共存的前景表示怀疑。她热心地保卫以色列,全心全意地参加以色列国防军,在以色列军队里当了一名军官。

退役之后,达莉娅在拉姆拉-卢德高中当了一名英语老师,投入了新工作。学校建在拉姆拉监狱旁边,两个机构非常近,实际上,两栋建筑的砖头都碰到了一起。

1972 年 9 月,巴希尔开始服刑的时候,8 名巴勒斯坦枪手潜入慕尼黑的奥林匹克村,射杀了两名以色列运动员,并抓住了另外 9 名。随后,在一个军事基地的枪战中,他们和德国警察对峙,导致 14 人丧生,包括全部的以色列人质。枪手是"黑色九月"组织的一部分,该组织是约旦内战之后,从法塔赫中分裂出去的团体。"黑色九月"的第一批行动之一是在 1971 年暗杀约旦总理,为了报复他在 1970 年 9 月袭击巴勒斯坦派系中扮演的角色。直到今天人们都不清楚,在慕尼黑暗杀案中,"黑色九月"是独立行动,还是法塔赫的首领亚西尔·阿拉法特提前就知道了这些行动。但在当时,阿拉法特是为此类行动辩护的。他宣称,"在广泛的群众运动之中,暴力的政治行动不能被称为恐怖主义"。许多巴勒斯坦人表示同意。他们相信,1948年战争的24年之后,以色列占领了他们的土地和家园,绝望的时期需要疯狂的举动:没有人会注意到他们的斗争,除非他们把自己推上国际舞台。"人类必须改变世界,必须采取行动。必要的时候必须杀戮,"哈巴什宣布,"要杀戮,便意味着这次轮到我们不人道。"

以色列对慕尼黑暗杀事件的回应是,派出飞机对叙利亚和黎巴嫩境内的疑似巴勒斯坦基地进行轰炸,造成至少200人死亡,包括许多平民。几天之内,一系列杀伤动摇了巴勒斯坦运动,这是以色列"上帝之怒行动"(Operation Wrath of God)的一部分。指挥这次行动的以色列将军称暗杀"在政治上至关重要",还说这些行动遵循的是"《圣经》中以眼还眼的古老原则"。不过,"上帝之怒行动"并不是一项全新的政策,而是在巴勒斯坦劫机的时代以色列报复行动的加强版。7月8日,一枚汽车炸弹炸死了受人尊敬的巴勒斯坦小说家、解放巴勒斯坦人民阵线的发言人加桑·卡纳法尼[①]和他21岁的侄女。当时,他正开车送她去上贝鲁特美国大学[②]。

两个半星期之后,卡纳法尼在解放巴勒斯坦人民阵线的同事巴萨姆·阿布·沙里夫收到了一个书本大小的包裹,包裹用普通的棕色包装纸包着,上面标注说,已经接受过爆炸物检查。

"巴萨姆,"邮递员对年轻人说,"你收到了一份礼物——看上去像

[①] 加桑·卡纳法尼(Ghassan Kanafani,1936—1972),巴勒斯坦作家,解放巴勒斯坦人民阵线成员,被摩萨德暗杀。
[②] 贝鲁特美国大学(American University of Beirut),位于黎巴嫩贝鲁特的私立大学,1866年由美国传教士丹尼尔·比利斯创建,当时名为"叙利亚新教学院",1920年改为现名。该大学是黎巴嫩最好的大学,也是第一座位于美国以外的美国大学。

一本书……"这位年轻的起义者撕下了包装纸,看到自己收到了一本关于切·格瓦拉的书。切·格瓦拉一直是他的偶像之一。23年后,他在回忆录中说,"我随手翻阅书页,想看看里面写了什么……我看到书下面是空心的,空心的地方有两枚炸弹,当书中未裁开的部分被翻起来的时候,它们就会爆炸……我刚把它翻开来"。

爆炸炸掉了巴萨姆右手的拇指和另两个手指,把他的下巴撕开,把他的嘴唇和牙齿炸得粉碎,在他的胸部、腹部和右边大腿上部都炸开了大片伤口,使他右眼失明,双耳听力严重受损。和伊斯雷尔·戈芬一样,他被缝合起来,余生都带着爆炸的影响。从那一天起,巴萨姆·阿布·沙里夫的家人、同事、朋友和访客都被要求坐得离他近一点,把他们的问候、亲密关怀和问题都大声喊出来。

在接下来的12年里,巴希尔辗转了几所以色列监狱,这些监狱大半位于杰宁、图尔卡姆和拉马拉。他的狱友是其他巴勒斯坦人,他们有的因为武装起义、成为被取缔政治集团的成员、示威反对而获罪,还有一些人仅仅是在等待自己被正式指控。在1967年6月以色列占领之后的18年里,据估计,有25万名巴勒斯坦人(或者说,40%的成年男性)被关进了以色列监狱。

巴希尔过着日程单调的典型监狱生活:早上6点半起床,点名,一个鸡蛋或一片面包和奶酪当早餐,一上午的学习,一份稀汤做午餐,一下午更多的学习、讨论和休息。囚犯们回忆,狱方不鼓励他们进行锻炼,防止他们身体变强壮。

因为共同的监禁经历、发自内心的对占领的仇恨和回归的梦想,人们之间产生了友谊。监狱学习小组把黑格尔、列宁、马克思、杰克·伦敦、巴勃罗·聂鲁达、贝尔托特·布莱希特[①]、埃及小说家纳吉

[①] 贝尔托特·布莱希特(Bertolt Brecht, 1898—1956),德国戏剧家、诗人。

布·马哈福兹①、加布里埃尔·加西亚·马尔克斯和他的《百年孤独》，以及约翰·斯坦贝克的《愤怒的葡萄》读了又读。监狱官员仔细检查收到的书，拦截巴勒斯坦民族主义书籍，但有的时候，一些书也能成为漏网之鱼，包括刚刚遇刺的加桑·卡纳法尼的《返回海法》（*Return to Haifa*），那本书促使人们重新讨论联合国第194号决议。有时，一位访客甚至能想办法偷偷带入深受喜爱的巴勒斯坦流亡诗人马哈茂德·达尔维什②的诗句。

对于监狱生活来说，寻找打发时间的方法至关重要。在牢房地上玩国际象棋或西洋双陆棋时，男人们会听肖邦、伟大的阿拉伯古典歌手乌姆·库勒苏姆，还有黎巴嫩明星菲鲁兹③的歌。人们围坐成一个大圈，有时候，一天两次或者三次讨论唯物辩证法，苏联与中国社会主义的比较，越南、南非、罗得西亚④或古巴的政治紧张局势，尼克松和基辛格在中国和中东的冒险，美国革命的哲学史，以及巴勒斯坦问题。通常，一个囚犯自愿报名去深入研究一个问题，准备一篇论文，并在随后的会议上发言。当天的新闻通常来自希伯来语报纸，一些年过去了，巴希尔和他的狱友开始学习阅读希伯来语。

晚上，犯人们创建了自己的"剧院"：喜剧小品、莎士比亚、阿拉

---

① 纳吉布·马哈福兹（Naguib Mahfouz，1911—2006），埃及作家，阿拉伯世界最重要的知识分子之一。1988年被授予诺贝尔文学奖，获奖理由："他通过大量刻画入微的作品——洞察一切的现实主义，唤起人们树立雄心——形成了全人类所欣赏的阿拉伯语言艺术。"

② 马哈茂德·达尔维什（Mahmoud Darwish，1941—2008），"巴勒斯坦民族诗人"，阿拉伯文学代表作家之一。作品大多讲述巴勒斯坦人民为立国而与以色列对抗的情况，并批评以色列侵犯巴勒斯坦土地、哈马斯与法塔赫内讧等。

③ 菲鲁兹（Fayrouz，1935—　），享誉阿拉伯世界的黎巴嫩歌手，其歌曲在阿拉伯地区有极高的知名度。

④ 罗得西亚（Rhodesia），非洲东南部内陆国，曾为英国殖民地，1980年4月18日独立之后改名为津巴布韦。

伯文学，以及关于监狱审讯的即兴作品。其他时候，男人们会吟唱自己的历史：民族主义歌曲、丰收歌谣和很久以前被毁掉的村庄的歌。他们会辩论，谁所在的巴勒斯坦政治派别能表达人民最深切的愿望，他们给每个派别发明新口号。巴希尔成了一个坚定的马克思主义者。

每个月，艾哈迈德都盼着去监狱看巴希尔。"他简直等不及那一天的到来。"卡农回忆。可是，很多次，在探监的前一晚，艾哈迈德冷汗直流。"他浑身发抖，就好像毒瘾犯了，"卡农说，"第二天，他就生病了，筋疲力尽，所以常常没法去探监。"扎吉雅只能自己一个人去。有一次，卡农——为了每个月探望巴希尔，她已经从安曼搬回西岸——对她的妈妈说："当初你生了这个男婴，高兴得不得了。可有了巴希尔，日子不好过哟。"

扎吉雅什么话也没说，但当她们到了监狱之后，她用姐姐的话跟巴希尔开玩笑。"你知道你姐姐是怎么说你的吗？"扎吉雅问巴希尔。

"巴希尔很难对付，"卡农说，"他在监狱里的时候，我们给他送特别的食物，他会退回来。我们给他送衣服，他拒绝穿。他不让我们乘出租车来。其他犯人的家属都乘坐公共汽车，我们不想乘公共汽车。有好几次，因为我们乘出租车去探监，他拒绝见我们——他对我们很严厉。他想成为人民的一员，在这方面我们对他没有帮助。所以，我们最后还是改坐了公共汽车。"

在探监的过程中，卡农发现巴希尔成了犯人的首领。"他总是要求我们带些东西给其他囚犯，"她说，"他总是帮助贫穷的、需要帮助的家庭。他会为这一家要求鞋子，为那一家要求衣服和药物。学校的学年开始的时候，他会为其他家庭安排书籍。我们每一次去看他，他都要我们做这些事。"

一年又一年过去了，努哈·哈伊里记下了自己生活中的大事件，这些事，她的弟弟巴希尔都未能见证：她和吉亚斯——1967年一起去拉姆拉的他们的堂兄——结婚了;她的头生子法拉斯(Firas)的降生,二儿子瑟南(Senan)的降生,三儿子雅斯万(Jazwan)的降生;生日;周年庆;喜事儿。他的弟弟和姐姐都已经进入中年,巴希尔仍然在监狱里。

卡农安慰自己说,她谦逊而宽厚的弟弟巴希尔,具有穆斯林圣人奥马尔·本·哈塔布[①]的特质,他是先知穆罕默德的第二任哈里发,也可以说是继承人。奥马尔·本·哈塔布生活在7世纪。"体面正派的人,严谨守纪,庄重,有责任心,一个清楚地知道自己在做什么的人。每次我读到关于哈塔布的文章,我都会想到巴希尔。"

有好几年的时间,去上班的路上,达莉娅都会经过拉姆拉监狱。几乎每一天,她都想着要去联系巴希尔。她想,最起码,她能知道他是不是在那儿。事实上,有一段时间,他的确在拉姆拉监狱。可她从来没有去询问他的事儿。后来她说,想找出答案的冲动被拒绝了解的想法压倒了。谁需要知道所有的这些事呢?她记得自己这样想。为什么要撕开一个伤口?为什么要重新开始呢?

达莉娅仍然感到"严重的背叛"。许多年来,她一直在等待巴希尔的一些信号,一些表明他很安全、他是无辜的或者他感到抱歉的信号。

"实际上,许多年来,我一直在等一封信,上面写着'我从来没有做过这些事',"达莉娅说,她的声音高了起来,"或者'如果我这样做了,我感到非常非常抱歉'。但我从来没有收到过那样的一封信。可是,我是他的朋友,对吧?我是他的朋友,或者不是?如果我是他的朋友,他可以坦率地告诉我:'我跟这事一点关系也没有。'然而,他

[①] 奥马尔·本·哈塔布(Omar Ibn Khattab,584—644),伊斯兰教历史上四大哈里发中的第二任,先知穆罕默德最著名的拥护者和战友之一,也是历史上最有权力、最有影响力的哈里发之一。他是杰出的穆斯林法学家,以无私公正的天性闻名。

属于一个组织,它通过恐怖行动——所谓的'武装斗争'吧——把摧毁以色列放到自己的议程上。它炸毁公共汽车什么的,巴勒斯坦人也在场呢,巴勒斯坦孩子说不定也在那儿,因为恐怖主义不分青红皂白,我没准儿也在其中的一辆公共汽车上!"

"我相信他是有罪的。我现在也这么想。如果他没罪,我将是世界上最快乐的人。"

在她的内心里,达莉娅相信,巴希尔的所作所为(如果他做了的话)"不是一个答案。如果这是一个答案,那是我不能接受的答案"。

有时候,达莉娅也考虑和哈伊里一家重新开启讨论,但她立即就记起了超级索市场爆炸案。

巴希尔在监狱度过的15年当中,战争打响了,又失败了;领导者崛起,又被击落。1973年,埃及发动了一次突袭,以色列称之为"赎罪日战争"(Yom Kippur War)。美国总统理查德·尼克松不光彩地辞了职,被杰拉尔德·福特取代,然后是吉米·卡特,他提起过中东的人权与和平问题。黎巴嫩爆发内战,以色列入侵过那里两次。1974年,阿拉法特在纽约的联合国总部发表讲话,提出了他的"明天的巴勒斯坦"之梦,即阿拉伯人和犹太人在一个世俗的民主国家中共同生活,这让以色列和数千名美国示威者感到愤怒,但联合国大会与会者起立鼓掌。在是否接受联合国承认以色列的决议一事上,巴勒斯坦运动开始显示出深层次分歧,这意味着回归梦想可能会终结。巴希尔和他的狱友们无休无止地讨论这些问题。对巴希尔来说,在难民返回家园的权利问题上,永远不可能有妥协。

巴希尔开始绘画,起先是政治讽刺漫画,然后是一幅又一幅巴勒斯坦地图,后来是更具表现力的作品——连根拔起的树木、被拆毁的房屋和被捕的巴勒斯坦人。他作于20世纪70年代的一幅画展示了一位绿眼睛的巴勒斯坦农妇,一只手放在橄榄树枝上,另一只手握着有巴勒斯坦国旗颜色的火炬。巴希尔与另一名囚犯一起，花了好几十个小时，制作了耶路撒冷阿克萨清真寺①的复制品，做工非常精细。他们在泡沫塑料底座上粘了近三千根线，还有好几百个蓝色和黄色的正方形小布片。

巴希尔的希伯来语熟练之后，他开始给以色列监狱官施加压力，让他们给囚犯提供更好的条件：用床架子代替放在地上的床垫；每天的锻炼；多一些食物，而不是连保持一个孩子的营养都不够的可怜巴巴的蛋白质和面包。巴希尔还经常组织绝食活动，以抗议监狱的条件。

"巴希尔坐牢的时候，我父亲经常在沉入梦乡的时候，收音机还放在膝盖上，"卡农回忆说，"每当他听说犯人们在绝食，他也会和他们一起绝食。我们告诉他，绝食结束了，他可以吃饭了，他知道我们在试着骗他。他会说：'这不是真的，要是绝食结束了，他们会在广播里说的。'"在这一点上，想骗艾哈迈德很难；在这种时候，他睡觉的时候，还会把收音机开着，放在枕头底下。"巴希尔和父亲之间有一种特殊的联系，也许因为他是父亲的头生子吧，"卡农说，"他们的关系不同寻常，他们之间有化学反应。他们彼此倾心地爱着对方。"

尽管与以色列惩教官员进行了一次次谈话，巴希尔没有任何变化，监狱墙外的人都变了，他认为那是灾难性的。

1977年11月19日，埃及总统安瓦尔·萨达特②进行了一次史无前例的耶路撒冷之行，表明他不顾阿拉伯世界其他国家的持续反

---

① 阿克萨清真寺（Al-Aqsa Mosque），相传为古代先知苏莱曼（所罗门）所建，第二任哈里发奥马尔时期（705）重修，主体建筑高88米，宽35米，是伊斯兰第三大圣寺。它位于耶路撒冷老城的圣殿山，地位仅次于麦加圣寺和麦地那先知寺。
② 安瓦尔·萨达特（Anwar Sadat, 1918—1981），埃及前总统。萨达特出生于米努夫省的迈特阿布库姆村，有12个兄弟姐妹。1936年进入开罗军事学院学习。1939年秘密建立"自由军官"小组，因从事反英活动曾两次被捕入狱。1952年7月23日，参加了纳赛尔领导的推翻法鲁克王朝的七月革命。

对，愿意单独与以色列实现和平的愿望。两年后，经过与美国总统吉米·卡特的激烈谈判，萨达特和以色列总理梅纳赫姆·贝京签署了《戴维营协议》，结束了埃及和以色列之间的战争状态。此时，距阿拉伯世界在"六日战争"中遭受灾难性损失过去了12年，距埃及在"赎罪日战争"（或巴勒斯坦人所说的1973年的"十月战争"）中获得一定程度的军事尊重过去了六年；《戴维营协议》签订之后，以色列开始从西奈半岛撤军。

对于西方国家、以色列和埃及的许多人来说，萨达特是一位英雄，一位冒着生命危险穿越了拉宾所谓的"围绕以色列的仇恨之墙"缔造和平的政治家；对于支持者来说，这是实现中东最终和平的必要的第一步。事实上，为了让西岸和加沙的巴勒斯坦人实现"完全自治"，《戴维营协议》设定了五年的过渡阶段。然而，戴维营会谈中没有巴勒斯坦代表，而且，该协议没有涉及萦绕在数百万巴勒斯坦人内心的关键梦想：返回的权利，以及耶路撒冷作为一个独立的巴勒斯坦国首都的未来。

包括巴希尔在内的许多巴勒斯坦人都认为，埃及总统只谈自己的交易，没有专注于涉及各方的综合解决方案，这出卖了他们。占领区各地爆发了反对萨达特和《戴维营协议》的游行。接下来的几年中，贝京政府拒绝撤出西岸，反而加紧在占领区建造定居点的工作。在阿里埃勒·沙龙和宗教党派的领导下，贝京领导的利库德政府的执政联盟急于创造新的"实地事实"[①]，宣称拥有西岸和加沙的"以色列地"。巴勒斯坦人被要求出示所有权证明，不然的话，就得为推土机、带刺的铁丝网和以色列定居者让路。由此，巴勒斯坦人见到他们最深切的

---

① 实地事实（facts on the ground），比较特殊的外交和地缘政治术语，意味着现实中而非抽象的情况。20世纪70年代关于巴以冲突的讨论中，这个术语运用很广泛。它指的是以色列在自己占领的约旦河西岸建造犹太人定居点，目的是在巴勒斯坦领地上打造永久的以色列立足点。

恐惧变成了现实：他们仍然没有国家，占领越来越根深蒂固。几十年的解放斗争中，埃及曾经是他们最强大的盟友，现在，他们要在没有埃及的情况下独自前行了。萨达特在西岸的巴勒斯坦人中备受鄙视，以至于因为他，巴勒斯坦的阿拉伯方言中产生了一个新词，直到今天，成为一个"萨达蒂"（sadati）的意思都是成为一个软弱的人，一个投降的人，一个怯懦的人。或者，用巴希尔的一位老朋友的话说，"一个准备用妥协让步来换取虚假的个人荣誉的人"。1981年，这位埃及总统为自己的勇气或者说懦弱，付出了生命的代价。10月6日，与外国政要一起观看阅兵式时，萨达特被来自开罗的伊斯兰"圣战"组织的枪手暗杀。

整个20世纪70年代晚期，达莉娅经常在下班后，坐在拉姆拉的阳台上，凝望着窗外的"伊丽莎白女王"玫瑰。这段时期，她经常感到"被相互冲撞的集合的力量卷入绝望"，担心"我的心神正被必然性的历史车轮碾得粉碎"。她想知道，和巴勒斯坦人的冲突是否有结束的一天。她知道，看起来，双方常常都希望对方离开，她试着不去想哈伊里一家，但不管用。"我内心一直有什么东西在推动，"多年后，她写道，"一个小小的、翻来覆去的声音想知道，为什么我该被卷入其中。有人来敲我的门，我选择打开了它。现在，那扇门永远地关上了吗？那是一个稍纵即逝的机会、短暂的插曲吗？"

达莉娅回忆自己一个又一个小时的沉思，想着哈伊里一家，想着自己所住的房子。"我父亲购置了这所当作'国家弃置财产'处理的房子。但是，这所房子不属于国家，它属于建造它的一家人，他们投入了自己的资源，他们曾经希望在这所房子里抚养孩子，并在这里变老。我可以把自己放在哈伊里一家的位置上，设身处地地感受这些。"

我们和他们，是有你无我、有我无你的关系吗？达莉娅想。要么是我住进他们的房子，他们成为难民，要么就是他们住进我的房子，我去流亡？一定有别的可能性。但是，是什么呢？

摩西和索利娅在一天天变老。"我知道有一天，"达莉娅说，"我会继承那栋房子。"

巴希尔从一座监狱转到另一座监狱的那些年里——根据他的记录，15年内，他被转移了17座监狱——他不时会谈到一位年轻的以色列女性，以及她为他的家人打开的那扇门。"我跟狱友们说探访房子的故事，"他回忆说，"还有我在达莉娅身上看到了什么。她是一个与众不同的人。我会说：'她的思想是开放的，她和我遇到的其他以色列人不一样。'"

"我希望，"巴希尔说，"在一个昏暗的房间里，她不是唯一而孤独的蜡烛。"

然而，巴希尔没有写达莉娅那么想要收到的信。他没有向以色列审讯者招认，也不会向达莉娅供认什么。事实上，他坚持自己的清白，但多年后，他又补充说："我们遭受了许多屠杀。达维玛村大屠杀①、卡夫加西姆村大屠杀②和代尔亚辛村大屠杀。面对这些屠杀和剥夺，如果有人认为巴勒斯坦人会像耶稣基督那样做到宽恕，那他就错了。如果我没有这种深入骨髓的确信，必须要憎恶占领，我就不配当一个巴勒斯坦人。"

1984年9月，因为超级索市场爆炸案而被定罪、服刑15年的巴希尔·哈伊里出狱了。卡农记得，这是关于自己弟弟的两次真正的欢

---

① 达维玛村（Dawayma）大屠杀，发生在1948年10月29日，达维玛村是一个巴勒斯坦镇子，不同的来源给出的受害人数不同，一份联合国报告说200余人遇害，但有学者估计遇害者可达千人。
② 卡夫加西姆村（Kufr Qassam）大屠杀，发生在1956年10月29日，卡夫加西姆是位于"绿线"上的以色列阿拉伯村庄，当时是以色列与西岸之间的实际边界。以色列边防警察杀害了在西奈战争前夕实行宵禁期间返回这里工作的数十名阿拉伯平民。

乐时刻之一。她回忆说，另一次是他出生的时候。

巴希尔的家人在拉马拉等着。兄弟们和姐妹们从阿拉伯世界的各个地方，安曼、卡塔尔和科威特回来了。"就像一场婚礼，"努哈回忆说，"我们准备了最好的餐食和甜点、鲜花以及巴勒斯坦旗帜。"

以色列官员坚持不许在监狱墙外举行庆祝活动。"他们说只能来两三个人，"卡农回忆，"我用巴勒斯坦国旗的颜色在花上系了蝴蝶结，在当时，国旗是非法的。以色列人没有注意到这一点。但是，许多人听说巴希尔将出狱，他们聚集在狱墙周围欢迎他。以色列人看到这些情况时说，我们不会放他出来。我们早上8点就在那儿了——他们让我们等到下午1点之后。我的父母很老了，他们在家里焦心地等着我们。"

巴希尔从监狱出来之后，没有直接回家，而是径直去了墓园。他去了哈利勒·阿布·哈迪耶的墓前，哈利勒是他在超级索市场爆炸案中的共同被告，死在了监狱里。在一场安静而私密的仪式中，巴希尔和哈利勒的家人共同悼念了哈利勒。"然后，"努哈说，"他回家了。"

房子里挤满了祝福的人。加沙的亲眷们为了庆祝活动，送来了一大袋、一大袋的橘子。那么多人想见巴希尔——学校里的孩子，市长，一家家人，政治活动家们——朋友们不得不在房子前面充当志愿者指挥交通。"他们是为了巴希尔去做这些事的，"卡农说，"妈妈在煮东西，每个人都在欢迎他。"刚开始，巴希尔想让这些事平淡些——"他不喜欢庆祝仪式这个主意。'我不是一个英雄，'他说，'我服了刑，没做什么特别的。没有必要庆祝。'"但最后，他的态度和缓了下来。全家人看到他"快乐，高兴，总是在微笑。这是我生命中最美好的时刻"。

回到家，巴希尔不得不适应监狱外的生活。"他睡在地板上，他不再习惯睡床了，"卡农说，"他也没法再穿普通的鞋子了。因为经过15

年不穿鞋子的生活,他脚的尺寸和形状都变了。"更加令人不安的是那些印记,家人相信那是他受折磨的印记。"他出狱的时候,身上有许多香烟烫的伤,"卡农说,"我们问他那是什么,他说是一种过敏症。"

1984年12月,巴希尔出狱之后的第三个月,建造了拉姆拉的家之后的第48年,艾哈迈德·哈伊里去世了。他去世那年77岁,差不多半生流亡在外。

那一年晚些时候,巴希尔和表妹谢赫拉莎德(Scheherazade)结婚了。人们问起他的时候,他对这桩婚姻所言甚少,只说他知道"她是最理解我的人"。1985年,他们的头生子出生了。按照阿拉伯的传统,他们用祖父的名字给他命名,艾哈迈德。

同一年,摩西·埃什肯纳兹去世了。索利娅八年之前就去世了。现在,那个房子空了。"真令人伤心,"达莉娅回忆说,"你所有的历史都在那里,现在那是一栋空房子了,父母亲不在了。现在那是我的房子了。"

从法律上来说,房子是达莉娅的了。可是,"我无法否认,我在房子里住了那么些年,建了房子的那一家人却被赶出去。你怎么去平衡这种现实呢?你怎么去面对他们,回应他们呢?"

"现在,该是我做点什么的时候了,"她说,"就好像,房子在跟我讲一个故事。比一个故事要多。我必须做出回应。"她总是在想导致巴希尔漫长监牢生涯的那桩罪。她在想,她该怎么回应那件事呢?最后,她做出了决定,"他的反应不能决定我的反应。依据我自己的理解和良知,我有自由的选择去思考,有自由的选择去行动"。

达莉娅一直在想自己还是个小女孩的时候,她从拉姆拉那房子的大门顶上,把作为伊斯兰教象征的星星和新月拧下来扔掉了。"它是那么美,"她说,"我希望自己能把它放回去。我为自己的所作所为感到羞愧。"

她一直在琢磨怎么处理房子，一天晚上，在梦中，天使加百列来到她的面前。"他回旋、停留在大门顶上，在新月曾经在的地方，"达莉娅说，"他看着那象征他待过的地方，他在微笑。他在祝福这座房子，他在祝福我，他对我想要对房子做的事情给出了祝福。"

1985年春天，出狱一年之后，巴希尔收到了拉马拉的一名巴勒斯坦圣公会牧师发来的信息。牧师叫奥德·兰蒂西（Audeh Rantisi），以前是利达人，他清清楚楚地记得，1948年7月自己被武力赶出家门的情景。

兰蒂西告诉巴希尔，他刚刚接到一个来自耶路撒冷的电话。打电话的人叫叶赫兹凯尔·兰道（Yehezkel Landau），达莉娅的丈夫。叶赫兹凯尔解释说，索利娅去世八年了，达莉娅的父亲摩西·埃什肯纳兹也去世了，现在，拉姆拉的房子空了。达莉娅想见见巴希尔，讨论一下房子的未来。他想见面吗？

达莉娅一直在想自己能做什么。她知道自己想基于双方历史而行动。"我不得不承认，这是我童年时候的家，我父母去世之前一直生活在这里，我的记忆都在这里，但是，这个房子是被另外一家人建造起来的，他们的记忆也在这里。我必须毫不含糊地承认这一切。"

一个月之内，达莉娅和叶赫兹凯尔就驱车北上，进入被占领的西岸。他们在兰蒂西和其妻子帕特里夏的家里见了面，他们家在拉马拉男童福音学校隔壁，兰蒂西是这所学校的负责人。巴希尔正等候在那里。

在兰蒂西的客厅，达莉娅和巴希尔坐在舒适的椅子里，面对着彼此。时间过去多久了？16年？18年？达莉娅现在37岁了，手指上有一枚婚戒，巴希尔43岁，也是刚刚结婚。他前额上垂下了一缕白发。达莉娅注意到他的左手放在口袋里，它好像总是在口袋里。

他们闲聊了 会儿。巴希尔健康吗？自由的感觉如何？他有什么计划？

达莉娅谈到他们会面的目的。她解释说,自己一直控制不住地在想这所房子和它的历史。这所房子牵扯两个家庭、两个民族和两段历史。现在,摩西去世还没到一个月,家里就空空荡荡了。她也一直在想着痛苦、报复、痛苦、报复的无尽循环。她想知道自己是否能对这个问题做些什么,去致敬两个家庭的两段历史。这不仅仅是对巴希尔的一种姿态,也是对整个哈伊里家族的一种姿态。一个人如何回应集体的伤口?她一次又一次地问自己。她的内心想做点什么,她的内心想要弥合那个伤口。

达莉娅知道,她不能和哈伊里一家人分享这个房子的所有权,甚至也不能把这个房子转到他们的名下。他们需要别的解决方案。

"我们接受各种可能性,"达莉娅说,"我们已经准备好赔偿你们的财产损失。"她提出这种可能性:她卖掉房子,把收益给哈伊里家。

"不,不,不,"巴希尔迅速地说,"不卖。我们的财产不能被出售。"

"那你怎么想呢,巴希尔?"达莉娅问他,"我们该怎么办呢?"

对于巴希尔来说,解决方案必须与他的权利、他作为巴勒斯坦人毕生的斗争相一致。"这所房子是我的家园,"他告诉达莉娅,"我在那里失去了自己的童年。我想要这所房子给拉姆拉的阿拉伯孩子们提供一段非常美好的时光。我希望他们在那里开心。我希望他们有我从未拥有的童年。我想把自己在那里失去的东西送给他们。"

达莉娅和叶赫兹凯尔欣然接受了巴希尔的建议:拉姆拉的这栋房子,将成为以色列的阿拉伯孩子的一个幼儿园。他们也有其他想法,但这是一个好的开始。他们尊重巴希尔的愿望,不过,他们没有采用他给父亲建造的这个房子建议的名字:"达莉娅为拉姆拉的阿拉伯孩子开设的幼儿园"。

"打扰一下,"帕特里夏·兰蒂西从客厅一边轻轻地打断了他们,"食物准备好了。"

巴希尔、达莉娅、叶赫兹凯尔和奥德·兰蒂西从座位上站起身来，走到餐桌旁，和帕特里夏坐到一起。谈话在午宴期间继续进行。

在他们准备切面包的时候，达莉娅和叶赫兹凯尔看着桌子对面的阿拉伯邻居，用希伯来语祈祷：

> 永恒的你是有福的，
> 我们的上帝，宇宙的统治者，
> 从土地上带来面包。

第十一章 驱 逐

巴希尔的眼睛被蒙住，脸朝下倒伏在一辆以色列军用货车里。车子从西岸的纳布卢斯镇往南开。他的双手被铐在背后，双腿也被拴着，和其他三名囚犯被链子拴在一起。

他的自由没有持续多长时间。出狱三年后，巴希尔·哈伊里又被捕了。

1988年1月13日早上，巴希尔和另外三个人被人从纳布卢斯的耶尼德（Jneid）监狱的牢房里带出来，沿着混凝土地面往外走。对于国际外交界、新闻界、人权律师、阿拉伯世界和关押在耶尼德监狱的800名巴勒斯坦人来说，这种行动不足为奇。加沙和西岸一直有骚乱，以色列人把这些活动称为暴乱，阿拉伯世界把这些活动称为起义——用阿拉伯语说，就是"*intifada*"。以色列对疑似的组织者进行了镇压，逮捕这四人是以色列一项更广泛的镇压行动的一部分。

五个星期之前，加沙和西岸先后爆发了反对以色列统治的示威游行。20年来，生活在以色列控制区的巴勒斯坦人看到，占领军几乎主宰了公共生活的方方面面。以色列人确定学校课程，管理民事和军事法庭，监督医疗保健和社会服务，制定占用税，并决定哪些企业能获得经营许可。尽管以色列允许成立一些民事机构，包括工会和慈善组织，但是，20世纪80年代中期，西岸和加沙的150万巴勒斯坦人的积怨在占领之下已如沸汤滚滚。以色列人控制着巴勒斯坦人居住的土地，并把持通往河流和地下蓄水层的通道。他们根据不断变化的、无须接受公众审查的法律和军事法规，逮捕和关押加沙人或西岸人。20年来，怨恨和反抗逐渐增强，1987年年底，这种情绪达到了引爆点。

1987年12月8日，一辆以色列车辆——一些记录说是一辆农用卡车，另外一些记录坚持说是坦克——突然转向，冲进了一列长长的车队，车上载着从加沙返回的巴勒斯坦男人，他们在以色列从事低薪的日间劳动。四名阿拉伯人身亡。同一天，有谣言称，这四个人的尸体被以色列军队从贾巴尔亚（Jabalya）难民营夺走了，为的是掩盖这些人被谋杀的证据。

后来，在贾巴尔亚难民营中，数千人聚集在一起参加葬礼，冲突爆发了。第二天，男孩们和年轻人开始向以色列士兵投掷石块。几百块石头落到以色列军人的头上，他们用实弹进行了回应。一个叫哈太姆·阿齐兹（Hatem al-Sisi）的20岁男性殒命，他被称为在起义中牺牲的第一个烈士。很快，示威游行传开来，刚开始是在加沙的其他地方，接着，西岸也开始了。年轻男性、青少年，甚至是只有八岁大的男孩，都对着以色列坦克和军队投掷石块。巴勒斯坦人宣布在整个西岸和加沙开展全面罢工，抵制以色列的商品，号召"医生和药剂师兄弟"以及"商人和杂货商兄弟"关闭自家的店铺——为了和示威者团结，还为了明确表示，占领区的生活不会像以往那样。起义开始了。

现在，巴勒斯坦人在全世界电视屏幕上接连出现的形象，不再是炸毁客机的劫机者，或绑架并杀害奥林匹克运动员的蒙面男子，而是向占领者投掷石块的年轻人，后者以子弹回应。在西方，以色列一直被描绘成被阿拉伯敌人团团包围的大卫,现在,它突然被当成了巨人歌利亚。

刚开始,起义被以色列国防部部长伊扎克·拉宾斥为一系列微不足道的地方性骚乱,但这场起义将改变中东政治的动态。巴勒斯坦人把它称为"石头革命"。一位著名的以色列历史学家将其与"一场反殖民的解放战争"相提并论,另一个人称其为"巴勒斯坦独立战争"。"哪一种独立?"在接下来的几年内,这个问题开始分裂巴勒斯坦人。

多年来,民族主义抵抗团体联盟巴解组织一直主导着巴勒斯坦的政治话语,巴解组织以阿拉法特的法塔赫为中心。然而,起义开始五天后,一个新的团体从催生起义的同一个加沙难民营中诞生了。它的名字叫"伊斯兰抵抗运动"(Islamic Resistance Movement),以阿拉伯语首字母缩写而闻名,"哈马斯"(Hamas)。哈马斯的领导人是一个留大胡子的残疾中年男子,他叫谢赫·艾哈迈德·亚辛[①]。1948年,亚辛与家人一起逃离约拉村(al-Jora)。后来,这个村子被毁掉,在它的废墟上建起了以色列城市阿什凯隆。

哈马斯主张不承认以色列,在回归权方面不妥协。该组织寻求在旧巴勒斯坦全境建立一个伊斯兰国家。它的宪章说犹太人图谋要"统治世界",并宣布,消灭以色列,就和八个世纪之前萨拉丁战胜十字军的历史意义是一样的。哈马斯对难民返回家园的权利毫不妥协的立场,以及它在占领区社会福利项目中日益重要的作用,使这个组织受到欢迎。哈马斯立即被视为巴解组织在本地的对手。当时,巴解组织的领导人,包括亚西尔·阿拉法特在内,正在突尼斯流亡。

[①] 谢赫·艾哈迈德·亚辛(Sheikh Ahmed Yassin, 1936—2004),加沙穆斯林兄弟会前领导人,哈马斯的精神领袖与创始人,在12岁时因为体育事故伤了脊髓,终生依靠轮椅生活。哈马斯在巴勒斯坦社会建造医院、教育系统、图书馆和其他公共服务设施,在巴勒斯坦民众中颇得民心。亚辛于2004年3月22日遭以色列机载导弹暗杀身亡。

以色列想削弱阿拉法特的力量，起初，它鼓励激进的穆斯林兄弟会的发展，它的成员建立了哈马斯。现在，哈马斯对"犹太复国主义实体"和它对起义的镇压发出了强烈的谴责。

巴勒斯坦人在起义中的抵抗日益强烈，无论是哈马斯，还是在突尼斯远程指挥的巴解组织领导人，他们有限的能力都不足以掌控这些。许多抵抗是自发的，最初的几个月里尤其如此。地方委员会从基层涌现出来，他们协调示威活动，谋划对以色列军队进行游击突袭，在以色列当局关闭当地学校时开办秘密课程，抗议以色列税收，从当地市场的货架上撤下以色列产品。男人们不在以色列工作时，他们用制作面包、饲养家禽和缝纫合作社的方式来获取替代收入。许多家庭培育"胜利花园"来代替以色列的农产品供应，他们在旧冰箱的外壳里孵小鸡，把牛奶倒入旧的动物皮囊中，摇动皮囊，直到牛奶变成黄油。石块在起义中意义重大，但一些社区开展了非暴力的公民不合作运动。在伯利恒附近的贝特萨霍（Beit Sahour），作为针对以色列的税收起义的一部分，几千名巴勒斯坦人交回了以色列发的身份证，对市政当局进行静坐抗议。以色列军队用催泪瓦斯驱散了他们。

在税收起义的高潮时段，达莉娅和一大群信教的犹太人一起乘车去了贝特萨霍。回忆起巴勒斯坦人时，达莉娅说："他们没有代表权，他们正在被征税。"以色列士兵在检查站拦住了这群人。他们站在士兵们的面前，背诵《古兰经》中关于惩罚和无辜的一段经文，朗读圣方济各关于在有仇恨的地方播种爱的祷文，并唱了哈西迪犹太教的"和平祷文"：

> 愿你的意志结束地球上的战争和流血，在全世界传播伟大而美妙的和平，这样，一个民族就不会向别的民族举剑，他们也不再学习战争……

让我们永远不要谴责地球上的任何人,不管他伟大还是渺小……

让我们的时代如经文中所写的那样流逝,"我必使这地平安,你躺卧时,无人使你惧怕。我必将走兽从地上赶出,刀剑也不穿过你们的地"。

上帝是和平的,请以和平庇佑我们!

起义的前三周,因为以色列军队一直使用实弹射击,29名巴勒斯坦人在示威中丧生。很快,面对越来越多的国际批评,时任国防部部长的伊扎克·拉宾将以色列国防军的政策转变为"暴力、强权和殴打"①,士兵开始着意打断投石者的手和胳膊。尽管如此,死亡人数仍在上升。起义的第一年,至少有230名巴勒斯坦人被以色列军队射杀,2万多人被捕。难民营中,数千人在黎明前的突袭中被捕,士兵们破门而入,把年轻的投石者从家里拖出来,把他们装到汽车上。许多年轻人和男孩连起诉程序都没有,就直接被以"行政拘留"的名义关进了监狱。以色列官方关闭了900所西岸和加沙的学校,还实行广泛的宵禁,使工人无法去以色列工作。同时,不顾国际社会的强烈抗议,他们开始将涉嫌组织起义的人驱逐到黎巴嫩,巴希尔也在其中。

达莉娅躺在耶路撒冷医院的病床上,听医生和护士们议论起义的事儿,这是1988年1月。

最近几天,巴勒斯坦人起义的消息零星地传来:一个朋友带来一份报纸,一名护工推进来一台电视机,或者达莉娅朝天躺着的时候,听着医护人员声音中的烦闷痛楚。

---

① "暴力、强权和殴打"(force, might, and beatings)是拉宾主张的对巴勒斯坦抗议者实行的"铁拳政策"的几项主要内容。

九个月前,达莉娅被诊断出患了癌症。最初的活检和治疗后,她收到了四份治疗建议,每一份都强烈建议采取更具侵入性的手术。她说,治疗涉及子宫切除术。达莉娅勉强同意了治疗程序,但就在手术之前几天,她发现自己怀孕了。达莉娅40岁了。她违背了所有医生的建议,拒绝了手术。他们警告她,如果她继续怀孕的话,会有生命危险。没办法知道癌症是否会复发。"作为一名医生,我反对你的决定,"一位专家告诉她,"但作为一个人,我尊重、认可和钦佩你的决定。"

几周后的一个晚上,达莉娅步行去了旧城。她对自己保留胎儿的决定感到很高兴,想在哭墙下祈祷一下。回家后,她感到腹部剧烈痉挛。在医院里,医生告诉她,因为癌症治疗,她现在是高危妊娠。达莉娅立即被限制在病床上,24小时不能下床。就是在这种状态下,她听到了关于起义的第一个消息。

1月初,达莉娅的丈夫叶赫兹凯尔来到她的床边,带来巴希尔将被驱逐出境的消息。他被怀疑帮助组织起义,看起来,一个以色列军事法庭随时会下令把他驱逐出去。

"你为什么不做点什么呢?"叶赫兹凯尔问。

达莉娅觉得这个问题很荒谬。做点什么?她怀孕六个月了,正在挣扎着从一场危及生命的疾病中康复。有好几个月,她被禁止下床。每次起床去卫生间都会宫缩,强效的抗宫缩药让她浑身发抖。

"比如说什么呢?"达莉娅问。

"也许你可以写写你们的历史,"叶赫兹凯尔回答,"关于巴希尔,关于拉姆拉房子的故事。"

"不,当然不行,"达莉娅记得自己这么对丈夫说,"我不想暴露我自己。我需要和平和隐私。我不想这么干。"

叶赫兹凯尔打住了话头。

1988年1月13日，耶尼德监狱。当巴希尔、吉布里尔·拉古卜（Jabril Rajoub）、胡桑·哈德尔（Hussam Khader）和加麦尔·加巴拉（Jamal Jabara）走过一排排监室的时候，其他的囚犯开始一边敲栏杆一边喊叫："Allahu akbar！"（安拉至大）他们还唱起非正式的巴勒斯坦国歌："Billadi，Billadi，Billadi！"（"我的祖国，我的祖国，我的祖国！"）巴希尔和吉布里尔回忆说，当声音大到震耳欲聋的程度时，以色列狱警向牢房发射了催泪瓦斯罐，大喊大叫和敲击的声音变成咳嗽声和呻吟声。当他们走近出口，声音开始减弱时，他们听到一些囚犯还在大喊："不要驱逐他们！不要把他们从祖国驱逐出去！"

前一天，在一个以色列军事法庭上，驱逐听证会的进程很快：尽管为巴希尔和其他三名囚犯做辩护的以色列和阿拉伯律师宣布，诉讼程序是一个缺乏合法性的法庭的"司法把戏"，但他们放弃了对驱逐出境进行上诉。"从一开始，游戏结局就注定了。"以色列人权律师丽娅·特斯迈尔[①]在一次媒体招待会上说。以色列军方在法庭上说，这四个人在西岸和加沙动乱的"领导人和煽动者"之中。因此，军事法官宣布，尽管包括美国在内的许多国家反对，联合国安理会也通过了措辞强烈的决议（该决议是由于巴希尔、他的同志和几个其他的巴勒斯坦组织被驱逐而引发的），他还是会批准对四名巴勒斯坦人的驱逐令。

这四个人不知道自己会被驱逐到哪里。"你可以驱逐我，"吉布里尔·拉古卜记得自己这样对法官说，"但是你不能把巴勒斯坦从我的心中驱逐出去。你可以驱逐我们，杀害我们，毁灭我们，但这永远也不能确保你们自身的安全。"

[①] 丽娅·特斯迈尔（Leah Tsemel，1945— ），以支持巴勒斯坦权利而闻名的以色列律师。她将自己的职业生涯定义为涉及"（发生在）巴勒斯坦人与当局之间的一切"的职业。她在以色列法院系统中代表巴勒斯坦被告进行辩护有50年之久，她的故事被拍成了纪录片《倡导者》（2019）。

伊扎克·拉宾身为国防部部长,在驱逐巴希尔和他的同志事件中是核心人物。巴希尔回忆说,几天之前,他还在耶尼德监狱里和拉宾会了面。因为人权组织抗议囚犯的待遇问题,国防部部长去了监狱。巴希尔告诉拉宾说,以色列监狱的条件连狗都待不住,甚至连以色列的典狱长海姆·利维(Haim Levy)也说了差不多的话。拉宾听取了巴希尔对监狱的种种不满之后说:"如果有和平,囚犯们就再也不会有问题了。"1948年,拉宾是将巴勒斯坦人从拉姆拉和利达赶走的以色列部队中的一员。几天之后,拉宾批准将巴希尔和其他三个人驱逐到黎巴嫩。

* * *

士兵们把巴希尔和其他三名囚犯从军用货车里拉出来。这是一个寒冷的1月早晨。巴希尔站在光秃秃的地面上的时候,能感受到直升机螺旋桨扇出来的劲风,他感到自己被推到了直升机里面。直升机开始上升,然后盘旋着向北方飞。巴希尔看不见周围,也不知道自己要到哪里去。

蒙着眼睛的四个人可以想象自己身下的土地。左下方是地中海的海岸线,从雅法和特拉维夫一路蜿蜒向北,延伸到海法和阿卡(Acca,以色列人称 Acre 或 Acco)。他们的后面,沿海平原的内陆上,坐落着拉姆拉,还有巴希尔的父亲52年前建造的房屋。再远一些,远东的方向,约旦河从加利利海向南,朝着死海蜿蜒流淌。河流与海洋之间——从古老的阿拉伯雅法港到西岸的山脉,从耶路撒冷的圆顶清真寺到肥沃温暖的杰里科,这是文明的摇篮之一 ——这片细长弯曲的地带,最宽的地方只有60英里,对于世界上的大多数人来说,它是以色列、西岸和加沙,而对于巴希尔和他身边的被驱逐者来说,它仍然是不折不扣的巴勒斯坦。

"我进过六次监狱,"吉布里尔·拉古卜记得,"对我来说,驱逐出境比任何一次入狱都糟。我出生在巴勒斯坦。我的父母、我的祖父母、我的曾祖父母和我的曾曾祖父母都是巴勒斯坦人。我的记忆留在这个国家。我感到自己是这个国家的一分子。我感觉自己有权生活在这个国家。在我的祖国,和我的家人朋友在一起。"

直升机越过以色列北部边界,降落在黎巴嫩南部的一条公路上。巴希尔、吉布里尔和另外两名活动人士,还有看守他们的以色列士兵,到了以色列国防军的"安全区",这是一条25英里的南北向缓冲区,建于1982年。当时,为了摧毁巴解组织,以色列入侵了黎巴嫩。从那以后,以色列一直留在黎巴嫩南部,宣布要停止入侵,也不再向加利利北部发动火箭弹袭击。但是,无论在黎巴嫩还是在以色列,占领变得越来越不受欢迎。冲突区已经被人称为"以色列的越南"。

巴希尔走到直升机的叶片下面,感到有人摘下了他的眼罩。他可以看到吉布里尔和另外两个人。四个活动人士望出去,看到两辆黑色的梅赛德斯轿车在等着他们。

一个以色列军官给了巴希尔50美元,然后直视着他的眼睛。"如果你胆敢回来,"巴希尔记得这个军官说,"我们就射杀你。"

四名男子爬上由蒙面的黎巴嫩民兵开的黑色轿车,向北疾驰,离开了"安全区",深入黎巴嫩的贝卡谷地①。

"以色列藐视联合国 驱逐四名巴勒斯坦人",1月14日,伦敦《星期日泰晤士报》的一则新闻标题这样写道。文章说,"以色列内阁

---

① 贝卡谷地(Beka'a Valley),黎巴嫩东部叙利亚边境地区的一个山谷,属贝卡省管辖,是东非大裂谷的最北端,位于贝鲁特以东30公里的黎巴嫩山脉之间,长120公里,宽约16公里。

召开会议，批准了更严厉的措施以制止整个占领区持续不断的骚乱。昨天，以色列公开藐视联合国安理会，将四名巴勒斯坦人驱逐到黎巴嫩南部"。

同一天，在"四个人被秘密驱逐"的标题之下，《耶路撒冷邮报》在头版报道说，因为被控"在管辖区煽动骚乱"，巴希尔和其他三名活动人士于"昨天中午，被直升机秘密运到黎巴嫩南部安全区的北部边界，以色列没有向他们的家人或律师发出任何通知"。报纸说，全球广泛谴责这次驱逐，认为它侵犯人权，与和平解决冲突的方案背道而驰。连通常持保守态度的美国国务院也发表了一则声明，对其盟友的行为"深感遗憾"。以色列驻联合国大使、一位叫本雅明·内塔尼亚胡①的年轻政治家回应说，驱逐出境"完全合法"，联合国安理会不可能成为公平的仲裁者，因为它"纵容阿拉伯方面的一切暴力行为，同时谴责以色列所有的反制措施"。

以色列社会在驱逐、占领黎巴嫩南部，以及在起义期间对巴勒斯坦人的态度等问题上日益分裂。伊扎克·沙米尔的利库德政府是右翼，主张继续对巴勒斯坦人采取强硬政策。驻联合国大使内塔尼亚胡的兄弟约纳坦（Yonatan）死于乌干达的恩德培②，死于一场以色列反击解放巴勒斯坦人民阵线劫机的突袭之中。约纳坦死后，内塔尼亚胡形成了许多自己的信念。

伊扎克·拉宾靠近以色列政治中心，代表工党的保守派。巴希尔被驱逐的前夕，拉宾认识到巴勒斯坦难民的"绝望"，他告诉埃及前总

---

① 本雅明·内塔尼亚胡（Benjamin Netanyahu, 1949— ），以色列右翼政治家，以强硬态度应对巴勒斯坦问题而闻名，后来曾多次出任以色列总理，曾任执政党利库德集团的主席。
② 恩德培（Entebbe），乌干达城市，位于首都坎帕拉以南的维多利亚湖地区。

理、《戴维营协议》的缔造者穆斯塔法·哈利勒[①]说:"作为一名士兵,我觉得这些人怀着值得被尊重的勇气战斗。他们理应拥有一个实体。不是巴解组织,不是一个国家,而是一个单独的实体。"拉宾认为,以色列不可能同意巴勒斯坦人核心的政治要求——承认巴解组织为巴勒斯坦人民的唯一代表,承认亚西尔·阿拉法特为其领导人。拉宾说,这样做的话,以色列就需要在数十万巴勒斯坦难民回归权上做出妥协,这将是"国家性的自杀"。

拉宾领导下的以色列国防军的政策的重心仍然是"铁拳":用军事力量镇压起义,将巴解组织和解放巴勒斯坦人民阵线的成员驱逐到黎巴嫩。然而,其他以色列人已经开始重新思考这一逻辑。1月14日,《耶路撒冷邮报》社论版的背面,在关于驱逐和以色列对占领区进行镇压的国际声浪中,一个平静的声音出现了。

这个声音属于一个在拉姆拉长大的40岁女性。她的文章的标题是"给一个被驱逐者的信"。

"亲爱的巴希尔,"达莉娅写道,"20年前,在一个非同寻常的、突如其来的场合下,我们认识了对方。从那以后,我们成了对方生活的一部分。现在,我听说你要被驱逐出境了。由于你目前正在拘留中,这可能是我最后一次与你沟通的机会,所以,我选择写这封公开信。首先,我想要再讲述一遍我们的故事。"

刚开始,达莉娅拒绝了叶赫兹凯尔关于写写自己历史的提议。后来,她记得,"一个内在的声音,一个内在的信念"升了起来,"在一片波浪中涌出来,说:是的,这样做是对的。你一定要这样做。在那

[①] 穆斯塔法·哈利勒(Mustafa Khalil, 1920—2008),埃及政治家,于1978年10月至1980年5月担任埃及总理,1979年2月至1980年5月兼任埃及外交部长,当时因反对埃及和以色列之间的和谈而辞职。

一刻，它带着勇气前来。我知道，是的，我要到那里去"。

达莉娅向以色列读者讲述了埃什肯纳兹一家、哈伊里一家，还有拉姆拉的那栋房子的故事："六日战争"后，巴希尔去了那栋房子；达莉娅去了拉马拉，以及他们跨越政治分歧的鸿沟建立的"温暖的个人联系"；以及最终她理解的，1948年11月，她、摩西和索利娅搬进的那栋房子并不简简单单是"被遗弃的财产"。

> 20年前，作为一名年轻女性，发现了一些在当时被精心掩藏的事实，对我来说是非常痛苦的。举个例子来说吧，我们所有人都被引导着相信，1948年，在进击的以色列军队到达之前，拉姆拉和卢德的阿拉伯人就逃走了，在仓促和怯懦的逃亡中，他们抛弃了一切东西。这种信念使我们安心。这是为了防止内疚和自责而故意营造出来的。但在1967年以后，我不仅遇见了你，还遇见了一个以色列犹太人，他亲自参加了拉姆拉和卢德的驱逐活动。他给我讲述了自己亲身经历的故事，后来，伊扎克·拉宾在回忆录中也证实了这件事。

达莉娅写道："我对祖国的爱正在失去它的纯真……我的观念开始发生了一些变化。"然后，她讲述了那"难忘的一天"：艾哈迈德·哈伊里唯一的一次造访自己亲手建造的房子。她讲述了他站在柠檬树下的那一刻，当摩西·埃什肯纳兹从树上摘下一些柠檬，将它们放在艾哈迈德手中的时候，泪水流过了艾哈迈德的脸颊。

> 许多年之后，你的父亲去世之后，你的母亲告诉我，无论哪一夜他感到烦闷，不能安睡的时候，他会在你们在拉马拉租的公寓里走来走去，手里握着一个干瘪的柠檬。就是那次访问

中我父亲给他的柠檬。

　　遇见你以来，我的内心有一个感觉一直在滋长：这个房子不仅仅是我的家。那棵果实丰饶、给我们带来如此多欢乐的柠檬树，也生活在别人的心中。那宽敞的房子有高高的天花板，阔大的窗户和大片地板，它不仅仅只是一座"阿拉伯房屋"，一种理想的建筑形式。现在，它的后面有了生命。那些墙壁唤起了他人的记忆和泪水。

达莉娅描述了一种"奇怪的宿命"，把她的家人和巴希尔的家人联系在一起。虽然把房子变成幼儿园，变成阿拉伯人—犹太人的对话中心，这些计划已经拖延很久，但这一"宿命"仍萦绕在她的脑海中。她写道，"使我们的童年记忆连接在一起的这座房子，迫使我们面对彼此"。但达莉娅随后发问，有没有可能跨越她和巴希尔之间的那条如此宽阔的裂痕，达到真正的和解。她讲述了巴希尔因为在超级索市场里杀死三名平民的爆炸案而获得的定罪和刑期——"直到现在，我也为那些被谋杀的人感到心痛"。然后，她恳求巴希尔改变他的政见。

达莉娅告诉巴希尔说，他对于乔治·哈巴什和解放巴勒斯坦人民阵线的支持——他从未承认过这些，但她认为他是支持的——代表"拒绝接受一个犹太国家，即便它只占巴勒斯坦的一部分"，她说这一立场"将疏远所有的那些以色列人，那些像我一样，愿意支持巴勒斯坦争取自决斗争的以色列人"。

　　巴希尔，像你一样的人，对触发我们的焦虑负有重大的责任，这是有充分理由的。因为解放巴勒斯坦人民阵线决心用一个"世俗的民主国家"取代以色列，并用恐怖手段来实现这一目标。

如果你能摒弃自己过去的恐怖行动,在我眼中,你对同胞的承诺将获得真正的道德力量。我很理解,恐怖是一个和主观感受有关的词语。以色列的一些政治领导人过去是恐怖分子,并从未忏悔。我知道,我们这边所认为的恐怖活动,在你们那边看来,却是全力进行的英勇的"武装斗争"。当我们考虑自己的自卫权时,当我们从空中打击巴勒斯坦目标,并不可避免地击中平民的时候,你们认为这是用先进技术从空中进行的大规模恐怖活动。每一边在为自己辩护的时候都很有创造力。我们要让这个恶性循环进行多久?……

达莉娅随后谈到以色列政府驱逐巴希尔出境的行为,她把这称为"侵犯人权",只会"在巴勒斯坦人中间造成更多的苦难和极端主义",让"被驱逐者在国外有更多的自由来策划反以色列的行动"。不过,达莉娅明白,驱逐巴希尔的行为,其核心是政治之外的东西:

你,巴希尔,还是一个孩子的时候,就从拉姆拉经历了一次驱逐。现在,四十年后,你又要从拉马拉再经历一次。这样,你将两次成为难民。你会和妻子、两个幼小的孩子,艾哈迈德和哈尼,以及你的老母亲、其他家人分开。你的孩子们怎能不恨那些把他们父亲夺走的人呢?痛苦传到下一代,会随着苦涩而变得更深切、更坚硬吗?

在我看来,巴希尔,你现在有一个新的机会去担当一个领袖角色。以色列想驱逐你,这实际上赋予了你权力。我呼吁你展现一种领袖风范:使用非暴力的斗争方式去争取自己的权利……

我呼吁巴勒斯坦和以色列双方都要理解,使用武力无法从根本上解决这场冲突。这是一场无人能够独胜的战争,两国人民要么一起获得解放,要么无人得到解放。

  我们的童年记忆,你的和我的,以一种悲剧的方式交织在一起。如果我们找不到办法将那个悲剧变成共同的福祉,我们对过去的执着将摧毁我们的未来,那么,我们将会夺走新一代人充满欢乐的童年,让他们因为一个邪恶的理由而变成牺牲品。我祈祷着,在你的合作和上帝的帮助下,我们的孩子们将在这片圣地的美丽和富足中愉快地生活。

  Allah ma'ak!(阿拉伯语:愿真主与你同在!)

达莉娅

  好几个星期之后,巴希尔才读到达莉娅的公开信。在公开信发表的那个早晨,他和其他三个被驱逐的人一起正在黎巴嫩深处,贝卡谷地的一个解放巴勒斯坦人民阵线训练营里。

  第二天,他们乘坐萨拉·萨拉(Salah Salah,解放巴勒斯坦人民阵线在黎巴嫩的领导者)开的一辆救护车去了"安全区"边缘附近的克萨拉村(Ksara)。以色列借助自己资助和组织的南黎巴嫩军[1]控制了这片地区的绝大部分领土,但这片地区远未实现和平。以色列占领下的敌对村庄曾发生冲突,产生了"上帝军"(Army of God,也称真主党)[2]。他们的目标是把以色列人从黎巴嫩南部驱逐出去,为了达到目

---

[1] 南黎巴嫩军(South Lebanon Army),黎巴嫩内战期间的一支基督教民兵部队。1979年后,由自由黎巴嫩政府领导。在1982—2000年南黎巴嫩冲突中得到以色列的支持,一直是真主党等伊斯兰抵抗武装的首要战斗目标。以军于2000年全部撤出黎巴嫩南部后,南黎巴嫩军宣告解散。

[2] 真主党(Hezbollah),1982年伊朗资助成立的什叶派伊斯兰政治和军事组织,主张消灭以色列,把西方势力赶出黎巴嫩。目前是黎巴嫩主要的反对派政党。除武装活动外,还从事一系列社会活动,如开办孤儿院、兴办学校、兴建文化中心、经营诊所和建筑公司等。

的，他们向以色列北部发射苏联制造的"喀秋莎"火箭炮[①]。

自从1982年入侵和袭击贝鲁特以来，以色列占领了黎巴嫩南部六年。1970年"黑色九月"之后，阿拉法特的巴解组织、哈巴什的解放巴勒斯坦人民阵线和其他的反叛派别离开约旦，去了黎巴嫩开展活动。就像当初在侯赛因的王国中一样，他们从实际上的"国中之国"对以色列发动袭击。黎巴嫩的基督教民兵因为巴勒斯坦好战分子的存在，以及黎巴嫩穆斯林人口的迅速增长感到忧虑，以色列给基督教民兵提供了数千万美元的资金后，他们为了以色列与巴勒斯坦的势力派别进行了代理人战争，但收效甚微。1982年，阿里埃勒·沙龙将军率领的以色列部队包围了贝鲁特。成千上万枚炮弹对着黎巴嫩首都倾泻而下，沙龙宣布要将贝鲁特南部"夷为平地"，他的主要目标是将阿拉法特和巴勒斯坦的武装力量赶出黎巴嫩，让他们远离以色列。大出以色列的预期的是，巴解组织的军队奋力抵抗，但到了7月下旬，阿拉法特和巴解组织领导人开始考虑不可避免的情况：从黎巴嫩撤离到更安全的避风港，流亡到更远的地方。

1982年8月21日，第一批400名巴勒斯坦游击队员离开黎巴嫩，前往塞浦路斯。塞浦路斯是黎巴嫩海岸外的一个岛，一部分领土被希腊控制，一部分领土被土耳其控制。接下来的两周里，14000人跟随着他们，进入了流亡状态。阿拉法特本人于8月30日撤离黎巴嫩，在美国第六舰队[②]的护卫下登上一艘希腊商船。9月1日，巴解组织在突尼斯建立了他们在流亡中的第三个根据地。突尼斯是地中海沿岸的北非国家，阿拉法特和他的部属战士们将在那里考虑他们的新战略。近

[①] "喀秋莎"火箭炮（Katyusha rocket），苏联于"二战"中大规模生产、使用的自行火箭炮，能迅速地将大量的炸药倾泻于目标地，但准确度较低，装弹时间较长。虽比其他火炮脆弱，但价格低廉，易于生产。
[②] 美国海军六大舰队之一，辖区范围是环绕欧洲和非洲的北冰洋、大西洋、印度洋一带。

50万巴勒斯坦人留在黎巴嫩，生活在肮脏的难民营中。1948年，他们带着"十五天后"回家的承诺，满怀信心地抵达黎巴嫩。34年过去了，这些人仍然向自己的孩子们传授着早已被摧毁的村庄里那些街道的名字。没有人获得黎巴嫩的公民身份，他们向东道主保证过，他们不想要这个身份。他们坚持说，自己唯一的愿望是行使联合国认可的回归权。

巴解组织军队离开后的两周，数百名巴勒斯坦平民在贝鲁特的萨布拉和夏蒂拉（Shatilla）难民营中遭到屠杀[1]。杀人事件发生的前一天，黎巴嫩的基督教会长巴希尔·杰马耶勒[2]被谋杀，以色列人曾经希望扶植他成为一个友好的国家元首。

杰马耶勒死后，在阿里埃勒·沙龙和其他以色列军官的鼓励下，黎巴嫩长枪党[3]下属的"基督教民兵"作为刽子手进入难民营。他们表面上的任务是在巴解组织撤离后，根除2000名仍然藏身于此的武装分子。以色列的将军和步兵站在营地外面，发射了夜间照明弹，帮助"基督教民兵"搜寻、照亮，长枪党的枪手开始了长达48小时的屠杀大狂欢。生活在这两个营地中的每一个活物——男人，女人，婴

---

[1] 贝鲁特难民营大屠杀，又名萨布拉-夏蒂拉大屠杀，发生在1982年9月16日至18日的一场政治性大屠杀，支持以色列的黎巴嫩长枪党旗下的基督教民兵组织在以色列国防军协助下，屠杀政治上的敌人，包括巴勒斯坦人和黎巴嫩的什叶派穆斯林，遇难人数在762人至3500人之间。
[2] 巴希尔·杰马耶勒（Bashir Gemayel，1947—1982），黎巴嫩政治家，在黎巴嫩内战早期曾为黎巴嫩长枪党的领导人及民兵组织最高指挥官。1982年8月23日，在以色列与美国的支持和压力下，被议会选为黎巴嫩总统，此时的黎巴嫩正深陷内战泥沼，并被以色列和叙利亚为首的驻黎巴嫩多国部队占领。
[3] 黎巴嫩长枪党（Phalangist Party），黎巴嫩的政党之一，属于基督教马龙教派，成立于1936年，由出身埃及的皮耶尔·贾梅耶所建立，主张腓尼基主义，反对法国殖民，支持黎巴嫩独立。黎巴嫩独立后长枪党转变为反叙利亚、巴勒斯坦等泛阿拉伯主义者，1958年黎巴嫩发生内战，它成为右翼路线的武装力量之一。

儿,甚至驴和狗——都遭到了长枪党的屠杀。劳伦·詹金斯(Loren Jenkins)在《华盛顿邮报》的报道中这样描述:

> 周六早上,外国观察员进入夏蒂拉难民营的时候,他们眼前的场景像是一场噩梦。妇女们为亲人之死悲伤哀号,烈日下,尸体开始膨胀,街道上乱丢着成千上万个空弹壳。房屋已被炸毁并被推成了废墟,许多居民还埋在里面。一堆堆尸体横在弹孔遍布的墙前面,看起来是被处决的。其他人的尸体散布在大街小巷,显然是在试图逃走的时候遭到了枪杀。1948年以色列建国,巴勒斯坦人逃离故国之后住过的那些建筑已被废弃,建筑群中,每一条脏乱不堪的小巷都在诉说着自己的恐怖故事。

以色列部队提供了推土机,供黎巴嫩部队挖掘万人坑。根据以色列后来的估计,至少有700名巴勒斯坦人被屠杀;一个独立的国际委员会认为,死亡人数是2750。

萨布拉-夏蒂拉大屠杀震惊了世界,也激起了以色列人的愤怒,据估计,40万抗议者涌上特拉维夫的街道,要求对此事进行官方调查,达莉娅和叶赫兹凯尔也在其中。这是以色列历史上规模最大的示威活动之一。达莉娅回忆有一天人们讨论犹太传统伦理,以及她对大声疾呼者感到的同心同德:"这样的事情发生在别人身上时,任何一个人都不应该袖手旁观。这不是一种犹太人的态度。"

五个月后,以色列卡汉委员会[①]宣布,以色列和沙龙对屠杀负有间

[①] 卡汉委员会(Kahan Commission),1982年9月28日由以色列政府成立,正式名称为"贝鲁特难民营事件调查委员会",负责调查萨布拉-夏蒂拉大屠杀。委员会由最高法院院长伊扎克·卡汗(Yitzhak Kahan)主持,另外两名成员是最高法院法官阿哈隆·巴拉克(Aharon Barak)和少将尤纳·埃夫拉特(Yona Efrat)。

接责任。委员会指责国防部部长"无视长枪党对难民营的民众进行复仇与屠杀行为的危险",并建议以色列内阁解除沙龙的职务。很快,沙龙开始了一段短暂的下野时光。

1988年1月14日,巴希尔、吉布里尔·拉古卜和其他两名被驱逐者没带身份证件就抵达了黎巴嫩。就像在黎巴嫩各地难民营中的巴勒斯坦人一样,他们没有国籍,黎巴嫩当局不想接收他们,他们也决心返回家园。与难民不同,巴希尔等人被驱逐引起了国际关注,他们打算利用这一点,充分推进巴勒斯坦事业,特别是起义事业的开展。

吉布里尔有了个主意:如果四名活动家找到一个离黎巴嫩南部边境越近越好的地方,然后在那里搭起帐篷,会如何呢?来自解放巴勒斯坦人民阵线的护送者萨拉·萨拉告诉他们说,这实现起来很难。他们的行动是受到严格限制的,所有人员都有被叙利亚逮捕的危险,叙利亚实际上控制着黎巴嫩的贝卡谷地。这些人必须尽可能秘密地行动。

巴希尔、吉布里尔,还有和他们一起被驱逐的人躲进了萨拉·萨拉驾驶的一辆救护车的后面。救护车在贝卡谷地的小路上一路蛇形,向着克萨拉村前进,那里有一个国际红十字会的办公室。男人们确信红十字会不想看见自己,不过,红十字会也不会站在驱逐他们四人的立场上。

他们从救护车上下来,走进红十字会建筑前的一片场地。有人征用了一个帐篷,他们在帐篷旁边插了一面巴勒斯坦国旗。几个小时内,当地的支持者们带着更多的帐篷来到这里,很快,这四个著名的流亡者被不断增多的活动人士、政要和国际媒体围在了中心。巴希尔说:"我不记得哪个晚上,那里的人数少于一百。"

巴解组织和解放巴勒斯坦人民阵线的领导人去看望他们。阿尔及利亚外交部部长去拜访他们。黎巴嫩和叙利亚官员讨论了他们的状态,黎巴嫩驻南也门的大使还答应与总理谈一谈,让这四个人拿到护照,以便于他们活动。

对许多支持巴勒斯坦事业的人来说，占领是一个具有驱动力量的议题，巴勒斯坦支持者的队伍不断扩大，即使在以色列内部也是如此。对这些支持者来说，解决方案是以色列撤到"绿线"后面，回归1967年以前的边界，并在线的另一边建立一个巴勒斯坦国。一些巴勒斯坦人开始认为，联合国第242号决议所体现的妥协是结束冲突的最佳方式。然而，对于巴希尔和数十万难民来说，第242号决议还远远不够。他们仍然相信早些时候的联合国第194号决议，该决议认可了他们回家（现在是以色列）的权利。

"唯一的解决方案是回归，"巴希尔站在红十字会场地上的帐篷中间，告诉记者说，"我们想回到自己的祖国。"记者们想知道怎么回家——考虑到以色列的实力，几十年来阿拉伯人一次又一次的失败，甚至连阿拉伯政府对允许流亡者从黎巴嫩南部地区发声也越来越不满——怎么能做到。

巴希尔回答说："既然有一个阿拉伯的决定，反对我们待在这里，我们要求阿拉伯人给我们一架飞机，这样我们就可以自己飞回巴勒斯坦。这将是一次自杀行动。"巴希尔非常清楚他的要求永远不会被批准，他也意识到他的话将被记者写下，并可能在世界各地广为传播。

萨拉·萨拉崇拜地看着巴希尔。这是一个真正的男子汉，萨拉想，他知道怎么去引起媒体的注意，但他总是关注大的政治问题。"他把这个当成一项以色列的政策去分析，而不是当成个人问题去谈论，"萨拉说，"他把个人利害置之度外。他没有谈到过个人的痛苦。"巴希尔的风格安静而有力。他说话有重点，语调低沉，很少有笑容。他的左手像往常一样，插在口袋里，右手掌心向下，像一枚刀片一样划破空气。在巴勒斯坦政治派别间的内部会议上，他以热情洋溢、偶尔雄辩滔滔而著称，但在公开场合他字斟句酌，让自己的言论能够最大限度地发挥作用。

巴希尔还知道，当时，黎巴嫩的政治局势在民选国家领导人和叙利亚人之间极为紧张，叙利亚人继续在以色列"安全区"以外的区域行使事实上的控制权。萨拉记得："每一个词都经过思量。他非常精细，和吉布里尔不一样。"

吉布里尔·拉古卜脾气暴躁，是法塔赫青年运动的领导人，法塔赫是由阿拉法特和阿布·杰哈德于1965年成立的游击队团体，后来合并为巴解组织的中央机关。和巴希尔相比，这位年轻的活动家对叙利亚—黎巴嫩政治的敏感性没什么耐心。萨拉回忆说，在红十字会办公室外的小帐篷群里待了几个星期后，1988年年初的一个下午，吉布里尔在一次关于难民营中巴勒斯坦难民待遇的讲话中，愤怒地谴责了叙利亚。

萨拉知道这意味着他的同志们不能再待在黎巴嫩了。他安排将这四名被驱逐者从黎巴嫩南部偷运到贝鲁特，然后从那里乘飞机前往塞浦路斯。因为吉布里尔惹的麻烦，萨拉被叙利亚情报部门抓了起来，并被单独监禁，在接下来的18个月里，他对叙利亚总统哈菲兹·阿萨德①的严酷司法体系变得非常熟稔。"萨拉为我的演讲付出了代价。"吉布里尔·拉古卜在差不多17年后承认。

2月，从西岸被驱逐到黎巴嫩几周之后，逃到希腊控制下的塞浦路斯几天之后，巴希尔登上了一趟飞往雅典的班机。巴解组织提出了一个新的计划，以引起人们对他们困境的注意："*Al-Awda*"（回归之船），该船将驶出希腊控制的塞浦路斯的利马索尔（Limassol）港口，并向海法进发。对于某些人来说，这趟旅行代表巴勒斯坦人在西岸和加沙建国的愿望。对于另外一些人，例如巴希尔，它象征性地宣告巴勒斯坦人的回

---

① 哈菲兹·阿萨德（Hafez al-Assad，1930—2000），叙利亚前总统、空军司令及国防部部长，1970年发动革命掌权，统治叙利亚长达30年。

归权。一些乘客将这艘船与"出埃及记"号相提并论,这是纳粹大屠杀幸存者乘坐的船,1947年,这艘船在向海法航行的途中遭到英国的堵截。与巴希尔一起乘船的还有另外130名被驱逐者及其支持者,其中包括一些美国犹太人,以及与巴勒斯坦人建立联系的以色列人。其中的一个以色列人亲身乘坐过"出埃及记"号。

在希腊,记者也加入巴勒斯坦难民和被驱逐者的数百名支持者的阵营。在那儿,记者们问巴希尔,怎么看达莉娅一个月前在《耶路撒冷邮报》上发表的《给一个被驱逐者的信》。一位记者给了巴希尔一份副本,这是他第一次读到它。在接下来的几周里,巴希尔把这封信读了很多遍。

巴希尔、吉布里尔,还有两个最近被驱逐的人记得自己好像摇滚明星一样,到处接受赞扬,感受深情厚谊,在这段旅程中成了明星四重奏。一些以色列人对这种展示感到愤怒。一位官员告诉记者,被驱逐者是试图"返回犯罪地点"的"罪犯"。

这个计划是让被驱逐出境者、显要人物和积极分子先在雅典住一晚,然后前往塞浦路斯登船。然而,很快有消息传来,说以色列人向希腊船主施压,要求其中断与巴解组织的合同。旅行被延迟了。以色列坚决要求船只不能起航。

在雅典,焦虑的代表团听说巴解组织找了第二个船队、第三个船队和第四个,但每一次都发生了同样的事情:以色列在商业方面对船主施压,导致订单取消。在雅典,在一场越来越超现实的等待游戏中,代表团先是准备动身,然后再重新摊开行李。希尔达·西尔弗曼(Hilda Silverman)来自一个小型的美国代表团,他们被巴解组织安排进一家五星级酒店。回忆这段时期时,希尔达说,这是"我一生中最离奇的经历。简直就像在另一个星球上一样。在这里,我们生活在令人难以置信的奢华中——这是我唯一一次住五星级酒店!白天,我们步行去帕特农神庙①,一直在试图推进这个政治项目"。

最后,巴解组织决定购买一艘名为"大雪丸"(Sol Phryne)的旧渡轮,并将其改名为"回归之船"。2月17日,动身前夕,巴希尔和其他人从酒店退了房,取道雅典机场前往希腊所控的塞浦路斯。他们还没离开酒店,就听到了一个消息:船上发生了爆炸,甲板下面炸开了一个洞。他们后来才知道,蛙人在船体上绑了炸药。就在"回归之船"号起航前的几个小时,它被击沉了。"身份不明者"对此负有责任。疑点立即落在以色列的间谍机构摩萨德身上。

1988年春末,巴希尔离开塞浦路斯,去突尼斯流亡。他在突尼斯首都找了一间小公寓住下,整日读书、写作、参加政治会议,考虑下一步抵抗行动。到现在为止,很明显的是,以色列把巴希尔和几十个被怀疑组织起义的人驱逐出境,这对平息占领区的起义并没有起到什么威吓作用。

4月16日午夜之后,一个以色列的刺杀小队闯入阿布·杰哈德在突尼斯的公寓,暗杀了他,但即便如此,也没有抑制起义的势头。阿布·杰哈德是最受爱戴的巴勒斯坦人之一,包括以色列国防军副参谋长埃胡德·巴拉克②在内的一些人监督着刺杀他的这一行动。这些人认为,法塔赫的这个共同创始人是危险的恐怖分子,他在远方操控起义。他们认为阿布·杰哈德的死有助于结束该地区的"暴乱"。但是,如果说有效果的话,杀害阿布·杰哈德的效果恰恰相反:起义势头逐渐增强。

1988年5月18日,努哈和吉亚斯·哈伊里去了达莉娅在耶路撒

---

① 帕特农神庙(Parthenon,又称"雅典卫城神庙"),建于公元前5世纪的雅典卫城,是古希腊奉祀雅典娜女神的神庙,也是现存最重要的古典希腊时代建筑物,被尊为古希腊与雅典民主制度的象征,是举世闻名的文化遗产之一。
② 埃胡德·巴拉克(Ehud Barak, 1942—),以色列政治家,父亲是立陶宛人,母亲是波兰人,20世纪30年代移民到以色列。曾任以色列总理、外交部部长、国防部和教育部部长。

冷的病房探望她。他们从巴希尔那里得到消息——巴希尔是从突尼斯的记者那里得到消息的——达莉娅的高危妊娠让她在过去的七个月内被困在医院的病床上。吉亚斯给叶赫兹凯尔打电话,他们在耶路撒冷老城会了面,然后开车去医院。

他们走进房间时,达莉娅的目光被努哈吸引住了。她穿着百褶裙、长袖上衣和高跟鞋,是那么优雅端庄,她红棕色的头发梳得那么完美。努哈棕色的大眼睛直视着达莉娅的眼睛,大家围着病床的时候,她站在离达莉娅最近的地方。从她的信发表在《耶路撒冷邮报》上以来,达莉娅在过去的四个月中接待了一连串访客,有很多记者和电视制片人。"有的时候,我有点不堪重负,"达莉娅回忆说,但当努哈和吉亚斯到达时,"我感到了一种亲和力。"

"我们早就想来看你了。"吉亚斯说。他们问了达莉娅和胎儿的健康情况,达莉娅告诉他们,两天之后,孩子会根据安排,通过剖腹产出生。

达莉娅向努哈问巴希尔的消息。努哈说,巴希尔现在在安曼,但是她没法说得再多了,因为她不想让自己哭出来。吉亚斯告诉达莉娅,巴希尔给她的公开信写了回信,一个充当信使的记者很快会把它带回耶路撒冷。

"艾哈迈德好吗?"达莉娅问,她指的是巴希尔和谢赫拉莎德的儿子,现在三岁了。他们的女儿哈尼还是一个婴儿。

"他老是在找爸爸。"努哈说。

"你们怎么跟他说的呢?"

"我们说,犹太人把他赶走了。"

达莉娅回忆,自己设想那个男孩脑海中的想法:年幼的艾哈迈德有一个强大的敌人——犹太人。这个坏人有力量,把父亲从自己身边夺走。她看着努哈,尽管对方已经46岁,仍然是她见过的最美丽的女人之一。达莉娅觉得,她在努哈的眼睛里看到了"对历史、对她的同胞所受的苦难毫不动摇的忠诚"。

吉亚斯说话了。"1967年,我去了我父亲的房子。我还记得父亲建它时候的情况。告诉我,"他看着叶赫兹凯尔说,"为什么,为什么你们这些人到我们的国家来?"

叶赫兹凯尔开始说着什么,但吉亚斯继续说:"为什么该由我来承受这些代价?"

叶赫兹凯尔回答:"这么多年来,我们也有流亡的感觉。你没感觉到吗?"

"是的,我是这么感觉的,"吉亚斯说,"我宁愿在拉姆拉的路灯柱子下睡觉,也不愿在拉马拉的王宫中睡觉。"

"你的孩子们不是在拉姆拉出生的,他们不也有同样的想法吗?"

"他们确实有同样的感受。"

"还有他们的孩子们,他们不也会这么想吗?"

"他们会是一样的。"

"我们也一样,"叶赫兹凯尔说,"我们的祖先,祖先的祖先,也有一样的想法。"

达莉娅躺在病床上,一直注视着这场争论。吉亚斯理解不了她的同胞们对古老祖国的渴望,这让她很受打击。

"但他们不是在这里出生的,"吉亚斯抗议道,"举个例子吧,我的犹太朋友亚伯拉罕,他,他的父亲,还有他的祖先,都是在这里出生的。他们家是海法人,他就是个真正的巴勒斯坦人。"

达莉娅想,这就是说,我不是?

"这是一种不同的自我理解,"宗教学学者叶赫兹凯尔针锋相对地说,"那你们打算怎么办?为什么你们觉得以色列人怕你们呢?我们连全副武装的叙利亚军队都不害怕,可我们怕你们。你认为这是为什么呢?"

吉亚斯惊讶地看着叶赫兹凯尔。叶赫兹凯尔继续说话的时候，努哈和达莉娅保持沉默。叶赫兹凯尔说："因为你们是唯一的、有合法正当的理由对我们感到不满的人。在内心深处，即便是那些否认它的人，都对此了然于胸。所以，我们面对你们的时候，感觉非常不自在、不安宁。因为我们的家就是你们的家，你们是一个真正的威胁。"

"为什么我们不能生活在同一个国家里，和平共处？"吉亚斯说，"我们为什么需要两个国家呢？"

"这样的话，你觉得自己就能够回到父亲的房子里去了吗？"叶赫兹凯尔问。

达莉娅在病床上挪了一下身体。她问："那样的话，已经住在那些房子里的人会怎么样呢？"

"他们会给自己造新房子。"吉亚斯回答。

"你是说，"达莉娅说，"为了让你回到原来的家，那些人要被撤离吗？我希望你能理解为什么以色列人害怕你们。以色列人会竭尽全力阻止这些梦想的实现。即使按照和平计划，你们也不会回到原来的房子里。"

"我们要求的是什么？我们要求的只是自己的权利，只是生活在和平中。"

"正义对你们来说，是要收回你们在1948年失去的东西。但是那种正义会以牺牲别的人作为代价。"

吉亚斯看着达莉娅。"巴希尔告诉我，你在1967年或1968年的时候对他说过，'驱逐是一个错误。但另一个错误不会纠正这个错误'。"

"这么多年以前，我真的这么说过？"

"为什么你们需要自己的国家？如果你们确实需要一个，为什么很多年之前，你们不去乌干达或者别的什么地方呢？美国现在有多少阿拉伯人？他们要求在美国建立一个自己的国家了吗？"

达莉娅说:"我不想向你解释,对锡安的渴念对我们意味着什么。我只想说一句,因为你们将我们视为这片土地上的陌生人,所以我们才怕你们。你不要认为我无所畏惧。我有充分的理由觉得害怕:作为一个集体,巴勒斯坦人没有接受这片土地上的犹太家园。你们大多数人仍然认为,在你们中间,我们是癌变一样的存在。尽管我也害怕,但我愿意为你们的权利奋斗。可是,你们的权利必须和我们的生存需求保持平衡。这就是你们不能满意的原因。对你们来说,每一个可行的解决方案总显得不怎么公道。可是,在一个和平计划中,每一方都得后退一步,做出牺牲。"

有片刻工夫,所有的人都没有说话。天色渐渐晚了,努哈和吉亚斯得回拉马拉了。

吉亚斯看向达莉娅病床对面的叶赫兹凯尔说:"愿你得一个儿子!"

努哈看着达莉娅说:"男人们只想要儿子。每个人都那样。"

吉亚斯不为所动,继续说:"希望他的想法和你一样,叶赫兹凯尔。"

"我是一个犹太人,一个犹太复国主义者,如果他的想法和我一样,他也会变成一个犹太人,一个犹太复国主义者!"

现在,大家都笑了,吉亚斯说的话引起了更多的笑声,"我会给他伊斯兰的书去读,你永远也不知道你儿子会怎么想!"

他们准备走了。叶赫兹凯尔要开车把吉亚斯和努哈送到老城的纳布卢斯门,在那里找一辆出租车回拉马拉。

努哈俯身靠近达莉娅,拉着她的手。"愿你生下一个健康的孩子,"努哈说,"*Ehsh'Allah*。"这句话的意思是"真主的旨意"。

两天之后,1988年5月10日,在耶路撒冷的"穷人的守护者"(Misgav Ladach)医院,拉斐尔·雅科夫·阿维哈伊·兰道(Raphael Ya'acov Avichai Landau)经由剖腹产出生了。差不多17年之后,拉斐尔的妈妈达莉娅还记得,"所有的医护人员都觉得这是一个了不起的功绩"。看起来,所有的医生和护士都想与达莉娅和叶赫兹凯尔一起庆祝他们儿子的降生。孩子的名字——拉斐尔——意思是"上帝的愈合"。达莉娅在病床上度过了好几个月。她被静脉滴注和持续监测她身体情况的蜂鸣器围困着。现在,她怀里抱着一个健康的男婴。

在医院病房之外——北边的拉马拉和杰宁,南边的伯利恒和希伯伦,东边的杰里科和西边的加沙——起义丝毫没有趋向中止的迹象。达莉娅希望通过妥协能找到答案,就像联合国决议一样,既尊重巴勒斯坦人的自决权,也承认以色列与邻国和平相处的权利。她知道这不能给巴希尔他想要或者要求的一切。可是,她想,经过所有的这些年之后,难道我们每个人都不愿意妥协吗?

1988年晚些时候,巴希尔还在突尼斯流亡,巴勒斯坦运动中,政治鸿沟不断扩大的迹象变得越来越明显。看起来,阿拉法特正在考虑一个巨大的政治妥协。虽然巴解组织主席没有公开宣布说,自己支持与以色列进行谈判和"两个国家"的解决方案,但有足够的迹象,让像巴希尔这样一直专注于回归权的人感到担忧。

阿拉法特认为,起义已经为一个巴勒斯坦国打开大门,想穿过这扇门,就要付出代价。在突尼斯,和阿拉法特保持一致的,是前强硬派的解放巴勒斯坦人民阵线的积极分子巴萨姆·阿布·沙里夫。早在1979年,埃及与以色列签署和平协议的时候,巴萨姆就开始对乔治·哈巴什和人民阵线对以色列的不妥协立场感到幻灭。他回忆说:"为什么要假装我们能用武力打败以色列呢?如果不可能,为什么不面对现实,有商有量呢?"

1988年晚些时候,这个解放巴勒斯坦人民阵线的前发言人和阿拉法特并肩作战,努力抓住这个起义给予的"难以置信的机会"。巴萨姆的脸上还有深深的伤疤,这是16年前,邮件炸弹在他的手中爆炸留下的。两个人都知道自己在进行一场大冒险。很长时间以来,阿拉法特一直是一名致力于难民回归的战士,他想通过解放旧巴勒斯坦全境达到这一目标。他知道,承认以色列会造成和其他巴勒斯坦派系的决裂,他们会谴责这一行为是出卖。因为有迹象表明"冷战"即将结束,巴萨姆联系了哈巴什,他从前的上级兼解放巴勒斯坦人民阵线的领导者。

"乔治医生,"1988年6月,巴萨姆在美苏首脑会议前夕对哈巴什说,"里根和戈尔巴乔夫要在莫斯科见面了。他们一定会讨论热点问题——中美洲问题、中东问题。巴勒斯坦人和他们的政治计划必须有一席之地。"巴萨姆认为,巴勒斯坦人要求返还约旦河和地中海之间的全部土地,这个诉求看起来不再现实。巴萨姆对哈巴什说:"看,从河到海,这是不被接受的。国际社会不能容忍这个,因为这意味着消灭以色列,那是人们不能跨越的底线。"第二个月,1988年7月,侯赛因国王切断了与西岸之间的全部司法和行政联系,"以示对巴解组织的尊重"。此举进一步为在这片他祖父阿卜杜拉将近40年前吞并的土地上建立一个未来的独立国家铺平了道路。

12月7日,戈尔巴乔夫宣布苏联将大幅度削减它在东欧的军事力量,对于巴萨姆来说,与以色列达成妥协的必要性更加清晰了。现在,苏联的"卫星国"被允许自由选择命运了。巴萨姆知道,长期受苏联支持的巴勒斯坦政治派别很快也会被切断联系。巴萨姆认为,现在是采取行动的时候了,和联合国第242号决议的许多支持者设想的一样,必须在"两国解决方案"的基础上采取行动。

1988年12月中旬,阿拉法特飞到了日内瓦,因为巴解组织主席被禁止进入美国,联合国大会在那里召开了一次特别会议。12月14日,起义开始一年后,阿拉法特首次宣布无条件支持联合国第242号决议,其中包括承认以色列"在安全和公认的边界内,在免于威胁和武力的情况下，和平生活的权利"。阿拉法特还宣布放弃"一切形式的恐怖主义，包括个人、团体和国家层面的恐怖主义"。对于美国国务卿乔治·舒尔茨来说，这足够了，舒尔茨宣布美国将与巴解组织展开对话。美国仍然继续反对一个巴勒斯坦国，但是，美国的承认开启了所谓的"马德里会谈"，进而开启了"奥斯陆会谈"。妥协折中之路已经打开。

巴希尔很不高兴。他知道，如果巴勒斯坦人接受了第242号决议，他们就得承认以色列存在的权利。如果他们接受了以色列，以及两个国家并存的"解决方案"，巴希尔返回拉姆拉（现在以色列境内）的权利怎么办呢？几十万来自海法、雅法、利达和西耶路撒冷的其他人的梦想怎么办呢？从加利利和内盖夫沙漠——阿拉伯世界和更远地方来的难民，该怎么办呢？整整40年来，回归之梦已经成为巴希尔最重要的身份认知——巴勒斯坦身份认知——的一部分。巴希尔坚持联合国第194号决议赋予自己的权利。他几乎一生都在眼睁睁看着以色列否认自己回家的权利，而与此同时，以色列却容纳了一拨拨来自中东、埃塞俄比亚、阿根廷和苏联的犹太人。巴希尔觉得，自己成年之后，在监狱中度过了一多半时光，忍受屈辱、酷刑、无国籍状态，现在又被驱逐出境，这一切不是为了换取阿拉法特正在考虑的这种妥协方案的。

巴希尔的一位同事说，在这段时间里，巴希尔与阿拉法特之间有一场激烈的讨论，但巴希尔不愿意谈它，也不愿意谈自己与其他巴勒斯坦领导人的分歧，甚至也不谈该运动的策略。即便对他的家人，也是一样。他们对他政治工作的细节知之甚少。卡农说："对我们来说，这全都是大秘密。"然而，巴勒斯坦运动中那些紧闭的大门之后，巴希尔以直言不讳闻名。一位前同志记得："他敢于说，自己反对在美国的条件下进行谈判的政策。""他在公开场合表现得很团结，但只有巴勒斯坦人在一起时，他坚定地捍卫自己的愿景。他从来不粉饰什么。"

巴希尔并不孤单。就连阿拉法特自己组织的成员都开始反对他。1989年8月，阿拉法特参与创立的巴解组织主流派别法塔赫，支持重新开始反对以色列的武装斗争。

1989年秋天，在一座叙利亚监狱经历了18个月的单独监禁后，巴希尔解放巴勒斯坦人民阵线的同志，来自黎巴嫩帐篷营地的萨拉·萨拉抵达突尼斯。巴希尔很清楚监狱会怎么对待一个人，但当他看到自己消瘦的朋友时，仍然倍感震惊。萨拉回忆说："这么说吧，入狱时我的体重是75公斤，出狱时我的体重是54公斤。"

巴希尔和萨拉在突尼斯成了邻居，两个人都住在自己的小公寓里。他们经常一起准备饭菜，巴希尔总是鼓励他的朋友尽量多吃点。他们一起下国际象棋和西洋双陆棋，抽水烟斗，为巴勒斯坦的未来及他们举步维艰的解放运动制订策略。

也有一些下午，巴希尔和萨拉就在阳光下静静地坐在花园椅子里，规划着、回忆着。巴希尔经常给萨拉讲达莉娅和拉姆拉房子的事情。萨拉回忆说："他给我看随身携带的文件，有剪报，也有私人信件。"那里面有达莉娅的来信。

巴希尔把《耶路撒冷邮报》的剪报读了好多次。达莉娅公开承认在拉姆拉和利达进行的驱逐行动，这令他感动。他也感动于她在声明中说的："在我心里，有一个感觉在不断滋长：那个家不仅仅是我的家；那一棵产了那么多的果子，给过我们那么多欢乐的柠檬树，也生长在别人的心里。"然而，达莉娅提到他"过去的恐怖行动"，规劝他改变政治观点和拥抱非暴力，巴希尔感到被打击。多么讽刺啊，他想，他第一次读到她的信的几个小时之后，"不明身份者"炸掉了要开启一段和平旅程、前往巴勒斯坦的"回归之船"。

好几个月来，巴希尔一直在思索回应达莉娅的最佳方式。他想告诉她一些重要的事，一些他认识她21年以来从未告诉她的事。

达莉娅不记得收到巴希尔的回信时自己究竟在哪儿，也不记得是谁把信带给了她。也许信是一个从突尼斯到耶路撒冷的记者带来的，也许是巴希尔的一个朋友带来的，也许是一个以色列的和平活动家带来的。

信是从阿拉伯语翻译过来的，用单倍行距打出来，塞在一个厚信封中。17年后，达莉娅还保留着这封信，还有巴希尔手书的阿拉伯文原件。"亲爱的达莉娅，"——信这样开头。

> 的确，如你信中所说的那样，我们是在一个特殊和意外的情况下认识的……也的确，我们认识了对方之后，每个人都成了对方生活的一部分。达莉娅，我不想否认，在你身上感受到的道德、体恤和敏感对我产生了难以忽视的深远影响。甚至有第六感告诉我，我认识的这个人身上有一种敏锐而鲜活的良知，有一天，它会表达自己。
>
> 收到你的来信时，正是我从自己的故土、我的祖国——巴勒斯坦——流亡出去的时候。此前，我们的对话、讨论和相识，已经成为媒体上的新闻话题，甚至成了一些思考正在发生的改变的人们口中的话题，他们开始认识到正在发生什么事情，也重新审视过去发生过什么事。
>
> 首先，你有勇气给我写信、有勇气表达信中所述的思想，请允许我对此表达真挚情谊、尊重和谢意。也请允许我对你的丈夫叶赫兹凯尔·兰道表示敬意和极大的谢意……

达莉娅觉得，巴希尔的来信反映了他1969年入狱之前两个人进行过的许多个小时的对话中两个人之间深深的暖意，弥合了彼此间痛苦和不信任的裂口。巴希尔告诉达莉娅，很多次，他向"我的同志们"

提起她，当时"我生活在活死人墓中，我在服刑——15年宝贵的青年时光"耗在了监狱里，他坚持说，这个刑期"毫无道理，只不过因为我是一个深爱祖国，并忠于自己事业的自由战士"。

达莉娅在公开信中说，巴希尔的所作所为"埋下了仇恨"，可是，她现在读到，巴希尔不同意她的说法。相反，他写道："犹太复国主义的领导在一代又一代人的灵魂中埋下了仇恨。"

> 达莉娅，种下大麦的人永远不能收获小麦，播种恨的人永远无法收获爱。领导者们已经在我们的心中埋下仇恨而不是爱。在它毁灭了我们的童年、我们的存在和我们在祖国的土地上生活的权利的那一天，这份仇恨已经毁掉所有的人类价值。达莉娅，你的改变和你的新观点是通过研究和调查获得的。通过研究和调查，你有能力发现事物的真实本相，而非人云亦云。
>
> 我们是被武力驱逐的。我们靠着双脚踏上了流放之途。我们被放逐，以大地为床，以天空为被。我们被放逐，用从政府和国际慈善组织那里讨到的残羹剩饭糊口。我们被放逐，但我们把我们的灵魂、我们的希望和我们的童年留在了巴勒斯坦。我们留下了喜悦和悲伤，把它们留在巴勒斯坦的每一个角落、每一个沙粒上，在每一个柠檬果上、每一颗橄榄上。我们把它们留在了玫瑰和鲜花上。我们把它们留在了一棵开花的树上，那棵树骄傲地站在我们拉姆拉房子的门口。我们把它们留在了我们父辈和祖辈的遗骸中。我们把它们留作见证，留成历史。我们怀着回归的希望，离开了它们。

达莉娅继续读——巴希尔不同意达莉娅把自己描述成恐怖分子："你不能把人们为解放、独立和自决而进行的斗争和侵略、扩张主义及对他人的压迫相提并论。"

达莉娅在公开信中敦促他尝试非暴力方式,关于这个问题,他这么写道:

> 达莉娅,我尝试过跟随圣雄甘地①的道路,乘坐"回归之船"回巴勒斯坦。我没有携带什么导弹或炸弹……只是带上了我的历史,还有我对祖国的爱。但结果是什么呢,达莉娅?船还没开始航行就沉没了。它还停靠在塞浦路斯港口的时候就沉掉了。他们把船弄沉了,这样,我们就没法回去……我们为什么得不到返回的权利?我们为什么不能决定自己的未来、建立我们的国家?为什么我被逐出自己的祖国?为什么,我要和自己的孩子——艾哈迈德和哈尼、我的妻子、我的母亲、我的兄弟姐妹,和我的家人分开?

"我想让你知道一些新东西。"巴希尔继续写道:

> 你知道吗?达莉娅,1948年,我还带着孩童的纯真的时候,我玩过犹太复国主义者——斯特恩、哈加纳和伊尔贡——散布的诡雷②玩具之一。那是犹太复国主义组织的恐怖分子给

---

① 莫罕达斯·卡拉姆昌德·甘地(Mahatma Gandhi, 1869—1948),被尊称为"圣雄",印度国父,民族主义运动和国大党领袖,他带领印度脱离了英国殖民地统治。他的非暴力哲学思想影响了全世界的民族主义者和争取和平变革的国际运动。印度独立运动的成功也激发了其他的殖民地人民为国家独立而奋斗。最终,大英帝国分崩离析,取而代之的是英联邦。
② 诡雷,用高爆材料制成,通过伪装、诱惑、欺骗等诡计引爆,使敌方在毫无防备之下受到伤害的地雷。它的布设形式往往出人意料,精美的手表、金笔、袖珍收音机、磁带、首饰、精装食品、饮料等,都可以作为诡雷的伪装,使人不加防备。

巴勒斯坦孩子的礼物……

巴希尔说，1948年晚些时候，他们一家从拉马拉来到加沙不久，巴希尔、努哈和其他的兄弟姐妹正在自家混凝土房子外面的土场上玩耍的时候，看到阳光下有什么东西在闪闪发光。这个东西是圆的，有一根芯伸出来，看起来像是一个灯笼。孩子们把它带回了家，巴希尔拿着新玩具，其他孩子围在他旁边。厨房的台面上有一个陶水罐，一个孩子撞到了它，陶罐掉到了地板上。别的孩子四散开来，只剩巴希尔一个人留在原地，手里拿着玩具。突然，爆炸发生了。

诡雷玩具在我的左手中爆炸了，它炸碎了我的手掌，分开了我的骨头和肉。它让我的血洒落下来，和巴勒斯坦的土壤融为一体，去拥抱柠檬果和橄榄叶，与椰枣和缅栀花贴在了一起。

在加沙的这次爆炸中，六岁的巴希尔失去了四根手指和左手的手掌。

谁更有资格重聚，达莉娅？夏兰斯基[①]吗？这个和巴勒斯坦没有文化、语言和历史联结的俄罗斯人？还是巴勒斯坦人巴希尔，一个在语言、文化、历史、血缘上都和巴勒斯坦有联系的，手掌的一部分还留在巴勒斯坦的人？这个世界难道不欠我一个和自己重聚的权利吗？——让我的手掌和身体重聚。为什么，

[①] 纳坦·夏兰斯基（Natan Sharansky, 1948— ），犹太人，生于苏联，以色列政治家、人权活动家、作家。20世纪70年代到80年代曾在苏联监狱中服刑九年，2009年开始担任以色列犹太事务局执行委员会主席。

我要在没有身份、没有祖国、把自己的手掌留在巴勒斯坦的情况下生活？

达莉娅惊愕地盯着信纸，她惊呆了。怎么会，她认识巴希尔21年来，却从不知道他没有左手？慢慢地，她明白了过来：巴希尔的手总是放在口袋里。它总是被隐藏着——隐藏得如此之好，她从没有发现自己没有见过它。现在，达莉娅意识到：她只见过巴希尔左手的大拇指，它钩在口袋的顶部，看起来非常自然。

从她还是一个小姑娘时起，达莉娅就天生富有同情心——对那些纳粹大屠杀幸存者的孩子们、学校里的塞法迪犹太同学、像巴希尔一样在拉姆拉生活过的阿拉伯人。每次，她都努力通过自己的想象去体会他人的经验。她想着六岁的巴希尔，1948年的时候在加沙失去了一只手。

达莉娅意识到，巴希尔几乎一生都在怪罪犹太复国主义者，谴责他们在加沙地带放置诡雷"玩具"，伤害巴勒斯坦儿童。达莉娅说，"他认为犹太复国主义是令人难以置信的邪恶表现，我为他的情绪之强烈感到惊讶，可这是他的亲身经验"。但是，她是锡安——"上帝之山"的孩子。"我无法接受这种对犹太复国主义者的描述，我的同胞，我，被说成黑暗的东西。对我而言，锡安是我古老渴望的表达；对我来说，这个词象征着一个港湾，为我的同胞和我们的集体表达提供安身之处。对他来说，这是一个恐怖政权，是一个必须去斗争的、尽一切可能反对的对象。因为对他来说，如果犹太复国主义是恐怖统治，那么，恐怖主义就是恰当的答案！"

达莉娅的声音提高了。她停了一会儿，整理了一下思绪，又开始说："我说，我无法承受用一个错误去打败另一个错误。这种方法是没有前途的！"

巴希尔的信快要收笔了。"我不想给你增加过多负担，达莉娅。"他写道：

> 我知道你有多敏感，我知道你有多受伤，我不希望你感到痛苦。我所希望的，就是你和我，与所有热爱和平和自由的人们一起，为建立一个民主的人民的国家而奋斗。让我们一起奋斗，把"达莉娅儿童托管中心"的设想变成现实。和我一起奋斗，让我能够回到老母亲、我的妻儿身边，回到我的祖国。和我一起奋斗，使我和我那混杂了每一粒巴勒斯坦土壤的手掌重逢。
> 你真诚的，充满敬意的，
>
> 　　　　　　　　　　　　　　　　　　　　巴希尔

达莉娅静静地坐了很长时间，她盯着这封信，"感受到极大的震动"。她试图进入写信者的心理现实。巴希尔在呼吁达莉娅帮助他与祖国重聚。她该怎么做？她不停地问自己。达莉娅早就听过巴希尔的提议，他提议为了旧巴勒斯坦的全体人民，将以色列和巴勒斯坦转变成一个单一世俗的民主国家。然而，达莉娅认为，一个国家的话，则意味着以色列的消亡，由于这个原因，她无法赞同巴希尔的观点，也不能赞同他对于巴勒斯坦人回归权的信念。的确，达莉娅曾提出要把自己的房子还给巴希尔，或者，至少找到某种分享遗产的方式，但她会竭力说明，这只是个人选择，不应理解为支持巴勒斯坦人拥有更为宽泛的回归权。看起来，巴希尔和达莉娅之间的分歧永远也不能调和了。

1989年9月，就在她收到、阅读，并再三阅读巴希尔的突尼斯来信后不久，达莉娅开着车，离开了自己现在的居住地耶路撒冷，沿着平整而弯曲的高速公路，一路开向盖斯泰勒的峰顶。以色列独立战争中，哈加纳在这里赢得了一场关键战役的胜利，控制了这条路。她经过阿拉伯村庄阿布戈什那清真寺的石头尖塔；山墙在巴布瓦迪（山谷之门）闭合，她沿着山坡向下；她经过在过去的战争中被炸毁的以色列军车和吉普车的焦骸——现在那里装饰着花环；她穿过拉特伦山谷，穿过熟悉的老混凝土厂，终于到了拉姆拉郊区铁路道口的小坡。达莉娅回到了她的家乡。

现在，是时候推进纪念哈伊里家族和埃什肯纳兹家族共同历史的计划了。达莉娅开车经过拉姆拉市政厅——一栋曾经属于谢赫·穆斯塔法·哈伊里的阿拉伯房子——在韦兹曼街（Weizmann Street）拉姆拉市文化中心的办公室外停了车，很快，她和一个叫米沙尔·范努斯（Michail Fanous）的年轻阿拉伯男子在那里握了手。

范努斯家族在拉姆拉的历史可以追溯几百年之久。米沙尔的父亲塞勒姆（Salem）是一个基督教牧师，1948年拉姆拉被占领之后，他被以色列军队当成战俘关押了起来。塞勒姆·范努斯把被监禁在战俘营里当作上帝的旨意，但是，直到几十年后，他在临终之前的几天，才把这些告诉了自己的孩子。父亲对米沙尔说："基督教是关于爱的。我不想让你恨犹太人。他们是你的邻人。"

"他的土地被夺走了，"米沙尔回忆道，"他在一个不同的生活、不同的文化、不同的现实中活了下来。他在监狱里待了九个月，然后感觉在自己的家里成了一个陌生人。他总是在谈论耶稣。他从来没有恨那些伤害过他的人。这真是了不起。"

在30年的时间里，米沙尔大部分时间都在试图调和自己的身份，一个以色列的信仰基督教的巴勒斯坦公民。他伴随着犹太复国主义的宣传长大，对于一个阿拉伯男孩来说，从本质上看，这令人困惑。当同学们坚称其他阿拉伯人像懦夫一样逃离拉姆拉的时候，米沙尔会大喊："不，他们没有，问问我父亲就知道！"

20世纪70年代初期，米沙尔在西岸上初中，他理解了对于巴勒斯坦人来说，生活在占领状态下意味着什么。后来他回了家，在拉姆拉－卢德高中读书，尝试着重新融入自己所处的犹太复国主义环境。拉姆拉的这个高中几乎全是犹太学生（850名学生中，只有6名是阿拉伯人）。有一段时间，当米沙尔升任学生会主席的时候，他甚至试着去接受犹太复国主义的叙述方式。米沙尔升入高年级之后被告知，他没有资格和犹太同学一起参加军事训练营。米沙尔意识到，这仅仅因为他是一个阿拉伯人。他开始理解，为什么人们将他称为以色列的一个"人口统计问题"①。

1989年，米沙尔·范努斯被选入拉姆拉市议会——1948年之后进入市议会的第二个阿拉伯人。他的立场是反种族主义，并倡导占以色列人口约20%的阿拉伯裔少数民族的权利。

达莉娅到达拉姆拉市文化中心没多久，她和米沙尔就进入了深层次交谈。刚开始，与会的其他以色列人似乎对他们的谈话主题感到不舒服，但很快，达莉娅和米沙尔就不再顾及周围的人了。达莉娅跟米沙尔讲述了自己的故事，也讲述了艾哈迈德·哈伊里在1936年建造的那栋房子的故事——那栋房子，曾经是自己生命的中心，也是巴希尔生命的中心。

米沙尔的愿望是，尽心尽力地为拉姆拉的阿拉伯族群服务。米沙尔和达莉娅突然想到，也许，他们可以合作，分享两个人的梦想。他们两个人都想为阿拉伯族群做些什么，都想提供一个阿拉伯人和犹太人能够相会的地方。

达莉娅提议说，米沙尔可以在一个见证阿拉伯人和犹太人历史的事业中，作为基督教的阿拉伯合伙人。在这个项目中，有一个给拉姆拉的阿拉伯儿童的幼儿园，还有一个阿拉伯人－犹太人共处的中心。

---

① 意思是说，在以色列，阿拉伯人只是一个人口统计意义上的数字，在很多方面没有权利。

"这里有一个人在给我讲述我自己的故事,"米沙尔回忆说,当时自己这样想,"这是一个关于1948年的故事,关于一个人找寻家园,而另外一个人失去家园的故事。缺少任何一方,这个故事都不成其为故事。"

他看着达莉娅说:"我们可以一起梦想。"

1991年10月,阿拉伯幼儿园的头一批四个孩子走过了55年前艾哈迈德·哈伊里修建并固定的大门。这是巴希尔梦想的开始:为拉姆拉的阿拉伯孩子带来欢乐。很快,这个任务就延伸开来,它融合了达莉娅、叶赫兹凯尔和米沙尔的愿景:成为阿拉伯人和犹太人相遇的地方。

他们给它取名叫"开放之家"(Open House)。

第十二章 希 望

巴希尔坐在艾伦比桥①东边不远的荫凉地里，这座桥把约旦王国和他的出生地连在一起。那是1996年4月，约旦河谷的一个温暖的春天的早晨。巴希尔和姐姐卡农在约旦护照管制大楼外的长凳上休息，等着过桥。终于，一辆公共汽车到了，巴希尔、卡农和其他乘客爬上车。他们经过了军事哨所、一连串检查站和尖利的铁丝网围栏。公共汽车开过了桥，越过约旦河那狭窄的细流，它曾经是那么宽阔——约旦河上游的水坝和改道使河流变得窄小，现在成了一道杂草丛生的沟渠，将侯赛因的王国与西岸分开。对于任何一个蠢到想要从东岸跳到西岸的人来说，可能他们连身体都来不及浸湿就会被射杀。

艾伦比桥是以一个英国将军的名字命名的。1917年英国委任统治之初，他率军进入巴勒斯坦。经过英国、约旦和以色列军队近80年的统治之后，这座桥现在在新成立的巴勒斯坦民族权力机构②的有限控制之下。

---

① 艾伦比桥（Allenby Bridge），又称侯赛因国王桥，是一座跨过杰里科市附近的约旦河并连接西岸和约旦的桥梁，目前是西岸巴勒斯坦人出国旅行的唯一指定出入点。
② 巴勒斯坦民族权力机构（Palestinian National Authority），简称"巴勒斯坦权力机构"，成立于1996年1月20日。根据巴以关于扩大巴勒斯坦在约旦河西岸自治协议的安排，巴勒斯坦举行历史上首次大选，选举了巴勒斯坦民族权力机构主席和立法委员会。阿拉法特是首任民族权力机构主席。

部分自治是《奥斯陆和平协议》(简称《奥斯陆协议》)的结果,1993年9月,以色列总理伊扎克·拉宾与巴解组织主席亚西尔·阿拉法特在白宫草坪上握手,象征着协议确立。

起义促使拉宾开始与一个"巴勒斯坦实体"展开讨论,1991年海湾战争之后,双方开始谈判。但是,拉宾仍然拒绝承认巴解组织,谈判因此陷入僵局。双方随后在奥斯陆举行了秘密会谈,初步的协议要求有限的巴勒斯坦自治,以色列逐步从占领区撤出。作为交换,阿拉法特在一封致拉宾的信中承诺,"放弃使用恐怖主义和其他暴力行为",以及"惩戒违反者"。

"主席先生,"拉宾在给他宿敌的回信中写道,"以色列政府已决定承认巴解组织为巴勒斯坦人民的代表……"几十年来,拉宾一直宣称以色列永远不会这样做。

双方的承诺意在标志占领结束的开端,而且——巴勒斯坦人希望——导致巴勒斯坦成为一个主权国家。以色列部队将在加沙、杰里科和其他西岸城市"重新部署";巴勒斯坦人能举行自由选举,选出总统(巴勒斯坦人的说法)或主席(以色列人的说法),以及立法委员会;在欧洲国家政府、美国和私人捐助者的资金支持下,巴勒斯坦权力机构将负责教育和文化、卫生、社会福利、税收和旅游业。在为期五年的"过渡期"中,这些最初的步骤将导向最终的地位谈判,那时候将讨论耶路撒冷、水资源控制、定居点以及对巴希尔和许多其他人而言最重要的回归权等更棘手的问题。

在《奥斯陆协议》刚刚签署的日子里,即便是有限的自治计划,也受到巴勒斯坦人的热烈欢迎。1994年7月,阿拉法特回到加沙时,兴高采烈的人群把他当成凯旋的解放者来欢迎。主权的有形象征——挥舞巴勒斯坦国旗的自由及1995年1月1日阿拉法特寄出的第一封带有巴勒斯坦邮戳的信件——似乎让一些更大、更深刻的事情开始了。

到1996年年初，几百名巴解组织的官员和曾经的巴勒斯坦战士开始结束在突尼斯的流亡，辗转回到西岸和加沙。在漫长的大赦讨论中，每个人都获得了以色列的赦免批准。桥上，身穿橄榄绿制服的巴勒斯坦警察身后，隐藏的以色列军官透过单向玻璃窥视着，仔细地监视过境点。

载着巴希尔和卡农的公共汽车在一个以色列建的终点站停了下来，以色列人在不同的侧厅分别处理巴勒斯坦人和以色列人的过境事宜。巴勒斯坦一侧的厅由一名巴勒斯坦的副理监管，这名副理向以色列总干事报告。根据《奥斯陆协议》的规定，以色列"在过渡时期，仍然负责外部安全"，包括负责边境站的"整个过境过程"。

巴希尔和卡农下了车，走进巴勒斯坦侧厅。在那里，一个巴勒斯坦警察站在一面巴勒斯坦国旗旁边，他身旁站着一名以色列士兵。终点站里挤满等着和家人团聚的人：戴着飘逸的白头巾、身穿深色及踝长裙、肩膀上挂着沉重的包的老年妇女；戴着阿拉伯头巾和领带的白发男人；穿着牛仔裤和运动鞋的青少年；手里提着公文包和鞋子那么长的手机的穿西服的秃顶中年男子。他们都在长长的队伍里等候，等着通过金属探测器。人那么多，马上要团圆了——和这些相比，这里过分安静了。人们指向自己的行李，这样，它们就可以被放在传送带上接受检查；巴希尔看到，金属探测器后面的海关桌子上放着打开的手提箱，以色列安检人员正在那儿仔细地检查衣服、书籍、报纸、牙刷和牙膏管等。

巴希尔和他的姐姐等着轮到自己。现在，家里的其他人应该已经聚在出口的另一侧，和他们只有几步之遥了。巴希尔离开了八年，但即使是在流亡的时候，他也梦想着能有另外一种形式的回归。对他来说，眼下的这种回归显示了奥斯陆进程的深层缺陷。《奥斯陆协议》代表着以色列方面的让步，允许流亡者返回西岸和加沙，但也意味着巴勒斯坦人接受，他们再不能返回巴勒斯坦的其他地区。所以，对巴勒斯坦政治派别中的许多老战士和活动家而言，这次返回巴勒斯坦的旅程打上了深层矛盾的烙印。巴希尔注意到，在奥斯陆谈判和最终达成的协议中，没有任何地方提到第194号决议，即1948年联合国关于难民返回的决议。相反，谈判的基础是后来的第242号决议，该决议要求以色列部队撤出被占领土。这就导向了"土地换和平"的等式：在巴勒斯坦的一部分领土上建立一个巴勒斯坦国，换取以色列对巴勒斯坦的承认。对于包括阿拉法特在内的许多巴勒斯坦人来说，是做出艰难的政治牺牲的时候了。包括巴希尔在内的一些巴勒斯坦人认为，他们做出的牺牲，是为了整个旧巴勒斯坦的民族解放，但这次妥协，如果意味着放弃难民的回归权，那么就代表着投降。对于一些巴勒斯坦人来说，更糟糕的是，《奥斯陆协议》将难民问题、东耶路撒冷作为巴勒斯坦首都的问题，以及西岸和加沙的水资源控制权等关键问题，置于未来某个未知的时间去进行的最终的地位谈判中，而当下，以色列还在维持着控制。

巴希尔排队等待通过安全检查的时候，他的梦想与巴勒斯坦的现实之间有着一种固有的紧张——一种巴希尔不愿谈论的紧张：由于《奥斯陆协议》，巴希尔很快就会看到他的母亲、妻子和两个年幼的孩子。自1988年被驱逐到黎巴嫩以来，他将首次回到巴勒斯坦。但他无法一步到位地回到拉姆拉的家。

一个安检人员把巴希尔拉到一边。卡农回忆道，他们问了几个问题，然后，在她等着的时候，卡农看到弟弟去了一个房间。

几个小时之后，巴希尔和卡农穿过终点站西侧的磨砂玻璃门，走入西岸的室外，在那里，扎吉雅、努哈、谢赫拉莎德、孩子们，还有巴希尔的许多朋友们在等待着。

他们是从拉马拉过来的。就像1984年巴希尔出狱的时候一样——

只是,这一次的团圆是在12年之后,而艾哈迈德去世了。和从前一样,巴希尔不想要一次盛大的庆祝。卡农回忆说,"他疲惫不堪,但是非常快乐"。

"就像是第二次婚礼,"努哈说,"妈妈准备食物,来了许多朋友。巴希尔流亡在外,我们伤心的日子多过快乐的日子。这在我们家的历史上的的确确是闪亮的一天。"

初回拉马拉,巴希尔的日子苦乐参半。阿拉法特对《奥斯陆协议》的支持,以及他对"放弃使用恐怖主义和其他暴力形式"的承诺,已经使这个巴勒斯坦解放的先锋开始与不同的巴勒斯坦派系之间产生纷争,后者对《奥斯陆协议》日益不满。对他们而言,接受《奥斯陆协议》代表放弃掉旧巴勒斯坦的78%;即便是占旧巴勒斯坦版图面积另外22%的西岸、加沙和东耶路撒冷,以色列似乎也不准备拱手相让。以色列政府已经宣布在东耶路撒冷建造数千套新住房的计划,而巴勒斯坦人本来是把东耶路撒冷设想为首都的。以色列建筑工人正在修建新的绕行道路,以便让定居者能够更方便地从西岸去以色列。这些计划是在《奥斯陆协议》的框架内进行的,许多巴勒斯坦人担心,这些新的实地事实将会永久地改变他们建立一个主权国家的可行的机会。白宫草坪上著名的握手之后,不到六个月的时间内,政治暴力和暗杀事件激增,使这些担忧变得更加强烈。

1994年2月25日,一名叫巴鲁克·戈登斯坦(Baruch Goldstein)的医生和美国定居者走进了列祖之墓①,这是希伯伦易卜拉欣清真寺的一部分,1943年,巴希尔曾在那里接受他的"阿奇卡"②仪式。

---

① 列祖之墓(Cave of the Patriarchs),又名麦比拉洞,穆斯林称之为易卜拉欣清真寺,是一系列地下室,位于希伯伦旧城中心。《圣经》和《古兰经》都提到,该洞及周围地段是亚伯拉罕所购买的一块墓地。
② "阿奇卡"(仪式),参见本书第四章的内容。

这名来自布鲁克林的定居者从他的外套下拿出一支M-16突击步枪开了枪,杀死了29名在清真寺里祈祷的巴勒斯坦人。幸存者把他打死了。六个星期后,激进的伊斯兰组织哈马斯废除了仅攻击以色列军事目标的战略。4月6日,一枚汽车炸弹在以色列小镇阿富拉(Afula)爆炸,炸死了六名以色列平民。哈马斯声称为此负责。一份公报宣布,袭击是为了那些在希伯伦大屠杀中丧生的人进行的报复。

痛苦和报复的循环又开始了。哈马斯和伊斯兰"圣战"组织招募的自杀式人肉炸弹袭击者在内坦亚(Netanya)、哈德拉(Hadera)、耶路撒冷、特拉维夫和加沙地带的占领区引爆自己,炸死了几十名以色列人。哈马斯领导人声称,对平民的每一次袭击,都是对杀死巴勒斯坦平民的以色列袭击的一次直接回应。

以色列推倒了自杀式炸弹袭击者家里的房子,并围捕了数百名涉嫌袭击的同谋。根据"人权观察"[①]的报道,囚犯们"睡眠不足,被蒙上脸,以不自然的姿势长时间站立或坐着,受到威胁、殴打,被粗暴地鞭打头部……这些刑罚结合起来使用,足以构成折磨"。晚些时候,很多嫌犯被免诉释放。

阿拉法特谴责了每一次自杀式袭击,在以色列和美国的压力下,他下令逮捕了涉嫌的武装组织的成员。在《奥斯陆协议》的框架下,为保障国家安全而建立了一个秘密的巴勒斯坦军事法庭,根据它的法令,数百名年轻的巴勒斯坦男子被关进了巴勒斯坦监狱。法庭成立的头一年,好几个人在审讯期间丧生,许多巴勒斯坦人指责阿拉法特为以色列做这种卑鄙的勾当。主席关闭了几家报纸,拘留了著名的巴勒

---

① 人权观察(Human Rights Watch),非政府组织,总部设在美国纽约,以调查、促进人权问题为主旨,在许多国家的首都或者重要城市设有办事处。

斯坦人权倡导者来回应批评。哥伦比亚大学教授、著名的巴勒斯坦知识分子爱德华·萨义德[①]写道:"阿拉法特和他的巴勒斯坦权力机构成了巴勒斯坦的某种'维希政权'[②]。"

当阿拉法特开始恩宠和他一起从突尼斯而来的追随者的时候,民众对他的愤怒加深了。主席本人一直过着简朴的生活,但是,他的一些在流亡中的长期战友在加沙建了豪宅。这些豪宅与在地球上最拥挤的地方之一建造的肮脏可怖的难民营分庭抗礼,更显得引人注目。其中的一所豪宅耗资大概200万美元,是给被人们称为"阿布·马赞"(Abu Mazen)的马哈茂德·阿巴斯[③]建造的,他后来接替阿拉法特当了巴勒斯坦的领导人。一位涂鸦艺术家在豪宅的石头上喷上了字:"这是你出卖巴勒斯坦得到的报酬。"现在,难民营中的穷人被突尼斯精英的统治激怒了,他们中的年轻人是抵抗以色列统治的根基,起义期间,伤亡曾达数千人之多。"每一次革命都有战士、思想家和奸商,"一位加沙人这样说,"我们的战士被杀害了,我们的思想家被暗杀了,我们只剩下奸商了。"海边夜总会出现了,肚皮舞者和酒精迎合着散居海外的富人们,保守的加沙人震惊了。在加沙城,带着贵宾车牌的黑色梅赛德斯轿车闯红灯,它们扬起的灰尘盖住驴车,这是司空见惯的事。

对于原则上支持《奥斯陆协议》的普通巴勒斯坦人来说,结束占领是最重要的事。1995年9月,第二次《奥斯陆协议》在华盛顿签署,

---

[①] 爱德华·萨义德(Edward Said,1935—2003),著名文学理论家与批评家,后殖民理论的创始人,也是巴勒斯坦建国运动的活跃分子,美国最具争议的学院派学者之一。
[②] 维希政权,"二战"期间纳粹德国控制的法国傀儡政府,实际首都在法国南部小城维希,日后的法国政府不承认其合法性。
[③] 马哈茂德·阿巴斯(Mahmoud Abbas,1935—),绰号"阿布·马赞",巴勒斯坦政治家,现任巴勒斯坦总统、巴勒斯坦民族权力机构主席。

要求以色列分三阶段从西岸的城镇中撤军,并把西岸划分成三个区域。巴勒斯坦控制包括拉马拉、纳布卢斯和伯利恒在内的大多数西岸城市(A区),以色列保留对军事哨所和定居点(C区)周边的完全控制权。以色列部队撤出B区,这里有许多巴勒斯坦村庄;新成立的配备轻型武器的巴勒斯坦警察部队,其总人数可达到三万,对B区的以色列人没有管辖权。"为抵御外来威胁,保证以色列人和定居点的整体安全",以色列保留重新进入的权利。对于难民营和城市中的普通巴勒斯坦人来说,以色列军队和坦克的撤离会给他们的日常生活带来巨大变化。但是,在西岸,想要从一个城镇到另外一个城镇,人们仍然要面对军事检查站以及穿越多个司法管辖区的混乱。第二次《奥斯陆协议》签署之后,西岸的地图看起来就像一列分散的岛屿,批评《奥斯陆协议》的人越来越多,他们担心地图正反映了一个被截断的巴勒斯坦国支离破碎的景象。

1995年10月,民意调查显示,巴勒斯坦人对"和平进程"及其所代表的一切的支持率已骤降到39%。

以色列人的日子也不好过,一波波自杀式炸弹袭击让他们深受其苦,许多人认为,由于拉宾在奥斯陆进程中做出让步,以色列不如以前安全了。爆炸事件增加了拉宾的压力,人们要求他彻底中止谈判,击垮哈马斯。拉宾宣布说,"阿拉法特会处理哈马斯的事情",因为这名巴勒斯坦领导人不受诸如"巴加兹"(Bagatz,以色列最高法院)和"卜采莱姆"(B'tselem,以色列著名的独立人权组织)之类民主机构的束缚。可是批评者指责说:阿拉法特根本就没有镇压哈马斯,实际上,他给巴勒斯坦监狱安上了旋转门——人们入狱不久就重获自由。为了遏制爆炸,拉宾提出把以色列与巴勒斯坦人"完全区隔"的可能性,以色列民众开始谈论在两个民族之间建造隔离墙的好处。

拉宾遭到来自利库德集团的对手本雅明·内塔尼亚胡的反复攻击，内塔尼亚胡说，总理曾经同意"不与巴解组织对话，在任期内不放弃领土，不建立一个巴勒斯坦国。他正在一个接一个地打破自己的诺言"。内塔尼亚胡渴望当总理，他对《奥斯陆协议》的批评毫不留情。他认为，武装数千名巴勒斯坦警察，并允许巴解组织骨干返回以色列边界的计划是荒谬的。1994年的诺贝尔和平奖颁给了拉宾、阿拉法特和以色列外交部部长西蒙·佩雷斯[①]，但并没有减少此类批评。如果有什么不同的话，那就是这个国家的长期敌人与以色列的两位领导人在舞台上并肩而立的形象，助长了袭击事件的发生。1995年，内塔尼亚胡指责拉宾帮助建立"巴勒斯坦恐怖主义国家"。信仰宗教的定居者是最激烈的反对派。许多人认为上帝已将犹地亚和撒玛利亚的土地（其他人称为"西岸"的地方）[②]赐给犹太人。一些极端的拉比称拉宾为"罗德夫"（暴力侵略者）[③]，他们认为拉宾要他们交出上帝赐予的家园。一张广为流传的海报显示，一张经过篡改的照片上，拉宾穿了一套纳粹制服。对于越来越多宗教右翼的以色列人来说，伊扎克·拉宾是国家的敌人。

---

① 西蒙·佩雷斯（Shimon Peres，1923—2016），以色列政治家，曾担任过以色列总统和总理，在12个内阁中担任过职务，其政治生涯长达近70年。2014年宣布退休时，为世界上最年长的国家元首。
② 犹地亚－撒玛利亚区（Judea and Samaria），以色列对其管辖的约旦河西岸地区的官方名称。犹地亚和撒玛利亚为该地区在《圣经》中的名称，相当于古代以色列王国与犹太王国所在地。
③ "罗德夫"，传统的犹太法令中，"罗德夫"指为了谋杀对手而不断追踪他的人。根据犹太法令，罗德夫遭到制止或者拒绝之后，应该被旁观者杀死。

* * *

无论以色列的什么人想要利用纳粹大屠杀的记忆来操纵人们的思想，达莉娅都感到震惊。"太丑陋了，"她记得自己这样想，"简直是凶残。言论自由的边界在哪里？我知道，在以色列，想争取妥协的斗争是非常艰难的。"不过，她仍然对和平的前景充满希望。尽管发生了自杀式炸弹袭击者的屠杀，她仍然相信自己的同胞中正在发生历史性的变化。老战士拉宾表现出勇气，接受与巴解组织和他的前死敌阿拉法特进行对话。尽管达莉娅不信任阿拉法特，但她相信，双方都已采取行动，为对方创造空间。"如果我们都为对方创造空间，那么，我们有可能共同创造出更美好的现实，比我们自己闭门造车想象出来的现实要更好。"以色列从西岸撤出更多军队，巴勒斯坦邻居们出现拥有主权的初步迹象，达莉娅为这些消息感到振奋。她认为这是巴勒斯坦人实现平等的头几步，这是一个她考虑了几十年的概念，从1967年她为巴希尔和他的堂兄们敞开大门的那天，她就一直在考虑它。

"开放之家"在拉姆拉的房子里开办了15年，达莉娅和叶赫兹凯尔在这里见证了，以色列人越来越愿意参与阿拉伯人-犹太人的对话。阿拉伯和犹太孩子一起参加的夏季和平营突然变得受欢迎，叶赫兹凯尔相信，他和达莉娅多年来一直倡导的"整体共存的方式"，"在犹太人的眼中已经合法化"。达莉娅回忆起自己七年前给巴希尔的信中的结尾："我祈祷，有你的合作和上帝的帮助，我们的孩子们会在这片圣地的美丽和富饶中快乐成长。"

达莉娅认为这些梦想仍然是可能实现的。1995年11月4日，那是一个星期六，犹太安息日，整整一天，还有此前的晚上，达莉娅都在耶路撒冷旧城的"锡安修女院"①里,分享安息日餐,谈论"开放之家"的种种可能性。女修道院是教堂的一部分,教堂的名字是"试观此人"②,这是彼拉多③用来谴责耶稣基督的话。教堂里的"铺华石处"④(光滑的石头路面)据说是耶稣被定罪时站的地方。

在修道院的高处,达莉娅眺望着耶路撒冷最恢宏的全景之一:闪闪发光的圣殿山(又叫哈拉姆·谢里夫,Al-Haram al-Sharif),对于穆斯林和犹太人来说,这里是耶路撒冷最神圣的地方。12世纪圣墓教堂的灰色穹顶,可能是整个基督教最神圣的地方。古老的石房的顶上,一簇簇钢的触角向上延伸。北边是斯科普斯山,山之外更远的地方,是约旦河西岸的山脉,达莉娅知道那是犹太丘陵,是《圣经》中犹地亚和撒玛利亚的一部分。达莉娅认为,以色列必须放弃那些土地上的定居点,数千名犹太人将被迫迁走。尽管她也认为这是《圣经》中以色列地的一部分,但几个世纪以来,那里也是其他人的家园。达莉娅相信,尽管举步维艰,但冲突中的每一方都必须放弃一些宝贵的东西。

11月4日晚上,达莉娅准备离开老城回家的时候,叶赫兹凯尔、拉斐尔和斯特拉姨妈一起,穿过公寓走廊去吃晚餐。达莉娅的父母去世之后,斯特拉姨妈从拉姆拉搬了过来。向西一小时路程之外的特拉维夫,伊扎克·拉宾正在以色列国王广场的一场集会上。10万名以色列人聚集在一起,支持与巴勒斯坦人的和平进程。曾经在1948年、1956年和1967年与阿拉伯人作战,曾经授权在起义中对巴勒斯坦青

---

① 锡安修女院(Convent of the Sisters of Zion),锡安圣母会的女修道院,建于1857年。
② Ecce Homo,拉丁语,意为"看哪!这个人!""试观此人"。彼拉多令人鞭打耶稣基督后,向众人展示身披紫袍、头戴荆棘冠冕的耶稣时,对众人说了这话,不久,耶稣被钉死在十字架上。
③ 彼拉多(Pilate),罗马帝国犹太行省的第五任总督,判处耶稣被钉上十字架。
④ Lithostrotos,希腊语,意为"铺华石处"。

年进行"暴力、强权和殴打",曾经多年来不承认巴解组织的以色列总理对人群发表讲话:

> 我当过27年的士兵。只要和平没有到来,我就会矢志不渝地奋战。现在,我相信有一个和平的机会,一个伟大的机会,我们必须把握住它……我始终相信,绝大多数人民是要和平的,并准备为此冒险。你们到这里,为了支持和平而来。你们和许许多多没有来的人一样,证明了以色列真心渴求和平,反对暴力。暴力正在侵蚀以色列民主的基础。它必须被拒绝、被谴责,必须受到遏制。暴力不是以色列的出路。

人群开始唱歌,有人递给拉宾一页纸,上面印着《和平之歌》(*Shir l'Shalom*)的歌词。歌词表达了死者的悲伤,他们从地下对生者发出教诲。这首歌作于1969年,即"六日战争"之后的两年,它是以色列和平运动的圣歌。拉宾和大家一起唱:

> 没有人能让我们复生
> 从那死亡的黑暗深渊之中
> 在这里,胜利的喜悦
> 和光荣的赞歌
> 都无能为力
>
> 所以,只为和平而歌唱
> 不要低声祈祷
> 高唱一曲和平歌吧
> 大声唱出来!

集会结束时,总理把歌词页折起来,把它插放进自己的衬衫口袋,朝自己的车队走过去。

大约在同一时间,达莉娅搭上了一辆出租车,沿着"苦路"[①]往前开,这是基督背负着十字架走过的路。她从面对橄榄山的狮子门[②]那里的东口出了老城。阿拉伯司机向西转,他们在红绿灯前遇到了另一名出租车司机,那人透过车窗大喊:"拉宾中枪了!"达莉娅感到困惑,她听不懂这些话。这不可能,她想,这不是真的。司机朝着西耶路撒冷加速前进。"哦,我的天哪,"他用希伯来语对达莉娅说,"我没有收音机!"在每一个红绿灯前,他们都向其他车摁喇叭,问:"发生了什么事?发生了什么事?"

"也许这不是真的,"司机说,他试图去安抚达莉娅,"这怎么可能是真的呢?"

20分钟之后,出租车停在达莉娅居住的四层公寓楼前。她把沉重的包扔在大厅的地板上,冲上楼梯。叶赫兹凯尔、拉斐尔和斯特拉正盯着电视机屏幕。以色列第一频道的记者被几千人包围着,正在医院外面报道"关于拉宾伤情的传言"。很快,消息得到了证实:伊扎克·拉宾去世了。他遭到了一名20岁的神学院法律系学生伊盖尔·阿米尔(Yigal Amir)的近距离平射[③]。"我是独立行动的,"阿米尔对警察说,"奉上帝的旨令。"以色列人很快就知道了,拉宾的血从他的衬衫口袋里渗出来,浸透了印着《和平之歌》的纸页。

达莉娅看着电视屏幕,人们依靠着彼此的臂膀,身体因为抽泣而颤抖。她一夜无眠,完完全全地感到困惑。"有一种排山倒海的感觉,

[①] 苦路(Via Dolorosa),又叫维亚多勒罗沙大街,耶路撒冷旧城中的一条街道,耶稣背着十字架前去受死之路。
[②] 狮子门(Lion's Gate),耶路撒冷老城城墙的七个门之一。
[③] 近距离平射,射击者可以直接射中目标而无须瞄准的距离。

一些东西逝去了。这是一个经历过巨大改变的人。在以色列的一次阵亡将士纪念日演讲中,我亲耳听过他的声音。"战争该结束了,达莉娅想起拉宾说的话。丧亲之痛该结束了。现在我们应该为和平而奋斗。这是所有战争中最具挑战性的——为了和平的战争。达莉娅一遍又一遍地问自己:"谁能想到,恐怖会以这样的一种方式击中你的心呢?"

叶赫兹凯尔回忆说,自己有一种熟悉的想呕吐的感觉。20世纪60年代,他还是一个成长在美国的青少年的时候,曾经三次体验这种感觉:美国总统肯尼迪遇刺、他的兄弟鲍比被杀和小马丁·路德·金被杀。

"这真的是转折点,"叶赫兹凯尔说,"它摧毁了一切和解的机会,至少在很长一段时间内是这样的。我记得,后来的几年里我在想,如果拉宾还活着,他和阿拉法特会达成什么成果吗?"

"我不知道。"

达莉娅也不知道。"如果他活着的话,我不知道他能不能带领全部民众一起前行。但我觉得受到了深深的伤害,"她哭着说,"我觉得,能有所作为的好人,他们没有一个机会。"

巴希尔想起了自己被驱逐到黎巴嫩前夕,两个人在耶尼德监狱见面的时候,拉宾对自己说的话。拉宾说:"如果有和平,囚犯们就再也不会有问题了。"不过,巴希尔不像达莉娅那么乐观,认为拉宾能给这片地区带来公正的和平,他也不认为阿拉法特正在这样做。他一直认为,巴勒斯坦人如果没有回归的权利,就没有和平和正义可言。对于巴希尔来说,回归权仍然局限于温和的象征状态之中。

拉米斯·沙尔曼(Lamis Salman)是一位在以色列长大的阿拉伯青年女性,她是为拉姆拉的阿拉伯儿童开办的幼儿园"开放之家"的老师。拉米斯记得,那是1999年夏天,一个温暖的星期五的早晨,她从商店买饮料返回的时候,看到一个中年男子正在注视着"开放之家"

院子里玩耍的孩子们。他看起来大概50多岁——矮小,有一点点啤酒肚,额前垂着一缕白发。两个和他年龄相仿的人,还有两个男青年站在他旁边。那个人用阿拉伯语向拉米斯介绍了自己、他的姐姐和姐夫,以及他的两个外甥。

"他是悄悄来的。没有人知道他是怎么到的那儿,"拉米斯回忆说,"他问了达莉娅的情况。"因为这个男人的突然出现,拉米斯和"开放之家"的其他阿拉伯老师觉得兴奋,可那里的以色列人中间,最起码有一个人感到震惊。她认为他是一名入侵者,是非法前来的前罪犯——尽管他可能几十年前就在那儿生活过。

巴希尔凝视着幼儿园中的孩子的时候,拉米斯看着他。他们和其他阿拉伯老师站在花园里,谈论着政治,谈论着在拉马拉和拉姆拉的生活。"他想念着这个家,"拉米斯说,"他想念着这片土地,想念着这所房子,想念着拉姆拉。他没有提到这些,但我能在他的眼中看到这些想法。"

2000年夏,在白宫度假地戴维营,阿拉法特和以色列新任总理埃胡德·巴拉克隔桌而坐。伊扎克·拉宾去世将近五年了,阿拉法特仍然喜欢在"勇者之和平"①中称他为"我的伙伴"。1996年春,新一轮自杀式爆炸袭击之后,拉宾的继任者西蒙·佩雷斯在一场竞争激烈的选举中被本雅明·内塔尼亚胡击败。三年后,工党候选人、以色列国防军前领导人巴拉克击败了内塔尼亚胡。这次总理大选,实际上等同于以色列举行了一次是否支持《奥斯陆协议》的全民公决:以色列人认为,与巴勒斯坦达成协议是他们获得长期安全的最佳保证。2000年7月,在以色列结束对黎巴嫩的占领两个月后,巴拉克、阿拉法特、

---

① 阿拉法特和拉宾在奥斯陆共同签署了《原则宣言》,阿拉法特相信这个协议能够带来独立的巴勒斯坦国,他曾经多次在不同场合把这个宣言称为"勇者之和平"。

比尔·克林顿总统、美国国务卿玛德琳·奥尔布赖特、美国国家安全顾问桑迪·贝尔格和谈判小组在戴维营度过了两周时间，寻求与巴勒斯坦达成一项具有历史意义的最终协议。

克林顿深入参与了许多讨论。7月15日，谈判进入第五天，总统参加了边界谈判委员会的一次会议。以色列公布了一张地图，明确了他们的意见：约旦河西岸92%的土地为非军事化的巴勒斯坦国，定居点和以色列军事哨所保留在8%的土地上。巴勒斯坦人将在以色列境内得到额外的土地作为补偿，不过，补偿的面积比他们被要求放弃的要小。92%的数字不包括以色列已经吞并的东耶路撒冷犹太社区的土地，以及约旦河谷的其他地区，以色列打算至少再控制这些土地十年。

对于巴勒斯坦人来说，以色列人在桌面上摆出的百分比，不管是多少，都在蚕食着巴勒斯坦留给他们的本就不多的一小块土地。他们争辩说，接受《奥斯陆协议》和以色列的存在，他们就把另外的78%让给了犹太国家，他们不准备再对剩下的东西做出任何让步。克林顿的幕僚、颇具影响力的中东谈判代表丹尼斯·罗斯（Dennis Ross）对"定居点是非法的，巴勒斯坦需要1967年分界线的老调调"不屑一顾，他把这些主张称为"车辙辘的陈旧废话"。这一观点显然影响了总统，他也认为这个立场体现了巴勒斯坦人的固执己见。克林顿一度要求巴勒斯坦首席谈判代表艾哈迈德·库赖（又称阿布·阿拉）①拿出一张替代地图，作为针对以色列人想法的反方提案。"我的地图，"《奥斯陆协议》的缔造者之一阿布·阿拉回答说，"是1967年6月4日的地图。"——那是"六日战争"和以色列占领的前一天。

---

① 艾哈迈德·库赖（Ahmed Qurei, 1937— ），实业家，法塔赫的创始人之一。1968年至1994年间主管法塔赫的财务，曾创建专门机构，向巴勒斯坦烈士家属提供帮助。巴勒斯坦1994年5月自治后，库赖主管过经贸相关事务，1996年之后两度当选为巴勒斯坦立法委员会主席，2003年出任巴勒斯坦总理。

"先生,"克林顿尖锐地对阿布·阿拉说,他的声音高到差不多算是喊叫了,"我知道您希望整个地图都是黄色的。但那是不可能的。这里不是联合国安全理事会。这不是联合国大会。如果您想给我上一课,您去那儿吧,不要让我浪费时间。我是美国总统,我现在准备收拾行李离开了。在这次谈判中我也是冒了大风险的。您在阻碍谈判。您一点也没有诚意。"说完这些话,总统站起身来,在国务卿奥尔布赖特的陪伴下,怒气冲冲地走出了房间。

奥尔布赖特在她的回忆录中说:"我们戏剧性十足地大步离开了,恰在那个时候,外面下起了倾盆大雨。我们要么得被打湿,要么就得让'退场'的戏剧性打上折扣,最后我们走了,被淋得浑身湿透。"

在接下来的两天中,克林顿与阿拉法特至少会晤了八次。总统重申了由巴拉克此前同意的"土地换和平"提案,在提案中,巴勒斯坦人被允许在东耶路撒冷的阿拉伯郊区建立一个首都,对老城的部分地区拥有主权、"监护权"和"功能自治"。他们将获得对一些宗教场所的控制权,但对全世界穆斯林的第三大圣地"圣殿山"不能享有完全的自治。

至于难民问题,克林顿曾承诺会有一个"令人满意的解决方案"。然而,回归权将仅限于西岸和加沙地带的巴勒斯坦国——不包括现在是以色列的旧巴勒斯坦的那部分。作为弥补,美国将提供数额高达数百亿美元的大规模援助项目,以重新安置和重建难民们的生活——目前,难民人数已超过 500 万,许多人生活在黎巴嫩、约旦、叙利亚、西岸和加沙的难民营里。

巴勒斯坦的谈判代表塞布·埃雷卡特[①]回忆,阿拉法特说:"我非

[①] 塞布·埃雷卡特(Saeb Erekat,1955—2020),巴勒斯坦外交官,曾任巴解组织指导和监督委员会主席。他与以色列谈判《奥斯陆协议》,1995 年到 2003 年一直担任首席谈判代表,2003 年他辞职以抗议巴勒斯坦政府。

常尊重您，总统先生，但您的建议不能当作一个解决方案的基础。"

克林顿总统一拳打在了桌子上，对阿拉法特喊："您正在带领您的人民和地区走向一场灾难。巴拉克提出了建议，但您看完后弃之不顾。"

"我来这里，代表了全世界的阿拉伯人、穆斯林和基督徒，"阿拉法特对他们说，"我是来缔造和平的，我不能接受您，或者其他任何人，让我在历史上沦为叛徒。"阿拉法特仍然认为自己是民族解放运动的领袖，在巴解组织建立35年以后，他不想因为"放弃东耶路撒冷的重要部分"而被载入史册。阿拉法特知道"尊贵禁地"[①]对于全世界穆斯林的重要性，所以，他不可能让以色列人拥有这个地方的部分主权，即使这里也是他们的"圣殿山"。在戴维营，他还拒绝让出回归权，尽管与许多巴勒斯坦人和以色列人一样，接受了《奥斯陆协议》和"两个国家"的解决方案，实际上这样做了，但阿拉法特知道这个问题对数百万难民的重要性，他仍在寻找回旋余地。

当晚，阿拉法特让巴勒斯坦代表团收拾行装，准备离开戴维营。深夜，克林顿总统来到阿拉法特客房的门厅，看到代表团的行李整齐地堆放着，准备离开。 总统问："您会改变主意吗？"他劝说巴勒斯坦领导人留下来，直到他从为期四天的日本之行中回来。克林顿对巴勒斯坦领导人说："我星期三要参加八国集团峰会，我会请他们为您的国家提供所需的支持。""我要您做的是对耶路撒冷做出原则性的妥协。这的确不是您想要的全部，但这是您必须付出的代价。"

7月23日，克林顿总统返回戴维营，第二天，他最后一次向阿拉

---

① "尊贵禁地"（Haram al-Sharif），位于耶路撒冷旧城，以色列称为"圣殿山"，山上建有阿克萨清真寺，是犹太教和伊斯兰教的圣地，长期以来都是巴以冲突的焦点。以色列在1967年第二次中东战争中从约旦手中夺得耶路撒冷旧城的控制权。根据约以两国达成的协议，"圣殿山"的管辖权归约旦，治安权归以色列。

法特施压。在有国务卿奥尔布赖特、国家安全顾问贝尔格、中情局局长乔治·特奈特以及巴勒斯坦谈判代表阿布·阿拉和塞布·埃雷卡特参加的一次会议中,克林顿提议给阿拉法特在圣城的穆斯林街区建造一座"主权总统官邸"。这项提议仍然没有给予巴勒斯坦人在"尊贵禁地"的全部自治权,因此,阿拉法特拒绝了该提议。他说:"所以,会有一个小孤岛,被控制入口的以色列士兵包围着。这不是我们要求的。我们要求巴勒斯坦人拥有在 1967 年被占的耶路撒冷的完全主权。"

比尔·克林顿发了脾气。他告诉阿拉法特:"您已经失去很多次机会",他的话正回应了以色列前外交部部长阿巴·埃班的口号——每当有可能错失机会的时候,巴勒斯坦人永远也不会错过——"1948 年是第一次……现在您要在 2000 年自我毁灭。您来这里 14 天了,却拒绝一切。这些事情是有后果的。失败将意味着和平进程的结束。地狱会重现,你们要吞下苦果。您将没有什么巴勒斯坦国,也没有什么朋友。您将成为这个地区的独夫"。

阿拉法特没有动摇,他告诉美国总统:"如果有人觉得我会放弃耶路撒冷,那他就错了。我不仅是巴勒斯坦人民的领导人,还是伊斯兰会议①的副主席。我不会出卖耶路撒冷。您说以色列人在前进,但他们是占领者。他们并不慷慨。他们不是从自己的口袋里让出,而是慷他人之慨从我们的土地上让出。我只要求执行联合国第 242 号决议。总统先生,我在讨论的,不过是巴勒斯坦 22% 的土地。"

克林顿继续给阿拉法特施压,想让他在耶路撒冷问题上做出妥协。然而,阿拉法特知道,全世界的穆斯林都希望巴勒斯坦人能够成为

---

① 伊斯兰会议(Islamic Conference),现在的伊斯兰合作组织(Organisation of Islamic Cooperation),伊斯兰世界的政府间国际组织,联合国大会观察员;该组织由遍及中东、中亚、西非、北非和印度次大陆的 57 个国家组成,覆盖的人口约为 16 亿。秘书处设在沙特阿拉伯的吉达市。

"尊贵禁地"的守护人,因此,没有任何巴勒斯坦人可以放弃主权。他知道,如果自己这样做了,他可能都活不到看到任何协议执行的那一天。"总统先生,"他对克林顿说,"您想参加我的葬礼吗?我宁愿死,也不能同意以色列对'尊贵禁地'拥有主权。"

片刻之后,阿拉法特对克林顿总统说:"我非常尊重您,我认为您受到了以色列立场的影响。我领导过我们人民的革命。对我来说,包围贝鲁特比包围戴维营容易,革命比缔造和平容易。"

巴拉克也对阿拉法特感到愤怒。和其他的以色列总理相比,他在和平进程中走得更远。可是,与此相反,阿拉法特"没有谈判的诚意",绝不打算达成任何协议。"他一直对每一个议案说'不',却从来没有提出自己的相反提案。"巴拉克对以色列历史学家班尼·莫里斯[①]说。巴拉克说,阿拉法特相信以色列"没有存在的权利,他寻求以色列的灭亡"。美国和以色列普遍认为:巴解组织的主席拒绝以色列的"慷慨"提议,他应该为戴维营谈判的失败负责。

许多其他的观察人士,包括当时出席戴维营会议的外交官在内,都认为这次峰会失败的原因要复杂得多。还有部分原因是美国对以色列方的偏袒,以及对巴勒斯坦方观点的理解不足。批评人士认为,所有这些,都因美国的准备不足、玛德琳·奥尔布赖特领导的国务院与桑迪·贝尔格领导的国家安全委员会之间的对抗而加剧。如美国内部人士所称,因为"太多的大佬"操控而导致了一场"失灵的"谈判。

戴维营的克林顿小组成员罗伯特·马利[②]和资深的阿拉伯政治分析

[①] 班尼·莫里斯(Benny Morris,1948—),以色列历史学家,以色列贝尔谢巴市(Beersheba)内盖夫本-古里安大学(Ben-Gurion University of the Negev)中东研究系的历史学教授。
[②] 罗伯特·马利(Robert Malley,1963—),美国律师,政治学家和解决冲突专家。曾在2014年2月至2017年1月在巴拉克·奥巴马领导的国家安全委员会任职。

家、前巴勒斯坦谈判代表侯赛因·阿格哈（Hussein Agha）对"克林顿－巴拉克"的分析提出了强烈的反对意见，他们在一系列的文章中指出，这种分析未能考虑巴勒斯坦人的想法。马利和阿格哈写道："所有关于和平与和解的讨论中，大多数巴勒斯坦人并非自愿地拥护'两国并存'的解决方案，他们不过是勉强接受。"毕竟，通往戴维营的道路始于奥斯陆的秘密讨论，而这些讨论发生于1991年海湾战争期间，当时，阿拉法特站在萨达姆·侯赛因领导的伊拉克一边。世界上许多人都认为阿拉法特在《奥斯陆协议》中做出了历史性让步，但在许多巴勒斯坦人看来，这是曾经反对美国及其盟国的阿拉法特的投降条款。谈到戴维营的巴勒斯坦代表团时，马利和阿格哈写道："他们准备接受以色列的存在，但不认可它道德上的合法性……他们认为，觉得以色列'提供'土地、行事'慷慨'或'做出让步'的看法是双重的错误，那不过是一石二鸟，一面肯定以色列的权利，一面否认巴勒斯坦人的权利。对于巴勒斯坦人来说，土地不是被给予，而是被归还。"

一些说法认为，如果算上东耶路撒冷和约旦河谷额外扣除的土地，以色列表面上报出92%，实际上让出的面积要少得多。同时，以色列还要保留对西岸的领空、地下蓄水层和犹太人定居点区域的主权，它的领土还会在东耶路撒冷和约旦河之间形成一个"楔子"，这都会分裂巴勒斯坦的领土。批评认为，从本质上说，巴勒斯坦将不再是一个国家，而会成为一个分裂成若干部分的"实体"，主权有限，对自己的资源也没什么控制力。即使对于愿意达成历史性妥协的巴勒斯坦人来说，数十年的奋斗和牺牲之后，这种结果也是不能接受的。

马利和阿格哈批评美国"过度夸赞以色列的实质性行动"，以及对以色列国内政治过度敏感，"这一反应，与其说是考虑'公平解决方案'应该怎么样，不如说是去感受以色列公众的底线在哪里"。"美国方面经常考虑巴拉克能否劝以色列人接受给出的建议(有些建议是他本人提出来的),很少有人考虑阿拉法特(如果有过的话),"马利在《纽约时报》上撰文说,至于说和其他以色列领导人相比,巴拉克给巴勒斯坦人的更多,"衡量以色列让步的标准,不应该是它离自己的出发点有多远,而应该是它朝着公平解决方案的方向前进了多远。"

戴维营会议后的两个月,2000年9月28日早上8点,利库德集团的领导人阿里埃勒·沙龙到了耶路撒冷老城最有争议的宗教场所。这个地方,犹太人叫它"圣殿山",穆斯林称为"尊贵禁地"。对这个地方的控制权是两个月前戴维营峰会失败的关键因素。1982年,在黎巴嫩的萨布拉和夏蒂拉难民营发生了针对巴勒斯坦人的大屠杀之后,沙龙一度声名蒙羞,现在他已经重返政坛。沙龙曾经担任过内塔尼亚胡政府的基础设施建设部部长,任职期间,他帮助以色列扩大在西岸的犹太人定居点。作为以色列议会反对党的最高领袖,现在,沙龙去了被穆斯林认为是伊斯兰教第三大圣地的地方,释放关于以色列主权的信息。对穆斯林来说,以色列人称为圣殿山(包括西墙,又名"哭墙")①的地方,是"尊贵禁地",这一大片地方有很多穆斯林的圣地,比如圆顶清真寺②和阿克萨清真寺。沙龙的举动是对他在工党的竞争对手巴拉克和内塔尼亚胡的政治挑战,内塔尼亚胡已承诺要竞选利库德集团的领导人。根据以色列法律,沙龙有权访问圣殿山,出于安全考

---

① 西墙,耶路撒冷旧城古代犹太国第二圣殿护墙的一段,也是第二圣殿护墙的仅存遗址,长约50米,高约18米,由大石块筑成。犹太教把该墙看作是第一圣地,教徒至该墙必须哀哭,以表示对古神庙的哀悼并期待其恢复。千百年来,流落在世界各个角落的犹太人回到圣城耶路撒冷时,便会来到这面石墙前低声祷告,哭诉流亡之苦,所以被称为"哭墙"。
② 圆顶清真寺(Dome of the Rock),又称"金顶清真寺",耶路撒冷最著名的标志之一,覆盖着有精美花纹和《古兰经》经文的蓝色系彩釉陶砖及金色穹顶,公元7世纪由第九任哈里发阿卜杜勒-马利克·本·马尔万·本·哈卡姆建造。穆斯林相信圆顶清真寺中间的岩石是穆罕默德夜行登霄,和天使哲伯勒依来一起,到天堂见到真主的地方。

虑，身为总理的巴拉克授权大约1500名以色列警察，让他们陪同沙龙一起前往这一处有争议的东耶路撒冷遗址。

第二天，在阿克萨清真寺"主麻日"①祈祷快结束的时候，大批巴勒斯坦人开始向以色列士兵投掷石块。后来的调查显示，大多数示威者是年轻人和十几岁的男孩，没有人动用武器。以色列部队用实弹回击，杀死了四名巴勒斯坦人。

巴拉克和其他以色列人指责阿拉法特在戴维营谈判失败之后策划新的起义，作为包含恐怖和暴力因素在内的"宏伟计划"的一部分。然而，在接下来的八个星期里，巴勒斯坦的死亡人数比以色列多9倍，双方平民受伤人数的差距更大。以色列人指责这是因为巴勒斯坦人寻求"道德制高点，用机枪向以色列人扫射的时候，让孩子们挡在机枪手前面"。许多事实调查小组发现，此类情况的确有过，但那是例外，并非规则。然而，巴勒斯坦后来的抵抗确实变得更加暴力，由马尔万·巴尔古提②领导的法塔赫的民兵派别"坦济姆"③对以色列军队发动了袭击。巴勒斯坦人认为，以色列因为真主党的抵抗从黎巴嫩撤军，他们在西岸和加沙也有相似的可能性。

到10月，起义已蔓延到以色列境内的阿拉伯社区，包括拿撒勒和加利利地区的其他村庄。巴勒斯坦人占以色列总人口的将近20%。这些"以色列的阿拉伯人"和警察之间发生了暴力冲突，致使13名巴勒斯坦人丧生。以色列右翼又重新开始讨论：一批不忠的阿拉伯人"第

---

① 伊斯兰教规定，穆斯林每天要做五次礼拜，分别在黎明、中午、下午、黄昏和夜晚。平时一般到清真寺或在自己家里做，星期五的午后在清真寺做集体"主麻拜"，所以，周五又被称为"主麻日""聚礼日"。
② 马尔万·巴尔古提（Marwan Barghouti, 1959— ），巴勒斯坦政治人物，因被以色列法院定罪谋杀而被监禁。巴尔古提曾一度支持和平进程，但幻灭之后成为西岸起义的领导人。
③ 坦济姆（Tanzim），创立于1995年，巴勒斯坦法塔赫中的一个组织。

五纵队"①可能会被驱逐出以色列。其他知名的以色列人,包括旅游部部长雷哈瓦姆·泽维②,提出了一个越来越受欢迎的想法:将所有的巴勒斯坦人从西岸"转移"到约旦,把以色列地还给以色列人。以色列巴勒斯坦公民的死亡也激起了以色列社会的强烈抗议,一名以色列最高法院大法官领导的国家调查委员会高调审查了警方的行为。

随着不信任情绪在分裂的国家中蔓延,达莉娅和叶赫兹凯尔发现自己身处在一个叫"开放之家"的孤岛之上:阿拉伯公民的情感涌动令他们惊讶,他们开始公开谈论1948年之后自己的家庭故事。"突然之间,阿拉伯人敞开心扉,开始讲述自身的痛苦,"叶赫兹凯尔回忆道,"善意的以色列自由派本以为自己在搭建文化桥梁和联盟,现在却被迫面对这样一个事实,以色列社会普遍存在的问题和不公正,跨文化的接触和共存的活动远不能解决,它需要在全社会的层面上进行社会和政治变革。"同年秋天,一个以色列议员找到了达莉娅、叶赫兹凯尔、米沙尔和"开放之家"的其他支持者,邀请他们参加一个国家智囊团,改善以色列的阿拉伯人境遇。

然而,以色列的两极分化正在造成损失。叶赫兹凯尔注意到,其他地方的和解组织纷纷关闭,由于国内的紧张局势,他们的工作几乎无法进行。以色列电视台反复播放一些图像,图像显示,两名士兵在拉马拉被一名愤怒的暴徒施以私刑,他们的残尸被人趾高气扬地拖过街道。叶赫兹凯尔说,以色列"比1948年以来的任何时候都更加两极分化——可能是因为他们的希望被扬得如此之高",因为奥斯陆,"然

---

① 第五纵队(fifth column),指在内部进行破坏,与敌方里应外合,不择手段意图颠覆、破坏国家团结的团体。现泛称隐藏在对方内部、尚未曝光的敌方间谍。
② 雷哈瓦姆·泽维(Rehavam Zeevi, 1926—2001),以色列将军和政治家,右翼民族主义者,提倡人口转移。他被解放巴勒斯坦人民阵线的成员暗杀,以报复以色列暗杀解放巴勒斯坦人民阵线秘书长阿布·阿里·穆斯塔法。

后又破灭了"。

以色列人仍然希望与他们的宿敌达成协议,不过,民众越来越倾向于在即将到来的2001年大选中支持沙龙。2000年12月,阿克萨清真寺起义爆发三个月后,巴拉克和以色列谈判代表在埃及度假胜地塔巴①与阿拉法特和巴勒斯坦代表团进行了密集的会晤。所有报道都说,双方比在戴维营时更接近达成一项协议,他们在东耶路撒冷的巴勒斯坦主权问题方面取得了进展,甚至在回归权方面也有小幅进展。

2001年1月1日,一枚自杀式人肉炸弹在内坦亚爆炸,造成40多名以色列人受伤。那个时候,距克林顿第二届任期结束只有三个星期,离以色列人在巴拉克和沙龙之间做出选择还有一个月。巴拉克很快暂停了塔巴的讨论,但他表示,他将派代表前往华盛顿,前提是巴勒斯坦领导人"停止恐怖主义……我们真的对他意图的严肃性深表怀疑"。谈判继续进行,双方似乎差点达成实际协议。最后,他们还是失败了,部分原因是回归权问题。巴拉克说:"我们不能允许任何一名难民基于'回归权'回来,我们不能承担造成这一问题的历史责任。"

随着时间的流逝,塔巴讨论破产了,沙龙在大选中获得了压倒性的胜利。

巴希尔被猛烈的敲击声惊醒了。这是一种熟悉的声音,现年59岁的巴希尔快步走到门口,感觉到自己会看到什么:包围着房屋的以色列士兵,他估计有200个士兵。这是2001年8月27日清晨5点半。

---

① 塔巴(Taba),埃以边境的城镇,著名的度假胜地,地处亚喀巴湾北部海滨。有大量来自以色列的游客。1967年第三次中东战争期间被以色列占领,以军1982年撤出西奈半岛时拒绝归还塔巴。1988年,国际仲裁委员会裁定,埃及拥有塔巴的主权。

"你们干吗这么吵?"巴希尔生气地问领头的军官,他的左手插在口袋里,"你们会把睡着的人都吵醒的!你们要找谁?"

"我们要找巴希尔·哈伊里。"军官回答。

"我就是巴希尔。"

"我们要找的就是你。你要是动一下,我们就开枪。你们这些人给我们带来麻烦。"

"'你们'说的是谁?"巴希尔问。

"你们,解放巴勒斯坦人民阵线。"

"我不是解放巴勒斯坦人民阵线的成员。"巴希尔坚持。

士兵们包围了巴希尔,押着他坐进一辆等着的橄榄色吉普车里。巴希尔被带到拉马拉城外的一个帐篷监狱中,监狱被铁丝网包围着,士兵和狗四下巡逻。巴希尔到达的时候发现一些人正在下国际象棋,他加入了他们。

同一天,以色列直升机向拉马拉的解放巴勒斯坦人民阵线总部发射了两枚导弹,杀死了这个组织的领导人阿布·阿里·穆斯塔法①,他是巴解组织的重要成员,也是巴希尔的朋友。穆斯塔法是迄今为止以色列暗杀的巴勒斯坦激进分子中官衔最高的。

为阿布·阿里·穆斯塔法之死的复仇发生在10月,当时,主张从西岸驱逐巴勒斯坦人的以色列旅游部部长雷哈瓦姆·泽维在耶路撒冷的凯悦酒店吃完早餐之后,头部中了两枪。解放巴勒斯坦人民阵线宣布为此负责,沙龙宣示要发动"一场针对恐怖分子的至死不休的战争"。

六个星期之后,12月3日,星期一,阿里埃勒·沙龙在华盛顿与布什总统会面之后回国,宣布对巴勒斯坦权力机构开战。"9·11"过

---

① 阿布·阿里·穆斯塔法(Abu Ali Mustafa, 1938—2001),2000年7月起担任解放巴勒斯坦人民阵线秘书长,直至2001年8月27日被以色列部队暗杀。

去了差不多三个月,美国入侵阿富汗①也过去了八个星期。沙龙表示声援美国的反恐战争。在两天前,一枚汽车炸弹和三枚人肉炸弹在耶路撒冷和海法爆炸,炸死了 25 名以色列人,炸伤了 229 人。

周一傍晚,美国制造的 F-16 战斗机和阿帕奇武装直升机对着加沙和西岸的巴勒斯坦权力机构总部和警察大楼发射了一连串火箭弹和导弹,轰炸了加沙的巴勒斯坦机场和阿拉法特的直升机,还轰炸了一座巴勒斯坦加油站,这里冒出的滚滚浓烟弥漫在加沙的海岸。以色列坦克驶入西岸的城镇,重新占领了这些地方。12 月 13 日,新一轮的自杀式炸弹袭击之后,以色列的炮弹击中了"巴勒斯坦之声"电台②,炸断了天线,摧毁了电台。武装直升机轰炸了阿拉法特在拉马拉的办公室,只留下了残垣断壁。沙龙内阁发表的声明称,阿拉法特已经"无关紧要"。20 年前把阿拉法特赶出黎巴嫩的那个人,现在打算毁掉巴勒斯坦权力机构。尽管没有官方声明,但《奥斯陆协议》实际上是破产了。

2002 年 2 月,阿拉法特在《纽约时报》的社论对页版③发表呼吁,宣布"巴勒斯坦人已准备好结束冲突",并拥有一个"和平愿景……基于以下情况:完全结束占领,重回 1967 年的以色列边界,共享整个耶路撒冷,使它成为一座开放的城市,并作为巴勒斯坦和以色列两个国家的首都。这是一种温暖的和平"。阿拉法特补充说:"但我们只能作为平等的双方坐下来,而不是作为请愿者存在;我们只能作为合作伙

---

① 以美国为首的联军在 2001 年 10 月 7 日之后发动的对阿富汗"基地"组织和塔利班的一场战争,为美国对"9·11"事件的报复,同时也标志着反恐战争的开始。
② 巴勒斯坦之声(Voice of of Palestine),设在拉马拉的广播电台,受巴勒斯坦权力机构控制。1993 年《奥斯陆协议》之前被称为"巴勒斯坦革命之声",1998 年 10 月 17 日启用现名,主要播放健康、文化、体育、音乐节目和新闻公告。
③ 社论对页版,源自欧美报纸出版业的新闻出版用语,意指一种由编辑部以外的作者或名人以署名方式撰写的时事评论。

伴，而不是附属者；我们只能作为公正与和平解决方案的寻求者，而不是作为一个对任何施舍到眼前的破烂儿都感激涕零的战败国。"沙龙和他的内阁不为所动。他们认为，阿拉法特正在策划许多暴力活动，他从未打算在戴维营达成和平。2月下旬，以色列国防军又对阿拉法特在加沙和拉马拉的总部发动火箭弹袭击，当时阿拉法特正被困在这里。拉马拉总部大部被夷为平地。巴勒斯坦领导人宣布："我们的人民将继续坚决的抵抗，直到军事占领和定居者被踢出去，以确保我们人民的自由、独立和尊严。"阿拉法特的支持率曾一度下降，现在又开始激增。一面破破烂烂的巴勒斯坦国旗在冒着烟的废墟中飘扬。在某些地区，以色列对西岸的重新占领遭到巴勒斯坦人微弱的抵抗。有的时候，抵抗是和平的：在拉马拉，"阿拉伯关怀"医院（Arab Care Hospital）的医生在驶近急诊室的以色列坦克前坐了下来。4月，以色列袭击杰宁时，杰宁难民营的枪手开枪还击，随后爆发了一场大战。以色列士兵跳出装甲车，沿着杰宁难民营的窄巷追击枪手，巴勒斯坦战士们躲在那里，等待着伏击他们。作为回应，以色列国防军的装甲推土机闯入难民营，摧毁了130余处房屋、商店和难民办公室，并把一些人活埋在了废墟里。至少有52名巴勒斯坦人被杀害，其中22名是平民。23名以色列士兵在战斗中丧生。起义被镇压了，但在此过程中，来自杰宁的战士们成了巴勒斯坦人的英雄。拉马拉对重新被占领几乎没有多大抵抗，此地流传着一个笑话：街上，一名穆斯林妇女经过一群男人，她的头巾松了，头发露了出来。一名男子劝诫她说："扎好头巾，这里有男人。""哦，是吗？"她回答，"为什么有男人？以色列人解除杰宁的宵禁了吗？"

2002年夏，沙龙加强了在占领区拆毁巴勒斯坦人房屋的政策——这项政策肇始于20世纪30年代阿拉伯大起义期间的英国人。以色列的政策有几个特点：针对自杀式炸弹袭击者和其他好战分子的家庭；

出于"军事目的",主要实施点在加沙;针对没有获得以色列要求的许可证,就擅自在东耶路撒冷建造房屋的巴勒斯坦居民。人权组织估计,因为这一政策,有10000名到22000名巴勒斯坦人失去了家园;因为一项增进国家安全的军事战略的一部分,数百英亩橄榄园和其他的农作物被连根拔除。

以色列出现了越来越多抗议的声音。最著名的发声者之一是一个年轻的以色列中士——伊萨·罗森-兹维(Yishai Rosen-Zvi),他是一名虔诚的东正教犹太人,也是特拉维夫大学法学院已故院长的儿子。"我不会参加针对数十万人(包括妇女和儿童在内)的围困行动,"在给一位高级官员的一封信中,罗森-兹维中士说,"我不会让整个村庄挨饿,也不会阻止村民每天去工作或者看医生;我不会让人们变成政治决策的人质。围困城市就像用直升机轰炸一样,并不能阻止恐怖。这是安抚以色列公众的伎俩,因为他们要求'让以色列国防军获胜'。"这位年轻的"反对派"说,以色列的政策正在制造"恐怖的温床"。

2002年11月21日,快到早晨7点的时候,奈尔·阿布·西莱尔(Nael Abu Hilail)爬过高高的草地,朝着西耶路撒冷的基里亚特·梅纳赫姆街区[①]的上坡攀爬。阿布·西莱尔23岁,来自伯利恒附近的西岸村庄哈德尔[②]。他穿着一件宽松的外套,如果把外套裹紧的话,就会显出围绕着身体中段有一大块凸起。

几个街区之外的地方,拉斐尔·兰道正要离开四楼的一间公寓,他和父母,达莉娅和叶赫兹凯尔一起住在那儿。这是一个上学的日子,

---

① 基里亚特·梅纳赫姆街区(Kiryat Menachem),耶路撒冷西南部的一个街区,南部和东部与伊尔·加尼姆(Ir Ganim)接壤,西部与奥拉山(Mount Ora)接壤,北部与耶路撒冷的丘陵接壤。
② 哈德尔(Al Khader),西岸中南部伯利恒省的一个巴勒斯坦城镇,位于伯利恒以西5公里处。

拉斐尔14岁了,他肩膀上挎着沉重的书包,快步走下楼梯,朝着公共汽车站走去。

早晨7点左右,奈尔·阿布·西莱尔登上了20路公共汽车。车上坐满通勤的人,大部分是工薪阶层的犹太人和移民,还有上学的孩子们。7点10分,公共汽车停靠在基里亚特·梅纳赫姆的"墨西哥街"站。门开了,更多的工人和学生开始上车。就在那一刻,奈尔·阿布·西莱尔把手伸到外套底下,引爆了绑在自己身上的炸弹。爆炸撕裂了公共汽车,人的残肢飞出裂口——车窗原来所在的地方。一个男人的躯干从公共汽车上掉下来,砸到了街道上,躺在碎玻璃和炸弹爆出的热螺丝钉中间。孩子们的课本和三明治散落一地。

7点20分,兰道公寓里的电话响了。达莉娅和叶赫兹凯尔正在睡觉,叶赫兹凯尔刚从美国回来,还在倒时差。叶赫兹凯尔接了电话,听到他的朋友丹尼尔担心的声音。丹尼尔是从自己在耶路撒冷西边的家里打来的电话。

"我就是想确认一下你们还好吗,"丹尼尔说,"我在广播里听到,一辆公共汽车在你家附近爆炸了,在墨西哥街。"

叶赫兹凯尔知道,拉斐尔乘坐的校车刚刚经过那个街区。他挂上电话,冲向电视机,得知爆炸发生在一辆20路的市政公共汽车上,而不是在拉斐尔乘坐的校车上。但当他在以色列电视上看到现场直播时,叶赫兹凯尔巨大的解脱感变成了恐惧。一名死者血迹斑斑的手臂挂在车窗外。戴着白色口罩和手套的救援人员正沿着墨西哥街摆放一排装在黑色塑料袋里的尸体。有人用一条蓝白格的毯子盖住了尸体。叶赫兹凯尔后来知道,死了11个人,其中4个是孩子。救护车呼啸着,把49名以色列伤者的大部分急送去医院。

伯利恒的记者找到了阿布·西莱尔的父亲阿兹米(Azmi),阿兹米对他们说,他认为自己的儿子是烈士。"这是对犹太复国主义敌人的挑战。"阿兹米说。

第二天,沙龙总理下令以色列军队返回伯利恒,重新占领城市,实施军事封锁,进行逐户逮捕,并炸毁了五所房屋,包括奈尔·阿布·西莱尔与他的父母和兄弟姐妹一起住的房子。沙龙承诺加强以色列的安全,可是,他上任不到两年,炸弹袭击者大约攻击了以色列60次,次数差不多是过去七年的两倍。沙龙的发言人指责阿拉法特和巴勒斯坦权力机构策划了袭击,他们说:"我们所有的努力,交回一些地区,所有关于停火可能性的讨论,都是橱窗里的装饰品,因为在实际中,有人一直在努力,尽可能多地开展恐怖活动。"

阿拉法特谴责了自杀式炸弹袭击,他说,平民"是过着平常日子的普通人,把他们作为目标,无论从道德上来说,还是从政治上来说,都是应该受谴责的行为"。他补充说,爆炸案甚至使得对占领的"合法抵抗"看起来都像"无差别的恐怖主义"。

以色列入侵伯利恒后,除杰里科外,对西岸主要城镇的军事重新占领已经完成。

公共汽车是在犹太人庆祝光明节①期间爆炸的,这个节日以连续八夜点燃蜡烛作为标志。爆炸发生后的一天晚上,达莉娅去了基里亚特·梅纳赫姆街区的那个公共汽车站,她在那里遇到了一个邻居,一个十几岁的少年,他八岁大的弟弟和祖母在爆炸中丧生。老妇人是陪孙子去上学的。达莉娅回忆这个少年,"他的朋友陪着他。所有人都非常沉默,他们只是在那里"。他们燃起了一堆火焰,重复了光明节的祈祷文:"我们的上帝,宇宙的主人啊,你是有福的!你用诫命使我们成

---

① 光明节(Chanukah),又称哈努卡节、修殿节、献殿节、烛光节、马加比节等,犹太教节日。该节日为纪念犹太人在马加比家族的领导下,从叙利亚塞琉古王朝国王安条克四世手上夺回耶路撒冷,并重新将耶路撒冷第二圣殿献给上帝。该节日自公元前165年开始为犹太教徒信守,节期为犹太历的基斯流月。

圣,并命我们点燃光明节的蜡烛。"

在接下来的日子里,达莉娅和叶赫兹凯尔经常去那个公共汽车站,居民们和到访的人在那里用蜡烛、花环、报纸剪报、死者照片、祈祷书、手写诗和信件搭造了一个神龛。除了悲伤的表达之外,还有迹象表明,人们誓为谋杀复仇,"拒绝阿拉伯人,拒绝恐怖","哦,以色列的人民啊!直到我们吼出惊天动地的声音,一切才会结束!!!只有到那时,上帝才会听见并回答我们","实现真正和平的方法,如果有人要来杀你,要先杀了他以阻止他!"

* * *

袭击发生后的第二天,一名住在兰道家附近的阿拉伯居民被三名犹太青年刺伤了背部。路边的一家巴勒斯坦面包房被一个愤怒的暴民投掷了石头,玻璃柜被砸碎了。连续几个晚上,人们呼叫警察要求提供保护,叶赫兹凯尔去了面包师的家中表示声援,并试着和这群人的领头者讲道理。人们羞辱他,并质疑他的犹太身份。叶赫兹凯尔后来在犹太杂志《提刊》(Tikkun)①中写道:"我和他们一样,对无休无止的恐怖袭击感到愤怒,但是,我强烈反对他们的种族主义和仇恨态度……当我面对包括耶路撒冷邻居们在内的以色列同胞那深切痛苦的现实时,我的心碎了很多次。恐惧、愤怒和悲伤压倒了我。"

起义的"有毒气氛"和自杀式袭击促使叶赫兹凯尔去进行一种新的和解工作。特别是在"9·11"之后,他认为自己的使命是解决他认

---

① Tikkun,希伯来语,意思是"修理"或者"纠正"。在美国出版的季度跨宗教信仰的犹太左倾杂志,以英语分析美国和以色列的文化、政治、宗教和历史。该杂志一贯发表以色列和巴勒斯坦左翼知识分子的文章,还包括书籍和音乐评论、个人论文和诗歌。

为的"全球性的精神危机"。叶赫兹凯尔说,"愈合必须来自内部和外部。我的杠杆支点在外部"。他开始在美国度过更多的时间,并最终在哈特福德神学院(Hartford Seminary)任职,他在那里继续进行他的跨宗教工作。他说,"越来越清楚了,我注定要在哈特福德这里,而达莉娅应该在那里",在耶路撒冷。

达莉娅看着别的家庭纷纷离开以色列,去欧洲、美国或者澳大利亚寻求避风港。"很多人离开以色列,去找寻别的安全的地方,来保护自己的孩子,"2002年深秋,达莉娅在日记中写道,"这不正是我们的敌人想要的吗?可是,另一方面,拉斐尔也可能在那辆公共汽车上。在这种情况下,怎么做才是负责任的?以色列还有很多人,在世界其他地方没有家人或者朋友。他们没有我此刻拥有的可以选择的奢侈。我要抛弃他们吗?"

达莉娅做了自己的决定。"我的选择就是留在这里,"她写道,"如果我在情况变困难的时候离开,我将无法正视自己。我要为了痛苦和希望而停留在此。我是这一切必不可少的一部分。我是这种复杂性不可或缺的一部分。我是问题的一部分,因为我来自欧洲,因为我住在一栋阿拉伯人的房子里。我也是解决方案的一部分,因为我拥有爱。"

第十三章　家　园

以色列航空公司的551号航班从南方飞向索非亚机场,它俯冲过巴尔干山脉,降落在保加利亚的首都。这是2004年7月14日的薄暮时分。保加利亚裔犹太人通过客机舷窗凝视着外面。他们中间的大多数人是返回自己或者父母出生地的以色列居民。许多乘客是孩子,有些是第一次回来。

达莉娅·埃什肯纳兹·兰道慢慢地走下移动舷梯,她抓着扶手,调整着肩膀上斜挎的红色大包。在暗下去的天光中,她走进了共产党执政时期建造的一个小候机楼里。差不多56年前,1948年10月26日,摩西的兄弟雅克和他的妻子维吉妮娅来到索非亚火车站,向即将前往新的以色列国的他们一家告别,自那以后,达莉娅从没有踏上保加利亚的土地。

达莉娅把行李箱从传送带上拖下来,拉着它经过保加利亚海关的官员,然后扫视海关外等候大厅里的那一排排面孔。她在寻找一个从未谋面的同龄男子:马克西姆(Maxim),雅克和维吉妮娅的儿子。共产党执政时期,尽管雅克在党派中地位很高,但到以色列探望他的兄弟时,总被要求把孩子留在家里。因此,马克西姆虽然是犹太国家的坚定捍卫者,却没有去过以色列,也不知道自己的表姐妹长什么样子。他穿着一身白色衣服来了，举着一个牌子，上面用保加利亚语写着达莉娅的名字。寡居的维吉妮娅83岁了，她正在家里等着跟达莉娅重聚。

* * *

达莉娅与维吉妮娅、马克西姆和其他从未谋面的亲戚举行了一次次情意深重的聚会，三天之后，她乘坐出租车，离开保加利亚的第二大城市普罗夫迪夫，朝着罗多彼山脉中的一座修道院驶去。车的后座，苏珊娜·比哈尔坐在她旁边，1943年3月的时候，苏珊娜的父亲是普罗夫迪夫的拉比，他在普罗夫迪夫学校的院子里，和几百名其他的犹太家庭一起等了好几个小时。60年之前的同一时间，达莉娅的父母在斯利文，从普罗夫迪夫往东几个小时车程的地方。"我的母亲想，这就是结局了。"达莉娅告诉苏珊娜说。

黄色的菲亚特车沿着两车道的路蜿蜒蛇行，穿过茂密的松树林，沿着切佩拉雷河[①]前进。83岁的苏珊娜看着窗外，她告诉达莉娅，那个3月的早晨，她差一点逃离学校院子，加入在这些山丘中漫游的游击队。如果她加入游击队的话，达莉娅说，也许她会遇到雅克·埃什肯纳兹叔叔，他从劳动营跑出来，加入了游击队，对抗鲍里斯国王的亲法西斯政府。

出租车到了巴赫科沃修道院[②]，这是一座建于12世纪末的保加利亚东正教修道院，被奥斯曼帝国的人焚毁，但在随后的几十年中进行

[①] 切佩拉雷河（Chepelare River），保加利亚的一条河流，其源头来自罗多彼山脉的罗镇峰（Rozhen Peak），长度约为82公里。

[②] 巴赫科沃修道院（Bachkovo），保加利亚南部主要的东正教修道院。

了重建。达莉娅和苏珊娜下了车,走过出售地毯、水牛乳酸奶和宗教小饰品的摊位。她们从一棵有着200年历史的莲花树①那宽阔的叶檐下穿过,走向自己的目的地。

　　修道院内,达莉娅和苏珊娜走过一个低垂的拱门,进了一个房间,那里面装饰着花朵、枝形吊灯,墙上绘着有数百年历史的基督教壁画。几百支蜡烛在房间的每一个角落里燃烧。一开始,她们没看到自己想找的东西,然后,达莉娅发现自己正站在它们的旁边:东正教主教基里尔和斯特凡的大理石墓,1943年,他们奋力抵抗保加利亚要把本国犹太人运给纳粹的企图。最近,以色列犹太人大屠杀纪念馆②宣布,这两位基督教主教是"在纳粹大屠杀期间拯救了犹太人的国际义人③"。为了纪念两位主教,人们在"正义之林"(Forest of the Righteous)中种了树。

　　达莉娅用指尖碰了碰大理石,首先是斯特凡的墓,然后是基里尔的墓。她的嘴唇默默翕动。后来,她尝试在英语中找到一些词,能够表达她对"*hityakhadoot*"的感觉:虽然独处,可与另一个灵魂亲密相连,并在心中为那个灵魂留出空间。

　　达莉娅走近一位留着大胡子的牧师,牧师微笑着,把蜡烛递给她。她点燃了蜡烛,又祈祷了一会儿。苏珊娜站在房子中间,拿着没有点

---

① 莲花树(Lotus Tree),希腊和罗马神话中提到的一种植物。荷马的《奥德赛》中提到,莲花树的果实会导致令人愉快的昏聩困倦状态,人们吃掉果实之后,会忘记自己的朋友和家园,失去返回家园的渴望,倾向于无所事事的呆滞的生活。
② 以色列犹太人大屠杀纪念馆(Yad Vashem),以色列官方设立的犹太人大屠杀纪念馆,位于耶路撒冷城西的赫兹尔山,1953年根据以色列国会通过的《犹太大屠杀纪念法》成立,为纪念600余万名被纳粹屠杀的犹太人,是世界上最大、最有影响力的大屠杀纪念馆。
③ 国际义人,本为犹太教用来称呼遵守挪亚七律,叮指望进入天国的非犹太人。现在,以色列用这个名称来称呼那些甘冒性命危险,拯救犹太人免遭屠杀的非犹太人。纪念馆认定了两万多名国际义人,以色列国向国际义人颁授国际义人奖。

燃的蜡烛，抬头凝视着一台古董吊灯上那缓慢旋转的水晶。

朝圣之旅接近尾声，要回以色列之前的几天，达莉娅坐在索非亚犹太教堂后方的木头长凳上。这座教堂被认为是巴尔干地区最美丽的教堂之一，它和达莉娅去过的任何一个犹太教堂都不一样。摩尔式的拱门向暗蓝色的拱形天花板升起，天花板上绘着金色的星星。一个世纪前从维也纳用火车运过来的一盏华丽的枝形吊灯，挂在沉重的链子上，从头顶上那高高的木梁上垂下来。据说，它有18000磅重。达莉娅凝视犹太教堂前的一个地方，就在圣约柜前，1896年，西奥多·赫兹尔曾在此向热切的犹太复国主义者发表讲话。44年之后，她自己的父母也在这里举行了婚礼。达莉娅想象着那一时刻：母亲穿着白色礼服，光彩照人，肩膀上披着乌黑的头发，父亲穿着西装，僵硬而紧张，未来的生活责任沉甸甸地压在他的肩膀上。

64年之后，他们的女儿静静地坐在教堂的长椅上，一动不动，思考着这些可能性。

巴希尔正在摆弄他推进来的丙烷加热器，想让自己的客人们暖和起来。他反复摁按钮，想点亮指示灯，但每一次松开按钮，火焰就熄灭了。那是2004年初冬的一天。巴希尔不停地用右手食指摁按钮，最后，点击很多次后，火烧了起来。一小股一小股的热浪开始填充房间。他飞快地露齿笑了一下，起身给客人们拿来饼干和阿拉伯甜茶。

前一年，巴希尔从拉马拉的监狱里出来了。2001年8月之后，他在那里度过了一年多的时间。他记不清自己被囚禁了多少次，但可以肯定的是，现年62岁的巴希尔在牢房里度过了至少四分之一的生命。巴希尔说，这次他没有被定罪，没有被起诉，甚至都没有接受审问。在大部分"行政拘留"的时间内，他都在下国际象棋，并试图在室外的帐篷监狱中保持温暖。

一位朋友讲述了巴希尔离开监狱那天的故事。以色列监狱官员要求他签署一项保证,将来不进行任何恐怖活动。不过,以色列称为恐怖活动的行为,巴希尔经常将其视为合法抵抗。他不接受以色列司法系统的合法性,从未有人告诉他他为什么入狱,因此,他拒绝签署文件。警卫说:"如果你不签字,我们就把你送回去。"巴希尔让警卫把他送回去。据巴希尔的朋友说,就在那个时候,以色列警卫请巴希尔帮一个忙:他可以在那儿等几分钟,让其他警卫觉得他正在合作。这可以解决双方的问题。巴希尔忍着笑同意了,几分钟之后,他被释放了。

事情就这样过去了,巴希尔不想谈论它。"每次我进监狱时,都觉得自己永远也不会离开,"他说,"每次我离开监狱时,都感觉自己好像从未去过那里。"

巴希尔不愿证实自己被释放的故事,不仅仅是因为他不想让以色列狱卒显得人性化,相反,它是一种更广泛意义的沉默,去唤起记忆或感觉。有时候,访客能感知到他的情绪——他谈到巴勒斯坦的抵抗时,表情变得严肃,眉毛拱起来,脸涨得通红;他谈到拉姆拉房子花园中的缅栀花树或柠檬树时,声音变得柔和;他谈到达莉娅时,微笑或眯起眼睛。但是,他不想讨论政治的细节,与家人的私人关系或者童年时代的记忆。有一段回忆似乎最具力量,也被最少提及——失去左手的记忆。巴希尔的大拇指永远挂在口袋上面,这使他的左手看起来正常;访客或朋友们可能要花上几个月甚至几年的时间才能发现他的手没了,他们都是从别人那里知道这个悲剧的。"巴希尔,你为什么不去安一只人造手?"有一次,他的堂兄吉亚斯说。当时,两个年轻人正在开罗学习法律。"他的脸变成了这种颜色,"吉亚斯抓着自己的紫色衬衫说,"这个事故让他变得心思深沉。"

巴希尔端着一个托盘回到客厅,托盘上有饼干、一把茶壶,还有三个小玻璃杯。他穿着熨烫过的灰色休闲裤,灰色的 V 领毛衣,还有一件蓝色的风衣，坐在一个书架旁边，书架上是阿拉伯语文学、政治思想和两卷英文书：《理性时代》（*The Age of Reason*）和《启蒙时代》（*The Age of Enlightenment*）。贾迈勒·阿卜杜勒·纳赛尔的画像从白墙上往下凝视，旁边是一张带框的黑白照片，照片上是拉姆拉的那栋房子。照片是在20世纪80年代拍摄的，大约在巴希尔被驱逐到黎巴嫩的时候，照片展示了由14层白色的耶路撒冷石建造的这栋单层住宅，屋顶上有一根电视天线。一棵大棕榈树伸出画外，两辆旧车停在前面。孩子们正在走过艾哈迈德·哈伊里1936年安放在那里的大门。

艾哈迈德的儿子给自己热气腾腾的杯子里舀了三茶匙糖，搅拌茶的时候，他问来访者，今天的日程安排是什么，这是持续数日的漫长访谈中的一天。访客刚从拉姆拉返回，巴希尔听到他的老街那些新的以色列名字的时候，面无表情地坐着。"奥马尔·本·哈塔布"街是以第二任哈里发（卡农以前喜欢拿巴希尔和他做比较）的名字命名的，现在改成了"贾鲍京斯基"[①]街，根据以色列右翼组织的一名创立元勋命名。过了一会儿，他问道："你知道，你能到那儿去，而我却不能，这是什么感觉吗？"事实上，巴希尔发现就连去安曼也很难，他想去那里看看卡农、巴贾特和其他家庭成员，但他没办法从以色列人那里获得他需要的许可证。"我真的非常非常想念巴希尔，"卡农曾告诉一位来安曼的访客，"他不能来安曼。在拉马拉，他又一次在监狱里了。一个开放的监狱，一个大监狱。我现在老了，没办法经常去那里。"

巴希尔又一次站起身来，拿来家谱的影印本——用阿拉伯文写的名字被箭头和日期包围着，可以追溯到四个世纪之前——从哈伊尔

[①] 贾鲍京斯基（Ze'ev Jabotinsky，1880—1940），犹太复国主义领导人、犹太复国主义修正派的鼻祖、作家、诗人、演说家、军人。"一战"时英国军队的犹太军团的创始人之一。后来在当时的巴勒斯坦建立了几个犹太组织，包括贝塔尔、哈佐尔和伊尔贡。

丁·拉姆拉维往下，历经15代人，一直到21世纪散居在西岸、约旦、沙特阿拉伯、卡塔尔、加拿大和美国的哈伊里家族成员。巴希尔说，全世界的哈伊里家族成员仍然对哈伊尔丁在以色列的宗教公产拥有主权。"一些奥斯曼帝国时期的文件还在，"巴希尔说，他的左手放在口袋里，"你可以去伊斯坦布尔的伊斯兰法院找到这些文件。"

对于许多像巴希尔这样的巴勒斯坦人而言，基于1948年联合国决议的此类要求仍然至关重要；对于其他的一些人来说，和结束持续了38年的占领相比，这些要求并不重要。第二次起义爆发以来，已有超过550名18岁以下的巴勒斯坦人被杀，是以色列被杀同龄人的五倍。最近的受害者之一是伊曼·阿尔－汉姆斯（Iman al-Hams），一个手无寸铁的13岁巴勒斯坦女孩，她被一名以色列军官开枪打死。根据军官的战友后来的说法，军官向她的身体发射了一排子弹。好几十名死者是十岁以下的儿童，有13名是婴儿，母亲分娩的时候，他们死在了检查点。一位以色列专栏作家写道："凭借如此可怕的统计数据，'谁是恐怖分子'这一问题，早就应该成为每个以色列人的沉重负担。谁能相信以色列士兵杀死数百名儿童，而大多数以色列人竟会保持沉默？"

对离开自己所居住的城镇或村庄的巴勒斯坦人来说，日常羞辱不可避免。巴希尔等了好几个月，等待以色列当局发给他旅行许可证去约旦看病。许多报告记载，检查站拒绝救护车通过。其他的巴勒斯坦人要么排着长队，在泥泞而崎岖不平的路口，要么在检查站旋转栅栏门处站着，忍受着漫长的等待。有一次，一名年轻的巴勒斯坦男子在上小提琴课的途中，被以色列士兵要求拿出乐器"演奏一些悲伤的东西"，然后才许他通过。这件事引起了许多以色列人关于犹太小提琴手被迫在集中营里为纳粹军官演奏的回忆，激起了全国性的愤怒。许多评论人士认为，检查站对于保护以色列免遭自杀式炸弹袭击是必要的，但他们认为，对年轻的阿拉伯小提琴家威萨姆·塔耶姆（Wissam Tayem）的羞辱削弱了以色列的道德权威，也玷污了关于纳粹大屠杀的记忆。

对于巴勒斯坦人来说，不断加剧的占领引发了越来越多的愤怒，并加剧了关于最佳政治行动方案的辩论。即使在巴希尔自己的家中，分歧也凸显出来。

吉亚斯·哈伊里说："如果你想收回那些土地的话，我们需要一代又一代人的努力。一整个历史的循环，力量之间一种新的平衡。"吉亚斯在拉马拉家的客厅里喝着可乐。吉亚斯比堂弟巴希尔大了几岁，1948年，他继巴希尔之后不久也离开了拉姆拉。20世纪60年代早期，吉亚斯和巴希尔一起在开罗上过法学院。1967年，他、巴希尔和堂兄亚西尔一起坐车回过拉姆拉。在巴希尔因超级索市场爆炸案入狱之后，他和巴希尔的姐姐努哈结了婚，生育了三个孩子。

吉亚斯目睹了堂弟和周围其他人的遭遇之后，采取了一种他认为耐心而又务实的态度。吉亚斯说："我画不出两百年后的世界地图。一百年前，苏联压根儿就不存在；两百年前，奥斯曼帝国的军队在维也纳。两百年之前，德国也不存在。谁知道一百年后未来会怎样？现在以色列主导着美国。但我不知道一百年以后会发生什么。以色列认为，我们现在不能回去。所以我屈服了，我不为子孙后代谋划什么。我们无能为力。"

努哈直直地坐在吉亚斯对面的沙发上。"我们有权回到自己的祖国。"她说。"我们不能分散在世界各地。与此同时，他们（以色列人）来自世界各地，却住在我们的家里，"她交叉起双臂，"有人必须说服美国同意我们有回归权。每个人都应该回到自己的房子里去。过去的这56年中，我们呢？有人在乎过我们吗？每个人都只关心他们。他们应从哪儿来就回哪儿去。他们也可以去美国，那里的地方大得很。"

"这是梦,做梦!"吉亚斯喊道。

"这是正义,"努哈回答说,"也是解决方案。"

吉亚斯不退让。他认为,当下的问题不是回归,而是占领。"每一天,每一晚,以色列人都来这里,"他对客人们说,"我们上个星期参加了一场婚礼,以色列人把新郎抓走了!即便是这样,乔治·布什还说沙龙是一个和平之子。这是个玩笑,亲爱的先生。我们是'悲惨世界'[①]。我们什么都做不了!我们弱小,他们强大。因为我们是弱者,我们就不应该有这场起义。我不相信这些。哈马斯把起义叫成'阿克萨清真寺起义',巴解组织把它叫成'为解放巴勒斯坦的起义',以色列人把它叫成'安全墙起义'。谁成功了?"

"以色列人。"努哈平静地说。

"起义给我们带来了这堵墙,"吉亚斯说,他耸了耸肩膀,"我是个务实的人。因为我什么都不能做,我就不为什么感到伤心。如果你想要的事情没法发生,那就顺其自然。"

吉亚斯不再相信激进的巴勒斯坦政治是为人民利益服务了。"1984年,巴希尔被释放前的几个月,我去了监狱,"他说,"我说,'巴希尔,你瞧,你在一座以色列监狱中度过了15年。现在,巴希尔,对你来说足够了。'"

巴希尔看着自己的堂兄。他说得很清楚:他永不放弃自己的回归权,也不放弃以任何必要的方式为之奋斗的打算。吉亚斯回忆:"我告诉他,'你在胡说八道'。"

"作为巴希尔的姐姐,我感到非常自豪。"努哈说。"我相信抵抗。以色列人现在对待我们的方式,我们不能视若无睹,"她停下来,看着自己的丈夫,"我真希望你能像巴希尔一样。"

[①] 原文是 *Les Misérables*(悲惨世界),与法国著名作家雨果于 1862 年首次出版的长篇小说同名。

"我永远不会像巴希尔。"吉亚斯回答。他转向自己的客人们。"我和巴希尔之间有一种竞争关系,"他带着一丝笑意说,"我们还是堂兄弟。"

努哈伸手去够电视机遥控器,屏幕上放着《大胆而美丽》①,带着阿拉伯语字幕。

"我们该回家了。"她说。

达莉娅坐在一辆租来的汽车的副驾驶位上,直视前方,试图让自己看起来随意一点,就好像她自己也是一名记者,而对她来说,穿越以色列军事检查站,从耶路撒冷向北到拉马拉,乃是稀松平常的事。实际上,以色列平民是不允许去占领区的,达莉娅知道自己有被赶回去的危险。但是,士兵只检查了驾驶员的美国护照,令人惊讶的是,这场赌博获得了回报:达莉娅通过了检查站,来到了去拉马拉的路上。这里是卡兰迪亚,1957 年,巴希尔和艾哈迈德坐着从加沙来的飞机降落在了这里。十年后,也是在这里,巴希尔从他拉马拉的屋顶上发现了以色列的坦克。

"哦,我的上帝。"达莉娅惊呼。她左边有一长列车辆面朝南方,几乎一动不动。年轻的巴勒斯坦男子和男孩在车子之间穿梭往返,向那些沮丧的、动弹不得的司机们兜售口香糖、仙人掌果、黄瓜、厨房用具和肥皂。"巴勒斯坦免税区。"尼达尔·拉法(Nidal Rafa),陪同达莉娅的巴勒斯坦记者说。

汽车和小商贩的后面是达莉娅感叹的对象:高高耸立的混凝土幕墙,一直向北延伸,直到看不见的地方。这是以色列把西岸和自己分隔开来的"安全屏障",在某些地方,还把西岸本身的地区切分开了。屏障是 2002 年之后建造的,6000 名工人挖壕掘沟,拉铁丝网,架设

---

① 《大胆而美丽》(*Bold and the Beautiful*),美国肥皂剧,于 1987 年 3 月 25 日在 CBS 播出。

岗亭，铺设混凝土，并安装了数以万计的电子传感器。这个建设项目一半算墙，一半算电栅栏，耗资13亿美元，每英里耗资超过300万美元。以色列宣称，"栅栏的唯一目的"是应对"来自西岸的恐怖主义浪潮"，"提供安全"。

"他们在造这堵墙，"尼达尔说，"这样的话，他们就不必直视我们的眼睛了。"

巴勒斯坦人把这个屏障称为"种族隔离墙"，他们指责以色列打着安全的幌子在西岸攫取更多的土地。屏障没有遵循1967年的边界（"绿线"），在一些地方，为了纳入犹太人定居点，它还深深地切入了西岸的土地。2004年夏天，联合国海牙国际法院裁定："以色列修建如此一堵墙，违反了适用的国际人道主义法所规定的义务。"国际法院认为，以色列通过吞并西岸土地来替代政治解决的方法，在当地制造一种"既成事实"。以色列驳回了国际法院的裁决，宣称"没有恐怖主义就不会有围墙"。以色列还说，国际法院对此事没有司法管辖权。白宫表示同意，称联合国法院不是"解决政治问题的合适论坛"。美国民主党总统候选人约翰·克里[1]说隔离墙为"合法的自卫行为"，并表示"这不关国际法院的事儿"。

租来的汽车在坑坑洼洼的道路上颠簸，从一条欢迎游客到拉马拉的横幅下穿过，在第一个交通信号灯的地方左转，在一家出售巴勒斯坦工艺品的商店附近停了下来。达莉娅下了车，在大楼的入口处等着。为达莉娅做翻译的尼达尔站在她旁边。

"您先进去吧。"尼达尔说。

---

[1] 约翰·克里（John Kerry，1943— ），美国民主党政治人物，曾任第68任美国国务卿。克里是民主党在2004年的总统候选人，但败给了竞选连任的乔治·布什。2012年奥巴马总统提名他为国务卿。

"不，你先请，"达莉娅说，"让我藏在你身后一会儿吧，我有七年没见到他了。"他们走上了楼梯。

巴希尔在二楼的入口那儿站着等他们。

巴希尔和达莉娅站在巴希尔办公室外面的走廊上，握了很长时间的手，他们的脸上绽开大大的微笑，直视对方的脸。"*Keef hallek*[①]？""你好吗，达莉娅？"巴希尔说。

达莉娅递给巴希尔一个白纸包，上面有绿色的希伯来字母。"一个小柠檬蛋糕，巴希尔。"她说。

巴希尔把达莉娅带进自己的办公室，他们仍然站着，又一次面对面了。"叶赫兹凯尔好吗？"巴希尔用英文说，"拉斐尔呢，你的儿子好吗？"

"拉斐尔现在16岁了，在上高中。他喜欢计算机。我听说艾哈迈德18岁了，他要去哈佛读书！"

"只去四年。"

"这几年对他来说不算什么，"达莉娅看着尼达尔说，"他在监狱里蹲了15年呢。"

巴希尔点了点头。他的白发和钢框眼镜看起来很配。他穿着卡其色的裤子和卡其色的风衣。"现在我变老了，"他说，"我62岁了。"

"灰色很配他，"达莉娅说，"告诉他，尼达尔。很好，棒极了！"尼达尔翻译时，巴希尔的脸红了。

从达莉娅到来的那一刻起，巴希尔就在微笑，现在他的表情变了。"我很想见到你，但我非常担心你。特别是每天的新闻，隔离墙、逮捕、拆房毁屋什么的……形势不平静，你能看到大家的紧张。你永远不知道会发生什么。"

[①] *Keef hallek*，阿拉伯语，意为"你好吗"。

巴希尔没想到达莉娅会来,不然的话,他会在家里接待她。他解释说,她事先没有确认,想着通过检查点很难,他原以为她不会来了。

他们停了一会儿。巴希尔消失了片刻去烧水泡茶,然后,两个老朋友走进铺着地砖的大办公室,隔着咖啡桌,在铺着软垫的椅子上相对而坐。

"一切都好吗?"巴希尔问。

"我该怎么说呢?"达莉娅回答,"我回答不了这个问题。"

"拉斐尔在学校好吗?"

"是的。"

"当然了,再自然不过了。他有他父亲和你的基因。"

达莉娅摩挲着自己的手臂,环顾办公室。她左边的墙上是一张阿布·阿里·穆斯塔法的照片,这个解放巴勒斯坦人民阵线和巴解组织的官员在2001年被以色列用直升机火箭弹暗杀了。

"他是一个朋友吗?"停顿很久之后,达莉娅问。

"是的,一个好朋友。他被一架阿帕奇直升机发射的两枚火箭弹杀害了。"

巴希尔起身离开了一会儿,然后,端着用塑料杯子盛着的热茶回来了。话题转向了监狱。达莉娅想知道,1971年,她在监狱隔壁教高中时,巴希尔在不在拉姆拉。

"也许我在那儿,被单独监禁,"巴希尔回答,"我在那里的时间不到一年。我蹲过17所监狱。"

"所以你在四处移动。来个盛大之旅。一个监狱游客!"达莉娅不自在地笑了起来,"有没有什么警卫对你好过吗?"

"有一个罗马尼亚警卫。他是个好人。"

巴希尔看了看自己的手表。达莉娅撞翻了自己的茶杯,茶水溅到她身上,她看起来有点慌乱。

"别担心，别担心！"达莉娅用纸巾擦自己的时候，巴希尔大声说。

"那个罗马尼亚警卫，"巴希尔继续说，"他保存了我侄子的来信，因为看守要来没收它们。"

"你是不是有一次告诉我，拉宾去访问了监狱？"

是的，巴希尔说，那时他在纳布卢斯附近的耶尼德监狱，还没有被驱逐到黎巴嫩。巴希尔是囚犯代表。"我告诉拉宾，甚至连监狱专员海姆·利维都说，狗都不能在这些条件下生存。"

"真有意思，他是国防部部长，却和囚犯们坐在一起。"达莉娅评论说。

"我是一个囚犯，他是国防部部长，一切都没有改变。"

达莉娅想着拉宾和奥斯陆的事儿。"但是巴希尔，你不觉得，像那样的一个人，他做了一些事去改变——通过转变立场，尽自己所能去取得一些进展，去推动一点点——去妥协，向你的同胞伸出了手……"她的问题没有说完。

巴希尔身体前倾。"对于巴勒斯坦人来说，日常生活没有改变。情况只是变得越来越糟，每况愈下。我没有回到拉姆拉。我们没有自己的独立国家，也没有自由。我们仍然是难民，从一个地方转移到另一个地方，再到下一个地方，又到下下一个地方，颠沛流离。每天，以色列都在犯罪。因为我是巴勒斯坦人，不是以色列人，我甚至都不能加入'开放之家'的董事会。可是，只要一个人是犹太人，哪怕他昨天刚从埃塞俄比亚来，他也会拥有一切权利。可我呢，我是在拉姆拉有历史的人。但对于他们来说，我是一个陌生人。"

达莉娅的手臂原来紧紧地交叉在胸前，她展开了手臂，深吸了一口气。

"巴希尔，我接下来要说的话——也许我没有权利说。如果我们两个人都要在这里生活的话，我们需要做出牺牲。我们需要做出牺牲。

我知道自己这样说不公平。我知道。我是说,你不能住在你拉姆拉的房子里。我知道这不公平。但是我认为,我们需要支持那些愿意做出让步的人。就像拉宾,他付出了生命的代价。所以,为了你自己的国家,你必须支持那些准备妥协,准备在这里为我们留出空间的人。无论是不接受以色列国,还是不接受巴勒斯坦国,我认为我们在这里都不会有真实的生活。以色列人在这里也不会有真实的生活。你们过不好的话,我们就过不好。而我们过不好的话,你们也过不好。"

达莉娅又深深地吸了一口气。她脱下了凉鞋,把脚蜷缩在身下的办公椅上。"今天,我通过检查站的时候,"她说,"我能看到那堵墙——就像是筑在人心中的一堵墙。你说过,在拉马拉,你被困在自己的监狱里。我是谁呀,有资格说像你这样的人在这种境遇下,还需要做出那么大的牺牲,才能让我的同胞拥有一席之地?我是说,我理解,从你的角度来看,这是不公平的。但你从我这里,从往事中也知道,我对以色列国有着多么深的依恋。我怎么能要求你,来为这个国家腾出空间呢?可是,如果我或者我们知道,你们首先在心中为以色列国留出空间,接下来,我们才可以在实际中找到解决方案。这样的话,我的同胞感受到的威胁要少得多。我说了这么多,但我知道自己没有权利要求你这样做。我只是提出这个问题。这是我的请求。"

尼达尔翻译时,达莉娅和巴希尔隔着房间注视着对方,不笑,不皱眉,不眨眼,目不转睛。桌上,白色面包袋里的柠檬蛋糕被遗忘了。隔壁房间里,一台冰箱在嗡嗡作响,孩子们玩耍嬉戏的声音从窗户飘了进来。

"达莉娅,你记得37年前我们的第一次见面吗?当时,我去拜访你,"最后,巴希尔说,"从那之后,犹太人定居点越来越多,我们的土地被没收,现在又来了这堵墙——怎么会有什么解决方案呢?怎么会有什么巴勒斯坦国?我怎么能如你所说,打开自己的心扉?"当然,对于巴希尔来说，解决方案不只是拆除隔离墙，在旧巴勒斯坦22%的土地上成立一个巴勒斯坦国。解决方案仍然是"拥有一个国家，生活在这个单一国家里的所有人是平等的，无须考虑宗教、种族、文化、语言。人人平等，享有平等的权利，享有选举权，并选择自己的领袖"。这个解决方案的核心是回归。

巴希尔的观点得到了许多巴勒斯坦人的支持，《奥斯陆协议》签订以来，一条鸿沟在不断加深，他们就站在鸿沟的一侧。人们认为他这种人不现实，他们执着的东西，被吉亚斯堂兄认为是一个不切实际的幻梦。然而，近年来，从难民营到欧洲、美国更加年轻和富裕的巴勒斯坦人中间，一种基于回归的运动开始在散居的他们当中生长，他们是听着村庄的故事被养大的，尽管那些村庄早就被摧毁，灰飞烟灭了。巴希尔认为，回归权是神圣的，也是切实可行的。就像越来越多反对奥斯陆式解决方案的巴勒斯坦人一样，巴希尔认为，如果不能回归，冲突将是永恒的。"这对双方的人民来说，都是一场悲剧。"他告诉达莉娅。

巴希尔曾经相信"强者创造历史"，但他的监狱和流放岁月使他形成了更深远的视野。"今天，我们是弱小的，"他说，"但我们不会一直这样。巴勒斯坦人是河床中的石头，我们不会被流水冲刷而去。巴勒斯坦人不是印第安人。恰恰相反，我们的人数在增加。"

开着的窗户外传来孩子们的声音，那声音很吵闹。"达莉娅，"巴希尔说，"我真的想在自己家里好好地招待你，我也真的不想打开这个话题，这个悲剧。"

达莉娅的下巴搁在手掌上，她专注地看着巴希尔。"如果你说一切都是巴勒斯坦的，而我说一切都是以色列的，我觉得我们不会取得任何进展，"她说，"在这里，我们有着共同的命运。我深深地相信，我们在文化、历史、宗教和心理上有着深切和紧密的联系。对我而言，毫无疑问的是，你和你的同胞掌握着通往我们真正自由的钥匙。我想我们也可以说，巴希尔，我们掌握着通往你们的自由的钥匙。这是深深的相依并存。我们怎样才能解放心灵，为自己疗伤？有没有这个可能？"

"我住的地方离'绿线'非常近，"达莉娅继续说，"另外一边就是约旦河西岸，从我的窗户望出去，能看到那些山脉。我爱这些山脉，就好像山在我的心里一样。我的祖先们生活在犹太丘陵之上。别误会，我不是说这是一回事，我只是说，需要有一种妥协。"

达莉娅一直相信爱因斯坦的话："用制造问题的脑筋去解决问题，解决不了任何问题。"对于达莉娅来说，共存的关键在于她所谓的"三个A"：承认（acknowledgment）1948年发生在巴勒斯坦人身上的事情，为此道歉（apology），并进行修正（amends）。承认，从部分上来说，是"看到并承认我或我的同胞对他人造成的痛苦"。但她认为这应该是相互的——巴希尔也必须看到以色列的他者——以免"沉溺于正义的受害者情绪之中，而不为自己在冲突中的角色负责"。通过承认，她和巴希尔可以"互为镜面，最终使自身的救赎能够成长"。关于修正："这意味着我们在现有的情况下尽力而为，对遭受冤屈的人进行补救。"但对于达莉娅来说，这不涉及难民的大规模返回。是的，她认为巴勒斯坦人享有回归权，但这不是一项可以充分实现的权利，因为数百万巴勒斯坦人的回归实际上意味着以色列的终结。

对于巴希尔和许多仍然相信回归权的巴勒斯坦人来说，这种论证没有什么意义：你怎么能既拥有一项权利，但又无法行使呢？也许在半个多世纪之后，最终，许多难民会选择不返回自己旧村庄所在的地方，或搬回自己的老房子，但巴希尔认为这应该是他们自己的选择，而不是任何其他人的选择。"我们的回归权是一项天然的人权，"巴希尔说，"以色列人制造了这个问题，他们不能为了解决它，给我们施加更多的负担。"

对于达莉娅而言,解决方案是两个国家共存共处——很像1967年"六日战争"之前,两个国家存在的状态,只是,现在,在以色列的一边,将升起一个和平而独立的巴勒斯坦国。巴勒斯坦人有他们返回的权利,但仅限于返回到旧巴勒斯坦的一部分。

巴希尔认为,解决之道更应该放在1948年,如他们长期以来的梦想那样,回到单一的、世俗的、民主的国家。达莉娅的姿态——她分享了在拉姆拉的房子,把它变成了一个幼儿园,给拉姆拉的阿拉伯孩子的"开放之家"——巴希尔把这理解为承认他返回的权利,并且,延伸来说,承认联合国赋予所有巴勒斯坦人民返回家园的权利。可达莉娅认为,"开放之家",以及它的让阿拉伯人和犹太人相遇相处的种种项目,只是个体选择的结果。她说:"这不是一个整体解决方案,也不是一项政治声明。这是命运给我的安排。我只是觉得,是的,作为犹太人的一员,我有权为我们在这片土地上的历史……我们对另一群人造成的不公正,承担一些责任。"达莉娅想澄清,这是她的个人决定,不能要求其他以色列人也这么办。

达莉娅朝着巴希尔倾过去。"我感到这整片土地都在我心里,我知道,它也在你的心里,"她对巴希尔说,"但是,这座山将是巴勒斯坦。我知道会是这样的,我能感觉到。我想作为一个内心充满敬意的访客去看它。去拜访我衷心爱着的那山上生活着的人。"

"你说的话很打动人,达莉娅,"巴希尔说,"你看着这座山,又有这种感觉。在这件事情上,你是独一无二的。但如果你看看此地的现实,看看以色列政客以及他们处理事情的方式,当他们看到那么一座山,或者那么一片土地的时候,他们满心想的是没收房屋,想的是定居点,想的是更多定居者前来居住……这就是今天的现实。这是很难理解的。我真希望有更多的人能像你一样。"16年前,巴希尔就在给达莉娅的信中写过，他希望，像达莉娅一样的人，能像森林中的树木那样多。

一直以来，达莉娅不想让自己成为从"坏以色列人"中间区隔出来的"好以色列人"。她请求巴希尔向她展示，"你真的很在乎我的同胞，你真的想我的同胞所想。我自己对你有这个需求。我对你有需求，巴希尔，你出生在我的家里，在你的家里，在我们的家里。这请求不只是对于我达莉娅而言。因为我知道你在乎我。你知道我也关心你，对吧？也是为了你和你的家人……你知道我在意巴勒斯坦人民。我也需要知道，你在乎我的同胞。因为那样会让我感到安全得多。那样的话，我们就可以前进了。我们可以一起创造一个现实"。

巴希尔又看了看自己的手表，他的另外一个约见要迟到了。"再也找不到像我们这样的两个人了，我们对这片土地可能性的设想迥然不同，"达莉娅说，她站了起来，脚滑进拖鞋，"可是我们又深深地相连。是什么联结着我们？正是分开我们的东西啊。是这片土地。"

巴希尔站起来，他又握住了达莉娅的手。"我原来很担心你来这儿。"他说。

"我想来这里。"达莉娅回答。

他们站在铺着软垫子的办公椅子中间，看着对方，握着手，微笑着。

"等着我，达莉娅，"巴希尔说，他仍然没有放开达莉娅的手，"他们不许我去耶路撒冷，不过，等着吧，有一天，我会出现在你的门前。"

巴希尔放开了达莉娅的手，在楼梯平台那儿跟她挥手作别，又回到了自己的办公室。达莉娅慢慢地走下最后一段楼梯，朝着拉马拉的街道走下去。

"我们的敌人，"她柔和地说，"是我们拥有的唯一的伙伴。"

第十四章　柠檬树

1998 年，独立战争（也称"大浩劫"）50 周年的时候，柠檬树死了。好几年来，它结的果子越来越少，最终死去了。1998 年春天，两粒萎缩的、外壳坚硬的柠檬躺在地上，这是那棵树曾经结过果实的唯一的现实证据。

"这就是事物的自然本质，在这个星球上，事物是会消亡的，"达莉娅说，"树虽死去，屹立如生。"数年来，阿拉伯幼儿园"开放之家"的老师们会在树枝上挂上气球和丝带，帮助孩子辨别不同的颜色。丝带在风中飘扬，看起来，柠檬树好像是被一棵圣诞树取代了。最终，一场风暴袭来，把树吹倒了，只留下了一个硕大的粗糙的树桩。

达莉娅曾经希望，有一天，巴希尔、卡农、努哈、吉亚斯，还有哈伊里家的其他人，能够回到拉姆拉的这栋房子里来，种下另一棵柠檬树，作为一个重生的象征。

2005 年 1 月 25 日，一轮满月升起在地中海东边的沿海平原上，达莉娅与一群阿拉伯和犹太青少年一起，走到拉姆拉那房子的花园一角。他们的手里有一棵柠檬树的幼苗。树苗的根上连着一个水桶形状的大土块。达莉娅说："看起来真是细弱啊。"

这一天是犹太植树节①,犹太圣人称这个节日为"树木新年",一位犹太青少年自发地建议说,这是种下一棵新柠檬树的最理想的日子。

"有好几年了,为了等待哈伊里一家,我一直把种树的日子往后推,"达莉娅说,"就在那一刻,树木的节日,感觉太对了,是的,这是新的一代。现在,孩子们将在他们的房子里种下自己的树。"孩子们选择了那一天,犹太节日的那一天,在艾哈迈德·哈伊里的老花园里种下一棵新的柠檬树,达莉娅说,自己不想阻拦他们。

达莉娅的手,还有阿拉伯人和犹太人的手,一起把树苗放进了旧树桩旁边的一个坑里。他们一起去厨房拎来一桶水,大家一起把土轻轻压实。

"哈伊里一家不在那儿,我感觉缺少了一些东西,"达莉娅回忆道,"但是,这些孩子一起又填补了这个空缺。老树桩还在那里,非常漂亮。就在它的旁边,我们种下了一棵新的树苗。我不能只是让过去,让我们历史的痛苦,原封不动地留在那儿。就像你放在墓地里的那种纪念石一样。"

"这个奉献是不会抹杀记忆的。在旧的历史中,一些东西在生长。从痛苦中,一些新的东西在萌发。"

"我想知道他们会怎么看这件事,"谈到哈伊里一家时,达莉娅说,"我感觉这样做是对的。"她还说:"这意味着继续前进。这意味着,现在,是新一代要创造一个现实的时候了。这意味着我们给他们的手中托付了一些东西。我们把老的东西和新的东西一起托付

---

① 犹太植树节(*Tu B'shvat*),图比舍巴特节,犹太人传统节日之一,在希伯来历细罢特月的第十五天,是犹太习俗中的四个传统新年之一,又称为树木新年。现代以色列仍然庆祝这个节日,用来提倡生态保育与提升环保意识,因此也被称为犹太植树节。

给了他们。"

最终，种什么，什么时候种，在哪里种，成了达莉娅的决定。巴希尔在拉马拉通过电话知道了这件事，他说自己很高兴。他说，也许有一天，他会回到拉姆拉的家中。那一天，他会亲眼看到那棵树。

后 记

2011年4月的一天，子夜1点，一束光让巴希尔·哈伊里在拉马拉的公寓里醒了过来。刚开始，巴希尔以为自己在做梦。然后，他昏头昏脑地得出结论：断电了，他25岁的女儿正在用手电筒朝他的卧室里照。突然，巴希尔睡意全无：他明白了光的源头。一队以色列特种部队的士兵突袭了他们家的住处，他们冲破大厅锁着的门，冲到了一家人生活着的楼上。

巴希尔眯着眼睛看着光。20名戴着黑面具的士兵，其中的一个正向卧室里的他的眼睛上照出一束强光。不久之前，巴希尔正躺在妻子身旁睡觉。

"你是巴希尔？"一名指挥官咆哮道，"我们要找你。"

69岁的巴希尔开始穿衣服。他回忆说，他的女儿在尖叫，所以士兵们用胶带把她的嘴封上了。指挥官命令手下缴走这个家庭的两台电脑、他们的手机以及相机里的存储卡。特种兵花了两个小时细细搜查公寓，猛地拉开抽屉、橱柜和壁橱。凌晨3点，士兵们把巴希尔带入雨夜。44年前他首次被捕，此后又被逮捕了不少次，这回也和以前一样，家人不知道他要被带到哪里，也不知道什么时候能再次见到他。

巴希尔戴着手铐,被蒙着眼睛,和士兵们一起坐在一辆军用吉普车的后面。他们的目的地是附近贝特埃尔定居点①的一处以色列军事基地,这个基地建造于40年前,建在巴勒斯坦自治市阿尔贝雷②被没收的土地之上。巴希尔被捕是以色列的一项大清扫运动的一部分,清扫对象是解放巴勒斯坦人民阵线的嫌疑领导人和活动分子,以色列情报机构(国家安全局)怀疑他们密谋绑架以色列士兵、袭击定居者。几周之前,西岸伊塔马尔定居点③的一家以色列人被残忍地杀害,当局将这一罪行与西岸的纳布卢斯镇附近的两名解放巴勒斯坦人民阵线的成员联系在一起。

在军事基地,情报人员把巴希尔带入讯问室,把他铐在一个用螺钉固定在地板上的没有扶手的金属椅子上。巴希尔后来回忆说,五个不同的军官一个接一个地审问他。"逮捕你的命令是以色列国家安全局局长签署的,"特工们告诉他,"你的活动危害了以色列的安全。"

"我是一个相信巴勒斯坦事业的巴勒斯坦人,"巴希尔回答,重复着几十年来的审讯中他说过的话,"我鄙视占领。巴勒斯坦事业的关键是回归权。没有回归权,就会有无穷无尽的流血事件。"

审问持续了四天。特工们问同样的问题,巴希尔给出同样的答案。过了一阵儿,他告诉审讯者:"两个决定,你现在得选一个。要么指控我犯了重罪,要么杀了我。关于第一个问题,我无罪可认。关于第二个问题,我帮你简化一下吧。对我来说,活着和死了没什么区别,我

---

① 贝特埃尔定居点(Beit El),位于西岸的以色列定居点和地方委员会,距离拉马拉直线距离约5公里。
② 阿尔贝雷(Al Bireh),西岸中部的一个巴勒斯坦城市,位于耶路撒冷以北15公里处,在贯穿西岸的中央山脊上,海拔860米,面积22.4平方公里。由于其地理位置,阿尔贝雷沿耶路撒冷和纳布卢斯之间的商队路线而成为南北之间的重要城镇。
③ 伊塔马尔(Itamar),以色列定居点,位于纳布卢斯东南5公里处的西岸撒玛利亚山脉。根据《奥斯陆协议》,伊塔马尔被指定为C区,被以色列全面控制。

不在乎。"

现在，轮到一个新的以色列国家安全局特工、首席审问官的副手来审问巴希尔。巴希尔后来回忆他的名字叫索里（Solli）。他记得自己家以前也认识一个叫索里的人，一个犹太人，1936年，帮自己的父亲设计了拉姆拉的房子。也许，这个以色列国家安全局的索里是老索里先生的孙子呢。

特工索里说，他和其他的一些特工读过一本讲述达莉娅和巴希尔故事的书，他们被两个长期敌人之间的联系打动了。

"他想了解我，"巴希尔回忆道，"见到书中的人物，他们是那么高兴又激动。我和达莉娅之间建立了友谊，他们真心为此感到高兴。"

"尽管你说过那些话，"这个特工说，"我们仍然被这本书打动了。"

"遗憾的是，你们没有了解那本书的含义。"巴希尔说。他还被铐在椅子上。达莉娅一直努力去理解巴勒斯坦人被剥夺的意味，并采取个人行动去帮助做出修正。"达莉娅是以色列唯一一位懂得这些的人。"巴希尔坚持说。

有片刻的停顿。"我了解你们在欧洲的历史。"巴希尔说。

"所以你承认纳粹大屠杀？"索里问。

"是的，但是，"巴希尔补充说，"你们从受害者变成了加害者。"

度过大部分时间不眠不休、又被铐在椅子上的四天之后，巴希尔被放回了家。以色列国家安全局没有起诉他。巴希尔回家之后得知，他被士兵们抓走之后，每一夜，他的女儿都会在自己的惊叫声中从睡梦中醒来。

"吃巧克力吗？"巴希尔的妻子问。她端出一个长盒子，里面的皱纹纸里包着形状各异的巧克力。她端来了用蚀刻的小玻璃杯盛着的阿拉伯甜茶。

这是2013年的夏天，巴希尔穿着蓝色按扣衬衫和卡其色长裤，左手放在口袋里，在讲述两年前他最近一次被捕和受审的故事。巴希尔的头发全白了，和他的钢框眼镜很配。他的肚子又变大了一点点。

在一个陈设简单的客厅里，巴希尔和他的访客坐在一对沙子颜色的沙发上。房间里安着遮挡半下午阳光的电子百叶窗，光线暗了一些。几年前，巴希尔搬到了这里，一栋高档的拉马拉公寓楼。他选择了上面的楼层，这样，他可以看到南方 7 英里之外的耶路撒冷。他不能去那儿，但他每天都注视着那些建筑的尖顶。

巴希尔说，最近这些年，一拨又一拨的外国人来看他，问他怎么样，问他是不是和达莉娅还有联系。巴希尔回答，"我很久没见过她了"——2005 年以后，他就没见过她。他说，他们确实偶尔联系，问一些"你好吗""家人好吗"这类的话题。"但我们没有很深入地交谈。它冷下来了，"巴希尔停顿了一下，"在情势严峻的时候，她很勇敢。但她后来退缩了。我不明白。"

一个边柜上摆着阿克萨清真寺的模型，是很久以前，巴希尔还在杰宁监狱的时候，用两千片丝绸和轻木①做的。他朝半闭的百叶窗做了个手势，站起来，打开阳台门走到外面。南方，耸立着遥不可及的耶路撒冷。巴希尔沉默地望着它。

* * *

几天后，达莉娅坐在一栋阿拉伯老房子的二楼露台上，这里在巴希尔拉马拉公寓的西南方向，距离它大约 10 英里。老房子在耶路撒冷

---

① 轻木（Balsa），木棉科轻木属植物，树形巨大，生长快速，是世界上最轻的商品用材，适合做模型。

的西部边缘地段,以前的巴勒斯坦村庄艾恩卡勒姆①,现在被改成了一家高档的以色列餐厅。

艾恩卡勒姆距离达莉娅在西耶路撒冷的公寓很近,她很喜欢来这里,因为它的美丽和历史。7月的一个傍晚,临近日落时分,她向西看。犹太丘陵(她这么叫它们)很柔和,翠绿葱茏,向下斜伸入一片宽阔的沿海平原,一直延伸到地中海。山的褶皱中半显半藏着一座女修道院,还露出一座俄罗斯东正教教堂的金色圆顶。更近一些的地方,在村庄里,有一座古老的清真寺,还有一座天主教堂,基督徒相信这是施洗约翰②出生的地方。据说,圣母马利亚到过这里。这里曾经是一个巴勒斯坦村庄,附近的田地中是橄榄树、果树和葡萄园,1948年7月,艾恩卡勒姆的人口在战争期间减少了。现在,这个村庄是以色列艺术家的根据地,还是一个旅游中心。每年有300万人来拜访这里,许多人是朝圣的基督徒。

达莉娅看着菜单:焦烤茄子,牛肉刺身,鸭肉烩饭。她点了鱼。隔壁的老清真寺那边传来一阵乌德琴③的琴声和有节奏的拍手声,这声音飘到露台之上。一群巴勒斯坦旅客刚刚到了清真寺,他们在唱歌。这些人大多是年轻而虔诚的穆斯林,男人们穿着西式的周末休闲衣服,妇女们戴着头巾,身穿罩袍。

达莉娅高兴地抬头看,也有节奏地拍起手来。"这真是太棒了,"她

---

① 艾恩卡勒姆(Ein Karem),一座迷人的山村,以拥有数百年历史的圣迹而闻名。其中包括施洗者圣约翰教堂,教堂内有一个据说是施洗者出生地的洞穴。此外,还有马利亚泉,传闻圣母马利亚曾在此大醉一场。村庄中的羊肠小道散布着画廊、出售手绘瓷砖和首饰的商店、古色古香的咖啡馆以及雅致的地中海餐厅。
② 施洗约翰(John the Baptist),耶稣的表兄,穿骆驼毛衣服,腰束皮带,靠吃蝗虫和野蜜为生,在约旦河为众人施洗,也为耶稣施洗,故得此别名。
③ 乌德琴(oud),中东和北非的一种传统的弦乐器,有"中东乐器之王"之称,也被视为古他的前身。在阿拉伯、土耳其、伊朗、亚美尼亚、伊拉克、叙利亚、阿塞拜疆等国家和地区的传统音乐里占有重要地位。

对一同进餐的同伴说，"哦，是啊，那些人是穆斯林！我太开心了！你能不能下去问问他们为什么来这里？"同伴回来报告说，他们中的大多数人住在东耶路撒冷的旧城里，他们定期访问许多传统的巴勒斯坦地点，艾恩卡勒姆就是其中之一。这些人在 Facebook 上联系，并自称为"*Qasdara*"，这是阿拉伯语，意思是"行走的"。每个星期，他们都会去不同的村庄遗址，那些在旧巴勒斯坦存在过的村庄。他们想试着，至少在某些时刻，找回更广阔的家园的感觉，用他们向导的话来说，去展示"我们能做的是来到这里。这片土地不仅仅属于以色列人"。

"这种机缘巧合真让人心灵震动，"得知这个团体的使命之后，达莉娅说，"我经常问自己关于对一些地方的记忆的问题。对我而言，它总是与心灵的延伸紧密相关。我发现这是一个对自身偏见的持续挑战。对我而言，它总是让我面对另一方的故事。"

对于达莉娅来说，面对另一方的故事，是从巴希尔开始的。她询问了巴希尔的情况，没一会儿，她就流泪了。

"他从来不接我的电话，"达莉娅哭了，"我给他发短信，我说节日快乐，他从来不回。我给他写过一封信，他没有回。他连一张卡片都没给过我。"达莉娅用一张餐巾擦着眼睛。"我凭直觉知道，他认为我在过去几年里变了，我们当然一直都在变化啦。"巴希尔的某些不好的感受可能源于误解。巴希尔认为达莉娅违反了他们的协议，他们原本同意说，要把拉姆拉的幼儿园专门留给阿拉伯孩子，但达莉娅说，这是不对的。"如果把不真实的事情投射在我身上，那是不公平的。"她叹息道，又流泪了。然而，达莉娅相信，仅此一点并不能解释巴希尔的疏远。她问，是否因为拉斐尔在以色列国防军里服役让巴希尔心烦意乱了，但她强调说："我们确保他成为非战斗人员，他是军队的一名教师。"又或者，她说，巴希尔的沉默和他的一个以色列朋友有关。几年前，这位朋友来找达莉娅，要求她向拉姆拉市请愿，把阿拉伯老房子还给它们原来的巴勒斯坦主人。"我们不能这样做，"她告诉这名男子，"我们正在努力吸引犹太人过来！你想威胁他们的房子？半个城市都在阿拉伯房子里。"

达莉娅明白巴希尔正在通过一名信使向她发出个人的呼吁，请她支持巴勒斯坦人的回归权，并帮助巴希尔"把他的手和大地重新连接起来"。但对于达莉娅而言，这意味着"现在，我要走遍以色列，要求人们离开他们的家园，并把它们归还给巴勒斯坦人。不，我不会那样做，那不是我的目的"。无论这个人是否在传递一个来自巴希尔的隐藏信息，这个提议远远超出了几十年前达莉娅的个人决定，那时候，她决心尽可能地与哈伊里一家分享拉姆拉的家。达莉娅说，巴希尔的朋友在提议一个"过分的"要求，一个她感到不能接受的要求。

从某些方面来看，巴希尔决定对达莉娅保持沉默的细节并不重要。它们是以色列人与巴勒斯坦人之间关系持续恶化的象征。因为以色列要求拥有更多的西岸土地，犹太定居者的人数超过了50万，数百个检查站和其他屏障持续地在这片地区铺设开来，以色列军队一直控制着60%的西岸土地，控制着加沙的领空和海域。自达莉娅与巴希尔2005年最后一次见面以来，多场战争摧毁了加沙，杀死了大约2400名巴勒斯坦平民，其中包括900多名儿童，他们大多死于以色列的空袭。与此相比，26名以色列平民死于从加沙发射的火箭弹。这些数据之外，数千枚哈马斯火箭弹，以及它们在以色列炸开的弹道，深深地震撼了以色列本已饱受创伤的人们。以色列人坚信哈马斯是侵略者，他们开始对真正的和平能否实现深感悲观。2014年夏天，美国主导的又一次和平倡议破产之后，以色列总理本雅明·内塔尼亚胡宣布："不管任何情况，无论什么协议，我们都不可能放弃对约旦河西岸领土的完全控制。"因为所有的巴勒斯坦领土都在约旦以西，与以色列的官方立场和它与巴勒斯坦无休止的谈判相反，内塔尼亚胡实际上是铁板钉钉地把以色列和巴勒斯坦视为敌对国。

达莉娅努力保持希望,并采取相应的行动,尤其是通过"开放之家"。她向前推进:通过在拉姆拉为阿拉伯儿童开设的幼儿园,通过会心团体①的形式进行的阿拉伯人和犹太人的对话,还有夏令营,包括在 2014 年夏天加沙战争期间,给阿拉伯和犹太儿童举办的一次感人肺腑的夏令营。尽管有这些努力,和许多巴勒斯坦人一样,巴希尔已经相信"和平进程"及其独特的对话团体,只会导致对巴勒斯坦更强的束缚。为巴勒斯坦自由而进行的斗争越来越多地变成直接的非暴力抵抗,包括不断发展的"BDS"运动,即抵制(Boycott)、撤资(Divestment)和制裁(Sanctions),向以色列施加国际压力,以结束占领并承认巴勒斯坦人的权利。许多巴勒斯坦人相信,谈话和会心团体的时代早就过去了。

然而,达莉娅无法接受巴希尔的沉默。在这栋毗邻艾恩卡勒姆旧清真寺的从前的阿拉伯房子的露台上,达莉娅双手紧握在一起,抵在下巴上。"他和我出生在同一个家,我们是从同一个地方发源的,"她说,"如果像我和巴希尔这样的人千方百计地维持一份友谊……"她停了下来,缓缓说道:"这比友谊要深。"

达莉娅往西看,看黑暗的丘陵之上那高悬在夜空中的金星。她轻声哭泣。

她说:"这和家人有关。"

---

① 达莉娅一直倡导的交流方式,其正式名称是"会心团体"(encounter group)。它发端于 20 世纪,"会心"指的是心与心的交流,在一个参与者彼此尊重信任、以诚相待的环境下学习和交流,从而建立起良好的关系。在组织者和指导者的努力下,参与者因为阻力减少,社会屏障降低,比较容易不受防御机制的阻抑,展示和认识核心的情感和真实的自我。在团体的发展中,每个成员都可以体会到其他人对自己的关心和尊重,从而增加成员对自己的关心和尊重。

致　谢

没有美国、保加利亚、以色列、约旦河西岸、约旦和黎巴嫩的历史见证人、学者、活动家、档案管理者、记者和编辑的支持、洞见和慷慨，《柠檬树》一书是无法面世的。

非常感谢下列机构的档案管理者：美国纽约皇后区和耶路撒冷的美犹联合救济委员会（American Jewish Joint Distribution Committee）、耶路撒冷的中央犹太复国主义者档案馆（Central Zionist Archives）和以色列国家档案馆（Israel State Archives）；贝鲁特和华盛顿的巴勒斯坦研究所（Institute for Palestine Studies）、华盛顿的国家档案馆（Archives in Washington）；得克萨斯州奥斯汀的林登·贝恩斯·约翰逊图书馆（Lyndon Baines Johnson Library）；索非亚的保加利亚国家档案馆（National Archives of Bulgaria），凡尼亚·加赞科（Vanya Gazenko）在那里花了数小时的时间，追踪记录20世纪40年代以来的犹太人记录。

一系列学科和领域的学者、作家、编辑和其他同事审阅了部分手稿的不同版本。对于波丽娅·亚历山德罗娃（Polia Alexandrova）、努巴·亚历山德里亚（Nubar Alexanian）、拉米斯·安东尼（Lamis

Andoni）、纳赛尔·阿鲁里（Naseer Aruri）、哈特姆·巴齐昂（Hatem Bazian）、索菲·比尔（Sophie Beal）、乔治·比沙拉特（George Bisharat）、马修·布伦瓦瑟（Matthew Brunwasser）、咪咪·查卡洛娃（Mimi Chakarova）、弗雷德里克·查理（Frederick Chary）、莉迪亚·查韦斯（Lydia Chavez）、希勒尔·科恩（Hillel Cohen）、丹·康纳尔（Dan Connell）、贝莎拉·杜马尼（Beshara Doumani）、海姆·格伯（Haim Gerber）、达芙娜·戈兰（Daphna Golan）和帕特里夏·戈兰（Patricia Golan）、辛西娅·高尼（Cynthia Gorney）、简·甘尼森（Jan Gunnison）和罗伯·甘尼森（Rob Gunnison）、黛布拉·格沃特尼（Debra Gwartney）、黛比·希德（Debbie Hird）、亚当·霍奇希尔德（Adam Hochschild）、阿隆·卡迪什（Alon Kadish）、巴希尔·哈伊里（Bashir Khairi）、达莉娅·兰道（Dalia Landau）、维琦·琳赛（Vicki Lindsay）、努尔·马沙哈（Nur Masalha）、班尼·莫里斯（Benny Morris）、摩西·莫塞克（Moshe Mossek）、尼达尔·拉法（Nidal Rafa）、汤姆·塞吉夫（Tom Segev）、艾丽夫·沙法克（Elif Shafak）、哈尼·舒克拉拉（Hani Shukrallah）、妮基·席尔瓦（Nikki Silva）、萨米·索科尔（Sami Sockol）、艾伦·所罗门诺（Allan Solomonow）、萨利姆·塔马里（Salim Tamari）、约翰·托兰（John Tolan）、凯瑟琳·托兰（Kathleen Tolan）、玛丽·托兰（Mary Tolan）、萨莉·托兰（Sally Tolan）和汤姆·托兰（Tom Tolan）、萨拉·塔特尔-辛格（Sarah Tuttle-Singer）、安东尼·韦勒（Anthony Weller）和戈西亚·沃兹尼亚奇（Gosia Wojniacka）提出的见解和评论，我非常感谢。一些读者对多个版次的草稿都发表了评论。特别感谢托兰家的读者，还有朱利安·弗利（Julian Foley）、埃里卡·冯克豪斯（Erica Funkhouser）和罗西·苏丹（Rosie Sultan），感谢他们对文字和叙事的奉献。

为本书所做的研究和报告涉及六种语言，我只能说其中的两种：英语和西班牙语（接近塞法迪犹太人说的拉迪诺语）。对于阿拉伯语作品，包括文本翻译和口译，我非常感谢拉米斯·安东尼、纳赛尔·阿鲁里、拉格达·阿齐兹（Raghda Azizieh）、马哈茂德·巴洪（Mahmoud Barhoum）、哈特姆·巴齐昂、拉马·哈巴什、瑟南·哈伊里（Senan Khairi）、尼达尔·拉法和玛丽安·沙欣（Mariam Shahin）。保加利亚语的部分，波丽娅·亚历山德罗娃和马修·布伦瓦瑟给予我极大的帮助。希伯来语的文字和采访部分，我很幸运地与奥拉·阿尔卡莱（Ora Alcalay）、伊安·迪茨（Ian Dietz）、帕特里夏·戈兰、波阿斯·哈奇利（Boaz Hachlili）和萨米·索科尔共事。在同事中，我想特别感谢我的老友帕蒂（Patti），她帮我找到了老兵、旧公共汽车和著名的老报纸，她的帮助不止于此。波丽娅的工作涉及索非亚、丘斯滕迪尔、普罗夫迪夫和瓦尔纳，她绝对可以称得上是慷慨、彻底和专业。尼达尔的热情、投入、对新闻的热忱、对地形地貌的了解，改变了我在耶路撒冷以及西岸的经历。尼达尔在安曼的工作（和玛丽安·沙欣一起）对丰富本书内容至关重要。对你们每个人来说，我的感激之情都无以言表。

　在波士顿，从保加利亚人和保加利亚犹太社区里，我取得了许多最初的联系。感谢基里尔·斯特凡·亚历山德罗夫（Kiril Stefan Alexandrov）、艾里斯·阿尔卡莱（Iris Alkalay）、珍妮弗·鲍尔斯坦（Jennifer Bauerstam）、安妮·弗里德（Anne Freed）和罗伊·弗里德（Roy Freed）、阿西娅·尼克（Assya Nick）和乔治·尼克（George Nick）、弗拉基米尔·兹拉特（Vladimir Zlatev）和坦妮娅·兹拉特娃（Tanya Zlateva）。也感谢彼得·瓦西列夫（Peter Vassilev），他帮我与他在索非亚的母亲玛丽（Marie）保持联系。

　在加利福尼亚，有两个人值得特别一提。朱利安·弗利，她不久之前是我在加州大学伯克利分校新闻学院的研究生。朱利安快速地浏览了我的著作，她关于初稿和修改稿的见解对本书的助益毋庸置疑。在国家档案馆，朱利安发掘了紧随1948年7月这一时期的重要文件。萨拉·塔特尔－辛格在加利福尼亚大学做了踏实的书籍和期刊方面的研究，并最终担任了首席事实核查员的工作，追踪文本中足足数千条的引文、历史事件和家族历史时刻的来源。萨拉对手稿的数次稿件发表了评论，并汇编了本书的参考书目。萨拉的任务很艰巨，她怀着优雅和善意完成了全部工作。萨拉得到了萨拉·多萨（Sara Dosa）的协助，萨拉·多萨在较晚些时候加入我们的工作，在关键时刻提供了很大的帮助。

在研究过程中，我与数百人交谈，他们的名字太多了，无法在此一一提及。但是，我想在此列出一些人，他们的慷慨大度和明晰准确带领本书进入一个新的境界。他们包括普罗夫迪夫的苏珊娜·比哈尔，保加利亚索非亚和丘斯滕迪夫的维拉·迪米特洛娃（Vela Dimitrova），拉马拉的谢里夫·卡纳纳（Sharif Kanaana），福尔多斯·塔吉·哈伊里、努哈·哈伊里和吉亚斯·哈伊里；安曼的卡农·哈伊里·莎拉，耶路撒冷的奥拉·阿尔卡莱、摩西·梅拉梅德（Moshe Melamed）、摩西·莫塞克和维克托·谢姆托夫，特拉维夫的伊斯雷尔·戈芬；马萨诸塞州剑桥和康涅狄格州哈特福德的叶赫兹凯尔·兰道，最重要的是，拉马拉的巴希尔·哈伊里和耶路撒冷的达莉娅·埃什肯纳兹·兰道。本书采写过半之后，达莉娅同意采访她的堂兄伊扎克·伊扎基[①]，并把采访记录和其他材料翻译且传真给了我，为本书增色良多。

这本书起步于一个广播纪录片，我想对《新鲜空气》(Fresh Air)节目的执行制片人丹尼·米勒（Danny Miller）表示感谢，他在以色列和巴勒斯坦之外，给了《柠檬树》第一个家。那期节目产生的反响，

---

① 如前所说，伊扎克·伊扎基应该是达莉娅母亲索利娅的表弟，此处应为作者笔误。

比我多年来给美国国家公共广播电台（NPR）做过的几十个节目收到的反响加起来都多。这些反响，加上乔·加兰（Joe Garland）、安东尼·韦勒、丹·康纳尔和艾伦·韦斯曼等朋友的鼓励，让我有信心把这个故事转换成书。

这本书是在两年的时间里、在多个地点写作完成的。我感谢下列人士：加利福尼亚雷耶斯点站（Point Reyes Station）梅萨休养所（Mesa Refuge）的工作人员；保加利亚瓦尔纳海洋花园（Sea Gardens in Varna）萨格纳别墅（Villa Sagona）的工作人员；凯文·凯利（Kevin Kelley），在他加拿大海湾群岛（Gulf Islands）的家中提供了客房和一流的陪伴；还有努巴、丽贝卡（Rebecca）和艾比·亚历山德里亚（Abby Alexanian），他们的帮助［包括艾比的西格洛斯特工作室（West Gloucester studio）］是无法估量的，尤其是在写作的最后阶段。

写作即将结束的时候，我开始视这本书为一个有生命的、有感觉的人：有的时候是一个柔善的存在，有的时候是一个严苛的领导者。许多人见识过我一下子"失踪"好几个星期，在那些时候，我为自己拥有善解人意的朋友和同事感到幸运。向我在"家园制作"（Homelands Productions）独立新闻合作社的同事艾伦·韦斯曼、乔纳森·米勒（Jonathan Miller）和梅丽莎·罗宾斯（Melissa Robbins）致意，谢谢你们的耐心。致努巴·亚历山德里亚和维琦·琳赛，整个写作过程中不离不弃的朋友，你们理解我。致新闻学研究生院的奥维尔·谢尔（Orville Schell）院长和我的所有同事，他们用自己的眼睛、耳朵和鼓励来支持这项工作（没人比得上咪咪·查卡洛娃、莉迪亚·查韦斯、辛西娅·高尼和罗伯·甘尼森），很荣幸与你们一起工作。

我的经纪人戴维·布莱克（David Black）相信我，相信《柠檬树》超越广播纪录片之外的可能性；布鲁姆斯伯里（Bloomsbury）出版社的卡伦·里纳尔迪（Karen Rinaldi）从一开始就对本书怀有热情，且从未动摇;出版社的编辑凯西·贝尔登(Kathy Belden)耐心、思路清晰又精准,和你一起工作很有乐趣。在这三个人之外,我找不到一个更好的、对我更支持的团队了。还有布鲁姆斯伯里团队的其他成员,包括许多我还没有见过的人——谢谢你们。

致保加利亚、以色列和阿拉伯世界的朋友们:你们给我提供食物,给我找地方休息,在大大小小的痛苦的历史时刻之间,给我带来笑和希望的光。我很感激。

致拉米斯,你打开了世界。致安东尼一家,对我展现了一个阿拉伯家庭的慷慨和温暖:我将永远感激不已。

谢谢你们——玛格丽特(Margaret)、雷姆(Reem)、杰克(Jack)、维多(Wido)、塔拉(Tala)、拉娜(Lana)、纳比尔(Nabil)、米西(Missy)、莱拉(Laila)、查理(Charlie)和迈克尔(Michael)。

对于我的兄弟亚姆(Yam)和所有前面提到的托兰家的人,对托兰家的配偶、侄子和侄女们——我爱你们所有的人。

最后,给巴希尔·哈伊里和达莉娅·埃什肯纳兹·兰道,他们和我一起坐了好几百个小时,在几十次访谈中,聆听最微小的问题,有时候他们对这些问题感到难以置信。("我怎么能知道,1967年7月的时候,我的领带是什么颜色?")我只能说,不管从哪方面来说,没有你们,这本书就不存在。*Alf shukran*[①]。*Toda roba*[②]。

谢谢你们。

[①] 阿拉伯语,"一千个谢谢"。
[②] 希伯来语,"非常感谢"。

参考书目

档 案

American Jewish Joint Distribution Committee Archives. Queens, New York, and Jerusalem, Israel.

Broadcast Archives of the British Broadcasting Corporation. London.

The Central Zionist Archives. Jerusalem, Israel.

Israel State Archives. Jerusalem, Israel.

Institute for Palestinian Studies Archives. Beirut, Lebanon.

Lyndon Baines Johnson Library Archives. Austin, Texas.

Kibbutz Na'an Archives. Kibbutz Na'an, Israel.

National Archives of Bulgaria. Sofia, Bulgaria.

National Archives of the United States. Washington, D.C.

National Library of Bulgaria. Sofia, Bulgaria.

Palestinian Association for Cultural Exchange. Ramallah, West Bank.

电子资源

"A Small Revolution in Ramle." Ha'aretz.

http://www.haaretzdaily.com/hasen/pages/ShArt.jhtml?itemNo=337040&contrassID=2&subContrassID=5&sbSubContrassID=0&listSrc=Y.

"Background of the Repatriation and Land Exportation Schemes and the Laws Purporting to Justify Israel's Actions."

http://www.badil.org/Publications/Legal_Papers/cescr-2003-A1.pdf.

Bard, Dr. Mitchell. "Myth and Fact: The Creation of Hamas." United Jewish Communities: The Federations of North America.

http://www.ujc.org/content_display.html?ArticleID=114644.

Bodendorfer, Gerhard. "Jewish Voices About Jesus." Jewish-Christian Relations.

http://www.jcrelations.net/en/?id=738.

"Count Folke Bernadotte." Jewish Virtual Library.

http://www.jewishvirtuallibrary.org/jsource/biography/Bernadotte.html.

"Giuliani: 'Thank God That George Bush Is Our President.'" CNN.

http://www.cnn.com/2004/ALLPOLITICS/08/30/giuliani.transcript/index.html.

"Gregorian-Hijri Dates Converter." June 7, 2005.

http://www.rabiah.com/convert/convert.php3.

"Hezbollah Fires Rockets into Northern Israel." CNN.

http://www.cnn.com/WORLD/9603/israel_lebanon/30/.

"Interview with Defense Minister Arens on Israel Television—8 May 1983." Israel Ministry of Foreign Affairs.

http://www.mfa.gov.il/MFA/Foreign+Relations/Israels+Foreign+

Relations+since+1947/1982-1984/111+Interview+with+ Defense+Minister+Arens+on+Israe.htm.

"Israel 1948-1967: Why Was King Abdullah of Jordan Assassinated in 1951?" Palestine Facts.
http://www.palestinefacts.org/pf_1948to1967_abdulla.php.

"Israeli Army Blows Up Palestinian Broadcasting Center." CNN.
http://archives.cnn.com/2002/WORLD/meast/01/18/mideast.violence.

"Israeli West Bank Barrier." Wikipedia.
http://en.wikipedia.org/wiki/Israeli_West_Bank_barrier.

"Israel Sends Letter to UN Protesting Hezbollah Attack." Ha'aretz.
http://www.haaretz.com/hasen/pages/ShArt.jhtml?itemNo=436197&contrassID=13.

"John Kerry: Strengthening Israel's Security." Jewish Virtual Library.
http://www.jewishvirtuallibrary.org/jsource/US-Israel/kerryisrael.html.

"Knowledge Bank: Profiles—Gamel Abdel Nasser." CNN.
http://www.cnn.com/SPECIALS/cold.war/kbank/profiles/nasser.

"Lebanese Mortar Lands in Northern Israel."
http://archives.tcm.ie/breakingnews/2005/08/25/story217788.asp.

Meron, Ya'akov. "Why Jews Fled the Arab Countries."
http://www.freerepublic.com/focus/f-news/956344/posts.

"Moroccan Jewish Immigration to Israel."
http://rickgold.home.mindspring.com/Emigration/emigration%20statistics.htm.

"Moroccan Jews."
http://www.usa-morocco.org/moroccan-jews.htm.

Pappe, Ilan. "Were They Expelled?—The History, Historiography and Relevance of the Palestinian Refugee Problem."
http://www.nakbainhebrew.org/library/were_they_expelled.rtf.

"PLO Founder Killed by Israeli Missile Attack." News.telegraph.
http://www.telegraph.co.uk/news/main.jhtml?xml=/news/2001/08/28/wmid28.xml.

"Progress Report of the United Nations Mediator on Palestine Submitted to the Secretary-General for Transmission to the Members of the United Nations." UNISPAL.
http://domino.un.org/UNISPAL.NSF/0/ab14d4aafc4e1bb985256204004f55fa?OpenDocument.

"Progress Report of the United Nations Mediator on Palestine." UNISPAL.
http://domino.un.org/UNISPAL.NSF/0/cc33602f61b0935c8025648800368307?OpenDocument.

Remnick, David. "Profiles: The Spirit Level: Amos Oz Writes the Story of Israel." The New Yorker.
http://www.newyorker.com/fact/content/?041108fa_fact.

Shlaim, Avi. "Israel and the Arab Coalition in 1948." Cambridge University Press.
http://www.fathom.com/course/72810001.

"The Law of Return 5710 (1950)." Knesset.
http://www.knesset.gov.il/laws/special/eng/return.htm.

"The Making of Transjordan." Hashemite Kingdom of Jordan.
http://www.kinghussein.gov.jo/his_transjordan.html.

"The Separation Barrier in the West Bank." B'tselem. September 2005.
http://www.btselem.org/Download/Separation_Barrier_Map_Eng.pdf.

"Water and the Arab-Israeli Conflict."
http://www.d-n-i.net/al_aqsa_intifada/collins_water.htm.

"Why Did Arabs Reject the Proposed UN GA Partition Plan Which Split Palestine into Jewish and Arab States?" Palestine Remembered.
http://www.palestineremembered.com/Acre/Palestine-Remembered/Story448.html.

Yacobi, Haim. "From Urban Panopticism to Spatial Protests: Housing Policy, Segregation, and Social Exclusion of the Palestinian Community in the City of Lydda-Lod." 2001.
http://www.lincolninst.edu/pubs/dl/622_yacobi.pdf.

Zureik, Elia. "Palestinian Refugees and the Peace Process."
http://www.arts.mcgill.ca/MEPP/PrrN/papers/Zureik2.html.

报纸和杂志文章

"2 Die, 8 Wounded in J'lem Terror Outrage at Supersol." *Jerusalem Post*, February 23, 1969.

Amos, Elon. "War Without End." *New York Review*, July 15, 2004.

"Anglican Clergyman, Surgeon, Among Those Held in Terrorist Round-Up." *Jerusalem Post*, March 4, 1969.

Bellos, Susan. "Supersol Victims Buried; Allon Promises Vengeance." *Jerusalem Post*, February 24, 1969.

Bilby, Kenneth. "Israeli Tanks Take Arab Air Base at Lydda." *New York Herald Tribune*, July 11, 1948.

——. "Israeli Units Cut Way into Ramle, Lydda Surrender of Both Reported in Cairo." *New York Herald Tribune*, July 12, 1948.

Currivan, Gene. "Arabs Encircled at Vital Highway, Surrender Lydda. " *The New York Times*, July 12, 1948.

——. "Curb Arabs, Count Bids UN; Israeli Force Wins Ramleh. " *The New York Times*, July 13, 1948.

Feron, James. "Bomb Explosion in Jerusalem's Largest Supermarket Kills 2, Injures 9." *The New York Times*, February 22, 1969.

——. "Israel and Arabs: Tensions in the Occupied Territories." *The New York Times*, April 28, 1968.

"First Sabotage Attempt on Supersol Failed. " *Jerusalem Post*, May 14, 1969.

"'Front' Chief Says Terrorism Against Israel to Continue. " *Jerusalem Post*, March 5, 1969.

"Houses of 9 West Bank Terrorists Demolished. " *Jerusalem Post*, March 11, 1969.

Safadi, Anan, and Malka Rabinowitz. "Major Terror Gang Seized." *Jerusalem Post*, March 6, 1969.

"Supersol Blast Suspects Held in Round-up of 40." *Jerusalem Post*, March 2, 1969.

"Supersol Crime Reconstructed." *Jerusalem Post*, March 3, 1969.

"Supersol." *Jerusalem Post*, February 23, 1969.

"Supersol Reopens; Business as Usual." *Jerusalem Post*, February 24, 1969.

期刊文章

Abu Hadba, Abdul Aziz, ed. *Society and Heritage* 32 (1998).

Abukhalil, As'ad. "George Habash and the Movement of Arab Nationalists: Neither Unity Nor Liberation." *Journal of Palestine Studies* (1999).

Abu Sitta, Salman. "Special Report of Badil: Quantification of Land Confiscated inside the Green Line." Annex to Follow-Up Information Submitted to the Committee for Economic, Social and Cultural Rights (2000).

Alpher, Joseph, and Khalil Shikaki. "Concept Paper: The Palestinian Refugee Problem and the Right of Return." *Middle East Policy* 6 (1999): 167-189.

Bruhns, Fred C. "A Study of Arab Refugee Attitudes." *Middle East Journal* 9 (1955): 130-138.

Busailah, Reja-E. "The Fall of Lydda, 1948: Impressions and Reminiscences." *Arab Studies* Quarterly 3 (1981): 123-151.

Christison, Kathleen. "Bound by a Frame of Reference, Part II : U.S. Policy and the Palestinians, 1948-1988." *Journal of Palestine Studies* (1998).

Friedman, Adina. "Unraveling the Right of Return." *Refugee* 21 (2003).

Gilmour, David. "The 1948 Arab Exodus." *Middle East International* 286 (1986):13-14.

Hanafi, Sari. "Opening the Debate on the Right of Return." *Middle East Report: War Without Borders* 2-7.

Hanieh, Akram. "The Camp David Papers." *Journal of Palestine Studies* 2 (2001): 75-97.

Khader, Hassan. "Confessions of a Palestinian Returnee." *Journal of Palestine Studies* 27(1997).

Khalidi, Walid. "Selected Documents on the 1948 Palestine War." *Journal of Palestine Studies* 27 (1998): 60-105.

Lebanese Center for Documentation and Research, ed. "Political Violence in the World: 1967-1987." *Chronology Bibliography Documents*, Vol. 1. Beirut: 1988.

Lesch, Ann M. "Israeli Deportation of Palestinians from the West Bank and the Gaza Strip, 1967-1978." *Journal of Palestine Studies* 8 (1979): 101-131.

Macpherson, Rev. James Rose, trans. *Palestine Pilgrims Text Society* 3 (1895).

———. *Palestine Pilgrims Text Society* 5 (1895).

———. *Palestine Pilgrims Text Society* 6 (1895).

———. *Palestine Pilgrims Text Society* 8 (1895).

Middle East International (various biweekly issues, 2003-2005).

Morris, Benny. "Operation Dani and the Palestinian Exodus from Lydda and Ramle in 1948." *Middle East Journal* 40 (1986): 82-109.

———. "The Causes and Character of the Arab Exodus from Palestine: The Israel Defense Forces Intelligence Branch Analysis of June 1948." *Middle Eastern Studies* 22 (1986): 5-19.

Munayyer, Spiro, and Walid Khalidi. "Special Document: The Fall of Lydda." *Journal of Palestine Studies* 27 (1998): 80-98.

"Palestine-Israel Journal of Politics Economics and Culture" 9, no. 4 (2002). Narratives of 1948. *East Jerusalem: Middle East Publications*, 2002.

"Palestinian Refugees of Lebanon Speak." *Journal of Palestine Studies* 26 (1995): 54-60.

Said, Edward. "A Changing World Order." *Arab Studies* Quarterly 3 (1981).

Social, Cultural, and Educational Association of the Jews in the People's

Republic of Bulgaria 14 (1983).

"Special Document: Israel and Torture." *Journal of Palestine Studies* 9 (1977): 191-219.

Tamari, Salim, ed. *Jerusalem Quarterly File* (2003).

Yost, Charles. "The Arab-Israeli War: How It Began." *Foreign Affairs* (January 1968), Vol. 46, no. 2.

文章和小册子

"Deportation of Palestinians from the Occupied Territories and the Mass Deportation of December 1992."

"Jerusalem: Israeli Information Center for Human Rights in the Occupied Territories (B'Tselem)", 1993.

"Aufruf/Ma'amar: Article." *Hulda Takam Archive*, 1947 or 1948.

Masalha, Nur. "The 1967 Palestinian Exodus." *The Palestinian Exodus* 1948-1998.

Ghada Karmi and Eugene Cotran, eds. London: Ithaca Press, 1999.

Mossek, Moshe. "The Struggle for the Leadership Among the Jews of Bulgaria Following Liberation." *Eastern European Jewry—From Holocaust to Redemption*, 1944-1948.

Benjamin Pinkus, ed. *Sede Boqer*, Israel: Ben-Gurion University Press, 1987.

Paounovski, Vladimir. "The Anti-Jewish Legislation in Bulgaria During the Second World War." *From The Jews in Bulgaria between the Holocaust and the Rescue*. Sofia:Adasa-Pres, 2000.

Pappe, Ilan. "Were They Expelled?: The History, Historiography and

Relevance of the Palestinian Refugee Problem." *The Palestinian Exodus 1948-1998*. *Ghada Karmi and Eugene Cotran*, eds. London: Ithaca Press, 1999.

政府出版物

A Survey of Palestine: Prepared in December 1945 and January 1946 for the Information of the Anglo-American Committee of Inquiry. Jerusalem: The Government Printer, 1946.

Great Britain. *Labour Middle East Council, Conservative Middle East Council, Liberal Democratic Middle East Council*. Joint Parliamentary Middle East Councils Commission of Enquiry—Palestinian Refugees, Right of Return. London, 2001.

Israel. State of Israel. Government Year Book 5714 (1953-1954). Government Printer.

Palestine and Transjordan Administration Reports 1918-1948 (vols. 5, 6, 10, and 16), archive editions, 1995.

Ramla City Council Minutes. Ramla, Israel, 1949.

United Nations. *United Nations Relief and Works Agency* (UNRWA). UNRWA: The Long Journey 45 (1993).

United Nations. *United Nations Special Committee on Palestine. Report on Palestine: Report to the General Assembly by the United Nations Special Committee on Palestine*. New York: Somerset Books, 1947.

媒体报道

"Journey to Jerusalem". Ivan Nichev, director. Videocassette. Bulgarian National Television, 2003.

"The Lemon Tree". Sandy Tolan, producer. NPR's Fresh Air, 1998.

"The Optimists: The Story of the Rescue of the Bulgarian Jews from the Holocaust". Jacky Comforty, director. Videocassette. New Day Films, 2001.

"Troubled Waters". Sandy Tolan, producer. A five-part series for NPR's Living on Earth. Portions aired on NPR's Weekend Edition, 1997.

未公开出版的作品

Alkalay, Iris. "My Father's Three Bulgarias." Chapple, John. "Jewish Land Settlement in Palestine" (unpublished paper), 1964.

"The Jewish Community in Plovdiv: History, Style of Living, Culture, Traditions, Place in the Life of the Town."

Krispin, Alfred. "The Rescue of the Jews in Bulgaria: A Closely Kept Secret. Recollections of a Bulgarian Jew."

书 籍

Abdul Hadi, Mahdi F. *Palestine Documents Volume II: From the Negotiations in Madrid to the Post-Hebron Agreement Period.* Jerusalem: PASSIA,

1997.

Abdulhadi, Faiha, ed. and compiler. *Bibliography of Palestinian Oral History* (with a Special Focus on Palestinian Women). Al-Bireh, West Bank: Palestinian National Authority Ministry of Planning and International Cooperation, 1999.

Abu Nowar, Maan. *The Jordanian-Israeli War: 1948-1951: A History of the Hashemite Kingdom of Jordan.* Reading, U.K.: Ithaca Press, 2002.

Abu Hussein, Hussein, and Fiona McKay. *Access Denied: Palestinian Land Rights in Israel.* London: Zed Books, 2003.

Aburish, Said K. *Arafat: From Defender to Dictator.* London: Bloomsbury, 1998.

Abu-Sharif, Bassam, and Uzi Mahnaimi. *Best of Enemies.* Boston: Little, Brown & Co., 1995.

Ajami, Fouad. *The Dream Palace of the Arabs: A Generation's Odyssey.* New York: Vintage Books, 1998.

———. *The Arab Predicament: Arab Political Thought and Practice Since 1967.* Cambridge: Cambridge University Press, 1992.

Almog, Oz. *The Sabra: The Creation of the New Jew.* Translated by Haim Watzman. Berkeley, Calif: University of California Press, 2000.

Amad, Adnan, ed. *Israeli League for Human and Civil Rights.* Beirut: Neebii. Anidjar, Gil. *The Jew, the Arab: A History of the Enemy.* Stanford, Calif.: Stanford University Press, 2003.

Armstrong, Karen. *Jerusalem: One City, Three Faiths.* New York: Ballantine Books, 1996.

Aruri, Naseer. *Dishonest Broker: The Role of the United States in Palestine and Israel.* Cambridge, Mass.: South End Press, 2003.

———. *Palestinian Refugees: The Right of Return*. London: Pluto Press, 2001.

Avineri, Shlomo. *The Making of Modern Zionism: The Intellectual Origins of the Jewish State*. New York: Basic Books, 1981.

Avishai, Bernard. *Tragedy of Zionism: How Its Revolutionary Past Haunts Israeli Democracy*. New York: Helios Press, 2002.

Bahour, Sam, and Alice Lynd, eds. *Homeland: Oral Histories of Palestine and Palestinians*. New York: Olive Branch Press, 1994.

Bar-Gal, Yoram. *Propaganda and Zionist Education: The Jewish National Fund 1924-1947*.

Bar-Joseph, Uri. *The Best of Enemies: Israel and Transjordan in the War of 1948*. London: Frank Cass, 1987.

Bar-Zohar, Michael. *Beyond Hitler's Grasp: The Heroic Rescue of Bulgaria's Jews*. Holbrook, Mass.: Adams Media Corporation, 1998.

Barouh, Emmy. *Jews in the Bulgarian Lands: Ancestral Memory and Historical Destiny*. Sofia: Inernational Center for Minority Studies and Intercultural Relations, 2001.

Bauer, Yehuda. *Out of the Ashes*. Oxford: Pergamon Press, 1989.

Begley, Louis. *Wartime Lies*. New York: Ballantine Books, 1991.

Bennis, Phyllis. *Understanding the Palestinian-Israeli Conflict*. Orlando, Fla.: TARI, 2002.

Ben-Sasson, H. H., ed. *A History of the Jewish People*. Cambridge, Mass.: Harvard University Press, 1976.

Bentwich, Norman. *Israel: Two Faithful Years, 1967-1969*. London: Elek Books Ltd., 1970.

Benvenisti, Meron. *Intimate Enemies: Jews and Arabs in a Shared Land*. Berkeley, Calif.: University of California Press, 1995.

——. *Sacred Landscapes: The Buried History of the Holy Land Since 1948.* Berkeley, Calif.: University of California Press, 2000.

Bishara, Marwan. *Palestine/Israel: Peace or Apartheid—Prospects for Resolving the Conflict.* New York: Zed Books, 2001.

Bisharat, George Emile. *Palestinian Lawyers and Israeli Rule: Law and Disorder in the West Bank.* Austin: University of Texas Press, 1989.

Braizat, Musa S. *The Jordanian-Palestinian Relationship: The Bankruptcy of the Confederal Idea.* London: British Academic Press, 1998.

Brenner, Lenni. *Zionism in the Age of Dictators.* London: Croom Helm, 1983.

——. *The Iron Wall: Zionist Revisionism from Jabotinsky to Shamir.* London: Zed Books, 1984.

Bucaille, Laetitia. *Growing Up Palestinian: Israeli Occupation and the Intifada Generation.* Princeton, N.J.: Princeton University Press, 2004.

Carey, Roane, and Jonathan Shainin, eds. *The Other Israel: Voices of Refusal and Dissent.* New York: The New Press, 2002.

Chary, Frederick B. *The Bulgarian Jews and the Final Solution, 1940-1944.* Pittsburgh: University of Pittsburgh Press, 1972.

Childers, Erskine B. *The Road to Suez: A Study of Western-Arab Relations.* London: Macgibbon & Kee, 1962.

Cleveland, William. *History of the Modern Middle East.* Boulder, Colo.: Westview Press, 1994.

Cohen, Aharon. *Israel and the Arab World.* Boston: Beacon Press, 1976.

Cohen, David, compiler. *The Survival: A Compilation of Documents 1940-1944.* Sofia: "Shalom" Publishing Centre, 1944.

Cohen, H. J. *The Jews of the Middle East, 1860-1972.* Jerusalem: Israel

Universities Press, 1973.

Cohen, Michael J. *Palestine and the Great Powers: 1945-1948*. Princeton, N.J.: Princeton University Press, 1982.

———. "The Anglo-American Committee on Palestine, 1945-1946." *The Rise of Israel*, vol. 35. New York: Garland Publishing, Inc., 1987.

———. "United Nations Discussions on Palestine, 1947." *The Rise of Israel*, vol. 37. New York: Garland Publishing, Inc., 1987.

———. "The Recognition of Israel, 1948." *The Rise of Israel*, vol. 39. New York: Garland Publishing, Inc., 1987.

Connell, Dan. *Rethinking Revolution: New Strategies for Democracy and Social Justice: The Experience of Eritrea, South Africa, Palestine, and Nicaragua*. Lawrenceville, N.J.: Red Sea Press, 2001.

Constant, Stephan. *Foxy Ferdinand: 1861-1948, Tsar of Bulgaria*. London: Sidgwick & Jackson, 1979.

Crampton, R. J. *A Short History of Modern Bulgaria*. Cambridge: Cambridge University Press, 1987.

Darwish, Mahmoud. *Memory for Forgetfulness: August, Beirut, 1982*. Translated from the Arabic by Ibrahim Muhawi. Berkeley, Calif.: University of California Press, 1995.

Dayan, Yael. *Israel Journal: June 1967*. New York: McGraw-Hill, 1967.

El-Asmar, Fouzi. *Through the Hebrew Looking-Glass: Arab Stereotypes in Children's Literature*. Vermont: Amana Books, 1986.

———. *To Be an Arab in Israel*. London: Frances Pinter Ltd., 1975.

Einstein, Albert. *About Zionism: Speeches and Letters*. Translated and edited with an introduction by Leon Simon. New York: Macmillan, 1931.

Elon, Amos. *A Blood-Dimmed Tide: Dispatches from the Middle East*. New York: Columbia University Press, 1997.

——. *The Israelis: Founders and Sons*. Tel Aviv: Adam Publishers, 1981.

——. *Jerusalem: City of Mirrors*. Boston: Little, Brown & Co., 1989.

Enderlin, Charles. *Shattered Dreams: The Failure of the Peace Process in the Middle East, 1995-2002*. Translated from the French by Susan Fairfield. New York: Other Press, 2003.

Eshkenazi, Jacques, and Alfred Krispin. *Jews in Bulgarian Hinterland: An Annotated Bibliography*. Translated from the Bulgarian by Alfred Krispin. Sofia: International Center for Minority Studies and Intercultural Relations, 2002.

Eveland, Wilbur Crane. *Ropes of Sand: America's Failure in the Middle East*. London: W. W. Norton & Co., 1980.

Farsoun, Samih K. *Palestine and the Palestinians*. Boulder, Colo.: Westview Press, 1997.

Feiler, Bruce. *Abraham: A Journey to the Heart of Three Faiths*. New York: William Morrow, 2002.

——. *Walking the Bible: A Journey by Land Through the Five Books of Moses*. New York: William Morrow, 2001.

Finkelstein, Israel, and Neil Asher Silberman. *The Bible Unearthed: Archaeology's New Vision of Ancient Israel and the Origin of Its Sacred Texts*. New York: Simon & Schuster, 2001.

Flapan, Simha. *The Birth of Israel: Myths and Realities*. New York: Pantheon Books, 1987.

Frances, Samuel. *Recuerdos Alegres, Recuerdos Tristes*. Sofia: Shalom, 2000.

Friedman, Thomas L. *From Beirut to Jerusalem*. New York: Anchor

Books, 1995.

Gaff, Angela. *An Illusion of Legality: A Legal Analysis of Israel's Mass Deportation of Palestinians on 17 December 1992*. Ramallah: Al-Haq, 1993.

Gefen, Israel. *An Israeli in Lebanon*. London: Pickwick Books, 1986.

———. *Years of Fire*. London: Ferrington, 1995.

Gelber, Yoav. *Palestine 1948: War, Escape and Emergence of the Palestinian Refugee Problem*. Brighton: Sussex Academic Press, 2001.

Gerner, Deborah. *One Land, Two Peoples: The Conflict over Palestine*. Boulder, Colo.: Westview Press, 1994.

Gharaibeh, Fawzi A. *The Economies of the West Bank and Gaza Strip*. Boulder, Colo.: Westview Press, 1985.

Glubb, Sir John Bagot. *A Soldier with the Arabs*. London: Hodder & Stoughton, 1957.

Green, Stephen. *Taking Sides: America's Secret Relations with a Militant Israel, 1948-1967*. London: Faber & Faber, 1984.

Gresh, Alain. *The PLO, the Struggle Within: Towards an Independent Palestinian State*. Translated from the French by A. M. Berrett. London: Zed Books, 1988.

Grossman, David. *Sleeping on a Wire: Conversations with Palestinians in Israel*. Translated by Haim Watzman. London: Picador, 1994.

Groueff, Stephane. *Crown of Thorns*. Lanham, Md.: Madison Books, 1987.

Grozev, Kostadin, et al. *1903-2003: 100 Years of Diplomatic Relations Between Bulgaria and the United Sates*. Sofia: Embassy of the United States of America in Bulgaria, 2003.

Haddad, Simon. *The Palestinian Impasse in Lebanon: The Politics of Refugee Integration*. Brighton: Sussex Academic Press, 1988.

Hashavia, Arye. *A History of the Six-Day War*. Tel Aviv: Ledory Publishing House, n.d.Heikal, Mohamed. *Secret Channels: The Inside Story of Arab-Israeli Peace Negotiations*. London: Harper Collins Publishers, 1996.

Herzog, Chaim. *The Arab-Israeli Wars: War and Peace in the Middle East*. New York: Vintage Books, 1982.

Hillel, Shlomo. *Ruah Kadim*. Jerusalem: Idanim, 1985.

Hillenbrand, Carole. *The Crusades: Islamic Perspectives*. New York: Routledge, 2000.

Hiro, Dilip. *Sharing the Promised Land: A Tale of Israelis and Palestinians*. New York:Olive Branch Press, 1999.

Hirsch, Ellen, ed. *Facts About Israel*. Jerusalem: Ahva Press, 1999.

Hirst, David. *The Gun and the Olive Branch: The Roots of Violence in the Middle East*. New York: Thunder's Mouth Press/Nation Books, 2003.

Hroub, Khaled. *Hamas: Political Thought and Practice*. Washington, D.C.: Institute for Palestine Studies, 2000.

Idinopulos, Thomas A. *Weathered by Miracles: A History of Palestine from Bonaparte and Muhammad Ali to Ben-Gurion and the Mufti*. Chicago: Ivan R. Dee, 1998.

Janik, Allan, and Stephen Toulmin. *Wittgenstein's Vienna*. New York: Simon & Schuster, 1973.

Jayyusi, Salma Khadra, ed. *Anthology of Modern Palestinian Literature*. New York: Columbia University Press, 1992.

Kallen, Horace Meyer. *Zionism and World Politics: A Study in History and Social Psychology*. Garden City, N.Y.: Doubleday, Page & Co., 1921.

Kamhi, Rafael Moshe. *Recollections of a Jewish Macedonian Revolutionary*. Sineva, Bulgaria, 2001.

Kanaana, Sharif. *Folk Heritage of Palestine*. Israel: Research Center for Arab Heritage, 1994.

———. *Still on Vacation!: The Eviction of the Palestinians in 1948*. Jerusalem: SHAML—Palestinian Diaspora and Refugee Centre, 2000.

Karmi, Ghada. *In Search of Fatima: A Palestinian Story*. London: Verso, 2002.

Karsh, Efraim. *Fabricating Israeli History: The "New Historians"*. London: Frank Cass & Co., 1997.

Khalidi, Rashid. *Palestinian Identity: The Construction of Modern National Consciousness*. New York: Columbia University Press, 1997.

Khalidi, Walid, ed. *From Haven to Conquest*. Beirut: Institute for Palestine Studies, 1971.

———. *Before Their Diaspora: A Photographic History of the Palestinians, 1876-1948*. Washington, D.C.: Institute for Palestine Studies, 1991.

———. *From Haven to Conquest: Readings in Zionism and the Palestine Problem Until 1948*. Beirut: Institute for Palestine Studies, 1971.

———, with Kamal Abdul Fattah, Linda Butler, Sharif S. Elmusa, Ghazi Falah, Albert Glock, Sharif Kanaana, Muhammad Ali Khalidi, and William C. Young. *All That Remains: The Palestinian Villages Occupied and Depopulated by Israel in 1948*. Washington, D.C.: Institute for Palestine Studies, 1992.

Kirkbride, Sir Alec. *From the Wings: Amman Memoirs, 1947-1951*. London: Frank Cass, 1976.

Koen, Albert. *Saving of the Jews in Bulgaria, 1941-1944*. Bulgaria: State Publishing House, 1977.

Kossev, D., H. Hristov, and D. Angelov. *A Short History of Bulgaria*. Translated by Marguerite Alexieva and Nicolai Koledarov. Sofia: Foreign Languages Press, 1963.

Lamm, Zvi. *Youth Takes the Lead: The Inception of Jewish Youth Movements in Europe*. Translated from the Hebrew by Sionah Kronfeld-Honig. Givat Haviva, Israel: Yad Ya'ari, 2004.

Langer, Felicia. *With My Own Eyes*. London: Ithaca Press, 1975.

Lockman, Zachary. *Comrades and Enemies: Arab and Jewish Workers in Palestine, 1906-1948*. Berkeley, Calif.: University of California Press, 1996.

Lowenthal, Marvin, ed. and trans. *The Diaries of Theodor Herzl*. New York: Dial Press, 1956.

Lustick, Ian. *Triumph and Catastrophe: The War of 1948, Israeli Independence, and the Refugee Problem*. New York: Garland Publishing, Inc., 1994.

Maksoud, Clovis (introduction). *Palestine Lives: Interviews with Leaders of the Resistance*. Beirut: Palestine Research Center and Kuawiti Teachers Association, 1973.

Masalha, Nur. *Expulsion of the Palestinians: The Concept of "Transfer" in Zionist Political Thought, 1882-1948*. Washington, D.C.: Institute for Palestine Studies, 1992.

———. *Imperial Israel and the Palestinians: The Politics of Expansion*. London: Pluto Press, 2000.

Mattar, Philip. *The Mufti of Jerusalem*. New York: Columbia University Press, 1988.

Miller, Ylana N. *Government and Society in Rural Palestine, 1920-1948*. Austin, Texas: University of Texas Press, 1985.

Milstein, Uri. *History of Israel's War of Independence, Vol. IV: Out of Crisis Came Decision*. Translated from the Hebrew and edited by Alan Sacks. Lanham, Md.: University Press of America, 1998.

Minchev, Ognyan, Valeri Ratchev, and Marin Lessenski, eds. *Bulgaria for Nato 2002*. Sofia: Open Society Foundation, 2002.

Minns, Amina, and Nadia Hijab. *Citizens Apart: A Portrait of the Palestinians in Israel*. London: I. B. Taurus & Co., 1990.

Morris, Benny. *1948 and After: Israel and the Palestinians*. Oxford: Clarendon Press, 1994.

———. *Israel's Border Wars, 1949-1956: Arab Infiltration, Israeli Retaliation, and the Countdown to the Suez War*. Oxford: Clarendon Press, 1993.

———. *Righteous Victims: A History of the Zionist Arab Conflict, 1881-2001*. New York: Vintage Books, 2001.

———. *The Road to Jerusalem: Glubb Pasha, Palestine and the Jews*. London: I. B. Tauris, 2002.

Musallam, Sami, compiler. *United Nations Resolutions on Palestine, 1947-1972*. Beirut: Institute for Palestine Studies, 1973.

Mutawi, Samir A. *Jordan in the 1967 War*. Cambridge: Cambridge University Press, 1987.

Neff, Donald. *Fallen Pillars: U.S. Policy Towards Palestine and Israel Since 1945*. Washington, D.C.: Institute for Palestine Studies, 1995.

Oren, Michael B. *Six Days of War: June 1967 and the Making of the Modern Middle East*. New York: Ballantine Books, 2003.

Oz, Amos. *In the Land of Israel*. Translated by Maurie Goldberg-Bartura. San Diego, Calif.: Harcourt Brace & Co., 1993.

Pappe, Ilan. *A History of Modern Palestine: One Land, Two Peoples*. Cambridge: Cambridge University Press, 2004.

Patai, Raphael. *The Arab Mind*. New York: Charles Scribner's Sons, 1973.

Pearlman, Moshe. *The Army of Israel*. New York: Philosophical Library, 1950.

Pearlman, Wendy. *Occupied Voices: Stories of Everyday Life From the Second Intifada*. New York: Thunder's Mouth Press/Nation Books, 2003.

Podeh, Elie. *The Arab-Israeli Conflict in Israeli History Textbooks, 1948-2000*. Westport, Conn.: Bergin & Garvey, 2002.

Pryce-Jones, David. *The Face of Defeat: Palestinian Refugees and Guerillas*. London: Weidenfeld & Nicolson, 1972.

Quigley, John. *Palestine and Israel: A Challenge to Justice*. Durham: Duke University Press, 1990.

Reeve, Simon. *One Day in September: The Full Story of the 1972 Munich Olympic Massacre and Israeli Revenge Operation "Wrath of God"*. New York: Arcade Publishing, 2001.

Rogan, Eugene L., and Avi Shlaim, eds. *The War for Palestine: Rewriting the History of 1948*. Cambridge: Cambridge University Press, 2001.

Ross, Dennis. *The Missing Peace: The Inside Story of the Fight for Middle*

East Peace. New York: Farrar, Straus & Giroux, 2004.

Roy, Sara. *The Gaza Strip: The Political Economy of De-Development.* Washington, D.C.: Institute for Palestine Studies, 1995.

Sacco, Joe. *Palestine.* Seattle, Wash.: Fantagraphics Books, 2001.

Said, Edward. *Out of Place: A Memoir.* New York: Alfred A. Knopf, 1999.

———. *Peace and Its Discontents: Essays on Palestine in the Middle East Peace Process.* New York: Vintage Books, 1995.

———. *Politics of Dispossession: The Struggle for Self-Determination, 1967-1994.* New York: Vintage Books, 1995.

Samara, Adel, Toby Shelley, Ben Cashdan, et al., contributors. *Palestine: Profile of an Occupation.* London: Zed Books Ltd., 1989.

Salti, Ramzi M. *The Native Informant and Other Stories.* Colorado Springs, Colo.: Three Continents Press, 1994.

Sayigh, Yezid. *Armed Struggle and the Search for State: The Palestinian National Movement, 1949-1993.* Oxford: Clarendon Press, 1997.

Schleifer, Abdullah. *The Fall of Jerusalem.* London: Monthly Review Press, 1972.

Segev, Tom. *One Palestine Complete: Jews and Arabs Under the British Mandate.* New York: Metropolitan Books, 1999. Translation copy, 2000.

———. *1949: The First Israelis.* New York: Free Press, 1986.

Shapira, Avraham, ed. *The Seventh Day: Soldiers' Talk About the Six Day War.* London: Andre Deutsch Ltd., 1970.

Shehadeh, Raja. *Strangers in the House: Coming of Age in Occupied Palestine.* South Royalton, Vt.: Steerforth Press, 2002.

Shemesh, Moshe. *The Palestinian Entity 1959-1974: Arab Politics and the*

PLO. London: Frank Cass, 1996.

Shlaim, Avi. *The Iron Wall: Israel and the Arab World*. London: Penguin Books, 2000.

———. *War and Peace in the Middle East: A Concise History Revised and Updated*. London: Penguin Books, 1995.

Singer, Howard. *Bring Forth the Mighty Men: On Violence and the Jewish Character*. New York: Funk & Wagnalls, 1969.

Slyomovics, Susan. *The Object of Memory: Arab and Jew Narrate the Palestinian Village*. Philadelphia: University of Pennsylvania Press, 1998.

Sprinzak, Ehud. *Brother Against Brother*. New York: Free Press, 1999.

Stein, Kenneth. *The Land Question in Palestine, 1917-1939*. Chapel Hill, N.C.: University of North Carolina Press, 1984.

Steinberg, Milton. *The Making of the Modern Jew*. Lanham, Md.: University Press of America, 1976.

Swedenburg, Ted. *Memories of Revolt: The 1936-1939 Rebellion and the Palestinian National Past*. Minneapolis, Minn.: University of Minnesota Press, 1995.

Swisher, Clayton E. *The Truth About Camp David: The Untold Story About the Collapse of the Middle East Peace Process*. New York: Nation Books, 2004.

Tamir, Vicki. *Bulgaria and Her Jews: The History of a Dubious Symbiosis*. New York: Sepher-Hermon Press, Inc., for Yeshiva University Press, 1979.

Tavener, L. Ellis. *The Revival of Israel*. London: Hodder & Stoughton, 1961.

Tavin, Eli, and Yonah Alexander. *Psychological Warfare and Propaganda: Irgun Documentation*. Wilmington, Del.: Scholarly Resources Inc., 1982.

Teveth, Shabtai. *The Tanks of Tammuz*. London: Weidenfeld & Nicolson, 1968.

Todorov, Tzvetan. *The Fragility of Goodness: Why Bulgaria's Jews Survived the Holocaust*. Translated from the French by Arthur Denner. Princeton, N.J.: Princeton University Press, 1999.

Tyler, Warwick P. *State Lands and Rural Development in Mandatory Palestine, 1920-1948*. Brighton, U.K.: Sussex Academic Press, 1988.

Vassileva, Boyka. *The Jews in Bulgaria 1944-1952*. Portions translated from the Bulgarian by Polia Alexandrova. Sofia: University Publishing House, St. Kliment Ohridski, 1992.

Yahya, Adel H. *The Palestinian Refugees, 1948-1998: An Oral History*. Ramallah: Palestinian Association for Cultural Exchange, 1999.

Yablonka, Hanna. *Survivors of the Holocaust: Israel After the War*. New York: New York University Press, 1999.

资料来源

  这本书的种子是一部时长为43分钟的纪实广播。1998年，在"1948年阿以战争五十周年"之际，我为美国国家公共广播电台的《新鲜空气》节目制作的。所有其他的一切都从那里流淌出来。编织两个声音彼此沟通的纪实广播是一回事，将那种纯粹的叙述变成一部充满家庭故事和历史背景的书，完全是另外一回事。我面临的挑战是保持纪录片的简洁和腔调，同时，将它改写成一本历史书籍——并让它从始至终像一本小说。

  本书完全是非虚构作品。尽管它描述的许多事件发生在几十年前，对它们的重述是基于采访、档案文件、已出版和未出版的回忆录、新闻剪报，以及第一手和第二手的历史记录。

  在极少数情况下（仅在第二章和第三章中），我描述某个事件，仅仅基于对家庭成员的多次采访，这些家庭成员或者讲述了家庭的口述历史，或者描述了导致该事件发生的家庭习俗。第二章中，哈伊里家的成员聚集到一起庆祝新屋落成，就是这样的一个例子——每一个仅依靠家庭口述历史，而没有实际的目击者或档案记录的情况，我都在原文或注释中指出来了。家庭历史中至关重要的且更具争议性的时刻，则完全依靠上述的各种文件和目击者的陈述。

在某些情况下，人们久远的回忆发生了冲突：比如说，努哈·哈伊里特别回忆说，1969年她父亲艾哈迈德到拉姆拉的房子的时候，达莉娅在家，可达莉娅却确定那天自己不在。在这种情况下，我记录了记忆的冲突之处，也描述了记忆的共同点。达莉娅和巴希尔对于地点和时间的记忆既有差异，也有相同之处；在记忆或观点存在差异的地方，我要么剔除不匹配的部分，要么加以注明。

达莉娅、巴希尔，还有许多以色列和巴勒斯坦的学者和专家，都对稿件的准确性进行了审查。此外，手稿在萨拉·塔特尔－辛格和我的监督下，还经历了严格的长达数月的事实检查过程。根据采访记录、历史文本、回忆录、档案文件和其他的材料，检查了数千个事实。当然，本书中可能留存的任何错误，都是我的责任。

第一章

本章内容主要基于1998年、2003年、2004年和2005年对巴希尔·哈伊里和达莉娅·埃什肯纳兹·兰道的访谈，以及巴希尔的回忆录《记忆的心跳》(*K'afagat Thakirq*)，其中，部分内容由尼达尔·拉法从阿拉伯语翻译而来。

巴希尔的回忆录描述了自己站在一面镜子前面，但没有说在什么地方。雅各·哈鲁兹(Ya'acov Haruzi)是以色列国家公共汽车公司(Israeli national bus line)艾格德(Egged)分公司的老员工，他在耶路撒冷汽车站工作，已经成为该公司的民间历史学家。哈鲁兹确认，车站内唯一的镜子在洗手间，那里还有陶瓷面盆。巴希尔在2005年8月的事实核查过程中证实了这一点，他还证实了自己在镜子前的举动（轻抚领带等）。

在汽车站里,巴希尔对自己的发问,他把旅程比喻成拜访一位失散已久的恋人,以及堂兄对他的发声催促("公共汽车要开了!")来自他的回忆录和访谈。

穿越旧的边界,一直到西耶路撒冷公共汽车站的步行经历,来自对巴希尔及其堂兄吉亚斯·哈伊里的采访。

对汽车站的描述来自哈鲁兹。达莉娅不记得1967年耶路撒冷汽车站售票窗口有栏杆,但哈鲁兹坚称栏杆在那里。

对公共汽车的描述来自艾格德分公司档案中的小册子,对艾格德分公司公共汽车"博物馆"的游览也证实了这一点。"博物馆"实际上是一个大型停车场,位于特拉维夫南面,在那里,乐于助人的员工把我领到1967年"耶路撒冷—拉姆拉"一线所使用的那些公共汽车前面。

"六日战争"前后,达莉娅坐在桌子旁边的描述,以及她对那段时期拉姆拉的描述,都来自她的记忆。

对达莉娅的父母,摩西和索利娅20世纪40年代在保加利亚的生活的描述,来源于对索非亚、特拉维夫、耶路撒冷和纽约皇后区的大量采访和档案研究。有关特定文档,请参见第三章和第五章的注释说明。

以色列人如何描述阿拉伯人离开拉姆拉,特别是关于他们"逃跑"的描述,来自对达莉娅、里雄莱锡安[①]的萨米·塞拉(Sami Sela)、拉姆拉的埃斯特·帕多(Esther Pardo)、M. 列维(M. Levy)、摩尔德凯·埃根施泰因(Mordechai Egenstein)和米沙尔·范努斯(Michail Fanous)的采访。特定的语言引用自埃莉亚·波德(Elie Podeh)的《1948—2000年:以色列历史教科书中的阿以冲突》(*Arab-Israeli Conflict in Israeli History Textbook, 1948-2000*)。

---

① 里雄莱锡安(Rishon Letzion),简称里雄,以色列中部的一座城市,紧靠特拉维夫的南面,属于特拉维夫大都市的一部分,是以色列第四大城市。

对巴希尔旅途的描述，他和他的堂兄们坐在哪儿，他在旅途中的想法，都来自他的回忆录和我对他的采访。其他的细节和佐证来自吉亚斯·哈伊里。

公共汽车开的路线来自巴希尔的记忆。一位读者坚持认为，1967年7月的时候，以色列的公共汽车不过拉特伦，这条路线有可能经过现在的以色列小镇莫迪因（Modi'in），但巴希尔特别回忆它经过拉特伦，所以我把它留了下来。

在巴希尔去拉姆拉的路上，把阿布戈什描述成"与敌人合作"的村庄，这来自巴希尔的眼睛和记忆。班尼·莫里斯（Benny Morris）的《1948年及其后》（*1948 and After*）258页描述了阿拉伯人对阿布戈什的态度，以及这个村庄向附近的犹太人定居点提供"少量弹药"。

对沿途烧毁的车辆的描述来自我个人的观察和对巴希尔的访谈，在许多印刷品和在线记录中也可以找到 [例如，在线的犹太数字图书馆（Jewish Virtual Library）的"通往耶路撒冷之路"（The Road to Jerusalem），网址是 www.jewishvirtuallibrary.org/jsource/vie/vieroad.html[①]]。达莉娅对那一天所思所为的回忆来自数次采访和来往信件。

乘坐公共汽车的过程，堂兄弟下车后对拉姆拉的印象，包括屠夫阿布·穆罕默德的故事，以及堂兄亚西尔和吉亚斯的旧居之行，都来自巴希尔的回忆录以及对吉亚斯和巴希尔的采访。

巴希尔非常清楚地记得他按了门铃。他在回忆录和1998年我对他的采访中对此都进行了描述。

[①] 由于种种原因，本书中许多此类网址已经失效，但读者可以根据作者提供的关键词重新定义、搜索。

第二章

　　石头的尺寸和切割方式来自我自己的观察和测量，并非所有建房子的石头都被切成同样尺寸。艾哈迈德站在空地上时穿的衣服，他放下第一块石头，以及他被亲戚和工人们陪伴着，都是他的后代（主要是巴希尔的姐姐努哈和卡农）在采访中描述的。她们说，父亲永远不会不戴土耳其毡帽和领带就冒险出门。对房屋建造的描述来自巴希尔、努哈和卡农，以及一名致力于建造传统巴勒斯坦石屋的当代工人阿里·昆巴尔（Ali Qumbar）。昆巴尔在一次采访中说，"他们从这里的山上切下石头。石头外观粗糙，但触感柔软。盖这样一座房子的想法很不错，它是很乐观的。土地和圣石，都从这里来"。

　　像巴希尔和他的堂兄吉亚斯一样，昆巴尔也确认，按照习俗，户主会在其他工人开始建造房屋之前，放下第一块石头。

　　1936年拉姆拉的人口数据来自《巴勒斯坦调查》（*A Survey of Palestine*，第一卷，151页）。这里写的11000人是保守数字。1931年拉姆拉的人口是10347人，其中包括5个犹太人；1944年，人口超过了15000人。

　　"拉姆拉"（Ramla）名字的起源来自《巴勒斯坦城市百科全书》（*Encyclopedia of Palestinian Cities*），部分内容由哈特姆·巴齐昂翻译自阿拉伯语；也参考了希蒙·盖特（Shimon Gat）博士的成果，他来自纳安附近的集体农庄，盖特博士的博士论文用希伯来语撰写，内容是关于拉姆拉的古代史。

　　庄稼的情况和收成吨数来自《巴勒斯坦调查》（第一卷，320页）；来自"其他地区"（All That Remains）的"拉姆拉"地区部分，355—426页；以及来自拉姆拉市的手写报告，报告提交人是长期担任该市行政官员的尤纳坦·图巴利（Yonatan Tubali）。

哈伊尔丁的故事是哈伊里家族史的一部分，精心地追溯、记录在手写的家谱上，世代相传。巴希尔和吉亚斯分别给我讲述了哈伊尔丁的故事。巴勒斯坦民俗学家谢里夫·卡纳纳博士确认了穆斯林宗教公产的分配方法。

巴希尔的姐姐之一卡农·哈伊里在接受我的同事玛丽亚姆·沙因（Mariam Shahin）采访时（问题是我递交过去的），描述了拉姆拉的大宅院、哈伊里一家在那里的生活，以及艾哈迈德决定在宅院附近的空地上建房的决定。［卡农结婚之后随夫改姓萨拉（Salah），为了在注释中清楚起见，我继续使用哈伊里。］

我对哈伊里一家众多成员的采访中，谢赫·穆斯塔法·哈伊里的族长身份都得到过证实，包括在拉马拉对他儿媳妇福尔多斯·塔吉·哈伊里（Firdaws Taji Khairi）的采访。福尔多斯·塔吉婚后改姓哈伊里，为清楚起见，此后称她为福尔多斯·塔吉。谢赫·穆斯塔法和英国人站在一起的叙述，来自保留在加州大学伯克利分校的英国殖民记录。其中的一套记录名为"阿拉伯世界的政治日记"（Political Diaries of the Arab World），里面有大量的定期密报，由巴勒斯坦的专员和副专员递交给伦敦的英国政府。1938年11月，南区专员的报告（《政治日记》第3卷 1937—1938年）把谢赫·穆斯塔法称为拉姆拉的"能力超强的市长"。

对20世纪30年代英国人、阿拉伯人和犹太人之间的动荡不安，以及随后的阿拉伯大起义（本章后文进行了描述）的描述基于多种资料来源，包括泰德·斯维登伯格（Ted Swedenburg）的《起义回忆》（Memories of Revolt）、汤姆·塞吉夫（Tom Segev）的《一个完整的巴勒斯坦》（One Palestine, Complete）、哈伊里家族的采访，以及前面提到的英国记录，许多冲突的细节都以此为依据。其他标题参见"参考书目"，特定的引用参见后述文字。

《贝尔福宣言》("Balfour Declaration")的文本可以在线查看,网址为 http://www.yale.edu/lawweb/avalon/mideast/balfour.htm。英国外交大臣阿瑟·贝尔福认为,认可一个犹太国家是"在美洲、东方和其他地方将犹太势力拉到我们这边的方式"。至于阿拉伯人,贝尔福在1919年宣布:"无论是对是错,是好是坏,犹太复国主义都植根于古老的传统、现时的需要和未来的希望,其重要性远远超过现在居住在这片古老土地上的70万阿拉伯人的愿望和成见。"〔摘自莫里斯《正义的受害者》(*Righteous Victims: A History of the Zionist Arab Conflict*,1881-2001,74—76页)〕

巴希尔和吉亚斯确认了艾哈迈德决定和谢赫·穆斯塔法商议盖房资金来源一事,这是哈伊里家口述历史的一部分。

索里的故事,20世纪三四十年代不同时期,哈伊里一家和拉姆拉与周边的犹太社区同存共处的故事,都来自对安曼的卡农·哈伊里的访谈。想要理解这种共存,另一个资料是扎卡里·洛克曼(ZaChary Lockman)的《同志和敌人:巴勒斯坦的阿拉伯和犹太工人,1906—1948年》(*Comrades and Enemies: Arab and Jewish Workers in Palestine, 1906-1948*)。英国的记录还描述了阿拉伯和犹太社区之间的关系,但通常来说,它们还是归为在英国统治下的各自独立的实体。

这座城市的古代历史,包括清真寺和水渠,都来自上述的《巴勒斯坦城市百科全书》,盖特博士提供了进一步的材料,也进行了证实。加州大学伯克利分校的哈特姆·巴齐昂博士在一次采访中描述了骆驼大篷车的内容。

早期的伊斯兰旅行者穆卡达西(Muqaddasi)关于拉姆拉的描述,可以在《985年左右对叙利亚和巴勒斯坦的描述》(*Description of Syria, Including Palestine, Circa 985*)32页中找到,本书由伦敦的巴勒斯坦朝圣者文本协会①印制于 1896 年。穆卡达西确认，在那个时代，拉姆拉是"巴勒斯坦的首都"。

穆卡达西抵达拉姆拉大约在 950 年之后，英国人在此举办猎狐活动，相关参考在 W. F. 斯特林（W. F. Stirling）撰写的《从避风港到征服》(From Haven to Conquest)［瓦利德·卡里迪（Walid Khalidi）编］"巴勒斯坦：1920—1923 年"一节（230 页）中找到。

人口和犹太移民的数字来自《巴勒斯坦调查》(第一卷，149 页和 185 页)。这些是官方数字，实际的数字（包括来自欧洲的所有非法移民）可能更高。1936 年，超过三分之二的移民是波兰人和德国人。

有关阿拉伯人向犹太人出售土地的广泛分析，参见肯尼思·斯坦因（Kenneth Stein）的《巴勒斯坦的土地问题：1917—1939 年》(The Land Question in Palestine, 1917-1939)。斯坦因指出，把土地卖给犹太人的，很多是非巴勒斯坦的阿拉伯人。尽管很多时候并非如此：20 世纪 20 年代和 30 年代初，主要是出于经济需要，巴勒斯坦的许多"精英"向犹太人出售了土地。这些销售是导致局势紧张的主要原因，这也引发了"阿拉伯大起义"，并最终削弱了巴勒斯坦阿拉伯人的民族主义运动。斯坦因在《巴勒斯坦的土地问题：1917—1939 年》70 页说："在反犹太复国主义和反英国情绪高涨之时，巴勒斯坦阿拉伯人向犹太复国主义者出售土地，这一事实表明，与新兴的民族运动相比，个人的优先权同等重要，甚至更为重要。"尽管如此，早在 1911 年，巴勒斯坦阿拉伯人就已经发出警告，反对出售土地（见莫里斯《正义的受害者》62 页）。斯维登伯格在《起义回忆》中写道，土地出售是"30 年

---

① 巴勒斯坦朝圣者文本协会（Palestine Pilgrims' Text Society），总部位于伦敦，专门从事与朝圣历史相关的中世纪文本的出版和翻译。特别注意朝圣者和其他旅行者的记载，包括地理、地形和风俗习惯等信息。

代民族运动的主要关注点,事实上,它是如此严重,以至于穆夫提发动了轰轰烈烈的公众运动,来反对声名狼藉的巴勒斯坦土地买卖经纪人,并将其冠以'异教徒'的恶名……"3万个失地农民家庭(1931年)的估计,来自多琳·沃里纳(Doreen Warriner)的《中东的土地与贫困》[*Land and Poverty in the Middle East*,伦敦皇家国际事务研究所(Royal Institute of International Affairs),伦敦,1948年,61—62页],赫斯特(Hirst)在《枪与橄榄枝》(*The Gun and the Olive Branch*)的198页和230页引用了上述文献。赫斯特写道(198页):"他们生活在污秽和凄惨之中。在老海法,有1.1万人挤在用汽油桶盖的小棚屋里,那里既没有供水,也没有基本的卫生设施。无家无口的单身汉在外露宿……应当指出的是,尽管阿拉伯人出售了土地,但在1948年战争前夕,巴勒斯坦犹太人拥有的土地只占总数的7%。"[约翰·查普(John Chapple)的《巴勒斯坦的犹太人土地定居》("Jewish Land Settlement in Palestine")一文,引自W. F. 斯特林《从避风港到征服》843页。]

斯维登伯格的《起义回忆》是一本关于阿拉伯起义的优秀文献,78页提到武器走私行动(也见《巴勒斯坦调查》,第一卷,33页)。谢赫·卡萨姆的详细资料来自塞吉夫的《一个完整的巴勒斯坦》359—363页;《巴勒斯坦调查》第一卷33页和第二卷594—595页;《起义回忆》12页和104页;以及《巴勒斯坦和外约旦行政报告》第6卷20页。六十多年之后,哈马斯的特工为纪念谢赫·卡萨姆的牺牲,以他的名字给自制的粗糙火箭弹命名,并将其发射到加沙的以色列定居点。

《巴勒斯坦和外约旦行政报告》的第六卷19—39页有阿拉伯起义的事件年表。更多细节来自《起义回忆》30页到32页、126页和130页。《起义回忆》30页提到了阿拉伯头巾(传统的巴勒斯坦男性头巾）的重要性。关于"频繁的爆炸和砖石坠落"，来自英国大法官迈克尔·F. J. 麦克唐纳（Michael F. J. McDonnell）的判决，《1936年雅法城市规划》（"The Town Planning of Jaffa, 1936"，引自《从避风港到征服》343页到347页）引用了这次判决。这似乎是对起义军及其家人实施房屋拆除政策的开始。

对扎吉雅·哈伊里的印象、哈伊里家的生活方式，以及纳比塞雷村盛会的描述，主要来自卡农·哈伊里。卡农和福尔多斯·塔吉谈到了谢赫·穆斯塔法所承受的政治压力；有关这些问题的更多细节，参见《阿拉伯世界、巴勒斯坦和约旦的政治日记》（*Political Diaries of the Arab World, Palestine and Jordan*，第3卷，394页）。

哈伊姆·魏茨曼"破坏和背弃的力量"的评论，引用自菲利普·马塔尔（Philip Mattar）的《耶路撒冷的穆夫提》（*The Mufti of Jerusalem*）100页。星期三市场的详细信息来自对巴勒斯坦民俗学家谢里夫·卡纳纳博士以及维达·卡瓦尔（Widad Kawar）的采访，卡瓦尔在安曼的家中收集了大量刺绣、陶器、金属制品、珠宝和纺织品。卡瓦尔藏品的核心是巴勒斯坦农村的阿拉伯妇女所穿的传统服饰，阿拉伯精英曾经鄙视地说这类衣服只适合农民或者乡下人，现在，这些长裙和胸衣流落在外，象征着与巴勒斯坦事业的团结。

哈伊里家饮食的细节、艾哈迈德在社交场生活的描述，都来自卡农·哈伊里。水烟管（*arguileh*）还有许多别名，比如，*narguileh*，*shisha*，*hookah* 和 *hubbly-bubbly*。

阿拉伯高等委员会在1936年10月11日暂停了大罢工，此事在瓦利德·卡里迪《在他们散居之前》（*Before Their Diaspora*）的"时间线"中有记载。《巴勒斯坦和外约旦行政报告》第6卷48页描述了恢复工作。塞吉夫在《一个完整的巴勒斯坦》一书401页描述了佩尔勋爵的着装。佩尔给伦敦的信在《阿拉伯世界的政治日记》第2卷681页。

佩尔委员会报告的正式名称是《巴勒斯坦皇家委员会报告》("Palestine Royal Commission Report"),全文在《巴勒斯坦和外约旦行政报告》第6卷433页到850页。在835页(原始报告的389页),委员会提议了一个"土地和人口交换"的计划,并援引了1922年土耳其和希腊人口的交换作为先例。

《一个完整的巴勒斯坦》402页描述了犹太人对佩尔的反应。阿拉伯人的反应见《在他们散居之前》193页,以及约书亚·波拉(Yeshua Porath)的《巴勒斯坦阿拉伯民族运动:从骚动到反叛》(The Palestinian Arab National Movement: From Riots to Rebellion)第2卷,1929—1939年,228—232页。

西奥多·赫兹尔"身无分文的人"的话来自他1895年6月12日的日记,该日记摘自哈伊里·佐恩(Harry Zohn)翻译的《西奥多·赫兹尔日记全集》(Complete Diaries of Theodor Herzl)。同年,英国犹太复国主义者领袖伊斯雷尔·桑奎尔(Israel Zangwill)称,犹太人"必须做好准备,要么像我们的祖先那样,被部族用剑赶出故土;要么就着力解决大量外来人口的问题,这些人大多是穆斯林,几个世纪以来惯于鄙视我们"[见哈尼·A.法瑞斯(Hani A. Faris)撰写的《伊斯雷尔·桑奎尔对犹太复国主义的挑战》("Israel Zangwill's Challenge to Zionism"),《巴勒斯坦研究期刊第四卷》(Journal of Palestine Studies 4)第3期(1975年春季刊),74—90页]。桑奎尔还说:"如果我们接受巴勒斯坦,阿拉伯人将不得不'跋涉'。"一代人之后,后来成为以色列第一任总统的哈伊姆·魏茨曼在巴勒斯坦发生阿拉伯大起义后表示,"可以促进和鼓励人口交换",允许阿拉伯人"流入邻国"[《哈伊姆·魏茨曼书信论文选》(The Letters and Papers of Chaim Weizmann)第14卷,69页,引自马萨哈(Masalha)的《1882—1948年,驱逐巴勒斯坦人:犹太复国主义政治思想中的"转移"概念》(Expulsion of the Palestinians: The Concept of "Transfer" in Zionist Political Thought, 1882-1948）]。

本-古里安的"转移事业"的引语来自他1937年7月的日记,并由以色列记者萨米·索科（Sami Sockol）为我翻译。他于1938年6月12日发表了"我支持强制转移"的言论,被莫里斯引用（《正义的受害者》253页）。塞吉夫的《一个完整的巴勒斯坦》399—406页分析了犹太复国主义者对佩尔的反应及其对转移理念的支持。对转移理念的概述来自伦敦萨里大学（University of Surrey）圣玛丽学院（St. Mary's College）的巴勒斯坦学者努尔·马萨哈（Nur Masalha）,他使用的是以色列档案馆中的希伯来语原始文件。尽管政治观点截然不同,拉比哈伊姆·西蒙斯（Chaim Simons）博士采用了类似的研究方法。西蒙斯是西岸的定居者,犹太复国主义者关于转移的著作合集《关于1895—1947年从巴勒斯坦转移阿拉伯人提案的历史性调查》（*A Historical Survey of Proposals to Transfer Arabs from Palestine, 1895-1947*）的负责人,本书见www.geocities.com/CapitolHill/Senate/7854/transfer.html。（桑奎尔关于"跋涉"的言论引用于www.geocities.com/CapitolHill/Senate/7854/transfer07.html。）关于转移和犹太复国主义更简要的概述来自伊拉娜·斯特恩鲍姆（Ilana Sternbaum）的《转移思想的历史根源》（"Historical Roots of the Idea of Transfer"）一文,见www.afsi.org/OUTPOST/2002OCT/oct7.htm。

其他犹太复国主义者,如阿尔伯特·爱因斯坦和马丁·布伯（Martin Buber）,都主张与阿拉伯居民和平共处,反对任何转移计划。请参阅斯坦利·阿罗诺维茨（Stanley Aronowitz）的文章《直面真相:从犹太批评家的角度看犹太复国主义》（"Setting the Record Straight: Zionism from the Standpoint of Its Jewish Critics"）,见www.logosjournal.com/issue_3.3/aronowitz.htm。

《阿拉伯世界的政治日记》按照时间顺序记载了阿拉伯起义的再次爆发和英国的镇压（第3卷，39—49页）。赫斯特（《枪与橄榄枝》215页）引用了1938年10月3日伦敦《星期日泰晤士报》的一篇文章，文中记录了对起义队伍的空袭。肯尼思·斯坦因的《巴勒斯坦的土地问题：1917—1939年》171页和238页记录了舒可瑞·塔吉出售土地的事。大部分土地出售发生在1922年和1936年之后。

斯坦因引用了现存于犹太复国主义者中央档案馆（Central Zionist Archives）中的原始文件。关于谢赫·穆斯塔法的引言来自《阿拉伯世界的政治日记》352页，市长面临的政治困难、他赢得的敬意以及他的着装，是由一些追慕他的后辈（比如福尔多斯·塔吉和卡农·哈伊里）记下来的。

在民族主义者和精英（或"知名人士"）之间，谢赫·穆斯塔法究竟站在何种立场上，尚不清楚。尽管一些家庭成员说，穆斯塔法和他的儿子们可能帮助了起义军，但是，穆斯塔法的国防党（National Defense Party，由"著名的"纳沙西比［Nashashibi］家族掌控）成员的身份，使他遭到民族主义者和起义军的强烈批评。民族主义者认为"知名人士"是犹太复国主义者的合作者，许多人被阿拉伯起义军暗杀。我在访问希勒尔·科恩（Hillel Cohen）的时候，和他一起探讨了这些意见。希勒尔·科恩有一本希伯来语著作：《影子军队：为犹太复国主义服务的巴勒斯坦合作者：1917—1948年》（*Shadow Army: Palestinian Collaborators in the Service of Zionism: 1917-1948*）。谢赫·穆斯塔法的儿媳福尔多斯说，他1938年去开罗是"出于健康原因"，但更大的可能性是，起义者的威胁迫使他短暂地流亡。因为怕受谴责，穆斯塔法返回后发表声明，宣布将只专注于市政事务。所有这些都可以解释，为什么在20世纪40年代中期，谢赫·穆斯塔法的市长职位被取代。

对"白皮书"的讨论来自各种来源,包括《起义回忆》xxi 页。犹太复国主义者对"白皮书"的反应,包括本-古里安的有关引言,记录在《一个完整的巴勒斯坦》一书 440—441 页。从《从避风港到征服》(846 页)中引用了阿拉伯方的伤亡人数。

巴希尔出生那天的新闻来自 1942 年 2 月 16 日至 17 日的《纽约时报》和《旧金山纪事报》(San Francisco Chronicle)。英国高级专员的月度电报在《阿拉伯世界的政治日记》(第 6 卷,1941—1942 年,437—440 页)。专员在电报结语里说,阿拉伯和犹太双方都在招募政治上的新力量:"这种事态可能会带来坏的结果,我们正在密切关注它。"

第三章

达莉娅·埃什肯纳兹是听着钱包的事情长大的,钱包的故事是父亲摩西告诉她的。故事发生在 1943 年,那时候达莉娅还没有出生。2004 年的时候,达莉娅的婶婶维吉妮娅已经 82 岁,她生活在索非亚。维吉妮娅证实了这个故事的大概。当然,一些实际细节可能有所出入,也许警官当时说了不同的词句,但故事的要旨似乎是没有疑问的。

弗雷德里克·查里(Frederick Chary)1975 年的记录《保加利亚犹太人与最终解决方案》(The Bulgarian Jews and the Final Solution)中,讲述了保加利亚 20 世纪 40 年代的政治历史,特别是对待犹太人的方式。查里审阅了本章和第五章,以保证其准确性。其他细节来自盖伊·哈斯克尔(Guy Haskell)的《从索非亚到雅法》("From Sofia to Jaffa")和迈克尔·巴尔-佐哈尔(Michael Bar-Zohar)的长文《超越希特勒的掌握:对保加利亚犹太人的英勇营救》("Beyond Hilter's

Grasp: The Heroic Rescue of Bulgaria's Jews"），两篇文章由《保加利亚土地上的犹太人：祖先的记忆和历史的命运》[*Jews in the Bulgarian Lands: Ancestral Memory and Historical Destiny*，艾米·巴鲁（Emmy Barouh）编辑] 收录；以及《拯救保加利亚的犹太人：1941—1944年》（"Saving of the Jews in Bulgaria: 1941-1944"），一份1977年保加利亚共产党国家出版社（State Publishing House of the Bulgarian Communist Party）的记录；还有茨维坦·托多洛夫将原始文献和译文联合在一起的迷人之作《善良的脆弱性》（*The Fragility of Goodness*）以及《生存：1940—1944年文件汇编》（*The Survival: A zCompilation of Documents, 1940-1944*），其中很大一部分是由记者波丽娅·亚历山德罗娃（Polia Alexandrova）从保加利亚文翻译而来。通过数十次对以色列的保加利亚犹太人的访谈，以及2003年和2004年的三次保加利亚之行，我对这一段历史有了更充分的理解。波丽娅为这些采访承担了大部分翻译工作，她还翻译了保存在索非亚的保加利亚国家档案馆和国家图书馆的原始文件。

保加利亚与轴心国的同盟关系在《保加利亚犹太人与最终解决方案》3页，书中的66页描述了劳动营，达莉娅的堂兄伊扎克·伊扎基[①]对此也有回忆，达莉娅访问了他，并把访谈内容传真给了我。更多的描述，参见巴尔-佐哈尔（Bar-Zohar）著作46—48页，以及薇琪·塔米尔（Vicki Tamir）的著作《保加利亚和她的犹太人》（*Bulgaria and Her Jews*）176—177页。达莉娅和维吉妮娅还讲述了摩西和雅克告诉她们的关于劳动营的家族故事。营地生活有时是残酷的，但总的来说，并没有欧洲其他地方那么残酷。大人告诉达莉娅，摩西在耳部严重感染后被放了出来。

---

① 是索利娅的表弟，此处是作者笔误。

保加利亚犹太人有47000名，这一数字来自和查里的通信（其他一些人用的是5万的约数）。

苏珊娜·萨缪尔·比哈尔和她家人的故事来自我在普罗夫迪夫对苏珊娜的访谈。家庭故事的细节无法被单独求证，但是，她的故事和1943年3月保加利亚犹太人的总体故事是契合的。摩西、索利娅·埃什肯纳兹和索利娅的父母阿罗约夫妇（Arroyos）一起在斯利文等待的故事，是由达莉娅的父母后来告诉她的。达莉娅的婶婶维吉妮娅和堂兄弟伊扎基①也证实了这一点。来自斯利文的科琳娜·所罗门诺娃（Corinna Solomonova）博士进一步确认了这些，1943年3月的时候，她18岁。所罗门诺娃博士说索利娅是"Solche"（发音是"SOUL-chay"），保加利亚语"小个子"的意思，并说她当过女裁缝。所罗门诺娃博士说，1943年3月，摩西和索利娅肯定在斯利文。所罗门诺娃博士还回忆自己收到"保加利亚犹太问题委员会"（Bulgarian Commissariat for Jewish Questions）的来信：

> 据报道，3月10日，我们必须前往一所特定的小学。早上8点必须到那里，只能带很少的行李。这封信大约是3月7日收到的。在家里，我们开始为每个人缝制背包。我们非常担心，因为知道自己要去的地方是德国集中营，他们在那里杀害犹太人。我们知道这些，是因为我们的（非犹太人）朋友（从莫斯科电台和BBC电台）收听了广播节目。犹太人的收音机都被没收了。我们知道自己要去死亡集中营。

有关"捍卫国家法"的细节有许多来源，包括《保加利亚犹太人

---

① 见本书第45页。

与最终解决方案》35—46页和24—25页（和"纽伦堡法案"的联系），《超越希特勒的掌握》（27—40页）也曾谈及，但范围较小。另外的一些背景来自20多次采访，采访对象是仍然生活在保加利亚的犹太人，以及一些生活在以色列的犹太人（他们当时的年纪大到足够记得细节）。

伊扎克·伊扎基的回忆来自达莉娅的采访，她为我转录了这些细节。

巴耶塞特二世的引语，得到了图森（Tucson）的亚利桑那大学近东研究系的土耳其学者艾丽芙·沙法克（Elif Shafak）的证实。

R. J. 克莱普顿（R. J. Crampton）的《现代保加利亚简史》（*A Short History of Modern Bulgaria*）中记录了保加利亚革命史。列夫斯基的细节可以在保加利亚学者弗拉基米尔·保罗诺夫斯基（Vladimir Paounovski）的论文《保加利亚关于巴尔干国家和少数民族的政策，1878—1912年》("The Bulgarian Policy on the Balkan Countries and National Minorities, 1878-1912"）中找到。查里确认列夫斯基被称为"保加利亚的乔治·华盛顿"。尽管他是保加利亚的民族英雄，这种比较也仅止步于此：保加利亚解放之前的几年，列夫斯基被索非亚的土耳其人绞死，没能活着看到他设想的自由邦。据说，在19世纪争取保加利亚独立的斗争中，列夫斯基曾受到普罗夫迪夫犹太人的庇护。20世纪40年代初，列夫斯基的名字被人们援引，用来抗议针对犹太人的法西斯法律。随后的共产党政权认为他是"保加利亚民族解放革命运动的领袖"；保加利亚犹太人、以色列驻墨西哥前大使摩西·梅拉梅德说，战后初期，"列夫斯基"牌香烟是保加利亚最受欢迎的香烟品牌之一。

反对《捍卫国家法》的声明来自《生存》（*The Survival*）。其他文件，包括保加利亚作家联盟和律师联盟的声明，以及致国民议会的公开信,均来自《善良的脆弱性》(The Fragility of Goodness)45—53页。

对1942年10月柏林纳粹当局信息的引用摘自《拯救保加利亚的犹太人》第7章,3页。关于贝勒夫权力的更多细节,来自《保加利亚犹太人与最终解决方案》35—46页。丹内克到达索非亚的事,记录在《超越希特勒的掌握》59页和63—75页。《丹内克-贝勒夫协议》全文印在《保加利亚犹太人与最终解决方案》208—210页。2月22日备忘录的目的地记录在《生存》71页。"秘密"和"高度机密"的备忘出现在《生存》206页。贝勒夫给加布罗夫斯基的关于"严格保密"的备忘,摘自N. 格林伯格(N. Greenberg)《保加利亚犹太人中央工会的文件》("Documents, Central Consistory of the Jews in Bulgaria",1945年,8—11页),艾米·巴鲁的论文《第二次世界大战期间保加利亚犹太人的命运》("The Fate of the Bulgarian Jews During World War II",于2002年布拉格北约峰会中面世)中也曾提到。

莉莉安娜·帕尼沙的故事在很多地方都有记录,包括《保加利亚犹太人与最终解决方案》91页和《超越希特勒的掌握》77—86页。两种记录的原始出处都是布科·列维(Buko Levi)的证词,来自战后的"人民法院第7号议定书"(Protocols of the People's Court Number 7, V, 1498)。帕尼沙和列维的其他信息参见薇琪·塔米尔的《保加利亚和她的犹太人》198页。几次采访中,都有人向我说起贝勒夫和帕尼沙是情人,一些已发表的回忆文章也记载了此事,其中最著名的是《超越希特勒的掌握》。巴尔-佐哈尔的结论比其他人的结论要走得更远,有些人怀疑,帕尼沙是否像巴尔-佐哈尔所说的那样忠于贝勒夫。布科·列维的儿子约哈拿(Yohanan)在电话采访中告诉我,贝勒夫和帕尼沙确实是情人,而且布科在以色列大屠杀博物馆的陈述词清楚地表明了这一点。约哈拿·列维告诉我:无论如何,"她是拯救我们的人。我无法表达出我们对她的感谢"。

配镜师和贿赂的故事是巴尔－佐哈尔（《超越希特勒的掌握》104页）、查里（《保加利亚犹太人与最终解决方案》91页）和塔米尔（《保加利亚和她的犹太人》198页）说的。对丘斯滕迪尔的描述来自作者本人的观察和对当地居民的访谈，被访问者包括维拉·迪米特洛娃，萨伯特·伊沙科夫（Sabat Isakov），我在加州大学伯克利分校新闻学研究院的同事、丘斯滕迪尔人咪咪·查卡洛娃（Mimi Chakarova）。亚森·苏梅佐夫的回忆录摘选里生动地描述了丘斯滕迪尔最初的恐慌（《善良的脆弱性》132—136页），对伊沙科夫和维奥莱塔·康弗蒂访谈里也有涉及，他们讲述了马其顿领导人弗拉基米尔·库尔特夫和贝勒夫家派对的故事。

在无数次的访谈中（包括对伊扎克·伊扎基的访谈），都有人提到从保加利亚到特雷布林卡的火车上的犹太人的故事。都主教斯特凡对此的回忆在《善良的脆弱性》126页中。马蒂·布朗、装头发的小盒子和相册的故事，都是马蒂的老朋友维拉·迪米特洛娃讲述的。我们不清楚1943年有多少保加利亚犹太人知道欧洲其他地方的暴行，但从我的数十次采访中、从埃什肯纳兹家的口述历史中，以及保加利亚宗教领袖的书面声明中，可以明确的是，可怕的故事已经跨越保加利亚边境。马蒂在战争中幸存下来，但维拉听说她不久之后搬到以色列。马蒂没有回来取自己的相册，维拉再也没有见过她。

丘斯滕迪尔犹太人动员的情况，大部分来自查里的记录92—93页［尤其是关于雅克·巴鲁（Yako Barouh）的部分］，维奥莱塔·康弗蒂也谈到了这些，她回忆弗拉基米尔·库尔特夫到了丘斯滕迪尔，以及他对那里的犹太社区发出的警告。

关于苏梅佐夫和旅程的描述，来自对迪米特洛娃、康弗蒂和伊沙科夫的采访。苏梅佐夫的回忆，包括犹太人的请愿，均来自上述的回忆录摘录。

对普罗夫迪夫学校院子里所发生事情的描述,来自苏珊娜·比哈尔。更多的细节来自对普罗夫迪夫其他的犹太亲历者[比如贝尔塔·列维(Berta Levi)和伊文特·阿马维(Yvette Amavi)]的访谈。基里尔对保加利亚犹太人的保护被详细地记录了下来,比如,查里(《保加利亚犹太人与最终解决方案》138—139页)和巴尔-佐哈尔(《超越希特勒的掌握》126—127页、169—170页)。

基里尔主教发誓要躺在铁轨上的故事,来自对普罗夫迪夫的贝芭(Beba)女士的采访,贝芭当时十岁。苏珊娜对此表示怀疑,她坚持认为,作为一个年龄较大的、从那天凌晨就在学校庭院里的亲历者,她的回忆比一个孩子的回忆更可靠:"你知道孩子们是怎么编故事的。"巴尔-佐哈尔(《超越希特勒的掌握》126页)比上述说法走得都远,他说,基里尔穿着长袍,拿着沉重的十字架,设法爬上了围栏,向保加利亚当局挑战说:"拦着我试试!"不过,无论是贝芭、苏珊娜,还是和我交谈过的普罗夫迪夫的其他目击者,没人记得这件事。

苏珊娜关于应急计划(加入罗多彼山上游击队)的回忆,与科琳娜·所罗门诺娃博士的故事相呼应,科琳娜是索利娅·阿罗约·埃什肯纳兹一家在普罗夫迪夫的朋友。"我当时只有18岁,"苏珊娜告诉她,"我有一个美好的家庭。游击队员让我和他们一起去山上,别去集中营。我接受了他们的邀约。我不想去集中营。"

对佩舍夫的描述,主要取材于我在丘斯滕迪尔与他的外甥女卡鲁达·卡拉德泽伊娃(Kaluda Kiradzhieva)的访谈。其他详细信息摘自加布里埃尔·尼西姆(Gabriel Nissim)给佩舍夫写的传记《挡住了希特勒的男人》(*The Man Who Stopped Hitler*)。托多洛夫关于脆弱性的论文(《善良的脆弱性》,特别是35—40页)有对佩舍夫的进一步研察,尤其关于他行动的重要性。佩舍夫本人在他的回忆录中分析了自己的政治哲学,该回忆录摘自《善良的脆弱性》137—183页。

苏梅佐夫在回忆录中描述了自己在索非亚的行动（摘自《善良的脆弱性》134—136页）。佩舍夫也描述了苏梅佐夫和自己的首次会面（《善良的脆弱性》160页）。在《善良的脆弱性》158页，佩舍夫描述了一位国会议员早些时候发出的呼吁，内容是关于"垂头丧气的、绝望的、无能为力的人们"。在《善良的脆弱性》159页，佩舍夫描述了自己做决定的时刻，也许那是整个营救保加利亚犹太人的故事中最重要的时刻。苏梅佐夫和佩舍夫的回忆录都记下了议会大厦的紧张时刻（《善良的脆弱性》136页和161—162页、查里作品94—96页和巴尔－佐哈尔作品113—124页）。苏梅佐夫的回忆录是佩舍夫和塔格上校引语的来源。

苏珊娜·比哈尔和前面提到的其他亲历者描述了学校院子里犹太人被释放的那一刻。出版的一些记录证实通知迟到了，这反映了20世纪40年代保加利亚的通信状况，也许，还能反映出犹太事务委员会的一些成员不愿意立即执行加布罗夫斯基的命令。

都主教斯特凡向国王发出呼吁的信是他回忆录的一部分，摘录于《善良的脆弱性》127页。佩舍夫及其同僚的信全文在《善良的脆弱性》78—80页。沿着多瑙河的驱逐计划记录在《保加利亚犹太人与最终解决方案》143页。

迄今为止，关于鲍里斯国王在"拯救"保加利亚犹太人活动中扮演的角色，仍存在激烈的辩论。国王停止将保加利亚的犹太人驱逐到波兰，是出于对他的犹太国民的关心，还是因为纳粹在斯大林格勒战败后，希特勒的这位狐狸般的盟友感到末日就要到来，用保全保加利亚犹太人的方式来避免自己被指控"种族灭绝"？

德国人认为，中止驱逐出境的命令来自"最高层"，这一事实使许多人相信鲍里斯本人批准了这个命令，但是，可能因为查里在这个问题的研究上比其他人花的时间都多，他不同意这个说法。"加布罗夫斯基几乎不可能和国王谈过话，"查里写信给我说，"国王不喜欢他，并且，在那个时候，国王把自己从驱逐犹太人的问题中洗脱了。"可是，巴尔-佐哈尔断然声明："国王在第十一个小时展开行动，驱逐计划受到阻碍"（《超越希特勒的掌握》128页）。巴尔-佐哈尔说，国王在1943年3月的时候逆转了他的政策，本质上是决定了与保加利亚的犹太人站在一起。其他的许多人对此结论表示怀疑，比如杰基·康弗蒂（Jacky Comforty），他是广受好评的纪录片《乐观主义者：从纳粹大屠杀中营救保加利亚犹太人的故事》（"The Optimists: The Story of the Rescue of the Bulgarian Jews from the Holocaust"）的制片人［莉萨·康弗蒂（Lisa Comforty）也参与了纪录片制作］。托多洛夫也表示了怀疑，他在《善良的脆弱性》19页和23页中写道：

> 不可能从表面上理解国王的话……他的行动是出于个人利益，或者说，是他认为的保加利亚的利益……激励他的是他理解的国家利益，而非人道主义原则。小国必须与大国相处。希特勒拥有权力，因此，他的一些要求必须被接受。

关于"意识形态启蒙"的引语，来自《拯救保加利亚的犹太人》第10章，16页。

茨维坦·托多洛夫的书名——《善良的脆弱性》，其隐含的思想是，如果一个事件以不同的方式发生了，如果一个人没有采取行动，或采取了其他行动——如果，鲍里斯国王没有加入轴心国，从而促使德国野蛮地占领保加利亚——保加利亚犹太人的结局可能会完全不同。我同意这一点。

第四章

本章内容建立在数十种文件、书籍和第一手记录之上,包括对达莉娅和巴希尔家人的多次采访;对 1947 年和 1948 年发生在拉姆拉、利达(卢德)和耶路撒冷事件的众多目击者的采访;1947 年 2 月下旬的这一天涉及的历史人物和其他目击者发表的回忆录;中央犹太复国主义者档案馆和纳安的集体农庄档案馆的原始文件;以及许多第二手资料,包括以色列和阿拉伯学者基于档案写成的著作。

巴希尔的姐姐卡农·哈伊里描述了"阿奇卡"献祭仪式,她是仪式的见证人。加州大学伯克利分校的伊斯兰学者哈特姆·巴齐昂证实了仪式的细节。2004 年,在伯克利和安曼的采访中,卡农和努哈·哈伊里分别回忆了年轻的巴希尔。在巴勒斯坦文化中,"把你的牙齿变甜"是大家耳熟能详的俗语,它是由我的同事尼达尔·拉法翻译的。

英国高级专员月度电报中记录了谢赫·穆斯塔法的担忧,该电报印在《阿拉伯世界的政治日记》第 6 卷,1941—1942 年,437—440 页。

关于来自盟军流民安置营的犹太难民的讨论,以及关于英国接受更多的难民到巴勒斯坦的争议,来自莫里斯《正义的受害者》,180—184 页;内夫(Neff)《倒下的支柱》(*Fallen Pillers*[①])30—34 页;科恩《巴勒斯坦和大国势力》(*Palestine and the Great Powers*)113—114 页;赫斯特《枪与橄榄枝》238—239 页。赫斯特作品 239 页、莫里斯作品 183 页和科恩作品 254—257 页讲述了"出埃及记"号的故事。

[①] 原文为 Pillers,经过搜索判断,应该是作者的笔误。正确的书名是《倒下的支柱》(*Fallen Pillars*)。

第二次世界大战结束后，巴勒斯坦犹太社区（又称"以述"①）的内部政治在下列作品中有所描述：《正义的受害者》173—184 页；《一个完整的巴勒斯坦》468—486 页；阿维·施莱姆（Avi Shlaim）的《铁墙》(*The Iron Wall*) 22—27 页；以及埃胡德·斯普兰扎克（Ehud Sprinzak）的《兄弟阋墙：从阿尔特勒那到拉宾暗杀：以色列政治中的暴力和极端主义》(*Brother Against Brother: Violence and Extremism in Israeli Politics from Altalena to the Rabin Assassination*) 38—40 页。《通往耶路撒冷之路：格鲁布·帕夏，巴勒斯坦人和犹太人》(*The Road to Jerusalem: Glubb Pasha, Palestine and the Jews*) 提到了大卫王酒店爆炸案，班尼·莫里斯说死亡人数是 80，塞吉夫在《一个完整的巴勒斯坦》(476 页) 中说有"90 多人"死亡。犹太数字图书馆（www.jewishvirtuallibrary.org/jsource/History/King_David.html）和瓦利德·卡里迪的《在他们散居之前》都说死亡人数是 91。有关英国人对犹太军事能力的分析，请参阅《巴勒斯坦和外约旦行政报告》（第 16 卷，496 页）。

英军实力和所附的引言来自《巴勒斯坦和外约旦行政报告》第 16 卷 498 页。"大规模恐怖主义"的引文来自同一卷 496 页。

汤姆·塞吉夫看了我手稿的初稿，他在评论中指出英国在殖民时代末期受到的压力，以及这些压力对他们离开印度一年后又退出巴勒斯坦的影响。《正义的受害者》180—184 页和塞吉夫作品 495—496 页都提到了联合国事实调查小组（即"联合国巴勒斯坦特别委员会"，简称 UNSCOP）的到来。

---

① 巴勒斯坦犹太社区（Yishuv），又译为以述、伊休夫，字面意思为屯垦区、乡镇、居住区，是以色列建国之前巴勒斯坦犹太社区的名称。1948 年以色列建国时，这个地区共有约 70 万犹太人。

巴勒斯坦人对生活在犹太国家的阿拉伯人潜在命运的担忧，以及他们对"一个国家"解决方案的渴望，此类信息来自几个方面，包括对巴勒斯坦学者纳赛尔·阿鲁里的一次采访。以下作品讨论了1947年，特别是阿拉伯起义之后，巴勒斯坦社会的分裂：拉希德·卡里迪（Rashid Khalidi）的《巴勒斯坦人的身份》（Palestinian Identity）190—192页；约阿夫·格尔贝尔（Yoav Gelber）的《巴勒斯坦1948》（Palestine 1948）31—33页；以及伊兰·帕佩（Ilan Pappe）的《现代巴勒斯坦历史》119—120页。关于战争前夕巴勒斯坦和阿拉伯之间的不团结，进一步的例证来自：希勒尔·科恩《影子军队：为犹太复国主义服务的巴勒斯坦合作者：1917—1948年》（Shadow Army: Palestinian Collaborators in the Service of Zionism: 1917-1948，希伯来语）、巴伊兰大学（Bar-Ilan University）教授迈克尔·J. 科恩（Michael J. Cohen）的《巴勒斯坦和大国势力，1945—1948年》。前以色列情报官员戴维·金奇（David Kimche）和他的兄弟乔恩（Jon）在其1960年出版的《命运的冲突》（Clash of Destinies）42页写道："对于局外人，特别是欧洲和美国的政府而言，想确保哪一种是阿拉伯情绪的有效表达，从来都不容易。公开反对犹太人在巴勒斯坦的雄心，或者私下保证某种友好的安排，都是非常有可能的……"

阿拉伯国家的言论与它们的私人利益之间是脱节的，对此，罗根（Rogan）和施莱姆的《为巴勒斯坦而战：重写1948年的历史》（The War for Palestine: Rewriting the History of 1948）展现了更新的研究结果，该文献集是阿拉伯、以色列和西方学者撰写的。以色列学者、牛津大学教授施莱姆在他的著作《铁墙：以色列与阿拉伯世界》（The Iron Wall: Israel and the Arab World）中也详细介绍了阿卜杜拉11月与犹太事务局代表果尔达·梅厄（"梅厄夫人"）的会面。施莱姆写道：

阿卜杜拉首先概述了他针对穆夫提的先发制人的计划，关于占领巴勒斯坦的阿拉伯部分，并将它和他的王国联合起来，然后，他询问犹太人对该计划的反应。梅厄夫人回答说，如果阿卜杜拉不干涉犹太国家的建立，避免军事对抗，并与联合国保持一致的话，犹太人会以赞成的态度看待阿卜杜拉的计划。（30页）

乔恩和戴维·金奇基本上证实了这个记录。

联合国大会第181号决议（更有名的名称是"分治方案"）的文本，全文印在《以色列的崛起》(The Rise of Israel)第37卷，这是一份39卷的原始文件汇编，由迈克尔·科恩编辑。联合国少数派报告完成于1947年11月11日，载于《从避风港到征服》（645—695页），主要条款在694—695页。《巴勒斯坦报告：联合国巴勒斯坦特别委员会提交联大的报告》（"Report on Palestine: Report to the General Assembly by the United Nations Special Committee on Palestine"）204页至205页之间的插页有拟议的联邦制国家的地图。

《巴勒斯坦和外约旦行政报告》第16卷490页证实了英国打算在1948年5月15日退出巴勒斯坦的意图。

许多记录都引用说，旧巴勒斯坦44%的领土给了阿拉伯国家，剩下的56%给犹太国家。但是，在联合国管理的非军事化国际托管下，有1.5%的土地被预留给了耶路撒冷市和包括伯利恒在内的周边地区（有关耶路撒冷的提案，请参阅《巴勒斯坦报告》187—191页）。

柑橘和谷物的百分比由哈佛学者瓦利德·卡里迪计算得出，并印在《在他们散居之前》305页。犹太人口和土地所有权的数字来自约翰·查普（John Chapple）的《巴勒斯坦的犹太人土地定居》（引用在《从避风港到征服》843页）。拟建国家的阿拉伯和犹太的人口数在《巴勒斯坦报告》181页。

联合国投票,是美国和巴勒斯坦的犹太复国主义者为确保获得必要的支持而强力游说的一部分成果。英国外交官哈罗德·比利(Harold Beeley)在致外交部的备忘录中(《以色列的崛起》第37卷,213页)描述了"积极的"犹太复国主义游说者,他们说,"包括海地、菲律宾和利比里亚在内的这些政府,如果任由他们自己决定的话,出于各种各样的原因,对于分治一事,他们要么会投反对票,要么会投弃权票",因此,要说服美国,"利用它对于这些政府的影响力",让这些国家在已经宣布它们的反对意见之后,投票赞成分治。

美国国务院1947年12月15日的一份秘密备忘录里说,利比里亚国务卿兼联合国代表加布里埃尔·丹尼斯(Gabriel Dennis)抱怨"压力十足的拉票工作……华盛顿的利比里亚部长收到一份警告:除非利比里亚与美国代表团一起投票赞成分治,否则,部长别指望联大会再给他的国家任何好处"(《以色列的崛起》第37卷,197页)。菲律宾的联合国代表说,本国总统给他发了一份无线电报,指示其投票赞成分治。这位外交官觉得此事"令人极其不快",特别是考虑到,他此前已经公开表示反对分治的立场(《从避风港到征服》723—726页)。

阿拉伯方面的首席律师是穆罕默德·扎夫鲁拉·可汗爵士(Sir Muhammad Zafrulla Khan),著名的犹太复国主义领袖迈克尔·科迈伊(Michael Comay)钦佩地说,他是"强有力的捍卫者……毫无疑问,他是出席会议的所有国家中,最有能力和最令人印象深刻的代表之一"。科迈伊是犹太事务局纽约办事处负责人,后来的以色列驻联合国代表,他在一封"高度机密"的信中写道,"因为巴勒斯坦阿拉伯人拒绝考虑做出任何让步,或者以和解的方式对话,可汗和其他的一些阿拉伯发言人受到严重的阻碍。但就这个问题而言,我们可能经历了更加艰难的时刻,因为许多代表团极其不情愿地赞同了分治计划……"

科迈伊写道,促使那些不情不愿的人倒向分治计划的一个关键因素，是感恩节假期导致的投票推迟，在此期间，"雪崩降临了白宫"（《以色列的崛起》第37卷，185—192页）。杜鲁门总统后来在回忆录中写道："此一事让我经受了前所未有的、针对白宫的压力和宣传攻势。"［《倒下的支柱：1945年以来美国对巴勒斯坦和以色列的政策》（Fallen Pillars: U.S. Policy Towards Palestine and Israel Since 1945）50页］

无数资料中都提过阿拉伯国家反对这项计划，包括马安·阿布·诺瓦尔（Maan Abu Nowar）的《约旦-以色列战争，1948—1951年》（The Jordan-Israeli War, 1948-1951），以及巴勒斯坦学者瓦利德·卡里迪的《在他们散居之前》（305—306页）：

> 巴勒斯坦人不理解为什么该他们为纳粹大屠杀付出代价……他们不知道，为什么犹太人在一个统一的巴勒斯坦国家中成为少数族裔是不公平的，可是，根据分治计划，在设想的犹太国家中，在异族的统治下，差不多占半数的巴勒斯坦人口——他们在祖传土地上，本是占据人口多数的原住民——一夜之间转变为少数，这却又是公平的。

另一方面，对于全世界的犹太人来说，投票"是西方文明对纳粹大屠杀的悔改姿态，在某些方面，以色列国的建立，代表某些国家偿还了欠债。那些国家意识到，他们本可以在第二次世界大战期间做得更多一点，以防止或至少限制犹太人悲剧的规模"（《巴勒斯坦和大国势力》292页）。联合国投票后，达莉娅亲戚们的庆祝活动是由她堂兄伊扎克·伊扎基①描述的。维克托·谢姆托夫是保加利亚犹太人，后来成为以色列议会的一员，他回忆了在海法街头跳舞的事，尽管他所属

---

① 伊扎克·伊扎基是索利娅的表弟，此处应为作者笔误。

的左派政党，以色列统一工人党，自称支持单一的双民族国家。

"犹太联邦"的提案［又叫"比尔特莫尔计划"（Biltmore Program）①］，呼吁"战后，在巴勒斯坦建立一个从约旦河一直延伸到地中海的犹太国家"（《巴勒斯坦和大国势力》8页）。但是，班尼·莫里斯在《正义的受害者》168—169页写道，根据比尔特莫尔计划，"仅在巴勒斯坦的部分地区建立国家是可能的"。

本-古里安的"稳定的基础"的引言，来自他的《战争日记》（*War Diary*，第1卷，22页），并被《驱逐巴勒斯坦人》（*Expulsion of the Palestinians*）引用（176页）。

在某些人看来，本-古里安的言论可能是驱逐政策的前奏。有人可能会说，他只是说，必须将更多的犹太人引入新的犹太国家，以增加多数派犹太人口的百分比。的确，第二次世界大战后，这位犹太复国主义领袖推动了数百万欧洲及后来的中东犹太移民到以色列地。然而，"驱逐"和"移回以色列"并不是相互排斥的概念，本-古里安自己对强行"转移"的支持，也许在他1941年10月的备忘录《犹太复国主义政策纲要》（"Outlines of Zionist Policy"）中写得最清楚。他写道："没有强制——而且是无情的强制——即能完成转移，这是难以想象的"（《正义的受害者》168—169页）。

在一次采访中，达莉娅母亲索利娅的表弟伊扎克·伊扎基回顾了1947年11月29日和30日的事件。约阿夫·格尔贝尔《巴勒斯坦1948》17页提到了拉姆拉的公共汽车袭击和为期三天的罢工。瓦利德·卡里迪的《在他们散居之前》中，有按时间顺序排列的1947

---

① 1942年5月6日至5月11日，在纽约著名的比尔特莫尔饭店，来自18个国家的600名代表和犹太复国主义领袖参加了会议，要求"建立巴勒斯坦为犹太联邦"。许多历史学家将比尔特莫尔计划描述为犹太复国主义运动中的"虚拟政变"，温和的领导人被更积极的领导人所取代。

年和 1948 年的事件年表（315 页），包括罢工以及阿拉伯动员军队的计划。卡里迪的年表：www.qudsway.com/Links/English_Neda/PalestinianFacts/Html_Palestinian/hpf8.htm。

埃及吹嘘能占领特拉维夫，来自《为巴勒斯坦而战：重写1948年的历史》155 页。该书还概述了战前的其他承诺，包括伊拉克总理呼吁阿拉伯国家协调军事行动，以及为反对西方列强而进行的石油禁运的提议（131 页），沙特阿拉伯反对这个提议（《命运的冲突》79—80 页）。

金奇兄弟描述了新兵的到来（他们刚从流民安置营出来），以及他们为了一个新国家而奋战的决心（《命运的冲突》13—14 页），他还提到，"在情感上被'浩劫'所强化了的一种新的犹太复国主义"（20 页），在未来的战争中是被低估的因素。哈加纳战役计划，包括建立区域性的野战指挥部和机动旅，都合并在"戴勒计划"（Plan Dalet，Dalet 是希伯来语字母"D"的意思）中，哈伊姆·赫尔佐克（Chaim Herzog）的《阿以战争》（*The Arab-Israeli Wars*）32—34 页有详细介绍。以色列历史学家尤里·米尔斯坦（Uri Milstein）在他的多卷本著作《以色列独立战争史》（*History of Israel's War of Independence*）中写道，D 计划的目标"是控制边界之外的犹太人定居点，这是执行秘密计划的一个阶段，该计划的最后阶段是把全部的'以色列地'（至少包括旧巴勒斯坦全境）变为犹太国"（第 4 卷，185 页）。D 计划的一部分说：

> 这些操作可以通过以下方式进行：摧毁村庄（向村庄放火、炸毁村庄以及在各种地方埋设地雷）……遇到抵抗的时候，必须消灭对方的武装力量，并将居民驱逐到境外。

这些话印在Y. 斯卢茨基（Y. Slutzky）1972年出版的《哈加纳之书》(*The Book of Hagana*)，希伯来语，第3卷，1955—1959页中，并被以色列"新历史学家"伊兰·帕佩的文章《他们是被驱逐的吗？》（"Were They Expelled"）引用，促进阿拉伯人和犹太人共存的以色列组织的网页上也有，见www.mideastweb.org/pland.htm。

本-古里安对国家边界的引言来自他的回忆录。"1948年年初"那一段中描写的暴力事件，在迈克尔·科恩的《巴勒斯坦和大国势力》300—310页和卡里迪的《在他们散居之前》316—318页有记录。在同一时期，犹太复国主义领导人继续在华盛顿的政治前线上奋斗。后来成为以色列第一任总统的哈伊姆·魏茨曼在投票后的几天，就与杜鲁门总统会面，当时，美国对实施分治计划的支持似乎有所动摇。实际上，犹太复国主义领导人认为，杜鲁门准备扭转美国的政策。魏茨曼说："总统先生，给我们人民的选择，不是建国，就是灭亡。"（《从避风港到征服》737—743页）

以色列历史学家尤里·米尔斯坦在《以色列独立战争史》第4卷263—264页描述了对哈桑·萨拉梅总部的袭击，利达的阿拉伯原住民斯派洛·穆奈耶（Spiro Munayyer）在《巴勒斯坦研究期刊》（1998年夏季刊）80—98页的《利达的沦陷》（"The Fall of Lydda"）中，以及卡农·哈伊里对此都曾提及。米尔斯坦说17人死亡；目击者穆奈耶回忆说30人死亡，"人的断肢残骸挂在树上"。卡农回忆，袭击第二天，她和自己的民族主义老师一起前往现场声援前穆夫提的战士们，他们大多是伊拉克人。

阿卜杜·卡迪尔·侯赛尼，前穆夫提在巴勒斯坦的另外一名主要指挥官，他的死亡也许是阿拉伯人在战斗中遭受的最具毁灭性的一次打击，是标志战争正式开始的转折点。米尔斯坦在《以色列独立战争史》第4卷306—310页中，详细描述了阿拉伯方深具魅力的、"最勇敢和最好斗的领导人"侯赛尼（《命运的冲突》98页）在盖斯泰勒（Qastal，或Castel，或Kastel）山上的陨落。

巴勒斯坦人认为，伊尔贡和斯特恩帮的民兵在代尔亚辛村的屠杀，是整个冲突中最臭名昭著的事件。迈克尔·J. 科恩在《巴勒斯坦和大国势力》337—338页中描述了"代尔亚辛的暴行"：

> 该村庄与哈加纳缔结了互不侵犯条约，并严格遵守了该条约。哈加纳打算晚些时候无论如何都要接管该村庄，以防止其落入邪恶势力手中。但是，4月9日，一支伊尔贡－斯特恩帮的队伍袭击了该村庄，冷酷而不加选择地杀掉了所有的抵抗者。他们杀了大约245名村民，男女老少都有，许多人先是被拖去耶路撒冷游街，然后被带回村子枪毙。

代尔亚辛村强奸事件的报告，见莫里斯的《正义的受害者》208页。英国军官、助理监察长理查德·卡特林（Richard Catling）调查了代尔亚辛村大屠杀，他的报告说："……毫无疑问，袭击的犹太人犯下了许多性暴行。许多年轻的女学生被强奸，然后被杀害，老妇人也受到骚扰，许多婴儿也遭到屠戮……我还看到一名一百零四岁的妇女，头部被枪托打成重伤。妇女臂上的手镯被扯走，手上的指环被拽断，为了拿走耳环，部分妇女的耳朵被撕裂。"赫斯特《枪与橄榄枝》250页引用了巴勒斯坦政府刑事调查部（Criminal Investigation Division）的报告（第179/110/17/GS，1948年4月13日、15日、16日）。

大量消息来源描述了这一屠杀如何促使许多巴勒斯坦人逃离家园和村庄，他们认为自己将在几周或最多几个月后返回。班尼·莫里斯在《正义的受害者》209页援引以色列军事情报的话说，代尔亚辛是阿拉伯人逃亡的"决定性的加速因素"。格尔贝尔在《巴勒斯坦1948》

的116页、《驱逐巴勒斯坦人》的作者努尔·马萨哈（Nur Masalha）在一次接受我采访时都说，屠杀是重要因素，但没有其他人估计得那么重要。经过十年来对西岸、加沙和黎巴嫩的联合国难民营中的数十名难民的采访，我认为，无疑，1948年春季的代尔亚辛惨案对制造恐慌和诱使逃亡产生了巨大影响。许多难民，尤其是海法和加利利地区北逃黎巴嫩的人，他们相信自己将在"15天内"返回。

激烈的争论持续了数十年之久，人们争论的焦点是：1948年离开家园的70万巴勒斯坦人中，除了对"另一个代尔亚辛"的恐惧，大多数人之所以逃亡，是被武力驱逐出境，还是阿拉伯领导人让他们离开（有时通过广播节目），或者是犹太复国主义配合和计划好的行动的受害者。这个问题太过复杂，无法在此处详析，仅记下一些重要的细节：

> 有一则谣言经久不歇：阿拉伯指挥官颁布了命令，通过无线电和其他手段让村民离开。瓦利德·卡里迪经过广泛调查之后，在1968年夏季刊的《阿拉伯期刊》发表了文章，随后还有大量佐证（参见莫里斯《1948年及其后》18页），证实了谣言的不可信。有一件逸事是，数十年后，黎巴嫩难民营中的一些村民告诉我，当地的领导者敦促他们暂时撤离自己的房屋，至少有一名犹太领导人，也就是海法市市长沙卜泰·莱维（Shabtai Levy），恳请阿拉伯居民留下。莫里斯在"阿拉伯人从巴勒斯坦流亡的原因和特征"（The Causes and Character for the Arab Exodus from Palestine）一章中说，1948年6月的一份以色列的军事情报分析认为，到6月1日，70%的外逃都可以归因于以色列国防军、伊尔贡民兵这类持不同政见的犹太民兵"的行动……和它们的影响"。根据分析，只有5%的村庄是因为阿拉伯人命令当地村民离开而被清空的。(《1948年及其后》

84—102页）

伊扎克·伊扎基对袭击斯科普斯山的回忆，符合对这次攻击的历史描述。米尔斯坦在《以色列独立战争史》第4卷387页和莫里斯《正义的受害者》209页都有描述：

> 枪击持续了六个多小时，最终，阿拉伯人向带装甲的公共汽车泼洒了汽油，把它们给放火烧了。英国人最终进行干预时，已有70多名犹太人死亡。代尔亚辛村屠杀和阿卜杜·卡迪尔的死得到了报仇雪恨。

利达领导人与本谢门的利曼医生之间关系的故事，在穆奈耶的《利达的沦陷》（《巴勒斯坦研究期刊》85页）中。阿隆·卡迪什（Alon Kadish）与亚伯拉罕·塞拉（Avraham Sela）合著了《征服利达》（希伯来语），在2004年6月的一次采访中，阿隆·卡迪什证实了上述故事。

卡农·哈伊里在访谈中回忆了贝都因战士，利达本地人雷亚·布萨拉（Reja'e Busailah）在他的文章《利达的沦陷》（载于《阿拉伯研究季刊》3，2：127—128页）中也曾提及。阿卜杜拉关于捍卫阿拉伯人生命的诺言在《约旦-以色列战争》56页。阿拉伯部队之间协调不力的故事来自《命运的冲突》82页。

> 阿拉伯领导人……彼此间不向对方透露自己的计划。他们的军队或军令之间也没有协调。阿拉伯联盟军事委员会只是尸位素餐，它对任何一支阿拉伯军队都没有行使权力。埃及人既没有告诉阿卜杜拉，也没有告诉叙利亚人，他们打算如何采取行动；叙利亚、伊拉克、黎巴嫩和外约旦……的阿拉伯指挥官们的决定也没有传达给格鲁布将军（阿卜杜拉阿拉伯军团的英国指挥官）。

穆奈耶在《利达的沦陷》(《巴勒斯坦研究期刊》87页）描述了雅法（Jaffa，阿拉伯人称其为Yaffa，以色列人称其为Yafo）的沦陷，以及难民抵达利达、拉姆拉地区的情景。

1998年，我在拉马拉附近的阿玛里（Amari）难民营中，从奈阿尼的一个阿拉伯原住民那里听说了哈瓦贾·什洛莫的故事，当时，我正在撰写另外一个故事。六年后，我得以与希蒙·盖特（Shimon Gat）博士进行验证，他一直是纳安集体农庄的居民，博士研究是关于古代拉姆拉的，他本人也已经成为非正式的纳安集体农庄历史学家。盖特告诉我，骑马者的真名是纳安集体农庄的摩西·本·阿夫拉罕（Moshe Ben Avraham），他为哈加纳的情报部门工作。盖特说，"非常有可能的是，他担心"阿拉伯村民。但他推测，考虑到本·阿夫拉罕给哈加纳工作，他在1948年5月进入奈阿尼村很像是军事心理行动的一部分，其目的是诱使村民逃离。我采访盖特的时候，本·阿夫拉罕的两个孩子，鲁西（Ruthie）和博阿斯（Boaz），通过电话证实了他们父亲的旅程的故事。不过，他们一个说父亲是步行去的奈阿尼，另外一个说他有可能是骑马去的，但并没有穿着睡衣。1948年5月上旬，在加利利也有过一次类似的军事心理活动（也就是"悄悄话行动"[1]），阿隆本人是这么说的："我召集了所有农庄的犹太领导人，他们和不同村庄的阿拉伯人有联系。我要求他们悄悄告诉一些阿拉伯人，一支强大的犹太援兵已经抵达加利利，他们将烧毁所有胡莱（Huleh）的村庄。这些人应该以朋友的身份对阿拉伯人提出建议，让对方在还有时间的情况下逃走……这个战术完全达到了目标。"[《帕

---

[1] 悄悄话行动（whispering campaign），一种说服方法，在目标周围散布具有破坏力的谣言，同时尽量隐藏谣言的来源，使其避免被目标发现。比如，在竞选的时候，散布攻击敌手的匿名传单。

尔马赫记录》(*Ha Sepher Ha Palmach*)第 2 卷，286 页，引用于赫斯特作品的 267 页]

卡农描述了 5 月中旬拉姆拉的情况，关于哈伊里一家持续的担心，福尔多斯·塔吉·哈伊里做了补充。

5 月 13 日，哈伊姆·魏茨曼给杜鲁门总统写了一封信，称赞他说，"您的鼓励使建立一个犹太国家成为可能，我坚信这将为解决世界性的犹太问题做出重大贡献，我同样坚信，这是近东人民发展持久和平的必要的先决条件"。

第二天，在特拉维夫博物馆召开的巴勒斯坦犹太临时议会的会议上，本－古里安宣布以色列建国，《命运的冲突》155 页有详细描述。哈伊姆·魏茨曼致信美国总统杜鲁门，要求他"立刻承认新的犹太国临时政府"，5 月 15 日，杜鲁门同意了。这两封信都在《以色列的崛起》第 38 卷 163—165 页。

班尼·莫里斯(《正义的受害者》218—235 页)记录了 1948 年 5 月战争正式开始时，阿拉伯人发动袭击的详细情况。瓦利德·卡里迪的《在他们散居之前》310—313 页描述了 5 月 15 日之前，哈加纳在耶路撒冷和拉姆拉附近的行动。有关在拉姆拉进行的伊尔贡对阿拉伯的战斗，以及 5 月 15 日至 19 日阿拉伯方对城市的防御，多个消息来源都进行了描述：福尔多斯·塔吉（目击者和参与者）；希伯来语日报 *Haboker* 的报道；以及 1948 年 5 月 28 日和 6 月 19 日的以色列军事情报报告。该报告清晰地表明，哈桑·萨拉梅的伊拉克部队是拉姆拉市的抵抗者。根据 5 月的那份报告，伊尔贡的袭击中，战斗人员的"斯登冲锋枪打不着火"，"专业水平极低，与规定的要求相去甚远"。

Haboker 报的文章描述，拉姆拉是"这场战役的焦点，因为它位于通往耶路撒冷的路线中部，占领它将大大改善整个地区的军事平衡"。

班尼·莫里斯在文章《1948年的达尼行动，以及利达和拉姆拉的巴勒斯坦人出逃记》["Operation Dani and the Palestinian Exodus from Lydda and Ramle (Ramla) in 1948",《中东期刊》40, No.1（1986年冬季刊）]中，将更广泛的战略目标描述为"解除敌方对耶路撒冷及周边通往城中道路的压力"。

莫里斯在《通往耶路撒冷之路》173页提到，以色列国防军亚历山德罗尼（Alexandroni）机动旅的报告中提及拉姆拉领导人发了急电，担心会发生和代尔亚辛村程度相当的屠杀……格鲁布的回忆录《阿拉伯的一名士兵》(A Soldier with the Arabs) 108页提到了向阿卜杜拉国王提出的请求。阿卜杜拉国王对格鲁布的警告（"遭受的任何灾难"）引用自马安·阿布·诺瓦尔的《约旦-以色列战争，1948—1951年》93页。耶路撒冷电台的引语来自布萨拉的记录（《阿拉伯研究季刊》129页）。格鲁布在《阿拉伯的一名士兵》114页描述了他在耶路撒冷最初的兵力，115页描述了袭击。他还引用了一位"犹太作家"的话描述了以色列人眼中的耶路撒冷围城。

大卫·本-古里安将1948年的阿以战争描述为"70万犹太人对抗2700万阿拉伯人的斗争，1对40"[《战争日记》524页，引自弗拉潘（Flapan）的《以色列的诞生：神话与现实》(The Birth of Israel: Myths and Realities)]。哈伊姆·赫尔佐克在给杜鲁门总统的一封信中说，以色列人有"20∶1"的绝对差距。以色列指挥官兼总统哈伊姆·赫尔佐克在他的《阿以战争》（11页）中，将这场冲突描述为"约65万犹太人对抗约110万巴勒斯坦阿拉伯人，后者有跨过边界的7支阿拉伯军队的支持"。此类比较通常或基于阿拉伯国家的人口数量，或基于1948年5月进入巴勒斯坦-以色列的阿拉伯国家的整体兵力，却没有反映出1948年实际参战的阿拉伯部队的人数。在《命运的冲突》中，金奇兄弟估计，进入的阿拉伯军队的总兵力为2.4万人,而哈加纳则为3.5万人,不过,阿拉伯军队最初拥有"更强大的火力"。班尼·莫里斯在《1948年及其后》14—15页补充道:

> 光从地图上看,以色列显得微不足道,周围环绕着海洋一样巨大宽广的阿拉伯国家,实际上,不管是当时还是现在,都没有准确反映该地区军事力量的真正平衡……犹太人的组织、指挥和控制……方面,明显优于埃及、叙利亚、伊拉克和黎巴嫩那些离心离德的部队。

当时的美国官员也不认为阿拉伯军队有本-古里安、魏茨曼和赫尔佐克描绘的那般强大。5月12日,正式开战之前的三天,美国国务卿乔治·马歇尔(George Marshall)收到美国驻伦敦大使馆的一封电报(《以色列的崛起》第38卷,155页):

> 出于种种原因,穆夫提和阿拉伯方的政府并未显示出在未来几周内能扮演重要角色的迹象,尽管伊拉克和埃及可能会发动一些象征性的进攻,但这仅仅为了表示他们这样做过了……如果阿卜杜拉攻击犹太人,他将局限于象征性的突袭……

格鲁布在《阿拉伯的一名士兵》96—97页描述,阿拉伯军团的意图仅是"占领1947年分治计划中,分配给阿拉伯人的巴勒斯坦的中部和最大的区域"。施莱姆在《铁墙》32页、赫尔佐克在《阿以战争》47页说,一些犹太领导人感觉阿卜杜拉没有遵守他们之间的未成文协议。金奇兄弟在《命运的冲突》、莫里斯的《正义的受害者》214页中描述了对卡法伊特森区域的袭击:

村民大喊"代尔亚辛，代尔亚辛"，从缺口中涌了出来。其余的抵抗者放下了武器，双手高举着走到了院子中央。据少数幸存者之一说，那里的村民（也许还有一些军团士兵）开始屠杀他们。当天，总共约有120名抵抗者（21名是妇女）死亡，在4名幸存者中，有3名是被阿拉伯人救出的。

施莱姆的《铁墙》32页、莫里斯的《正义的受害者》221页和225页都讨论了阿拉伯军团进入耶路撒冷的后果，已经远远超过"象征性的突袭"。莫里斯在《正义的受害者》225页说，耶路撒冷"已被指定为国际区域，因此，不在果尔达·梅厄和阿卜杜拉缔结的默认的互不侵犯协定的范围之内"。

金奇兄弟在《命运的冲突》186页描述了阿拉伯方猛攻期间耶路撒冷犹太居民的困境，瓦利德·卡里迪于《在他们散居之前》340页描述了以色列对耶路撒冷阿拉伯居民区的袭击。其他有关耶路撒冷阿拉伯人生活的记录来自加达·卡尔米（Ghada Karmi）的回忆录《寻找法蒂玛》（In Search of Fatima）79—128页，以及我在1998年对著名的耶路撒冷阿拉伯人哈利勒·萨卡基尼（Hhalil Sakakini）的女儿哈拉·萨卡基尼（Hala Sakakini）和杜米娅·萨卡基尼（Dumia Sakakini）的采访。

《约旦－以色列战争》93页提到格鲁布最初不愿进入耶路撒冷。在《阿拉伯的一名士兵》113页提到格鲁布担心额外调动部队会削弱阿拉伯军团在其他地方的战线。

雷亚·布萨拉在《阿拉伯研究季刊》129页描述了爱国歌曲。

5月19日，伊尔贡部队战败，编录在上述以色列情报报告中，该报告还评论说："指挥官们给人的印象是，他们不知道如何组织那么多的人来对付拉姆拉这样严肃而复杂的目标。他们缺乏适当的训练和军事战术知识。"

几天之内,伊尔贡部队就被纳入哈格纳的指挥下,成为以色列国防军的一部分。

艾哈迈德决定把家人送去拉马拉,以及孩子们的旅程,是卡农·哈伊里说的。

福尔多斯·塔吉在一次采访中回忆了哈桑·萨拉梅之死及其带来的阴影,穆奈耶在《利达的沦陷》88—90页也曾提及。

格鲁布在《阿拉伯的一名士兵》141—143页描述了6月停战前的动态、伯纳多特伯爵到达安曼,以及格鲁布不愿向拉姆拉和利达派遣实质性的兵力。在巴勒斯坦所有的阿拉伯军队中,阿拉伯军团被认为是最专业的,兵力为4500人(《命运的冲突》161—162页),也是人数最少的军队之一。

格鲁布在《阿拉伯的一名士兵》142页说到了不去攻打本谢门的决定,《约旦-以色列战争》的147—148页、布洛米奇(Bromage)给马安·阿布·诺瓦尔的信里也提到了这个。

《阿拉伯的一名士兵》142—153页;《通往耶路撒冷之路》(*The Road to Jerusalem*)171—172页;《约旦-以色列战争》195—200页;英国代表亚历克斯·科克布里德爵士的安曼回忆录《来自侧翼》(*From the Wings*)34页都谈到了休战期和武器禁运。科克布里德说,阿卜杜拉抱怨他的"不是很理想的朋友们"。休战后,可能还有其他因素导致外约旦面临武器和弹药短缺:格鲁布(《阿拉伯的一名士兵》166页)提到埃及扣押了往外约旦方向运送弹药的船只。不过,有证据显示英国对阿卜杜拉施压,要求他不破坏武器禁运条款,目前尚不清楚应如何看待格鲁布的说法与英国施压的矛盾之处(见格尔贝尔《巴勒斯坦1948》160页)。

"阿尔特勒那"号的沉没在《兄弟阋墙》17—32页中有记载。《命运的冲突》204—205页描述了以色列打破武器禁运的能力。武器包括大炮、梅塞施米特（Messerschmitt）战斗机、捷克制造的贝莎（Beza）机枪，以及从"哈加纳在欧洲的主要基地""通过武器和飞机的穿梭服务向以色列运送的数百万发子弹"。

格鲁布描述了阿卜杜拉关于战争、阿拉伯联盟以及停战协议结束的立场（《阿拉伯的一名士兵》151—152页）；另参见《通往耶路撒冷之路》175页。"不要枪"的话来自《阿拉伯的一名士兵》150页。

我采访他的时候，伊斯雷尔·戈芬已经82岁，但仍然对细节有着生动的记忆。他对武器细节的描述，和以色列从上述捷克军火运输中得到的物资相符合。其他细节由《征服利达》(The Conquest of Lydda)的合著者阿隆·卡迪什证实。戈芬和卡迪什证实了机关枪的射速。

卡迪什还为我提供了西格弗里德·利曼医生的名字：斯派洛·穆奈耶描述的本谢门故事中（《利达的沦陷》85页）只提到了他的姓。有趣的是，金奇兄弟（《命运的冲突》74页）提到，战争爆发之前，本谢门并不仅仅是一个和平的定居点，它曾被用作哈加纳的训练场。

阿隆·卡迪什向我介绍了达扬采用的"机动性与火力"作战计划，卡迪什说，在一次去往美国的旅途中，达扬听一个美国的坦克指挥官说过这种摧枯拉朽的压倒性战术。这项计划，以及对达扬美国之行的记录，在对约哈南·佩尔茨（Yohanan Peltz）的采访中得到了证实，1948年，佩尔茨曾是达扬的副手之一。

报纸上有关袭击利达的报道佐证了戈芬的描述，一些地方还提供了更多的细节。详情参见7月11日和7月12日的纽约《先驱论坛报》、《芝加哥太阳时报》和《纽约时报》。更多细节见约阿夫·格尔贝尔的《巴勒斯坦1948》159页；班尼·莫里斯1986年在《中东期刊》上发表的文章《1948年，达尼行动和巴勒斯坦人从利达和拉姆拉的出逃》82—109页，以及他的《1948年及其后》(1—4页)。这次袭击是达尼行动的一部分，也就是卡迪什所谓的"钳子行动"(pincer movement)的一部分，这项行动从两侧夹击拉姆拉和利达（包括机场），从东边切断它同阿拉伯军团的联系。卡迪什在2004年的一次采访中，以及《命运的冲突》(227—228页)中，都描述了达扬护卫队的方向。

第二天早上，7月12日，发生了一个事件，对接下来48小时内发生的事产生了影响。继达扬89特战营（2004年6月与卡迪什的对话中得知）之后，以色列军队开进了利达。拉姆拉和利达的大多数市民留在原地，两个城镇中的枪击声均已平息下来。正午之前，三辆阿拉伯军团的装甲车出现在本谢门与利达之间的边界上（《阿拉伯的一名士兵》161—162页）。显然，它们在那里执行侦察任务。但是，以色列人和利达的阿拉伯人认为这些车是反击的先头部队。利达的战士们开始从建筑物中狙击它们（《1948年及其后》1页）。我采访的一位目击者回忆利达方的一个人投掷手榴弹，他相信这颗手榴弹杀死了几名以色列士兵。有一段时间，所有人都认为这是一场暴乱的开始，但是，这并没有持续很长时间。格鲁布在《阿拉伯的一名士兵》161页写道，"很快，人们就发现装甲车没有后援"，车辆及里面的士兵"被迫撤离"。

以色列部队开火了。我采访的当时在一座清真寺内的目击者说，以色列军队不分青红皂白地用机枪射击〔2003年12月，在阿玛里难民营采访阿布·穆罕默德·萨利赫·塔蒂尔（Abu Mohammad Saleh Tartir）〕。枪击停止后，约有250人丧生，其中包括达马什（Dahmash）清真寺中许多手无寸铁的人。以色列人死了4个，约20人受伤。莫里斯《1948年及其后》1页中，将在利达发生的事情称为"杀戮"；以色列历史学家格尔贝尔称其为"大屠杀"，"可能是整个战争中最血腥的一幕"(《巴勒斯坦1948》162页);众多的巴勒斯坦人也称其为大屠杀,并强调清真寺里的死亡人数(该数字可能超过80)。

根据福尔多斯·塔吉的说法,利达发生杀戮的消息很快就传到了拉姆拉,这促使人们开始讨论投降和逃走的事。

拉塞姆·哈伊里医生的行为是福尔多斯·塔吉说的。福尔多斯描述了7月9日至10日对拉姆拉的空袭,莫里斯在《中东期刊》86页对"达尼行动"的军事档案所做的述评证实了这一说法。一个公报提到"继续轰炸的巨大价值",用莫里斯的话说,"旨在引起平民的恐慌和溃逃"。戈芬在2004年6月接受我采访时,回忆了自己从车队里看到的景象:"不久之后,通往东方的每条路……孩子、妇女和带着包裹的人,人们一直走……"

福尔多斯·塔吉在一次采访中描述了以色列飞机从空中掷下传单,布萨拉在《阿拉伯研究季刊》133页、莫里斯在《中东期刊》76页都对此有过描述。

福尔多斯·塔吉谈到拉姆拉和利达镇的情形,这些情形,我在采访时,也从现在和曾经的利达市(现为以色列的卢德市)的阿拉伯居民那里听到过[包括拉马拉的阿玛里难民营中的阿德拉·萨利姆·瑞汉(Adla Salim Rehan)和阿玛里的利达学会(Lydda Society)的穆罕默德·萨勒姆·塔蒂尔]。卡农·哈伊里描述了谢赫·穆斯塔法去外约旦购买子弹的紧急行动。

塔吉和雷亚·布萨拉在《阿拉伯研究季刊》127—135页描述了拉姆拉保卫者的状态。金奇兄弟更广泛地描述了1948年巴勒斯坦阿拉伯人的情况:

> 当地的阿拉伯人对犹太人的力量只有最模糊的观念,对自己军队的情况了解得更少……没有人告诉这些村庄中的巴勒斯

坦阿拉伯人——他们最终了解的时候，为时已晚——阿拉伯国家并没有在兑现他们许诺的一切，他们派发的许多武器都是陈旧、破败和无用的。(《命运的冲突》81—82页)

谢赫·穆斯塔法阻止拉姆拉居民逃离的愿望是福尔多斯·塔吉·哈伊里描述的。她讲述了自己未来的公公在自家优雅的露台上举行的一系列会议。塔吉和布萨拉描述了人们在拉姆拉和利达之间来回奔突的乱象。布萨拉讲述了紧急电报、"大量的黄金"的承诺，他还提供了投降谈话和贝都因战士离开的信息。格鲁布在《阿拉伯的一名士兵》中写到了阿拉伯军团的离开，阿布·诺瓦尔在《约旦－以色列战争》206页也谈到了这些。

谢赫·穆斯塔法送儿子到纳安集体农庄的事情，也是卡农·哈伊里说的。阿隆·卡迪什告诉我，他认为，在被以色列军队拦截的时候，该镇的一些"头面人物"实际上正试图离开，这些人被带到了集体农庄并签署了投降文件。投降的条款和签名来自希伯来语原始文件的一份副本，并由以色列记者伊恩·迪特兹（Ian Dietz）翻译。投降书的副本由拉姆拉的市行政长官尤纳坦·图巴利和纳安集体农庄的档案保管员哈瓦·伊诺奇（Hava Enoch）提供。

加利利·B. 关于本－古里安发出"肃清拉姆拉"命令的话来自他的手记，该手记存放在纳安档案馆中。卡迪什（他的书由以色列国防军出版）证实，利达和拉姆拉的居民被驱逐了。前以色列情报官员、《命运的冲突》的合著者戴维·金奇写道："7月11日，利达沦陷，3万名阿拉伯居民或者逃离，或者被赶上了通往拉马拉的道路。第二天，拉姆拉也投降了，它的阿拉伯居民也坠入同样的命运。这两个城镇都被获胜的以色列人抢掠一空。"以色列历史学家格尔贝尔在《巴勒斯坦1948》中写道："伊加尔·阿隆（以色列军队的指挥官）命令，所有可以参军的适龄男性被作为战俘扣了下来，其余人员则被驱逐出境。"莫里斯在《1948年及其后》2页和《达尼行动》（《阿拉伯研究季刊》第91页）中，引用了达尼行动总部发布的以色列军事公报，包括拉宾的命令。莫里斯写道，不久，一个类似的命令发布了。有关1948年7月拉姆拉和利达的驱逐事件的详细讨论，以及来自以色列军事和平民档案的更详尽的引文，参阅莫里斯的文章《重新审视巴勒斯坦难民问题的源起》（"The Birth of the Palestinian Refugee Problem Revisited"）。

福尔多斯·塔吉回忆士兵们喊叫着"到阿卜杜拉那里去！"，在我做过的采访中，大概有十几次，1948年时住在拉姆拉和利达的阿拉伯居民印证了这一点。现在，这些人很多生活在拉马拉的阿玛里难民营里。雷亚·布萨拉在《阿拉伯研究季刊》140页提到了这些。

施瑞特到达拉姆拉、利达地区的情况，在汤姆·塞吉夫的《1949年：第一个以色列人》26—27页中提到；莫里斯在《中东期刊》上的文章（92—93页），以及格尔贝尔的《巴勒斯坦1948》161页都曾提及。

拉宾在回忆录里回忆了和本-古里安的会面。尽管这部分内容在希伯来语版里经过了审查，但译者佩雷茨·基德隆（Peretz Kidron）后来用英语出版了回忆录，并将拉宾的话泄露给了《纽约时报》（见1979年10月23日《纽约时报》）。格尔贝尔在《巴勒斯坦1948》162页对拉宾的说法提出了质疑，认为"本-古里安没有用'挥手'来表达命令的习惯，他一般是清晰地制定命令，并以口头或书面形式表达……本-古里安可能是挥手赶一只苍蝇"。

伊加尔·艾伦用拉姆拉和利达被驱逐的人口堵塞道路，阻止阿拉伯军团重新占领城镇的策略在《帕尔马赫记录》第67卷（1948年7月）中得到概述：7—8页（希伯来语，《利达的沦陷》合著者阿隆·卡迪什提供了参考）。

库里维安和其他人在报纸上的引文，摘自7月12日和7月13日的纽约《先驱论坛报》和《纽约时报》。在拉姆拉的一次采访中，米沙尔·范努斯（Michail Fanous）回忆了登上车的男人们的故事，他是听父亲说的，拉姆拉的穆罕默德·塔吉（Mohammad Taji）也说了此事。

格鲁布在《阿拉伯的一名士兵》162页提到了1948年7月中旬，以色列－巴勒斯坦中部平原的酷热，布萨拉在《阿拉伯研究季刊》142页的报告中也曾提及。7月14日之前，几千人就离开了拉姆拉和利达，其证据来自对目击者的大量访谈。其中有阿玛里难民营的穆罕默德·塔吉、福尔多斯·塔吉、阿布·穆罕默德·萨利赫·塔蒂尔，还有1998年对奥德·兰蒂西（Audeh Rantisi）牧师的采访，布萨拉在他文章的140页也提到了。

有关哈伊里一家和其他的拉姆拉人留下的财物的描述，来自对他们的家庭成员、拉姆拉从前和现在居民的大量采访，以及多年来作者对西岸、黎巴嫩、加沙和约旦的巴勒斯坦人的观察和走访。

多年来，我进行的大量采访，包括对已故的利达牧师奥德·兰蒂西的采访，都描述了以色列士兵在城郊没收戒指和其他金饰。莫里斯在《中东期刊》97—98页的文章中说："总的来说，难民是平静地被遣送上路的。"但他补充说，1948年7月，以色列内阁大臣阿哈隆·科恩（Aharon Cohen）断言，"利达出城检查站的以色列部队接到'命令'，从被驱逐的阿拉伯人那里'拿走手表、珠宝或金钱……如此一来，他们将彻底陷入贫困，从而成为阿拉伯军团的负担'"。此命令执行的程度如何尚不清楚，但与访谈和其他的书面记录是一致的。

塔吉和哈伊里一家逃离的故事，以及他们途中所见的情景，均来自福尔多斯·塔吉。大量其他的访谈（包括对穆罕默德·塔吉、阿布·穆罕默德·萨利赫·塔蒂尔和兰蒂西的访谈）也印证了这些。布萨拉在作品141页有相似的记录。

"驴之路"的说法来自对拉姆拉的哈密士·赛勒姆·哈巴什（Khamis Salem Habash）的采访，他在同一时期旅途的细节与福尔多斯·塔吉描述的一致。在旅途中间，对拉姆拉附近的仙人掌和基督荆棘的描述来自不同的人，包括以色列的景观设计师亚科夫·格兰（Ya'acov Golan）。这群人走过的实际距离尚不清楚，不过，可以确定的是，拉姆拉的人没有像布萨拉和其他从利达来的人那样走得那么远。

30000名难民的数字和他们穿越的地形，来自格鲁布的估计（《阿拉伯的一名士兵》162页），以及本-古里安1948年7月15日的日记（塞吉夫在《1949年》27页引用）。莫里斯（《中东期刊》83页）和卡迪什（2004年6月我的采访）估计，1948年7月的时候，算上从雅法和附近村庄去的难民，利达和拉姆拉两镇的阿拉伯人数量在50000到60000之间。［卡迪什告诉我，"不算难民的话，（拉姆拉和利达加起来）大概有34000人，所以你可以说总人数有55000至60000。"］战后，根据以色列的说法，两个地方阿拉伯居民有不到50000人，所以，本-古里安和格鲁布"30000"难民的数字即使不是保守的，也是合理的。

本-古里安"讨要面包"的引语来自《1949年》27页。

大量的采访［包括对拉马拉的尼古拉·阿克尔（Nicola Akkel）的采访，和对身居波士顿的巴勒斯坦学者纳赛尔·阿鲁里的采访］和文献显示，拉马拉以前是基督教山城。

美国政府的电报（包括1948年8月12日从美国驻耶路撒冷领事馆发往华盛顿国务院的电报）证实，7月中旬，在拉马拉有数万难民。对西岸和其他地方（包括拉马拉）难民营的数十次采访中，人们说难民已经在考虑返回。莫里斯在《中东期刊》的文章98页记录了帕尔马赫（Palmach）军官、纳安集体农庄居民什马拉亚·格特曼（Shmarya

Guttman)对难民行动的描述:

> 许多居民一个接一个地离开……我们试图使事情对他们来说尽可能简单。有时候,你会看到一名年轻人在纵队的洪流中走着,对你投来锐利的眼神,那眼神的意思是:"我们还没有投降。我们会回来与你战斗。"

第五章

本章内容主要基于两类来源:档案馆的原始文件;对1948年从保加利亚到以色列的犹太移民的采访,以及对那些虽然身在保加利亚,但记得旅途准备工作的人的采访。为写作本章内容,我采访了50多人,并查阅了纽约皇后区的美犹联合救济委员会(American Jewish Joint Distribution Committee,简称JDC)、索非亚的保加利亚国家图书馆和保加利亚国家档案馆的犹太部,以及耶路撒冷的中央犹太复国主义者档案馆的文件、耶路撒冷美犹联合救济委员会的档案。

我在保加利亚采访维吉妮娅·埃什肯纳兹(摩西兄弟雅克的遗孀)的时候,她描述了火车站的情况。对其他在以色列的保加利亚犹太人的数次采访中,他们也讲了火车站的事,这些人有摩西·梅拉梅德,他有着过目不忘的记忆力,当时他12岁,也在同一天去了火车站,踏上了书中所描写的同一趟行程;另一位保加利亚犹太人摩西·莫塞克(Moshe Mossek)在1948年的大约同一时间也去了以色列,他读了这一章的内容,并核实了移民过程描写的准确性。

对于索利娅和摩西的描述来自家庭老照片和达莉娅,她向我保证说,她的母亲在这类场合总是戴着一顶帽子;索利娅的头发"绝对"

会在她的肩膀上松散地披开，永远不会扎起来；她的父亲无疑会拿着一家人的身份证件。达莉娅的父母跟她讲了稻草篮子的故事，他们把达莉娅放在篮子里，她几乎全程都在睡觉。

顺便说一句，达莉娅出生时候的名字是"黛西"（Daizy），直到11岁才改名。在保加利亚，人们都叫她的父亲"莫伊斯"（Mois），叫她的母亲"索利娅"（Solia）——有时爱称她"索切"（Solche）。

摩西和索利娅相识的故事，包括摩西对婚姻的大胆预言，来自埃什肯纳兹家族的口述历史，是达莉娅的父母告诉她的。

分隔绳和移民登记表的描述，来自博伊卡·瓦西里耶娃（Boyka Vassileva）《保加利亚的犹太人》（*The Jews in Bulgaria*）中的推断。记者波丽娅·亚历山德罗娃从保加利亚文里做了总结，并翻译了许多内容，摩西·莫塞克进一步验证了这些描述。3694名保加利亚犹太人的数字，来自埃什肯纳兹一家和其他保加利亚人不久后登上的"泛约克"号船长达74页的名单，这张名单目前收藏在中央犹太复国主义者档案馆的家庭研究部。

保加利亚犹太人在欧洲的独特历史在第三章的正文和来源注释中都有记录。

"泛约克"号之行的日期，在弗雷德·贝克尔（Fred Baker）的"第1102号一般性信件"中得以证实。贝克尔在索非亚的美犹联合救济委员会办事处，他给巴黎的JDC欧洲总部发的信中记录了这些，耶路撒冷的美犹联合救济委员会的档案也有记录，梅拉梅德的回忆验证了这个细节。

斯蒂芬·格鲁夫（Stephane Groueff）在《荆棘之冠》（*Crown of Thorns*）372页记录了鲍里斯国王在1943年（8月28日下午4点22分）去世。格鲁夫和其他人用"神秘的"来描述这件事：鲍里斯去世之前的两周，与希特勒有过一次效果不佳的会面，两周后，因鲍里斯心脏病发作去世，这个时间促使人们猜测鲍里斯是被毒杀的。但是，《保加利亚犹太人与最终解决方案》的作者弗雷德里克·查里对此表示怀疑。查里指出："国王从元首的总部返回后，去查姆科里亚（Cham Koria）度了一个星期的假，这是他在里拉（Rila）山区的休养所。有一天，他爬了穆萨拉（Mousalla）峰——巴尔干半岛的最高峰。"（《保加利亚犹太人与最终解决方案》159 页）

保加利亚犹太复国主义的早期历史来自弗拉基米尔·保罗诺夫斯基在《巴尔干研究》（*Etudes balkaniques*）（1997 年，第 1—2 号）中的文章，标题为"新发现资料中的世界犹太复国主义组织和保加利亚的犹太复国主义者"（"The World Zionist Organization and the Zionists in Bulgaria According to Newly Discovered Documents"）。保罗诺夫斯基也是索非亚的犹太博物馆的馆长。他提到了新发现的用德语写的九封信和两封电报，它们探讨了保加利亚犹太复国主义者和他们与世界犹太复国主义组织的同志之间的关系。赫兹尔"东方快车"的引述来自他 1896 年 6 月 17 日的日记，在《西奥多·赫兹尔日记》[*The Diaries of Theodor Herzl*，洛文塔尔（Lowenthal）编] 142 页。赫兹尔"打绑腿"的话来自《犹太国家》。

人们经常说，赫兹尔成为犹太复国主义者，是因为对身处巴黎的法国犹太人阿尔弗雷德·德雷福斯（Alfred Dreyfus）进行的反犹太审判。赫兹尔本人写道，他认为有必要为犹太人建立一个单独的家园源于自己的经历：他曾经作为维也纳报纸《新自由报》（*Neue Freie Presse*）的巴黎通讯员，报道了所谓的"德雷福斯事件"（《西奥多·赫兹尔日记》xviii 页）。什洛莫·阿维尼里（Shlomo Avineri）在《现代犹太复国主义的形成》（*The Making of Modern Zionism*）92—93 页写道："赫兹尔对'德雷福斯事件'的理解是正确的，这是一种对更深层不安的戏剧化表达。"

然而，洛文塔尔在文章引言中写道，赫兹尔作为记者见证的"德雷福斯事件"，与他后来的回忆有所不同（《西奥多·郝兹尔日记》xviii—xi页）。研究赫兹尔生平的其他编年史家，包括《独裁者时代的犹太复国主义》（Zionism in the Age of the Dictators）的作者列尼·布伦纳（Lenni Brenner）在内，都认为赫兹尔从"德雷福斯事件"中接收了错误的信息，因为德雷福斯案"引起了广泛的外部支持"，包括来自"国王""社会主义运动"和"法国知识分子"的支持。政治复国主义兴起的另一个因素是俄罗斯的大屠杀——特别是莫里斯在《正义的受害者》16—17页和24—25页提到的1891—1892年和1903—1906年发生的那些大屠杀。

赫兹尔关于"圣约柜"和"保持镇定"的引语，来自他1896年6月30日的日记（《西奥多·郝兹尔日记》170—171页）。

战前的犹太复国主义报纸存放在保加利亚国家图书馆。索非亚的保加利亚犹太档案保管员戴维·科恩（David Koen）证实了阿拉伯人"没有被考虑在内"，他还回忆了"无主之地"（land without people）的说法。

薇琪·塔米尔记录了犹太复国主义报纸的关闭（《保加利亚和她的犹太人》170—172页）。有关犹太复国主义报纸复刊的资料在保加利亚国家档案馆有关犹太公会（Jewish consistory）的办公室的文件中。大部分材料来自文件夹622-1，很多文件描述了恢复犹太人生活、重建犹太学校和使犹太人重新融入保加利亚社会的努力。其他的文档来自博伊卡·瓦西里耶娃的《保加利亚的犹太人》。

达莉娅和维吉妮娅·埃什肯纳兹都讲述过移民到以色列的问题。

R.J.克莱普顿在《现代保加利亚简史》128—129页描述了保加利亚的凋敝景象；塔米尔在《保加利亚和她的犹太人》216页和查里在

《保加利亚犹太人与最终解决方案》169页也曾提及。耶胡达·巴尔（Yehuda Bauer）在《从灰烬之中》（Out of the Ashes）276—280页提到了作物歉收、饥饿和通货膨胀。

瓦西里耶娃和本－古里安的日记都提到了本－古里安1944年12月到达保加利亚。这次访问也是摩西·莫塞克《领导保加利亚犹太人的斗争》（"The Struggle for Leading the Jews of Bulgaria"）一文的主题，莫塞克的文章是博阿斯·哈迟利利（Boaz Hachlili）从希伯来语翻译过来的。本－古里安"当下的任务"的引语，以及对"犹太回归！"的呼应来自瓦西里耶娃。

在一次采访中，伊扎克·伊扎基［出生名是以撒·伊萨科夫（Isaac Isaakov）］回顾了他从劳动营返回、保加利亚被苏维埃红军解放后的自己的军队职责，以及移民巴勒斯坦的事情。

本－古里安对保加利亚的印象，他的长期策略以及5000双鞋子的事，来自莫塞克的文章以及对莫塞克本人的采访。

有关贸易关系的文件，在耶路撒冷的中央犹太复国主义者档案馆（CZA）中（s31/43/1，2，3）。缔结贸易关系的电报也在这里，日期是1947年10月7日。

美犹联合救济委员会给保加利亚犹太人提供战后资金的文献，来自耶胡达·巴尔的《从灰烬之中》179页、瓦西里耶娃的《保加利亚的犹太人》，以及前述的中央犹太复国主义者档案馆和保加利亚国家档案馆的文件。

美犹联合救济委员会（JDC）对保加利亚犹太社区的支持，包括和当地的合作，来自在纽约皇后区JDC档案馆发现的文件（比如，45/54 169）。美犹联合救济委员会的档案清楚地显示了他们与犹太事务局之间的关系，包括1948年11月10日查尔斯·帕斯曼（Charles Passman）致M. W. 贝克尔曼（M. W. Beckelman）的备忘录，讨论了

"为犹太事务局准备必要的账单"的需求。美犹联合救济委员会的许多文件中,也可以发现他们和摩萨德的联系,其中,美犹联合救济委员会耶路撒冷的档案(Box 11C)中的一封1948年12月16日的信里写道:"我们为从保加利亚出发的船购买食品的全部支出,摩萨德将退还给我们。"

保加利亚犹太共产主义者和犹太复国主义者之间的紧张关系,相关材料来自许多方面,包括美犹联合救济委员会和中央犹太复国主义者档案馆文件(尤其是25/9660文件夹)、索非亚国家图书馆的战后保加利亚犹太人的出版物以及访谈。"犹太回归"是"假的犹太复国主义的幻象"来自莫塞克的文章。

犹太复国主义者作为"反动派"的引语、祖国阵线,以及世界犹太复国主义组织会议的相关记录都来自瓦西里耶娃。归还犹太人财产的初始步骤来自1945年3月的一项法律,在查里《保加利亚犹太人与最终解决方案》178页。

塔米尔的《保加利亚和她的犹太人》223页记录了新成立的共产党领导的政府施行的各类惩罚。加布里埃尔·尼西姆的《挡住了希特勒的男人》第7章(165—189页)中谈到了佩舍夫的释放。《保加利亚和她的犹太人》285页的第588条脚注引用了来自人民法院的官方数字,记录了被处决的人数是2138名。塔米尔作品223页认为这一数字接近3000名。

季米特洛夫返回保加利亚的事情记录在他的回忆录里,克莱普顿的《现代保加利亚简史》153页也有。关于季米特洛夫和犹太财产的进一步讨论在查里著作的182页。塔米尔在自己著作的224页提到了季米特洛夫在克里姆林宫的20年。莫塞克的文章记录了共产党领导层的策略及其以集体所有权代替私人所有权的情况。

索非亚犹太人的庆祝活动来自耶路撒冷中央犹太复国主义者档案

馆的文件（25/9660文件夹）。

达莉娅的出生（当时她的名字是黛西）和她父亲的喜悦是维吉妮娅·埃什肯纳兹回忆的。达莉娅的父母告诉她，他们一直想要一个孩子。维吉妮娅回忆了她的漂亮和安静。

季米特洛夫在日记里记录了1948年2月18日和斯大林的会面。保加利亚副总理兼内政部部长也在场。

"难以言表的感激之情"和"满意"的引语来自保加利亚国家档案馆中的信件，该文献在关于保加利亚犹太中央委员会（Central Consistory of the Jews in Bulgaria）的文件夹622-1里。达莉娅证实，坚定的共产主义者雅克·埃什肯纳兹采取了同样的立场。莫塞克、瓦西里耶娃和查里（182页）证实了在共产党的保护下，犹太复国主义集团的巩固和控制。

在对以色列和保加利亚的犹太人的采访中，很多人都提到了移民的"连锁反应"。尤其是莫里茨·阿萨（Moritz Assa），他是一个原本不愿移民的共产主义者，但是，因为大部分的家人、朋友和许多邻居都这么做，他也移民了。移民的姓名和职业来自一份长达128页的名单，名单在索非亚国家档案馆关于"犹太委员会"（Jewish Consistory）的622-1号文件夹中。"精神病"的引述来自阿萨。

5艘商用海船的早期移民，平均每人40美元的船费，以及保加利亚政府对硬通货的需求，都记录在美犹联合救济委员会的皇后区档案库第45/64号档案的4201号文件中。1948年9月5日，纽约美犹联合救济委员会办公室的一份机密备忘录确认，5艘船上有750人。8月30日的一份类似的备忘录中，提到了使用保加利亚商船。

瓦西里耶娃著作第4章110—126页记录了"第一次大规模运输"。她还提到对移民进行各种疾病的检测，当时，这是新的犹太国家担心的一个大问题。保加利亚犹太人的确切人数来自前述的该船的名单。

第1205号一般性信件（美犹联合救济委员会耶路撒冷档案，Box 11C）和1948年10月29日致美犹联合救济委员会巴黎办事处的一封信中，都确认了移民离开索非亚火车站的日期。

摩西·梅拉梅德详细描述了火车的路线。

戴维·科恩回忆了"在以色列的土地上迈出四步"的引语，对此语还有其他翻译。加利福尼亚州卡尔弗城（Culver City）阿奇巴教堂（Temple Akiba）的拉比马勒（Maller）说，这个俗语是这么说的："在以色列土地上走四肘（约六英尺）的人，肯定会在未来占有一席之地。"这个表述来自《塔木德·犹太婚约》（*Talmud, Tractate Ketubot*）。

赫兹尔的《日记》记录了他走向犹太复国主义的政治历程，以及他说服帝国势力，让他们认同犹太国家符合他们利益的一次次实际旅程。艾伦·贾尼克（Allan Janik）和史蒂芬·图尔敏（Stephen Toulmin）在1973年出版的《维特根斯坦的维也纳》（*Wittgenstein's Vienna*）中对赫兹尔有更多的洞见。作者将赫兹尔描绘成维也纳文化精英的一员，他"首先，最终，永远都是一个花花公子"，坚持"在巴塞尔举行的第一次犹太复国主义国际会议上穿正式的长礼服外套"。

赫兹尔对犹太复国主义思想的最初讨论是在1895年，与莫里斯·德·赫希（Maurice de Hirsch）男爵一起进行的。这两个人谈到了赫希对阿根廷犹太人定居点的资助（《日记》13—28页）。什洛莫·阿维尼里的《现代犹太复国主义的形成》110页谈到犹太复国主义者反对在乌干达等地定居的想法。哈伊姆·魏茨曼的"把这枚珍宝嵌入指环"的引语来自《哈伊姆·魏茨曼书信论文选》第1卷，B系列，论文24），摘自马萨哈的《驱逐巴勒斯坦人》5—6页。

摩西·梅拉梅德记得火车到达亚得里亚海的达尔马提亚海岸。4000吨板条箱的数字，以及它们存储在索非亚的犹太教堂中，都来自1949年5月9日的一份秘密备忘录（美犹联合救济委员会皇后区档案馆，45/64/2970）。

到达巴卡尔港和"泛约克"号的灯光，是以色列的梅拉梅德、莫塞克和萨米·塞拉在访谈中回忆的。

有关"泛约克"号的描述，来自《泛新月和泛约克》("Pan Crescent and Pan York"，这两艘船也被称为"泛")，详情参见 www.jewishvirtuallibrary.org/jsource/Immigration/pans.html。

美犹联合救济委员会的保加利亚负责人弗雷德·贝克尔发送给委员会巴黎办事处的备忘录中，列出了该船的补给（一般信函1102）。梅拉梅德补充了以下和旅途相关的内容："他们带的汤难吃得要命。我们一直在呕吐，然后吃得更多。"

双民族国家的思想和对"布里特沙罗姆"（或称"和平同盟"）的讨论来自《犹太复国主义历史》（*The History of Zionism*）。更多背景参见 www.kehillasynagogue.org/KehillaMEPeace/Document_III.html。布伯的"两个民族"的引语来自他于1947年6月在荷兰广播电台发表的一次谈话，该谈话后来由布伯和保罗·门德斯·弗洛尔（Paul R. Mendes-Flohr）重新发表于《有两个民族的一片土地》("A Land of Two Peoples")。在线版本在 www.one-state.org/articles/earlier/buber.htm。在促进共存的同时，布伯在讲话中明确表示，他相信阿拉伯人对家园的热爱不如犹太人那么显著："在阿拉伯人中，这种爱更加被动……和希伯来先驱者们对家园的热爱相比，阿拉伯人的爱更加暗淡、简单和原始。"

"以色列统一工人党"的历史来自对保加利亚犹太人、前以色列议会成员维克托·谢姆托夫的访问，谢姆托夫在20世纪40年代活跃于党内。有关葛罗米柯立场的进一步细节，见科恩（Cohen）的《以色列和阿拉伯世界》（*Israel and the Arab World*）202—204页。

采访中，人们描述了海法和迦密山的灯光。《希望》的歌词由萨拉·塔特尔－辛格翻译。

塞拉、莫塞克和摩西·梅拉梅德讲述了对抵达的保加利亚移民的处理过程，梅拉梅德回忆说："一只手给了我一个三明治，另一只手在我头上喷滴滴涕。"关于处理过程的更多细节，参见汤姆·塞吉夫《1949年：第一批以色列人》95—116页的记录。

摩西的躁动不安，以及他发现犹太人可以签字前往"一个叫拉姆拉的地方"，这都是他在达莉娅小时候告诉她的。梅拉梅德证实了这些，他在帕代斯汉拿营（Pardes Hannah camp）的同一批移民中。

第六章

本章内容主要基于对哈伊里和塔吉家族成员的访谈，还有对1948年年末、1949年年初各种事件见证者的访谈；别的见证者的书面记录；来自华盛顿特区国家档案馆的美国国务院、联合国和红十字会的解密备忘录和电报，以及各种书籍、手册和报告中的其他的第一手和第二手材料。

巴希尔的远房表姐福尔多斯·塔吉①（她后来成了穆斯塔法的儿媳妇）描述了到达拉马拉的情况。别的描述来自对见证者阿布·伊萨姆·哈勃（Abu Issam Harb）的一次访谈、对巴勒斯坦民俗学家谢里夫·卡纳纳博士的采访，以及1948年8月12日在耶路撒冷的美国领事发出的电报，这份电报现存在美国国家档案馆中。

这封电报以生动的语言向人们描述了1948年夏末，国际观察员和

---

① 原文是second cousin，意为具有同一个曾祖的堂亲，父母的堂（表）兄弟姐妹所生的孩子。此处暂且译为表姐。

救援人员对拉马拉的感受：

> 卫生设施几乎不存在……没有可用于沐浴或洗衣的水。病人没有被隔离。组织机构完全缺失……除了阿斯匹林，几乎没有什么药物，20例疑似伤寒的病人"被送回树下睡觉"……9月中旬，晚上变得极冷，很快开始下雨……

在一次对巴希尔、努哈、卡农的访谈中，他们描述了艾哈迈德的奔波，以及哈伊里一家在贵格会学校附近的位置。

在马里兰州的国家档案馆里，不同的文件都描述了难民营的条件，包括一份1948年9月16日递交给联合国大会的解密报告草案，草案于9月17日发送给美国国务卿乔治·马歇尔（以下简称为"9月17日报告"）。

难民把黄金缠绑在身上的事，来自对拉马拉附近的阿玛里营地中难民的采访，以及雷亚·布萨拉的《利达的沦陷》(《阿拉伯研究季刊》3，2：141页）。巴希尔证实了难民运水和兜售甜食的情况。

比尔宰特大学（Bir Zeit University）的民俗学家卡纳纳博士讲述了难民与当地居民之间的紧张关系，以及当地人对他们的嘲讽。糖衣坚果的故事出现在《利达的沦陷》147页。

男人"因为震惊而特别沉默"，呆呆地坐在粗麻布袋上的印象，来自对阿布·伊萨姆·哈勃的采访。卡纳纳证实了特定农作物的收获时间，以及妇女在那段时间里的作用。"9月17日报告"中列出了救济物资、物资来源以及"防止人饿死"的初级目标。阿德尔·H.亚希亚（Adel H. Yahya）编辑的《巴勒斯坦难民：1948—1998年（一种口述历史）》[*The Palestinian Refugees: 1948-1998 (An Oral History)*] 44页提到了人们翻找垃圾桶。

伯纳多特的电报、"人类灾难"的引语以及逃离或被驱逐出境的难民估数,都来自"9月17日报告"。伯纳多特的"恐怖景象"的引语,来自《联合国巴勒斯坦问题调解员的进度报告》("Progress Report of the UN Mediator on Palestine General Assembly"),正式记录,第三期增刊[*Official Records, Third Supplement*, No. 11(A/648),巴黎,1948年,200页]。上述文献被赫斯特引用在《枪与橄榄枝》的276页。另请参见伯纳多特的《去耶路撒冷》(*To Jerusalem*)200页,瑞典政府的官方网站引用在http://www.sweden.se/templates/cs/BasicFactsheet_4198.aspx。在多次采访中,都有人提及1948年难民的愤怒,格鲁布在回忆录《阿拉伯的一名士兵》(163—164页)中也有回忆,他还回忆起吐口水的事,以及"比犹太人更坏"的评语。莫里斯《通往耶路撒冷之路》178—179页也提到了这些事(包括示威游行);亦见格尔贝尔的《巴勒斯坦1948》163页和172—173页。"人数五倍于己的敌军","诚然"和"我还能怎么办呢?",都来自《阿拉伯的一名士兵》164页。

阿卜杜拉显然与谢赫·穆斯塔法有联系,"我能带他们一起去吗?"和"那你就原地待着吧"的交谈,是哈伊里家族口述历史的一部分,由萨米拉·哈伊里讲述。

当时的很多记录都描述了阿卜杜拉被围困下的王国,包括亚历克斯·科克布里德的回忆录《来自侧翼》47—50页,这本书还描述了显然迫在眉睫的"血洗"和国王击打一个难民的头的事情。

格鲁布在《阿拉伯的一名士兵》164—166页描述了拉姆拉和利达陷落之后,7月中旬,在安曼的一次国王和部长们参加的会议中,他个人受到的责难。在《阿拉伯的一名士兵》92页,格鲁布列出的阿拉伯军团士兵为4500人。不过,在90页,他写到了"1948年的6000个士兵"。莫里斯《正义的受害者》223页估计军队人数为8000人。

格尔贝尔《巴勒斯坦1948》160页援引了英国的电报内容,记载了英国拒绝给阿拉伯军团提供补给。

"可能性很小"的引语来自 1948 年 7 月 29 日美国驻开罗大使馆致华盛顿的国务卿马歇尔的航空电报，是从美国国家档案馆获取的解密材料。本－古里安和夏里特的引语来自梅隆·本维尼斯蒂（Meron Benvenisti）的《神圣的风景》(*Sacred Landscapes*) 150 页。1948 年 8 月，以色列出席国际红十字会会议的代表团团长 A. 卡兹内尔森（A. Katznelson）提交了"关于巴勒斯坦难民问题的说明"，证实了以色列对这一立场的确认。"没有一个人是被驱逐……"的引言来自该说明。

应当指出，一些以色列官员的确为阿拉伯难民的返回争取过，只是难民的数量不同。以色列曾一度告诉美国大使，如果能解决难民问题的话，在总共超过 70 万或逃离或被驱离的难民中，他们愿意接收 10 万难民。阿拉伯政府和难民都不接受这样的提议。不管怎么说，以色列人的普遍情绪是反对阿拉伯人返回的。（参见塞吉夫《1949 年：第一批以色列人》28—34 页）

前文提到过的开罗航空电报引用了"受控的来自美国的情报"的报告。

对阿拉伯战俘点状况的描述来自对拉比布·去拉纳（Labib Qulana）、穆罕默德·塔吉和米沙尔·范努斯的采访，他们都是拉姆拉的阿拉伯人。富兹埃尔·阿斯玛（Fouzi el-Asmar）的回忆录《在以色列当一个阿拉伯人》(*To Be an Arab in Israel*) 23 页有更多回忆。确认来自以色列拉姆拉市议会第一次会议的纪要，该纪要由长期担任拉姆拉市行政长官的尤纳坦·图巴利（Yonatan Tubali）提供。塞吉夫在《1949 年：第一批以色列人》47—51 页描述了对以色列阿拉伯人的包括戒严在内的军事限制措施。

第一批犹太移民直到 1948 年 11 月才到达，这一点得到了图巴利提供的原始文件的证实，亚布隆卡（Yablonka）《纳粹大屠杀幸存者》

（Survivors of the Holocaust）24页援引的以色列国防军档案的文件也证实了这一点。大开的门和散落的物品的描述来自第一批到达拉姆拉的以色列移民，这些人包括R. 列维（R. Levy）和摩西·梅拉梅德，他们有关于自己到达此地的回忆；一名本谢门的工作人员于1948年10月给"以色列被遗弃财产监管处"（Israeli Custodian of Abandoned Properties）的备忘录（以色列国家档案馆文件15a/49/27/12）也谈到了这些，"89特战营的士兵""搜刮抢劫"也是从那里引用的。

阿拉伯村民穿过前线回到自己的老地方，在集体农庄和以色列的档案馆里有记载，班尼·莫里斯在《1948年的收获和巴勒斯坦难民问题的产生》（The Harvest of 1948 and the Creation of the Palestinian Refugee Problem）239—256页和《1948年及其后》引用了它们。亚丁（Yadin，以色列国防军参谋长）的"必须毁掉"语录在248页，"更多的1000德南[①]"在255页，"每一片敌人的田地"在248页。

奇兹林的话是在1948年7月21日的一次以色列内阁会议上说的，塞吉夫在《1949年：第一批以色列人》31页引用了它。

美国总领事的一份报告描述了9月中旬持续的难民危机，1948年9月25日，这份报告以电报形式从耶路撒冷发出。各个国家对救济工作拨付的物资总量和类型来自先前引用的"9月17日报告"。

伯纳多特倡导在以色列和外约旦之间划分巴勒斯坦，记录在阿布·诺瓦尔的《约旦-以色列战争：1948—1951年》451—455页的附录C中。

格鲁布在《阿拉伯的一名士兵》182页，斯普兰扎克在《兄弟阋墙》40—48页描述了伯纳多特被暗杀。斯普兰扎克还详细记录了沙

[①] 德南（Dunam），面积单位，土耳其、南斯拉夫和某些近东国家使用的土地丈量单位，原文中没有这个内容，可能是作者在"信息源说明"部分错误地保留了原文删去的内容。

米尔的参与以及行动计划,并将其描述为"一项长期而缜密计划的结果"(42页)。赫尔佐克在《阿以战争》88页描述了斯特恩帮成员的被拘。另见阿维沙伊(Avi Shai)《犹太复国主义的悲剧》(The Tragedy of Zionism)183页。赫尔佐克(《阿以战争》88页)和穆罕默德·海卡尔(Mohamed Heikal)的《秘密频道:阿以和谈的内幕》(Secret Channels: The Inside Story of the Arab-Israeli Peace Negotiations)97页记录了对违反休战条款的指责。

1948年9月25日美国领事的电报中提到需要1万顶帐篷和10万条毯子。难民在帐篷中点火的故事来自亚希亚的《巴勒斯坦难民:1948—1998年(一种口述历史)》45页。

哈伊里一家在加沙早期住所的回忆来自对巴希尔和努哈的采访。加沙人口数和密度,以及"意料之中"的引文来自1951年9月28日的《联合国救济和工程处处长关于近东巴勒斯坦难民的报告》("Report of the Director of the United Nations Relief and Works Agency for Palestine Refugees in the Near East",联合国大会正式记录,第六届会议,补编第16号,A/1905),可在UNISPAL网站(联合国关于巴勒斯坦问题的信息系统,domino.un.org/unispal.nsf)上找到。

"不间断的隆隆炮击"的回忆来自对巴希尔的采访。格尔贝尔从以色列的角度提到"入侵"(《巴勒斯坦1948》212—213页),海卡尔的《秘密频道》81页从阿拉伯的角度提到"入侵"。

耶兹德·赛义格(Yezid Sayigh)的《武装斗争和谋求国家》(Armed Struggle and the Search for State)13—16页探讨了阿拉伯国家之间的政治对抗,特别是埃及与约旦国王阿卜杜拉之间的政治对抗;41—42页提到阿卜杜拉的野心和1950年4月他在约旦和西岸之间的《联合法案》(Act of Union,即吞并西岸);海卡尔在《秘密频道》82—86页中从埃及的角度对此进行了讨论。

赛义格在《武装斗争和谋求国家》4页和43页讨论了救济和工程处的成立。前述的"救济和工程处处长给联合国的报告"介绍了营地结构的材料和食物份额。

努哈和巴希尔描述了艾哈迈德和扎吉雅的工作，他们回忆了"工作换配额"的物物交换的安排。

谢赫·穆斯塔法去世的时间和方式是卡农·哈伊里回忆的，巴希尔证实了这些。加州大学伯克利分校的穆斯林学者哈特姆·巴齐昂证实了根据伊斯兰习俗对他遗体进行的准备，以及在流亡中安排这些事的困难，他补充说：

> 对于一个家庭来说，无法直接对遗体进行整理、为葬礼做准备是很难接受的，因为这是伊斯兰习俗的一部分。习俗是，家庭中的男人要监督并参与清洁遗体的工作，并在装裹的时候提供帮助。同样，在清洁之前，家人可以看到遗体，并在那个时节祈祷和咏诵《古兰经》。在这个时候，死者的直系亲属可能希望确保给遗体喷上逝者生前最喜欢的香水，人们如此看重这个步骤，乃至于有些人在遗嘱中会写下喜欢的香水类型，以便和先知的循例保持一致。所有的这些必定会给家庭带来痛苦。

格尔贝尔在《巴勒斯坦1948》298页、赛义格在《武装斗争和谋求国家》4页和58页提到停战协定。海卡尔在《秘密频道》85页到86页、格鲁布在《阿拉伯的一名士兵》277页到278页提到了阿卜杜拉的被刺杀。

"衣不蔽体"的引文来自前述的"救济和工程处处长的报告"。

巴希尔、努哈和吉亚斯回忆了加沙学校的条件、运行方式和轮班上学的事。《巴勒斯坦是我们的》这首诗出现在 A. L. 提巴维（A. L. Tibawi）的文章《回归的愿景：阿拉伯诗歌和艺术中的巴勒斯坦阿拉伯难民》（"Visions of the Return: The Palestine Arab Refugees in Arabic Poetry and Art"，《中东期刊》第 17 卷, 5 号，1963 年秋末，507—526 页。）巴希尔描述了回归权转化为长期梦想的现实。难民的挫败感、"暴躁和不稳定"的引文来自 1951 年联合国"救济和工程处处长的报告"。丹尼尔·迪森（Daniel Dishon）的《中东记录 5：1969—1970 年》399 页引述了以色列"对难民是一种伤害"的话。

赛义格作品 14—15 页和 44 页记录了埃及控制下的巴勒斯坦人的挫败感。赛义格作品 49—51 页，以及萨拉·罗伊（Sara Roy）的《加沙地带：退化的政治经济》（*The Gaza Strip: The Political Economy of De-Development*）69 页有地下政治团体的发展情况。"示威和小规模暴动"引述自 1951 年联合国"救济和工程处处长的报告"。沙龙袭击阿尔-布雷支难民营引自罗伊《加沙地带》（69 页）。罗伊说有 50 人被杀，其他的记录中，死亡人数不等：2005 年 8 月 21—31 日的《金字塔周报》（*Al-Ahram Weekly*）说 19 个；2003 年 9 月 4 日，阿兹米·比沙拉（Azmi Bishara）在阿拉伯媒体互联网络（Arabic Media Internet Network）上说 43 个（http://www.amin.org/eng/azmi_bishara/2003/sept04.html）。班尼·莫里斯《以色列的边界战争：1949—1956 年》（*Israel's Border Wars: 1949-1956*）273 页、沙龙描述了布雷支突袭。赛义格作品 61 页到 62 页、施莱姆《铁墙》123 页到 129 页概述了埃及、以色列和加沙巴勒斯坦人之间普遍存在的紧张局势。

巴希尔表达了人们对纳赛尔的期望。海卡尔在作品 88—90 页讨论了纳赛尔的背景，包括他作为邮政工人儿子的出身。赛义格在作品 29—33 页，海卡尔在作品 110—111 页讨论了纳赛尔和泛阿拉伯主义。

海卡尔是纳赛尔的亲密助手，他讲述了这个故事中一个有趣而鲜为人知的部分：阿尔伯特·爱因斯坦差点介入此事。海卡尔写道："爱因斯坦为被犹太人剥夺了的巴勒斯坦人感到难过，因为他也被纳粹剥夺过。"

他请我向埃及领导人（纳赛尔）传达信息，表达他希望成为和平催化剂的愿望……我们按照他的要求传递了消息，并在纳赛尔的小圈子里进行了讨论。爱因斯坦的地位和他提出问题的方式使人很难反对，但禁忌（反对阿拉伯领导人承认以色列）势不可当。唯一的应对办法是谨慎地不作任何回应，让失礼的沉默说明一切。（《秘密频道》94—97页）

第七章

本章内容基于对拉姆拉原来的以色列居民的采访、市行政长官尤纳坦·图巴利提供的以色列的拉姆拉的创始时期文件；1950年以色列的政府年鉴及其庞大的政府数据和官方声明资料库；保存在以色列国家档案馆里的1948年至1949年的军事报告；一些二手资料，例如梅隆·本维尼斯蒂依靠档案资料撰写的《神圣的风景》；个人回忆和家庭口述史，这些是在对拉姆拉的老居民（特别是达莉娅）进行的十几次采访中获得的。

1948年11月14日这个日子记在一个手写的名单上，名单内容是第一批抵达拉姆拉的犹太家庭，是拉姆拉的市行政长官尤纳坦·图巴利提供给我的，前以色列驻墨西哥大使摩西·梅拉梅德证实了这一点。1948年11月14日，梅拉梅德和家人一起抵达拉姆拉，那时候他12岁。梅拉梅德记得，当天有"两三辆"公共汽车到了拉姆拉，他乘坐了其中的一辆。当然,当天到达拉姆拉的公共汽车可能数量更多。亚布隆卡在《纳粹大屠杀幸存者》一书24页引用了"拉姆拉和利达军事当局的报告"(Reports of Military Administration Ramlah and Lydda),描述了11月14日,有一个300人的团体到达了拉姆拉。亚布隆卡在《纳粹大屠杀幸存者》一书24页也列出了早期移民的结构,图巴利在一次访谈中证实了这些。达莉娅确认她和父母在第一批移民里面。

包括梅拉梅德在内的许多被采访者都回忆了拉姆拉的犹太事务局的早期工作:

> (犹太事务局)告诉我们,这里是拉姆拉。每个家庭都分到了一个大房子里的一间屋子。我父母把我和行李留在公共汽车旁边。他们说,我们去找一个住处。我和行李一起留在了街上,十五到二十分钟之后,父母回来了,他们说,这是你的房间……

达莉娅的父母很有可能和同一批人一起抵达拉姆拉,也经历了同样的过程。达莉娅基于家庭历史,确认了这一点。

根据梅拉梅德的说法,摩西和索利娅有可能会听到以色列和埃及在拉姆拉南边作战的声音。在这段时间里,以色列与埃及人在内盖夫的战争中占了上风,埃及军队越来越局限于保卫一小片被称为"加沙地带"的土地(见格尔贝尔的《巴勒斯坦1948》199—219页)。

在对图巴利、R. 列维、摩西·梅拉梅德和其他人的访谈中,受访者回忆了国家给早期移民提供的配给物品。1950年《以色列政府年鉴》(英语版)198—202页有对紧缩措施的更广泛的描述。1950年《年鉴》134页中还描述了托营办公室的职责。达莉娅回忆自己住在"K.B.街",以及她的父母与国家签署协议的事;1950年《年鉴》134页确认了此类协议。梅隆·本维尼斯蒂在《神圣的风景》11—27页详述了"命名委员会"的角色，梅拉梅德给我的信中也说了这件事。

被卡车拖走的物体记录在以色列国家档案馆的文件15a/49/27/12里。"不在地主"的财产被"清算"的相关引文在1950年《年鉴》的134页。

摩西·梅拉梅德回忆了孩子们的经历。

在拉姆拉，大量的访谈中，包括马蒂·布朗（Mati Braun）、拉比布·去拉纳、M.列维、埃斯特·帕多和梅拉梅德（他很快就找到了工作，在14岁时成了一个银行职员）等人，都谈到了早年间在以色列拉姆拉的工作。本维尼斯蒂在《神圣的风景》164页描述了收获的困难。

工作的数据、工种，犹太移民到拉姆拉之后开创的各类业务，都来自尤纳坦·图巴利发现的手写记录。

一位审阅手稿的著名以色列作家告诫我："我会避免[使用]阿拉伯贫民窟（ghetto）这样的词，以及把它与犹太人在纳粹大屠杀期间所受迫害进行任何转弯抹角的比较。"但是，至少从1949年起，以色列人就在拉姆拉和其他地方广泛使用sakne一词，并可以与贫民窟（ghetto，该词也有旧时欧洲城市中的犹太人区之意）一词互换使用，因此我在这里使用它。

达莉娅生动地记得逃走的阿拉伯人把热气腾腾的汤碗留在身后的景象。

以色列议会第一次会议期间确定的法律和部门在1950年《以色列政府年鉴》59—71页。

本-古里安在1949年7月12日通过《巴勒斯坦邮报》宣布了"四年计划"。他的"重新聚回"的引语来自1950年《年鉴》29页。移出和留下的保加利亚犹太人的人数略有不同。查里是世界性的保加利亚犹太人的研究权威之一，他给出的总数是47000人，其他人说48000人甚至50000人。一些数字显示，只有3000名犹太人留在保加利亚。无论数字是多少，从保加利亚流出的犹太人的速度和数量都是惊人的，甚至对制订和执行该计划的人来说也是如此。1949年4月11日，美犹联合救济委员会保加利亚的负责人弗雷德·贝克尔写信给巴黎的欧洲总部说："六个月的时间内，有35000人移了出去，还不算1948年10月之前移出的7000人。看起来，最多有4000名犹太人留在保加利亚。我认为你们也会同意，在相对短的时间内预见到这场规模巨大的移民运动是不可能的。"

长期担任以色列总工会（Histadrut labor federation）拉姆拉办公室主管的阿夫拉罕·希米尔向我强调了拉姆拉的就业压力。塞吉夫《1949年：第一批以色列人》131页提到了特拉维夫的游行。1949年7月13日，《巴勒斯坦邮报》的一篇文章提到了刑事法庭及其第一批被告。警务部门的引语来自1950年《年鉴》183页。

穆罕默德·塔吉一直是拉姆拉的居民，1948年，少数穆斯林没有逃离拉姆拉，他就是其中之一，他回忆了街名的变化。

第一次市议会的记录由图巴利提供，记录中提到了1300名阿拉伯人。拉姆拉和利达的阿拉伯人的战俘状态，是穆罕默德·塔吉、拉比布·去拉纳和米沙尔·范努斯在访谈的时候说的，他们都是拉姆拉的阿拉伯人。富兹埃尔·阿斯玛的回忆录《在以色列当一个阿拉伯人》23页也提到了这些。

莫里斯在《1948年及其后》的239—256页，以及本维尼斯蒂《神圣的风景》165页详细描述了在阿拉伯人的田地和树林下犁土，或者进行别的破坏活动。

"S. 萨米尔"的报告来自以色列国家档案馆（RL 5/297，1948年9月15日），由伊恩·迪特兹翻译。根据戒严法对阿拉伯人实施限制来自下列信息源：塞吉夫的《1949年：第一批以色列人》47—51页，以及纳迪亚·希贾布（Nadia Hijab）的《区隔的公民：以色列的巴勒斯坦人肖像》(Citizens Apart: A Portrait of Palestinians in Israel) 30—33页也有提及。塞吉夫在《1949年：第一批以色列人》46—47页引述了执政的以色列工人党（Mapai party，现今工党的前身）的一次秘书处会议，会议中提到以色列"转移"更多阿拉伯人的愿望，还提到了对"第五纵队"的恐惧。作为政治和军事战略的"转移"，更多信息参见莫里斯《1948年及其后》103—158页的"约瑟夫·威兹和转移委员会：1948—1949年"(Yosef Weitz and the Transfer Committees: 1948-1949)一节，以及努尔·马萨哈的著作《驱逐巴勒斯坦人：1882—1948年间犹太复国主义政治思想中的"转移"概念》。一位领袖人物是威兹（Weitz），他在1940年的日记中写道："必须厘清的是，这个国家没有空间容纳两个民族的人民……阿拉伯人被转移后，该国将为我们敞开大门。"（马萨哈《驱逐巴勒斯坦人》131页）八年后，作为"移交委员会"的强势领导和犹太国民基金会土地部门的负责人，威兹主张更多的"转移"（见莫里斯作品146页引用的加利利和内盖夫的例子）。然而，政府中的其他人对此表示反对，许多滞留的阿拉伯人被允许留下来。

莫里斯在《1948年及其后》（例如143页）和塞吉夫作品77—78页描述了接管阿拉伯土地。塞吉夫作品80—82页提到了"现时的缺席者"的概念。

阿拉伯土地所有者的三封信来自中央犹太复国主义者档案馆。配给的详细信息，供应和配给部的角色，都来自1950年《以色列政府年鉴》198—203页，埃什肯纳兹一家的经验佐证了它们。《年鉴》（199页）描述了"从以前的供应源——英帝国的市场中分离出来……"。

J. C. 休雷茨（J. C. Hurewitz）的《1956年苏伊士的历史背景：

危机及其后果》(*The Historical Context for Suez 1956: The Crisis and Its Consequences*) 220 页提到了埃及对苏伊士运河的限制。

埃莉亚·波德《1948—2000 年：以色列历史教科书中的阿以冲突》102—110 页有对以色列学校课程的评述，它证实了达莉娅小时候接受的关于阿拉伯人的教育的回忆。

赛义格的《武装斗争和谋求国家》27—33 页讨论了纳赛尔作为第三世界领袖和阿拉伯国家领导人的呼吁。厄斯金·奇尔德斯（Erskin Childers）的《通往苏伊士之路》(*The Road to Suez*)，特别是 125—280 页、海卡尔的《秘密频道》100—114 页、施莱姆的《铁墙》169—178 页描述了苏伊士运河冲突。《铁墙》分析了以色列、法国和英国之间的秘密协议：进攻埃及并消灭纳赛尔（他们认为纳赛尔对自己多元化的利益构成了威胁）。

冲突的地缘政治背景，包括其卷入超级大国政治，以及欧洲衰落的帝国主义，有些细节方面值得探讨。

1955 年，纳赛尔为埃及的大规模现代化项目阿斯旺大坝（Aswan High Dam，赛义格《武装斗争和谋求国家》26 页）寻求美国的支持。在此期间，以色列和埃及开始军备竞赛：以色列有来自法国的武器，埃及被美国拒绝之后，拿到了来自苏联阵营的捷克斯洛伐克的武器［赛义格《武装斗争和谋求国家》19 页；莫里斯《边境战争》(*Border Wars*)，282 页］。埃及正式承认中华人民共和国后，冷战时期国务卿约翰·福斯特·杜勒斯（John Foster Dulles）领导下的美国撤回了对阿斯旺水坝的支持（赛义格《武装斗争和谋求国家》26 页；海卡尔《秘密频道》108—113 页）。纳赛尔迅速采取了对策，将英国建造的苏伊士运河（非洲和亚洲之间的重要纽带）国有化，并宣布，从现在起，从这条船道上获取的费用将用来为大坝注资（海卡尔《秘密频道》，110 页）。纳赛尔还关闭了蒂朗海峡，这是以色列通往红海和非洲的唯一海上通道。

1956年10月,以色列发动的袭击是英法领导人秘密计划的一部分,这项计划很多年后才曝光。计划的目的是破坏纳赛尔政权的稳定,并摧毁他的泛阿拉伯野心,通过夺取运河和开放蒂朗海峡来重新确立殖民权威;并据一些分析家说,要把以色列的领土扩展到西奈半岛之外,直至苏伊士湾——换句话说,是要重塑中东的现实和政治地图(施莱姆《铁墙》172—184页;赛义格《武装斗争和谋求国家》26;海卡尔《秘密频道》112页;赫尔佐克《阿以战争》117—124页)。

1956年,更多"东方犹太人"的到来,很大程度上是阿拉伯国家内部政治紧张和暴力的结果。1947年,阿拉伯代表海克尔·帕夏(Heykal Pasha)警告联合国大会说,建立一个犹太国家"可能会危及生活在伊斯兰国家的100万犹太人",事实上,这种暴力行为已经发生,导致人们逃往以色列。不过在某些时候,犹太人"出埃及记"号是由阿拉伯国家的犹太复国主义行动帮助的。例如,1954年,埃及亚历山大港发生的一系列炸弹爆炸事件涉及以色列的间谍活动[后来被称为"拉冯事件"(Lavon affair)],这激起了人们的愤慨,在一些情况下甚至引发了针对埃及犹太人的暴力袭击[参见戴维·赫斯特《枪与橄榄枝》290—296页;海卡尔《秘密频道》106—107页;以及多伦·盖勒(Doron Geller)撰写的《拉冯事件》("The Lavon Affair", www.jewishvirtuallibrary.org/jsource/History/lavon.html)]。许多以色列人更愿意将犹太人逃离阿拉伯和1948年巴勒斯坦人逃亡视为"人口交换"(伊斯雷尔·戈芬专访,2004年6月),在苏伊士运河事件之后尤其如此。一些证据表明,犹太复国主义者组织了一些事件来加速他们逃亡。1951年1月14日,一枚手榴弹在巴格达的一个犹太教堂外爆炸;后来,美国情报部门和伊拉克犹太人自己都把这个归咎于犹太复国主义者。例如,见《链接》(*The Link*)1998年2月2日,31卷,第

2期,伊拉克犹太人纳艾姆·吉拉迪(Naeim Giladi)的文章《伊拉克的犹太人》("The Jews of Iraq")。另一个消息来源是美国中央情报局前官员威尔伯·克兰伊夫兰(Wilber Crane Eveland)的《沙之绳》(*Ropes of Sand*)48—49页。

以色列总工会拉姆拉办公室的退休主任阿夫拉罕·希米尔回忆了1958年的示威游行。希米尔还描述了许多米兹拉希犹太人的生活条件、他们找工作时的挫败、他们与阿什肯纳兹犹太人的紧张关系,以及他给以色列劳工部部长施加的压力。 一次采访中,以色列音乐学家约夫·库特纳(Yoav Kutner)谈到了听阿拉伯古典音乐的时候,米兹拉希犹太人在事实中面临的禁忌。

犹太国民基金会的"砾石覆盖的山坡"的引文来自1950年《以色列年鉴》463页的一则广告。

多个来源记录了对阿拉伯村庄的破坏。因为西方读者可能不太熟悉这些,所以此处的文档格外严谨,从梅隆·本维尼斯蒂《神圣的风景》165—167页开始即如此。另一个重要信息来源是耶路撒冷希伯来大学的阿哈隆·沙伊(Aharon Shai),他对以色列考古调查协会(Israel Archeological Survey Society)文件档案的研究表明,他们和以色列土地管理局联合开展了一个大规模项目,拆除被遗弃的阿拉伯村庄。沙伊的文章《"六日战争"前夕及其后遗留下来的以色列境内被遗弃的阿拉伯村庄的命运》("The Fate of Abandoned Arab Villages in Israel on the Eve of the 'Six-Day War' and Its Immediate Aftermath"),发表在《卡塔拉》(*Katedra*)2002年9月第105号。该期刊由以色列智库"雅德·本-茨维"(Yad Ben-Zvi)出版,这个智库是用以色列第二任总统伊扎克·本-茨维(Yitzhak Ben-Zvi)的名字命名的。沙伊的文章描述了在清除荒芜村庄的工作中,考古学会如何"出于完全实际的目的,在全国废弃村庄清除运动中,受雇于以色列土地管理局。

它的官方人员调查了拟摧毁的村庄……大多数被遗弃的阿拉伯村庄在1948年之前都是有人居住的,在独立战争期间被废弃……在以色列土地管理局制定的清晰而周全的计划下……消失……"(本文英文摘要:http://www.ybz.org.il/?ArticleID=372)。

另外的资料来源包括谢里夫·卡纳纳《根除巴勒斯坦的阿拉伯特征及伴随的犹太化进程》("The Eradication of the Arab Character of Palestine and the Process of Judaization That Accompanied It"),引述自本维尼斯蒂《神圣的风景》263页。另见莫里斯《1948年及其后》122页,这本书引用了约瑟夫·威兹的命令,他命令两名移民安置官员"确定哪些村庄能被用来安置我们的人,哪些村庄应该被摧毁"。莫里斯著作125页说,其中一位官员阿舍尔·博布里兹基(Ashe Bobritzky)后来谈到了加速破坏村庄的"命令"。塞吉夫引述内阁大臣阿哈隆·奇兹林的话说,"一则摧毁40个村庄的命令"。本维尼斯蒂著作162页描述了"炸毁"村庄,莫里斯《1948年及其后》123页描述了有关"拖拉机"的信息。我在对什洛莫·史柯德(Shlomo Shaked)的电话采访中,得到了"推土机"和武装拆除人员的信息,史柯德曾在盖泽尔集体农庄,以上是他亲眼所见。另参见1967年4月4日的《国土报》,该报引用摩西·达扬的话说:"在这个国家,没有哪一个犹太村庄不是在阿拉伯村庄的旧址上建造的。"

有关萨布拉的讨论主要来自奥兹·阿尔莫格(Oz Almog)的《萨布拉:创造新犹太人》("Sabra: The Creation of the New Jew"),以及对摩西·梅拉梅德和以色列议会前议员维克托·谢姆托夫的访谈。对仙人掌果实 *Tzabar* 的定义和"天选之子"的引语见阿尔莫格著作104页,另见阿莫斯·埃隆(Amos Elon)的《以色列人》227—228页。谢姆托夫回忆了摩西·沙米尔连载的小说,当时,谢姆托夫是以色列的保加利亚语报纸的编辑,该报纸与左翼的犹太复国主义的以色列统一工人党有联系。谢姆托夫的"洗掉陈旧的犹太人形象"的话,来自2004年6月在他耶路撒冷家中的一次访谈。在许多次采访中(包括对梅拉梅德的采访),人们都回忆到了萨布拉的"制服",《萨布拉》212页也提到了这一点。更多细节可以在拉姆拉博物馆的永久展品中看到。

谢姆托夫和亚布隆卡的《纳粹大屠杀幸存者》一书也讨论了纳粹大屠杀的耻辱和萨布拉身份的比较。"难以解决的人类问题"引述于亚布隆卡作品65页。本 - 古里安"人类的微尘"的话来自阿尔莫格著作的87页。"可怜可悲的、无助的人"引述自亚布隆卡著作的30—31页。塞吉夫在《1949年:第一批以色列人》(尤其是155—194页)中详细记录了一些阿什肯纳兹领导人对某些米兹拉希犹太人的态度。

很多拉姆拉的老居民,包括埃斯瑞特·帕多、约拿·斯瑞斯、拉比布·去拉纳和亚科夫·哈然(Ya'acov Haran)等,在访谈中都回忆了移民身上的标签(诸如 *yeke* 之类),摩西·梅拉梅德在和我的通信中也谈到了这些。

在对希米尔的采访中,他证实了20世纪60年代中期帐篷营地的消失;在拉姆拉出生的以色列演员莫尼·莫肖诺弗(Moni Moshonov)和以色列音乐学家约夫·库特纳都回忆了拉姆拉当时的坚忍的名声。

以色列土地管理局的运动和艾希科尔的话来自本维尼斯蒂《神圣的风景》167—168页。海卡尔《秘密频道》122—126页和赛义格《武装斗争和谋求国家》132—142页描述了纳赛尔在20世纪60年代中期的地位,赛义格在132—137页还提到了巴勒斯坦解放组织和阿拉伯民族主义运动的角色。

达莉娅回忆了战争看起来不可避免,哈伊里家的人在不同的访谈中也提到了这一点。

第八章

本章基于个人对1967年以色列与阿拉伯国家之间战争的叙述和历史记录,在西方,这次战争主要被称为"六日战争"。家族的记忆是在与达莉娅、巴希尔、努哈和吉亚斯·哈伊里的多次访谈中收集的。1967年以来的历史记录,以及战争爆发前的岁月,来源于各种视角:哈伊姆·赫尔佐克的《阿以战争》提供了以色列的军事角度;内阁会议记录和其他原始文件,还有阿维·施莱姆的《铁墙:以色列与阿拉伯世界》从以色列政治角度进行了分析;贾迈勒·阿卜杜勒·纳赛尔的重要助手穆罕默德·海卡尔的《秘密频道:阿以和谈的内幕》提供了埃及的角度;萨米尔·慕塔维(Samir Mutawi)的《1967年战争中的约旦》(Jordan in the 1967 War)提供了约旦的军事和政治角度,本书主要基于对约旦要人(包括侯赛因国王)的采访;耶兹德·赛义格的《武装斗争和谋求国家》对战争进行了全面的政治分析,也分析了战争如何影响巴勒斯坦解放运动。

对战争酝酿的叙述,其关键部分有赖于解密的1966年11月到1967年6月美国文件。这些文件包括议会会议记录、中央情报局情报咨询,以及以色列、约旦和埃及的领导人与美国之间的电报,它们都存放在得克萨斯大学奥斯汀分校的林登·约翰逊总统图书馆。许多文件已汇编入《1964年至1968年美国对外关系》(Foreign Relations of the United States)第XVIII和XIX卷,在线访问 http://www.state.gov/r/pa/ho/frus/johnsonlb/xix/ 和 http://www.state.gov/www/about_state/history/vol_xviii/index.html[以下称为《美国对外关系文件集》(FRUS)第XVIII或XIX卷]。有关这些事件的更多分析(它们借鉴了许多相同的文献),参见斯蒂芬·格林(Stephen Green)的《站队》(Taking Sides)195—211页。

巴勒斯坦学者纳赛尔·阿鲁里证实了拉马拉基督徒的离开，这些人跟随更早的移民潮，早在1948年战争之前就前往美国了。现在，拉马拉流散人口如此之多，以至于仅在美国一个国家，拉马拉家庭的名单就有一本237页的出版名录。对"东道国"政府、救济和工程处，以及难民的政治立场的描述，是基于数年来对难民、其他的巴勒斯坦和以色列分析人士的采访得出的。巴希尔在1967年的政治观点与许多巴勒斯坦人的观点是一致的（见赛义格著作95—154页，他分析了战前巴勒斯坦派系的发展）。

有关纳赛尔作为阿拉伯民族英雄的更多信息，参见海卡尔著作100—138页，还有巴萨姆·阿布·沙里夫的《棋逢对手》(Best of Enemies)。海卡尔著作108—110页中提到了不结盟运动，赛义格著作的312页、332页和690页中提到了不结盟运动与巴勒斯坦人的关系。

赛义格著作122页和124页记录了巴勒斯坦与以色列对抗的紧迫性。的确，以色列在其位于内盖夫沙漠的迪莫纳（Dimona）秘密工厂里正在研发这种武器，尽管几年后这才成为一个"官方秘密"。欲知更多关于以色列核武器发展的情况，以及阿拉伯对此的反应的信息，参见奥伦（Oren）《六日战争》75—76页和斯蒂芬·格林《站队》152页。奥伦著作120页写到了埃及的一次对迪莫纳秘密核项目的空中飞越，他在75—76页引用纳赛尔1964年的话说，如果以色列开始发展核武器能力，"无论是何种的自杀性行为，这都将导致战争"。纳赛尔没有重复这一威胁，也没有说过迪莫纳是"自己5月决定的动因"，但奥伦说，以色列担心埃及袭击迪莫纳是战争的主要催化剂。莫里斯在《正义的受害者》307页也有同样的说法："5月24日至25日，埃及司令部迅速地考虑并计划了对以色列的目标（包括迪莫纳核电站）先发制人的空中打击计划……纳赛尔于5月26日撤销了该命令……"

赛义格作品71—80页有对哈巴什、阿拉伯民族主义和纳赛尔的讨论。哈巴什1948年在利达的经历参见《盘点：乔治·哈巴什专访》["Taking Stock: An Interview with George Habash",《巴勒斯坦研究期刊》(*Journal of Palestine Studies*) 28, 1（1998年秋季刊），86—101页]和赛义格作品71页。

赛义格作品的78页和131页、赫斯特的《枪与橄榄枝》401页记录了纳赛尔关于巴勒斯坦的立场，后者引用了纳赛尔1965年6月在巴勒斯坦国民议会上的讲话："如果我们现在还没有做好防御的准备，又何谈进攻？"

"特种部队"训练来自对巴萨姆·阿布·沙里夫的采访，阿布·沙里夫曾经是哈巴什的解放巴勒斯坦人民阵线的成员，也是《棋逢对手》的合著者。在对另一名已离开中东的解放巴勒斯坦人民阵线前任成员的访谈中，我得到了更多的细节。

赛义格作品80—87页和119—23页中谈到了法塔赫、阿拉法特和阿布·杰哈德的出现。迈克尔·奥伦的《六日战争》将1965年的新年行动描述为"惨败"（1页）；赛义格作品107页将其称为"缺乏生气的开端"；但尽管如此，赛义格写道："后来，所有的巴勒斯坦组织都在庆祝1965年元旦，将它作为武装斗争的开始。"

海卡尔（121页）、奥伦（23页）、赫尔佐克（147页）、施莱姆（232页），以及我自己在1997年给美国国家公共广播电台（NPR）做的系列节目《麻烦的水域》(*Troubled Waters*)中，都描述了围绕水源的紧张局势（战争的促成因素之一），以及阿拉伯关于分流的讨论。要找到对该问题的更详细的分析，请参阅美国大学（American University）"冲突与环境问题清单"（Inventory of Conflict & Environment）的案例研究：www.american.edu/projects/mandala/TED/ice/JORDAN.HTM。

赛义格作品119—122页描述了法塔赫的进攻，文章说，法塔赫的大部分目标是军用和工业目标，在此期间，以色列的伤亡率很低。以色列外交部的一个时间表证实了这一点（http://www.mfa.gov.il/MFA/Facts+About+Israel/Israel+in+Maps/1948-1967- + Major + Terror + Attacks.htm）。以色列的数起伤亡事件是因为以色列车辆驶过巴勒斯坦游击队埋下的地雷而发生了爆炸。奥伦（34—35页）、赛义格（138页）和施莱姆（233页）描述了1966年11月13日的萨木村突袭。施莱姆写道："在约旦内部，突袭引发了极大动荡。"赛义格说有21名士兵死亡，奥伦说是15个，施莱姆说是"几十个"。

美国对萨木村袭击进行了谴责，1966年11月13日，美国国务院致美国驻特拉维夫大使馆的一封电报证实了这一点（《美国对外关系文件集》第XVIII卷，文件号332，http://www.state.gov/www/about_state/history/vol_xviii/index.html）。美国经济学家沃尔特·罗斯托致林登·约翰逊的备忘录（"绝不是简单的挑衅"）位于同样位置，文件号333。林登·约翰逊在11月23日给侯赛因国王的电报在林登·约翰逊图书档案中，"国家安全档案，中东危机，美国国家安全委员会历史"（National Security File, Mideast Crisis, NSC History），第1卷，标签10。中央情报局的"特别备忘录"在《美国对外关系文件集》第XVIII卷，文件号338。

赛义格作品140—142页描述了萨木村袭击的政治后果；海卡尔作品125页说，"许多巴勒斯坦人呼吁立即发动对以色列的战争"。慕塔维《1967年战争中的约旦》80页、赛义格139页描述了约旦的镇压。赛义格提到了1967年年初，约旦监狱中的"数百名"法塔赫成员。赫尔佐克在作品147页提到了约旦的动乱和美国的军事援助。慕塔维在83页引用了"帝国主义代理人"和"犹太复国主义的盟友"的评价。

赫尔佐克作品（147—148页）和奥伦作品（46页）描述了1967年4月戈兰高地的紧张局势，而施莱姆作品（234—236页）和慕塔维作品（85页）描述了缠斗。牛津大学以色列历史教授施莱姆称，与以色列的普遍看法相反，非军事区内的"许多交火"是"以色列蓄意挑衅的"。摩西·达扬描述过以色列引发了多少次冲突，他去世后，访谈发表在《晚祷》（Ma'ariv）报上（见施莱姆，235—236页）。

赫尔佐克作品148页和慕塔维作品85页描述了因为以色列与叙利亚的缠斗取胜，而给纳赛尔造成的尴尬局面。慕塔维作品85—86页描述了侯赛因国王的反应和约旦广播电台的评论。拉宾威胁推翻叙利亚政权发生在5月11日或12日（施莱姆，236页；赫斯特，342页），这是加剧阿拉伯人恐惧的重大事件。根据美国驻叙利亚前大使查尔斯·W.约斯特（Charles W. Yost）的说法，"以色列在5月11日至13日之间发表公开声明……很可能成为一枚火花，点燃长期积累的火种"（《外交事务》1968年1月，310页）。参加了以色列方战斗的赫尔佐克（147页）明确表示，关闭蒂朗海峡被视为战争行为。对以色列来说，关闭海峡与其说是经济危机，不如说代表了政治威胁和主权问题：以色列的绝大部分海上贸易都是通过它的地中海港口，而非通过南部的埃拉特（Eilat）进行。

纳赛尔是否想在1967年发动战争，历史学家仍然就此争论不休。纳赛尔的公开声明向以色列和全世界传达出了好战的信息，就像他关闭蒂朗海峡的决定一样（慕塔维，95页），但正如施莱姆在《铁墙》237页中写的那样："评论者中有一个普遍共识，纳赛尔既不希望，也没有计划与以色列交战。他所做的就是打擦边球，使自己的处境不要那么艰难。"约斯特在他1968年发表在《外交事务》的文章中写道："没有证据——完全相反——纳赛尔或以色列政府……在这个当口希望以及寻求战争……"根据赫斯特的著作（343页），在1967年5月

12日的一份背景简报中,以色列军事情报局局长阿哈隆·亚里夫(Aharon Yariv)告诉记者:"我认为,只要以色列不扩大对叙利亚入侵的范围,延长入侵的时间,埃及人就不会认真……只有在别无选择的情况下,他们才会这样做。在我看来,别无选择,意思是我们创造一个使埃及人必须采取行动的局面,不行动的话,他们将会声名扫地。"

在西奈半岛的边缘地带,共同边界附近集结的部队人数也有争议。赫尔佐克(《阿以战争》149页和154页)和奥伦(63页,引用以色列国防军的情报)说,有将近10万埃及军人在西奈。以色列将军马蒂亚胡·佩莱德后来表示,部队的人数没有赫尔佐克和奥伦说的那么多(赫斯特,337页)。

美国官员也对10万这一数字表示高度怀疑。在这一点上,也许最让人信服的,是在林登·B. 约翰逊图书馆文件中找到的文字材料(大多涉及美国在1967年5月和6月的外交活动,以及中东国家的军事能力),其中许多文件都保存在《美国对外关系文件集》第XIX卷(http://www.state.gov/www/about_state/history/vol_xviii/index.html)。中央情报局5月26日的备忘录在该文件中,文件号是79。巴特尔表示纳赛尔"变得有点疯狂"的引语来自5月24日美国国家安全委员会的一份会议摘要(《美国对外关系文件集》第XIX卷,文件号54)。美国估计有5万埃及军人,最少有两份独立的中央情报局备忘录重复了这个数字:5月25日,《美国对外关系文件集》第XIX卷,文件号61;5月26日,《以色列和阿拉伯国家的军事能力》("Military Capabilities of Israel and the Arab States"),摘自"国家安全档案——国家档案、中东危机、中央情报局情报备忘录"(National Security File—Country File, Middle East Crisis, CIA Intelligence Memoranda)第3卷,对以色列"政治赌博"的分析也来自于此。以色列估计有10万埃及军队,罗斯托把它描述为"让人非常不安",引自5月25日的"总统备忘录","国家安全档案,中东危机,美国国家安全委员会历史",第1卷,标签42,文件号32。中央情报局对以色列战斗和/或捍卫在各战线能力的评估,来自5月23日的备忘录(《美国对外关系文件集》第XIX卷,文件号44)。5月26日,中央情报局的另一个备忘录评估了"阿拉伯方面缺乏凝聚力",以及35000名士兵对纳赛尔部队的消耗(《以色列和阿拉伯国家的军事能力》,摘自"国家安全档案——国家档案、中东危机、中央情报局情报备忘录",第3卷)。阿巴·埃班、麦克纳马拉和林登·B. 约翰逊之间的对话,包括麦克纳马拉告诉埃班"三个独立的情报组织"的结论(埃及的西奈部署是防御性的),以及林登·B. 约翰逊的"把他们打得片甲不留"的引语,是5月26日的"对话备忘录"(《美国对外关系文件集》第XIX卷,文件号77)总结的。卡岑巴赫的"把阿拉伯人扫荡一空"的话,来自他给林登·B. 约翰逊图书馆进行的口述史采访(1968年12月11日,访谈编号3)。有关埃班前往华盛顿的其他背景,请参见海卡尔(127页)、格林(198—204页)和施莱姆(239—240页)。

侯赛因国王对"美国政府"偏爱以色列的担忧,作为"口头信息"传达给了美国驻安曼大使,并通过电报传给了华盛顿的"美国最高当局"("国家安全档案,中东危机,美国国家安全委员会历史",第1卷,标签36)。标签38的同一文件包含国务卿迪安·腊斯克5月26日的"总统备忘录",其中记录了以色列关于埃及和叙利亚即将发动袭击的结论,以及腊斯克的看法:"我们的情报部门没有证实以色列的这个估计。"5月27日,林登·B. 约翰逊给艾希科尔发送的急电在《美国对外关系文件集》,第XIX卷,文件号86。

慕塔维作品94页引用了纳赛尔的"我们准备好了!"的言论。这些声明对以色列公众来说具有特殊意义,因为对他们来说,"关于纳粹大屠杀的记忆是一种强大的心理力量,它加深了孤立感,并强化了对威胁的感知"(施莱姆,238页)。

拉姆拉的阿拉伯人米沙尔·范努斯证实了达莉娅对准备工作的回忆。其他细节,包括一万座坟墓,来自奥伦作品135—136页。达莉娅回忆了"把犹太人推入大海"的话,在许多采访中,阿拉伯人和以色列人都对我提到过这些。关于对以色列军队实力的看法,参见施莱姆作品239—240页。不少阿拉伯人怀疑,"将他们推入大海"这句话是不是真的被说过。海卡尔[①](141页)认为这是"一个超级成功的假信息"。他回忆说,印度总统尼赫鲁对上述威胁表示担忧之后,"成立了一个由南斯拉夫、印度和埃及的高级官员组成的委员会,以细查纳赛尔和埃及部长的所有公开言论",他们没有发现"任何涉嫌的言论"。赫斯特(417页)说,英国国会议员克里斯托弗·梅休悬赏5000英镑,寻找"可以制造一位阿拉伯领导人的话,使其虽然有'种族灭绝'的含义,却'不曾有任何确凿声明'"的人。可是,如上文所述,"推入海中"的言论是我所访问的阿拉伯人和犹太人都特别回忆到的。即使当时他们所说的话不是这一句,纳赛尔和其他阿拉伯领导人对以色列的威胁,及这些威胁对以色列公众的影响是很明显的。

海卡尔作品128页谈到苏联驻埃及大使亲自致电纳赛尔,慕塔维作品85—121页讨论了侯赛因国王的立场。

施莱姆238—241页描述了艾希科尔内阁的分裂,他回忆了拉宾长达24小时的"急性焦虑症"发作和本-古里安对此的打压,本-古里安告诉拉宾:"我非常怀疑纳赛尔是否想打仗,现在我们正面临严重的麻烦。"

麦克纳马拉与梅尔·阿米特的对话总结在6月的"记录备忘

---

① 原文为Heikel,似为海卡尔(Heikal)之误。

录"（Memorandum for the Record，《美国对外关系文件集》第XIX卷，文件号124）。"我，梅尔·阿米特"和"7天"这两个引语在脚注中，脚注引用了阿米特在1992年关于"六日战争"的一次会议中，回忆的与麦克纳马拉的会晤。理查德·B. 帕克（Richard B. Parker）的《六日战争：回顾》[*The Six-Day War: A Retrospective*，盖恩斯维尔（Gainesville），佛罗里达州，佛罗里达大学出版社，1996年，139页] 中也提到了这些和其他细节。慕塔维（94页）引用了纳赛尔对梅休的话。他与罗伯特·安德森的谈话，以及莫希丁随后的来访，总结在两封电报里，它们分别由安德森于6月1日和2日从美国驻葡萄牙里斯本的大使馆发送给林登·B. 约翰逊和腊斯克（《美国对外关系文件集》，第XIX卷，文件号123和129）。安德森6月2日的电报到来四个小时后，沃尔特·罗斯托在给林登·B. 约翰逊的信中写道："鉴于纳赛尔的想法，我们必须仔细地拟订与莫希丁进行对话的方案……对我们来说，紧要的是，是否将这次访问告知以色列人。我的猜测是他们的情报部门会注意到。让国务卿腊斯克告诉（以色列大使亚伯拉罕·）哈曼是明智的。"（《美国对外关系文件集》第XIX卷，文件号129，脚注1）

纳赛尔6月2日给约翰逊总统的电报在林登·B. 约翰逊的图书馆中（"国家安全档案，美国国家安全委员会历史，中东危机"，1967年5月12日至6月19日，文件号101）。6月3日的中央情报局备忘录《近东危机的当前焦点》（"The Current Focus of the Near East Crisis"）位于"国家安全档案——国家档案、中东危机、中央情报局情报备忘录，第3卷"。

施莱弗尔在《耶路撒冷的陷落》（*The Fall of Jerusalem*）102页和113页中引用了以色列的情报分析。

更多关于纳赛尔的动机和意图的信息，参见慕塔维作品94—96

页。他引用侯赛因国王和其他约旦要人的话说，他们不相信纳赛尔想打仗。拉宾"我不相信纳赛尔想打仗"的引言来自赫斯特《枪与橄榄枝》337页，也曾发表于1968年2月29日《世界报》（*Le Monde*）的文章中。拉宾补充说："5月14日他派去西奈的两支部队不足以对以色列发动一次进攻。他知道这一点，我们也知道。"当时的以色列将军马蒂亚胡·佩莱德（后来是以色列和平运动的重要成员）在1972年对《晚祷》报说："众所周知，我们的总参谋长从未告诉政府说，埃及的军事威胁对以色列构成任何危险，也没有说我们无法击溃纳赛尔的军队。因为其闻所未闻的蠢举，纳赛尔的军队暴露在了我们军队的毁灭性力量之下。"奥伦（92—97页，119—121页）与大多数描写1967年战争的作家不同，他主要关注"黎明行动"（Operation Dawn），据称这是埃及战争部部长阿梅尔（Amer）对以色列发动先发制人袭击的计划，尽管阿梅尔承认，在"黎明行动"即将实施之前，纳赛尔可能都不知道这个计划，这让人们怀疑这是否是一个真正的计划。奥伦写道，无论如何，纳赛尔在5月下旬推翻了这个所谓的计划，所以它从未被实施。

"强烈的警告"引语来自海卡尔著作的126页，当时，海卡尔是纳赛尔的助手。

赫尔佐克作品151—153页描述了战争的开始。赫尔佐克说，战争开始的时刻是1点45分，奥伦（170页）说是7点10分。施莱姆在244页引用了艾希科尔给侯赛因国王的消息。包括尼古拉·阿克尔在内的不同受访者都描述了拉马拉街头的景象，巴勒斯坦人的口述历史访谈集《家园》（*Homeland*）62页的描述也证实了这一点。

慕塔维在作品133页，奥伦在作品178页描述了从开罗发出的"阿拉伯之声"广播。巴希尔回顾了6月5日听到的此类广播，以及他因为阿拉伯人将要获胜而兴高采烈的感觉。他的堂兄吉亚斯在一次采访中向我讲述了乌姆·库尔苏姆（Umm Kulthum）的故事。

赫尔佐克在作品151—152页描述了埃及空军被摧毁和以色列发动袭击的时间。慕塔维在作品123页引用了从埃及发送到约旦的加密消息，其中包含"完全错误的信息"。

慕塔维在作品130页概述了侯赛因国王对艾希科尔的不信任，和以色列承诺不进攻。"阿拉伯兄弟"的引语来自纽约公共电台（WNYC）的无线电档案保管员安迪·兰塞特（Andy Lanset）给我提供的存档带。我在2001年12月的一个主题为"阿拉伯视角中的西方"的广播节目中播放了它，节目是为公共广播纪录片节目"美国电台"（American Radio Works）制作的。莫里斯《正义的受害者》310页引用了艾哈迈德·赛义德的"犹太复国主义军营"的宣言。许多来源，包括赫尔佐克（171页）、奥伦（186—195页）和慕塔维（129页），都描述了阿拉伯空军力量的袭击和被摧毁。许多消息来源描述了6月5日和6日在拉马拉发生的爆炸，这些来源有巴希尔；胡桑·拉费蒂（Husam Rafeedie），口述史《家园》63页；拉贾·谢哈德（Raja Shehadeh）的回忆录《房子里的陌生人》（*Strangers in the House*）37—47页。赫尔佐克（175页）提到拉马拉的无线电发射塔正在"失灵"，176页描述了来自杰里科的约旦步兵被歼灭。赫尔佐克作品176页和慕塔维作品143页提到了耶路撒冷旧城被围。

"迅速恶化"的引文出自里亚德《阿拉伯人的选择》，安曼和开罗之间的电报和电话来自慕塔维作品的138—139页，他直接引用了阿拉伯文原始文献。

巴希尔、阿克尔和《房子里的陌生人》描绘了拉马拉的陷落。《房子里的陌生人》的作者谢哈德回忆了父亲的话，父亲"彻底陷入不安的沉默"，他低低地说：

这是1948年的重现……就像1948年一样,太多夸夸其谈,没有行动,只是虚张声势:阿拉伯人宣称自己将向敌人展示,但战斗爆发时,他们消失了。

慕塔维作品138—140页描述了约旦军队近乎毫无防备的状态,及其6月6日晚的撤退。不过,他还引用了约旦武装部队总司令哈贝斯·马贾利(Habes Majali)的专访。马贾利说,战地指挥官在报告中夸大了约旦在西岸的损失。可是,明显的是,在没有防空掩护的情况下,面对以色列国防军的力量,约旦军队既不能自保,也无法保护西岸居民。

人们拿T恤和手帕当白旗的景象,来自对拉马拉的尼古拉·阿克尔的采访。

许多历史学家(包括奥伦作品307页)都谈到了伊姆瓦斯、拜特努巴和雅鲁的毁灭。今天,那里几乎没有村庄的痕迹了,现在那里是一个"加拿大公园"。一块牌匾上写着:

加拿大公园的温泉谷缘于加拿大安大略省多伦多市的约瑟夫和菲·塔南鲍姆(Joseph & Feye Tanenbaum)的慷慨建造而成——犹太国民基金会。

在1967年战争期间及战后,至少有20万巴勒斯坦难民逃离,这是那六天鲜为人知的影响之一。奥伦在《六日战争》中没有提及它。他写道:"巴勒斯坦社区""大部分留在战前所在的地方……"

塞吉夫出版了一本关于1967年战争的希伯来语著作,他给我写信说,1967年,流离失所的阿拉伯人约为25万,其中包括逃离戈兰高地的叙利亚平民。1990年3月,美国驻卡塔尔前大使、《华盛顿中东事务报告》("Washington Report on Middle East Affairs")的出版者安德鲁·I.基尔戈尔（Andrew I. Kilgore）说，流离失所的巴勒斯坦人有20万（www.washington-report.org/backissues/0390/9003017.htm）。

以色列政府外交部（www.mfa.gov.il/MFA/MFAArchive/2000_2009/2000/2/Displaced+Persons+ — +1967.htm）承认，1967年战争中有"流离失所者"，但没有给出一个数字。

巴勒斯坦常驻联合国观察员代表团在1998年的一份声明中，使用了325000人这一数字，这是所谓的"系统性的驱逐和强制移民政策"的一部分。赛义格作品174页描述了1967年战后"另外30万难民流亡"。俄亥俄州立大学国际法教授约翰·奎格利（John Quigley）在《巴勒斯坦和以色列：正义的挑战》（*Palestine and Israel: A Challenge to Justice*）中引用了350000人的数字，这一数字"占西岸和加沙地带人口的25%"。

1967年9月，联合国特别代表的一份实地调查报告估计，有20万人去了东岸，更多人在西岸地区流离失所。该报告还记录了一些具体事件，包括房屋被拆毁和受恐吓，这些事件导致巴勒斯坦人在战争期间和战争之后逃离。联合国报告说，在西岸的盖勒吉利耶镇（Qalqilya），"离开城市三周后，人们被允许返回……他们返回时发现，差不多2000所住房中，大约850所被拆毁"［联合国大会，《联合国秘书长根据大会第2252号决议（ES-V）和安全理事会第237号决议（1967）的报告》，1967年9月15日］。奥伦作品307页指出："据报道，盖勒吉利耶的房屋近半数遭损坏，不过，以色列后来进行了修复。"

在2003年12月的一次访谈中，巴希尔回忆了律师的罢工。《巴勒斯坦律师和以色列统治：西岸的法律与失序》（*Palestinian Lawyers and Israeli Rule: Law and Disorder in the West Bank*）的作者乔治·比沙拉特（George Bisharat）和我的往来信函中证实了此事。为保准确，比沙拉特审阅了书中提及此事的相关部分及以后的章节。巴希尔一贯谦虚，不会说他是罢工的领袖，但吉亚斯·哈伊里坚称他堂弟确实是"领导者"。巴希尔对以色列上校的话，以及80位律师的数目来自他的记忆。比沙拉特认为律师人数更接近50。联合国的《调查以色列侵害占领区人民人权行为的特别委员会的报告》（"Report of the Special Committee to Investigate Israeli Practices Affecting the Human Rights of the Population of the Occupied Territories"，1976年10月1日）提到建立军事法庭。

"不和解"的引语来自赛义格《武装斗争和谋求国家》143页。巴希尔证实了占领之后，许多巴勒斯坦人立即有了一种洞察感和自由感。

"敢死队员"（fedayi，复数fedayeen）的定义来自巴萨姆·阿布·沙里夫的《最佳敌人》。阿布·沙里夫对哈巴什，对加入解放巴勒斯坦人民阵线，以及对自己父亲失望的记录，都在他作品的52—63页。"永远的外国人"和"不如死去"的引语在53页。

关于巴勒斯坦人回到旧居的故事数不胜数，这些年来我已经听得太多，大多数故事都提到自行穿越"绿线"的旅程，不过，很多旅行者说他们申请并收到了许可证。但是，无论哪种情况，必须强调的是，当时设定的边界要少得多：不仅和现在相比少（现在有隔离墙和围栏），而且与20世纪80年代和90年代相比也少，那时候，因为情势紧张，以色列和被占领土之间的检查站和巡逻队都大大增加了。

第九章

本章的注释相对简短。本章主要依赖于巴希尔和达莉娅的回忆，是他们在1998年、2003年、2004年和2005年进行的十多次采访中告诉我的，巴希尔的阿拉伯语回忆录中也提到这些（参阅第一章的注释）。巴希尔的堂兄吉亚斯·哈伊里在2005年1月的采访中提供了更多细节，那一天他也去了拉姆拉。

巴希尔和达莉娅之间的谈话当然是没有记录的，这部分引语几乎全部来自巴希尔和达莉娅的回忆。有的时候，巴希尔在回忆录中说达莉娅说过什么话，可是达莉娅不记得，或者确信自己没有说过；在这种情况下，我要么不选取这些引语，要么指出差异。不过，此类差异很小：基本上，巴希尔和达莉娅对当天发生在拉姆拉房子里的事情以及随后会面的记忆是一致的。

为保证准确性，巴希尔和达莉娅都审阅过本章和其他章节。我希望自己尽可能准确而公平地传达出了他们交流的精髓。

巴希尔在自己的回忆录和与我的谈话中，都谈到返回拉马拉之后和家人的谈话。过去的12年中，我走过以色列、西岸、加沙、约旦和黎巴嫩，通过数十个故事和访谈，我了解到，1967年，哈伊里家这样的谈话在老巴勒斯坦各处并不鲜见。巴希尔在回忆录中谈到了自己和卡迈尔的回归之旅。1967年6月以后，巴勒斯坦运动的政治发展证明，返回的梦想一如既往残酷。赛义格的《武装斗争和谋求国家》说明了这一点，特别是在147页，他在那一页描述了"游击队的全盛时期"。

对阿拉法特的描述有多种来源，包括巴萨姆·阿布·沙里夫的《棋逢对手》，它在58页引用了"巴勒斯坦精神"，还讨论了跨境攻击的局限性。阿拉法特重新开始武装斗争来源如下：阿布·沙里夫作品

58—59页、赛义格作品161—164页、赛义德·K. 阿布瑞什（Said K. Aburish）作品《阿拉法特：从抵抗者到独裁者》（*Arafat: From Defender to Dictator*）71—77页。这些记录和以色列外交部的网站表明，这段时间，特定的袭击很少造成平民伤亡。"阿布·阿马尔"（Abu Amar）的传奇故事是阿布·沙里夫（59页，咖啡在炉子上的故事）和戴维·普莱斯－琼斯（David Pryce-Jones）说的。戴维是一名英国记者，《失败的面孔》（*The Face of Defeat*）的作者，阿拉法特的故事在41页。阿布瑞什（82—83页）回忆了阿拉法特的口号，并描述了这位法塔赫领导人如何把自己的阿拉伯头巾裹成旧巴勒斯坦的形状。"这项活动每天早晨都要花将近一个小时。"阿布瑞什写道。

> 他戴着美国风格的太阳镜，这给了他一种神秘的气息，他在室内也戴着它……在许多照片中，他都拿着一根棍子，一根简易的元帅的指挥棒。这不仅把他和周围的人区分开来，可以一直被用来当力量的象征，还能拿来指出英勇行为或以色列暴行的地点。

有关律师罢工和占领对巴希尔这样的巴勒斯坦律师职业上的影响，请参阅乔治·比沙拉特的《巴勒斯坦律师与以色列统治》（*Palestinian Lawyers and Israeli Rule*），尤其是145—161页。关于巴勒斯坦人对以色列吞并东耶路撒冷的态度，请参阅阿布瑞什作品71—72页，以及谢哈德作品46页和55—57页。莫里斯在《正义的受害者》331—334页描述了西岸早期的以色列定居点的情况，147页提到"145号军令"。根据以色列法律资源中心的网站，该命令于1968年4月实施。

巴希尔在接受采访时，回顾了他于1967年9月被捕和被监禁的情况。赛义格在作品180页讨论了以色列平叛活动更广泛的背景。"不和解"的引语来自赛义格作品143页。1967年11月22日联合国安全理事会第242号决议的部分文本摘自联合国网站（daccess-ods.un.org/TMP/7167138.html）。

有关纳赛尔和侯赛因国王对第242号决议的态度，参见赛义格作品143页。许多巴勒斯坦人，包括解放巴勒斯坦人民阵线等受欢迎派系的支持者的态度，请参阅阿布·沙里夫作品56—63页，以及赛义格作品229页和252页。赛义格在作品167页和170页讨论了以色列逮捕巴勒斯坦游击队员和支持者的情况；监狱中关着"1000—1250"名活动分子，这个数字在172页；到1968年年底，这一数字上升到了1750（203页）。

赛义格作品176页谈到了解放巴勒斯坦人民阵线随着机场袭击案而出现及其战术上的失败。阿布·沙里夫作品51页也谈到了这个日期，他说这标志着解放巴勒斯坦人民阵线的成立，以及只有"一个条款"的"宣言"："通过武装斗争，将巴勒斯坦从以色列的占领中解放出来。"

阿布·沙里夫作品的50—51页谈到了巴勒斯坦人对哈巴什的态度。

巴希尔回忆起他于1967年9月17日被捕，并被拘留了"一百天"，这意味着他于12月下旬获释。

奥兹（Oz）和他的同事们撰写了《第七日："六日战争"士兵谈话录》(*The Seventh Day: Soldiers' Talk About the Six-Day War*)，该书的目的是"永久地记录'六日战争'对他们这一代人的影响"。士兵们的故事和引语是从这本书里找到的。大卫·雷姆尼克（David Remnick）2004年11月8日发表在《纽约客》上的文章《精神层面》("The Spirit Level")记录了奥兹早期反对占领的立场。

本章的剩余部分——达莉娅和理查德抵达拉马拉，哈伊里一家给他们的款待，达莉娅和巴希尔的碰面——如本章开头注释所述的那样，都来自他们的回忆。

第十章

本章基于目击者访谈、回忆录、描述当时历史和政治背景的二手资料的结合,以及对 1969 年至 20 世纪 80 年代中期的巴勒斯坦不同政治派别成员的访谈。

一手访谈是针对达莉娅、哈伊里家的各个成员、以色列老兵伊斯雷尔·戈芬、解放巴勒斯坦人民阵线前成员、20 世纪 70 年代和 80 年代蹲过以色列监狱的巴勒斯坦人进行的。耶兹德·赛义格的《武装斗争和谋求国家》研究严谨,提供了对大的政治背景的理解。达莉娅的访谈以及阿布·沙里夫《棋逢对手》中的记录栩栩如生地传达了时代感。

2004 年,我对伊斯雷尔·戈芬进行了一系列采访,他回顾了超级索市场爆炸的事。戈芬时年 82 岁,他的记忆中充满微小而令人信服的细节,包括那天他去超级索市场是为了买一瓶冰柠檬汁,这真令人惊讶。根据巴勒斯坦权力机构信息部(Palestinian Authority's Ministry of Information)的资料(http://www.minfo.gov.ps/permenant/English/Jerusalem/m_%20j_history.htm),超级索市场是以色列建造的公园和停车场,它和附近的西耶路撒冷的建筑物一样,都建在墓地和宗教公产上,1948 年之前一直归穆斯林使用。

《耶路撒冷邮报》2 月 23 日(星期日)的文章剪报中证实了超级索市场爆炸的细节,文章标题是"两人死亡,八人受伤:耶路撒冷超级索市场的恐怖暴行"(2 Die, 8 Wounded in J'lem Terror Outrage at Supersol)。(第三位受害者后来死亡。)爆炸发生在上午 10 点 40 分,后来一名陆军工兵拆除了装满炸药的饼干桶,避免了第二次爆炸的发生。

巴希尔不记得自己被捕的具体日期,不过,看起来他是在 1969 年 2 月底或 3 月 1 日被捕的。3 月 2 日,《耶路撒冷邮报》的一篇文章称,

"40名超级索市场爆炸案嫌疑人遭围捕"；两天后，一篇跟进文章说："据了解，一名拉马拉的律师巴希尔·哈伊里，也在被捕的人中间。"哈巴什"安心感和安全感"的引语来自赛义格作品216页。巴希尔被称为"恐怖活动的领导者"（《耶路撒冷邮报》3月6日文章，《主要的恐怖团伙被捕》）。

阿布·沙里夫作品59—63页，赛义格作品230—232页，莫里斯《正义的受害者》376—380页都描述了早期解放巴勒斯坦人民阵线的活动。

巴希尔和努哈·哈伊里在分别进行的采访中都描述了对巴希尔的监禁，时任以色列人权律师的费利西娅·兰格进一步证实了他在以色列监狱。尽管除了巴希尔本人（以及某一时刻，他的姐姐努哈），没有别的目击者证实他所受的折磨，但他所描述的内容与兰格的《用我自己的眼睛》中的概述，以及我在2004年夏天对从前的巴勒斯坦囚犯进行的大量访谈是一致的。约瑟夫·奥德（Josef Odeh）对女儿所受酷刑的描述，刊登在1977年6月19日伦敦《星期日泰晤士报》的调查报告中，与哈伊里家人对巴希尔所受酷刑的描述惊人地相似。《耶路撒冷邮报》1969年3月11日的一篇文章记载了约瑟夫的房屋被拆：《9名西岸恐怖分子的房屋被拆毁》（"Houses of 9 West Bank Terrorists Demolished"）。

有关以色列酷刑史的更多信息，包括兰道委员会（Landau Commission）的发现，及其随后对于酷刑的司法限制，可以在备受尊敬的以色列人权组织比塞莱姆（B'tselem）的网站上找到（www.btselem.org/english/Torture/Torture_by_GSS.asp）。

赛义格作品全面描述了解放巴勒斯坦人民阵线的策略（包括232—237页）；阿布·沙里夫（59—60页）描述了解放巴勒斯坦人民阵线行动的"负责人"瓦迪·哈达德［Wadi Haddad，他是《奇观》

（spectaculars）的作者]"振奋人心的愿景"。阿布·沙里夫还描述了敢死队员在阿拉伯世界享受到的礼遇。阿布瑞什（101—107页）描述了1969年和1970年之间，约旦、以色列与巴勒斯坦各派之间的紧张关系，赛义格作品243—251页也提到了这些。赛义格在作品174—179页，莫里斯《正义的受害者》368—370页，赫斯特《枪与橄榄枝》411—414页，阿布瑞什在《阿拉法特：从抵抗者到独裁者》81—83页都详细描述了卡拉麦之战。拉希德·卡里迪在《巴勒斯坦人的身份》197页探讨了把卡拉麦之战从军事上的失败转变为政治上的胜利的想法。

卡里迪作品197页，阿布瑞什作品84页和阿布·沙里夫作品65—66页，都描述了卡拉麦之战在激励新兵和激发左派支持方面的作用。1969年3月5日，《耶路撒冷邮报》上的一篇文章引用哈巴什的话说："越南式的革命是唯一的道路……依靠随时准备战斗的贫苦劳动者（kadaheen），因为他们除了所住的破烂帐篷外，没有什么可以损失的。"哈巴什的口号，还有"地狱"的引语，分别在赫斯特的《枪与橄榄枝》419页和410页。

认为以色列人是"穿着便服的士兵"的态度，来自对巴勒斯坦学者纳赛尔·阿鲁里的采访。哈巴什的"当我们劫机"的引语出现在1970年的《亮点》（Der Stern）杂志①，许多美国军事网站都有摘录。阿布·莱拉在一次采访中回顾了以色列的镇压行动，他还描述了解放巴勒斯坦人民阵线内部以及他们与约旦之间日益紧张的关系。赛义格（243—255页）、阿布瑞什（94页和98页）都证实了上述描述。赛义

---

① 有可能指《亮点》（Stern）周刊，德国目前最大的时事社会生活杂志，创刊于1948年，主要面向德国及全欧洲发行。《亮点》与《明镜》《焦点》一起，是德国发行量最大的三份周刊。

格在作品257页和阿布·沙里夫在作品80—90页描述了目的地为"革命机场"的多次劫机。阿布·沙里夫回忆当另一名解放巴勒斯坦人民阵线特工开始将塑胶炸药绑在座椅上的时候,自己安慰一名乘客说:"别担心,这只是一次劫机,没人会受伤。""您希望我放松?"这名震惊的人对阿布·沙里夫大喊,"看那个家伙!见鬼,他在做什么?"

约旦相对于巴勒斯坦各派的军事优势,以及约旦的"国内之国",在赛义格作品263—264页。"阿拉伯的河内",参见赫斯特作品436页。2001年1月,BBC电视台《英国机密》(*UK Confidential*)报道了侯赛因国王请求以色列予以援助,该请求被许多阿拉伯人视为背叛,这些都基于2001年1月1日公开的英国内阁文件。见news.bbc.co.uk/1/hi/world/middle_east/1095221.stm。

赛义格估计,在"黑色九月"期间,巴勒斯坦的死亡人数在3000到5000之间(267页)。阿拉法特和侯赛因国王之间的协议也在267页。纳赛尔去世的种种情景来自赛义格作品145页和海卡尔作品159页。

巴希尔和家人不记得他被定罪的确切日期,只记得那是在1972年。"雅辛"一章的话得到了加州大学伯克利分校近东研究所讲师哈特姆·巴齐昂博士的证实。

达莉娅回忆了学校离监狱很近,她认为它们实际上共有同一面墙。

赛义格在作品309页,赫斯特在作品439—445页,莫里斯在《正义的受害者》380—382页讲述了以色列运动员在慕尼黑被杀害的事。赛义格作品描述了阿拉法特的引言。赛义格说,袭击是以"黑色九月"的名义进行的,但是,攻击者不属于最初的"黑色九月"组织。以色列将军是指导"上帝之怒"行动的阿哈隆·亚里夫,他的话来自里夫(Reeve)作品160—161页。哈巴什"不人道"的话引述在赛义格作品71页。

赛义格作品310页,阿布·沙里夫作品97页和莫里斯《正义的受害者》380页都谈到了以色列的暗杀，包括杀死加桑·卡纳法尼和他的侄女，使巴萨姆·阿布·沙里夫残疾的邮件炸弹。莫里斯说卡纳法尼的侄女是17岁而非21岁。阿布·沙里夫在《棋逢对手》96—99页细致生动地描述了他致残的事。

监狱生活的场景来自对巴希尔，以及对20世纪七八十年代蹲过以色列监狱的其他巴勒斯坦男性的多次访谈。这些人包括前法塔赫活动家、后来在阿拉法特治下的西岸安全部门的负责人吉布里尔·拉古卜，西岸图尔卡姆的阿布·穆罕默德；一些希望匿名的现任和前任的解放巴勒斯坦民主阵线和解放巴勒斯坦人民阵线的成员。他们中的大多数人都与巴希尔在一个监狱或另一个监狱里共同度过了一些时光。

关于被囚的巴勒斯坦男子的统计资料，见赛义格作品608页。巴希尔的一些艺术作品，包括巴勒斯坦农妇的画像和阿克萨清真寺的复制品，都在他位于拉马拉的家中。

一次访谈中，巴希尔讲述了拉宾访问监狱的事。

萨达特对耶路撒冷的访问，以及随后的《戴维营协议》都在施莱姆《铁墙》的355—383页。拉宾"仇恨之墙"的引语来自阿布·沙里夫作品165页。在我的很多次采访中（包括对巴希尔和阿布·莱拉的采访），人们都谈到巴勒斯坦人反对这些协议，施莱姆作品378页、爱德华·赛义德（Edward Said）《剥夺的政治》(*The Politics of Dispossession*) 66—67页都谈到了这一点。施莱姆（326页）、莫里斯《正义的受害者》（330—336页）和赫斯特（500—502页）描述了在执政的利库德集团中，忠信社群[①]和全国宗教党（National Religious Party）的崛起；赫斯特特别描述了沙龙与这些政治力量的关系，以及

[①] 忠信社群（*Gush Emunim*，也叫 The Bloc of the Faithful），以色列犹太教正统派，救世主义性质，旨在帮助犹太民族定居于约旦河西岸地区、加沙地带、戈兰高地的右翼运动。

随后，世界犹太复国主义组织通过其"犹地亚和撒玛利亚定居点发展总体计划"（Master Plan for the Development of Settlement in Judea and Samaria）提供的支持。

赛义德在一篇有关萨达特之死的文章中写道，这位埃及领导人"在阿拉伯历史、社会和现实之外行事……在他的最后几年中，他无情地辜负了阿拉伯人……他似乎与他的人民失去了联系"。

努哈和卡农回忆了巴希尔出狱的事。卡农认为巴希尔的身体上有香烟烫出来的疤痕，巴希尔对此未予置评。

达莉娅的丈夫叶赫兹凯尔·兰道回忆了他们和英国圣公会牧师奥德·兰蒂西的联系。

叶赫兹凯尔从希伯来语翻译了祷词。

第十一章

本章内容绝大部分来源于达莉娅和巴希尔的通信，以及对达莉娅、巴希尔、哈伊里家的其他成员、叶赫兹凯尔·兰道、巴希尔的狱友（包括吉布里尔·拉古卜）的访谈。历史背景来自大量的一手和二手资料，如下文所示。

巴希尔的监狱时光，在对吉布里尔的几次访问，1988年1月中旬伦敦《星期日泰晤士报》以及《耶路撒冷邮报》的文章中都得到了验证。巴希尔和吉布里尔都审阅了本章中的相关部分，以保证准确性。他们对同一事件几乎相同的回忆（分别讲述）证实了耶尼德监狱的整体情况。

导致起义的占领的背景，以及起义本身的细节，来自梅隆·本维尼斯蒂在《亲密的敌人：同处一片土地上的犹太人和阿拉伯人》

(*Intimate Enemies: Jews and Arabs in a Shared Land*)的"起义"一章(72—111页)、阿布·沙里夫《棋逢对手》224—228页、阿布瑞什的《阿拉法特：从抵抗者到独裁者》199—229页、赛义格的《武装斗争和谋求国家》607—665页，以及施莱姆的《铁墙：以色列与阿拉伯世界》450—460页。

关于点燃起义的火花，故事各有不同。施莱姆作品（451页）指一个"卡车司机""撞死了贾巴尔亚难民营的四名居民"；赛义格（607页）提到"一辆农用车"撞上了"两辆载着加沙工人的小汽车"；阿布·沙里夫（225页）写道，"一辆载有巴勒斯坦工人的卡车遭到以色列士兵伏击"；格纳（Gerner）在《一片土地，两个民族》(*One Land, Two Peoples*) 97页说："一辆以色列坦克运输车与一列载满巴勒斯坦工人的汽车队相撞。"所有记录都一致的是，四名巴勒斯坦人被撞死了，并且，真真假假的谣言在被占领的加沙四处传播。

迪利普·希罗（Dilip Hiro）在《分享应许之地》(*Sharing the Promised Land*) 185页提到了"医生兄弟"的引语。

施莱姆（454页）讨论了巴勒斯坦形象在国际上的逆转：在453页，他描述了拉宾如何"大大低估了局势的严重性"，在451页，他提到"巴勒斯坦独立战争"；本维尼斯蒂在作品73页提到"解放战争"。

关于亚辛故乡的参考信息，来自瓦利德·卡里迪的《遗存的一切：1948年被以色列占领和削减人口的巴勒斯坦村庄》116—117页。赛义格在作品631页讨论了哈马斯的根源及其哲学。施莱姆在作品459页提到了以色列最初对哈马斯的鼓励，"以期削弱巴解组织的世俗民族主义"。

关于起义怎么组织（包括税收起义）的详细信息，来自《家园：巴勒斯坦和巴勒斯坦人的口述历史》(*Homeland: Oral Histories of Palestine and Palestians*) 里对埃里亚斯·里什马维（Elias Rishmawi）

的采访，埃里亚斯是一个药剂师，在伯利恒附近的西岸小镇贝特萨乌尔（Beit Sahour）。更多的细节，包括"胜利花园"和在旧冰箱里孵小鸡的故事，均来自对巴勒斯坦学者纳赛尔·阿鲁里的一次采访。

这段希伯来语祈祷被称为"雷贝·纳赫曼的和平祷文"（Rebbe Nachman's Prayer for Peace），由布雷斯洛夫[①]的拉比纳赫曼·本·费加（Nachman ben Feiga，1773—1810）所创（www.pinenet.com/rooster/peace.html）。

拉宾"暴力、强权和殴打"的政策在当时被广泛宣传，施莱姆（453页）、希罗（186页）和赛义格（619页）都提到了这一政策。赛义格还提到了逮捕、行政拘留和学校关闭的数字。施莱姆（453页）、格纳（98页）和希罗（186页）都提到了打断骨头的政策。希罗引用美国哥伦比亚广播公司（CBS）的电视报道说，"以色列士兵殴打被绑着的巴勒斯坦人，要把他们打骨折"。莫里斯在《正义的受害者》589—590页也描述了这种打到骨折的政策。

达莉娅的丈夫叶赫兹凯尔根据自己的记忆，回忆了达莉娅住院的一些细节。

巴希尔和吉布里尔·拉古卜证实了他们被递解出门时，耶尼德监狱里的场景。1988年1月13日至15日，伦敦《星期日泰晤士报》的文章证实他们放弃了对驱逐出境的上诉。"结局注定的游戏"和"领导人之中"的引语摘自1月14日《耶路撒冷邮报》发表的一篇文章。文章提到联合国和美国反对以色列的驱逐政策。1988年1月5日，联合国安理会第607号决议"呼吁以色列不要将任何巴勒斯坦公民驱逐出被占领土"。

[①] 布雷斯洛夫（Breslov），哈西德犹太教的一个分支，由哈西德教（Hasidism）创始人巴尔·谢姆·托夫（Baal Shem Tov）的曾孙雷贝·纳赫曼（Rebbe Nachman）建立。

吉布里尔·拉古卜回忆了自己对军事法官的评论。吉布里尔和巴希尔回忆了在卡车里被蒙着眼睛，以及接下来上直升机的旅程。在分别的采访中，他们都强调说自己不知道会到哪里去。

本维尼斯蒂在《亲密敌人》79页讨论了以色列人在黎巴嫩的存在，以此作为"摧毁巴勒斯坦民族主义在黎巴嫩的独立权力基础的手段"；施莱姆（384—423页）和赛义格（495—521页）提供了更多背景资料。另请参见以色列知名的军事通讯员泽夫·希夫（Ze'ev Schiff）和埃胡德·雅阿里（Ehud Ya'ari）的《以色列的黎巴嫩战争》(*Israel's Lebanon War*)；罗伯特·菲斯克（Robert Fisk）的《纷扰之地》(*Pity the Nation*)。早在1983年就有"以色列的越南"的说法，以色列外交部的这篇文章证明了这一点：www.mfa.gov.il/MFA/Foreign+Relations/Israels+Foreign+Relations+since+1947/1982-1984/111+Interview+with+Defense+Minister+Arens+on+Israe.htm。

巴希尔和吉布里尔分别回忆了他们到达黎巴嫩南部的事情，解放巴勒斯坦人民阵线派出的护卫萨拉·萨拉在访谈中也说过这些。

美国国务院"深感遗憾"和内塔尼亚胡"完全合法"的评论来自伦敦《星期日泰晤士报》和《耶路撒冷邮报》的文章。以色列国防军官方网站发布的在线文章《恩德培日记》("Entebbe Diary")描述了约纳坦·内塔尼亚胡（Yonatan Netnetyahu，也叫Jonathan）在恩德培袭击中的死亡。这次突袭行动的目的是解救一架被解放巴勒斯坦人民阵线成员劫持的飞机上的人质，飞机飞到了伊迪·阿明（Idi Amin）[①]统治下的乌干达，约纳坦是唯一的伤亡者。约纳坦死后，他的弟弟"比比"（Bibi）形成或者至少强化了他的一些个人和政治的信念，这是达莉娅对我强调了好几次的。

---

① 伊迪·阿明（Idi Amin, 1925—2003），乌干达第三任总统，1971—1979年在位。

拉宾的"值得尊重的勇气"引文来自海卡尔的《秘密频道》384页。在这里,海卡尔还描述了拉宾"转向温和"的开端。施莱姆也探讨了这种转变(467页),这种转变在后来才表现出来;453—455页讨论了持续的"铁拳"政策。

达莉娅《给一个被驱逐者的信》发表在1988年1月14日的《耶路撒冷邮报》的社论版上,全文在www.friendsofopenhouse.org/article3.cfm。

菲斯克、赛义格(282—317页,特别是291页)描述了巴勒斯坦人在黎巴嫩总体的政治背景。菲斯克在《纷扰之地》中描述了真主党创立的宗旨。施莱姆(559页)指出,"它斗争的主要目的是将以色列人从黎巴嫩南部的立足点赶出去"。弗里德曼(Friedman)在《从贝鲁特到耶路撒冷》(*From Beirut to Jerusalem*)中提到在黎巴嫩建立伊斯兰国家的次要目标。希夫和雅阿里的《以色列的黎巴嫩战争》18页记载了以色列给黎巴嫩民兵输送资金的情况。

"黎巴嫩泥潭[①]"(如施莱姆所称)的历史背景(包括各派系的相互争斗)不在本书的讨论范围之内,但有几点值得注意。巴勒斯坦各派的存在和以色列的存在加剧了1970年以后的紧张局势。紧张局势很大程度上和宗教有关,穆斯林普遍支持巴勒斯坦人和许多马龙派基督徒[②],黎巴嫩长枪党民兵得到以色列的支持,他们定期发布宣告,想建立自己的独立基督教国家。尽管许多穆斯林是生活在肮脏难民营中的巴勒斯坦人,被剥夺了公民权,没有在其他地方居住、在其他行业谋职的权利,但穆斯林人口的增长速度比基督徒快。随着紧张局势的加剧,法国殖民者在1916年与英国分治中东时建立的脆弱的、基于宗教

[①] 比喻进退两难之境。
[②] 马龙派(Maronites),种族宗教基督教团体,其成员信奉叙利亚马龙派教徒教堂,该教堂在黎巴嫩山周围人口最多。

的政治平衡彻底瓦解。1975年,贝鲁特附近的基督教民兵向一辆载着巴勒斯坦平民的公共汽车开火,黎巴嫩内战爆发。几天之内,报复和反报复升级为全面内战,贝鲁特实际上分裂为基督徒控制的东区和穆斯林控制的西区。多年来,汽车炸弹、绑架和处决成为常态。

赛义格在522—543页中详细描述了以色列对黎巴嫩的入侵,包括武器和人员伤亡的数量,贝鲁特之围以及巴解组织的抵抗。

沙龙的"夷为平地"引述来自希夫和雅阿里211页。施莱姆在405—406页描述了以色列入侵的动机。巴勒斯坦战士的离开在赛义格作品537页。施莱姆于413页提到了阿拉法特登上希腊船。我在黎巴嫩难民营采访时,人们多次谈及1948年对巴勒斯坦难民的"15天"承诺,以及56年后,他们返回老家的不灭的渴望。

赛义格作品539页和1982年9月23日劳伦·詹金斯(Loren Jenkins)在《华盛顿邮报》上的文章详述了萨布拉(Sabra)-夏蒂拉(Shatilla)难民营大屠杀。

"无视"的引语,直接来自1983年2月8日以色列卡汉调查委员会的正式调查结果。卡汉报告详述了以色列国防军使用照明弹来照亮萨布拉和夏蒂拉营地,并描述了以色列国防军军官离营地很近,全文见http://www.jewishvirtuallibrary.org/jsource/History/kahan.html。该报告还清晰明白地指出,国防部部长阿里埃勒·沙龙于1982年9月16日明确地批准了黎巴嫩长枪党民兵进入营地。

巴希尔的"唯一的解决方案是回归"和"我们要求"的评论来自1988年1月的新闻报道,包括《耶路撒冷邮报》在内。在采访中,我给吉布里尔·拉古卜读了本章的这一部分之后,他坦率地评论:"萨拉为我的演讲付出了代价。"我曾经隐隐希望他会愤怒到爆,或者否认。正相反,他回答得很坚定。也许,公开地承认,也是间接地向他的老朋友萨拉解释,发生了什么事,以及为什么会这样,这让他卸下负担。

承认萨拉为自己的演讲付出了代价之后，吉布里尔看着我，补充道："我为此感到尴尬。我当时是一个年轻人。"

在接受采访时，巴希尔和波士顿和平活动家希尔达·西尔弗曼（Hilda Silverman）跟我说了"回归之船"号的故事，西尔弗曼当时在雅典，计划乘坐该船回到海法。更多细节来自一篇1988年10月的文章，阿尔弗雷德·利连塔尔（Alfred Lilienthal）的《华盛顿中东事务报告》("Washington Report on Middle East Affairs")上，以及比利时记者孟·范德斯泰因（Mon Vanderostyne）的文章，范德斯泰因当时在雅典报道了这个故事。"罪犯们"的引语来自范德斯泰因的报道。

赛义格在作品618—619页，希罗在作品216—217页都描述了对阿布·杰哈德的暗杀。包括以色列报纸在内的许多报纸都报道了埃胡德·巴拉克（Ehud Barak）在暗杀中的角色，此事被记录在以色列犹太事务局的网站上（www.safi.org.il/education/jafi75/timeline7i.html）。那一周的新闻报道，包括4月16日美联社的一则电讯都表明，阿布·杰哈德遇刺后，起义事件激增。1988年5月8日，吉亚斯和努哈·哈伊里到达莉娅的病房探望，此事记录在达莉娅5月9日的日记中，本节的所有描述和对话均来自那篇日记。达莉娅和叶赫兹凯尔在访谈的时候都描述了拉斐尔的出生。

希罗在作品187—190页，赛义格在作品643—650页都描述了巴勒斯坦运动中日益增加的政治分歧。赛义格在作品650—653页讨论了哈马斯的角色。施莱姆在作品463—466页从以色列的政治角度对同一时期进行了分析。阿布·沙里夫在作品224—246页描述了他从哈巴什到阿拉法特的政治转变。在一次访谈中，他回忆了关于"乔治医生"的话，以及褪了色的关于冷战的记忆。阿布·沙里夫的个人记录（257—262页）回忆了阿拉法特的日内瓦之行。

巴希尔、拉马拉的阿布·莱拉（Abu Laila），以及一名不再生活在中东地区的前解放巴勒斯坦人民阵线成员描述了巴勒斯坦运动中持续的分歧。

2004年，在分别的采访中，巴希尔和萨拉回忆了他们的突尼斯流亡。达莉娅回忆了她从耶路撒冷到拉姆拉，与米沙尔·范努斯会面的旅程。关于第一次会面，我采访了他们两个，他们的回忆印证了对方的叙述。达莉娅和米沙尔都回忆了他们对这个被称为"开放之家"的地方的共同愿景；达莉娅回忆，米沙尔看着她说："我们可以一起梦想。"

第十二章

本章内容基于对达莉娅、叶赫兹凯尔·兰道、巴希尔、努哈、吉亚斯和卡农·哈伊里的采访，《奥斯陆协议》的原始文件，描述奥斯陆进程和2000年9月开始的"第二次起义"的第一手资料、调查和报纸剪报，以及我本人1994年之后对该地区的报道。

奥斯陆"协议"指的是始于《原则声明》（Declaration of Principles，简称DOP）的一系列协议，这些协议源于以色列和巴解组织谈判人员1992年之后在挪威首都进行的秘密讨论。拉宾与阿拉法特交换的信件是《原则声明》的一部分，引用自《巴勒斯坦文件》（第二卷，Documents on Palestine: Vol. II），该文献由巴勒斯坦国际事务研究学会（Palestinian Academic Society for the Study of International Affairs，简称PASSIA）出版（142页）。《原则声明》的文本在145—150页。民意调查显示，在巴勒斯坦人中，《奥斯陆协议》最初是受欢迎的；包括巴勒斯坦邮票在内的早期主权措施，都是"巴勒斯坦国际事务研究学会"时间表的一部分，在《巴勒斯坦文件》（Documents on Palestine）

371—398页。不同侧厅和管辖区的描述,以及"仍然负责"的引语来自《1994年5月4日加沙-杰里科自治协定》(*Gaza-Jericho Autonomy Agreement of May 4, 1994*)附件Ⅰ,第Ⅹ条文章。

规划的新的以色列住房单元和"绕行道路"来自1994年及其后的时间内,我本人对这一地区的观察,"巴勒斯坦国际事务研究学会"的时间线中列出了这些(371—388页)。

班尼·莫里斯在《正义的受害者:阿拉伯犹太复国主义冲突的历史,1881—2001年》(*Righteous Victims: A History of the Zionist Arab Conflict, 1881-2001*)624页提到了巴鲁克·戈登斯坦(Baruch Goldstein)对巴勒斯坦人的屠杀。1998年9月28日和10月23日,丹尼·鲁宾斯坦(Danny Rubinstein)在《国土报》的两篇分析文章中,将戈登斯坦的袭击与哈马斯随后开展的对平民的袭击联系在一起。自杀式袭击记录在了"巴勒斯坦国际事务研究学会"的时间线上,www.jewishvirtuallibrary.org/jsource/Terrorism/TerrorAttacks.html 的《〈奥斯陆协议〉签订以来重大的巴勒斯坦恐怖袭击"(Major Palestinian Terror Attacks Since Oslo)专题中也有。阿米拉·哈斯(Amira Hass)在1999年3月22日《国土报》发表的文章记录说,哈马斯声称这些袭击是对以色列袭击巴勒斯坦平民的回应。

联合国人权委员会(United Nations Commission on Human Rights)的定期报告中记录了拆毁房屋的情况,例如1996年2月19日的记录。"人权观察"(Human Rights Watch)也定期有文件(包括1996年3月15日给委员会的一篇书面报告),记录了睡眠剥夺和其他的行为。

在此期间,许多新闻都提到巴勒斯坦警察对巴勒斯坦人的围捕。1995年8月的比塞莱姆报告《既非法律也无正义:巴勒斯坦防卫安全机构在司法外对西岸巴勒斯坦居民的司法外惩罚、绑架、非法逮捕和酷刑》("Neither Law Nor Justice: Extra-Judicial Punishment, Abduction,

Unlawful Arrest, and Torture of Palestinian Residents of the West Bank by the Palestinian Preventive Security Service")中引用了这些。更多有关巴勒斯坦权力机构审查策略的信息,参阅巴勒斯坦人权中心(Palestinian Center for Human Rights)的《对1995年"巴勒斯坦新闻法"的批评》(Critique of the Palestinian Press Law of 1995, www.pchrgaza.org/files/S&r/English/study 1/Section2.htm)。萨义德"维希政权"的评语来自他的一篇声讨文章:《中东"和平进程"》("The Middle East 'Peace Process'"),这篇文章在《和平与不满:巴勒斯坦与中东和平进程随笔》(Peace and Its Discontents: Essays on Palestine and the Middle East Peace Process)的159页。

对阿拉法特的愤怒以及贫富悬殊的对比情景,很多都是我1994年之后数次加沙之行中记录下来的。本段中的其他细节,包括"奸商"的引语,摘自戴维·赫斯特(David Hirst)1997年4月27日在《卫报周刊》(Guardian Weekly)上发表的文章《加沙的无耻》("Shameless in Gaza")。(当时,我正在加沙,这篇文章引起了波澜——官员被激怒,其他许多人感到兴高采烈。一些巴勒斯坦人认为"在我们仍处被占领状态的时候",向世人展示巴勒斯坦人的脏衣服"为时过早"。)

1995年10月的民意调查由受人尊敬的耶路撒冷"媒体和传播中心"(Media and Communication Center)进行,《巴勒斯坦文件》387页引用了这些信息。调查显示,巴勒斯坦人对《奥斯陆协议》的支持率直线下降,只有23.7%的人"强烈"支持该协议。

叶赫兹凯尔·兰道谈到奥斯陆会谈期间以色列的氛围,他回忆了拉宾关于"巴加兹和比塞莱姆"(Bagatz and B'tselem)的评论。

内塔尼亚胡的话来自许多文章,包括丹尼尔·帕普斯(Daniel Pipes)2004年6月发表于在线杂志《美国日报》(American Daily)上的文章《以色列的任性总理们》("Israel's Wayward Prime Ministers"): www.americandaily.com/article/2547。

达莉娅和叶赫兹凯尔绘声绘色地回忆了被篡改的海报（穿着纳粹制服的拉宾），以及宗教和政治右翼对拉宾的攻击，他们还回忆起"罗德夫"一词。《正义的受害者》（634—635页）中提到了更多细节。2005年夏天接受采访的时候，达莉娅回忆自己对关于拉宾的描绘感到愤怒。她和叶赫兹凯尔回忆了那段时期"整个和平共处的方式"面临的挑战。

拉宾被杀害的那个集会的详情来自叶赫兹凯尔，莫里斯作品635页证实了这些。施莱姆的《铁墙》548—550页有更多关于暗杀的细节。达莉娅回忆拉宾说"战争该结束了"，可能源于拉宾1995年10月5日在以色列议会发表的一次讲话。他在讲话中说："我们可以继续战斗。我们可以继续杀人——也继续被杀。但是，我们也可以尝试停止这一永无止境的血的循环。我们也可以给和平一个机会。"

伊盖尔·阿米尔（Yigal Amir）的"这是我自己干的"的言论被广泛引用。施莱姆在文章549页补充了阿米尔的话："我对拉宾射击的时候，我感觉自己好像是在射杀一个恐怖分子。"

戴维营的记录由众多来源拼接而成。其中很大一部分来自在《纽约书评》（New York Review of Books）上发表的两个戴维营"版本"的交互印证，一个是2002年6月13日班尼·莫里斯引述的巴拉克的说法，另一个是2002年6月27日罗伯特·马利（Robert Malley）和侯赛因·阿格哈（Hussain Agha）的文章。在我的叙述中，还有一个很重要的内容是查尔斯·恩德林（Charles Enderlin）的《破碎的梦想》（"Shattered Dreams"），它"通过会议后几周拍摄的记录，以及以色列和巴勒斯坦的几位与会者实时记录的笔记"再现了峰会的情况。另一个有价值的记录是克莱顿·E. 史威舍（Clayton E. Swisher）

撰写的《戴维营的真相：中东和平进程溃败不为人知的故事》(*The Truth About Camp David: The Untold Story About the Collapse of the Middle East Peace Process*)，该书基于对各方的广泛访谈。其他的资料包括丹尼斯·罗斯（Dennis Ross）的《失去的和平：中东和平之战的内幕》(*The Missing Peace: The Inside Story of the Fight for Middle East Peace*)；玛德琳·奥尔布赖特的《国务卿女士》(*Madam Secretary*)；巴勒斯坦的主要谈判者之一塞布·埃雷卡特（Saeb Erekat）的日记；巴勒斯坦团队的另一名成员，巴勒斯坦日报《日子》(*Al-Ayyam*)的主编阿克拉姆·哈尼（Akram Hanieh）撰写的《戴维营文件》("The Camp David Papers")。巴勒斯坦的主要谈判者之一，塞布·埃雷卡特（Saeb Erekat）的日记内容曾出现在一次伯利恒的演讲中，它被翻译并发布在 http://homepages.stmartin.edu/Fac_Staff/rlangill/PLS%20300/Camp%20David%20Diaries.htm。埃雷卡特在与我的私人通信中确认了这些日记的真实性。

有关戴维营的失败，因为叙述者观点不同，讲述的语气和归咎的责任也不同。小细节也不很一致，一位叙述者回忆了地图的黄色部分，而另一位讲述者记得它是褐色的。引语是从引用来源中逐字逐句地摘录的，但由于是参与者在事后回忆的对话，不见得百分之百准确。有时，关于某些对话发生的日期有轻微的分歧，这有可能是因为在戴维营的14天中，相似的对话重复到令人生厌。关于一场谈话，只在有多个来源的时候，我才使用引语。

罗斯（Ross）的"车轱辘的老废话"评论来自他回忆录的669页，恩德林作品（202页）引述了克林顿对阿布·阿拉的"爆发"；罗斯在作品668页和奥尔布赖特在作品《国务卿女士》488页叙述的版本略有不同（"淋得透湿"的引语也出现在这里）。克林顿在桌上挥拳的事来自巴拉克对莫里斯的回忆，发表在《纽约书评》的文章里。阿拉法特的回应来自《埃雷卡特日记》。恩德林（239页）、奥尔布赖特（490页）、罗斯（696E页），以及史威舍（299页）记录了克林顿离开戴维营去参加八国集团峰会前一晚对阿拉法特的请求，克林顿的"您必须付出的代价"的引语也出于这里，这是桑迪·贝尔格（Sandy Berger）回忆的。克林顿从冲绳返回后，阿拉法特对他的尖锐回应，包括"小岛"和"我不会出卖耶路撒冷"的引语，都来自哈尼的《戴维营文件》。几乎所有的记录都以不同形式引用了阿拉法特著名的参加自己葬礼的邀请。他的"革命比缔造和平容易"的引语来自《埃雷卡特日记》。

在戴维营，大家讨论了西岸和加沙的确切百分比作为解决方案的基础，百分比的数字存在争议。部分原因是几乎没有做出任何书面要约，也因为在计算中未考虑东耶路撒冷的部分和其他地区。根据马利和阿格哈的说法，"在戴维营会议上，提出的各种想法从未以书面形式出现，只是口头传递"。一些估计说，摊在桌面上的实际数字低至80%，参见纳赛尔·阿鲁里的《不诚实的经纪人：美国在以色列和巴勒斯坦之间的角色》（*Dishonest Broker: The U.S. Role in Israel and Palestine*）；其他人则坚持认为这一数字高达95%。

"尊贵禁地"或圣殿山"最具争议"的地位，是为数不多的无可争议的事情之一。这个地方对全世界的穆斯林（不仅仅限于中东地区）都很重要，我参观菲律宾棉兰老岛（Mindanao）的一个穆斯林贫民窟时才意识到这一点。那里的人在墙上钉上了阿克萨清真寺的照片，他们一听我在中东的报道，就开始讨论耶路撒冷对穆斯林的重要性。

1500名警察的数据来自以色列外交部（mfa.gov.il）。公正的沙姆·沙伊赫（Sharm El-Sheikh）事实调查委员会在最终报告中描述了9月29日的事件。该委员会更著名的称呼是"米切尔委员会"，根据它的主席、美国前参议员乔治·米切尔（George Mitchell）的名字命名。报告援引美国国务院的调查结果，说9月29日巴勒斯坦示威者没有发射武器。更多详情，参见国际特赦组织（Amnesty International）2000年10月19日的报告。

"大计划"的引语来自班尼·莫里斯对巴拉克的访谈，发表在《纽约书评》上，以色列对米切尔委员会的声明也证实了这一观点。该委员会是事实调查小组成员，调查小组确认，大多数早期示威活动并不涉及"安排儿童站在武装人员前面"。不过，该委员会确实批评了阿布·阿里·穆斯塔法（Abu Ali Mustafa）2000年6月的声明（四个月之后发生了阿克萨起义），穆斯塔法是巴解组织和解放巴勒斯坦人民阵线的领导人。穆斯塔法说："耶路撒冷、难民和主权问题，将依靠实际行动而不是谈判去解决。在这一点上，重要的是要让巴勒斯坦公众为下一步做好准备，因为毫无疑问的是，为了创造新的实地事实，我们必将与以色列发生冲突。"穆斯塔法补充说，未来的任何冲突都会比第一次起义"更加暴力"。15个月后，他被以色列安全部队暗杀。

以色列总结说，这场危机是"一场非战争的武装冲突"；巴勒斯坦人说，这种说法只是"为其暗杀政策、集体惩罚政策和使用致命武器进行辩护"的一个借口。

早期伤亡的数据来自人权组织的调查，其中包括以色列的比塞莱姆，该组织成立于2000年12月2日，它报告说，9月29日以来，有264名巴勒斯坦人在被占领土被杀，其中有204名是平民，他们"被以色列国防军杀害，其中有73名受害者年龄不超过17岁"。同一时期，有29名以色列人被杀，有16人是安全部队的成员。一万人受伤的数字来自比塞莱姆的同一项调查，该调查得出的结论是："以色列并未采用非致命方法来驱散示威，或训练其士兵对抗此类示威。"比塞莱姆报道说："根据以色列国防军的数字，（从2000年9月29日至12月2日）73%的事件中，巴勒斯坦没有开火。"

2001年2月23日美国国务院的《国家人权实践报告》("Country

Reports on Human Rights Practices")中记录了13名以色列阿拉伯人的死亡。根据一位受人尊敬的以色列民调专家的数据,到2002年,有46%的以色列人支持把巴勒斯坦人从被占领土上"转移"(驱逐)出去,有31%的人支持"转移"以色列阿拉伯人。参阅特拉维夫大学"国家安全政策和公共舆论"项目(National Security Policy and Public Opinion Project)的主持人阿什·阿里安(Asher Arian)撰写的《2002年以色列关于国家安全的公共舆论》("Israeli Public Opinion on National Security 2002")。雷哈瓦姆·泽维(Rehavam Zeevi)关于"转移"的立场广为人知。举例来说,可以参见2002年10月10日《基督教科学箴言报》(*Christian Science Monitor*)的《以色列塑造极端民族主义英雄》("Israel Mints Ultranationalist Hero")。2005年2月28日,美国国务院在发布的《国家报告》中提到了以色列关于本国阿拉伯人死亡的调查和结果:"成立了奥尔调查委员会(Orr Commission of Inquiry,简称COI)以调查这些谋杀案。它建议了一些措施,包括刑事起诉。6月,内阁通过了这些建议。"

两名士兵死在了拉马拉,以色列人对此的愤怒情绪(也许比其他任何因素都重要),是导致2000年后以色列向"右"转的原因。《米切尔报告》说:"对于以色列人来说,10月12日,发生在拉马拉的针对两名预备役军人,一等中士瓦迪姆·诺维什(Vadim Novesche)和一等下士优素福·阿夫拉哈米(Yosef Avrahami)的私刑,反映了巴勒斯坦人对以色列和犹太人的深切仇恨。"

2001年1月2日,路透社的一篇文章提到内坦亚的元旦爆炸案:《巴拉克怀疑克林顿能否达成中东和平协议》("Barak Doubts Clinton Can Forge Mideast Peace Deal")。巴拉克"深表怀疑"的评论来自此文。

双方的分析人员和独立观察员们都认为,塔巴会谈的进展是真实的。2001年,一位欧洲外交官找到我,特地强调了这一点。他援引了参与塔巴会谈的欧盟特使米格尔·莫拉蒂诺斯(Miguel Moratinos)的发现。2002年2月,《国土报》发表了《莫拉蒂诺斯文件》("Moratinos Document", www.arts.mcgill.ca/MEPP/PRRN/papers/moratinos.html)。从莫拉蒂诺斯的角度来看,塔巴会谈代表了朝全面解决方向迈出的实质性进步,巴勒斯坦对东耶路撒冷的主权(包括旧城的一些宗教场所)也取得了进展。而且,50多年来第一次,以色列对联合国第194号决议和巴勒斯坦人的回归权做了有限度的承认。2002年6月13日的《纽约书评》文章提到,巴拉克在击败沙龙后对莫里斯说,在回归权方面没有做出让步,但是,《莫拉蒂诺斯文件》明确指出,在塔巴的以色列代表团,表面上以巴拉克为首,它声明的却正好相反。目前尚不清楚,这种差异是否进一步说明了《莫拉蒂诺斯文件》关于塔巴谈判的准确性,抑或是因为巴拉克在发表意见时,有其个人和政治方面的考虑。

格雷厄姆·厄舍(Graham Usher)在2001年8月30日开罗的《金字塔周报》(*Al-Ahram Weekly*)上记录了阿布·阿里·穆斯塔法被暗杀,文章名叫《当多米诺骨牌倒塌》("As the Dominoes Fall")。2001年10月17日之后,不少通讯社的报道描述了泽维被暗杀,包括美联社2001年10月17日发表的文章《以色列旅游部部长被杀》("Israel's Tourism Minister Killed")。

沙龙的话来自美国有线电视新闻网(CNN)报道的他在耶路撒冷的一次演讲。

犹太数字图书馆(Jewish Virtual Library)记录了自杀式炸弹爆炸造成的伤亡人数(www.jewishvirtuallibrary.org/jsource/Terrorism/TerrorAttacks.htm)。《金字塔周报》的通讯员哈立德·阿迈雷(Khaled Amayreh)在12月6日的一篇文章中提到阿帕奇直升机的袭击。以色列对阿拉法特基地总部的袭击,和以色列内阁宣布阿拉法特"无关紧要",都来自12月13日的一篇文章:《宣布阿拉法特"无关紧要"之后，以色列发动袭击》("Israel Launches Attacks After Declaring Arafat 'No Longer Relevant'", israelinsider.com/channels/security/articles/sec_0158.htm)。CNN在线文章(archives.cnn.com/2002/WORLD/meast/01/18/mideast.violence)记录了对"巴勒斯坦之声"的炮击。

阿拉法特的文章《巴勒斯坦人的和平愿景》("The Palestinian Vision of Peace")发表在2002年2月3日《纽约时报》的评论版上。后来对阿拉法特拉马拉总部的袭击,以及提到的"坚决抵抗"的引语,在"关于巴勒斯坦问题的联合国信息系统"(UNISPAL,见domino.un.org/UNISPAL)2002年2月发表的《媒体监测月评:巴勒斯坦问题相关事件的年表回顾》("Chronological Review of Events Relating to the Question of Palestine, Monthly Media Monitoring Review")中。破烂旗子的影像由摄影师乔治·阿扎尔(George Azar)拍摄。

英国的《卫报》(*Guardian*)2001年4月的一篇文章提到"阿拉伯关怀"医院(Arab Care Hospital)的事。《秘书长根据大会第ES-10/10号决议编写的报告》("Report of the Secretary General Prepared Pursuant to General Assembly Resolution ES-10/10")中记录了对杰宁的袭击,在线文本在un.org/peace/jenin。巴勒斯坦民俗学家谢里夫·卡纳纳博士给我讲了把拉马拉与杰宁相提并论的笑话。

房屋被拆毁的统计资料在"以色列反对房屋被毁委员会"(Israel Committee Against House Demolitions)的网站上(www.icahd.org/eng/faq.asp?menu=9&submenu=1),网站指出:"1967年以来,在占领区有12000套(原文如此)巴勒斯坦人的房屋被毁。"这包括东耶路撒冷的数字,东耶路撒冷是以色列在1967年战争后吞并的。另请参见比塞莱姆在2004年11月发表的报告《殃及池鱼:以色列在阿克萨起义中的惩戒性房屋拆除》("Through No Fault of Their Own: Israel's Punitive House Demolitions in the al-Aqsa Intifada"),该报告说,"平均而言,每一个涉嫌参与袭击以色列人的人,都会导致12名无辜者失去房屋。"

罗森－兹维(Rosen-Zvi)的"反对派"立场记录在2001年6月15日的《国土报》上:《预备役军人因拒绝在占领区内服役而被判入狱》("Reservist Jailed for Refusal to Serve in Territories")。

关于对达莉娅、叶赫兹凯尔和拉斐尔住所的附近街区基里亚特·梅纳赫姆(Kiryat Menachem)自杀袭击的详细信息,来自对达莉娅和叶赫兹凯尔的采访,媒体报道对此有补充,包括2001年11月21日英国《卫报》的文章《耶路撒冷自杀炸弹杀死11人》("Jerusalem Suicide Bombing Kills 11")。美国哥伦比亚广播公司(CBS)的新闻网站11月22日发表的文章《以色列报复公共汽车炸弹》("Israel Retaliates for Bus Bomb")报道了阿布·西莱尔父亲的评论,以及对伯利恒的重新占领。詹姆士·本内特(James Bennet)在11月22日《纽约时报》的文章中提到阿拉法特"无差别的恐怖主义"的评论。

达莉娅和叶赫兹凯尔回忆了汽车站的神龛和手写告示的内容。其他细节来自叶赫兹凯尔的文章《对暴行的宗教回应》["Religious Responses to Atrocity",发表在2003年9—10月号《提刊》(Tikkun)杂志18,no. 5]。法新社11月24日报道了刺伤阿拉伯居民的事件,达莉娅和叶赫兹凯尔也回忆了这一事件;他们还描述了对巴勒斯坦面包师的袭击。

叶赫兹凯尔决定去解决他所谓的"全球性的精神危机",这导致他越来越多地去康涅狄格州的哈特福德,而达莉娅则留在耶路撒冷。

第十三章

本章的说明相对简短,因为本章内容主要基于我对达莉娅和巴希尔所做的访谈,以及我和他们一起在耶路撒冷、拉马拉和保加利亚时的个人观察。

关于修道院的更多细节,参见 www.visitbulgaria.net/places/bachkovomonastery/index.shtml。有关以色列犹太人大屠杀纪念馆(Yad Vashem)和保加利亚主教们的信息,请访问 www1.yadvashem.org。

巴希尔从拉马拉的以色列拘留所中放出来的故事来自巴希尔的一位老朋友,他不想公开自己的名字。就巴希尔来说,非常典型的是,他不会详述这个故事。

伊曼·哈姆斯(Iman al-Hams)死于2004年10月5日,当时,她的死被广泛报道,包括10月6日的《费城询问报》[①]。"如此可怕的统计数据"的引语以及细节,来自基甸·列维(Gideon Levy)2004年10月17日在《国土报》的专栏《残杀儿童已不再是一件大事》("Killing Children Is No Longer a Big Deal")。往返西岸的所有旅客都熟悉检查站漫长的等待。小提琴家的故事也被广泛报道,2004年12月29日,美联社的一篇故事报道中也提到了它,《巴勒斯坦提琴家得到以色列人的盛情款待》("Palestinian Fiddler Gets Earful of Israeli Hospitality"),这篇文章描述了塔耶姆(Tayem)前往一个以色列集体农庄的旅程。塔耶姆受到了集体农庄居民的邀请,据另一位小提琴家说,"他们想向他表明,以色列不只有恐怖主义和暴力,还可以找到善意和好人"。

对达莉娅拉马拉之行的描述来自我自己的笔记本。我开着租来的

[①]《费城询问报》(*Philadelphia Inquirer*),发行于美国宾夕法尼亚州费城市区的一份每日晨报。该报由约翰·R. 沃克及约翰·诺维尔于1829年6月创办,是美国现存第三老的日报。《费城询问报》平均发行量位居美国第15位,并赢得19个普利策奖。

车子，挥舞着自己的蓝色美国护照。由于某些原因，以色列士兵没有要达莉娅的身份证，不然的话，我们可能就无法成行了。我们一路向北，满心惊讶，那隔离墙就在我们的左边。"免税区"是包括尼达尔在内的巴勒斯坦人戏谑的说法。

对"安全栅栏"（部分为25英尺高[①]的围墙）及其建造的描述，来自以色列政府网站www.securityfence.mod.gov.il/Pages/ENG/execution.htm。"唯一目的"的引语来自2001年7月23日以色列的一则声明。巴勒斯坦人对这个屏障的反对，包括巴勒斯坦权力机构将其定性为"种族隔离墙"，这些都记录在www.mofa.gov.ps/positions/2004/19_1_04.asp。另参阅路透社2004年7月10日的文章，其中详述了巴勒斯坦人对屏障路线的反对，并描述了国际法院的裁决。白宫发言人斯科特·麦克莱伦（Scott McClellan）的"政治问题"的引语来自该文章。约翰·克里（John Kerry）的"合法行为"和"不关国际法院的事"的话来自他的总统竞选词，可在以下网址找到：www.jewishvirtuallibrary.org/jsource/US-Israel/kerryisrael.html。

达莉娅和巴希尔会面的时候，他们对彼此用英文说了几句话，但大部分谈话是尼达尔翻译的。尼达尔奋笔疾书，以便捕捉每一个短语，忠实地将达莉娅的话翻译给巴希尔，又将巴希尔的话翻译给达莉娅。

第十四章

1998年早些时候，我第一次拜访"开放之家"的时候，听说柠檬

[①] 约7.62米。

树死了。那一次，我在为全国公共广播电台的节目《新鲜空气》制作纪实广播。我记得自己低头看着其中的一个硬壳柠檬，想着，我该不该在写这个故事的时候，把它带回去当作一个纪念品。但最终我把它留在了原地。

关于作者

桑迪·托兰（Sandy Tolan）是 *Me & Hank: A Boy and His Hero, Twenty-five Years Later*（《我和汉克：二十五年后，一个男孩和他的英雄》）的作者。他曾为《纽约时报杂志》（*New York Times Magazine*）和其他 40 多种杂志和报纸撰稿。作为"家园制作"①的联合创始人，托兰为美国全国公共广播电台和国际公共广播电台制作过数十部纪实广播。他对超过 25 个国家（尤其是在中东和拉丁美洲）进行过报道，作品赢得了众多荣誉。托兰曾担任"美国纳粹大屠杀纪念博物馆"②的口述历史顾问。他是 1993 年哈佛大学的尼曼研究员③，加州大学伯克利分校

---

① 家园制作（Homelands Productions），独立的非营利性新闻社，成立于 1989 年，从事广播、视频、摄影、印刷和在线平台的工作，对 60 多个国家进行了报道，制作过一系列广播和电视节目，获得过数十个国内外奖项。
② 美国纳粹大屠杀纪念博物馆（United States Holocaust Memorial Museum）建于 1980 年，美国纪念犹太人大屠杀的官方机构，毗邻华盛顿特区的国家广场。它提供有关犹太人大屠杀历史的文件、研究和解释，致力于帮助世界敌对双方的领袖和公民，防止种族灭绝。
③ 尼曼研究员（Nieman Fellow），尼曼奖学金是由美国《密尔沃基新闻报》创办人休斯·尼曼的遗孀艾格尼丝·尼曼于 1936 年捐款 100 万美元在哈佛大学设立的。从 1937 年起，每年遴选 12 名（现增至 20 余名）资深报人作为尼曼研究员，在哈佛大学下设的任何一个学院进修一年，是全球历史最悠久的新闻从业人员进修奖学金。

新闻学研究生院的以撒多·史东①研究员,并负责该学院的国际报道项目。

"开放之家"——这个为拉姆拉的阿拉伯孩子开设的幼儿园,这个阿拉伯人和犹太人相遇的中心,这个达莉娅和巴希尔生活过的地方——欲知更多有关信息,请访问 www.friendsofopenhouse.co.il。

---

① 以撒多·费恩斯坦·史东(Isidor Feinstein Stone,1907—1989),经常被称为 I.F. 史东,或以西·史东,生于美国费城,记者与作家,以独立的调查报道闻名。1953 年开始独立印行《史东周刊》,被列入美国 20 世纪最重要的前 100 名新闻作品。